BASTEI
LÜBBE

Robert A. Heinlein

DAS GESCHENKTE LEBEN

Ein Science Fiction Klassiker

Ins Deutsche übertragen
von Günter M. Schelwokat

Überarbeitet und teilweise neu übersetzt
von Marcel Bieger

BASTEI LÜBBE

BASTEI-LÜBBE-TASCHENBUCH
Band 23 163

Erste Auflage:
April 1995

Deutsche Lizenzausgabe 1994
Bastei-Verlag
Gustav H. Lübbe GmbH & Co.,
Bergisch Gladbach
Originaltitel:
I Will Fear No Evil

Lektorat: Stefan Bauer
Titelbild: Jim Burns
Umschlaggestaltung:
Quadro Grafik, Bensberg
Satz: Fotosatz Schell, Hagen a.T.W.
Druck und Verarbeitung:
Brodard & Taupin,
La Flèche, Frankreich
Printed in France

ISBN 3-404-23163-5

KAPITEL EINS

Der Raum war altmodisch, im Neobarock der 1980er Jahre, aber er war groß, hoch und luxuriös. In der Nähe imitierter Aussichtsfenster stand ein automatisiertes Krankenhausbett, das fehl am Platze wirkte, jedoch weitgehend hinter einem prächtigen chinesischem Wandschirm verborgen war. Zwölf Meter davon entfernt befand sich ein Konferenztisch, der ebenfalls nicht zur Einrichtung paßte. Am Kopfende des Tisches stand ein mit einem Lebenserhaltungssystem ausgerüsteter Rollstuhl. Kabel und Schlauchleitungen verbanden den Rollstuhl mit dem Bett.

Nahe beim Rollstuhl saß eine junge Frau an einem fahrbaren Schreibmaschinentisch, auf dem sich Mikrofone, eine Sprechschreibmaschine, Telefon, Kalenderuhr, Steuertasten und andere Utensilien drängten.

Die junge Frau war schön, und ihr Benehmen war das der perfekten, unaufdringlichen Sekretärin, aber sie war nach der zur Zeit beliebten ›Halb und Halb‹-Mode gekleidet, was ihr ein ziemlich exotisches Aussehen verlieh. Sie steckte in einem hautengen Jerseyanzug, der ihre rechte Körperhälfte schwarz und die linke scharlachrot umhüllte. Am roten Fuß trug sie eine schwarze Sandale, am schwarzen eine rote. Die Zweiteilung in Scharlachrot und Schwarz setzte sich in der Bemalung ihres Gesichts und ihrer Hände fort.

Auf der anderen Seite des Rollstuhls war eine ältere Frau in konventioneller Krankenschwestertracht. Sie beachtete nur die Instrumente auf ihrer fahrbaren Kontrollkonsole und den Patienten im Rollstuhl. Um den Konferenztisch saßen neun oder zehn Männer, die meisten von ihnen in der sportlich-legeren Kleidung, wie sie bei älteren Vorstandsmitgliedern beliebt war.

Im Rollstuhl kauerte ein sehr alter Mann. Bis auf seine ruhelosen und mißtrauischen kleinen Augen sah er wie ein schlecht einbalsamierter Leichnam aus. Keine kosmetischen Mittel waren verwendet worden, um seine Hinfälligkeit zu übertünchen.

»Ghoul«, sagte er leise zu einem der am Tisch sitzenden Männer. »Sie sind ein verdammter Ghoul, Parky. Hat Ihr Vater Ihnen nicht beigebracht, daß man wartet, bis jemand aufgehört hat zu atmen, bevor man ihn beerdigt? Oder hatten Sie gar keinen Vater? Streich diese Sätze, Eunice. Meine Herren, Mr. Parkinson hat angeregt, daß man mir den Rücktritt als Vorstandsvorsitzender nahelegt. Darf ich wissen, wer seinen Vorschlag unterstützt?«

Er wartete, blickte von Gesicht zu Gesicht und sagte dann: »Nanu? Wer läßt Sie im Stich, Parkinson? Sie, George?«

»Ich hatte nichts damit zu tun.«

»Aber Sie würden gern mit ja stimmen. Da keine weiteren Vorstandsmitglieder sich dem Antrag anschließen, verfällt er der Ablehnung.«

»Ich ziehe meinen Antrag zurück.«

»Zu spät, Parkinson. Löschungen im Sitzungsprotokoll werden nur auf einstimmigen Beschluß gemacht, und ich, Johann Sebastian Smith, bin dagegen. Diese Regel habe ich schon eingeführt, bevor Sie überhaupt lesen gelernt haben.«

Smith blickte wieder in die Runde. »Aber ich habe Neuigkeiten. Wie Sie von Mr. Teal gehört haben, sind unsere Unternehmungen gesund. Die Ertragslage ist überall gut. Ich sehe das als einen guten Zeitpunkt an, mich von den Geschäften zurückzuziehen.«

Smith wartete, dann sagte er: »Sie können Ihre Münder wieder schließen. Machen Sie nicht so ein selbstzufriedenes Gesicht, Parkinson; ich habe noch mehr Neuigkeiten auf Lager. Ich werde als Vorsitzender des Aufsichtsrats die Oberleitung behalten, mich aber nicht mehr um die Tagesgeschäfte kümmern. Unser juristischer Chefberater, Mr. Jake Salomon, wird mein Stellvertreter im Aufsichtsrat, und ...«

»Moment, Johann. Ich habe keineswegs vor, diesen Zirkus zu leiten.«

»Davon ist auch nicht die Rede, Jake. Aber du kannst den

Vorsitz übernehmen, wenn ich gerade nicht zur Verfügung stehe. Oder ist das zuviel verlangt?«

»Nein, ich glaube nicht.«

»Danke. Mr. Byram Teal wird Vorstandsvorsitzer und Präsident der Unternehmensgruppe Smith. Er tut die Arbeit schon lange; es ist an der Zeit, daß er auch den Titel bekommt – und die Bezahlung, die Optionen auf Stammaktien und all die anderen Nebeneinnahmen und Privilegien und Steuerschlupflöcher. Nicht mehr als recht und billig.«

Parkinson sagte: »Hören Sie mal, Smith!«

»Für Sie immer noch Mr. Smith. Was haben Sie zu sagen?«

Parkinson beherrschte sich. Nach kurzer Pause sagte er: »Wie Sie wollen, Mister Smith. Ich kann dies nicht akzeptieren. Ganz abgesehen davon, daß Sie Ihren Assistenten ohne vorherige Rücksprache mit den übrigen Vorstandsmitgliedern kurzerhand zum Vorsitzenden und Präsidenten der Unternehmensgruppe machen, muß ich berücksichtigt werden, wenn es zu einem Wechsel in der Führungsspitze kommt. Ich vertrete den zweitgrößten Block von stimmberechtigten Aktien.«

»Ich habe in Erwägung gezogen, Sie zum Präsidenten zu machen.«

»Tatsächlich?«

»Ja, ich habe darüber nachgedacht – und dann mußte ich lachen.«

»Sie ...«

»Sprechen Sie es nicht aus, ich könnte Sie verklagen. Sie vergessen, daß ich noch immer die Aktienmehrheit halte. Und was Ihren Block angeht – In der Satzung steht, daß jeder, der zehn oder mehr Prozent der stimmberechtigten Aktien vertritt, automatisch in den Vorstand einzieht, ob er dort gern gesehen ist oder nicht. Byram, wie ist der letzte Stand bei Aktienverkäufen und Kapitalanteilen?«

»Wollen Sie eine vollständige Übersicht, Mr. Smith?«

»Nein. Sagen Sie Mr. Parkinson, wo er steht, das genügt.«

»Ja, Sir. Mr. Parkinson, Sie kontrollieren derzeit weniger als neun Prozent des stimmberechtigten Kapitals.«

Smith hüstelte. »Damit sehe ich die Voraussetzungen für Ihren weiteren Verbleib im Vorstand als nicht mehr gegeben an, Mr. Parkinson. Jake, du regelst alle mit seinem Ausscheiden verbundenen Formalitäten. Byram, bis zur Entscheidung über einen Nachfolger für Mr. Parkinson verwalten Sie seinen Geschäftsbereich. Weitere Fragen? Keine. Dann können wir die Sitzung beenden. Bleib noch eine Weile da, Jake. Sie auch, Eunice. Und Byram, wenn Sie noch etwas zu besprechen haben.«

Parkinson sprang auf. »Sie werden noch von mir hören, Smith!«

»Daran zweifle ich nicht«, sagte der alte Mann. »Einstweilen meine Grüße an Ihre Schwiegermutter, und sagen Sie ihr, daß Byram sie weiterhin reich machen wird, obwohl ich Sie gefeuert habe.«

Parkinson ging ohne ein weiteres Wort. Die anderen standen nun gleichfalls auf, um den Raum zu verlassen. Smith sagte sanft: »Jake, wie kann einer fünfzig Jahre alt werden, ohne Fingerspitzengefühl zu entwickeln? Die einzige kluge Handlung im Leben dieses Burschen war, daß er sich eine reiche Schwiegermutter aussuchte. Ja, Hans?«

»Johann«, sagte Hans von Ritter, »mir hat nicht gefallen, wie du mit Parkinson umgesprungen bist.«

»Danke. Du bist wenigstens offen mit mir. Das ist heutzutage selten.«

»Daß du ihn aus dem Vorstand entfernt hast, ist in Ordnung; er ist ein Quertreiber. Aber es war nicht nötig, ihn zu demütigen.«

»Kann sein. Eine von meinen kleinen Freuden, Hans. Ich habe in diesen Tagen nicht viele.«

Während ein Diener den Konferenztisch aufräumte und die Stühle ordnete, fuhr von Ritter fort: »Ich habe nicht vor, mich so behandeln zu lassen. Wenn du nur Jasager um dich haben willst, dann laß uns bei dieser Gelegenheit feststellen, daß ich viel weniger als fünf Prozent der stimmberechtigten Aktien kontrolliere. Willst du meinen Rücktritt?«

»Lieber Gott, nein! Ich brauche dich, Hans – und Byram

wird dich noch mehr brauchen. Und du irrst dich; mit Jasagern kann ich nichts anfangen. Ein Mann muß den Mut haben, seine eigene Meinung zu vertreten, auch wenn sie nicht die meine ist. Aber wenn einer gegen mich aufmuckt, dann soll er es intelligent tun. Du tust das. Du hast mich mehrmals gezwungen, meine Meinung zu ändern – keine leichte Sache bei meinem Eigensinn. Aber was Parkinson angeht: Ich war berechtigt, ihn öffentlich zusammenzustauchen, weil er öffentlich meinen Rücktritt verlangt hatte. Nichtsdestoweniger hast du recht, Hans; eine Retourkutsche ist kindisch. Noch vor zehn Jahren würde ich niemals einen Mann gedemütigt haben. Jemanden demütigen heißt, ihn zur Revanche zwingen. Ich hätte es vermeiden sollen. Aber ich werde senil, wie wir alle wissen.«

Von Ritter sagte nichts. Smith fuhr fort: »Willst du bleiben und Byram helfen?«

»Ah ... ich werde bleiben. Solange du dich benimmst.« Er wandte sich zum Gehen.

»Gut. Hans? Wirst du bei meiner Totenwache tanzen?«

Von Ritter blickte zurück und lachte. »Mit Vergnügen!«

»Dachte ich mir. Danke, Hans. Adieu.« Smith wandte sich an Byram Teal. »Was gibt es, Byram?«

»Morgen kommt der Vertreter des Generalstaatsanwalts aus Washington, um mit Ihnen über unsere Übernahme der Homecrafts Ltd. zu sprechen. Ich glaube ...«

»Sie werden mit ihm sprechen. Wenn Sie nicht mit ihm fertig werden, habe ich den falschen Mann ausgewählt. Was sonst?«

»Die Meeresfarm fünf meldet, daß sie einen Gärtnereiarbeiter verloren hat. Ein Hai hat ihn erwischt.«

»Verheiratet?«

»Nein. Auch keine abhängigen Familienmitglieder.«

»Nun«, sagte der alte Mann, »tun Sie, was gut aussieht, was immer es ist. Wir dürfen in der Öffentlichkeit nicht den Eindruck entstehen lassen, wir scherten uns nicht darum.«

Jake Salomon sagte: »Um so weniger, als es sich so verhält.«

Smith schnalzte mißbilligend. »Kannst du Gedanken lesen, Jake?«

»Johann, du hast kein Herz, hattest nie eins – nur eine Rechenmaschine und Kurstabellen.«

Smith lächelte. »Jake, für dich werden wir eine Ausnahme machen. Wenn du stirbst, werden wir versuchen, es nicht zu bemerken. Keine Blumen, nicht einmal die übliche ganzseitige Traueranzeige in unseren Hauszeitschriften.«

»Darüber wirst du nichts zu sagen haben, Johann. Ich werde dich um zwanzig Jahre überleben.«

»Du willst auch bei meiner Totenwache tanzen?«

»Ich tanze nicht«, antwortete der Anwalt, »aber du bringst mich in Versuchung, es zu lernen.«

»Spare dir die Mühe. Ich werde dich überleben, Jake. Wollen wir wetten? Nein, lieber nicht; ich brauche deine Hilfe, um am Leben zu bleiben. Byram, kommen Sie morgen vorbei, wann es Ihnen am besten paßt. Ich bin immer da, he he«, Smith kakelte in seiner fistelnden Altmännerstimme, dann wandte er mit einem vogelähnlichen Ruck seinen Kopf zur Seite und sagte: »Lassen Sie uns allein, Schwester; ich will mit meinem Anwalt reden.«

»Nein, Sir. Doktor Garcia hat Ihre ständige Überwachung angeordnet.«

Smith blickte verdutzt, dann schnarrte er: »Miss Bettpfannne, ich habe meine Sprechgewohnheiten angenommen, als die Herren vom Obersten Gerichtshof noch schmutzige Worte auf Hauswände und Gehsteige schrieben. Aber ich werde versuchen, mich so einfach auszudrükken, daß sie mich verstehen. Ich habe Sie angestellt. Ich zahle Ihr Gehalt. Dies ist mein Haus. Ich sagte Ihnen, daß Sie hinausgehen sollen. Das ist ein Befehl.«

Die Krankenschwester machte ein trotziges Gesicht und schwieg.

Smith seufzte. »Jake, ich werde alt – ich vergesse, daß sie ihren eigenen Regeln folgen. Kannst du Doktor Garcia ausfindig machen und klären, wie wir zwei trotz dieses allzu getreuen Wachhundes ein vertrauliches Gespräch führen können?«

Kurz darauf traf Dr. Garcia ein, warf kurze Blicke auf Instrumente und Patient und räumte ein, daß man die Überwachung eine Weile den Geräten überlassen könne.

»Ja, Doktor«, sagte die Krankenschwester. »Können Sie eine Schwester zu meiner Ablösung schicken? Ich möchte diese Stelle aufgeben.«

»Nun, Schwester ...«

»Moment, Doktor«, sagte Smith. »Miss McIntosh, ich bitte um Verzeihung, daß ich Sie Miss Bettpfanne genannt habe. Kindisch von mir, ein weiteres Zeichen zunehmender Senilität. Sie haben Ihre Arbeit gut getan, trotz meines in vielen Fällen unvernünftigen Benehmens. Ich würde mich freuen, wenn Sie Nachsicht mit einem alten Mann üben und bleiben würden.«

»Ah ... kommen Sie mit hinaus, Schwester«, sagte der Arzt.

Als die beiden gegangen waren, sagte Jake Salomon trokken: »Du bist nur dann senil, wenn es dir in den Kram paßt, Johann.«

Smith schmunzelte. »Ich nütze Alter und Krankheit aus. Es sind die einzigen Waffen, die ich noch habe.«

»Du hast Geld.«

»Ah, ja. Ohne Geld würde ich nicht mehr leben. Aber ich bin in diesen Tagen sehr reizbar und frustriert. Wenn man immer aktiv gewesen ist, kann man sich mit diesem Gefangenenleben nicht abfinden. Aber es ist einfacher, all das mit Senilität zu erklären; Gott und meine Ärzte wissen, daß mein Körper senil ist.«

»Ich nenne es schlechte Laune, Johann, nicht Senilität – denn du kannst sie kontrollieren, wenn du willst. Aber bei mir kommst du damit nicht durch, verlaß dich darauf.«

Smith schmunzelte. »Ich weiß, Jake. Ich würde es auch nicht versuchen, weil ich dich brauche. Noch dringender als ich Eunice brauche – obwohl sie viel hübscher ist. Was sagen Sie, Eunice? War mein Benehmen in letzter Zeit schlecht?«

Seine Sekretärin zuckte die Achseln. »Manchmal sind Sie ziemlich ekelhaft, Boß. Aber ich habe gelernt, das zu ignorieren.«

»Siehst du, Jake? Würde Eunice wie du sein, und sich weigern, meine Launen hinzunehmen, müßte ich mich ändern. Wie ist es, gebrauche ich sie als Überdruckventil.«

Salomon sagte: »Eunice, wenn Sie von diesem boshaften alten Wrack die Nase voll haben, können Sie jederzeit bei mir anfangen, zu einem besseren Gehalt, als Sie es bei ihm kriegen.«

»Eunice, Ihr Gehalt ist ab sofort verdoppelt!«

»Danke, Boß«, sagte sie. »Ich habe es auf Band genommen. Und die Zeit. Ich werde die Buchhaltung verständigen.«

Smith kakelte. »Siehst du, warum ich sie behalte? Versuche nicht, mich zu überbieten, du alter Ziegenbock.«

»Senil«, knurrte Salomon. »Da wir gerade vom Geld sprechen, wen willst du auf Parkinsons Vorstandssessel setzen?«

»Das hat keine Eile. Was er an Aufgaben in der Verwaltung hatte, kann Byram nebenbei erledigen. Hast du einen Kandidaten, Jake?«

»Nein. Obwohl mir eben einfiel, daß Eunice ein guter Tip sein könnte.«

Eunice machte ein erschrockenes Gesicht, dann wurde ihre Miene ausdruckslos. Smith zupfte nachdenklich an der Decke, die seine Beine umhüllte. »Der Gedanke war mir noch nicht gekommen. Aber es könnte eine perfekte Lösung sein. Eunice, hätten Sie Lust, Vorstandsmitglied und Direktorin in der Dachgesellschaft zu werden?«

Eunice schaltete die Tonaufnahme aus. »Sie machen sich beide über mich lustig! Hören Sie auf damit.«

»Liebes Kind«, sagte Smith sanft, »Sie wissen, daß ich in Geldangelegenheiten nicht scherze. Und für Jake ist Geld der einzige Gegenstand, der ihm heilig ist – er hat seine Tochter und seine Großmutter nach Rio verkauft.«

»Nicht meine Tochter«, sagte Salomon. »Bloß Großmutter – und sie brachte nicht viel. Aber es gab uns ein zusätzliches Zimmer.«

»Aber Boß, ich verstehe nichts von der Leitung einer Konzernabteilung!«

»Das wäre auch nicht nötig. Die Direktoren einer Holding beschäftigen sich nicht mit Problemen der Produktion und so weiter, sie legen die Unternehmenspolitik fest. Außerdem wissen Sie mehr über Verwaltung als die meisten anderen Vorstandsmitglieder; Sie sind seit Jahren in alle wichtigen Entscheidungen eingeweiht, Eunice. Und ich sehe echte Vorteile in Jakes halb scherzhafter Anregung. Sie haben an allen Vorstandssitzungen teilgenommen, um das Protokoll aufzunehmen. Das werden Sie auch weiterhin tun, ebenso wie Sie meine persönliche Sekretärin bleiben. Der Unterschied wird hauptsächlich darin liegen, daß Sie eine Menge Geld verdienen und zu allen Vorstandsentscheidungen Ihre Stimme abgeben werden. Nun kommen wir zur Schlüsselfrage: Sind Sie bereit, immer wie Jake Salomon zu stimmen?«

Sie blickte verwirrt. »Wenn Sie es wünschen ... Aber ist das wirklich Ihr Ernst, Boß?«

»So wie Jake, oder wie ich, sofern ich anwesend bin. Wenn Sie sich zurückerinnern, wird Ihnen klarwerden, daß wir in wesentlichen Punkten der Firmenpolitik immer gemeinsam abgestimmt haben. Lesen Sie notfalls die Protokolle nach, dann sehen Sie es.«

»Das ist mir schon vor geraumer Zeit aufgefallen«, meinte sie, »doch ich habe es nicht als meine Aufgabe angesehen, diesen Umstand zu kommentieren.«

»Jake, sie ist unser neues Vorstandsmitglied. Noch ein Punkt, Eunice: Sollte sich herausstellen, daß wir Ihren Posten brauchen, werden Sie Ihren Vorstandssessel in einem solchen Fall freiwillig räumen? Ich würde dafür sorgen, daß Sie finanziell nicht darunter zu leiden hätten.«

»Selbstverständlich, Sir. Ich brauche nicht bezahlt zu werden, um darin einzuwilligen.«

»Trotzdem, Sie sollen dabei nicht verlieren. Jetzt fühle ich mich besser. Eunice, ich mußte Teal den Vorstandsvorsitz überlassen, aber ich möchte Jake mehr Einfluß auf die Unternehmenspolitik verschaffen. Dafür braucht er möglichst viele sichere Stimmen, die ihn unterstützen. Gut, Eunice,

Sie werden also in den Vorstand gehen. Jake wird das in einem Vertrag fixieren, und er wird für die Eintragung ins Handelsregister sorgen. Willkommen in den Reihen des Establishments, Eunice. Sie sind von der Lohnsklavin in die Klasse der kapitalistischen Ausbeuter, Imperialisten, Kriegstreiber, Reaktionäre, Faschisten, Unterdrücker und Blutsauger aufgestiegen. Was für ein Gefühl haben Sie dabei?«

»Vorläufig noch keins«, sagte Eunice nüchtern. »Das wird sich wohl erst mit dem großen Geld einstellen.«

»Ich habe keine Zeit«, grollte Salomon. »Dein Vokabular in Ehren, Johann, aber ist die Konferenz beendet?«

»Was? Im Gegenteil! Jetzt kommt der streng geheime Teil, der Grund, warum ich die Krankenschwester fortschickte. Kommt näher, Kinder.«

»Johann, laß mich eine Frage stellen, bevor du Geheimnisse ausplauderst. Hat dieses Bett ein Mikrofon? Auch der Rollstuhl könnte mit einem Abhörgerät versehen sein.«

»Eh?« Der alte Mann blickte verdutzt. »Ich hatte immer einen Klingelknopf am Bett ... bis sie anfingen, mich rund um die Uhr zu überwachen.«

»Zehn zu eins, daß du abgehört wirst. Eunice, liebes Kind, könnten Sie nachsehen?«

»Ich weiß nicht – ich kenne mich mit den Geräten nicht aus; sie sind nicht wie die an meinem Stenotisch. Aber ich werde nachsehen.« Eunice verließ ihren Platz und studierte die Konsole neben dem Rollstuhl. »Diese zwei Skalen sind bestimmt mit Mikrophonen verbunden; sie sind für Herzschlag und Atmung. Aber sie zeichnen keine Stimmen auf, denn die Zeiger schlagen nicht aus, wenn wir reden. Was diese anderen Instrumente bedeuten, weiß ich nicht. Und man könnte die Stimmengeräusche vor einem Geräuschfilter abzapfen. Tut mir leid.«

»Macht nichts«, sagte der Anwalt. »Seit der Mitte des zwanzigsten Jahrhunderts hat es in diesem Land keine wirkliche Zurückgezogenheit mehr gegeben. Ich könnte einen Mann anrufen, von dem ich weiß, und Sie in Ihrem Bad fotografieren lassen, und Sie würden es überhaupt nicht merken.«

»Wirklich? Was für eine schreckliche Vorstellung. Wieviel berechnet dieser Mensch für eine solche Arbeit?«

»Viel. Es hängt von den Schwierigkeiten ab, und wie groß die Gefahr einer Strafanzeige für ihn ist. Nie weniger als ein paar tausend Dollar, und von da aufwärts. Aber er kann es.«

Eunice schaute nachdenklich drein, lächelte dann. »Mr. Salomon, sollten Sie jemals ein solches Bild von mir haben wollen, so rufen Sie mich an, damit ich Ihnen ein Konkurrenzangebot machen kann. Mein Mann hat eine ausgezeichnete chinesische Kamera, und ich lasse mich lieber von ihm als von irgendeinem Fremden in der Badewanne fotografieren.«

»Zur Sache, bitte!« krächzte Smith. »Eunice, wenn Sie diesem alten Lüstling Aktfotos verkaufen wollen, dann tun Sie es in Ihrer Freizeit. Ich verstehe zwar nichts von diesen technischen Geräten, aber ich weiß, wie wir das Problem lösen können. Eunice, gehen Sie zu dem Raum, von dem aus die medizinischen Einrichtungen überwacht werden – ich glaube, es ist die Tür neben meinem Wohnzimmer. Dort werden Sie Miss MacIntosh finden. Bleiben Sie etwa drei Minuten dort. Ich warte zwei Minuten und rufe dann: ›*Miss MacIntosh!* Ist Mrs. Branca bei Ihnen?‹ Wenn Sie mich hören, wissen wir, daß sie schnüffelt. Wenn nicht, kommen Sie nach Ablauf der drei Minuten wieder zurück.«

»Ja, Sir. Soll ich Miss MacIntosh irgendeine Erklärung geben?«

»Erzählen Sie dem alten Schlachtroß, was immer Sie wollen. Ich will einfach nur wissen, ob sie lauscht.«

»Ja, Sir.« Eunice begab sich zur Tür und drückte im gleichen Moment auf den Öffner, als der Summer ertönte. Die Tür glitt zur Seite und zeigte Miss MacIntosh, die überrascht zurückfuhr.

Nachdem sie sich erholt hatte, meine die Schwester: »Darf ich einen Moment hereinkommen?«

»Sicher«, erwiderte Smith.

»Danke, Sir.« Die Krankenschwester ging zum Bett hinüber und betätigte vier Schalter an der Konsole. Dann baute sie sich vor ihrem Patienten auf und sagte: »Jetzt ist Ihre Privatsphäre vollständig gewahrt, jedenfalls soweit es *meine* Geräte betrifft, Sir.«

»Danke sehr.«

»Ich bin eigentlich nicht befugt, die akustische Überwachung abzustellen, es sei denn auf Anweisung des Arztes. Ihre Privatsphäre war allerdings *trotzdem* nicht beeinträchtigt. Ich bin genau wie ein Arzt gehalten, das Privatleben eines Patienten zu achten, deshalb lausche ich *niemals* den Gesprächen in einem Krankenzimmer. Ich höre sie nicht einmal! Sir.«

»Regen Sie sich wieder ab. Wenn Sie nicht gelauscht haben, woher wußten Sie dann, daß wir über dieses Thema gesprochen haben?«

»Oh! Weil mein Name erwähnt wurde. Meinen Namen zu hören, läßt mich aufmerken. Ist ein bedingter Reflex. Allerdings nehme ich an, Sie glauben mir nicht?«

»Ganz im Gegenteil. Schalten Sie bitte wieder ein, was Sie da eben abgeschaltet haben. Und dann behalten Sie bitte im Auge, daß ich meine Privatsphäre brauche ... im Gegenzug werde ich darauf achten, Ihren Namen nicht zu erwähnen. Ich bin jedoch froh, daß ich Sie jederzeit direkt erreichen kann. Für einen Mann meines Gesundheitszustandes ist das sehr beruhigend.«

»Äh, ja, Sir.«

»Und ich möchte Ihnen danken, daß Sie meine Eigenheiten ertragen. Und meine schlechte Laune.«

Sie lächelte fast. »Oh, das ist gar nicht so schlimm, Sir. Ich habe zwei Jahre lang in einer geriatrischen Klinik gearbeitet.«

Smith blinzelte überrascht und grinste dann. »*Touché!* Haben Sie dort Ihre Abneigung gegen Bettpfannen entwikkelt?«

»Ganz genau. Wenn Sie mich jetzt entschuldigen, Sir ...«

Als sie gegangen war, sagte Salomon: »Glaubst du wirklich, sie würde nicht lauschen?«

»Natürlich wird sie, das kann sie gar nicht verhindern,

ganz besonders jetzt, wo sie krampfhaft versuchen wird, es nicht zu tun. Aber sie ist stolz, Jake, und ich hänge lieber von Stolz ab als von irgendwelchen technischen Geräten. Okay, ich werde müde, also will ich es kurz machen. Ich will einen Körper kaufen. Einen jungen.«

Eunice Branca zeigte kaum eine Reaktion. Jake Salomons Züge erstarrten zu der nichtssagenden Maske, die er für Pokerspiele und Staatsanwälte bereit hielt. Nach kurzer Pause fragte Eunice: »Soll ich aufnehmen, Sir?«

»Nein. Oder vielleicht doch. Sagen Sie dieser Nähmaschine, daß sie für jeden von uns eine Kopie machen und das Band löschen soll. Unsere Kopien kommen in den Safe, und du tust deine zu den Papieren, die das Finanzamt nicht sehen darf, Jake.«

»Ich werde meine Kopie an einen noch sichereren Ort unterbringen – wo ich die Akten schuldiger Klienten verwahre. Aber ich muß dich darauf hinweisen, Johann, daß ich nicht berechtigt bin, einen Klienten zu beraten, wie er Gesetze brechen oder umgehen kann. Ich darf ihm nicht mal erlauben, eine solche Absicht zu diskutieren.«

»Hör schon auf, du alter Gauner. Seit Jahren berätst du mich zweimal die Woche, wie ich Gesetze brechen oder umgehen kann. Zu welchem anderen Zweck würde die Wirtschaft so viele Juristen beschäftigen?«

»Ich habe nicht gesagt, daß ich mich immer an die Ehrenordnung meines Berufsstandes gehalten hätte; ich sagte dir bloß, was sie verbietet. Ich leugne nicht, daß mein Berufsethos einen gewissen Spielraum hat – aber ich werde nichts mitmachen, das nach Körperraub, Entführung oder Beihilfe zur Sklaverei aussieht.«

»Erspare mir den Sermon, Jake; was ich will, ist moralisch und ethisch in Ordnung. Ich brauche deine Hilfe, daß alles völlig legal zugeht. Ich weiß selber, daß wir uns hier keine riskanten Auslegungen leisten können.«

»Hoffentlich.«

»Ich weiß es. Ich sagte, daß ich einen Körper kaufen will – legal. Das schließt Körperraub, Entführung und Sklaverei aus. Ich will einen legalen Ankauf tätigen.«

»Kannst du nicht.«

»Warum nicht? Nimm diesen hier«, sagte Smith und zeigte auf seine Brust. »Er ist nicht mal als Dünger viel wert; nichtsdestoweniger kann ich ihn einem anatomischen Institut vermachen und dafür dreißig Dollar kassieren. Du weißt es.«

»Ich glaube, ich muß das näher erklären. Einen eigentumsrechtlichen Besitz an einem menschlichen Wesen gibt es nicht. Das ist im Antisklavereiartikel der Verfassung festgelegt. In diesem Sinne ist dein Körper nicht dein Eigentum, weil du ihn nicht verkaufen kannst. Aber ein Kadaver ist Eigentum, obwohl er nicht oft wie andere Eigentumswerte behandelt wird und besonderen Hygienebestimmungen unterliegt. Aber er ist tatsächlich Eigentum der Erben. Wenn du einen Kadaver kaufen willst, läßt sich das einrichten, nehme ich an. Aber warst du es nicht, der eben erst jemand als Ghoul beschimpft hat?»

»Was ist ein Kadaver, Jake?«

»Eh? In unserem Fall der tote Körper eines Menschen. Die juristische Definition ist komplizierter, läuft aber auf das gleiche hinaus.«

»Es ist der kompliziertere Aspekt, der mich interessiert, Jake. Gut, wenn einer tot ist, dann kann man ihn als Eigentum betrachten und vielleicht kaufen. Aber was ist Tod, Jake, und wann tritt er ein? Was sagt das Gesetz?«

»Das Gesetz ist, was der Oberste Gerichtshof sagt. Glücklicherweise wurde dieser Fall in den siebziger Jahren durch ein Grundsatzurteil geklärt. Viele Jahrhunderte lang war ein Mensch tot, wenn sein Herz zu schlagen aufhörte. Dann galt er für etwa ein Jahrhundert als tot, wenn ein zugelassener Arzt ihn auf Atmung und Herztätigkeit untersuchte und einen Totenschein ausstellte. Das hatte zuweilen schreckliche Folgen, weil Ärzte auch Fehler machen. Und dann kamen die ersten Herzverpflanzungen und führten zu völliger juristischer Verwirrung. Aber der Fall jenes Henry M. Parsons aus Rhode Island regelte die Sache: Ein Mensch ist tot, wenn alle meßbare Gehirntätigkeite endgültig aufgehört hat.«

»Und was bedeutet das?« beharrte Smith.

»Das Gericht hatte keine weitergehende Definition. Aber in der Anwendung – sieh mal, Johann, ich bin Anwalt für Wirtschafts- und Handelsrecht, kein Spezialist für medizinische Jurisprudenz oder Gerichtsmedizin. Ich müßte erst Nachforschungen anstellen, bevor ich ...«

»Gut, du bist nicht Gott. Du kannst deine Bemerkungen später revidieren. Was weißt du jetzt?«

»Wenn der genaue Zeitpunkt des Todes wichtig ist, wie zum Beispiel bei Mordfällen oder wenn es um Organtransplantationen geht, dann entscheidet irgendein Arzt, daß die Gehirntätigkeit erloschen ist und nicht wieder anfangen wird. Sie machen verschiedene Versuche und sprechen von ›irreversiblem Koma‹ und ›völliger Abwesenheit neutraler Aktivität‹, oder von ›irreparabler Schädigung der Großhirnrinde‹, aber es läuft alles darauf hinaus, daß ein Arzt dafür bürgt, daß dieses Gehirn tot ist und nicht mehr zum Leben erwachen wird.

Herz und Lunge sind heutzutage irrelevant; sie gelten genau wie Hände, Füße oder andere Körperteile als austauschbar. Das Gehirn allein zählt. Und die Meinung eines Arztes über das Gehirn. In Verpflanzungsfällen sind fast immer zwei Amtsärzte anwesend, die nichts mit der Operation zu tun haben und darüber wachen, daß keine kriminellen oder unerlaubten Handlungen vorkommen. Das geschieht hauptsächlich, um einer restriktiven Gesetzgebung zuvorzukommen. Das Problem bei einer Transplantation besteht ja darin, daß sie das betreffende Organ herausholen müssen, solange es noch lebt, sich zugleich aber gegen Mordanklagen und Schadensersatzforderungen in Millionenhöhe schützen müssen. So verteilen sie die Verantwortlichkeit und geben einander Rückendeckung.«

»Ja«, sagte Smith. »Jake, du hast mir nichts gesagt, was ich nicht schon wußte – aber deine Bestätigung hat mich erleichtert. Nun weiß ich, daß es getan werden kann. Also, ich will einen gesunden Körper zwischen zwanzig und vierzig, noch warm und mit noch funktionierendem Herzen, ohne andere Schäden, deren Reparatur übergroße Schwierigkeiten machen würde, aber mit einem Gehirn, das unter allen legalen und medizinischen Aspekten tot und nochmals tot ist. Ich will den Körper kaufen und dieses mein Gehirn in seinen Schädel verpflanzen lassen.«

Eunice saß ganz still. Jake zwinkerte ungläubig. »Wann willst du diesen Körper haben? Im Laufe des Tages?«

»Oh, bis nächsten Mittwoch, ungefähr. Das sollte früh genug sein. Garcia sagt, er könne mich einstweilen in Gang halten.«

»Ich schlage vor«, sagte Jake, »daß wir dir bei der Gelegenheit gleich ein neues Gehirn besorgen – dieses hat zu funktionieren aufgehört.«

»Laß deine Späße, Jake; es ist mein Ernst. Mein Körper fällt auseinander. Aber mein Verstand ist klar, und mein Gedächtnis ist nicht schlecht – ich habe die gestrigen Börsennotierungen aller Aktien im Kopf, die für uns interessant sind. Ich kann noch immer logarithmische Rechnungen ohne Tabelle machen; ich kontrolliere mich täglich, weil ich weiß, wie es um mich steht. Ich habe so viele Hunderte von Millionen, daß ich schon lange aufgehört habe, sie zu zählen. Aber mein Körper ist nur noch mit Klebeband und Draht zusammenzuhalten – sozusagen.

Nun habe ich mein Leben lang immer wieder gehört: ›Du kannst deinen Reichtum nicht mitnehmen.‹ Und vor acht Monaten, als sie mich mit all diesen unwürdigen Schläuchen und Kabeln ans Bett fesselten, fing ich an, über diese alte Redensart nachzudenken. Und ich sagte mir, wenn ich meinen Reichtum nicht mitnehmen kann, werde ich eben nicht gehen!«

»Ha! Du wirst gehen, wenn der Knochenmann dir mit dem Zeigefinger winkt.«

»Vielleicht. Aber ich werde soviel wie nötig für den Versuch ausgeben, ihm ein Schnippchen zu schlagen. Wirst du mir dabei helfen?«

»Johann, wenn du von einer Herztransplantation sprechen würdest, würde ich sagen: ›Viel Glück, und Gott steh dir bei‹; aber eine Gehirntransplantation ... Hast du eine Ahnung, was das bedeutet?«

»Nein, und du auch nicht. Aber ich weiß mehr darüber als du; ich hatte jede Menge Zeit und konnte viel lesen. Du brauchst mir nicht zu sagen, daß noch nie eine erfolgreiche Verpflanzung eines menschlichen Gehirns gelungen ist. Ich weiß es. Du brauchst mir nicht zu erzählen, daß die Chinesen es mehrmals versuchten, aber ohne wirklichen Erfolg, obwohl drei von ihren Patienten noch leben, wenn ich richtig informiert bin. Es ist einfach nicht gelungen, ein zufriedenstellendes Verwachsen von Gehirn und motorischem Nervensystem zu erreichen. Die Gehirne leben in den fremden Körpern, können sie aber nicht steuern.«

»Möchtest du so ein Fall werden?«

»Nein. Aber es gibt zwei Schimpansen, die auf Bäumen klettern und Bananen essen, während wir hier reden – und jeder von ihnen hat das Gehirn, mit dem der andere angefangen hatte.«

»Oho! Diese Australier.«

»Doktor Lindsay Boyle. Er ist der Neurochirurg, den ich haben muß.«

»Boyle. Es gab einen Skandal, nicht wahr? Mußte er nicht auswandern, weil kein Krankenhaus in Australien ihn haben wollte?«

»Richtig, Jake. Schon mal von beruflicher Eifersucht gehört? Die meisten Neurochirurgen sind mit der Idee verheiratet, daß eine Gehirnverpflanzung zu kompliziert sei. Aber wenn du tiefer in die Materie eindringst, wirst du feststellen, daß die gleichen Ansichten vor fünfzig Jahren über Herzverpflanzungen geäußert wurden. Wenn du Neurochirurgen nach diesen Schimpansen fragst, werden sie dir im günstigsten Fall sagen, daß es ein Schwindel sei – obwohl von beiden Operationen Filme existieren. Oder sie reden von den vielen Fehlschlägen, die Boyle erlebte, bevor er gelernt hatte, wie es gemacht wird. Jake, sie hassen ihn so, daß er in seinem ganzen Heimatland keinen Operationssaal bekommen konnte, als er die Transplantation eines menschlichen Gehirns versuchen wollte. Diese niederträchtigen Schurken!«

»Wo ist er jetzt, Johann?«

»In Buenos Aires.«

»Kannst du so weit reisen?«

»Vielleicht, in einem Flugzeug, wo alle diese mechanischen Monstrositäten Platz haben, mit denen sie mich am Leben erhalten. Aber zuerst brauchen wir einen Körper. Und die bestmögliche Klinik für Neurochirurgie, mit Hilfscomputer und einem Stab von Chirurgen, die ihn unterstützen, und was sonst noch dazu gehört. Ich denke an das Johns-Hopkins-Krankenhaus. Oder an die Stanford-Universitätsklinik.«

»Ich wage die Prognose, daß keine dieser beiden Institutionen einem so umstrittenen Mann wie Boyle das Operieren erlauben wird.«

»Selbstverständlich werden sie es tun. Weißt du nicht, wie man eine Universität bestechen kann?«

»Ich habe es nie versucht.«

»Du tust es mit richtig großen Brocken Geld, ganz offen, mit einer akademischen Prozession, um der Sache Würde zu geben. Aber vorher informierst du dich, was sie wollen – eine Tribüne für das Sportstadion, eine Schwimmhalle, einen gut ausgestatteten neuen Lehrstuhl. Aber der Schlüssel ist viel Geld. Von meinem Standpunkt gesehen, ist es besser, lebendig und wieder jung und mittellos zu sein, als der reichste Leichnam in der teuersten Marmorgruft des Landes zu sein.« Smith lächelte. »Es würde mir Spaß machen, jung und pleite zu sein. Also sei nicht knauserig.

Ich weiß, daß du Boyle alle Türen öffnen kannst; es ist nur eine Frage, wer wie bestochen werden muß. Das schwierigste Problem liegt anderswo, und zu seiner Lösung bedarf es nicht der Bestechung, sondern einfach der Bereitschaft, Geld auszugeben. Ich meine die Lokalisierung eines geeigneten lebenswarmen Körpers. Jake, in diesem Land werden allein bei Verkehrsunfällen jedes Jahr neunzigtausend Menschen getötet – täglich etwa zweihundertfünfzig. Viele von diesen Opfern sterben an Kopfverletzungen. Ein überdurchschnittlicher Prozentsatz von ihnen ist zwischen zwanzig und vierzig Jahren alt und abgesehen von einem gebrochenen Schädel und einem ruinierten Gehirn bei guter Gesundheit. Das Problem ist, einen zu finden, während der Körper noch lebendig ist, ihn dann am Leben zu erhalten und auf dem schnellsten Weg in den Operationssaal zu bringen.«

»Verfolgt von Frauen und Verwandten und Polizisten und Anwälten.«

»Gewiß, ohne vorausschauende Planung geht es nicht. Man könnte eine Art Finderlohn aussetzen, bloß dürftest du es nicht so nennen. Ambulanzhubschrauber mit Herz-Lungen-Maschinen und von uns bezahltem Personal müssen rund um die Uhr bei den Punkten bereitstehen, wo der Verkehr am schlimmsten und die Unfallhäufigkeit statistisch am höchsten ist. Großzügige Spenden für den Unterstützungsfonds der Verkehrsstreifenbeamten, Tausende von unterschriftsreifen Verzichtserklärungen und verschwenderischen Abfindungen für die Hinterlassenen – wenigstens eine Million Dollar. O ja, ich vergaß beinahe, daß ich eine seltene Blutgruppe habe, und eine Transplantation wird wahrscheinlich eher gelingen, wenn sie nicht auch noch das Blut austauschen müssen. In diesem Land gibt es etwa eine Million Menschen meiner Blutgruppe. Keine unmögliche Zahl, wenn du sie durch die Altersspanne – zwanzig bis vierzig – und gute Gesundheit weiter reduzierst. Sagen wir dreihunderttausend im Höchstfall. Jake, wenn wir große Zeitungsanzeigen brächten und günstige Sendezeiten im Fernsehen kauften, wie viele von diesen Leute könnten wir aus den Büschen locken? Wenn wir eine Million Dollar als Köder auslegten? Mit einem Vorschuß für jeden potentiellen Spender und seine Ehehälfte, der bereit ist, im voraus zu unterschreiben?«

»Johann, ich weiß es wirklich nicht. Aber ich wäre nicht gern mit einer Frau verheiratet, die eine Million kassieren könnte, wenn sie mir ›aus Versehen‹ einen Hammer in den Schädel schlagen würde.«

»Das sind Details, Jake. Schreib es so, daß niemand morden und davon profitieren kann – und Selbstmord muß auch ausgeschlossen sein. Ich will kein Blut an meinen Händen haben. Das eigentliche Problem ist, gesunde junge Leute meiner Blutgruppe ausfindig zu machen und ihre Namen und Adressen in einem Computer zu speichern.«

»Entschuldigen Sie, Boß«, sagte Eunice, »aber haben Sie daran gedacht, den Verein der Spender seltenen Blutes zu konsultieren?«

»Welche Idee! Ich werde wirklich senil. Nein, daran hatte ich nicht gedacht, Eunice – und wie kommt es, daß Sie davon wissen?«

»Ich bin Mitglied, Sir.«

»Dann sind Sie eine Blutspenderin?«

»Ja. Blutgruppe AB, Rhesus negativ.«

»Ich will verdammt sein, Mädchen! Ich habe auch AB negativ.«

»Ich dachte es mir schon, als Sie die Zahl erwähnten, Boß. Sie ist so klein. Weniger als ein halbes Prozent der Bevölkerung. Mein Mann ist auch AB negativ und Blutspender. Ich lernte Joe kennen, als wir eines Tages beide in ein Krankenhaus gerufen wurden, um einem Neugeborenen und seiner Mutter Blut zu geben.«

»Nun, ein dreifaches Hoch auf Joe Branca! Ich wußte, daß er ein schlauer Bursche sein muß – er packte Sie gleich, und ließ nicht mehr locker, wie? Ich will Ihnen was sagen, liebes Kind: Wenn Sie heute abend nach Hause kommen, sagen Sie Ihrem Joe, daß er nur einen Kopfsprung in ein trockenes Schwimmbecken zu machen braucht, und Sie werden nicht nur die hübscheste Witwe in der ganzen Stadt sein, sondern auch die reichste.«

»Boß, Sie haben einen bösartigen Humor. Ich würde Joe für keine Million Dollar hergeben. Geld kann einen in einer kalten Nacht nicht warmhalten.«

»Wie ich zu meinem Leidwesen erfahren mußte, Eunice. Jake, kann mein Testament angefochten werden?«

»Jedes Testament kann angefochten werden. Aber ich

glaube nicht, daß man bei deinem Erfolg damit haben würde. Ich habe genügend Sicherheitsklauseln eingebaut.«

»Nehmen wir an, ich verfasse ein neues Testament, das im Großen und Ganzen dem alten entspricht, von ein paar Änderungen abgesehen – wäre das auch unanfechtbar?«

»Nein.«

»Warum nicht?«

»Du hast es selbst gesagt. Senilität. Jedesmal, wenn ein Reicher in fortgeschrittenem Alter stirbt, der erst kurz zuvor sein Testament geändert hat, wird es von jedem, der sich etwas davon verspricht, angefochten – in deinem Fall von deinen Enkeltöchtern. Sie werden versuchen, Senilität und Beeinflußbarkeit zu unterstellen. Und ich nehme an, sie kämen damit durch.«

»Ein Jammer. Ich wollte Eunice eine Milion hinterlassen, damit sie nicht in Versuchung gerät, ihren Ehemann zu töten.«

»Boß, Sie machen schon wieder Scherze auf meine Kosten. Üble Scherze.«

»Eunice, ich habe vorhin schon gesagt, daß ich über Geld nicht scherze. Wie können wir die Sache handhaben, Jake, wenn ich schon zu senil bin, um mein Testament zu ändern?«

»Nun, der einfachste Weg bestünde in einer Lebensversicherung, die bereits nach einer einzigen Zahlung fällig werden könnte ... was in Anbetracht deines Alters und Gesundheitszustandes etwas mehr als eine Million kosten dürfte, nehme ich an. Aber sie würde das Geld bekommen, selbst wenn dein Testament für ungültig erklärt würde.«

»Mr. Salomon, hören Sie nicht auf ihn.«

»Johann, soll die Million an dich zurückfallen, wenn du aufgrund irgendwelcher Umstände Eunice überleben solltest?«

»Mmm ... nein, besser nicht. Ein Richter könnte beschließen, die Angelegenheit genauer unter die Lupe zu nehmen, und selbst Gott weiß nicht, was einem Richter alles in den Sinn kommen kann. Laß es dem Roten Kreuz zukommen, oder nein, besser dem Verein der Spender seltenen Blutes.«

»In Ordnung.«

»Sieh zu, daß die Prämie gleich morgen früh bezahlt wird, oder nein, erledige das noch heute abend, vielleicht lebe ich nicht mehr bis morgen.«

»Wird erledigt. Eunice, passen Sie auf, daß Sie nicht über all die Drähte und Schläuche stolpern, wenn Sie gehen. Morgen müssen Sie dann nicht mehr vorsichtig sein – jedenfalls nicht, solange Sie sich nicht erwischen lassen.«

»Sie haben beide einen garstigen Sinn für Humor«, schniefte Eunice. »Boß, ich will das Geld nicht haben. Ich will keine Million, weder für Joes Tod noch für Ihren.«

»Wenn Sie es wirklich nicht wollen, Eunice«, sagte ihr Arbeitgeber sanft, »können Sie als Begünstigte zurücktreten und statt dessen den Verein der Spender seltenen Blutes einsetzen.«

»Oh … stimmt das, Mr. Salomon?«

»Ja, Eunice. Allerdings ist es sehr angenehm, Geld zu haben. Ihr Mann würde es vielleicht nicht sehr schätzen, wenn sie eine Million Dollar ausschlagen.«

»Äh …« Eunice verstummte nachdenklich.

»Jake, du weißt also, was du zu tun hast. Boyle muß verständigt werden, und wenn er eine Erlaubnis braucht, in diesem Land als Chirurg zu arbeiten, wirst du sie ihm besorgen. Und so weiter. Miss MacIntosh!«

»Ja, Mr. Smith?« kam eine Stimme von der Konsole.

»Ich möchte ins Bett.«

»Ja, Sir. Ich werde Doktor Garcia Bescheid sagen.«

Jake stand auf. »Bis morgen, Johann. Du bist ein verrückter Dummkopf.«

»Wahrscheinlich. Aber ich habe Spaß mit meinem Geld.«

»Man sieht es. Eunice, darf ich Sie nach Hause bringen?«

»O nein, Sir, danke. Mein Wagen ist im Keller.«

»Eunice«, sagte Smith, »können Sie nicht sehen, daß der alte Ziegenbock darauf brennt, Sie nach Hause zu bringen? Seien Sie gnädig mit ihm. Einer von meinen Wächtern wird Ihren Wagen zu Ihrer Wohnung bringen.«

»Ah … danke, Mr. Salomon. Ich bin einverstanden. Schlafen Sie gut, Boß.«

»Einen Moment«, befahl Smith. »Bleiben Sie so stehen. Jake, schau dir dieses Fahrgestell an. Eunice, Sie haben wirklich wundervolle Beine.«

»Das haben Sie mir schon einmal gesagt, Sir – und mein Ehemann erzählt mir das auch des öfteren. Boß, Sie sind ein schmutziger alter Mann.«

Er kicherte. »Das bin ich, meine Liebe ... und zwar schon seit meinem sechsten Lebensjahr.«

KAPITEL ZWEI

Jake Salomon half ihr in den Mantel, und sie gingen in die Tiefgarage. Als sie in Salomons Wagen saßen, sperrten der Fahrer und sein bewaffneter Begleiter die Fondtüren zu und nahmen vorn ihre Plätze ein. Eunice sah sich erstaunt und neugierig um. »Wie groß! Ich wußte, daß ein Rolls-Royce geräumig ist, aber dies ist ja ein Salon. Ich habe noch nie in einem gesessen.«

»Es ist nur dem Namen nach ein Rolls, Eunice. Das Triebwerk, weiter nichts. Alles übrige wird von Skoda geliefert und in England nur noch zusammengebaut. Sie hätten vor fünfzig Jahren einen Rolls sehen sollen, bevor Benzinmotoren verboten wurden. Das war ein Traumwagen!«

»Dieser ist traumhaft genug. Ich glaube, mein kleiner Rutscher würde in dieses Abteil passen.«

Eine Stimme von der Decke sagte: »Wohin, Sir?«

Salomon berührte einen Schalter. »Einen Moment, Rockford.« Er hob seine Hand und sagte: »Wo wohnen Sie, Eunice?«

»Siebenunddreißigste Straße hundertachtzehn, dann in die neunzehnte Etage. Aber ich glaube nicht, daß dieser Koloß in den Wagenaufzug hineinpassen wird.«

»Wenn nicht, werden Rockford und sein Kollege Sie mit dem Personenaufzug hinaufbringen und zu Ihrer Tür geleiten.«

»Das ist sehr nett von Ihnen. Joe will nicht, daß ich allein in Personenaufzügen fahre.«

»Joe hat recht. Wir werden Sie abliefern wie einen Eilbotenbrief. Haben Sie es eilig?«

»Ich? Joe erwartet mich zu keiner bestimmten Zeit. Mr. Smiths Arbeitsstunden sind so unregelmäßig, daß ich nie weiß, wann ich nach Hause komme. Heute bin ich früher als sonst fertig.«

»Gut.« Salomon berührte wieder den Mikrophonschalter. »Siebenunddreißigste Straße, Nummer hundertachtzehn, Rockford. Das ist die Zone achtzehn, glaube ich.«

»Neunzehn B, Sir«, sagte Eunice.

»Sehr gut, Sir.«

Salomon nahm die Hand vom Schalter und wandte sich wieder zu Eunice. »Das Fondabteil dieses Wagens ist zum Fahrer schalldicht abgeschlossen, wenn ich nicht diesen Schalter drücke; die zwei können zu mir sprechen, aber nicht hören, was wir uns erzählen. Und das ist sehr nützlich, denn ich muß Anrufe machen und möchte auch mit Ihnen diskutieren. Viele Dinge müssen gleichzeitig in Angriff genommen werden. Sie haben ihn gehört.«

»Sie sollten sich nicht überarbeiten, Mr. Salomon. Morgen ist auch noch ein Tag.«

»Mrs. Branca, ich arbeite seit sechsundzwanzig Jahren für Johann Smith, und seit fünfzehn Jahren ist er der einzige Klient meiner Kanzlei. Heute hat er mich zum Mitregenten über ein Industrieimperium gemacht. Und trotzdem – würde ich einen seiner Befehle nicht so ausführen, wie er es sich vorstellt, wäre ich morgen ohne Arbeit.«

»Oh, sicherlich nicht! Er ist von Ihnen abhängig. Er verläßt sich auf Sie.«

»Er verläßt sich auf mich, solange er sich auf mich verlassen kann, und nicht eine Minute länger. Vor allem muß ich seine Entscheidungen absichern. Seine Enkelinnen liegen seit Jahren auf der Lauer und ärgern sich über jeden Dollar, den er vor seinem Tod noch ausgibt. Wenn sie von diesem Transplantationsplan hören, sind sie imstande, vor Gericht zu ziehen und seine Entmündigung zu beantragen.«

»Sie haben natürlich Angst, daß er eine Menge Geld verpulvert, auf das sie spekulieren.«

»Genau. Sie sind Harpyien. Und hatten nichts mit der Bildung seines Vermögens zu tun. Kennen Sie Johanns Familienverhältnisse? Er hat drei Frauen überlebt – und die vierte heiratete ihn wegen seines Geldes, als er fünfundachtzig war. Fast fünfzig Jahre jünger als er. Der alte Dummkopf. Ein paar Jahre später kostete es ihn Millionen, sie wieder loszuwerden. Seine erste Frau gab ihm einen Sohn und starb dabei. Der Sohn fiel, als er versuchte, irgendeinen wertlosen Hügel zu erobern. Zwei weitere Frauen, zwei Scheidungen, eine Tochter von jeder dieser zwei Frauen. Die Töchter verschafften ihm insgesamt vier Enkelinnen. Jetzt sind die Exfrauen und ihre Töchter alle tot, und ihre räuberischen Abkömmlinge warten schon lange, daß Johann stirbt, und sind wütend, weil er ihnen den Gefallen noch nicht getan hat.«

Salomon grinste in sich hinein. »Bei der Testamentseröffnung wird für sie der Schock ihres Lebens fällig sein. Johann hat darin verfügt, daß jede von ihnen auf Lebenszeiten ein kleines laufendes Einkommen erhält – und mit einem nominellen Dollar abgefunden wird, sollte sie das Testament anfechten. Aber nun entschuldigen Sie mich bitte; ich muß Anrufe machen.«

»Gewiß. Darf ich meinen Mantel ausziehen: Es ist ziemlich warm.«

»Soll ich die Kühlung einschalten?«

»Nur wenn es Ihnen zu warm ist. Aber dieser Mantel ist schwerer als er aussieht.«

»Ich bemerkte, daß er schwer ist. Kugelsichere Einlage?«

»Ja. Ich bin ziemlich viel allein unterwegs.«

»Kein Wunder, daß Ihnen warm ist. Ziehen Sie ihn aus. Ziehen Sie alles aus, was sie möchten.«

Sie grinste ihn an. »Mir scheint, Sie sind auch ein schmutziger alter Mann.«

Jake Salomon griff zum Telefon. Eunice Branca wand sich aus ihrem schweren Mantel, hob die Fußstütze auf ihrer Seite, streckte sich aus und begann sich zu entspannen.

Was für ein seltsamer Tag! ... Vorstandsmitglied mit Direktorengehalt ... kaum zu glauben, soviel Geld ... jedenfalls muß ich sehen, daß Joe nicht zuviel davon in die Finger kriegt ... manche Männer verstehen Geld und können damit umgehen, wie der Boß, oder Mr. Salomon, und manche verstehen es nicht und können nichts damit anfangen, wie Joe ... aber ein liebevoller und gutmütiger Mann, wie ein Mädchen sich keinen besseren wünschen kann ... Hauptsache, wir wiederholen nicht den Fehler mit dem gemeinsamen Konto ... Der liebe Joe! Er ist gut zu einem Mädchen ... möchte wissen, was er denken würde, wenn er mich mit dem alten Ziegenbock in dieser Luxuskutsche sehen könnte? ... es würde ihn wahrscheinlich amüsieren, aber besser, ich sage nichts ... der Verstand eines Mannes arbeitet irgendwie anders als bei unsereinem ... auch falsch, von Mr. Salomon als einem alten Ziegenbock zu denken; hat sich gewiß nicht wie einer benommen ... ob er zu alt ist? ... nein, wie sie heutzutage noch die ältesten Knacker mit Hormonen aufmöbeln, kann einer, solange er sich auf den Beinen hält ... bei einem wie dem Boß ist natürlich alles vorbei ... ob er wirklich glaubt, er könne seine Jugend zurückholen, indem er sein Gehirn verpflanzen läßt? ... Lungen und Nieren und auch Herzen, gut – aber ein Gehirn? ...

Salomon schaltete das Telefon aus. »Erledigt«, sagte er. »Wenn ich nach Hause komme, geht es erst richtig los, aber jetzt wollen wir uns ein wenig unterhalten. Erzählen Sie mir von sich, Eunice – wie alt Sie sind, wie lange verheiratet und zum wievielten Mal, Zahl der Kinder, warum das Fernsehen sie noch nicht engagiert hat, was Ihr Mann macht, wie Sie Johanns Sekretärin geworden sind, Zahl der Verhaftungen und weshalb ... Sie können mir auch sagen, daß ich mich zum Teufel scheren soll; Ihre Privatsphäre gehört schließlich ihnen. Aber ich würde Sie gern besser kennenlernen; wir werden von jetzt ab viel zusammenarbeiten.«

»Es macht mir nichts aus, von mir zu erzählen, denn ich habe keine Geheimnisse«, sagte Eunice. (Ich erzähle ja doch nur, was ich auch wirklich erzählen will). Sie ließ ihre Fußstütze herunter und setzte sich aufrecht. »Ich bin achtundzwanzig, das erstemal verheiratet und noch ohne Kinder, obwohl ich für zwei die Genehmigung habe. Mit achtzehn gewann ich einen Schönheitswettbewerb, mit einem Jahresvertrag für Auftritte in verschiedenen Städten des Landes, Probeaufnahmen fürs Fernsehen, die üblichen Sachen. Aber dann fiel ich beim nationalen Schönheitswettbewerb durch und begriff, wie viele hübsche Mädchen es gibt. Zu viele. Und als ich von ihnen hörte, was man alles durchmachen muß, um ins Fernsehen zu kommen und dort zu bleiben, da gab ich auf. So scharf war ich nicht darauf. Ich ging wieder zur Schule und ließ mich als Programmiererin und Sekretärin ausbilden, und danach suchte ich mir einen Arbeitsplatz. Der war hier in der Hauptverwaltung. Später arbeitete ich als Aushilfe für Mr. Biermann, während seine reguläre Sekretärin ein Kind bekam ... dann kam sie nicht zurück, und ich blieb, und als Mr. Biermann in den Ruhestand ging, fragte mich Mr. Smith, ob ich es bei ihm versuchen wolle, und so ergab es sich, daß ich heute hier sitze. Ich kann sagen, daß ich sehr viel Glück gehabt habe.«

»Sie sind ein kluges und tüchtiges Mädchen, Eunice. Aber ich glaube bestimmt, daß Ihr Aussehen viel damit zu tun hatte, daß Johann Sie als seine persönliche Sekretärin behielt.«

»Ich weiß«, sagte sie. »Andererseits hätte er mich nicht behalten, wenn ich mit seiner Arbeit nicht zurechtgekommen wäre.«

»Das ist richtig«, stimmte er zu, »allerdings gibt es recht beeindruckende Statistiken, die beweisen, daß schöne Frauen im Durchschnitt intelligenter sind als der eher häusliche Typ.«

»Oh, das glaube ich nicht! Nehmen Sie zum Beispiel Mrs. Biermann – sie sieht wirklich sehr bieder aus, ist aber ausgesprochen clever.«

»Ich sagte ›im Durchschnitt‹«, erwiderte er. »Was ist denn ›Schönheit‹? Ein weibliches Nilpferd muß seinem Partner schön erscheinen, sonst wäre die Art innerhalb einer Generation ausgestorben. Was wir als ›Schönheit‹ bezeichnen, ist mit Sicherheit nur eine Art Sammelbegriff für diverse überlebenswichtige Charakteristika. Und dazu gehört auch die Intelligenz. Glauben Sie, ein männliches Nilpferd würde *Sie* für schön halten?«

Sie kicherte. »Wahrscheinlich nicht.«

»Sehen Sie? In Wirklichkeit sind Sie gar nicht schöner als ein weibliches Nilpferd. Sie sind lediglich eine Ansammlung bestimmter Charakteristika, die für das Überleben unserer Art von Nutzen sind.«

»Wahrscheinlich haben Sie recht.« (Hmpf! Gib mir nur eine Chance, dann zeige ich dir schon, was ich bin.)

»Doch da Johann – und ich – zu Ihrer Spezies gehören, empfinden wir Sie als schön. Johann war davon immer sehr angetan.«

»Ja, das weiß ich.« Sie streckte ihr scharlachrotes Bein von sich und betrachtete es kritisch. »Ich ziehe mich so an, weil es dem Boß gefällt. Als ich anfing, trug ich so wenig wie die anderen Mädchen in den äußeren Büros – Sie wissen schon, Hautmalerei und sonst nicht viel. Dann, als ich für Mr. Biermann arbeitete, fing ich an, ganz züchtige und einfache Kleider zu tragen – hochgeschlossen und so, nicht mal durchscheinend –, denn er war eine Art Puritaner und verachtete Mädchen, die halbnackt oder dreiviertelnackt herumliefen. Wenn die Frauen nicht als Ware angesehen werden wollen, sagte er immer, dann sollen sie sich auch nicht als Ware ausstellen. Das nahm ich mir damals zu Herzen, und so blieb ich bei meinen einfachen Kleidern, als ich bei Mr. Smith anfing.

Bis er mich an einem Samstagabend zu sich bestellte. Er hatte ein paar brandeilige Sachen und wollte, daß ich sofort zu ihm käme. Ich hatte eine Art Bikini an, und Joe hatte mich gerade bemalt, weil wir zu Freunden wollten. Joe ist Künstler, habe ich Ihnen das schon gesagt?«

»Ich glaube nicht.«

»Er ist es wirklich. Er macht meine Hautmalerei, gestaltet sogar mein Gesicht. Nun, ich raste sofort los – Sie wissen, wie ungeduldig Mr. Smith ist, und ich war noch neu bei ihm und wollte ihn nicht warten lassen. Ich fuhr sogar durch ein aufgegebenes Gebiet, das ich sonst immer umgehe.«

»Eunice, Sie sollten niemals in ein aufgegebenes Gebiet fahren. Mein Gott, Kind, selbst die Polizei riskierte es nur in gepanzerten Fahrzeugen. Sie könnten vergewaltigt und ermordet werden, und kein Mensch würde jemals davon erfahren.«

»Ja, ich weiß, Mr. Salomon. Nun, damals war ich noch etwas leichtsinnig, und außerdem hatte ich Angst, meinen Job bei Mr. Smith zu verlieren. Ich entschuldigte mich für meinen Aufzug und versuchte ihm zu erklären, warum ich so gekommen war, aber er fand es gut. Von da an hörte ich auf, wie eine Nonne herumzulaufen. Er fiel nie aus der Rolle, wissen Sie. In all den Jahren, die ich für Mr. Smith gearbeitet habe, hat er nie auch nur meine Hand berührt. Er macht bloß schmeichelhafte Bemerkungen, wenn ich wieder mit einem neuen Kostüm komme – zuweilen sind sie ziemlich gesalzen, und dann schelte ich ihn und drohe, es meinem Mann zu sagen, und er gackert vor Vergnügen. Alles ganz harmlos.«

»Sicher. Aber Sie müssen vorsichtiger sein, wenn Sie zur Arbeit fahren oder von der Arbeit kommen. Ich meine nicht bloß, daß Sie die aufgegebenen Zonen meiden sollen. Mit Ihrem Aussehen und der Art, wie Sie sich kleiden, sind Sie überall in Gefahr. Ist Ihnen das nicht klar? Weiß Ihr Mann es nicht?«

»Oh, ich bin vorsichtig, Sir; ich weiß, was passieren kann. Ich lese die Zeitung wie Sie. Aber ich habe keine Angst. Obwohl ich keine Erlaubnis habe, trage ich immer einen Revolver bei mir – und eine Sprühdose mit Tränengas. Und ich weiß damit umzugehen. Der Boß hat mir den Revolver besorgt, und seine Wächter haben mir das Schießen beigebracht.«

»Hmm. Als Jurist wäre ich verpflichtet, Sie zu melden. Aber als ein Mensch, der weiß, was für ein tödlicher Dschungel diese Stadt ist, finde ich es richtig und vernünftig. Wenn Sie den Mut haben, sich im Fall eines Angriffs schnell und wirksam zu verteidigen, und wenn Sie danach klug genug sind, sich schnell davonzumachen und der Polizei nichts zu sagen. Das sind viele ›Wenn‹, Eunice.«

»Wirklich, ich fürchte mich nicht. Wenn Sie mein Anwalt wären, würde alles, was ich Ihnen erzähle, unter Ihre Schweigepflicht fallen, nicht wahr?«

»Ja. Wollen Sie mich zu Ihrem Anwalt machen?«

»Ah ... ja, Sir.«

»Sehr gut. Ich bin es. Erzählen Sie.«

»Nun, eines Abends wurde ich zum Blutspenden gerufen. Ich mußte allein fahren, Joe war nicht da. Es machte mir nichts aus, ich war schon öfter nachts gerufen worden und allein gefahren. Ich habe meinen kleinen Wagen in unserer Wohnung und bleibe darin, bis ich im Innern des Krankenhauses oder wo immer bin. Aber – kennen Sie dieses alte Krankenhaus auf der Westseite, zu Unserer Lieben Frau, oder wie es heißt?«

»Ich fürchte, nicht.«

»Spielt keine Rolle. Es ist ein alter Kasten aus der Zeit, bevor die Regierung die Versuche aufgab, die Sicherheit auf den Straßen zu garantieren. Kein Wagenaufzug, kein Parkplatz im Gebäude. Nur ein offener Platz mit einem Zaun und einem Wächter am Tor. Es passierte, als ich ausstieg. Jemand versuchte, mich zwischen den geparkten Wagen anzuspringen. Ich weiß nicht, ob er meine Geldbörse oder mich wollte. Ich weiß nicht mal, ob es ein Mann war, es könnte auch eine Frau gewesen sein ...«

»Unwahrscheinlich.«

»Wie dem auch sei, bevor er mich greifen konnte, hatte er schon zwei Kugeln im Leib. Ich sah nicht lange nach, wer es war oder ob er tot war. Ich sprang wieder in meinen Wagen und sauste ab, direkt nach Hause. Ich meldete es nicht der Polizei, ich sagte Joe nichts davon. Sie sind der erste, dem ich es anvertraue.«

»Ich sehe, Sie sind ein tapferes Mädchen und können schießen, wenn es sein muß. Aber Sie haben bei Ihrem Leichtsinn auch sehr viel Glück gehabt. Hmm. Johann hat einen gepanzerten Wagen wie diesen und vier Wachen, die immer zu zweit Schichtdienst tun, falls er den Wagen braucht.«

»Natürlich hat er Wachen, mehr als vier, möchte ich meinen. Aber ich weiß nichts von seinen Wagen.«

»Er hat einen Rolls-Skoda. Eunice, wir werden uns nicht länger darauf verlassen, daß Sie schießen können. Sie können Ihren Wagen verkaufen oder Blumen darin pflanzen; von jetzt an werden Sie Leibwächter und einen gepanzerten Wagen haben. Immer.«

Eunice machte ein erschrockenes Gesicht. »Aber Mr. Salomon! Selbst mit meinem neuen Gehalt könnte ich nie ...«

»Hören Sie mich an, liebes Kind. Sie wissen, daß Johann nie wieder in einem Wagen fahren wird. Aber er hat immer noch seinen gepanzerten Rolls mit doppelter Besatzung – zwei Fahrer, zwei Beifahrer mit Schrotflinten. Zur Zeit werden sie vielleicht einmal in der Woche gebraucht, um irgendeine Fahrt zu machen. Die meiste Zeit sitzen sie herum, schlagen sich die Bäuche voll, trinken Bier und spielen Karten. Morgen früh wird mein Wagen Sie abholen und zur Arbeit bringen; morgen nachmittag wird Johanns Wagen für Sie bereitstehen und Sie nach Hause bringen. Und von da an wird er immer auf Abruf zu Ihrer Verfügung sein.«

»Ich weiß nicht, ob der Boß das mögen wird.«

»Das soll nicht Ihre Sorge sein, Eunice. Ich werde ihm meine Meinung darüber sagen, daß er sich nie um Ihre Sicherheit gekümmert hat. Und wenn er Schwierigkeiten macht, wird er feststellen, daß ich genauso eigensinnig sein kann wie er. Seien Sie vernünftig, Eunice; diese Regelung wird ihn keinen Dollar kosten. Es sind Betriebskosten, die ohnedies anfallen. Wechseln wir das Thema. Was halten Sie von seinen Plänen?«

»Ist eine Gehirntransplantation möglich? Oder ist es nur der verzweifelte Griff nach einem Strohhalm? Ich weiß, daß er inmitten all dieser Maschinerien zur Lebenserhaltung nicht glücklich ist; ich habe die Läden nach den frechsten Moden durchgekämmt, aber es wird immer schwieriger, ein Lächeln aus ihm herauszukriegen. Ist dieser Plan überhaupt durchführbar?«

»Darauf kommt es nicht an, Eunice; er hat es befohlen, und wir werden es machen. Hat dieser Blutspenderverein ein Verzeichnis aller AB-Negativen?«

»Lieber Himmel, nein. Soviel ich weiß, sind weniger als viertausend registriert.«

»Zu dumm. Wie denken Sie über seine Idee, Anzeigen und Sendezeiten im Fernsehen zu kaufen?«

»Beides würde sicherlich eine Menge Geld kosten. Aber er kann es sich leisten.«

»Gewiß. Aber es stinkt.«

»Wieso?«

»Eunice, wenn diese Transplantation stattfinden soll, darf es keine Publizität geben. Erinnern Sie sich an den Wirbel, als sie anfingen, Leute tiefzukühlen? Nein, Sie sind zu jung. Ein paar schlaue Geschäftsleute hatten die Idee, wohlhabenden Alten Plätze in einer medizinischen Tiefkühlklinik zu verkaufen. Der Gedanke war, daß sie sich dort kurz vor ihrem Tod einfrieren lassen sollten, um dreißig oder vierzig Jahre später, wenn Krebs und andere Krankheiten heilbar und neue Techniken zur Lebensverlängerung entwickelt wären, wiederbelebt zu werden. Das berührte einen empfindlichen Nerv, und ein Aufheulen ging durch das Land. Die Leute kamen mit ihrem Projekt nicht durch, weil die Politiker die Stimmung in der Bevölkerung nicht ignorieren konnten. Der Mann auf der Straße sagte sich, da die meisten Leute es sich nicht leisten können, soll niemand es haben. Es ist ein neuralgischer Punkt. Was würde geschehen, wenn einer der reichsten Männer des Landes im Fernsehen und durch die Presse verkündete, daß er den lebenswarmen Körper eines anderen kaufen will – bloß um sein eigenes stinkendes, egoistisches Leben zu retten?«

»Ich glaube nicht, daß der Boß so schlecht ist. Wenn Sie seine Krankheit und Schwäche berücksichtigen, ist er sogar sehr nett.«

»Sie reden an der Sache vorbei, Eunice. Ich will Ihnen sagen, was geschehen würde, wenn Sie es sich nicht denken können. Ein neuer Aufschrei von Empörung wäre die Folge. Die Pfarrer würden ihn verdammen, die Ärztevereinigungen würden sich distanzieren, und im Kongreß würden Gesetzesentwürfe zur Verhinderung solcher Praktiken eingebracht. Der Volkszorn würde sich über ihn ergießen – und nicht nur in Leserbriefen an die Zeitungen. Was will der Mann eigentlich? wäre die einhellige Meinung. Jetzt ist er fünfundneunzig Jahre alt, älter als die meisten, und hat immer noch nicht genug. Selbst wenn das Bundesgericht entscheiden würde, daß an einer solchen Transplantation im Prinzip nichts Ungesetzliches ist, würde die Entscheidung zu spät kommen – inzwischen wäre Johann längst tot. Also keine Publizität. Hat der Blutspenderverein Unterlagen über diese anderen AB-Negativen, die nicht als Spender registriert sind?«

»Ich weiß es nicht. Aber ich glaube, nicht.«

»Wir werden es feststellen. Ich glaube, wir können davon ausgehen, daß siebzig bis achtzig Prozent der Bevölkerung irgendwann im Leben eine Blutgruppenuntersuchung mitgemacht haben. Die Ergebnisse müssen irgendwo archiviert sein, und mit dem Informationsverbund, wie wir ihn heute haben, kommt es nur darauf an, welche Fragen man wo und wie stellen muß. Ich kenne eine Firma, die wir damit beauftragen können. Ich werde diese Nachforschungen in Gang bringen, die Detailarbeit auf Sie abwälzen und dann nach Südamerika zu diesem Metzger Boyle fliegen. Und ...

»Mr. Salomon! Dicke Luft voraus.«

Salomon drückte auf den Schalter und brummte: »Muß das sein?« Dann ließ er sich zurückfallen. »Diese zwei Teufel fahren zu ihrem Vergnügen durch die aufgegebene Zone. Sie hoffen, daß jemand auf den Wagen schießen wird, damit sie einen Vorwand haben, zurückzuschießen. Tut mir leid,

Eunice. Mit Ihnen an Bord hätte ich Befehl geben sollen, diese Zonen zu umfahren.«

»Es ist mein Fehler«, sagte Mrs. Branca. »Ich hätte Ihnen sagen sollen, daß es fast unmöglich ist, in meine Gegend zu kommen, ohne eine schlechte Zone zu durchqueren. Wenn ich zum Boß fahre, mache ich immer einen weiten Umweg. Aber hier drinnen sind wir sicher, nicht?«

»O ja. Wenn wir getroffen werden, muß die Karosserie ein wenig überarbeitet werden, das ist alles. Aber die beiden hätten von sich aus verzichten können; schließlich haben sie gesehen, daß eine Dame an Bord ist. Rockford ist im Grunde kein schlechter Kerl; er war ein kleiner Gangster, Geldeintreiber für das Syndikat, bevor er geschnappt wurde. Aber Charlie, sein Beifahrer, ist ein schwerer Junge. Beging schon mit elf einen Mord. Er ...« Stahlrollos glitten aufwärts und bedeckten die kugelsicheren Scheiben der Wagenfenster. Zugleich wurde die Innenbeleuchtung eingeschaltet.

»Wie es scheint, kommen wir jetzt in die Zone«, sagte Salomon gleichmütig. »Nun, die beiden waren lange im Gefängnis, und als sie entlassen wurden, konnten sie natürlich keine anständige Arbeit finden. Ich habe sie genommen, und der Job gefällt ihnen. Sie sind mir dankbar, und ich kann mich auf sie verlassen. Man könnte es praktische Resozialisierung nennen, wenn dieser gewalttätige Aspekt nicht wäre. Immerhin können sie ihre Aggressionen bei mir halbwegs legal abreagieren ...« Irgendwo peitschten Schüsse, und die Einschläge einer Maschinenpistole ratterten über die rechte Seite des Wagens. In dem abgeschlossenen Metallgehäuse war es ein ohrenbetäubender Lärm. Die Innenbeleuchtung ging aus. Eunice keuchte entsetzt und klammerte sich an ihren Begleiter. Eine einzelne Explosion krachte dumpf, und eine Stimme schrie: »Ich hab' ihn!«

Eunice, das Gesicht an seiner Schulter vergraben, fragte: »Sie haben uns?«

»Nein, nein«, sagte Salomon beschwichtigend. Er strich über ihr Haar und legte seinen rechten Arm fest um sie. »Charlie hat den Schützen erwischt. Oder glaubt ihn erwischt zu haben. Das letzte Krachen war eben seine Schrotflinte. Wir sind in Sicherheit.«

»Aber das Licht ist ausgegangen.«

»Das passiert manchmal. Die Erschütterung.« Er ließ sich ins Polster zurückfallen, das Mädchen im Arm. Nach einer Weile sagte er leise: »Lieber Gott, was für ein kuscheliges Baby Sie sind, Eunice. Ich hatte ganz vergessen, wie es ist.«

»Ihre Nähe ist sehr beruhigend ... Mr. Salomon.«

»Können Sie nicht Jake sagen? Versuchen Sie's.«

»Jake. Ja, Jake. Deine Arme sind so stark. Wie alt bist du, Jake?«

»Einundsiebzig.«

»Das kann ich nicht glauben. Du wirkst soviel jünger.«

»Alt genug, dein Großvater zu sein, du kleines Häschen. Ich sehe bloß jünger aus – im Dunkeln.«

»So darfst du nicht reden. Laß uns überhaupt nicht reden, Jake. Lieber Jake.«

»Liebe Eunice.«

Ein paar Minuten später begannen die Stahlrollos sich zu senken, und Rockfords Stimme verkündete: »Alles klar, Sir.« Eunice löste sich hastig von ihrem Begleiter und kicherte nervös.

»Denk dir nichts dabei. Die Trennscheibe ist nur in einer Richtung durchsichtig.«

»Das ist ein Trost. Trotzdem, dieses Tageslicht ist wie ein kalter Wasserguß.«

»Hm, ja. Zerstört die Stimmung. Gerade als ich mich wieder jung fühlte.«

»Aber du bist jung, Jake. Jahre zählen nicht. Meine Güte, dein Hemd und deine Jacke sind ganz beschmiert! Meine Hautmalerei ...«

»Macht nichts. Dafür habe ich dein Haar durcheinandergebracht.«

»Mein Haar kann ich kämmen. Aber was wird deine Frau sagen, wenn sie deine Kleider sieht?«

»Ich habe keine Frau, Eunice. Vor Jahren entschied sie sich für eine neueres Modell.«

»Eine Frau mit schlechtem Geschmack. Du bist ein Typ, der mit dem Alter gewinnt. Sieht mein Haar jetzt besser aus?«

»Großartig.«

»Ich fühle mich beinahe versucht, den Fahrer zu bitten, daß er umkehrt, damit du es wieder durcheinanderbringen kannst.«

»Ich bin mehr als beinahe versucht. Aber ich sollte dich lieber nach Hause bringen. Ich habe noch eine Menge Arbeit vor mir.«

Sie fuhren eine Weile schweigend; dann sagte Mrs. Branca: »Jake ... du fühltest dich ganz jung eben, bevor wir unterbrochen wurden.«

»Ich glaube, du weißt es.«

»Ja. Und ich war bereit, dich zu lassen, weißt du das? Jake, möchtest du ein Aktfoto von mir, als Ersatz? Ein gutes, nicht von so einem Schnüffler, der Tausende dafür verlangt.«

»Du meinst, Dein Mann würde eins von dir machen? Sicher, wenn du einen Abzug beiseite schaffen kannst.«

»Aber Jake – ich habe Dutzende von Aktfotos. Du kannst gern eins haben – wenn du es nicht überall herumzeigst und den Mund halten kannst.«

»Deine Geheimnisse sind bei deinem Anwalt in sicherer Obhut.«

»In welcher Art soll es sein? Künstlerisch? Oder sexy?«

»Oh Gott ... was für eine Wahl!«

»Mmh, vielleicht geht beides zusammen. Ich denke da an eines, wo ich unter der Dusche stehe, mit klatschnassem Haar, überall naß, keinerlei Makeup, weder am Körper, noch im Gesicht, und auch kein ... nun, du wirst schon sehen. Wäre so etwas in deinem Sinne?«

»Ich werde heulen wie ein Wolf!

»Also, du sollst eins haben. Themawechsel; wir sind gleich da. Jake? Glaubst du, daß der Boß bei dieser Transplantation eine Überlebenschance hat?«

»Ich bin kein Mediziner. Nach meiner laienhaften Ansicht – keine.«

»Das dachte ich mir. Er hat also nicht mehr lange zu leben, Operation oder nicht. Jake, ich werde mich bemühen, mich für ihn noch frecher als bisher anzuziehen.«

»Eunice, du bist ein süßes Mädchen. Es gibt nichts Netteres, was du für ihn tun könntest. Und es ist die beste Art, wie du dich für die Versicherung bedanken kannst.«

»Ich habe nicht an diese lächerliche Million gedacht, Jake, sondern nur an den Boß. Es tut mir leid für ihn. Ich werde noch heute abend versuchen, etwas wirklich Ausgefallenes für ihn zu finden. Wenn ich nichts Passendes finde, nehme ich einfach einen hautengen, durchsichtigen Body ... ist zwar aus der Mode, aber mit der riesigen Bemalung darunter – Joe ist in so etwas wirklich gut. Und ... nun ja, da ich jetzt eigene Wachen habe, trage ich vielleicht an manchen Tagen gar nichts außer Farbe – nur hochhackige Schuhe dazu, dann sehen meine Beine noch besser aus ...«

»Und Parfüm.«

»Der Boß kann nichts mehr riechen, Jake. Funktioniert nicht mehr.«

»Ich habe meinen Geruchssinn aber noch.«

»Oh. In Ordnung. Ich trage Parfüm für dich. Und Farbe für den Boß. So was Extremes habe ich noch nie bei der Arbeit ausprobiert ... aber jetzt, wo wir nicht mehr in seinem Büro arbeiten und weit weniger Leute als früher zu ihm kommen, kann ich mal testen, ob dem Boß so etwas gefällt. Joe mag es, sich provokante Designs für mich auszudenken, und er ist auch nicht eifersüchtig auf den Boß, ihm tut der arme alte Mann genauso leid wie mir. Außerdem ist es unheimlich schwierig, wirklich ausgefallene Kleidung zu finden, obwohl ich mindestens einen Abend pro Woche einkaufen gehe.«

»Eunice.«

»Ja, Jake?«

»Geh heute abend nicht mehr einkaufen. Das ist eine Anweisung vom Anwalt deines Chefs.«

»Ja, Jake. Darf ich fragen, warum?«

»Wenn du willst, kannst du morgen ausschließlich Körperbemalung tragen – dieser Wagen und meine Wachen werden dich so sicher wie die Kronjuwelen befördern. Doch heute nacht brauche ich den Wagen. Ab morgen stehen dir dann Johanns Wagen und seine Leibwächter zur Verfügung, und du wirst sie *immer* dabei haben, wenn du einkaufen willst. Und bei allen anderen Gelegenheiten ebenfalls.«

»Ja, Jake«, sagte sie sanft.

»Übrigens irrst du dich, wenn du denkst, Johann hätte nicht mehr lange zu leben. Sein Problem besteht darin, daß er *zu lange* leben muß.«

»Das verstehe ich nicht.«

»Sein Problem ist, daß sie ihn nicht sterben lassen. Er ist gefangen, Eunice. Er ist in den Händen der Mediziner, und so lange er lebt, können sie eine Menge Geld machen. Außerdem sehen sie es als ihre Aufgabe an, einen Menschen am Leben zu erhalten, und so verweigern sie ihm die Gnade, einfach einzuschlafen. Als er sich von ihnen in alle diese lebenserhaltenden Apparaturen einbauen ließ, verlor er seine letzte Chance. Hast du bemerkt, daß seine Mahlzeiten ohne Messer und Gabel serviert werden? Nur mit einem Plastiklöffel.«

»Aber seine Hände zittern so ...«

»Denk darüber nach. Sie haben es ihm unmöglich gemacht, irgend etwas anderes zu tun als am Leben zu bleiben. Er ist wie eine Maschine. Eine müde Maschine, die die ganze Zeit schmerzt. Eunice, diese Gehirnverpflanzung ist für Johann bloß ein Mittel, seine Ärzte zu überlisten. Eine besondere Art, Selbstmord zu begehen.«

»Nein!«

»Doch. Sie haben ihm die einfachen Mittel genommen, also mußte er sich etwas Besonderes ausdenken. Du und ich, wir werden ihm dabei helfen, so wie er es will. Wir scheinen am Ziel zu sein. Weine nicht, was soll das? Dein Mann wird wissen wollen, warum, und du solltest es ihm nicht sagen. Ist dir nach einem Abschiedskuß zumute?«

»Oh, ja!«

»Also komm; und keine Tränen mehr. Sie werden gleich aufsperren.«

Einen Moment später flüsterte sie: »Der Kuß war so gut wie der allererste, Jake … und mir ist nicht mehr zum Weinen. Aber ich hörte die Schlösser.«

»Sie werden warten, bis ich von innen öffne. Soll ich dich zur Tür bringen?«

»Lieber nicht. Ich kann deinem Wächter erklären, aber es wäre schwierig, Joe klarzumachen, warum der Justitiar und stellvertretende Vorstandsvorsitzer der Firma mich bis in den neunzehnten Stock begleitet.

Joe ist nicht eifersüchtig auf den Boß, aber er könnte auf dich eifersüchtig werden. Das möchte ich nicht … schon gar nicht, nachdem ich so nahe daran war, ihm einen Grund dafür zu geben.«

»Diesen Fehler könnten wir korrigieren.«

»Wir könnten. Meine Moral scheint heute nicht sehr stark zu sein – ich glaube, ich bin von einem Direktorenposten und einem Rolls-Royce korrumpiert worden. Laß mich gehen, Lieber.«

KAPITEL DREI

Die Leibwächter eskortierten sie in respektvollem Schweigen hinauf und zu ihrer Tür, wo Sie sich zu beiden Seiten aufstellten, während Eunice in die Sprechanlage sprach und wartete, bis ihr Mann die Tür entriegelte. Unterdessen beobachtete sie den Leibwächter namens Charlie mit verstohlenem Interesse und wunderte sich, daß dieser unscheinbare, beinahe väterlich wirkende kleine Mann der gefährliche Kriminelle sein sollte, als den Jake ihn zu kennen schien. Als die Tür geöffnet wurde, hob Rockford eine Hand an seine Schirmmütze und sagte: »Acht Uhr vierzig, Miss – wir werden Sie hier erwarten.«

»Danke, Rockford. Guten Abend. Guten Abend, Charlie.«

Joe Branca wartete, bis er die Riegel vorgeschoben hatte, bevor er sagte: »Was ist passiert? Und wo hast du die uniformierten Bullen aufgegabelt?«

»Kriege ich nicht zuerst einen Kuß? Sicherlich bin ich nicht soviel verspätet. Es ist noch nicht sechs.«

»Rede, Frau. Vor zwei Stunden war noch einer von diesen Privatbullen da und brachte deine Rostlaube.« Er nahm ihren Mantel und küßte sie. »Also wo warst du? Hab' dich vermißt.«

»Das ist das schönste Wort, das ich den ganzen Tag gehört habe. Daß du mich vermißt hast!«

»Die Wände bin ich hoch! Was war los?«

»Hast du dir Sorgen gemacht? Oh, du Lieber!«

»Keine Sorgen. Smith Hausdiener sagte am Telefon, du hättest was zu erledigen und würdest nach Hause gebracht. Also wußte ich, daß du sicher warst. Aber dann dauerte es doch ein bißchen lange.«

»Ganz einfach. Der Boß schickte mich mit Jake Salomon, du weißt.«

Joe grunzte.

»Mr. Salomon nahm mich in seinem Wagen mit zu seinem Büro, um ein paar Sachen fertigzumachen, die der Boß sofort wollte – du weißt, wie ungeduldig der Alte ist, und seit er liegt, ist es noch schlimmer.«

»Er sollte den Löffel wegschmeißen. Jämmerlich, so ein Leben.«

»Sag das nicht, Joe. Ich muß weinen, wenn ich daran denke.«

»Du bist sentimental, Frau. Aber ich auch.«

»Darum liebe ich dich, Joe. Nun, wie gesagt, es dauerte eine Weile, und Mr. Salomon ließ mich von seinen Leibwächtern nach Hause bringen. Sie fuhren durch eine Zone, und jemand feuerte auf unseren Wagen – sechs, sieben Kugeln, die ganze Seite entlang.«

»Hm? Angst gehabt?«

»Gar nicht. Spaß.«

»Wie war es drinnen?«

»Furchtbar laut. Aber aufregend. Machte mich scharf.«

»Alles macht dich scharf.« Er grinste und verwuschelte ihr Haar. »Du bist da und heil, das ist die Hauptsache. Zieh dich aus. Große Inspiration.«

»Was für eine Inspiration, Joe?« fragte sie, während sie sich aus ihrem Anzug schälte. »Und hast du gegessen? Wenn du erst zu malen anfängst, wirst du nicht mehr daran denken.«

»Hatte schon was. Aber ich kann dir was wärmen. Hühnchen? Spaghetti? Pizza?«

»Irgendwas. Wenn die Inspiration so groß ist, will ich vorher lieber was essen. Soll ich Modell stehen, oder willst du mich anmalen?«

»Beides. Das ist die Idee. Eine Nova.«

Sie legte ihren Jerseyanzug weg und wandte sich um. »Beides? Das verstehe ich nicht.«

»Beides. Wirst sehen.« Er ließ seinen Blick über sie gehen und lächelte plötzlich. »Und beide Arten von Inspiration.«

»Gut«, sagte sie. »Lieber vorher, sonst verschmiert die Farbe.«

»Nicht zu hungrig?«

»Das Essen kann ein bißchen warten; komm!«

Bald darauf dachte Eunice froh, wie gut es sei, daß sie den lieben Jake nicht hatte machen lassen; verglichen mit dem, was sie zu Hause haben konnte, wäre es eine Enttäuschung gewesen. Wirklich, es war am besten, eine treue Ehefrau zu sein. Meistens. Was für ein wundervoller, außergewöhnlicher Tag! Sollte sie Joe von ihrem neuen Status und der großen Gehaltsaufbesserung erzählen? Nun, das eilte nicht. Aber lange würde sie die Neuigkeit nicht für sich behalten können ...

Dann hörte sie auf, zusammenhängend zu denken. Eine Weile später öffnete sie ihre Augen und lächelte zu ihm auf.

»War es gut?« fragte er.

»Genau was ich brauchte.« Sie umarmte ihn. »Ich bin

froh, daß ich dich habe, Joe. Wenn du willst, kann ich dir jetzt Modell stehen und zwischendurch essen.«

»Ganz vergessen; Mama hat geschrieben. Willst du lesen?«

»Natürlich. Laß mich hoch.«

Er holte den Brief, noch ungeöffnet. Sie riß das Kuvert auf, entfaltete das Papier und überflog den Text, um zu sehen, wieviel Zensur vonnöten wären, wenn sie daraus vorlas. Aha! Da war schon, was sie erwartet hatte, die periodische Drohung mit einem ›netten kleinen Besuch von ein paar Tagen‹. Nun, sie wußte, wie sie das verhindern konnte. Ausgeschlossen! Bloß durfte Joe nichts davon wissen, denn er konnte seiner Mutter keinen Wunsch ausschlagen. Dieser eine Besuch vor drei Jahren war ein Besuch zuviel gewesen, dabei hatten sie damals noch zwei Zimmer gehabt. Dann waren sie in dieses große Einzimmer-Appartement umgezogen, das sie für Joe und sich gefunden hatte – nicht ohne den Hintergedanken, künftige Besuche ihrer Schwiegermutter durch geplanten Platzmangel unmöglich zu machen. Und nun wollte die alte Klette trotzdem kommen, wenn auch nur für ein paar Tage? Nein, Mama Branca, ich werde nicht zulassen, daß du unser glückliches Nest mit deiner erstickenden Gegenwart ruinierst! Du bleibst, wo du bist und lebst von der Wohlfahrt ... und zum Geburtstag werde ich dir einen Scheck schicken und dich denken lassen, es sei ein Geschenk von Joe. Aber das ist alles!

»Was schreibt sie?«

»Das übliche. Ihr Magen macht ihr immer noch zu schaffen, aber sie geht jetzt zu einem anderen Arzt, der ihr empfohlen wurde, und hofft, daß es doch noch besser wird. Aber laß mich von vorn anfangen. ›Mein lieber Junge, es gibt nicht viele Neuigkeiten, seit ich dir zuletzt schrieb, aber wenn ich nicht schreiben würde, bekäme ich nie einen Brief von dir. Bitte laß mich wissen, wie es dir geht, welche Pläne du hast und wie es mit deiner Arbeit vorangeht. Ich weiß, daß die meisten freien Künstler es schwer haben, und ich bin bekümmert, daß ich dir nicht helfen kann, aber meine

Unterstützung reicht kaum für das Nötigste. Da ist es schon eine Beruhigung, zu wissen, daß Eunice eine gute Stellung hat. Sie ist ein sehr nettes Mädchen, obwohl ich manchmal denke, daß ein Mädchen deiner Religion besser für dich gewesen wäre ...‹«

»Haha!«

»Ich denke mir nichts dabei, Joe. Und du brauchst gar nicht zu antworten. Morgen abend werde ich mir Zeit nehmen und ihr einen langen Brief schreiben, damit sie sich freut. Gut, ich übergehe den Rest von diesem Absatz; wir wissen ja, was sie von Protestanten hält. Oder Exprotestanten. Was sie wohl denken würde, wenn sie uns ›om mani padme hum‹ singen hörte ...«

»Mir egal.«

»Aber Joe! Sie ist deine Mutter.« Eunice übersprang den Rest, dann auch noch den nächsten Absatz mit dem Besuchswunsch, und las weiter: »›Angela erwartet ihr zweites Baby. Die Inspektorin ist wütend auf sie, aber ich habe der Inspektorin die Meinung gesagt, und das lehrte sie, glaube ich, anständige Leute nicht zu drangsalieren. Warum soll Angela bloß ein Kind erlaubt sein, wenn die reichen Familien hier in der Stadt Lizenzen für vier und fünf Kinder bekommen? Ich weiß, es ist nur, weil wir eingewanderte Italiener und arm sind. Die Inspektorin hat das abgestritten, natürlich. Ich kann nicht verstehen, warum sie uns nicht in Ruhe lassen.‹ Welche von deinen Schwestern ist Angela, Joe?«

»Die dritte. Mama hat recht. Das ist Bevölkerungspolitik. Was nicht weiß und möglichst angelsächsisch ist, soll zurückgedrängt werden. Verdammte Rassisten. Aber du brauchst nicht alles vorzulesen. Lies und sag es mir.«

»Ja. Nun, viel mehr steht auch nicht drin, nur ein bißchen Klatsch über Nachbarn, Bemerkungen über das Wetter. Die eigentlichen Neuigkeiten sind, daß ihre Magensache andauert und daß Angela schwanger ist.« Sie faltete den Brief zusammen und steckte ihn ins Kuvert. »Laß mich einen Moment unter die Dusche, daß ich dieses Rot und Schwarz wegbringe, dann kannst du mich anmalen oder abmalen oder was du willst. Du kannst inzwischen eine Pizza für mich wärmen, ja? Und Joe? Laß uns nicht länger als bis zwölf machen, und ich wäre sehr froh, wenn du morgen mit mir aufstehen würdest – ziemlich früh, fürchte ich. Aber du kannst dann wieder ins Bett.«

»Wozu?«

»Für den Boß, Liebster. Um ihn aufzumuntern.«

»Was? Du meinst, ich soll dich für ihn bemalen?«

»Ja. Ganz.« Sie erklärte ihm ihre Idee, und was sie zu ihrer Körperbemalung tragen wollte.

Er zuckte mit den Schultern. »Meinetwegen. Aber warum willst du einen G-String tragen? Der alte Mann liegt im Sterben, dann laß ihn wenigstens gucken. Wird niemandem schaden.«

»Doch, mein Lieber. Der Boß ist stolz darauf, ›modern‹ zu sein und ›mit der Zeit zu gehen‹, doch in Wirklichkeit stammen seine Ansichten aus einer Zeit, in der Nacktheit nicht nur üblich, sondern sogar eine Sünde war. Solange ich einen winzigen G-String trage – und Körperfarbe und Schuhe – bin ich angezogen, nicht nackt. Nach seinen ›modernen‹ Ansichten, meine ich. Dann bin ich einfach ein nettes Mädchen, das sich verworfen gibt, um ihm zu gefallen. Und das gefällt ihm.«

Er schüttelte den Kopf. »Kapier ich nicht.«

»Oh doch, das tust du, Lieber. Es ist Symbolismus, genau wie in der Kunst. Nur müssen es die Symbole des Chefs sein. Nacktheit bedeutet für unsere Generation überhaupt nichts. Für den Boß aber schon. Wenn ich diesen winzigen Nylonfetzen ausziehe, bin ich entsprechend seines Symbolismus' kein nettes Mädchen mehr, sondern eine Hure.«

»Huren sind Okay. Angela ist eine.«

(Eine ziemlich ungeschickte.) »Natürlich sind sie Okay. Aber nicht für den Boß. Es ist schwer für mich, seine Ansichten richtig einzuschätzen. Ich bin achtundzwanzig und er ist über neunzig, und ich kann leider keine Gedanken lesen. Wenn ich es zu weit treibe, könnte er verdrießlich werden –

sogar sehr ärgerlich. Er könnte mich feuern. Und was würden wir dann tun? Wir müßten dieses schöne Atelierzimmer aufgeben.«

Sie sah sich um. Ja, es war schön. Abgesehen von dem Kleinwagen, der bei der Tür abgestellt war, und dem Bett in der Ecke neben dem Wandschrank, zeigte der Raum das bunte Durcheinander eines Künstlerateliers, in ständiger Veränderung und doch immer gleich. Das Stahlgitter vor dem großen Nordfenster machte ein hübsches Muster und war so stark, daß sie sich nie fürchtete. Sie fühlte sich hier warm und sicher und glücklich.

»Wenn er dich wegen so etwas feuern würde, obwohl deine Arbeit in Ordnung ist«, sagte Joe ernst, »wäre es besser, du würdest dich gleich nach einem anderen Job umsehen. Natürlich, diese Höhle ist nicht übel. Aber wenn wir sie verlieren, wen kümmert es? Pleite sein schreckt mich nicht.«

(Aber mich, Joe!) »Ich liebe dich.«

»Ich werde schon was machen, aber für einen netten alten Knaben, der im Sterben liegt, und nicht, um die Wohnung zu retten.«

»Ich wußte, daß du es für mich tun würdest! Joe, du bist der netteste Mann, den je ein Mädchen hatte.«

Er antwortete nicht und machte ein finsteres, gequältes Gesicht, das sie als Geburtswehen schöpferischer Eingebung erkannte. So blieb sie still. Nach einer Weile seufzte er. »Morgen wirst du Meerjungfrau sein.«

»Gut.«

»Und heute abend. Muß was ausprobieren. Oberkörper seegrün mit rosa, um die Taille Übergang zu Goldfischschuppen. Hintergrund Meer mit durchsickerndem Sonnenlicht. Traditionelle Meeresbodensymbole, Seesterne, Muscheln und so weiter. Letzter Kitsch, aber romantisch. Du kommst von oben und tauchst zum Grund, das Haar wehend, die Füße beisammen, Kreuz durchgedrückt. Vor die Lampe kommt ein gesprenkelter Schirm, dann sieht es wie unter Wasser aus. Aber wir können dich nicht an Drähten aufhängen, selbst wenn wir welche hätten. Haltegurte wären zu sehen, Haar würde hängen. Am einfachsten wäre es, du würdest dich auf Zehenspitzen vor den umgekehrten Hintergrund stellen … Nein, auch nichts. Hintern und Busen würden hängen …«

»Mein Busen hängt nicht!«

»Reg dich nicht auf. Dein Busen ist in Ordnung, aber Fleischmassen hängen nun mal, und der Künstler sieht es. Jeder sieht es, wenn auch vielleicht nicht bewußt. Irgend etwas wirkt falsch, auch wenn man nicht genau weiß, was. Das Auge läßt sich nicht täuschen. Es muß wie ein richtiges Tauchen aussehen, oder es ist schlecht.«

»Nun«, sagte sie zweifelnd, »wenn du eine Trittleiter borgen und die Matratze unter deinen Hintergrund ziehen würdest, könnte ich vielleicht in die Kissen springen.«

»Lieber nicht. Nein, ich habe die bessere Idee. Du springst hoch, nicht runter! Kapiert?«

»Wie das?«

»Ganz klar. Hintergrund verkehrt herum – du springst in die Luft. Wie eine Korbballspielerin vor dem Ziel. Ich schieße eine Totserie, tausendstel Sekunde. Wir können sieben-, achtmal wiederholen, bis alles stimmt. Nachher stelltst du das Foto auf den Kopf – liebliche Nixe taucht zum Meeresboden.«

»Oh, ja. Natürlich.«

Er begann wieder zu grübeln. »Zuviel für einen Abend. Heute Probebemalung, morgen Hintergrund. Vielleicht heute noch ein paar Probesprünge vor irgendeinem Hintergrund. Dann früh ins Bett, früh auf, und ich bemale dich richtig. Wenn du morgen nach Hause kommst, ist der Hintergrund fertig, und wir machen die richtigen Aufnahmen.«

»Fein«, sagte sie. »Aber warum willst du mich zweimal bemalen? Ich könnte auf der Klappliege schlafen, und bei meinem ruhigen Schlaf würde die Farbe nicht viel schmieren. Dann brauchst du sie morgen früh nur auszubessern.«

Er schüttelte den Kopf. »Zu schwierig. Ich muß erst ausprobieren, wie ich den richtigen Effekt erreichen kann. Auf Anhieb geht das bei mir nicht. Außerdem würde ich dich nicht in Farbe schlafen lassen; bin sowieso dagegen, daß du den ganzen Tag mit Körperbemalung rumläufst.«

»Meine Haut verträgt es.«

»Denkst du. Wenn wir nicht bremsen, wirst du in zehn Jahren wie ein Affenhintern mit Sonnenbrand aussehen. Körperbemalung ist gut und schön – für einen Abend. Dann gründlich abwaschen und einölen und die Haut ein paar Tage in Ruhe lassen. Jeder kann sehen, was den Mädchen passiert, die sich zuviel bemalen. Pickel, Mitesser, Juckreiz, schließlich Ekzeme. Sehr unangenehm und häßlich. Manche sind auch schon erstickt. Keine Hautatmung. Übermorgen mußt du dir für deinen Boß was anderes ausdenken. Das ist amtlich.«

»Ja, Sir.«

»Also wasch dich, während ich die Pizza wärme.«

Einige Minuten später drehte sie die Dusche ab und rief durch die Tür der winzigen Badekabine: »Was hast du gesagt?«

»Pizza ist fertig. Übrigens, der dicke Sam war da.«

»Schneide mir ein Stück ab, ja? Was wollte er? Geld?«

»Nein. Das heißt, ich gab ihm einen Fünfer. Aber er wollte uns für Sonntag einladen. Ganztägige Meditation in Gigis Wohnung.«

Sie kam mit dem Handtuch ins Zimmer. »Ganztägig, hm? Nur wir vier? Oder seine ganze Klasse?«

»Weder noch. Ein Kreis von sieben. Magische Zahl.«

»Partnertausch?«

»Vielleicht. Er sagte es nicht. Bewußtseinserweiterung, sagte er.« Joe zuckte die Achseln. »Sie haben Stoff. Es kann sich was ergeben, natürlich.«

Sie seufzte. »Liebling, es macht mir nichts aus, wenn du ihm fünf Dollar leihst, die du nie wiedersehen wirst. Aber für mich ist der dicke Sam kein Guru. Er ist bloß ein Bock und ein Schnorrer.«

»Das ist nicht wahr. Sam und Gigi teilen, was sie haben, Eunice. Und niemand muß mitmachen, wenn getauscht wird. Nie.«

»Theoretisch. Aber die einzige gute Art, einen solchen Kreis zu brechen, ist, gar nicht erst hinzugehen. Hast du zugesagt? Ich könnte die Zähne zusammenbeißen und lächeln, wenn es sein muß.«

»Nein. Ich sagte, daß ich erst mit dir reden wolle. Morgen muß ich ihm Bescheid sagen.«

»Gibt es einen besonderen Grund für dich, daß wir hingehen sollten? Ist ein Kunstkritiker in diesem Kreis? Oder vielleicht ein Käufer?« Er sah sie stirnrunzelnd an. »Was für spießige Ideen sind das? Bin ich ein bürgerlicher Karrierist, der nur hingeht, wo er wichtige Leute treffen kann? Das war nie meine Art.«

Sie seufzte wieder. »Wenn es Gigi ist, die du im Kopf hast, warum fragst du sie dann nicht, ob sie dir untertags mal Modell stehen will, während ich arbeite? Sie wäre sofort hier oben und würde ihren Hintern schwenken – ich habe gesehen, wie sie dich beäugt hat.«

Er schüttelte seinen Kopf und grinste. »Nichts dergleichen, kannst es mir glauben. Aber lassen wir das. Du magst nicht, hm?«

»Ich werde Partnertausch machen, Liebling; ich habe es dir versprochen, als ich dich fragte, ob du mich heiraten willst. Und die wenigen Male, wo du es wolltest, habe ich es auch getan. Und meistens war es lustig; nur einmal habe ich mich gelangweilt. Aber es hängt davon ab, wie ich die Mitspieler einschätze.«

»Und Sams Kreis ist dir nicht gediegen genug, nicht? Kannst es ruhig sagen. Ich weiß, daß du dich unter den ausgeflippten Typen nicht wohl fühlst; also werde ich dem dikken Sam absagen. Aber mir sind sie lieber als diese schweinsköpfigen Bourgeois, die entweder von Geschäften reden oder schmutzige Witze erzählen. Nun nimmm die Pizza und setz dich auf den Hocker. Kannst essen, während ich deine Beine bemale.«

»Ja, Liebling.« Sie stieg auf die Plattform aus Kistenbrettern und setzte sich auf den Hocker, ein Stück Pizza in jeder Hand. Eine lange Stille folgte, unterbrochen nur von Kaugeräuschen und gelegentlichen Grunzlauten und gemurmelten Flüchen, die abwechselnd Joes Befriedigung und Erbitterung über den Fortgang seines künstlerischen Schaffens unterstrichen.

Schließlich sagte er: »Komm runter.«

»Darf ich sehen?«

»Nein. Oberkörper und Arme, jetzt. Werde dir einen Büstenhalter aufmalen.«

»Aber würde das den Eindruck nicht zerstören, Joe? Meeresjungfrauen tragen keine Büstenhalter.«

»Klar. Ich male Muschelschalen, verstehst du?« sagte Joe grinsend. »Ich will versuchen, sie so täuschend hinzukriegen, daß dein Boß nicht ganz genau weiß, ob sie echt sind oder nicht. Er wird den ganzen Tag glotzen und überlegen, ob es ein richtiger Büstenhalter ist, oder bloß Farbe. Wenn er aufgibt und fragt, habe ich gewonnen.«

»Joe, du bist ein Genie!« gurgelte sie beglückt.

KAPITEL VIER

Als Dr. Boyle aus dem Operationssaal kam, stand Jake Salomon auf. »Doktor!«

Boyle verhielt in seinem ungeduldigen Schritt. »Oh. Sie schon wieder. Gehen Sie zum Teufel.«

»Ohne Zweifel – zu gegebener Zeit. Ich muß Sie kurz sprechen, Doktor.«

Der Arzt antwortete mit unterdrückter Wut: »Hören Sie, Mr. Salomon, ich habe seit elf Stunden mit einer kurzen Unterbrechung operiert. Ich kann jetzt beim besten Willen nicht mit Ihnen diskutieren. Bitte entschuldigen Sie mich.«

»Ich dachte mir, Sie könnten vielleicht ein ruhiges Glas Bier gebrauchen.«

Der Chirurg lächelte plötzlich. »Gute Idee, ja. Wo ist die nächste Kneipe?«

»Ungefähr zwanzig Meter von hier. In meinem Wagen. Parkt in diesem Stockwerk. Australisches Bier, kalt und Raumtemperatur. Und andere Sachen, Cognac, Whisky, Gin, Wodka. Was Sie wollen.«

»Mein Wort, ihr Yankeebastarde seid nicht loszuwerden. Gut. Aber zuerst muß ich mich umziehen.« Er wandte sich ab.

»Ah – Doktor, ich habe mir die Freiheit genommen, Ihre Straßenkleider in Ihren Koffer packen und in meinen Wagen stellen zu lassen. Also lassen Sie uns gleich ein Bier zusammen trinken.«

Boyle schüttelte seinen Kopf. »Sie nehmen sich wirklich Freiheiten heraus! Ich beginne mich zu fragen, ob ich noch Herr meiner Entschlüsse oder Ihr Gefangener bin. Aber mir soll es recht sein – wenn Sie den Gestank ertragen können. Ich kann im Hotel baden und mich umziehen.«

Salomon ließ das auf sich beruhen, bis sie in seinem Wagen saßen und er Bier eingeschenkt hatte. Für den Arzt hatte er echtes australisches Bier bereitgehalten. Er selbst bevorzugte die wesentlich leichtere amerikanische Variante. In seiner Jugend hatte er einmal australisches Bier versucht, und dieses Erlebnis war ihm eine nachhaltige Lehre gewesen. Der große Wagen rollte sanft an; Rockford war gewarnt worden, daß im Passagierabteil getrunken würde. Der Anwalt wartete, bis sein Gast ein halbes Glas durch seine Kehle gegossen, sich eine Zigarette angezündet und erleichtert geseufzt hatte. Dann sagte er: »Wie ist es gegangen, Doktor?«

»Eh? Glatt. Wir hatten es geplant und eingeübt, und so machten wir es. Wie sonst? Gute Leute, die Sie für mich besorgten.«

»Dann ist die Operation geglückt?«

»... und der Patient tot. So lautet die alte Redensart, nicht?«

Jacob Salomon erlebte einen Augenblick von Bestürzung,

Trauer und Erleichterung. Er seufzte und antwortete: »Nun, ich habe es erwartet. Danke, Doktor. Ich weiß, Sie haben Ihr Bestes getan.«

»Langsam; ich sagte nicht, daß dieser Patient gestorben sei. Ich vervollständigte nur das Klischee. Die Operation verlief planmäßig; der Patient war in befriedigendem Zustand, als ich ihn verließ.«

»Dann erwarten Sie, daß er überleben wird?«

Boyle zuckte die Achseln und trank. »›Es‹, nicht ›er‹. Das Ding dort hinten in der Klinik ist kein menschliches Wesen und wird vielleicht auch niemals eines sein. Es wird nicht sterben, es kann gar nicht sterben, es sei denn, eines Ihrer Gerichte erteilt die Erlaubnis, die Geräte abzuschalten. Der Körper ist jung und gesund. Mit der Unterstützung, die er erhält, kann er am Leben bleiben – als Protoplasma, nicht als ein menschliches Wesen. Und das Gehirn lebte, als ich ging; das Enzephalogramm zeigte fast normale Werte. Es sollte am Leben bleiben, denn es erhält genügend Blut von diesem gesunden Körper. Aber ob Gehirn und Körper jemals zu einem lebenden und normalen menschlichen Wesen verschmelzen werden – gehören Sie einer Kirche an?«

»Nein.«

»Zu dumm. Ich wollte nämlich vorschlagen, daß Sie Gott anrufen und ihn fragen, weil ich es nicht weiß. Da ich die Retinas und die inneren Ohren gerettet habe, wird das Gehirn vielleicht sehen und hören. Und wenn die zentralen Nervenstränge verwachsen, wird es vielleicht sogar eine gewisse motorische Kontrolle über den Körper gewinnen. Aber ich sage Ihnen die nackte Wahrheit, Mr. Salomon: Der wahrscheinlichste Ausgang ist, daß dieses Gehirn nie wieder in irgendeiner Weise mit der Außenwelt in Berührung kommen wird.«

»Ich hoffe, daß Ihre Befürchtungen unbegründet sind«, sagte Salomon milde. »Das vereinbarte Honorar hängt davon ab, daß es Ihnen zumindest gelingt, Sicht, Gehör und Sprache zu erhalten.«

Boyle fuhr gereizt auf. »Hören Sie, Sie Winkeladvokat, damit werden Sie jämmerlich auf den Bauch fallen! Mein Honorar ist für die Operation. Ich habe operiert. Finis.«

Salomon zog einen Umschlag aus der Tasche. »Hier ist Ihr Honorar.«

Der Chirurg steckte den Umschlag ein. Salomon fragte: »Wollen Sie nicht nachprüfen?«

»Warum sollte ich? Entweder wurde ich voll bezahlt, oder ich klage den Rest ein. So oder so, ich habe jetzt keine Lust, mich damit zu befassen.«

»Mehr Bier?« Salomon öffnete eine zweite Flasche. »Übrigens war das nur ein Scherz, eben. Ich habe Ihnen heute das volle Honorar überwiesen, in die Schweiz. Dieser Umschlag enthält den Überweisungsschein, die Nummer des Kontos und eine schriftliche Bestätigung, daß wir Ihre Spesen, die Gebühren der beteiligten Ärzte, die Computerzeit und alle Krankenhauskosten bezahlen.«

»Selbstverständlich; so war es vereinbart. Sie waren mit Johann Smith befreundet?«

Salomon fühlte wieder diese bittersüße Welle von Erleichterung und Trauer. Er antwortete vorsichtig: »Nein, Johann Smith ist nicht mein Freund.«

»So? Ich hatte den Eindruck, daß er es gewesen sei.«

»Mr. Smth hat keine Freunde. Ich bin ein Anwalt in seinen Diensten. Insofern hat er Anspruch auf meine Loyalität.«

»Ich verstehe. Ich bin froh, daß Sie nicht emotional engagiert sind, denn die Prognose für eine Gehirntransplantation ist niemals günstig – wie ich besser als jeder andere weiß. Immerhin waren die Vorbedingungen günstiger als erwartet. Die Disparität im Schädelvolumen erwies sich als kein Problem, nachdem ich dieses Gehirn gesehen hatte. Und identische Blutgruppen, das hilft.«

»Warum sind Sie dann so pessimistisch?«

»Wissen Sie, wie viele Millionen Nervenverbindungen betroffen sind? Glauben Sie, ich könnte sie alle in elf Stunden zusammenflicken? Oder in elftausend Stunden? Wir versuchen es gar nicht erst; wir arbeiten einfach an den

Nerven des Kopfes, verbinden dann die Hauptstränge des Zentralnervensystems – und greifen zu unseren Gebetsmühlen. Vielleicht verwachsen sie, vielleicht nicht. Das kann man vorher nie wissen.«

»Nun, Sie hatten Erfolg mit zwei Schimpansen, nicht wahr?«

»Ja. Ohne diesen Erfolg hätte ich mich niemals an Operationen mit Menschen herangewagt. Glücklicherweise ist das Nervensystem unendlich einfallsreich. Statt alte Verbindungen wiederherzustellen, findet es neue Bahnen – wenn es kann – und lernt sie zu gebrauchen. Kennen Sie das Experiment mit den Umkehrlinsen?«

»Ich fürchte, nein.«

»Einem Studenten wurden Umkehr-Kontaktlinsen eingesetzt. Ein oder zwei Tage lang sah er daraufhin alles umgekehrt, mußte an der Hand herumgeführt werden. Doch dann kam es zu einem plötzlichen Umschwung und er sah die Dinge wieder richtig herum. Das Gehirn hatte ein paar hunderttausend Schaltungen geändert und interpretierte die neuen Daten jetzt erfolgreich. Zu diesem Zeitpunkt haben wir die Linsen wieder entfernt – und prompt sah er mit bloßem Auge die ganze Welt auf dem Kopf stehen. Also mußte er den ganzen Prozeß noch einmal durchmachen – und *wieder* fand das Gehirn neue Schaltmöglichkeiten, um die Welt auf normale Weise sichtbar zu machen.

Etwas durchaus Vergleichbares wiederfuhr meinen beiden Schimpansen, Abélard und Héloïse. Zuerst geschah gar nichts und ich dachte schon, wir hätten einen weiteren Fehlschlag zu verzeichnen. Dann fingen sie an zu zucken und wir mußten sie festbinden, damit sie sich selbst keine Verletzungen zufügten – es waren rein motorische Bewegungen ohne jede Kontrolle. Doch mit der Zeit lernten die Gehirne, wie sie mit den neuen Körpern zurechtkommen konnten. Fragen Sie mich nicht, wie; ich bin Arzt und halte nichts von Vermutungen – fragen Sie einen Psychologen, die stellen liebend gerne Vermutungen an. Oder fragen Sie einen Priester – dessen Antwort wird genausogut sein, oder vielleicht sogar noch besser. Sagen Sie, macht Ihr Fahrer nicht einen Umweg? Mein Hotel war nur fünf Minuten von der Klinik entfernt.«

»Ich muß zugeben, daß ich mir eine weitere Freiheit genommen habe, Doktor. Ihr Gepäck wurde gepackt, Ihre Hotelrechnung bezahlt und alle Ihre Sachen in mein Gästezimmer gebracht.«

»Mein Wort. Warum?«

»Größere Sicherheit.«

»Das Hotel schien mir hinreichend sicher. Bewaffnete Wächter am Eingang, bewaffnete Wächter an den Aufzügen. Erinnerte mich an Kriegszeiten. Buenos Aires unter der Volksfront ist im Vergleich damit eine friedliche Idylle, von Australien gar nicht zu reden. Es war mir nicht klar gewesen, welch bürgerkriegsähnlicher Zustand hier in den Staaten herrscht. Sind diese ganzen Sicherheitsvorkehrungen nicht überaus lästig?«

»Man gewöhnt sich daran. Ihr Hotel ist sicher genug, was bewaffnete Banden, Diebe und Straßenräuber betrifft. Aber wir haben jetzt die Presse am Hals. Sie können sich vorstellen, was für einen Sturm die Sache auslösen wird, sobald die Zeitungen darüber berichten. Im Hotel hätten Sie kaum die Ruhe, die Sie jetzt brauchen.«

»Hm. Sie sagten, meine Sachen seien in Ihrem Gästezimmer?«

»Ja. Und Sie sind ein willkommener Gast in meinem Haus.«

»Gibt es dort eine Badewanne?«

»Oh, selbstverständlich.«

»Dann bitte ich Sie noch um ein Bier, um ein warmes Bad und um ungefähr zehn Stunden Schlaf, nach Möglichkeit ungestört. Ist das möglich?«

»Ich verbürge mich dafür, daß niemand an Sie herankommen wird, Doktor.«

KAPITEL FÜNF

Johann Sebastian Smith war irgendwo, wo, das wußte er nicht, noch kümmerte es ihn. Er wußte nicht, daß er er selbst war, und sein dämmerndes Bewußtsein empfing keine Impulse, die es auf irgend etwas hätten lenken können.

Dann tauchte er langsam, über Äonen, aus dem Nichts völligen Vergessens und begann zu träumen. Die Träume, zusammenhanglose Fetzen aus dem Gewebe seiner Erinnerungen, dauerten endlos an, trieben unkontrollierbar wie wirbelnde Schneeflocken durcheinander ... Frau Schmidt, kann Jonni rauskommen und spielen? Johann, wenn du noch mal mit verdreckten Schuhen in die Wohnung rennst, kriegst du ein paar hinter die Ohren ... dieses Paket sofort abstoßen, wenn die Börse am Montag öffnet ... Herr Oberleutnant, Kampfgruppe drei meldet Abschuß von zwei T 34, Ortsrand Suwalki ... Vater unser, der du bist im Himmel, geheiligt werde dein Name ... arbeite hart und zahle deine Rechnungen, dann wirst du was, mein Junge ... laß dich nicht noch mal in der Nähe meiner Tochter blicken, Schmidt, oder ich schlage dich krumm und lahm ... anständiges Mädchen würde so was nie tun ... bei den Einkommensverhältnissen des Beklagten ist eine monatliche Unterstützung in Höhe von viertausend Dollar Johann Liebling, ich kann nicht verstehen, wie du so etwas von deiner eigenen Frau glauben ... Aktien sind das Papier nicht wert, auf das sie gedruckt sind Jonni du bist verrückt, was fällt dir ein, wo mein Vater jeden Augenblick runterkommen Obergefreiter Schmidt, Sie sichern die Brücke einmal freiwillig gemeldet reicht mir fürs Leben komm sofort aus meinem Zimmer mein Mann würde mich umbringen wo hast du dein Fahrrad stehengelassen diese riesige Staatsverschuldung wird nie zurückgezahlt werden Johnny, du bist so groß auf Inflation setzen also jetzt Kredit aufnehmen glaubst du ich sei so ein Mädchen, nur weil ich dich gelassen mit Achtprozentern können Sie keinen Hund hinter dem Ofen Himmel Arsch und Wolkenbruch meine Herren unsere Unternehmenspolitik muß aggressiver gestaltet ... Seine Träume gingen endlos weiter, mit Stereoton, Geruch, Geschmack – und sehr surrealistisch, was ihm nie auffiel. Sie durchflossen ihn in perfekter Logik. Jedenfalls erschien es ihm so.

Unterdessen ging die Welt um ihn herum weiter – und vergaß ihn. Der Versuch einer Gehirntransplantation bot einigen Moderatoren die Gelegenheit zu diversen dummen Witzen und einigen selbsternannten Experten die Möglichkeit, öffentlich ihre eigenen Vorurteile und Spekulationen zu verbreiten. Ein Richter, der Publicity brauchte, stellte einen Haftbefehl für »Dr. Lyndon Doyle« *(sic)* aus, doch Dr. Lindsey Boyle befand sich zu diesem Zeitpunkt schon längst außer Landes. Und auch ein bekannter Fernsehprediger nutzte die Chance, eine elaborierte Predigt über die Vermessenheit des Menschen auszuarbeiten.

Doch am dritten Tag verdrängte ein spektakulärer und ungewöhnlich blutiger politischer Mord Johann Smith aus den Schlagzeilen und der Prediger verwendete die vorbereitete Predigt – mit einigen kleinen Änderungen – für diesen Anlaß, wohl wissend, welchem Thema die blutlüsterne amerikanische Öffentlichkeit den Vorzug geben würde.

Wie üblich überstieg die Zahl der nichtlizensierten Geburten die der lizensierten, während die Zahl der Abtreibungen höher lag als beide zusammen. Upjohn International schüttete eine zusätzliche Dividende aus. Im Mittleren Osten verursachte ein Erdbeben innerhalb von drei Minuten neuntausend Todesfälle und löste zudem durch die Veränderung im Gleichgewicht der Kräfte beinahe einen Krieg aus. Die sinoamerikanische Lunarkommission verkündete, daß die Mondkolonien nunmehr zu 87% selbstversorgend seien und hob dementsprechend die Auswanderungsquote an.

Johann Sebastian Smith träumte weiter.

Nach unermeßlicher Zeit und endlosen Träumen erwachte Smith hinreichend, um sich seiner selbst bewußt zu werden. Er wußte, wer er war, Johann Sebastian Smith, ein sehr alter Mann, nicht ein Junge, keines seiner früheren Ichs, und er versuchte seine Sinne auf die Außenwelt auszudehnen, aber die war gleich Null: Dunkelheit, Stille, Abwesenheit aller physikalischen Wahrnehmungen. Er fühlte keinen Druck, keine Berührung, keine Schwere, nichts. Er fragte sich, ob die Operation begonnen habe, und wie es sein würde, wenn er stürbe. Dann versank er wieder in seinen Träumen, ohne zu ahnen, daß sein Enzephalogramm große Aufregung verursacht hatte, als eine Veränderung im Rhythmus und in den Ausschlägen gezeigt hatte, daß der Patient wach gewesen war.

Wieder war er wach, und diesmal dachte er an die Möglichkeit, daß dieses Nichts der Tod sei. Er erwog den Gedanken ohne Panik, eher in Verwunderung. Wenn dies der Tod war, dann war er weder der Himmel, den man ihm in seiner Kindheit versprochen hatte, noch die Hölle, an die zu glauben er vor einem Menschenleben aufgehört hatte. Am ehesten war es noch dem Nirwana vergleichbar, jedenfalls hatte es nichts von dem totalen Verlust des Selbst, den er erwartet hatte. Jedenfalls war es verdammt langweilig.

Er schlief und erwachte von neuem und versuchte sich über seine Situation klarzuwerden. Wenn er tot war – und ein Zweifel daran schien nicht länger gestattet –, dann war ihm als einziges die Erinnerung an sein Leben und damit die Identität seines Selbst geblieben. Er hatte eine sehr frische, aber auch sehr nebelhafte Erinnerung an konfuse und verrückte Träume – die wahrscheinlich von der Anästhesie herrührten und ohne Nutzen für ihn waren –, und dazu den ganzen unsortierten Berg von älteren und ganz alten Erinnerungen an neun Jahrzehnte Johann Schmidt/Smith. Nun, du alter Gauner, sagte er sich, wenn wir die ganze Ewigkeit so verbringen müssen, dann sollten wir mit einer Gedächtnisforschung beginnen. Alles rekonstruieren, was wir je getan und erlebt haben.

Alles? Oder zuerst die guten Partien? Nein, ein Essen ohne Salz wäre fade. Wir müssen versuchen, uns an alles zu erinnern. Die Ewigkeit ist unser, und wir haben nichts zu spielen als diesen einen Film, also kommt es auf Vollständigkeit an. Selbst die schönsten Einzelszenen verlieren, wenn man sie immer wieder abspult.

Trotzdem könnte es nicht schaden, sich – nur zur Übung – auf eine besonders angenehme Erinnerung zu konzentrieren. Was soll es also sein, Partner? Für uns hat es immer nur vier Hauptthemen gegeben: Geld, Sex, Krieg und Tod. Alles andere waren Nebensächlichkeiten. Welches wählen wir also? Richtig! Du hattest recht, Eunice; ich bin ein schmutziger alter Mann. Sag mir, Mädchen, waren diese Muscheldinger ein Büstenhalter oder bloß Farbe auf deiner Haut? Über dieses Ding habe ich nicht wenig gegrübelt – hätte dich fragen sollen. Ruf mich an und sag es mir. Entschuldige, Kind, ich kann dir die Wellenlänge nicht sagen; sie ist nirgends verzeichnet ... Teufel, sahst du gut aus!

Versuchen wir eine andere Erinnerung. Nein, keine Angst, Eunice, ich vergesse dich schon nicht, aber ich habe leider nie etwas mit dir angestellt. Schauen wir mal nach, mit wem wir etwas angestellt haben? Vielleicht die Allererste? Nein, das hast du ziemlich verbockt, du ungeschickter Tropf. Die Zweite? Ah ja, Mrs. Wicklund. Vorname? Habe ich den überhaupt je gekannt? Mit Sicherheit habe ich sie nie damit angesprochen, weder vorher noch nachher.

Mal sehen, ich war vierzehn, vierzehneinhalb, und sie muß ungefähr ... fünfunddreißig gewesen sein? Ich erinnere mich, wie sie einmal erwähnte, sie wäre seit fünfzehn Jahren verheiratet gewesen, also war sie wohl fünfunddreißig, oder etwas darüber. Jedenfalls war sie die erste Frau, die mich wollte, mir zu verstehen gab, daß sie mich wollte, und alles für die nötige Gelegenheit in die Wege leitete.

Gott segne Ihre großzügige Seele, Mrs. Wicklund! Wenn Sie irgendwo dort draußen in der Dunkelheit sind – denn Sie müssen lange vor mir gestorben sein – hoffe ich, daß Sie sich an mich erinnern und genauso glücklich darüber sind wie ich über meine Erinnerungen an Sie.

Jetzt die Einzelheiten. Ihre Wohnung war direkt unter unserer. Sie gaben mir einen Vierteldollar (viel Geld, fünf

Cent waren damals üblich), um für Sie einkaufen zu gehen. Was sollte ich besorgen? Wie gut ist dein Gedächtnis, du geiler alter Bock? Korrektur: geiler alter Geist. Womit soll ich eigentlich jetzt noch geil sein? Aber egal, ich bin's! Also, ein halbes Pfund gekochten Schinken, einen Beutel Kartoffeln, ein Dutzend Landeier (sieben Cent für das Dutzend – lieber Himmel!), ein Brot und – noch etwas. Ach ja, weißes Nähgarn aus dem Laden neben Mr. Gilmores Drugstore. Mrs. Baums Laden – hatte zwei Söhne, einer wurde im Ersten Weltkrieg getötet und der andere entwickelte sich zu einem bekannten Elektronikfachmann. Doch zurück zu Ihnen, Mrs. Wicklund.

Sie hörten, wie ich mein Rad im Flur abstellte und öffneten die Tür. Ich trug die Einkäufe in die Küche. Sie bezahlten mich und boten mir heiße Schokolade an – warum war ich nicht nervös wegen Mama? Pop war zur Arbeit und Mr. Wicklund ebenfalls, das war also kein Problem – aber wo war Mama? Ach ja, bei ihrem Nähkränzchen.

Und während ich Kakao trank, kurbelten Sie ihren Plattenspieler an und legten Musik auf. Genau, ›Margie‹ hieß das Stück. Sie fragten mich, ob ich tanzen könnte. Und dann haben Sie es mir beigebracht – auf dem Sofa.

Der diensttuende Arzt, der den Enzephalographen überwachte, bemerkte eine Zunahme der Gehirnaktivität, folgerte, daß der Patient ängstlich sein könnte, und entschied sich für ein Beruhigungsmittel. Johann Smith, um den Genuß seiner Erinnerungen gebracht, schlummerte sanft ein, ohne es zu wissen.

Irgendwann wurde ihm bewußt, daß er nicht länger völlig von allen Wahrnehmungen abgeschnitten war. Sein Kopf ruhte auf etwas, sein Mund war unangenehm trocken und fühlte sich an, als sei er mit dem Zeug vollgestopft, das Zahnärzte ihren Opfern zwischen Wangen und Kiefer schieben. Er war noch immer von völliger Schwärze umgeben, aber es war nicht mehr ganz still. Ein saugendes Geräusch …

Jede Sinneswahrnehmung war höchst willkommen. Johann schrie: »Hurra! Ich habe es überlebt!«

Der Pfleger, dem um diese Zeit die Überwachung der Geräte oblag, sprang so schnell auf, daß er seinen Stuhl umwarf. Dann faßte er sich, schaltete die Sprechanlage ein und rief: »Der Patient versucht zu sprechen! Doktor Brenner!«

Eine Minute später kam Dr. Brenner ins Krankenzimmer. »Bin schon da. Verständigen Sie Doktor Hedrick und Doktor Garcia.«

»Sofort!«

Johann sagte: »He, verdammt noch mal! Ist niemand da?« Die Worte kamen als unverständliche Grunzlaute heraus. Der Arzt beugte sich über ihn. »Mr. Smith, können Sie mich hören?«

Der Patient grunzte und murmelte wieder, lauter und angestrengter. Brenner sagte: »Mr. Smith, es tut mir leid, aber ich kann Sie nicht verstehen. Wenn Sie mich hören, machen Sie ein Geräusch. Egal, welches, aber nur eins.«

Der Patient grunzte einmal.

»Gut. Wunderbar – Sie können mich hören. Sehr schön. Nun, ein Geräusch allein bedeutet ja; zwei Geräusche bedeuten nein. Haben Sie mich verstanden?«

Smith grunzte einmal.

»Gut, jetzt können wir sprechen. Ein Geräusch für ja, zwei für nein. Haben Sie Schmerzen?«

Zwei Grunzer. »Uh ... ko ... ik!«

»Das war ein ganzer Satz. Versuchen Sie noch nicht, zu sprechen. Nur ein Grunzen, oder zwei.«

Johann sagte: »Natürlich kann ich nicht sprechen, Sie Idiot! Nehmen Sie dieses Gerümpel aus meinem Mund!« Die Vokale kamen ziemlich klar heraus, aber die Konsonanten fehlten oder waren verzerrt.

»Mr. Smith«, sagte Dr. Brenner, »Sie haben einen Speichelzieher in ihrem Mund, damit Sie nicht ersticken. Ich kann ihn noch nicht entfernen, also versuchen Sie Geduld zu haben. Außerdem sind Ihre Augen maskiert. Ihr Augenspezialist wird entscheiden, wann das entfernt werden kann. Ich bin nur für die ständige Überwachung der Versorgungseinrichtungen und Ihres Befindens zuständig, aber ich bin nicht Ihr behandelnder Arzt; das ist Doktor Hedrick, unterstützt von Doktor Garcia. Bis einer von ihnen kommt, kann ich nicht viel tun. Sind Sie bequem?«

Ein Grunzer.

»Gut, ich werde bei Ihnen bleiben und sprechen, wenn Sie es wollen. Wollen Sie?«

Ein Grunzer.

»Gut. Nun, können Sie Ihren neuen Körper fühlen?«

Zwei Grunzer.

»Natürlich nicht; kein Grund zur Beunruhigung. Der Heilungsprozeß dauert natürlich seine Zeit. Aber ehrlich«, fuhr der Arzt fort, wobei die Geschicklichkeit langer Praxis ihm das Lügen erleichterte, »Sie haben erstaunliche Fortschritte gemacht. Daß Sie so rasch Gehör und Sprache wiedererlangt haben, ist sehr ermutigend. Es wird nicht mehr lange dauern, bis Sie Ihren ganzen Körper gebrauchen können. Es ist ein wundervoll gesunder Körper, obwohl Sie ihn noch nicht fühlen können ...«

Der Signalsummer rettete Dr. Brenner. Er brach ab und sagte: »Einen Moment, Mr. Smith; Doktor Hedrick ist eingetroffen, ich muß ihm Meldung machen. Ruhen Sie einstweilen aus; Sie sollten sich noch nicht anstrengen.«

Dr. Brenner eilte hinaus und hielt den behandelnden Arzt auf. »Doktor Hedrick, der Patient ist wach und offenbar normal. Durchaus vernünftig, möchte ich sagen. Ich habe ihm die Ohrenschützer abgenommen, und wir haben uns durch Lautzeichen verständigt, um die Zeit bis zu Ihrem Kommen zu überbrücken.«

»Ich habe Sie am Monitor gehört und dachte mir, daß Sie die Ohren geöffnet haben mußten. Sie nehmen da viel auf sich, Herr Kollege.«

Dr. Brenners Haltung versteifte sich. »Zugegeben – es ist Ihr Patient«, antwortete er kalt. »Aber ich war allein hier und mußte nach eigenem Ermessen handeln. Wenn Sie wünschen, daß ich den Fall abgebe, brauchen Sie es nur zu sagen.«

»Keineswegs. Seien Sie nicht so empfindlich, Brenner. Aber gehen wir hinein und sehen uns den Patienten an.«

Hedrick beugte sich über das Bett und sagte: »Ich bin Doktor Hedrick, Mr. Smith. Meinen Glückwunsch! Dies ist ein Triumph für uns alle – und die Rechtfertigung für einen großen Mann, Doktor Boyle.«

Drei Grunzer.

»Sie wollen mir etwas sagen, ja?«

Ein Grunzer.

»Wenn Sie einen Moment warten wollen, werden wir einige Dinge aus Ihrem Mund nehmen, und Sie können richtig sprechen. Würde Ihnen das gefallen?«

Ein entschiedenes Grunzen.

»Gut. Handabsaugung, Doktor Brenner. Schwester, sehen Sie nach, wo Doktor Feinstein bleibt.«

Johann Smith fühlte Hände in seinem Mund, dann sagte Dr. Hedrick: »Lassen Sie mich nachsehen, Doktor ... Gut, Sie können die Wattestäbchen herausnehmen. Mr. Smith, wir werden einige Male in der Minute absaugen müssen. Ich möchte unter keinen Umständen, daß Sie husten oder schlucken müssen. Aber Sie dürfen sprechen, wenn Sie wollen.«

»Ai-gah ai-hai-dih!«

»Langsam, langsam. Sie müssen erst wieder sprechen lernen. Bewegen Sie Ihre Zunge, befeuchten Sie Ihren Mund, wenn Sie können. Wir haben viel Zeit. Sprechen Sie langsam und sorgfältig.«

»B-bei ... Gott ... ich ... hab's ... geschafft!«

»Ohne Zweifel. Der erste Mensch in der Geschichte, der sein Gehirn in einem neuen Körper hat und die Verpflanzung überlebte. Und nach diesem erstaunlichen Heilungserfolg glaube ich die Prognose stellen zu dürfen, daß Sie weiterleben werden. Dies ist ein feiner Körper. Gesund.«

»Kann ... nichts ... pü – fühlen ... vom-Kinnabwärts ... tot.«

»Gut für Sie«, erwiderte der Arzt. »Ihr ganzer Körper ist nämlich festgeschnallt, als Vorsorge für den Tag, wo Sie ihn fühlen werden. Es kann sein, daß sich anfangs unkontrollierbare Zuckungen einstellen. Dann werden Sie arbeiten und lernen müssen, Ihren Körper zu gebrauchen. Langes und geduldiges Üben wird nötig sein.«

»Wie – lange?«

»Ich weiß es nicht. Doktor Boyles Schimpansen machten es ziemlich schnell, innerhalb von zwei Monaten oder so. Bei Ihnen könnte es durchaus länger dauern. Aber warum sich jetzt den Kopf darüber zerbrechen? Sie haben einen neuen Körper, der für viele Jahre gut ist. Sie könnten der erste Mensch sein, der zweihundert Jahre alt sein wird. Seien Sie also nicht ungeduldig. Ruhen Sie sich aus, bitte. Ich werde jetzt Ihren neuen Körper überprüfen. Wenn Doktor Feinstein eintrifft, werden wir sehen, ob er Ihre Augen heute dem Licht aussetzen wird.«

Von der Decke befreit, blieb der neue Körper trotzdem größtenteils bedeckt. Eine Art Plastikkorsett, das nach dem Prinzip der eisernen Lunge arbeitete, umhüllte den Rumpf vom Hals bis an die Hüften; Arme und Beine waren mit gepolsterten Gurten festgeschnallt; urethrale und anale Katheter waren eingeführt und befestigt; zwei Schlauchleitungen für intravenöse Ernährung und zur Überwachung des Blutes waren angeschlossen. Drähte, die den Körper mit dem Monitor verbanden, waren hier und dort. Das Ganze bot einen ziemlich schaurigen Anblick, an dem nur ein Mediziner Gefallen finden konnte.

Dr. Hedrick schien erfreut. Er zog einen Kugelschreiber aus der Brusttasche seines Kittels und kratzte die Sohle des rechten Fußes. Der erwartete Reflex kam wie erwartet, die Reaktion von Johann Smith blieb hingegen aus, ebenfalls wie erwartet.

»Doktor Hedrick?« kam eine Stimme aus dem Wandlautsprecher.

»Ja.«

»Doktor Feinstein operiert.«

»Gut.« Er breitete die Decke über den Körper. »Haben Sie das gehört, Mr. Smith? Ihr Augenspezialist ist im Operationssaal und kann Sie heute nicht sehen. Aber das macht gar nichts, denn für einen Tag haben Sie schon genug gehabt. Es ist Zeit, daß Sie schlafen.«

»Nein. Tun – Sie – es. Meine ... Augen.«

»Nein. Wir warten auf Doktor Feinstein.«

»Nein! Sie sind ... Chefarzt.«

»Richtig, und Ihre Augen werden nicht angerührt, bis Ihr Facharzt darüber entscheidet.«

»Zum ... Teufel mit ... Ihnen. H-holen ... Sie ... Jake – Salomon!«

»Mr. Salomon hält sich in Europa auf. Wir werden ihn sofort verständigen, daß Sie wach sind. Möglicherweise kann er schon morgen hier sein, aber ich kann es Ihnen nicht versprechen. In der Zwischenzeit möchte ich, daß Sie ausruhen. Schlafen.«

»Nein!«

»Oh, aber Sie werden es tun.« Dr. Hedrick zeigte zu Dr. Brenner und nickte. »Ich bin für Ihr Wohlergehen verantwortlich. Wir werden jetzt Ihre Atmung verlangsamen und zugleich eine harmlose Droge in Ihren Blutkreislauf bringen. Sie wird dafür sorgen, daß Sie schlafen. Und nun gute Nacht, Mr. Smith, und nochmals meinen Glückwunsch.«

»Sie ... Sie – sind ... ein ...« Johann Smith schlief ein.

Plötzlich erwachte er halb. »Eunice?« (Ich bin da, Boß. Schlaf jetzt weiter.) Er schlief weiter.

KAPITEL SECHS

»Hallo, Jake!«

»Hallo, Johann. Wie fühlst du dich?«

»Wütend wie ein Fuchs mit dem Schwanz in der Falle,

außer wenn diese Tyrannen mich mit Psychodrogen traktieren, die mich sanft und friedlich wie ein Lamm machen. Wo, zum Teufel, bist du die ganze Zeit gewesen? Warum kamst du nicht, als ich dich rufen ließ?«

»Ich war in Urlaub. Die ersten richtigen Ferien seit fünfzehn Jahren. Hast du was dagegen?«

»Reg dich nicht auf. Schön braun siehst du aus. Und abgenommen hast du auch, wie mir scheint. Gut, gut – trotzdem war ich enttäuscht, daß du nicht wenigstens für einen oder zwei Tage zurückkamst, als ich aufwachte. Verletzte meine Gefühle.«

»Ha! Du hast keine Gefühle. Hattest nie welche.«

»Nun, Jake, das ist nicht wahr. Ich habe Gefühle, wenn ich auch nie dafür war, sie zu zeigen. Aber ich brauchte dich!«

Der Anwalt schüttelte seinen Kopf. »Du brauchtest mich nicht. Ich weiß, warum du es dir einbildest. Du wolltest, daß ich mich in Doktor Hedricks Behandlung deines Falles einschaltete. Was ich niemals getan hätte. Also verlängerte ich meinen Urlaub, um nutzlosen Streit zu vermeiden.«

Johann grinste zu ihm auf. »Immer der alte Schlaumeier. Gut, lassen wir das also. Aber nun, da du wieder hier bist – also, Hedrick ist ein guter Arzt, nehme ich an ... aber er ist hochfahrend mit mir, wenn es nicht nötig ist. Das werden wir ändern. Ich werde dir sagen, was ich will, und du sagst es Hedrick; und wenn er sich störrisch zeigt, kannst du ihn wissen lassen, daß er nicht unersetzlich ist.«

»Nein.«

»Was soll das heißen?«

»Daß ich es nicht machen werde. Johann, du brauchst noch immer ständige ärztliche Überwachung. Ich habe bisher nicht versucht, auf Doktor Hedricks Therapie einzuwirken, und die Resultate sind gut gewesen. Ich werde mich auch jetzt nicht einmischen.«

»Natürlich, Jake, mein Wohlergehen liegt dir am Herzen. Aber du verstehst die Situation nicht. Mein Zustand ist nicht mehr kritisch. Ich bin ein Rekonvaleszent. Weißt du, was ich heute morgen während der Physiotherapie gemacht habe? Nein, du kannst es nicht wissen. Ich habe meinen rechten Zeigefinger bewegt. Weißt du, was das bedeutet?«

»Das bedeutet, daß du in einer Auktion mitbieten oder einem Kellner signalisieren kannst.«

»Laß die dummen Witze. Habe auch schon ein wenig die Zehen bewegt. Jake, in einer Woche werde ich gehen, ohne fremde Hilfe! Jeden Tag verbringe ich jetzt dreißig Minuten ohne dieses Lungending, dieses Korsett ... und wenn sie es mir wieder aufstülpen, dann geschieht es nur für den Notfall, da die Atmung unterstützt werden muß. Aber trotz dieser großartigen Fortschritte werde ich immer noch wie ein Laboratoriumsaffe behandelt. Jeden Tag darf ich nur kurze Zeit wach sein. Sie rasieren mich sogar, während ich schlafe, stell dir das vor! Gott allein weiß, was sie sonst noch machen; ich weiß es nicht. Wenn nicht sechs Leute gleichzeitig ihre Hände an mir haben, um diese Physiotherapie zu machen, bin ich jede Minute des Tages festgeschnallt. Wenn du mir nicht glaubst, schau unter die Decke. Ich bin ein Gefangener. In meinem eigenen Haus.«

Salomon bewegte sich nicht. »Ich glaube es dir.«

»Zieh den Stuhl ein bißchen weiter, damit ich dich besser sehen kann. Sie haben sogar meinen Kopf in einer Klammer – nun frage ich dich, ist das notwendig?«

»Keine Meinung. Frag deinen Arzt.« Salomon blieb, wo er war.

»Ich habe dich gefragt, weil ich von diesen Feldwebelmanieren die Schnauze voll habe.«

»Und ich habe mich geweigert, eine Meinung auf einem Gebiet zu äußern, wo ich mich nicht kompetent fühle. Du bist auf dem Weg zur Genesung, das ist offensichtlich. Aber nur ein Dummkopf würde einen Arzt fortjagen, der so gute Arbeit geleistet hat. Ich glaubte nie, daß du die Operation überleben würdest. Und du wirst auch nicht daran geglaubt haben.«

»Nun ... ehrlich gesagt, nein.«

»Warum versuchst du dann nicht, dankbar zu sein? Statt dich wie ein verzogenes Kind aufzuführen.«

»Temperamentssache, Jake. Ich war immer cholerisch. Ja,

ich bin dankbar, wirklich. Ich habe dem Knochenmann ein Schnippchen geschlagen und jeden Grund, ein schönes neues Leben zu erwarten.« Johann lächelte. »Ich kann nicht ausdrücken, wie dankbar ich Doktor Boyle bin, es gibt keine Worte. Meine Augen sind wieder zwanzig/zwanzig, und ich sehe Farbtöne, deren Existenz ich längst vergessen hatte. Ich kann hohe Töne hören, die ich seit dreißig Jahren nicht mehr gehört habe. Grillengezirpe, zum Beispiel. Sogar meine neue Stimme scheint hoch zu sein; der Bursche muß ein Tenor gewesen sein. Und ich kann riechen, Jake – und ich hatte die letzte Spur von Geruchssinn vor Jahren verloren.

Ich darf sogar essen, einmal täglich – ich meine kauen und schlucken, nicht durch einen verdammten Schlauch«, fuhr Johann fort. »Und alles schmeckt gut, sogar diese faden Breigerichte, die sie mir geben. Ich hatte vergessen, wieviel Spaß das Essen machen kann. Jake, es ist so großartig, am Leben zu sein – in diesem Körper –, daß ich es nicht erwarten kann, ins Land hinauszugehen, durch die Felder zu wandern, auf einen Hügel zu steigen und Bäume anzusehen, und Vögel. Und Wolken. Im Gras zu liegen. Ich hatte nie Zeit, in die Natur zu gehen, nicht mal, als ich jung war. Jetzt werde ich mir Zeit nehmen. Da fällt mir ein, wer kümmert sich um den Laden?«

»Teal natürlich. Wenn es dir besser geht, möchte er mit dir sprechen.«

»Rede du mit ihm. Ich muß lernen, meinen neuen Körper zu gebrauchen. Habe ich noch Geld?«

»Willst du es genau wissen?«

»Du kannst mich nicht schrecken, Jake. Wenn ich dieses Haus verkaufen muß, um diese Bande von Gefängniswärtern auszuzahlen, dann soll es mir recht sein. Ich kann dir eins sagen: Ich werde nie von der Wohlfahrt leben. Ich werde zurechtkommen. War nie anders, wird nie anders sein.«

»Fasse dich, Johann. Du bist reicher denn je.«

»Eh? Welch eine Schande! Gerade als ich anfing, den Gedanken an meine Armut zu genießen.«

»Scheinheiliger.«

»Überhaupt nicht, Jake. Ich ...«

»Scheinheiliger, sagte ich. Du weißt genau, daß dein Vermögen längst den Punkt erreicht hatte, wo du nicht einmal dein Kapitaleinkommen ausgeben konntest. Gewöhnlich waren die Zinseinnahmen in den letzten Jahren fünfmal so hoch wie dein gesamter Verbrauch. Dein Vermögen wächst von selbst. Für diese Operation und alles, was damit zusammenhing, habe ich ungefähr zwei Drittel deiner diesjährigen Kapitalzinsen ausgegeben, nicht mehr. Wie auch immer, du hast nicht mehr die alleinige Kontrolle über die Unternehmensgruppe.«

»Wie das?«

»Ich ermunterte Teal, Geld zu borgen und welche von deinen Stammaktien zu kaufen; es gab ihm einen zusätzlichen Anreiz. Und es sieht besser aus. Auch dachte ich, daß es besser aussehen würde, wenn ich als de facto zweiter Vorstandsvorsitzer ein größeres Paket hätte. Also tauschte ich junge Aktien und Pfandbriefe gegen einige deiner Stammaktien. Gegenwärtig haben zwei von uns – du und ich, oder du und Teal – gemeinsam die Stimmenmehrheit in der Hauptversammlung. Aber keiner von uns allein. Und dein Paket ist noch so groß, daß Teal und ich nicht gegen dich entscheiden können. Wie auch immer, ich bin zum Rücktausch bereit, wenn du die Kontrolle wieder allein ausüben möchtest.«

»Gott bewahre!«

»Wir werden die Sache offen lassen, Johann. Ich habe nicht versucht, deine Handlungsunfähigkeit zu meinem Vorteil zu nutzen.«

»Nein, Jake. Wenn ich keine kontrollierende Beteiligung mehr habe, bin ich von der Alleinverantwortung frei. Das ist mir sehr lieb. Um ganz klare Verhältnisse zu schaffen, werde ich als Aufsichtsratsvorsitzender zurücktreten, dann kannst du mit Teal ausmachen, wer von euch beiden den Posten will.«

»Warte, bis du gesund bist.«

»Gut, aber ich werde meine Meinung nicht ändern. Aber nun zu dieser anderen Sache ... Ah, Schwester, haben Sie nicht was auszuleeren, oder Ihre Hände zu waschen? Ich möchte ein vertrauliches Gespräch mit meinem Anwalt führen.«

Sie lächelte und schüttelte den Kopf. »Tut mir leid, Sir. Sie wissen, daß ich den Raum nicht für einen Moment verlassen darf, ohne abgelöst zu werden. Aber ich kann das Mikrofon des Monitors ausschalten und dann in die Ecke dort gehen und mich vor den Fernseher setzen. Wenn ich die Lautstärke ein wenig aufdrehe, können Sie sicher sein, daß ich Sie nicht hören werde.«

»Gut, Schwester, tun Sie das.« Smith seufzte. »So ist das, Jake. Sie überwachen mich jede Sekunde und verweigern mir die harmlosesten Gefälligkeiten. Hör mal, ganz unter uns – hast du einen Taschenspiegel bei dir?«

»Eh? Ich habe noch nie einen mit mir herumgetragen.«

»Schade. Nun, bring einen mit, wenn du mich wieder besuchen kommst. Morgen, hoffe ich. Jake, Hedrick ist ein guter Arzt, zugegeben – aber er will mir nichts sagen. Erst diese Woche fragte ich ihn, wessen Körper dies gewesen sei, und er war nicht mal höflich genug, zu lügen; er sagte einfach, daß es mich einfach nichts angehe. Stell dir diese Unverschämtheit vor!«

»Es geht dich nichts an.«

»Was?«

»Erinnerst du dich an den Vertrag, den ich ausgearbeitet habe? Darin steht ...«

»Nie gelesen.«

»Ich habe es dir auch gesagt; du hast nicht gehört. Die Identität des Spenders ist Teil seiner Privatsphäre und wie diese zu respektieren, es sei denn, die Erben des Spenders erklären sich mit der Preisgabe seiner Identität einverstanden, oder der Spender selbst gibt von vornherein seine Einwilligung. In diesem Fall ist keine der beiden Voraussetzungen erfüllt. Also darf man es dir niemals sagen.«

»Daß ich nicht lache. Ich kann es feststellen, sobald ich auf sein werde. Ich würde es nie öffentlich verkünden; ich will es einfach wissen. Legitimes persönliches Interesse.«

»Zweifellos wirst du es erfahren. Aber ich will nichts damit zu tun haben, wenn du einen Vertrag mit dem Toten brichst.«

»Hmm. Jake, du bist ein halsstarriger alter Bastard. Aber wie du willst. Immerhin könntest du mir diesen Spiegel besorgen. Hör zu, mir fällt gerade ein, daß du sogar jetzt gleich einen holen kannst. Geh in mein Badezimmer und sieh dich um. Such ein bißchen. Dort sind vier oder fünf kleine Spiegel, in Schubladen und so weiter – oder waren da, als ich noch auf den Beinen war. Steck einen in deine Tasche und paß auf, daß keine Krankenschwester ihn sieht.«

»Warum verlangst du nicht einfach einen?«

»Weil sie mir keinen geben wollen, Jake. Du denkst vielleicht, ich sei schizophren und leide unter Verfolgungswahn, aber ich werde von diesem Arzt tatsächlich drangsaliert. Er läßt mich mein neues Gesicht nicht in einem Spiegel sehen. Gut, es ist wahrscheinlich narbig; das kümmert mich nicht. Sie lassen mich nicht einen einzigen Blick auf meinen Körper werfen. Wenn sie an mir arbeiten, stellen sie unter meinem Kinn eine Art Schirm auf; ich habe noch nicht mal meine Hände gesehen. Ich weiß nicht, welche Hautfarbe ich habe. Bin ich ein Neger? Oder ein Chinese? Oder was anderes? Es ist zum Verrücktwerden.«

»Johann, du könntest buchstäblich verrückt werden, wenn du dich sähest, bevor du wieder bei Kräften bist.«

»Was? Sei nicht kindisch, Jake. Ich kann meinen Anblick verkraften, und wenn ich häßlich wie ein Warzenschwein wäre.« Johann Smith grinste. »Vor der Operation war ich häßlich wie die Sünde; jegliche Veränderung zum Schlechteren kann nicht groß sein. Aber ich sage dir eins, und das ist keine Lüge, alter Freund: wenn sie mich weiterhin wie ein zurückgebliebenes Kind behandeln, werden sie wirklich erreichen, daß ich den Verstand verliere.«

Salomon seufzte. »Es tut mir leid, dir das sagen zu müssen, Johann, aber es ist mir nicht neu, daß sie dich nicht in einen Spiegel sehen lassen wollen ...«

»Was?«

»Beruhige dich. Ich habe mit Doktor Hedrick und dem Psychiater gesprochen, der mit ihm arbeitet. Sie befürchten, daß du einen ernsten emotionalen Schock erleiden könntest, der den Heilungserfolg zunichte machen würde, wenn du deinen neuen Körper vor deiner völligen Wiederherstellung zu sehen bekämst.«

Johann Smith antwortete nicht gleich. Dann sagte er ruhig: »Blödsinn. Ich weiß, daß meine äußere Erscheinung jetzt eine andere ist. Das war der Zweck der Sache, nicht? Welcher Schaden könnte mir nach Meinung dieser Klugscheißer daraus entstehen?«

»Der Psychiater erwähnte die Möglichkeit einer gespaltenen Persönlichkeit.«

»Das Problem mit den Psychiatern ist, daß sie selber nichts wissen. Sie brüten Theorien aus, die sie sich dann gegenseitig um die Ohren schlagen. Komm herum und sieh mir in die Augen. Jake Salomon, glaubst du, was der Psychiater dir gesagt hat?«

»Meine Meinung ist weder relevant noch kompetent. Ich werde deinen Ärzten nicht entgegenarbeiten. Und ich werde dir nicht helfen, sie zu überlisten.«

»Also von da weht der Wind. Jake ... ich bedaure, daß ich gezwungen bin, dies zu sagen – aber du bist nicht der einzige Anwalt in dieser Stadt.«

»Ich weiß es. Und ich bedaure, daß ich gezwungen bin, dir dies zu sagen, Johann – aber ich bin der einzige Anwalt, an den du dich wenden kannst.«

»Was soll das heißen?«

»Johann, du stehst jetzt unter gerichtlicher Vormundschaft. Ich bin dein Vormund.«

Johann Smith blieb still, dann flüsterte er mit kaum hörbarer Stimme: »Verschwörung. Ich hätte dir das nie zugetraut, Jake.«

»Johann, Johann!«

»Hast du die Absicht, mich für immer hinter Schloß und Riegel zu halten? Wenn nicht, welches ist der Preis für meine Freilassung? Ist der Richter mit von der Partie? Und Hedrick?«

Salomon sagte mit bebender Stimme: »Bitte, Johann, laß mich sprechen. Ich werde so tun, als hättest du nie gesagt, was du gesagt hast. Und ich werde ein Protokoll des Verfahrens bringen, damit du es selbst lesen kannst. Aber du mußt mich anhören!«

»Ich höre. Wie könnte ich anders? Ich bin ein Gefangener.«

»Johann, du wirst aufhören, ein Mündel zu sein, sobald du persönlich vor Gericht erscheinen kannst und den Richter überzeugst – es ist Richter MacCampbell, ein anständiger Mann, wie du weißt –, daß du nicht länger non compos mentis bist. Er traf die Entscheidung widerwillig – und ich mußte kämpfen, um zu deinem Vormund ernannt zu werden, weil ich nicht der Antragsteller war.«

»So? Und wer verlangte, daß ich unter Vormundschaft gestellt werde?«

»Johanna Darlington Seward, et aliae – das heißt, deine drei anderen Enkelinnen.«

»Ich verstehe«, sagte Johann langsam. »Jake, ich bitte um Entschuldigung.«

Salomon schnaubte. »Wie kannst du etwas sagen oder tun, das einer Entschuldigung bedürfte, wenn du im Sinne des Gesetzes non compos mentis bist?«

»Puh! Das war rasiermesserscharf. Die liebe kleine Johanna – ich hätte sie bald nach der Geburt ertränken sollen. Ihre Mutter, meine Tochter Evelyn, pflegte mir das Balg auf den Schoß zu setzen und mich daran zu erinnern, daß sie nach mir benannt worden war. Jetzt muß sie bald vierzig sein, Jake, aber das einzige, was sie in ihrem ganzen Leben für mich getan hat, war, daß sie mir auf meine Hose pinkelte. Und June und Marla und Ellinor sind auch dabei. Nicht überraschend.«

»Johann, sie wären beinahe durchgekommen. Ich mußte alle Hebel in Bewegung setzen, um den Fall in Richter MacCampbells Zuständigkeit zu bringen. Und selbst dann konnte nur die Tatsache, daß ich seit fünfzehn Jahren deine juristische Generalvollmacht habe, das Gericht daran hindern, Mrs. Seward zu deinem Vormund und zu deiner Vermögensverwalterin zu bestellen. Das und noch eine Sache.«

»Was für eine Sache?«

»Ihre Dummheit. Wenn sie gleich auf Vormundschaft gezielt hätten, wäre ich wahrscheinlich untergegangen. Statt dessen versuchten sie zuerst, dich für tot erklären zu lassen.«

»Wirklich? Jake, meinst du, daß ich sie später einmal ganz aus meinem Testament streichen kann?«

»Du kannst es viel besser machen; du kannst sie überleben.«

»Hmm, ja. Vielleicht. Ich werde es versuchen. Es wird mir ein Vergnügen sein.«

»Nun, dieser Antrag war nicht ernst zu nehmen, er war einfach dumm. Nach vier Minuten hatte das Gericht den Antrag abgelehnt. Ich hoffte schon, damit wären sie endgültig abgeblitzt, aber dann schaltete sich Parkinson ein – und sein Anwalt ist nicht einfältig.«

»Hmm. Von Ritter hatte recht; es zahlt sich nicht aus, einen Menschen zu demütigen. Aber wie konnte Parkinson ein Interesse zeigen?«

»Er war jeden Tag mit dem Anwalt seiner Schwiegermutter im Gerichtssaal, ein sehr interessierter Beobachter. Daß er deine Enkelinnen anstiftete, kann ich nicht beweisen; es ist nur ein Schluß von mir, wenn auch ein logischer. Sein Erscheinen machte mir jedenfalls klar, daß mein Platz, auf eine Unterbrechung des Verfahrens während deiner Rekonvaleszenz hinzuarbeiten, keinen Erfolg versprach. Hinzu kam, daß unser eigener Gutachter nicht aussagen wollte, daß du jemals wieder du selbst sein würdest, fähig, deine eigenen Angelegenheiten zu regeln. Also schalteten wir schnell um und beantragten, daß das Gericht dich für vorübergehend unzurechnungsfähig erkläre – und ich ließ unseren Prozeßvertreter als Zusatzantrag vorschlagen, daß ich zu deinem zeitweiligen Vormund bestellt würde. Das traf sie unvorbereitet. Wir kamen durch. Aber schon vorher mußte ich in aller Eile mit der Umverteilung der Stammaktien anfangen. Wochenlang hielt Teal durch eine Pro-forma-Transaktion den größten Teil deines Pakets – Teal ist in Ordnung; du hast eine gute Wahl getroffen –, denn ich wußte, was passiert wäre, wenn wir mit unserem Antrag Schiffbruch erlitten hätten: am nächsten Tag wäre Parkinson mit Vollmachten deiner Enkelinnen aufgekreuzt, hätte Ansprüche auf deine Kapitalanteile angemeldet und die Einberufung einer Hauptversammlung verlangt, um mich und Teal mit Hilfe der Kleinaktionäre aus dem Vorstand zu feuern. Für eine Weile hing alles an einem seidenen Faden, Johann.«

»Nun, ich bin froh, daß das ausgestanden ist.«

»Wir haben es noch nicht hinter uns, Johann. Das Tauziehen geht weiter, und es laufen andere Aktionen, aber über die brauchst du dir heute noch keine Sorgen zu machen.«

»Jake, ich werde mir um nichts Sorgen machen. Ich werde an Bäume und Vögel und Bienen und kleine weiße Wolken am Sommerhimmel denken. Ich bin froh darüber, daß mein alter Freund mich nicht hinterrücks gemeuchelt hat, während ich ohne Bewußtsein war, und es tut mir sehr leid, daß ich das auch nur für eine Sekunde angenommen habe. Ich kann warten, wenn es sein muß; ich verstehe jetzt, warum du dich nicht mit einem Psychiater anlegen willst, wenn ich demnächst vor Gericht erscheinen und Richter MacCampbell überzeugen soll, daß ich mit meinem Hut immer noch den Boden treffen kann.«

»Freut mich, das zu hören. Und es freut mich, zu sehen, daß du dich auf dem Wege der Besserung befindest, Johann. Das muß so sein, denn du bist immer noch der alte, unvernünftige Dickschädel.«

Johann schmunzelte. »Danke, Jake – und ich sehe, daß auch du bei guter Gesundheit bist. Was gibt es sonst? O ja! Wo, zum Teufel, ist meine Sekretärin? Eunice, meine ich. Unter dieser Bande von Entführern ist nicht einer, der sie je kannte; und sie zeigen kein Interesse daran, sie für mich ausfindig zu machen. Garcia kannte sie vom Sehen, aber er sagte, er wisse nicht, wo sie ist, und ich solle dich fragen.«

»Oh«, sagte Salomon. »Weißt du ihre Adresse?«

»Eh? Nein. Irgendwo am Nordrand der Stadt. Die Buchhaltung muß es wissen. Aber warte! Du hast sie einmal nach Hause gebracht, ich erinnere mich deutlich.«

»Ja, richtig. Es war tatsächlich im Norden der Stadt. Aber diese Wohnsilos sehen alle gleich aus. Meine Leibwächter könnten es wissen. Moment – deine Wächter fuhren sie monatelang hin und her, bis zu der Zeit, wo du operiert wurdest. Hast du sie gefragt?«

»Teufel noch mal, Jake, sie lassen mich mit niemandem sprechen. Ich weiß nicht mal, ob sie noch für mich arbeiten.«

»Ich glaube, sie waren noch da, als sie nach Europa flog. Aber Johann, ich weiß nicht, ob es gut sein wird, sie zu fragen.«

»Warum nicht?«

»Weil ich Eunice kurz vor deiner Operation noch gesehen habe. Sie war interessiert – sie hatte dich gern, Johann, mehr als du verdientest ...«

»Schon möglich! Aber was willst du sagen?«

»Nun, sie erwähnte keine bestimmten Pläne, aber ich hatte nicht den Eindruck, daß sie im Sekretärinnenberuf bleiben wollte. Niemand von uns erwartete, daß du jemals wieder eine Sekretärin brauchen würdest. Ich hätte sie mit Freuden selber eingestellt; sie war eine gute Sekretärin. Aber ...«

»Das glaube ich dir gern, du alter Bock. Aber nachdem sie Direktorin und Vorstandsmitglied unserer Holding geworden ist, wird sie mehr denn je interessiert sein, in Reichweite zu bleiben, nicht wahr?«

»Oh ja, richtig. Ich werde sehen, ob ich sie zu Hause erreichen kann. Das Dumme ist nur, daß ich bei all den anderen dringenden Geschäften bisher nicht dazu gekommen bin, ihre Ernennung vertraglich zu fixieren und ihr das Papier zur Unterschrift vorzulegen. Sie könnte das Gefühl gehabt haben, in der Luft zu hängen. Vielleicht hat sie sich inzwischen einer anderen Beschäftigung zugewandt, möglicherweise in Verbindung mit ihrem Mann. Ist er nicht Künstler?«

»Ich nehme an, du könntest ihn so nennen. Nichts gegen

Eunice, Jake – aber ich würde ihn eine verkrachte Existenz nennen. Eunice muß auf ihn reingefallen sein, weil er sehr gut aussah – sie hat mir mal ein Bild von ihm gezeigt. Ja, er ist ein Künstler, einer, der nicht viel verkauft; sie unterstützte ihn und finanzierte den gemeinsamen Lebensunterhalt; das war ihre Aufgabe. Branca scheint soweit in Ordnung zu sein – trinkt nicht, nimmt keine harten Drogen und so. Aber wie sie andeutete, muß er sehr ungebildet sein. Analphabet. Natürlich weiß ich, wie verbreitet das heutzutage ist; ich habe keine Vorurteile – nur Gott und die Personalabteilung wissen, wie viele Analphabeten im Konzern beschäftigt sind. Kann gut sein, daß Branca nie eine richtige Schule besucht hat. Eunice sagte, als Künstler sei er Autodidakt. Mehr weiß ich nicht über ihn. Also geh hin, Jake, und rede mit ihr. Und verständige morgen Hedrick oder den diensttuenden Arzt, was du erfahren hast, damit sie es mir melden. Sie lassen mich hier nicht telefonieren, klar?«

»Selbstverständlich, Johann. Ich werde mich morgen melden.«

»Danke, Jake. Sag der Schwester, sie kann jetzt aus der Ecke kommen.«

Zwei Zimmer weiter machte Salomon halt, um mit Dr. Hedrick zu sprechen, der das Gespräch am Monitor mitgehört hatte. Der Arzt blickte ihn nachdenklich an. »Hart«, sagte er.

»Sie sagen es. Doktor, wie lange, glauben Sie, können Sie Ihren Patienten daran hindern, in einen Spiegel zu sehen?«

»Schwer zu sagen. Die Fortschritte sind sehr zufriedenstellend, aber Smiths Kontrolle über den neuen Körper ist noch absolut unvollkommen. Er leidet unter Juckreiz, Prikkeln und örtlicher Fühllosigkeit, was normal ist, und klagt darüber hinaus, daß er mal hier und mal dort Schmerzen habe. Es sind eingebildete Schmerzen – psychosomatische, besser gesagt, denn für den Patienten sind sie real. Nach meiner Ansicht sollte der unvermeidbare psychische Schock so lange wie möglich hinausgezögert werden. Natürlich bin ich in diesem Punkt stark von Doktor Rosenthal beeinflußt. Neben der unbefriedigenden Körperbeherrschung ist unser Patient schwach und emotionell extrem unstabil.«

»Dessen bin ich mir bewußt.«

»Mr. Salomon, Sie sehen aus, als könnten Sie selbst ein Beruhigungsmittel gebrauchen. Darf ich Ihnen eins geben?«

Salomon rang sich ein Lächeln ab. »Nur wenn es gebranntes Korndestillat enthält.«

Hedrick schmunzelte. »Darf es in Schottland abgefüllt sein?«

»Ja! Kein Wasser. Oder nur ein bißchen.«

»Ich werde die Medizin ausgeben, Sie verdünnen sie nach Geschmack mit Wasser. Ich werde mir selbst auch eine Dosis verschreiben – ich finde diesen Fall ein wenig anstrengend. Obwohl wir damit Medizingeschichte schreiben.«

KAPITEL SIEBEN

Dr. Garcia rieb Salomons Arm, wo er ihm gerade eine Injektion gegeben hatte. »Warten Sie drei Minuten. Sobald die Wirkung einsetzt, könnten Sie Ihrer eigenen Erhängung beiwohnen, ohne die Ruhe zu verlieren.«

»Danke, Doktor. Doktor Hedrick, was beunruhigt unseren Patienten jetzt? Ihre Nachricht war nicht sehr detailfreudig.«

Hedrick schüttelte seinen Kopf. »Der Patient will nicht mehr mit uns sprechen. Verlangt einfach, Sie zu sehen. Das ist seine einzige Reaktion auf alle Fragen und alles Zureden.«

»Ah ... Sie meinen, er hat es entdeckt? Oder vielmehr, wenn er es entdeckt hat, was dann?«

Hedrick wandte sich zu seinem Kollegen. »Doktor Garcia?«

»Sie kennen meine Meinung. Der Patient hat sich erholt und ist nur schwach, weil er zu lange bettlägerig war. Es gibt keinen Vorwand mehr – keinen medizinischen Vorwand – für Zwangsmittel, die jede Bewegung unmöglich machen.«

»Doktor Rosenthal?«

Der Psychiater breitete seine Hände aus. »Der menschliche Geist ist ein ebenso unheimliches wie wundervolles Ding – und je länger ich ihn studiere, desto deutlicher zeigt sich mir, wie wenig wir über ihn wissen. Ich würde dem Patienten diesen Schock gern noch eine Weile ersparen, aber ich bin gezwungen, Doktor Garcia zuzustimmen: man kann einen Patienten nicht ewig in Fesseln halten.«

Hedrick sagte: »Ich fürchte, das ist es, Mr. Salomon.«

Salomon seufzte. »Und Sie haben mich zum Freiwilligen ernannt?«

»Jeder von uns wird mit Ihnen hineingehen, wenn Sie es wünschen, Sir. Aber der Patient weigert sich, mit uns zu sprechen. Wir werden uns in Bereitschaft halten, um rasch einzugreifen, sollte es zu einer Krise kommen. Die Schwester hat Anweisung, das Krankenzimmer zu verlassen, wenn Sie es ihr sagen. Sie, nicht der Patient. Aber machen Sie sich keine Sorgen; wir werden alles am Monitor überwachen.«

»Ich mache mir keine Sorgen, diese Droge scheint bereits zu wirken. Gut, ich werde jetzt hineingehen.«

»Jake!« sagte Johann Smith. »Wo, zum Teufel, bist du gewesen? In den vergangenen drei Wochen hast du mich nur einmal besucht! Verdammt sollst du sein!«

»Ich habe gearbeitet. Das ist mehr, als du von dir sagen kannst.«

»Meinst du, eh? Physiotherapie ist verdammt harte Arbeit, härtere als du jemals tust, du Winkeladvokat – und ich muß das sieben Tage die Woche durchmachen.«

»Mein Herz blutet, Johann. Übrigens war ich zehn Tage

krank, was Hedrick dir sicherlich gesagt hat, und ich bin immer noch ziemlich klapperig, also mach Platz, du fauler Bastard, und laß mich meine alten Glieder ausstrecken. Verdammt, Johann, ich bin nicht mehr so jung, wie ich mal war; ich kann nicht durch Reifen springen, jedesmal wenn du deine Finger schnippst.«

»Nun, langsam, Jake, nicht die Tour mit mir. Es tut mir leid, daß du krank warst. Ich sagte ihnen, daß sie dir Blumen schicken sollen. Hast du sie gekriegt?«

»Ja. Danke.«

»Das ist komisch, ich hatte nämlich gar keine schicken lassen. Hab ich dich erwischt, wie? Jake, ich habe niemals die Absicht, einen Mann zu überarbeiten – aber verdammt noch mal, wenn er auf meiner Lohnliste ist, dann erwarte ich gelegentlich von ihm zu hören. Und ihn zu sehen.«

»Ich bin nicht auf deiner Lohnliste.«

»Eh: Welcher Unsinn ist das?«

»Als das Gericht mich zu deinem zeitweiligen Vormund bestellte, billigte MacCampbell mir eine symbolische Gebühr von zehn Dollar monatlich zu. Mehr darf ich nicht von dir annehmen. Und ich habe das Geld noch nicht kassiert.«

Johann blickte unbläubig. »Nun, das werden wir sofort ändern! Du gibst Richter MacCampbell zu verstehen, daß ich sagte ...«

»Laß gut sein, Johann. Es war Teil des Manövers, deine Enkelinnen zum Schweigen zu bringen. Nun, was plagt dich? Mrs. Branca? Du hast jeden Tag Meldung bekommen – negativ. Ich habe eine Aktentasche mitgebracht, vollgestopft mit detaillierten Berichten – alle negativ, aber Beweise dafür, daß was getan wurde. Mrs. Branca ist nicht auffindbar. Willst du das Zeug lesen? Ich sehe, du hast jetzt ein Lesegerät.«

»Ich soll negative Berichte lesen? Jake, sei nicht albern. Ja, ich habe mir über Eunice Sorgen gemacht. Verdammt, selbst wenn sie nicht mehr für mich arbeiten will, sollte man meinen, daß sie die minimale Höflichkeit hätte aufbringen können, mir einen Krankenbesuch abzustatten. Aber das ist nicht, was ich auf dem Herzen habe – nicht, warum ich dich kommen ließ, meine ich. Schwester!«

»Ja, Sir?«

»Schalten Sie die Abhörgeräte aus; dann gehen Sie und stecken Sie Ihren Kopf in den Idiotenkasten. Ich will ein vertrauliches Gespräch führen.«

»Ja, Sir.« Sie stand auf und drehte die Schalterattrappen.

»Schwester.«

»Ja, Mr. Salomon?«

»Fragen Sie Doktor Hedrick, ob wir völlig ungestört sein können. Ich glaube nicht, daß Mr. Smith gleich am Kronleuchter schaukeln wird, nur weil ich kein ausgebildeter Krankenpfleger bin.«

»Mr. Salomon, Doktor Hedrick sagt, daß wir so gute Fortschritte machen« – sie lächelte strahlend – »nicht wahr, Mr. Smith? – daß ich Sie ruhig einen Moment allein lassen könne, wenn Sie ungestört sprechen wollen. Drücken Sie einfach den Knopf bei Ihrer linken Hand, wenn Sie mich brauchen.« Sie lächelte wieder und ging.

Johann sagte: »Nun, das ist eine Überraschung! Möchte wissen, was für ein fauler Trick dahintersteckt.«

»Wieso? Du wirst gesund. Doktor Hedrick sagt es selber.«

»Hmm. ›Timeo Danaos et dona ferentes‹, wenn du verstehst, was ich meine. Nach meinen Erfahrungen mit diesen Gefangenenwärtern kann ich nur mißtrauisch sein. Jake, beuge dich näher zu mir, ich will flüstern. Ich traue den Brüdern zu, daß sie irgendwo noch ein Mikrofon versteckt haben.«

»Verfolgungswahn, du alter Dummkopf. Warum sollte Hedrick sich die Mühe machen, unser Gespräch abzuhören?«

»Junger Dummkopf, bitte – ich bin nicht mehr alt. Schizoid bin ich vielleicht, und kein Wunder bei dieser Behandlung. Jedenfalls will ich nicht, daß außer dir noch jemand hört, was ich zu sagen habe. Denn wenn ich mich irre, würde es nicht gut klingen, dieses Ding bei der Feststellung meiner Zurechnungsfähigkeit vor Gericht als Bandaufnahme zu hören. Also komm näher und hör gut zu. Jake ... ich bin fast sicher, daß dieser neue Körper von mir weiblich ist!«

Jake Salomon war froh, daß Garcia ihm die Beruhigungsspritze gegeben hatte. »So? Interessante Idee. Was wirst du tun, wenn sie wahr sein sollte? Ihn zum Reklamationsschalter zurückbringen und einen neuen verlangen?«

»Laß die dummen Witze, Jake. Was immer das für ein Körper sein mag, den ich jetzt habe, ich kann nicht mehr raus. Und wenn er weiblich ist – nun, es wird ziemlich seltsam sein, stelle ich mir vor, aber schließlich bringt die Hälfte der Menschheit es fertig, damit zu leben. Ich denke, ich werde es auch können. Aber siehst du nicht die Logik? Wenn meine Idee richtig ist, dann ist es dieser Umstand, warum sie sich soviel Mühe gegeben haben, meinen neuen Körper vor mir zu verbergen. Hatten Angst, ich würde überschnappen oder einen Schlaganfall kriegen.« Johann schmunzelte. »Die kennen mich schlecht! Nicht mal dich haben sie was sehen lassen, das du als weiblich ausmachen könntest – zugedeckt bis zum Hals, nicht mal die Hände in Sicht, und so viele Geräte und Kabel überall, daß keine Umrisse zu erkennen sind. Ein Handtuch über dem Kopf – wahrscheinlich wächst das Haar wieder nach, oder so. Wenn das Gesicht pferdeähnlich genug ist, könntest du mein Geschlecht nicht einfach von meinen Zügen ablesen.«

»Vielleicht. Eine interessante Theorie. Wie bist du dazu gekommen?«

»Oh, durch verschiedene Beobachtungen. Besonders durch die Tatsache, daß sie mich meine Hände und Arme nicht gebrauchen lassen, obwohl ich es längst kann. Nur während der überwachten Physiotherapie schnallen sie sie los – nachdem sie vorher eine Plastikschale über meinen Körper gestülpt haben, damit ich mich nicht berühren kann. Danach werde ich sofort wieder festgeschnallt, was sie mit lahmen Ausreden wie ›spastischen Muskelkontraktionen‹ und so weiter begründen. Die hatte ich zuerst auch, aber jetzt schon lange nicht mehr. Aber egal. Dies ist das erste Mal, daß keine Krankenschwester im Zimmer ist. Also los, Jake – schau unter die Decke! Sag mir Jake, bin ich männlich oder weiblich? Schnell – sie könnte zurückkommen.«

Salomon saß still. »Johann.«

»Was, Jake? Schon wieder Bedenken, eh? Nun mach schon, Mann!«

»Du bist weiblich.«

Johann Smith blieb lange Sekunden still, dann sagte er: »Nun, es ist eine Erleichterung, Gewißheit zu haben. Wenigstens bin ich nicht verrückt. Nun, Jake? Wie ist es dazu gekommen?«

»Ich wußte es die ganze Zeit, Johann. Es war hart für mich, dich zu sehen und mir nichts anmerken zu lassen. Denn du hast richtig gefolgert; deine Ärzte befürchteten, du würdest es schlecht aufnehmen und einen Schock erleiden. Sie wollten dir das ersparen, solange du geschwächt warst.«

»Sie kennen mich nicht. Aber wie ist es passiert, Jake? Das war nicht ausgemacht.«

»Doch.«

»Eh?«

»In deinen Instruktionen sagtest du kein Wort über Rasse und Geschlecht. Du sagtest, der Körper solle gesund und zwischen zwanzig und vierzig sein, mit der Blutgruppe AB negativ. Sonst nichts.«

Johann zwinkerte verdutzt. »Richtig«, sagte er dann. »Aber es kam mir nie in den Sinn, daß sie mich in den Körper einer Frau stecken könnten. Völlig abwegiger Gedanke.«

»Wieso: Jeden Tag werden weibliche Herzen in männliche Körper verpflanzt, und umgekehrt.«

»Richtig, aber jeder weiß, daß eine Herzverpflanzung nichts an der Identität ändert. Die Idioten hätten daran denken müssen, daß es bei einer Gehirnverpflanzung anders ist. Jetzt sitze ich mit meiner männlichen Identität in einem weiblichen Körper und muß Frau sein. Aber wie dem auch sei, besser eine lebendige junge Frau als ein toter Tattergreis. Also, da ich nun weiß, was mit mir ist, gibt es keinen Grund, mir einen Spiegel zu verweigern. Geh hin, Jake, und sag diesem ekelhaften Tyrannen von einem Arzt, daß ich mich sofort in einem Spiegel sehen will, und keine Ausflüchte mehr, verstanden? Und sie sollen mir sofort diese Gurte abnehmen, oder ich verklage sie noch nachträglich wegen Freiheitsberaubung auf Schadenersatz!«

»Ich werde sehen, was ich machen kann, Johann.« Salomon drückte auf den Knopf, um die Krankenschwester zu rufen, ging hinaus. Er blieb fünf Minuten fort, dann kehrte er mit Hedrick, Garcia, Rosenthal und einer weiteren Krankenschwester zurück, die einen großen Handspiegel trug.

Hedrick sagte: »Wie fühlen Sie sich, Miss Smith?«

Sie lächelte ungnädig. »Heißt es jetzt ›Miss Smith‹, eh? Viel besser, danke; wenigstens habe ich Klarheit. Sie hätten es mir vor Wochen sagen können; ich bin nicht so labil, wie Sie denken.«

»Das ist möglich, Miss Smith, aber ich bin verpflichtet, das zu tun, was ich als das Beste für meine Patienten ansehe.«

»Lassen wir das. Aber nun ist die Katze aus dem Sack, und ich will endlich wissen, wie ich aussehe.«

»Selbstverständlich, Miss Smith.«

Dr. Garcia setzte sich an die Instrumentenkonsole, Hedrick und Rosenthal stationierten sich zu beiden Seiten des Bettes. Erst dann nahm Hedrick den Spiegel aus den Händen der Krankenschwester und hielt ihn so, daß die Patientin sich darin sehen konnte.

Johann Smith betrachtete das neue Gesicht mit gespannter Aufmerksamkeit, dann kam ungläubiges Entsetzen in ihre Züge. »Nein! Oh – mein Gott! Lieber Gott, was haben sie uns angetan? Jake! Du wußtest es!«

Des alten Anwalts Gesicht zuckte, aber er bewahrte die Fassung. »Ja, ich wußte es, Johann. Deshalb konnte ich sie nicht für dich finden – weil sie schon hier war, die ganze Zeit. Hier vor mir – und ich mußte ... mit ihr reden!« Er schluckte hart. Seine Augen hatten sich mit Wasser gefüllt.

»Jake, wie konntest du es zulassen? Eunice, arme Eunice,

vergib mir – ich wußte es nicht!« Ihr Schluchzen folgte wie ein Echo dem seinen, eine Oktave höher.

Hedrick schnappte: »Doktor Garcia!«

»Eingeleitet, Doktor.«

»Doktor Rosenthal, kümmern Sie sich um Mr. Salomon. Schwester, helfen Sie ihm. Ein Schwächeanfall ...«

Fünf Minuten später war es still im Raum. Drogen hatten die Patientin in betäubten Schlummer gezwungen. Dr. Hedrick vergewisserte sich, daß für Miss Smith keine unmittelbare Gefahr bestand, übertrug die Bettwache an Dr. Garcia und verließ das Krankenzimmer.

Im Schwesternzimmer stieß er auf Mr. Salomon, der auf der dort stehenden Couch lag. Dr. Rosenthal saß mit einem Stethoskop neben ihm. Hedrick blickte ihn fragend an.

»Für meinen Geschmack geht's ihm recht gut«, meinte Rosenthal, »aber vielleicht sollten Sie das selbst noch einmal überprüfen.«

»In Ordnung«, erwiderte Hedrick und nahm auf dem Stuhl platz, den Rosenthal für ihn räumte. Dann nahm er Salomons Handgelenk, fühlte den Puls und fragte: »Wie fühlen Sie sich?«

»Mir geht's gut«, erklärte Salomon dumpf. »Tut mir leid, daß ich mich selbst zum Narren gemacht habe. Aber wie geht es *ihr?*«

»Schläft. Sie haben sie gern gehabt, nicht wahr?«

»Wir haben sie beide gern gehabt. Sie war ein Engel.«

»Dann weinen Sie um sie. Tränen sind das Schmiermittel der Seele. Männer wären sehr viel besser dran, wenn sie genauso oft heulen würden wie Frauen. Stimmt's, Rosenthal?«

»Genau, Doktor. Kulturen, in denen die Männer oft weinen, haben wenig Bedarf an meinem Berufszweig.« Er lächelte. »Mr. Salomon, da Sie hier in guten Händen sind, werde ich jetzt gehen und mir ein paar vielversprechendere Patienten anschauen. Es sei denn, Sie brauchen mich noch, Doktor?«

»Gehen Sie nur, Rosy. Vielleicht sollten Sie morgen wieder hier sein, wenn wir die Patientin aufwecken. Gegen zehn Uhr etwa.«

»Auf Wiedersehen, Dr. Rosenthal. Und vielen Dank. Danke für alles.«

»Keine Ursache. Lassen Sie sich nur von diesem Veterinär kein Flohpulver andrehen.«

»Dr. Hedrick«, sagte Salomon, »diese riesige Burg steht voller Betten. Was halten Sie davon, wenn Sie sich eines davon aussuchen und ich Ihnen eine Pille gebe, die sie garantiert acht Stunden lang traumlos schlafen läßt?«

»Es geht mir gut. Wirklich.«

»Wenn Sie das sagen. Ich kann Sie nicht zu einer Medikamenteneinnahme zwingen. Doch als menschliches Wesen, daß Sie mittlerweile recht gut kennt, muß ich zugeben, daß ich mir mehr Sorgen wegen Ihnen als wegen meiner Patientin mache. Sie haben sie als ›Engel‹ bezeichnet – damit meinten Sie die Spenderin, nicht Miss Smith.«

»Wie? Ja, natürlich. Eunice Branca.« Sein Gesicht verzog sich kurz.

»Ich habe sie nie kennengelernt, und im Umgang mit Engeln habe ich auch kaum Erfahrung. Ärzte lernen die Menschen in der Regel nicht von ihrer besten Seite kennen. Doch ihr Körper wäre eines Engels würdig, einen gesünderen habe ich nie gesehen. Laut Unterlagen achtundzwanzig Jahre alt, von der physiologischen Seite her aber mindestens fünf Jahre jünger. Sie – Miss Smith meine ich jetzt, Miss Johann Smith – kann einen schweren Schock erleiden und ihn überstehen, weil dieser wundervolle junge Körper sie unterstützt. Doch Sie haben in etwa den gleichen Schock erlitten, und Sie, wenn ich das so sagen darf, sind nicht mehr jung. Wenn Sie nicht hier schlafen wollen, was am besten wäre ...«

»Ich will nicht hier *schlafen!*«

»Gut. Das Zweitbeste wäre, wenn Sie mir gestatten, Herz, Lungen und Blutdruck zu überprüfen. Wenn mir nicht gefällt, was ich finde, sollten Sie hier liegenbleiben, während ich Ihren Hausarzt rufe.«

»Der macht keine Hausbesuche.«

Hedrick grunzte. »Dann ist er auch kein richtiger Praktiker. Ein Hausarzt geht dorthin, wo er gebraucht wird. Aber wie sieht es mit der Untersuchung aus? Darf ich sie vornehmen?«

»Äh, ja, natürlich. Und ich nehme auch diese Pille, wenn ich das zu Hause tun darf. Normalerweise benutze ich solche Mittel nicht, aber heute ist das wohl ein besonderer Fall.«

»Gut. Wenn Sie jetzt Ihr Hemd ausziehen ...«

Während der Untersuchung erklärte er: »Mr. Salomon, ich habe nicht Dr. Rosenthals Qualifikation, aber wenn es Ihnen hilft, bin ich ein guter Zuhörer. Ich weiß, die ganze Sache hat Ihnen auf der Seele gelegen, doch jetzt, wo Johann Smith weiß, daß er nunmehr ›Miss Smith‹ ist und zudem den Körper seiner ehemaligen Sekretärin besitzt, haben Sie eigentlich das Schlimmste überstanden. Doch wenn es da noch mehr gibt, was Sie bedrückt, können Sie gern darüber reden.«

»Es macht mir nichts aus, über Eunice zu sprechen. Aber ich weiß nicht, was ich sagen soll.«

»Nun, Sie könnten mir beispielsweise erzählen, wie es kam, daß so ein hübsches Mädchen getötet wurde. Ich habe den Namen der Spenderin nie gehört, bevor Sie ihn nannten. Wir respektieren die Privatsphäre, wenn der Spender anonym bleiben will, und solange alle Unterlagen in Ordnung sind, stellen wir keine Fragen.«

»Ja, richtig, es gab eine derartige Vorgabe. Ich nehme an, Eunice hatte die romantische Vorstellung, sie könnte ihren Körper ihrem Boß vermachen, wenn sie ihn nicht mehr brauchte, ohne daß er es je erfuhr. Natürlich eine lächerliche Idee, aber es paßte zu ihrem süßen Naturell. *Ihnen* mußte ich es sagen, nachdem es so aussah, als könnte Johann in seinem neuen Körper überleben. Mir war klar, daß es ihn umhauen würde. Und so ist es ja dann auch gekommen.«

»Es war wirklich sehr gut, daß Sie uns darüber informiert haben. Ich glaube – genau wie Dr. Rosenthal – daß wir den

Patienten nur durchgebracht haben, weil wir außergewöhnliche Vorsichtsmaßnahmen ergriffen haben, um ihr Geschlecht vor ihr zu verheimlichen. Aber schwer war es trotzdem.«

»Schwer war es für uns beide, Doktor. Wenn ich nicht mehr als doppelt so alt und Eunice nicht verheiratet gewesen wäre, hätte ich alles getan, um sie zu heiraten. Und ich bin mir sicher, daß für den alten Johann das gleiche gilt. Daher wußte ich, was für einen Schock die ganze Sache für ihn bedeuten würde.«

»Wie ist sie gestorben? Bei einem Verkehrsunfall?«

»Nein, sie wurde umgebracht. Vielleicht war es ein Räuber, vielleicht auch ein Psychopath. Herausfinden werden wir es nie, denn er wurde praktisch noch während der Tat von Johanns Wachen getötet. Auf diese Weise wurde sie auch gerettet – ihr Körper, meine ich – denn die beiden brachten sie sofort in ein Krankenhaus.« Salomon stieß einen Seufzer aus. »Es hilft tatsächlich, darüber zu reden.«

»Gut. Wieso kamen Johann Smith' Wachen zu spät?«

»Ach, das arme Mädchen versuchte, ein paar Minuten Zeit einzusparen. Sie war Blutspenderin – AB-Negativ – und ...«

»Oh! Jetzt weiß ich, weshalb mir ›Miss‹ Smith irgendwie bekannt vorkam. Ich habe sie einmal gesehen, als sie einem meiner Patienten Blut spendete. Ein hübsches Mädchen, sehr freundlich und etwas, äh, exotisch gekleidet.«

»Erotisch gekleidet, meinen Sie. Ja, das war Eunice. Sie wußte, daß sie gut aussah und hatte nichts dagegen, andere an ihrer Schönheit teilhaben zu lassen.«

»Ich wollte, ich hätte sie gekannt.«

»Ja, ich hätte es Ihnen gegönnt, Ihr Leben wäre dadurch bereichert worden. Johanns Wachen hatten den Auftrag, sie zu begleiten, wenn sie einen Notruf wegen einer Blutspende erhielt. Sie sollten sie an der Tür abholen und sicher zum Wagen geleiten. Sie wohnte im neunzehnten Stock in einem dieser Hochhäuser im Nordteil der Stadt. Natürlich gab es dort einen Fahrzeugaufzug, aber keinen, der in der Lage gewesen wäre, eine gepanzerte Limousine wie die von Johann zu transportieren. Und so beschloß das arme Mädchen, zehn Minuten einzusparen, indem sie den Personenlift benutzte, statt auf die Eskorte zu warten. Dort wurde sie dann angegriffen und getötet.«

»Ein Jammer. Ich nehme an, sie wußte nicht, daß wir über die nötigen Mittel verfügen, einen Patienten noch etwas länger am Leben zu erhalten, wenn wir wissen, daß ein Spender unterwegs ist.«

»Vielleicht wußte sie das, vielleicht auch nicht – jedenfalls war es charakteristisch für Eunice Branca, daß sie sich zu beeilen versuchte.«

»Wirklich ein Jammer. Sie können Ihr Hemd jetzt wieder anziehen. Was sagten Sie, wie alt Sie sind?«

»Ich habe nichts gesagt. Aber mein zweiundsiebzigster Geburtstag steht vor der Tür.«

»Erstaunlich. Sie wirken jünger – innerlich, meine ich, nicht unbedingt vom Gesicht her …«

»Ich weiß, daß ich häßlich bin.«

»›Distinguiert‹ wäre wohl ein akzeptablerer Ausdruck. Jedenfalls wirken Sie physiologisch erheblich jünger. Etwa zwanzig Jahre, würde ich sagen.«

»Dann kann ich also Ihre Medizin nehmen?«

»Ich bin nicht sicher, ob Sie die überhaupt brauchen. Wenn Sie wollen, können Sie heimgehen. Oder bleiben. Wenn Sie bleiben, würde ich gerne Ihr Herz mit einem Monitor überprüfen. Professionelles Interesse.« (Und um sicherzugehen, daß du nicht doch umfällst, alter Knabe – manchmal bleibt das Herz nach einem derartigen Schock auch ohne besondere Ursache einfach stehen.)

»Nun … ich bin wirklich müde. Könnte ich etwas essen und anschließend direkt ins Bett gehen? Vielleicht mit einer zwölf Stunden-Dosis statt der achtstündigen?«

»Kein Problem.«

Kurz darauf lag Jake Salomon im Bett und schlief. Hedrick aß etwas, schaute bei seiner Patientin herein, gab der Nachtwache Anweisung, ihn zu wecken, sofern die Anzeigen bestimmte Werte überschritten, und begab sich ebenfalls zu Bett. Er selbst benötigte niemals die Schlafmittel, die er anderen verordnete.

Trotz der Sedierung hatte Johann Smith schwere Träume. Einmal murmelte der alte Mann in dem geborgten Schädel: »Eunice?« (Ich bin hier, Boß. Schlaf wieder.) »In Ordnung, meine Liebe. Ich wollte nur wissen, wohin du gegangen bist.« (Hör mit dem Blödsinn auf, Boß. Ich bin *hier.)* Johann lächelte und schlief weiter. Jetzt hatte er keine Alpträume mehr.

KAPITEL ACHT

Die Morgenschwester mit dem Frühstückstablett kam geschäftig herein, zog die Vorhänge zurück und schaltete die blaue Nachtbeleuchtung aus. »Guten Morgen, Miss Smith! Wie geht es uns heute?«

»Ich weiß nicht, wie es Ihnen geht, aber ich bin hungrig.«

»Gut! Es gibt warmen Haferbrei, Orangensaft, ein gekochtes Ei und eine Scheibe Toast. Wir werden den Toast in das Ei tunken, damit die Stücke besser rutschen. Ich werde das Kopfende ein wenig hochstellen.«

»Mrs. Sloan ...«

»Ja? Lassen Sie mich die Serviette unter Ihr Kinn stecken.«

»Hören Sie auf, oder ich werde Ihnen sagen, wo Sie die Serviette hinstecken können! Schnallen Sie mich los. Ich werde mich selbst füttern.« (Boß, sei nicht so grob zu ihr. Sie versucht nur, dir zu helfen.) *(Eunice?)* (Natürlich, mein Lieber – habe ich dir nicht versprochen, ich würde dich nie wieder verlassen?) (Aber ...) (Pst, sie sagt etwas.)

»Nun, Miss Smith, Sie wissen, daß ich das nicht tun kann. Bitte, seien Sie vernünftig. Riecht es nicht verlockend?«

»Ah ... Ich nehme an, Sie können mich ohne Doktor Hedricks Erlaubnis nicht losschnallen. Tut mir leid, daß ich Sie angeschnauzt habe. (Schon besser, Boß!) Aber versuchen Sie nicht, mich zu füttern; gehen Sie statt dessen zu Doktor Hedrick und sagen Sie ihm, daß ich wieder Schwierigkeiten mache. Sie können ihm auch sagen, daß er, wenn er auf meine Wünsche nicht eingehen will, sich mit Mr. Salomon in Verbindung setzen sollte. Ich werde nämlich ab sofort in den Hungerstreik treten, bis meine Arme und Beine von diesen Gurten befreit werden.« (War das so besser, Eunice?) (Etwas besser, Boß. Sagen wir um zehn Prozent.) (Oh, Mist, ich habe doch überhaupt keine Übung darin, mich wie eine Dame zu benehmen.) (Ich werde es dir beibringen, Boß.) (Eunice, bist du wirklich da, Liebes? Oder habe ich nur einen Dachschaden?) (Darüber können wir später diskutieren. Jetzt mußt du dich erst mit dem Doktor auseinandersetzen ... und erwähne *mich* auf gar keinen Fall ... du weißt ja, was sonst passiert.) (Natürlich! Glaubst du, ich bin verrückt?) (Irrelevant, wie Jake sagen würde. Wichtig ist nur, daß du Dr. Hedrick – und auch sonst niemanden – wissen läßt, daß ich hier bin, denn sonst werden sie mit Sicherheit glauben, du bist verrückt. Aber jetzt halte ich besser den Schnabel.) (Geh nicht fort!) (Boß, ich werde *niemals* fortgehen, ich werde mich nur stillhalten. Wir beide unterhalten uns besser, wenn niemand sonst zugegen ist. Es sei denn, ich sehe, daß du im Begriff bist, einen Fehler zu machen.) (Du willst wohl an mir herumnörgeln, was?) Johann hörte ihr fröhliches Kichern. (Habe ich das nicht immer getan, Boß? Aber Vorsicht jetzt, sie kommen.)

Dr. Hedrick und Dr. Garcia betraten den Raum.

»Guten Morgen, Miss Smith«, sagte Hedrick. »Die Schwester sagt, Sie würden gern versuchen, sich selbst zu füttern.«

»Das ist wahr, aber es ist nicht alles. Ich will von diesen Gurten und Klammern befreit werden, von allen.«

»Nun, daß Sie sich selbst füttern wollen, ist eine gute Idee, denke ich. Eine gute Übung. Was das übrige angeht – das will bedacht sein.«

»Doktor, die Maskerade ist vorbei. Wenn Sie es nicht über sich bringen, alle Fesseln von meinem Körper zu nehmen, dann können Sie das Frühstück gleich wieder abservieren lassen. Holen Sie statt dessen meinen Anwalt ...«

»Mr. Salomon hält sich im Hause auf.«

»Dann holen Sie ihn!«

»Einen Moment, bitte.« Dr. Hedrick warf Dr. Garcia einen schnellen Blick zu; Dr. Garcia nickte. »Miss Smith, würden Sie einem vernünftigen Kompromiß zustimmen? Oder uns wenigstens anhören?«

»Ich höre, aber ...« (Halt die Klappe, Boß.) »Also gut, ich höre zu.«

»Mr. Salomon ist, wie Sie wissen, ein älterer Mann, und er hatte gestern einen anstrengenden Tag. Ich überredete ihn, über Nacht zu bleiben und zu ruhen. Er ist gerade aufgestanden; er hat noch nicht gefrühstückt. Meine Idee ist, Sie könnten Mr. Salomon zu einem gemeinsamen Frühstück einladen – und Sie könnten auch uns dazu einladen –, und wir vier könnten in Ruhe besprechen, wie es weitergehen soll. Ich werde mich den Wünschen Ihres Vorm ... Ihres Anwalts beugen. Wenn er einen anderen Arzt auswählt, werde ich mich zurückziehen. Und wie ich sagte, ich kann Ihre Arme losmachen, damit Sie selbst essen können. Aber die völlige Entfernung aller Haltegurte ... wie Sie sich denken können, haben wir verschiedene Installationen an Ihrem Unterleib. Es dauert einige Zeit, das alles abzubauen.«

»Hmm. Das sehe ich ein. Nun, seien Sie so freundlich, meine Arme zu befreien, Doktor Hedrick. Ich weiß, ich bin ein schwieriger Patient gewesen. Tut mir leid. Und selbstverständlich würde ich mich freuen, wenn Sie mir beim Frühstück Gesellschaft leisteten. Im übrigen werden wir tun, was mein – ah – Vormund für richtig hält. Aber ich hoffe nicht, daß er Sie ersetzen wird, Doktor Hedrick.«

»Danke, Miss Smith.«

»Es wird mir ein Vergnügen sein, die drei Herren zum Frühstück zu empfangen ... wenn Sie jetzt bitte so freundlich wären, meine Arme loszubinden.«

(Boß!) (Was beißt dich, Kleines? Ich dachte, ich hätte mich wie eine perfekte Dame benommen?) (Das schon – *aber wage es ja nicht, Männer zum Frühstück hereinzubitten, solange wir uns nicht zurecht gemacht haben!* Du trägst nicht eine Spur von Makeup, und die Haare müssen grauenvoll aussehen.) (Aber schau mal, Liebes, es sind doch nur Jake und unsere Ärzte.) (Es geht ums Prinzip, und ich verstehe mehr davon, wie es ist, ein Mädchen zu sein, stimmt's? Bin ich jemals ungeschminkt und mit zerzaustem Haar zur Arbeit gekommen? Ich bin oft genug früher aufgestanden, als eigentlich nötig gewesen wäre, nur damit ich mich vorher zurecht machen konnte.)

»Ein Problem, Miss Smith?«

»Wie? Oh, tut mir leid, Doktor, ich war gerade in Gedanken. Wenn ich Herrenbesuch zum Frühstück habe, sollte ich dann nicht anfangen, mich wie eine Dame zu verhalten? Schließlich muß ich das auch einmal lernen. Habe ich irgendwelches Makeup aufgelegt?«

Hedrick blickte verwirrt drein. »Sie meinen Lippenstift?«

»Was auch immer sich die Damen ins Gesicht schmieren. Ich bin sicher, es gibt da noch weit mehr als Lippenstift. Und mein Haar sollte gebürstet werden. Habe ich überhaupt Haare?«

»Ja, natürlich. Sie sind noch etwas kurz, aber sie wachsen gesund und kräftig nach.«

»Freut mich zu hören. Ich dachte schon, ich hätte möglicherweise einen Plastikschädel und müßte Perücken tragen.«

»Wir mußten einige Teile der Schädeldecke rekonstruieren, aber Dr. Boyle hat es geschafft, die Kopfhaut zu retten, und Sie werden die Prothese nie bemerken.« Hedrick lächelte kurz. »Sie ist härter als echter Knochen. Jedenfalls wird die Kopfhaut gut durchblutet und das Haar wächst, auch wenn es im Moment noch recht kurz ist.«

»Ich bin erleichtert. Schuppen?«

»Mir sind keine aufgefallen.«

»Nun, wir werden uns an diesem Morgen keine Sorgen

darüber machen, aber ich möchte wie eine Dame aussehen, wenn ich Gäste empfange. Würden Sie bitte einen der Diener anweisen, Mr. Salomon eine Tasse Kaffee und etwas Orangensaft zusammen mit der Einladung zum Frühstück zu bringen? Ich bin sicher, es wird ihm nichts ausmachen, ein wenig zu warten.« (Wie mache ich das, Eunice?) (Gut, mein Alter.)

Dr. Hedrick wirkte etwas irritiert. »Miss Smith, als ich die Vorbereitungen für Ihren Aufenthalt hier getroffen habe, habe ich versucht, alle eventuell einmal benötigten Instrumente und Medikamente bereitzustellen, aber ich habe nicht vorhergesehen, daß ich auch für Kosmetika sorgen müßte.«

»Oh, das wird doch auch gar nicht von Ihnen verlangt, Doktor. Das Bad für Damen im ersten Stock ist bestens mit Lippenstiften und anderen Kosmetika bestückt. Sollte es jedenfalls sein. Oder war es. Müßte es immer noch sein, sonst bekommt jemand etwas zu hören. Und eine der Schwestern könnte mir helfen. Vielleicht die hübsche Rothaarige – Minnie? Ginny? Miss Gersten, meine ich. Sie müßte sich eigentlich mit Kosmetika auskennen.« (Und ob – die rote Haarfarbe kommt aus der Flasche, Boß.) (Sei nicht so gehässig.) (Bin ich gar nicht, Boß. Wenn man an die grauenvollen Uniformen denkt, war das eine völlig richtige Entscheidung.)

»Winifred Gersten«, sagte Dr. Garcia. »Schwester, holen Sie Winnie. Und nehmen Sie das Tablett mit, das Essen ist ohnehin inzwischen kalt.«

Vierzig Minuten später war Miss Johann Smith bereit, Besuch zu empfangen. Ihr Haar war gebürstet, und das Gesicht hatte die rothaarige Schwester dezent geschminkt, und selbst Eunice schien nach einem Blick in den Spiegel einverstanden, wenn auch mit Einschränkungen. (Ich könnte es besser. Aber für jetzt wird es ausreichen.)

Das Bett war soweit hochgeklappt worden, daß sie eine sitzende Position einnehmen konnte, und irgend jemand hatte eine hübsche Bettjacke aufgetrieben, die zu ihren Augen paßte. Das Beste freilich war, daß sie jetzt ihre Arme bewegen konnte.

Johann stellte fest, daß ihre Hände zitterten. Sie besah ihre schmalen Finger und entdeckte, daß sie sorgfältig manikürt waren. Sie führte eine Hand probeweise zum Mund. Es war eine sehr unsichere Bewegung, und sie beschloß, nur solche Dinge zu essen, die nicht auf ihr Hemd tropfen konnten. (Nur ruhig, Boß. Überlaß das Essen mir.)

(Aber ...)

(Kein ›Aber‹. Ich habe dieses Gesicht seit Jahren gefüttert. Der Körper erinnert sich, Boß. Du redest; ich kümmere mich um die Kalorien.) (Aber ich verstehe nicht ...)

Die Tür ging auf. »Hallo, Johann!«

»Guten Morgen, Jake. Gut geschlafen?«

»Wie ein Kind.«

»Gut. Ich auch.« Johann streckte ihre linke Hand aus, weil es die Seite war, von wo der Anwalt kam. »Sieh mal, Jake! Hände!«

Salomon nahm ihre Hand, beugte sich darüber, zögerte und berührte sie dann mit seinen Lippen. Johann war so verblüfft, daß er nichts sagen konnte. (Guter Gott! Für was hält er mich? Der alte Gauner und Hände küssen!) (Er hält dich für ein hübsches Mädchen. Das bist du, ich weiß es. Boß, wir müssen über Jake sprechen – später.)

Dr. Rosenthal sagte: »Ich bin nicht eingeladen, aber darf ich trotzdem hereinkommen, Miss Smith?«

»Sie sind willkommen, Doktor. Ihr Gutachten wird den Vormundschaftsrichter überzeugen müssen, daß ich keine Termiten im Kopf habe; ich verlasse mich auf Sie, Doktor.«

Der Psychiater lächelte auf sie herab. »Diesem Appell ist schwer zu widerstehen. Sie sehen großartig aus, Miss Smith.«

Johann lächelte und gab ihm die Hand. Dr. Rosenthal beugte sich darüber und küßte sie. Es war keine flüchtige und furchtsame Berührung wie bei Salomon, sondern eine, die weich und warm und sinnlich war. Johann fühlte etwas wie einen prickelnden Schauer den Arm hinauflaufen. (He, was ist das? Bin ich schon ein Opfer der weiblichen Hormone?) (Laß dich nicht auf seine Psycho-Couch locken, Boß. Er ist ein Wolf.)

Als Rosenthal sich aufrichtete, hielt er Johanns Hand einen Moment länger als nötig in der seinen, lächelte wieder und entfernte sich. Johann wollte ihn fragen, ob dies seine übliche Art sei, Patienten zu behandeln, aber eine Stimme von der Tür kam ihr zuvor: »Sollen wir jetzt servieren, Miss Smith?«

Johann wandte den Kopf und erkannte ihren alten Diener. »Cunningham! Wie gut, Sie zu sehen! Ja, Sie können servieren.« Johann fragte sich, wer seinem Hauspersonal Anweisung gegeben hatte, dieses Frühstück zu einer formellen Angelegenheit zu machen. Der Diener starrte über ihren Kopf und sagte mit tonloser Stimme: »Danke, Miss.« Sein Gesicht war aschfahl. Der arme Mann hatte offensichtlich Angst.

»Kommen Sie zu mir, Cunningham.«

»Ja, Miss.« Der Chef ihres Haushalts ging mit steifen Schritten auf sie zu und machte in sehr respektvoller Distanz halt.

»Bitte kommen Sie bis ans Bett. Sehen Sie mich an, wenden Sie Ihre Augen nicht ab. Cunningham, mein Aussehen ist ein Schock für Sie, nicht wahr?«

Cunningham schluckte, ohne etwas zu sagen.

»Sagen Sie es ruhig«, ermunterte Johann ihn. »Natürlich ist es ein Schock. Aber wenn es Sie aufregt, dann denken Sie daran, was für ein Schock es für mich gewesen ist – und noch ist. Bis gestern wußte ich nicht mal, daß sie mein Gehirn in eine Frau gesteckt hatten. Ich muß mich erst daran gewöhnen, genau wie sie. Trösten Sie sich damit, daß hinter diesem glatten Gesicht derselbe grobe, rechthaberische und unvernünftige alte Kerl steckt, der Sie vor neunzehn Jahren eingestellt hat. Ich werde weiterhin perfekte Bedienung erwarten, sie sowenig wie bisher bemerken und meistens vergessen, danke zu sagen. Verstehen wir einander?«

Der Diener lächelte kaum. »Ja, Sir – ich meine, ja, Miss.«

»Sie meinten ›ja, Sir‹, aber Sie werden lernen müssen, ›ja, Miss‹ zu sagen, und ich werde lernen müssen, es zu erwarten. Wir alten Hunde müssen umlernen, besonders ich. Aber sonst würde ich mich freuen, wenn alles hier beim alten bliebe. Sie können jetzt servieren.«

»Danke, Miss.«

Das Frühstück verlief in gelockerter Atmosphäre, das Tischgespräch war lebhaft und richtete sich meistens an die Gastgeberin, ohne ihren Status als Patient zu berühren. Aber Johann konnte sehen, daß Jake wenig und ohne Appetit aß und ihrem Blick auswich. (Eunice, was unternehmen wir wegen Jake?) (Später, Boß – immer eins nach dem anderen.) Als Cunninghamm wieder hereinkam, um das Frühstücksgeschirr abzuräumen, sagte sie: »Ich glaube, wir sollten nicht auseinandergehen, ohne auf diesen Anlaß anzustoßen. Cunningham, haben wir noch ein paar Flaschen Mumm im Keller?«

»Selbstverständlich, Miss.«

»Bringen Sie uns zwei.« Sie hob ihre Stimme. »Wer so früh am Morgen keinen Champagner trinken mag, darf sich jetzt still davonmachen.«

Keiner ging. Als die Gläser gefüllt waren, stand Dr. Hedrick auf und hob sein Glas. »Auf das Wohl unserer lieblichen und anmutigen Gastgeberin – lang möge sie leben!«

Sie umdrängten das Bett und stießen mit Johann an, beglückwünschten sie. Sie fühlte sich geschmeichelt und beunruhigt zugleich. Dies war nicht die Art von Champagnertoast, die Johann Smith gewohnt war. Selbst in der aufmerksamen Korrektheit Hedricks und Garcias schien ein untergründiges Element männlicher Zudringlichkeit anzuklingen, das sie befangen machte und in ihrem Verstand unwirsch-maskuline Reaktionen auslöste. Sie sagte: »Ich danke Ihnen, meine Herren«, und es kam so steif und hölzern heraus, daß sie schnell hinzufügte: »Ich bin glücklich, daß alles – ah – so gut ausgegangen ist.«

Als sie getrunken hatten und die Gläser ein zweites Mal gefüllt waren, sagte sie: »Meine Herren, auch ich möchte einen Toast ausbringen – auf Doktor Boyle ... und auf dich, Jake, alter Freund, ohne dessen loyale Hilfe ich nicht hier sein würde ... und auf Sie, Doktor Hedrick, und alle die Ärzte und Schwestern, die Ihnen und Doktor Boyle geholfen haben ... Vor allem aber wollen wir« – ihre Augen waren voller Tränen, und ihre Stimme wurde zu einem heiseren Flüstern – »zum Gedächtnis des lieblichsten, freundlichsten und tapfersten Mädchens trinken, das ich je gekannt habe ... Eunice Branca.«

Sie leerten ihre Gläser schweigend. Dann sank Jake Salomon in seinem Sessel zusammen und bedeckte das Gesicht mit den Händen.

Dr. Hedrick sprang auf, um ihm zu helfen, und Dr. Garcia stand ebenfalls eine Sekunde später auf seiner anderen Seite. Johann schaute hilflos drein. (Oh, ich hätte es besser wissen müssen! Aber ich habe es wirklich so gemeint, Liebes, jedes einzelne Wort.) (Das weiß ich, Boß, und ich freue mich darüber. Aber das hier geht schon in Ordnung. Jake muß akzeptieren, daß ich tot bin. Und du auch.) (Bist du tot, Eunice? Wirklich?) (Klammere dich nicht an ein Wort, Boß. Ich bin hier und werde dich nie verlassen. Das habe ich dir versprochen. Habe ich je mein Wort gebrochen?) (Nein, niemals.) (Dann glaub mir auch jetzt. Aber wir werden uns um Jake kümmern müssen.) (Wie, Liebes?) (Wenn die Zeit kommt, wirst du es wissen. Wir reden später weiter, wenn wir allein sind.)

Dr. Rosenthal beugte sich über sie. »Alles in Ordnung mit Ihnen, meine Liebe?«

»Natürlich – es tut mir nur schrecklich leid wegen Jake. Ist mit *ihm* alles in Ordnung?«

»Er ist bald wieder auf dem Damm, Miss Smith, machen Sie sich darüber keine Sorgen. Es stimmt schon, Sie haben eine neuerliche Katharsis hervorgerufen, doch die brauchte er auch, sonst wäre sie nicht eingetreten. Und was seinen physischen Zustand angeht, so befindet er sich bei Dr. Hedricks in besten Händen ... Curt hat noch nie einen Patienten verloren, den er rechtzeitig erreichen konnte. In Ihrem Haus befindet sich alles, was er eventuell benötigt. Außerdem ist Mr. Salomon schließlich nicht krank. Er braucht nur etwas Ruhe und eine stimmungsaufhellende Droge.«

Dr. Rosenthal blieb bei ihr sitzen, während das Geschirr abgeräumt wurde. Schließlich kehrten Hedrick und Garcia zurück.

»Wie geht es ihm?« fragte Johann.

»Er ist schon fast eingeschlafen. Und er schämt sich etwas wegen des ›Schauspiels‹, wie er sich ausdrückte. Aber angesichts der Medizin, die ich ihm verabreicht habe, wird sich dieses Gefühl rasch legen. Aber wie geht es Ihnen?«

»Sie ist fit genug, um sechs Runden im Ring durchzustehen«, versicherte Dr. Rosenthal.

»Das bestätigen auch die Anzeigen. Nun, Miss Smith, dann ist jetzt wohl der rechte Zeitpunkt, um Ihnen mitzuteilen, daß ich mich von Ihrem Fall zurückziehen werde. Ich habe vorhin mit Mr. Salomon darüber gesprochen, und er ist einverstanden. Mißverstehen Sie mich bitte nicht; ich gehe nicht im Zorn. Dies bedeutet, daß Sie gesund sind. Wiederhergestellt. Gewiß, Sie sind noch schwach, bedürfen noch immer der Fürsorge und Beobachtung. Aber ich verlasse Sie nicht, ich übergebe Sie Doktor Garcia.«

Sie blickte zu Dr. Garcia, der ihr zunickte. »Kein Grund zur Beunruhigung, Miss Smith.«

»Aber – Doktor Hedrick, Sie werden wiederkommen und mich besuchen, nicht wahr?«

»Mit Vergnügen. Aber nicht sehr bald, fürchte ich. Sie verstehen, es gibt eine Menge Arbeit, die auf mich wartet. Erst gestern erhielt ich wieder eine telefonische Anfrage, ob ich eine Tumoroperation machen könnte. Nachdem ich mit Dr. Garcia beraten und Mr. Salomon unterrichtet hatte, sagte ich zu.« Er lächelte rasch. »Also, wenn Sie mich entschuldigen wollen, werde ich jetzt gehen.«

Johann seufzte und streckte ihre Hand aus. »Da es sein muß, will ich Sie nicht halten, Doktor. Und nichts für ungut.«

(Willst du ihn flachlegen, Boß?) (Eunice!) (Ruhig Blut,

Boß. Wir sind jetzt siamesische Zwillinge und sollten ehrlich zueinander sein. *Du* wolltest *mich* schon vor Jahren flachlegen, aber du konntest nicht. Du wußtest es und ich wußte es auch, wir haben nur nie darüber gesprochen. Und jetzt kannst du es auch wieder nicht. Aber du kannst *ihn* flachlegen, wenn du willst … und das wäre die beste Möglichkeit, ›Danke‹ zu sagen. Aber sei vorsichtig, Lieber. Mach es hier, wo man dich nicht erwischen kann. Er hat eine eifersüchtige Frau, das merkt man deutlich.) (Eunice, ich bin nicht bereit, über eine derart lächerliche Idee zu diskutieren. Ich muß mich wirklich über dich wundern. Du, als nettes Mädchen … und selbst verheiratet.) (Nichts da, mein Lieber! Ich bin nicht verheiratet. ›Bis das der Tod euch scheidet‹ lautet die Formel … und ich bin ein Geist. Das erinnert mich an meinen Mann, nein, meinen Witwer, Joe Branca. Aber über ihn müssen wir uns noch unterhalten. Aber jetzt paß auf, der Doktor will gehen. Befeuchte deine Lippen und lächle, wenn du auch nur mit dem Gedanken spielst. Und das tust du!)

Miss Smith befeuchtete ihre Lippen und lächelte. »Adios, Doktor, aber nicht Lebewohl. Kommen Sie zurück, sobald Sie können.« (Du lernst, Lieber, du lernst.)

Dr. Garcia sagte: »Miss Smith …«

»Eh? Ich meine, ja Doktor?«

»Wenn es Ihnen recht ist, werden wir Sie jetzt von den Schlauchleitungen und verschiedenen anderen Dingen befreien. Wenn es Ihnen unangenehm ist, können Sie eine allgemeine Anästhesie haben. Aber es ist nicht schmerzhaft. Wenn Sie es vorziehen, können Sie auch etwas lesen oder Musik hören, während wir an Ihnen arbeiten.«

»Musik wäre ganz nett. Aber lesen will ich nicht, ich bin zu interessiert. Anästhesie auf keinen Fall.«

Eine Stunde und länger lauschte sie einem Tonband mit faden Streicherarrangements alter und neuer Schlager, während sie sich träge dem sinnlichen Vergnügen hingab, ihren Körper betastete und manipuliert zu fühlen. Es war seltsam, wie sensibel dieser Körper reagierte – eine bloße, flüchtige

Berührung war etwas, das genießerische Empfindungen auslöste.

Kein Vergleich zu dem alten Wrack, in dem sie vorher gesteckt hatte. Soweit es die letzten zehn oder fünfzehn Jahre betraf, war das einzig Positive, was man über ihren alten Körper sagen konnte, daß er überhaupt gelaufen war. Er erinnerte sie an ein altes Ford-T-Modell aus fünfter Hand, das er zusammen mit vier anderen jungen Burschen für siebzig Dollar in Baltimore gekauft und quer durch den halben Kontinent gefahren hatte – ohne Licht, ohne Bremsen (dafür hatte der Rückwärtsgang dienen müssen), ohne Führerschein (davon hatten sie noch nie gehört), ohne Instrumente oder sonstigen Luxus. Doch der häßliche kleine Wagen hatte sich tapfer auf drei Zylindern (nicht immer den gleichen dreien) vorwärts gearbeitet und dabei eine (geschätzte) Geschwindigkeit von fünfundzwanzig Meilen in der Stunde erreicht. Nur hin und wieder hatten sie angehalten, um das Wasser im Kühler nachzufüllen.

Irgendwo auf einer staubigen Straße in Missouri war der Motor schließlich abgestorben, und der Geruch verschmorter Isolierung machte deutlich, daß das Problem in der Verkabelung lag. Yonny hatte den Schaden repariert, indem er Toilettenpapier um das beschädigte Kabel wickelte und es mit einem Gummiband befestigte. Anschließend war die Maschine wieder angesprungen und hatte keuchend und schnaufend ihren Weg fortgesetzt.

Sie fragte sich, wo der alte Schrotthaufen schließlich gelandet sein mochte. Und was war aus seinem eigenen Körper geworden? In seinem Testament hatte er ihn einer medizinischen Hochschule überlassen, doch da er nicht gestorben war, konnte der entsprechende Passus auch nicht wirksam geworden sein. Hatte man ihn eingelegt? Oder einfach in den Müll geworfen? Er mußte sich danach erkundigen.

Mehrmals fühlte sie etwas wie ein Ziehen, das nicht angenehm war und ihre wohlige Lethargie störte, und einmal einen scharfen Schmerz, der so rasch verging, wie er gekommen war.

Der Sichtschirm unter ihrem Kinn wurde entfernt. Zwei Krankenschwestern trugen eine Plastikwanne mit dem Gerät hinaus, das während der vergangenen Monate an ihren Körper angeschlossen gewesen war; eine dritte kurbelte das Kopfende ihres Bettes hoch.

»Fertig«, sagte Garcia. »Das war nicht so schlimm, nicht wahr?«

»Überhaupt nicht. Ich fühle mich großartig.« Sie bewegte ihre Zehen, zog ihre Beine an und streckte sie wieder. »Endlich frei! Doktor, können wir nicht auch dieses Krankenbett fortschaffen? Ich würde aufhören, mich wie ein Invalide zu fühlen, wenn ich mein eigenes Bett hätte.«

»Mmm ... müssen Sie die Dinge gleich überstürzen? Dieses Bett hat die richtige Höhe für die Krankenschwestern, die mit Ihnen beschäftigt sind; und es hat Seitenteile, die angehoben werden können, wenn Sie schlafen. Der Gedanke, daß ein Patient aus dem Bett fallen könnte, ist der Alptraum jeder Krankenschwester.«

»Nun, wofür halten Sie mich? Ein Baby?«

»So abwegig ist der Vergleich nicht, Miss Smith. Genauso wie ein Kleinkind müssen auch Sie mit Ihrem Körper vertraut werden. Kleinkinder fallen häufig, und es macht ihnen nichts aus; sie lernen dabei. Aber bei Ihnen ist es anders. Ich habe nicht die Absicht, Sie fallen zu lassen, weder aus dem Bett noch beim Gehenlernen.«

»Doktor, ich werde Ihre Anweisungen befolgen. Aber mein eigenes Bett hat seine besonderen Vorteile. Es paßt sich den Konturen an und ist in der Höhe verstellbar. Auf einen Knopfdruck hebt es sich so hoch wie dieses oder höher, aber es läßt sich auch absenken, bis es nicht viel mehr als eine Matratze am Boden ist, fünfundzwanzig Zentimeter hoch. Kann man das mit diesem Bett auch machen?«

»Nein.«

»Vor mehr als zehn Jahren fiel ich mal aus dem Bett – ich war damals schon über achtzig und brach mir einen Arm. Darauf bestellte ich dieses Spezialbett. In den letzten Jahren pflegte ich es immer auf Hüfthöhe zu bringen, um hineinzusteigen. Das war die günstigste Höhe. Wenn ich lag, ließ ich es dann ganz hinunter.«

»Nun, vielleicht können wir einen Kompromiß schließen, Miss Smith. Versprechen Sie mir, das Bett immer abzusenken, wenn Sie sich hineinlegen? Aber dann, wenn Sie nur ruhen und nicht schlafen wollen?«

Sie lächelte. »Selbstverständlich. Ich verspreche es. Ich kann mich sogar schriftlich verpflichten, wenn Sie wollen.«

»So weit brauchen wir nicht zu gehen, Miss Smith. Es ist auch nicht mehr nötig, Ihre Körperfunktionen so lückenlos zu überwachen, wie wir es bisher getan haben. Aber ich möchte eine ständige Überprüfung Ihrer Herz- und Lungentätigkeit beibehalten, bis Sie ein normales Leben führen. Das ist der Hauptgrund, warum ich dieses Bett brauche. Doch es gibt noch eine Möglichkeit. Ich könnte einen Miniatursender an Ihrer Haut befestigen, irgendwo am Brustkorb. Er wiegt nur wenige Gramm und ist nicht größer als ein flaches Feuerzeug. Sie werden kaum bemerken, daß er an Ihnen ist. Sie können sogar damit baden – er ist wasserdicht.«

»Eine großartige Idee, Doktor! Können wir es gleich machen?«

»Ich werde den Sender holen. Dann lasse ich dieses Bett ins Krankenhaus zurückbringen, und die Schwestern können Ihr Bett aufstellen.«

»Oh, sie können mein Bett nicht bewegen. Dazu sind ein paar starke Männer nötig. Sagen Sie Cunningham Bescheid. Aber so eilig ist es nicht. Schwester, haben Sie vielleicht Ihre Hände zu waschen oder etwas anderes zu tun? Ich möchte mit meinem Arzt sprechen.«

Die Krankenschwester lächelte sie an. »Miss Smith, ich habe alles gehört. Denken Sie sich nichts dabei.«

»Das ist leicht gesagt, wissen Sie. Äußerlich bin ich eine Frau, aber hier oben hinter meinen Augen sitzt immer noch ein verwirrter alter Mann, der es nie fertigbringen würde, intime Fragen zu diskutieren, wenn ein hübsches Mädchen anwesend ist. Und ich muß darüber sprechen.«

»Miss Gersten, gehen Sie nach nebenan und machen Sie eine Pause. Ich werde Sie rufen.«

»Ja. Doktor.«

Als sie draußen war, sagte Johann: »Sind Sie sicher, daß die Mikrofone alle tot sind?«

»Niemand kann uns hören, Miss Smith.«

»Nennen Sie mich Johann, Doktor; ich muß von Mann zu Mann mit Ihnen reden – und es ist mir sogar peinlich, mit einem Mann darüber zu reden. Also gut, erste Frage: Hatte ich in den letzten Tagen die Periode – ich meine, Menstruation?«

Garcia blickte überrascht. »Sie haben es bemerkt? Ja, Sie haben die Periode gerade hinter sich. Wir entfernten einen Tampon, als wir an Ihnen arbeiteten, und es war nicht nötig, ihn zu ersetzen. Hatten Sie Schmerzen?«

»Gar nicht. Aber irgendwie fühlten die Dinge sich nicht richtig an, wenn man so sagen kann ... und das brachte mich auf die Idee, daß mit meinem Geschlecht was nicht stimmen könne. Vielleicht waren es die Tampons, denn ich fühlte was Komisches da unten – und jetzt ist das Gefühl nicht mehr da.«

»Möglich. Ich dachte nicht, daß Sie einen Tampon bemerken würden, der angebracht wurde, während Sie unter der Wirkung eines Schlafmittels standen. Im Gegensatz zur landläufigen Meinung gibt es im Innern einer Vagina beinahe keine Gefühle.«

»So? In meiner schon. Ich wußte bloß nicht, was für ein Gefühl das war.«

»Nun, dieses Problem ist noch nie aufgetreten; Ihr Fall ist einzigartig. War das alles, was Sie bedrückte, Miss – Verzeihung! Johann?«

»Nein. Dieser neue Körper von mir – ist er schon mal von einem Frauenarzt untersucht worden?

»Selbstverständlich. Doktor Kystra nahm die Untersuchung vor, als Sie noch gelähmt waren. Alles in Ordnung.«

»Kann ich nicht einen ausführlichen, schriftlichen Befund haben? Sehen Sie, Doktor, ich bin jetzt für diesen Körper verantwortlich ... und ich weiß so wenig darüber, wie es ist, weiblich zu sein. Fast nichts, eigentlich.«

»Ich kann den Befund aus den Akten heraussuchen, wenn Sie wollen ...«

»Ich bitte Sie darum!«

»... aber ich kann es Ihnen in Begriffen erklären, die Sie wahrscheinlich leichter verstehen werden. Soll ich?«

»Tun Sie es. Ich bin für jede Information dankbar.«

»Nun, Sie haben einen normalen weiblichen Körper, physiologisches Alter zirka fünfundzwanzig, was unter dem tatsächlichen Alter liegt, nicht mehr jungfräulich, keine Spuren von operativen Eingriffen, woraus ich schließe, daß Ihr Blinddarm noch an Ort und Stelle ist. Wie Doktor Kystra feststellte, sind die Eierstöcke intakt, weisen jedoch die Merkmale einer unlängst ausgeheilten chronischen Eierstockentzündung auf, wie sie durch unsachgemäße Schwangerschaftsunterbrechungen, aber auch infolge von Erkältungen durch unzureichende Bekleidung entstehen kann. Ferner diagnostizierte er eine leichte Gebährmuttersenkung, die aber keine empfängnisverhütende Wirkung hat ...«

»Eh? Das bedeutet, daß ich schwanger werden könnte?«

»Sie könnten nicht nur; Sie werden – wenn Sie nicht achtgeben. Es sei denn, Sie führen ein absolut keusches Leben. Aber selbst wenn Sie das vorhaben, würde ich vorsichtshalber zu empfängnisverhütenden Maßnahmen raten; da gibt es zum Beispiel eine Depotinjektion für sechs Monate, eine sehr elegante Lösung. Da Sie einen negativen Rhesusfaktor haben, könnten ungefähr sechs Siebentel der männlichen Bevölkerung Ihnen ein geschädigtes oder totgeborenes Kind geben. Wir können Schäden durch sofortigen Blutaustausch beim Neugeborenen abwenden, wenn wir es rechtzeitig wissen, aber eine unerwartete oder unwissend hingenommene Schwangerschaft kann tragisch enden. Also lassen Sie eine Schwangerschaft nicht unerwartet über sich kommen. Planen Sie sie. Und verwenden Sie in der Zwischenzeit empfängnisverhütende Mittel.«

»Hören Sie, was macht Sie so verdammt sicher, daß ich

schwanger werde? Selbst wenn ich einmal heiraten sollte – was ich bestimmt nicht vorhabe –, zum Teufel, bisher hatte ich kaum einen Tag Zeit, mich an die Idee zu gewöhnen, daß ich weiblich bin! Geschweige denn an die unerträgliche Vorstellung, als Frau sexuell aktiv zu sein!«

»Sobald Sie sich emotional darauf eingestellt haben werden, eine junge Frau zu sein, werden Sie aktiv sein. Dafür werden schon die triebsteuernden Hormone sorgen. Andererseits sind Sie als willensstarke und reife Persönlichkeit möglicherweise imstande, den Trieb zu unterdrücken oder zu sublimieren. Dann werden Sie ein emotionales Äquivalent zu Ihrer Rolle als Frau und Mutter suchen, etwa im Beruf, oder indem Sie in ein Nonnenkloster eintreten. Aber täuschen Sie sich nicht; Ihr neuer Körper hat einen ausgeglichenen weiblichen Hormonhaushalt, und darauf müssen Sie sich einstellen. Selbst eine Tubenligatur wäre keine Antwort; sterilisierte Frauen leiden sehr oft unter Reuegefühlen, die dann zu schweren psychischen Störungen führen können. Und vergessen Sie nicht, daß Ihr Körper auf die Mutterfunktion bereits eingestimmt ist.«

»Wieso?«

»Weil er mindestens schon ein Kind geboren hat.«

»Was?« (Boß, warum kümmerst du dich nicht um deine Angelegenheiten? Was du wissen mußt, hätte ich dir auch sagen können.) (Sei still, Eunice.)

Garcia blickte überrascht auf. »Sie wußten es nicht? Da der Körper Ihrer früheren Sekretärin gehörte, hatte ich angenommen, daß es Ihnen bekannt sei. Sie hatte ein Kind. Oder Kinder.«

»Das kann ich nicht glauben«, sagte Johann mit fester Stimme. »Bevor sie in die Unternehmensleitung versetzt wurde, ließen wir ihre Vergangenheit von Sicherheitsexperten durchleuchten. Eine so offensichtliche Tatsache wie ein Kind wäre dabei nicht unbemerkt geblieben. Und seit damals war sie nie lange genug abwesend, um ein Kind auszutragen.«

»Ich fürchte, Sie werden es glauben müssen, ah, Johann.

Riefen an Bauch und Gesäß, die wir Dehnungsnarben nennen, sind vorhanden. Das allein ist nicht definitiv, weil diese Dehnungsnarben auch bei Personen vorkommen, die fettleibig waren und eine Abmagerungskur gemacht haben. Aber der unwiderlegbare Beweis ist, daß der jungfräuliche Gebärmutterhals nicht wie der einer Frau aussieht, die ein Kind geboren hat. Der Unterschied ist so deutlich, daß ein Laie ihn sehen kann. Ich habe Ihren Gebärmutterhals gesehen. Wir könnten ihn fotografieren, wenn Sie an meinen Worten zweifeln.«

(Laß das Thema fallen, Boß!)

»Oh, ich glaube Ihnen Doktor. Nun, da Sie es erklärt haben, muß ich wohl.«

»Ein Vergleichsfoto wäre eine gute Idee. Würde sie vorsichtiger machen.«

»Ich werde vorsichtig sein, keine Sorge.«

»Wollen Sie eine Übersicht über alle Möglichkeiten der Empfängnisverhütung?«

»Jetzt nicht«, sagte Johann mit gequältem Lächeln. »Wenn meine eigenen Kenntnisse zutreffend sind, dann habe ich noch wenigstens eine Woche Zeit, bevor ich einen Keuschheitsgürtel brauche.«

»Statistisch gesehen, vielleicht. Aber die Rechnerei mit dem Kalender ist eine sehr unsichere Sache – wissen Sie, wie wir Mediziner Frauen nennen, die nach dieser Methode verhüten?«

»Nein, wie?«

»Wir nennen sie ›Mütter‹.«

»Oh!«

»Also warten Sie nicht zu lange. Noch eine Frage?«

»Äh ... heute keine mehr, Doktor; ich muß erst verdauen, was Sie mir gesagt haben. Danke.«

»Keine Ursache, Miss Smith.«

KAPITEL NEUN

(Nun, Eunice?) (Ich soll dir mein Vorleben beichten? Boß, du bist ein neugieriger alter Schnüffler.) (Eunice, ich will nichts hören, das du nicht erzählen willst. Du könntest Fünflinge von einem Schimpansen haben, und es würde meine Gefühle für dich nicht beeinträchtigen.) (Alter Heuchler, du vergehst vor Neugierde.) (Nichts dergleichen. Es ist deine Sache, und deine allein.) (Oh, sei nicht so gemein, Boß. Meine Angelegenheiten sind auch deine. Wie könnte es anders sein, bei der engen Verwandtschaft, die wir nun haben. Du hast mich wieder zum Leben erweckt, als ich tot war ... und nun bin ich ein Geist, und glücklich. Also tu wenigstens so, als ob du ein bißchen neugierig wärst.) (Meinetwegen – wie in aller Welt hast du es geschafft, ein Baby zu haben, von dem ich nichts weiß? Wann hast du die Zeit gefunden? Deine Sicherheitsüberprüfung reichte bis zu deiner Highschool-Zeit zurück.) (Stand in dem Bericht etwas über das Semester, das ich wegen eines rheumatischen Fiebers verloren habe?) (Ja, stimmt, das wurde erwähnt.) (Nun, das war ein Schreibfehler. Es hätte ›romantisches‹ Fieber heißen müssen.

Ich war fünfzehn, und unsere Schulmannschaft hatte das regionale Basektballturnier gewonnen ... und da passierte es. Wir übernachteten auswärts, verstehst du, in einem Jugendheim, und nachts schlichen ein paar von den Jungen zu uns rein, und einer von ihnen buffte mich an.) (Eunice, ›anbuffen‹ ist nicht ein Ausdruck, den eine Dame gebraucht.) (Ah, Boß, manchmal machst du mich krank. Nach deinen Begriffen bin ich keine Dame und war nie eine. Aber ich habe genauso ein Recht wie du, in diesem Schädel zu sein – vielleicht ein größeres. Du kannst mich nicht zwingen, so zu reden, wie deine Mutter es getan hat. Nicht jetzt, wo ich keinen Joe mehr habe, bei dem ich mich erholen konnte, wenn ich von deiner zimperlichen Art genug hatte.)

(Tut mir leid, Eunice.)

(Es ist schon gut, Boß. Ich mag dich. Aber wir sitzen hier ziemlich eng beieinander; wir sollten uns entspannen und unseren Spaß daran haben. Ich kann dir eine Menge über Weiblichkeit beibringen, wenn du mich läßt. Übrigens sehe ich, was du den ganzen Tag denkst, und du hast selber nicht weniger schmutzige Ausdrücke auf Lager.)

(Darauf kommt es nicht an. Eine Person sollte keine Sprache gebrauchen, die andere beleidigt.)

(Habe ich nie getan, Boß. In der Öffentlichkeit, meine ich. Aber ich bin jetzt zu Hause – oder ich bildete mir ein, daß ich es sei. Willst du, daß ich wieder fortgehe?)

(Nein, nein. Äh – du warst fort?)

(Gewiß. Tot, glaube ich. Aber jetzt bin ich hier, und ich will bleiben. Wenn ich mich entspannen und fröhlich sein kann und nicht die ganze Zeit aufpassen muß, daß ich dich nicht beleidige. Außerdem sehe ich nicht ein, wieso ein mehrsilbiges lateinisches Wort damenhafter sein soll, als ein einsilbiges mit der gleichen Bedeutung. Du und ich denken mit dem gleichen Gehirn – deinem –, essen mit dem gleichen Mund – meinem –, und pinkeln durch das gleiche Loch. Also warum sollten wir nicht auch das gleiche Vokabular benutzen. Und wenn ich vom Pinkeln rede – oh, Verzeihung, ich hätte urinieren sagen sollen ...)

(Keinen Sarkasmus, Mädchen!)

(Wen nennst du hier ›Mädchen‹, Puppe? Untersuch dich mal selbst, na loß, faß dich schon an. Das sind zwei Dinger, was, Boß? Früher hast du sie immer angestarrt, du geiler alter Bock. Hat mich richtig heiß gemacht. Aber was ich über das Urinieren sagen wollte, jetzt, wo wir nicht mehr an den Geräten hängen, werden wir über kurz oder lang nach der Bettpfanne klingeln müssen ... und ich kann schließlich nicht den Raum verlassen, während du pinkelst. Jedenfalls wage ich es nicht. Es ist *dunkel* dort draußen, und ich würde vielleicht nicht wieder zurückfinden. Also mußt du dich entweder an solche Dinge gewöhnen, oder mich für immer fortjagen, oder warten, bis deine Blase platzt.)

(Okay, Eunice, ich habe verstanden.)

(Habe ich dich wieder beleidigt, Boß?)

(Eunice, du hast mich noch nie beleidigt. Verwundert oder in Erstaunen versetzt, das schon, aber nie beleidigt.)

(Du solltest auch nicht schockiert sein, wenn du Einzelheiten über mein Geschlechtsleben hörst, denn sie sollten dir helfen, mit deinem eigenen Geschlechtsleben zurechtzukommen. Das heißt unserem. Oder war es dein Ernst, was du Doktor Garcia über die ›unerträgliche Vorstellung, als Frau sexuell aktiv zu sein‹ vorgebetet hast?)

(Äh – natürlich war es mein Ernst. Das heißt, ich weiß nicht, Eunice. Ich bin noch nicht lange genug eine Frau, um zu wissen, was ich will. Zum Teufel, statt wie ein Mädchen zu denken, liebäugle ich immer noch mit Mädchen. Mit dieser rothaarigen Krankenschwester, zum Beispiel.)

(Du meinst Winnie – Miss Gersten, nicht? Das habe ich bemerkt.)

(Eifersüchtig?)

(Eifersucht ist für mich bloß ein Wort aus dem Wörterbuch, Boß. Wenn Winnie dich zurechtmacht und sich über dich beugt, schaust du jedesmal in den Ausschnitt ihres Kittels. Kein Büstenhalter, ich weiß. Winnie ist sehr weiblich, und sie weiß es. Wenn du in deinem Körper so männlich wärst wie in deinem Kopf, würde ich ihr nicht über den Weg trauen.)

(Sagtest du nicht eben, du seist nicht eifersüchtig?) (Nur so eine Redensart, Boß. Mußt du jedes Wort auf die Waagschale legen?)

(Genauigkeit war immer mein Hobby.)

(Das ist nur eine Ausrede. Im Grunde bist du einfach altmodisch.)

(Das glaubst du. Laß mich dir eines sagen, Eunice. In meiner Jugend habe ich nicht anders gelebt als du, auch wenn es damals vielleicht etwas riskanter war, insbesondere, wenn man wie ich in einer frommen Gegend aufgewachsen ist. Jedenfalls habe ich alles, was du jemals getan oder ausprobiert hast oder vielleicht auch nur vom Hörensagen kennst, schon getan, bevor deine Großmutter auch nur geboren wurde – und wenn es mir gefiel, habe ich es wieder und wieder getan, ganz gleich, wie riskant es war.)

Die zweite Stimme schwieg einen Moment. (Vielleicht fangen wir heutzutage einfach nur früher an.)

(Das möchte ich bezweifeln.)

(Oh, da bin ich aber ganz sicher. Ich habe dir doch erzählt, wie alt ich war, als ich geschwängert wurde. Fünfzehn. Und angefangen hatte ich ein Jahr früher.)

(Eunice, meine Liebe, der Hauptunterschied zwischen Jung und Alt, der sogenannte Generationskonflikt, besteht ganz einfach darin, daß die Jungen nicht glauben wollen oder können, daß die Alten auch einmal jung waren ... für die Alten hingegen ist ihre Jugend etwas, das erst letzte Woche passiert ist, und es ärgert sie fürchterlich, wenn jemand bezweifelt, daß sie *überhaupt* einmal jung waren.)

(Boß?) Der Gedanke klang sanft und leise.

(Ja, Liebste?)

(Boß, ich habe immer gewußt, daß du unter all diesen häßlichen Leberflecken jung warst – ich meine, ich wußte das, als ich noch lebte – und ich wünschte mir sehnlich, daß du nicht so alt und krank wärst. Es tat mir weh, zu sehen, wie sehr es dich schmerzte. Manchmal habe ich geweint, wenn ich heimkam. Und ich gehörte zu den ersten, die unterzeichnet haben, als der Spendenaufruf verbreitet wurde. Vorher konnte ich es nicht tun, sonst hättest du es herausfinden und verbieten können.)

(Eunice, Eunice!)

(Glaubst du mir nicht?)

(Doch, Liebes ... aber du bringst uns zum Weinen.)

(Dann putz dir die Nase. Es ist doch alles gut gegangen. Aber du wolltest etwas über mein Kind hören – würde dich das von den Problemen ablenken, die wir gar nicht mehr haben?)

(Äh ... aber nur, wenn du wirklich darüber reden willst.)

(Natürlich, das habe ich doch gesagt.)

(Also gut, was ist es denn? Junge? Mädchen? Wie alt jetzt. Dreizehn? Und wo ist das Kind?)

(Boß, ich weiß es nicht. Ich unterschrieb eine Verzichterklärung, und der gesetzliche Vormund fand Leute, die es adoptieren. So kriegte mein Vater das Geld zurück, das er als Strafe hatte zahlen müssen. Mit fünfzehn hatte ich ja keine Lizenz, ein Kind in die Welt zu setzen.)

(Eunice, wenn dein Kind lebt, können wir es finden.)

Die zweite innere Stimme antwortete nicht. (Nun, Eunice?)

(Boß, wenn es irgendwo ein Kind gibt, beinahe dreizehn, jetzt, so sind wir einander fremd. Ich bin nicht die Mutter, die es liebte und aufzog. Ich bin niemand. Wirklich niemand – du vergißt, daß ich getötet wurde. Wenn wir dieses Kind fänden, könnten wir nicht zugeben, daß ich noch lebendig bin – wieder lebendig, meine ich, in deinem Kopf. Das dürfen wir nicht eingestehen, sonst stecken sie uns in eine Anstalt, und wir würden niemals frei sein. Liebster Boß, du hältst mich für eine Einbildung deiner Fantasie, nicht wahr?)

Johann antwortete nicht. Die Stimme fuhr fort: (Kannst es ruhig zugeben, Boß; es beleidigt mich nicht. Ich weiß, daß ich ich bin. Ich brauche keine Beweise. Aber du brauchst sie. Du willst wissen, wie das möglich ist. Gib es zu, Liebling. Sei offen mit mir.)

(Ich möchte es gern wissen, Eunice. Aber wenn ich verrückt bin, wenn du nur meine eigene schizophrene Fantasie bist, die in meinem Gehirn redet, dann – dann möchte ich es lieber nicht wissen.)

(Ich weiß selbst nicht, wie es dazu gekommen ist. Aber wir haben alle Zeit der Welt. Beweise werden sich finden – etwas, das ich weiß und das du nicht wissen kannst, außer durch mich.)

(Das klingt vernünftig, Eunice. Warten wir also ab.)

(Weißt du, ich hätte wirklich gern ein Kind von dir gehabt. Erzählst du mir von deinen Kindern?)

(Meinen angeblichen Kindern.)

(Angeblich?)

(Eunice, meine erste Frau war ein süßes Mädchen, und sie ähnelte dir sehr. Doch die Ärmste starb im Kindbett, als sie meinen einzigen Sohn gebar, der auch schon lange tot ist. Agnes hatte mir das Versprechen abgenommen, wieder zu heiraten, und das habe ich auch getan. Mit meiner zweiten Frau hatte ich eine Tochter, doch sie ließ sich von mir scheiden, bevor das Kind ein Jahr alt war. Ich heiratete zum dritten Mal – wieder eine Tochter, und wieder eine Scheidung. Ich habe meine Töchter nicht besonders gut gekannt und überlebte sowohl sie wie auch ihre Mütter. Aber ... Eunice, du hast selbst eine seltene Blutgruppe, weißt du, wie sich die Blutgruppen vererben?)

(Nein, nicht genau.)

(Nun, da ich einen ausgeprägten mathematischen Sinn habe, begriff ich das Prinzip sofort, als ich zum ersten Mal eine entsprechende Tabelle sah. Da ich meine erste Frau im Kindbett verloren hatte, stellte ich bei der zweiten und dritten sicher, daß ein geeigneter Spender greifbar war, bevor sie in die Wochenstation kamen. Meine zweite Frau hatte Blutgruppe A, die dritte B – Jahre später erfuhr ich dann, daß meine beiden angeblichen Töchter jeweils die Blutgruppe 0 hatten.)

(Ich glaube, da ist mir jetzt irgend etwas entgangen, Boß.)

(Eunice, wenn der Vater Blutgruppe AB hat, kann er unmöglich ein Kind mit der Gruppe 0 zeugen. Nein, warte – ich habe das meinen Töchtern nie vorgeworfen, schließlich konnten sie nichts dafür. Ich hätte Evelyn und Roberta geliebt, oder es zumindest versucht, doch ihre Mütter hielten sie von mir fern. Und keines der Mädchen hatte etwas für mich übrig ... bis sich herausstellte, daß ich eines Tages eine Menge Geld vererben würde. Es war zum Kotzen, wie sich ihr Verhalten von ehrlicher Abneigung in geheuchelte Zuneigung verwandelte. Ich verspüre angesichts des Umstandes, daß sie nicht wirklich meine Enkelinnen sind, auch keinerlei Verpflichtungen ihnen gegenüber. Nun? Was hältst du davon?)

(Boß, ich sehe keinen Grund, etwas dazu zu sagen.)

(So? Wer hat denn vor wenigen Minuten noch gesagt, wir müßten absolut offen zueinander sein?)

(Nun ... ich habe nichts gegen deine Entscheidung einzuwenden, nur gegen die Art, wie du dazu gelangt bist. Ich glaube nicht, daß die Abstammung dabei eine Rolle spielen sollte. Es kommt mir so vor, als würdest du Dinge mit einbeziehen, die sich vor sehr langer Zeit zugetragen haben – und das ist nicht gut. Nicht gut für dich, Boß.)

(Kind, du weißt nicht, wovon du redest.)

(Vielleicht nicht.)

(Da gibt es kein ›vielleicht‹. Ein Kind ist ein Kind, und Kinder muß man lieben und für sie sorgen, mehr gibt es darüber nicht zu sagen. Eunice, ich habe dir erzählt, daß meine erste Frau dir ähnelte. Agnes war meine große Liebe, und wir haben uns mehr geliebt, als ich das je für möglich gehalten hätte. Doch ich hatte sie nur ein Jahr lang, dann starb sie und hinterließ mir einen Sohn. Ihn habe ich geliebt, wie zuvor sie. Als er getötet wurde, starb etwas in mir ab ... und ich unternahm den törichten Versuch einer vierten Heirat in der Hoffnung, ich könnte ihn dadurch ins Leben zurückrufen, daß ich einen weiteren Sohn bekam. Doch diesmal hatte ich Glück – die Ehe blieb kinderlos, und es kostete mich nur eine Stange Geld, sie zu beenden.)

(Tut mir leid, Boß.)

(Da gibt es jetzt nichts mehr, was einem leid tun müßte. Aber ich wollte dir etwas anderes erzählen. Wenn wir wieder aufstehen und herumlaufen können, dann erinnere mich daran, dir die ›Hundemarke‹ meines Sohnes zu zeigen – das ist alles, was ich noch von ihm habe.)

(Wenn du das möchtest. Aber findest du das nicht etwas morbid? Du solltest nach vorn schauen, nicht zurück.)

(Es kommt darauf an, wie man zurückschaut. Ich klage nicht um ihn, ich bin stolz auf ihn. Er starb ehrenvoll, als er für sein Land kämpfte. Aber auf dieser Hundemarke steht seine Blutgruppe. Gruppe 0.)

(Oh.)

(Ja, genau. Also war mein Sohn ebensowenig mein echter Nachkomme wie meine Töchter. Aber das hat mich nicht davon abgehalten, ihn zu lieben.)

(Ja, aber ... du hast es erst damals erfahren? Nachdem er tot war?)

(Den Teufel habe ich. Ich wußte es vom Tag seiner Geburt an, und den Verdacht hatte ich schon, als Agnes schwanger wurde – und ich habe es akzeptiert. Eunice, ich habe meine Hörner mit Würde getragen. Nun ja, wenn ich bedenke, daß alle meine Frauen mir Hörner aufgesetzt haben, war es wohl schließlich ein prachtvolles Geweih. Aber der Ehemann, der etwas anderes erwartet, macht sich nur selbst zum Narren. Ich habe mir darüber keine Illusionen gemacht, und deshalb wurde ich davon auch nicht überrascht. Warum auch, bin ich doch schließlich selbst fast nur von verheirateten Frauen in dieses Gebiet eingeführt worden. Ich vermute, das geschieht in jeder Generation. Hörner machen einem Mann nur dann Kopfschmerzen, wenn er dumm genug ist zu glauben, ausgerechnet seine Frau wäre anders, wenn doch seine ganze Erfahrung ihm das genaue Gegenteil beweist.)

(Boß, glaubst du, alle Frauen wären so?)

(Oh nein. In meiner Jugend kannte ich einige Paare, bei denen beide Partner – jedenfalls so weit ich das beurteilen kann – jungfräulich zum Altar schritten und ihr Leben lang treu blieben. Vielleicht gibt es sogar heute noch solche Paare.)

(Ich glaube schon. Aber beweisen könnte ich das natürlich nicht.)

(Ich auch nicht. Und auch all die Forscher nicht, die so eifrig ihre Statistiken zusammentragen. Sex ist die einzige Sache, über die jeder lügt. Aber was ich eigentlich sagen wollte: Ein Mann, der seinen Spaß sucht, wo er ihn finden kann, dann heiratet und erwartet, seine Frau wäre anders, ist ein Narr. Und so ein Narr war ich nicht. Laß mich dir von Agnes erzählen.

Agnes war ein Engel – mit Pferdefüßen. Ich glaube nicht, daß sie in ihrem kurzen Leben jemals gehaßt hat, und zu lieben fiel ihr so leicht wie das Atmen. Sie ... Eunice, du meintest, du hättest früh angefangen?)

(Mit vierzehn, Boß. Reichlich frühreif, was?)

(Wie man's nimmt. Agnes hat mir erzählt, daß sie ihre Jungfräulichkeit bereits mit zwölf verloren hat.)

(*Zwölf!*)

(Überrascht, Liebes? Da ist er wieder, der Generationenkonflikt. Deine Generation glaubt, sie hätte den Sex erfunden. Agnes war wirklich frühreif. Sechzehn war damals noch reichlich früh, die Regel waren eher siebzehn oder achtzehn. Ein Rekord war das allerdings trotzdem nicht. In meiner Schule war ein Mädchen, das bereits mit elf ›angefangen‹ hat, und sie kam prächtig damit durch, war der Liebling des Lehrers und bekam regelmäßig Auszeichnungen in der Sonntagsschule.

Meine Agnes war ganz ähnlich, nur daß sie sich nicht verstellte. Sie sah einfach nichts Sündiges am Sex.)

(Boß, Sex ist auch nicht sündhaft.)

(Habe ich das je behauptet? Aber wie auch immer, damals hatte ich jedenfalls Schuldgefühle, bis Agnes mich von diesem Unfug geheilt hat. Sie war sechzehn, ich zwanzig, und ihr Vater war Lehrer an dem College, das ich damals besuchte. Zum ersten Mal machten wir es auf der Couch in ihrem Wohnzimmer, und ich hatte ziemliche Angst.)

(Angst? Wegen ihrer Eltern?)

(Ja, das auch, Sie waren schließlich nur einen Stock über uns und schliefen vielleicht noch nicht. Vor allem aber, weil es völlig überraschend kam und ich nicht darauf vorbereitet war.)

(Was meinst du mit ›vorbereitet‹?)

(Empfängnisverhütung. Ich hatte noch ein Jahr bis zum Abschluß, kein Geld und keine Arbeit. Ich wollte nicht heiraten müssen.)

(Aber Verhütung ist Sache des *Mädchens*. Deshalb kam ich mir ja auch so dumm vor, als ich schwanger wurde. Ich hätte nicht im Traum daran gedacht, von einem Jungen zu verlangen, mich deswegen zu heiraten – selbst wenn ich sicher gewesen wäre, welcher Junge es war. Nachdem ich merkte, was passiert war, biß ich die Zähne zusammen und erzählte es meinen Eltern. Sie waren natürlich wütend, sprachen aber ebensowenig wie ich vom Heiraten.)

(Hattest du denn keine Ahnung, wer es war?)

(Nun ... wirklich nur eine Ahnung. Unsere Basketballmannschaft und wir drei Cheerleeder waren im selben Hotel untergebracht. Der Trainer und unsere Turnlehrerin waren als Aufpasser dabei. Nur paßten sie nicht auf, sondern amüsierten sich irgendwo in der Stadt. Also gingen wir zu den Jungen hinüber, um dort eine Fete zu feiern. Irgend jemand hatte Marihuana dabei. Ich nahm zwei Züge und mochte es nicht. Also blieb ich bei Gin und Ginger Ale, was mir besser schmeckte und fast genauso neu für mich war. Ich hatte nicht vor, etwas anzustellen. Damals hatte ich einen festen Freund, dem ich treu war – meistens jedenfalls, und der war auf dieser Fahrt nicht dabei. Doch als die anderen Mädchen dann anfingen, sich auszuziehen ... Ich habe im Kopf nachgerechnet und kam zu dem Ergebnis, daß ich noch zwei Tage sicher wäre. Also zog ich mich auch aus. Später zeigte sich dann, daß ich mich verrechnet hatte. Aber niemand hatte mich gezwungen, ich hatte freiwillig mitgemacht, warum also sollte ich jemanden beschuldigen?)

(Nun ja, ich ...)

(Boß?)

(Was?)

(Ich glaube, wir müssen läuten und um die Bettpfanne bitten. Es sei denn, du willst ein Malheur riskieren.)

(Oh, verdammt!)

(Beruhige dich, Boß. Du mußt dich daran gewöhnen.)

(Ich will nicht auf eine Bettpfanne, während die Schwester dabeisteht und wartet. Weißt du, was passieren würde? Nichts! Ich würde nicht können. Eunice, durch diese Tür dort geht es in mein Badezimmer. Was hindert uns daran, hinzugehen, ohne jemand zu fragen?)

(Du meinst, wir können gehen?)

(Ich habe es seit über einem Jahr nicht getan. Aber wozu habe ich diesen fast neuwertigen Gebrauchtkörper gekauft? Wenn wir nicht gehen können, können wir doch kriechen.)

Und so zog Johann ihre Knie an und richtete sich auf und ließ die Beine aus dem Bett – und war überrascht und erfreut, wie leicht und geschmeidig der neue Körper reagierte. Sie brachte ihre Füße auf den Boden und stand zitternd, während sie sich am Bett festhielt. (Schwindlig.) (Natürlich. Das vergeht. Nur langsam, Boß. Ich glaube, wir könnten gehen, aber laß uns lieber kriechen, es ist sicherer.)

Sich auf den Boden niederzulassen, war kein Problem, doch beim Kriechen auf allen vieren verfingen die Knie sich immer wieder im langen Nachthemd. So zog sie es über ihren Kopf und kroch unbehindert weiter, öffnete die Badezimmertür und erreichte ihr Ziel.

Bald seufzte sie erleichtert. (Ich fühle mich besser.) (Willst du versuchen, aufrecht zurückzugehen? Wenigstens, solange wir was haben, woran wir uns festhalten können.) (Ich bin dabei.)

Johann fand, daß sie sicher auf ihren Füßen stehen konnte – das Gehen war leichter, als es in den letzten fünf Jahren gewesen war. Nichtsdestoweniger hielt sie sich an dem Geländer, das vor Jahren für einen gebrechlichen alten Mann installiert worden war. So kam sie zu dem großen, dreiteiligen Ankleidespiegel. Sie blieb stehen, trat in die Mitte und sah sich an.

(Mein Gott, was für eine Schlampe! Boß, sieh dir diese Zehennägel an! Krallen. Und wie mein Busen hängt! Schrecklich. Und mein Bauch – schlaff wie ein nasses Handtuch.) (Unsinn, Eunice, das ist ein schöner Körper. Ich finde ihn großartig.)

(Ich hätte darauf bestehen sollen, daß wir uns ein bißchen zurechtmachen – vorher, meine ich. Die Haare wirr. Und – ja, ich dachte es mir. Wir stinken. Boß, wir müssen ein warmes Bad mit viel Seife haben, bevor wir wieder ins Bett kriechen. Daß alles schlaff ist, können wir nicht von heute auf morgen ändern, aber wir können uns saubermachen.) Sie machte eine halbe Drehung und prüfte ihre Rückansicht. (Eunice, das ist der hübscheste Hintern im ganzen Staat.) (Du meine Güte! Der hängt ja wie ein Sack! und Hüften sollen breit sein – aber nicht so breit. Morgen früh fangen wir mit systematischen Übungen an, Boß, das ist amtlich. Wir müssen alles straffen.) (Meinetwegen. Aber auch so werde ich jeden Tag stundenlang stehen und starren.)

(Warum nicht? Es ist jetzt dein Körper. Aber morgen werden wir eine Matte hier auf den Boden legen und mit der Arbeit anfangen. Die meisten Übungen gelingen besser, wenn man sich in einem Spiegel kontrollieren kann. Ich glaube, wie ...)

Die Tür sprang auf. »Miss Smith!«

Johann fuhr erschrocken zusammen, dann antwortete sie wild: »Miss Gersten, was fällt Ihnen ein, ohne anzuklopfen in mein Badezimmer zu stürmen?«

Die Krankenschwester ignorierte den Ausbruch, eilte zu ihrer Patientin und legte einen Arm um sie. »Stützen Sie sich auf meine Schulter, und dann schnell zurück ins Bett! Lieber Gott, ich weiß nicht, was Doktor Garcia sagen wird! Er wird mich entlassen! ist Ihnen nicht gut?«

Johann sah, daß die kleine Person dem Weinen nahe war. »Natürlich ist mir gut!« Sie versuchte sich dem stützenden Arm zu entziehen und entdeckte, daß das Mädchen kräftiger war, als es aussah. »Sie haben mir nicht geantwortet.«

Nun kamen die Tränen. »Oh, bitte, schimpfen Sie nicht mit mir! Helfen Sie mir, Sie ins Bett zu bringen, bevor Sie sich verletzen. Vielleicht wird Doktor Garcia nicht so ärgerlich sein.«

Weil sie sah, daß die junge Krankenschwester ihre berufsmäßige Ruhe verloren hatte und vor Angst außer sich war, ließ Johann sich aus dem Badezimmer drängen und zum Bett führen. Die rothaarige Kleine schnaufte auf. »So! Wenn Sie jetzt fest meinen Nacken umfassen, kann ich Ihre Beine aufs Bett heben – Sie schlechtes, schlechtes Mädchen! Mich so in Angst zu versetzen!«

Johann tat nicht wie geheißen. »Winnie?«

»Ja? Oh, lassen Sie sich ins Bett legen, bitte! Doktor Garcia wird schrecklich zornig sein.«

»Nicht so schnell. Wenn Sie beim Lehrer petzen wollen, gehen Sie hin und tun Sie es. Ich kann mich an der Bettkante festhalten, ich werde nicht fallen.«

Die Schwester blickte verzweifelt zur Tür und zurück. »Wollen Sie, daß ich meinen Posten verliere, Miss? Oder auf die schwarze Liste komme? Was habe ich Ihnen je getan?«

»Nichts, liebe Winnie. Gar nichts. Passen Sie auf.«

»Ja?«

»Sie werden Doktor Garcia kein Wort darüber sagen.« Johann schob einen Arm um Winnies Taille. »Einverstanden?«

Die Schwester sah nervös und aufgeregt aus, zog sich aber nicht zurück. »Nun, ich sollte es tun. Ich bin verpflichtet, alles zu melden.«

»Aber Sie werden es nicht tun. Und ich werde es ihm auch nicht sagen. Es bleibt unser Geheimnis. Ja?«

»Also ... ich werde nichts sagen, wenn Sie nichts sagen.«

»Abgemacht?«

»Abgemacht.«

Johann küßte sie. Winnie wich nicht aus, schien aber erschrocken und etwas furchtsam. Dann fing sie sich, und ihre Lippen öffneten sich, und der Kuß entwickelte sich.

Die Krankenschwester nahm ihren Kopf zurück und schnaufte: »Dafür könnte ich auch gefeuert werden.« Sie sagte nicht, was sie damit meinte, und ließ es geschehen, daß Johanns freie Hand eine ihrer Brüste umfaßt hielt.

»Also hören wir auf, und ich geh ins Bett – nein, du brauchst mir nicht zu helfen; ich kann allein.« Johann bewies es, indem sie sich selbst niederlegte und die Beine hinaufzog. Winnie zog die Decke über sie und nahm gleich wieder ein berufsmäßiges Gebaren an. »Nun wollen wir wieder unser Nachthemd anziehen, nicht wahr?« Sie bückte sich und hob es vom Boden auf. »So ein ungezogenes Mädchen, wirft seine Kleider auf den Boden. Und mir eine solche Angst einzujagen!«

»Das kann in die Wäsche. Ich werde es nicht anziehen.«

»Nun, nun. Soll ich ein frisches Nachthemd holen?«

»Winnie, ich werde diese Hemden nicht mehr tragen. Ich kann die Dinger nicht mehr sehen. Ich werde im Bett nackt bleiben.«

»Doktor Garcia ...«

»Hör auf, mir mit Doktor Garcia zu drohen, Winnie. Darüber sind wir hinaus. Oder nicht?«

Die Schwester biß auf ihre Lippe. »Nun ... ja.«

»Es geht ihn nichts an, ob ich im Nachthemd schlafe oder nicht.«

»Aber es gibt hier auch feinere Damennachthemden und Negligés und solche Sachen. Sie sind in Ihrem Ankleideraum.«

»Ich will verdammt sein. Wer hat sie bestellt?«

»Ich weiß es nicht. Sie wurden gebracht und in die Wäschefächer gelegt, als, nun, als es klar wurde, daß Sie sie brauchen würden.«

»Gute Planung. Gut, dann bring mir das schönste Nachthemd, das da ist. Ich möchte so etwas anprobieren, Winnie.«

»Gern«, sagte Winnie. Sie ging und kehrte nach einer Minute mit einem spitzenbesetzten, duftigen Gebilde über dem Arm zurück. »Ich glaube, dies ist sehr hübsch, Miss Smith. Ich dachte ...«

»Winnie.«

»Ja, Miss Smith?«

»Kein ›Miss Smith‹ mehr, verstanden? Nicht, nachdem wir uns geküßt haben. Oder habe ich die Botschaft falsch verstanden?«

(Wüstling.) (Halt den Mund, Eunice. Sie wird uns helfen.)

Winnie errötete und sagte nichts.

»Diese Antwort genügt mir«, sagte Johann. »In Zukunft nennst du mich also – nein, verdammt, ›Johann‹ geht nicht. Winnie, ich brauche einen neuen Namen. Welcher Mädchenname kommt ›Johann‹ am nächsten?«

»Ah – Johanna.«

»Mmm, ja. Aber es gibt schon eine Johanna in meiner Familie. Weißt du noch einen?«

»Nun ... wenn du dich ›Joan‹ nennen würdest, und dem Namen eine zweisilbige Aussprache geben ...«

»Großartig! Du hast den richtigen Namen für mich gefunden. Das macht dich zu meiner Patin. Macht es dir was aus, die Patin eines steinalten Tatterers zu werden, der als eine Frau wiedergeboren wurde?«

Winnie lächelte. »Ich fühle mich geschmeichelt.«

»Also, in Zukunft bin ich für dich Joan, nicht Miss Smith. Aber ich brauche einen zweiten Vornamen. ›Eunice‹. (Nun fühle ich mich geschmeichelt. Boß.) (Sollst du auch, liebes Kind. Nun sei still.) Ich werde von jetzt an ›Joan Eunice Smith‹ heißen. Winnie, weißt du, warum das mein zweiter Vorname ist?«

»Ich habe keine Ahnung.«

»Es ist zu Ehren der süßen und anmutigen Dame, die mir diesen wundervollen Körper gegeben hat – und ich hoffe, sie kann mich hören, wo immer sie ist. (Ich kann, Boß.) Leg das Nachthemd weg und komm her und nenne mich bei meinem neuen Namen. Das wird alles an Taufe sein, was ich je haben werde. Und dann besiegeln wir es. Ja?«

Beinahe schüchtern trat die rothaarige Kleine ans Bett und beugte sich über ihre Patientin. Sie sagte leise: »Ich taufe dich auf den Namen ›Joan Eunice‹« – und küßte sie.

Vielleicht hatte Winnie vorgehabt, es mit einer flüchtigen Berührung der Lippen bewenden zu lassen; Joan Eunice ließ es nicht zu. Beide Frauen hatten Tränen in den Augen, bevor es vorüber war.

Joan streichelte Winnies Wange und ließ sie hoch. »Danke, Liebes. Ich bin jetzt Joan. Joan Eunice.« (Wie war dieser, Eunice?) (Du verbesserst deine Technik, Boß. Diesen konnte ich bis in unsere Zehen fühlen.) (Warum nennst du mich Boß? Konnte ich nie leiden. Mein Name ist Joan Eunice.) (Nein, du bist Joan und ich bin Eunice, und gemeinsam sind wir Joan Eunice ... und ich habe nie ein schöneres Geschenk bekommen, Joan. Aber nun solltest du mit unserer Patin lieber kurztreten, es sei denn, du meinst es ernst. Ich möchte wetten, daß sie keine Lesbierin ist, aber sie hätte nichts dagegen.)

»Joan ... ist es in Ordnung, wenn ich ›Miss Joan‹ und ›Sie‹ zu dir sage, wenn Doktor Garcia in der Nähe ist? Er ist schrecklich streng.«

»Natürlich, wenn du meinst, daß er Anstoß nehmen würde. Aber wenn er nicht da ist, bin ich Joan. Du bist meine Trainerin. Du wirst eine Dame aus mir machen.« (Das ist mein Job, Joan, und kein leichter, wie ich sehe.) (Also brauchst du Hilfe dabei; und Winnie ist unsere Geheimwaffe.) (Wie du willst. Aber diese Waffe könnte explodieren.) (Hör zu, Säugling, ich lernte mit Frauen umzugehen, als deine Großmutter noch nicht geboren war.)

»Ich werde dir gern helfen, wo ich kann – Joan.«

»Dann kannst du damit anfangen, den lieben Doktor zu überzeugen, daß ich gesund genug für ein Wannenbad bin. Ich stinke. Damen sollten nicht stinken. Wenn er Schwierigkeiten macht, bringst du ihn zu mir, und ich werde ihm einen Wutausbruch vorführen.«

(Siehst du, wie gut uns dieses Nachthemd steht, Joan? Einfach und schlicht, aber elegant. Das ist genau was wir brauchen, wenn Jake kommt.)

(Eunice, Jake ist wahrscheinlich nach Hause gegangen.)

(Glaube ich nicht, Joan. Er würde nicht gehen, ohne sich zu verabschieden.)

(Ach, Unsinn, Jake und ich sind alte Freunde. Bei uns ging es nie formell zu.)

Jake ist ein Herr, Joan. Bei seinem alten Freund Johann Smith mochte er ohne Formalitäten ein- und ausgegangen sein, aber nicht bei einer Dame. Johann ist etwas anderes als Joan Eunice.)

(Aber er weiß, daß ich Johann bin.)

(So? Warum hat er dann deine Hand geküßt? Joan, ich werde dich keine Sekunde aus den Augen lassen dürfen; du weißt überhaupt nichts von Männern.)

(Lächerlich. In bin fast hundert Jahre lang einer gewesen.)

(Irrelevant. Aber paß auf; bevor er kommt, muß ich dir was anvertrauen. Joan, die letzten Monate vor meinem Tod war ich Jakes Geliebte.)

(Wie war der alte Ziegenbock?)

(Ist das alles, was du zu sagen hast?)

(Eunice, du denkst, ich verstünde nichts von Männern. In einem Sinne ist das vielleicht richtig. Aber ich kann dir alles über Männer von innen sagen – genauso wie du mir alles über Männer von außen sagen kannst. Jake ist ein zäher alter Bursche, ein ausgefuchster Advokat mit einem kühlen Verstand. Du warst nur ein Mädchen, das er geschäftlich kennengelernt hatte. Und doch hatte dieser gerissene alte Anwalt einige Male Tränen in den Augen. Über dich. Also muß er dich weit besser gekannt haben als irgend jemand ahnte. Wie? Und wo? Nur eine Antwort. Im Bett.)

(Nicht immer im Bett, du schmutziger alter Mann mit einem Mädchennamen. Auch dort, natürlich. Aber auch anderswo. In seinem Wagen. Einige Male in diesem Haus …)

(Was? Dann wissen alle meine Diener es auch.)

(Ich glaube nicht, daß sie einen Verdacht hatten. Wir arbeiteten in deinem Studierzimmer, und Cunningham sorgte genau wie früher bei dir und mir dafür, daß wir nicht gestört wurden. Aber du hast eine direkte Frage gestellt und sollst eine direkte Antwort kriegen. Der alte Ziegenbock war gut. Und er riskierte was, um keine Gelegenheit zu verpassen. Bis zu meinem Tod ließen wir kaum einen Tag aus.) (Kaum läßt man euch allein, fallt ihr übereinander her wie die Kaninchen.) (Eifersüchtig, Joan?) (Bloß neidisch. Der alte Bock.)

(Es ist nicht zu spät, Joan.)

(Eh?)

(Ich war schockiert, als ich Jake sah. Mein Tod muß ihn schwer getroffen haben. Ich weiß es, er liebte mich. Aber wir können ihm helfen, Joan, du und ich – bloß werden wir diesmal nicht dein Studierzimmer gebrauchen.)

(Was? Du bist verrückt. Das ist Inzest!)

(Sei nicht lächerlich, Liebster. Ich war nicht mit Jake verwandt, und du bist es auch nicht.)

(Ich meine, es wäre wie Inzest. Jake? Eunice, als ich zugab, daß ich eines Tages vielleicht ›aktiv weiblich‹ sein würde, da dachte ich ganz bestimmt nicht an Jake.)

(Aber ich.)

(Dann schlag dir das aus dem Kopf. Ich kann es mit Jake nicht machen. Und für ihn bin ich ein wandelnder Leichnam.)

(Natürlich weiß er, daß wir ein Flickwerk sind. Aber er liebte uns. Er liebte dich viel länger als mich.)

(Jake liebte mich? Eunice, du hast den Verstand verloren.)

(Warum, glaubst du, nahm Jake deine schlechte Laune und deine Bissigkeiten in Kauf? Nicht für Geld; er ist reich, wenn auch nicht so reich wie du. Und warum ist er immer noch da? Meinetwegen? Wäre es möglich gewesen, so hätte er vermieden, mich – diesen Körper – zu sehen; es schmerzt ihn. Er blieb, weil du ihn brauchst. Sei nett zu Jake. Sei wie ein liebes Mädchen zu ihm, Joan. Und dann laß den Dingen ihren Lauf. Ich sage nicht, daß du etwas tun sollst, das du nicht willst. Jake würde es merken, wenn du dich zu etwas zwängst. Er kennt sich mit Frauen aus. Sei nicht Johann, sei Joan. Sei klein und weiblich und laß dich von ihm umsorgen.)

(Jake wird denken, bei mir sei eine Schraube locker.)

(Er wird denken, daß du ein liebes Mädchen bist. Möglich, daß er es vorzieht, wie ein Vater zu dir zu sein. Dann werden wir brav sein und uns von ihm leiten lassen.)

Sie seufzte. (Ich weiß nicht. Jake!)

(Sei hilflos und weiblich, Joan; Jake wird den Rest tun.)

Dr. Garcia stürmte ins Zimmer und baute sich vor dem Bett auf. »Was höre ich da über ein Bad? Ich dachte, ich hätte klargemacht, daß Sie die Dinge nicht überstürzen dürfen.«

(Laß dich nicht auf eine Diskussion ein, Joan!) (Schau zu, wie ich ihn um den Finger wickle!) »Oh, Doktor, Sie haben mich so erschreckt.«

»Was? Wie?«

»Einfach hereinzukommen, ohne anzuklopfen. Ist das etwa nett?«

Garcia schaute verdutzt drein. »Miss Smith, ich bin jetzt

seit mehr als einem Jahr hier und habe diesen Raum immer ohne irgendwelche Formalitäten betreten. Verstehe ich recht, daß Sie das plötzlich als unhöflich empfinden? Nach all dieser Zeit?«

»Das ist nicht der Punkt, Doktor. Als Sie zuerst herkamen, mußten Sie sich um einen hilflosen alten Mann kümmern. Danach unterstützten Sie Dr. Hedrick bei einer gelähmten Patientin, die meist auch noch bewußtlos war – und ich weiß die Mühe zu schätzen, die Sie sich dabei gegeben haben. Doch die Dinge ändern sich. Jetzt muß ich lernen, eine Frau, und wenn möglich, eine Dame zu werden. Das ist nicht leicht. Möchten Sie mir nicht dabei helfen, indem Sie mir gegenüber die gleiche Höflichkeit aufbringen wie bei anderen Damen?«

Garcia errötete leicht. »Ein Arzt hat keine Zeit für Formalitäten.«

(Schlag nochmal zu, Liebes! Er wankt schon.) (Mache ich!) »Doktor, wenn ich in Gefahr wäre, würde ich natürlich erwarten, daß Sie sich beeilen, ich zähle sogar darauf. Aber jetzt kamen Sie her, um mir zu sagen, daß ich nicht baden darf. Das ist doch wohl kein Notfall. Ich verlange wirklich nicht viel von Ihnen. Nur daß Sie diesen Raum nicht als das Krankenzimmer eines alten Mannes betrachten, sondern als das Schlafgemach einer Dame. Um mir zu helfen. bitte?«

»In Ordnung, Miss Smith«, sagte Dr. Garcia steif. »Ich werde es mir merken.«

»Danke sehr. Übrigens, ich heiße jetzt ›Joan Smith‹; als ›Johann‹ kann ich schließlich nicht mehr auftreten. Sie könnten mich ›Miss Joan‹ nennen, um mir zu helfen, mich daran zu gewöhnen. Oder einfach nur ›Joan‹, denn meinem Arzt gegenüber möchte ich nicht unnötig formell sein. Wirklich nicht. Es geht mir nur um diese winzigen Formalitäten, die mir helfen können, mich an mein neues Dasein zu gewöhnen. Werden Sie mich ›Joan‹ nennen?«

Er brachte ein gezwungenes Lächeln zustande. »In Ordnung – Joan.«

Sie schenkte ihm Eunice' schönstes Lächeln. »Das klingt

nett. Und Sie sind jederzeit willkommen, Doktor, ob Sie nun aus beruflichen Gründen kommen oder nur zu einem Besuch. Vergewissern Sie sich nur bei der Schwester, daß ich bereit bin, Herrenbesuch zu empfangen. Sie wissen schon, was ich meine. Lippenstift und solche Sachen.« Sie stützte sich auf den Ellbogen und befeuchtete ihre Lippen. »Es ist ungewohnt, so etwas zu benutzen. Ist er ordentlich aufgetragen? Sieht es korrekt aus?«

»Sie sehen sehr gut aus!«

(Du bist die geborene Verführerin. Aber wo bleibt der Schlag?) (Warte es ab. Ich bin noch nicht fertig mit ihm.) »Danke sehr. Und jetzt erzählen Sie mir, warum ich kein heißes Schaumbad nehmen darf, damit ich mich auch gut fühle. Ich werde Ihren Anweisungen folgen, Doktor, aber ich würde sie auch gerne verstehen. Können Sie es mir erklären, ohne allzuviele medizinische Fachausdrücke zu benutzen?«

»Nun ... Joan, mein Einwand bezieht sich auf das Bad selbst. Es kommt immer wieder vor, daß sich die Menschen ein Bein brechen oder den Schädel einschlagen, weil sie in der Badewanne ausrutschen. Sie haben noch nicht einmal gelernt, aufzustehen, vom Laufen ganz zu schweigen.«

»Das ist wahr.« Joan warf die Bettdecke zurück, schwang die Beine über die Kante und setzte sich aufrecht hin. »Mal sehen, ob ich's kann. Helfen Sie mir, Doktor?«

»Legen Sie sich hin!«

»Muß ich? Ich fühle mich gut.«

»Miss Smith ...Joan, verdammt nochmal, also gut. Legen Sie sich hin, während ich die Schwester rufe. Dann stützen wir Sie von beiden Seiten und Sie können versuchen, aufzustehen. Wenn Sie gemerkt haben, wie schwach und hilflos Sie noch sind, erwarte ich, daß Sie sich wieder ins Bett legen und auch dort bleiben.«

»Ja, Doktor«, sagte sie und legte sich wieder hin.

Winnie tauchte wieder auf. »Sie haben geläutet, Herr Doktor?«

»Wir machen einen Gehtest. Helfen Sie mir, die Patientin zu stützen. Sie übernehmen die linke Seite.«

»Ja, Doktor.«

Mit mehr Hilfe, als nötig gewesen wäre, kam Joan auf die Füße. Der Raum schien sich ein wenig um sie zu drehen, doch das gab sich sehr schnell wieder.

»Wie fühlen Sie sich?«

»Bestens. Wir könnten Musik brauchen. Mir ist nach Tanzen zumute.«

»Ihnen kann zumute sein, wie es will, aber versuchen Sie es bloß nicht. Gehen Sie jetzt langsam und mit kleinen Schritten vorwärts.« Sie bewegten sich vorsichtig in Richtung Tür. Das Gehen machte Spaß. *Alles* machte Spaß. (Eunice, ist dir eingentlich klar, was für ein perfekter Körper das ist?) (Er ist etwas außer Form, aber mit zwei Wochen hartem Training kriegen wir das schon wieder hin.)

Sie blieben stehen. »Drehen Sie sich jetzt langsam, und dann wieder zurück zum Bett.«

»Doktor? Nachdem ich schon einmal auf bin, können wir dann nicht gleich ins Bad gehen?«

»Sind Sie nicht erschöpft?«

»Kein bißchen. Außerdem hat man mir doch ein Bad versprochen, sobald ich in der Lage wäre, wieder zu gehen. Muß ich vorher auch noch einen Handstand machen?« Sie machte entsprechende Anstalten.

Der Doktor legte ihr prompt einen Arm um die Hüften und meinte: »Lassen Sie den Unsinn! Schwester, sorgen Sie dafür, daß die Patientin im Bad nicht stürzt, sonst können Sie gleich nach Kanada auswandern.«

»Winnie wird schon aufpassen, daß mir nichts geschieht«, erklärte Joan. »Aber wenn Sie sich Sorgen machen, können Sie ja mitkommen und helfen. Schrubben Sie mir den Rükken.«

Er schnaubte. »Vor zehn Minuten haben Sie mich noch angepfiffen, weil ich ohne Anmeldung Ihr Zimmer betreten habe.«

»Und das würde ich auch wieder tun. Aber das hier ist eine berufliche Angelegenheit.«

»Einer Patientin den Rücken zu schrubben gehört keineswegs zu meinen beruflichen Pflichten. Lauwarmes Wasser, Schwester, und sorgen Sie dafür, daß sie nicht zulange darin bleibt.«

Kaum war die Badezimmertür geschlossen, schlang Joan die Arme um Winnies Hals und kicherte. »Liebes, hast du sein Gesicht gesehen?«

Winnie schüttelte den Kopf. »Joan, du brauchst mich nicht, um dir weibliches Verhalten beizubringen. Du beherrscht es bereits.«

KAPITEL ZEHN

Eine Stunde später saß Joan frisch gebadet und duftend in einem Lehnstuhl, die Füße auf einem Hocker. Winnie hatte sie frisiert, ihre Zehennägel geschnitten und ihr Gesicht mit dezentem Make-up hergerichtet, nicht zu Eunices voller Zufriedenheit, aber einstweilen gut genug. Über ihrem Spitzennachthemd trug sie einen seidenen Morgenmantel, und sie genoß die Euphorie einer Frau, die sauber, parfümiert und gepudert und attraktiv gekleidet ist.

Die Betten waren ausgetauscht, der Raum hatte nichts mehr von einem Krankenzimmer, und Joan fand, daß dies ihr Gefühl von Wohlbefinden beträchtlich steigerte.

Eunices Schreibtisch stand wieder an seinem angestammten Platz hinter Johanns Piano, das Joan von Cunningham hatte hereinschaffen lassen. Es paßte nicht besonders gut zur übrigen Einrichtung, trug jedoch erheblich dazu bei, daß Joan sich hier heimisch fühlte.

Sie war im Moment allein, da Winnie zu Salomon gegangen war, um ihm eine Einladung zum Mittagessen zu überbringen. (Fühlst du dich jetzt besser, Liebes?) (Himmel, ja. Aber warum hast du die Nerven verloren?) (Aber Eunice! Ich hatte nie vor, sie zu verführen.) (Lügner! Du hattest sie praktisch soweit. Und dann hast du gekniffen. Typen wie dich habe ich schon früher kennengelernt. Mit dem Mundwerk sind sie ganz groß, aber wenn's drauf ankommt, verläßt sie der Mut. Feige Casanovas. Pfui!)

(Unsinn! Man schießt schließlich auch keine Enten, die noch auf dem Teich schwimmen. Wenn ich sie wirklich verführen will – ich sage nicht, daß ich das vorhabe, aber ich gebe zu, daß sie ein netter Käfer ist ...) (Das ist sie wirklich!) (Oh, halt den Schnabel! Wenn ich das jemals tue, gebe ich ihr eine faire Chance – und schnappe sie nicht einfach, wenn sie nicht mal schreien kann.) (Faire Chance, du liebe Güte. Hör auf deine große Schwester, Joan. Sex ist kein Sport, sondern eine Möglichkeit, glücklich zu sein. Nichts enttäuscht eine Frau mehr als jemand, der sich zurückzieht, wenn sie gerade bereit ist, einzuwilligen. Das wirst du auch noch erleben. Dann heulst du in dein Kissen und haßt jeden Mann auf der ganzen Welt. Jedenfalls bis zum nächsten Mal.)

(Eunice, du hast sowas doch noch nicht erlebt, oder? Kann ich mir jedenfalls nicht vorstellen.) (Das passiert jeder Frau. Männer sind zimperlich. Wenn die Frauen die Sache nicht in die Hand nehmen würden, wäre die Rasse schon längst ausgestorben.)

(Nun gut, du weißt mehr über Frauen als ich ...) (Sehr viel mehr.) (... dann laß uns jetzt über die Einzelheiten sprechen. Wir sind jetzt sauber und ich weiß, daß wir hübsch sind. Trotzdem habe ich, als ich mich im großen Spiegel betrachtet habe, nicht so toll ausgesehen wie du früher. Was fehlt also? Die Körperbemalung? Oder etwas Training, um wieder in Form zu kommen?)

(Weit mehr als das, Boß, obwohl Training auch wichtig ist. Was die Körperbemalung angeht, hatte ich natürlich erstklassige Unterstützung durch Joe. Wenn dir der Sinn nach so etwas steht, und du die Kosten nicht scheust ...) (Ich habe mehr Geld, als ich ausgeben kann.) (Na schön, dann könntest du also einen der führenden Schönheitssalons anrufen und eine ganze Mannschaft herbeordern – Masseuse,

Maniküre, Pediküre, Friseuse, Spezialisten für Make-up, Parfüm und Kleidung. Nötig ist das allerdings nicht. Mit meinem Wissen und dem Chassis, mit dem wir arbeiten können, brauchst du nur noch eine gute Kammerjungfrau, um so toll auszusehen, wie du nur willst.)

(Eunice, ich hatte keine Ahnung, daß es so kompliziert ist, eine Frau zu sein.)

(Beruhige dich wieder, Boß. Eine Frau zu sein, ist viel einfacher, als ein Mann – und macht sehr viel mehr Spaß. Ich bringe dir bei, wie es ist, eine Frau des Einundzwanzigsten Jahrhunderts zu sein, und du erzählst mir dafür, wie es war, ein Mann des Zwanzigsten Jahrhunderts gewesen zu sein. Auf diese Weise können wir den ›Generationskonflikt‹ für uns auflösen. Dann verstehen wir uns ebenso gut wie wir uns lieben.)

(Mein Liebes.)

(Ich mag dich auch, du alter Knochen. Mit deinem Gehirn und meinem Körper werden wir ein tolles Team sein, da bin ich mir sicher.) (Ich auch, Liebes.) (Nun, zunächst brauchen wir eine wirklich gute Kammerjungfrau – und die sind so häufig wie Wale in Kansas. Vermutlich werden wir sie erst einmal gründlich ausbilden müssen. Und sobald sie was taugt, sucht sie sich eine andere Stelle.)

Es klopfte leise an der Tür.

»Ich bin es, Winnie.«

»Komm herein.«

Die Krankenschwester trat ein und sagte: »Mr. Salomon läßt ausrichten, daß er in ein paar Minuten kommen wird. Aber er kann nicht zum Mittagessen bleiben.«

»Er wird bleiben. Komm her und küß mich. Was hast du Cunningham gesagt?«

»Mittagessen für zwei Personen, hier im Zimmer – genau wie du sagtest. Aber Mr. Salomon schien sehr entschieden.«

»Ich glaube trotzdem, daß er bleiben wird. Aber wenn er es wirklich nicht kann, dann ißt du mit mir, ja? Nun hör zu, ich habe eine Idee. Du bist nicht zufällig einmal Kammerjungfrau bei einer Dame gewesen, bevor du Krankenschwester wurdest?«

»Nein. Warum?«

»Du hast mir im Bad und beim Zurechtmachen so gut geholfen, daß ich ... Nun, es war nur ein Gedanke. Ich glaube nicht, daß eine ausgebildete Krankenschwester daran denken würde, einen Job als Hausmädchen anzunehmen, egal wie hoch das Gehalt sein würde. Aber Doktor Garcia wird darauf bestehen, daß ich auch nach seinem Weggang eine Krankenschwester behalte. Du weißt, daß ich keine brauche. Aber ich brauche ein Mädchen; ich kann mich allein nicht gut anziehen – Frauenkleider sind so anders. Und ich weiß nichts über Make-up und dergleichen. Was kriegst du jetzt bezahlt, Winnie?«

Winnie sagte es ihr.

»Du meine Güte! Kein Wunder, daß sie immer sagen, es gebe nicht genug Krankenschwestern. Für dieses Gehalt kann ich keinen Hausdiener kriegen. Was würdest du davon halten, als meine Krankenschwester zu bleiben, aber tatsächlich Dinge für mich zu tun, die eine Kammerjungfrau tun würde und die ich nicht allein kann – zum Dreifachen deines jetzigen Gehalts?« Joan wandte sich um und zeigte durch den Raum. »Hinter der Tür dort ist ein Schlafzimmer, wo mein Kammerdiener zu schlafen pflegte. Mit einem hübschen kleinen Duschbad. Und dahinter ist noch ein Zimmer, das wir als dein Wohnzimmer herrichten könnten. Du würdest freie Hand haben, die beiden Räume nach deinem Geschmack zu dekorieren. Es würde deine Privatwohnung sein, selbstverständlich mietfrei.«

(Boß, wie war das mit den Enten, die noch auf dem Teich schwimmen?) (Unfug, es ist doch besser, sie zu nehmen, als eine Fremde, der wir nicht einmal trauen können.) (Oh, ich sehe die Vorteile durchaus. Aber wenn du sie neben deinem Schlafzimmer unterbringst, liegt sie schneller in deinem Bett, als du ›Sappho‹ sagen kannst.)

»Es würde wirklich meine Wohung sein? Ich könnte Besuch empfangen und alles?«

»Natürlich, Winnie. Das Hauspersonal unter Cunningham würde saubermachen und so weiter. Das Frühstück ans

Bett bringen, was immer. Oder niemals hineingehen, wenn du es so vorziehen würdest.«

»Es klingt himmlisch, Joan. Ich teile ein Zimmer mit zwei anderen Mädchen. Die Miete ist so hoch, daß eine allein sie nicht bezahlen könnte, weil das Zimmer in einer bewachten Enklave ist. Sicher ist es dort – aber man hat nie seine Ruhe.«

»Nun, Winnie – wie denkst du darüber? Wirst du bei mir bleiben? Als Pflegerin, als Gesellschafterin, als Privatsekretärin, oder wie immer du es nennen willst.«

»Als Kammerzofe, würde ich sagen. Wenn ich deine persönliche Dienerin sein soll, dann möchte ich, daß die anderen hier im Hause es wissen und nicht denken, ich hielte mich für etwas Besseres als sie.«

Einige Minuten später, als sie in ein Gespräch über Kleider vertieft waren, klopfte es, und Jake Salomon kam herein. Winnie zog sich zurück, und der Anwalt beugte sich über Joans Hand. »Wie fühlst du dich?« fragte er.

»Enttäuscht«, antwortete Joan. »Weil mein ältester und liebster Freund keine Zeit hat, an meinem ersten Tag außerhalb des Bettes mit mir zu essen. Aber sonst fühle ich mich gut. Ein wenig schwach, doch das war zu erwarten.«

»Ich hoffe, du übertreibst es nicht?«

»Nein. Herzschlag und Atmung werden überwacht, und wenn etwas nicht in Ordnung wäre, würde jemand kommen und mich ins Bett stecken. Wirklich, es geht mir gut, Jake. Und schließlich kann ich nicht zu Kräften kommen, wenn ich im Bett bleibe. Aber wie geht es dir, mein alter Freund? Ich habe mir schreckliche Sorgen gemacht.«

»Oh, mit mir ist alles in Ordnung. Ich habe mich nur selbst zum Narren gemacht, Johann.«

»Du hast dich nicht zum Narren gemacht ... und ich bin sicher, Eunice weiß das zu schätzen.« (Sei vorsichtig, Boß!) (Reg dich ab.) »Du hättest ihr kein schöneres Kompliment machen können als mit diesen ehrlichen Tränen.« Joan spürte, daß ihr selbst die Tränen kamen, machte aber keine Anstalten, ihren Lauf zu unterdrücken. »Sie war eine süße und liebe Dame, Jake, und es berührt mich mehr, als ich ausdrücken kann, daß du sie ebenso geschätzt hast wie ich. Aber bitte, setz dich, Jake – wenn auch nur für einen Moment. Ich muß dich etwas fragen.«

»Nun ... also gut. Ich kann nicht lange bleiben.«

»Ein Glas Sherry? Doktor Garcia sagt, ich dürfe dann und wann ein Gläschen trinken, und ich finde, daß ich es brauche. Spanischer Sherry, hell und trocken. Kannst du für uns einschenken?«

Joan wartete, bis der Rechtsanwalt ihre Gläser gefüllt hatte und sich setzte. Sie prosteten einander schweigend zu. Joan nippte, stellte ihr Glas ab und sagte: »Jake ...«

»Ja ... Johann?«

»›Joan‹, bitte – ich kann nicht länger Johann sein. Jake, du weißt wahrscheinlich, daß ich nie erwartete, eine solche Operation zu überleben. Es war als ein Mittel gedacht. Ein legales Mittel.«

»Ja, Joha ... Ja, Joan, ich wußte es. Deshalb half ich.«

»Es war der großmütigste Akt von Freundschaft, den ich je erlebt habe. Wie nennen die Japaner den Freund, der hilft, wenn es notwendig ist, zu sterben? Ich weiß es nicht mehr. Es ist auch nicht wichtig. Jake, sieh mir in die Augen. Du weißt, tief in deinem Herzen, daß ich lieber tot sein würde als durch diesen unglaublichen Umstand weiterzuleben. Ja?«

Salomon nickte, aber er sagte nichts.

»Auf ihre Kosten lebendig zu sein – das ist ein schrecklicher Gedanke, Jake. Man beginnt sich selbst zu hassen.«

Salomon hob seinen Blick und sah ihr fest in die Augen. »Ja, Joan. Ich weiß es. Aber es war kein Fehler von dir. Dich trifft keine Schuld. Du darfst dich nicht selbst hassen. Eunice würde es nicht wollen.«

»Ich weiß es. Aber ich werde von einer Frage bedrückt, auf die ich eine Antwort haben muß. Jake, gibt es eine Möglichkeit, daß Eunices Mann etwas mit ihrem Tod zu tun hatte?

Du hattest in meinem Auftrag einen Preis ausgesetzt. Dieses Blutgeld – hat es ihn verlockt?

(Boß, du redest Unsinn. Ich weiß es!) (Tut mir leid. Mehr als du denkst. Aber ich muß den Beweis haben.) Jake? Habe ich ihn verleitet?«

Der Anwalt schüttelte seinen Kopf. »Du kennst die Umstände nicht, Joan. Du hast niemanden zu nichts verleitet. Ich faßte dieses Angebot sehr sorgfältig ab. Gäbe es irgendeine Schuld, so würde ich sie teilen. Aber es gibt keine.«

»Kannst du mir das erklären?«

(Laß das Thema fallen, Boß!)

»Joe Branca war in der Nähe von Philadelphia und besuchte seine Mutter, als es geschah. (Siehst du, Boß?) Er war schon eine Woche zuvor hingefahren, und nach dem Todesfall mußte ich ihn erst suchen, um seine Erlaubnis einzuholen. Das dauerte drei Tage, und in dieser Zeit wurdet ihr beide auf die Transplantation vorbereitet. Joe Branca wußte von nichts. Es war nicht einfach, ihn ausfindig zu machen. Drei lange Tage.«

»Drei Tage! Warum wurde mir nichts gesagt? Ich hätte die Verpflanzung abgelehnt.«

»Und Eunices Körper vergeudet? Bist du verrückt? Du warst bewußtlos; Garcia brachte dich unter Anästhesie und schaffte dich in die Klinik, sobald ich ihn verständigt hatte, daß ein Körper passenden Alters und passender Blutgruppe zur Verfügung stand. Dann diese schreckliche Wartezeit. Ich war einem Zusammenbruch nahe.«

»Gut. Joe Branca war bei seiner Mutter in Philadelphia. Aber könnte er es arrangiert haben?«

»Nein. Als meine Leute Joe Branca ausfindig gemacht hatten, flog ich sofort hin, um seine Unterschrift zu kriegen. Er war benommen. Konnte es nicht glauben, akzeptierte aber die Tatsache. Und er gab seine Erlaubnis zu der Verpflanzung, ohne von der Prämie zu wissen, die wir ausgesetzt hatten. Als ich ihm danach sagte, es sei dein Wille, daß die Hinterbliebenen eine Million erhielten und daß die Summe auf einem Konto bei der Chase Manhattan Bank liege, wollte er nichts damit zu tun haben. Ich konnte ihn nicht bewegen, das Geld anzunehmen. Schließlich instruierte er die Bank durch mich, die Summe an seinen Blutspenderverein auszuzahlen.«

(Oh, Boß, ich muß weinen.) (Geht mir nicht besser.) (Aber, Boß, Joe wird verhungern.) (Wir kümmern uns darum.)

Joan seufzte. »Ich will verdammt sein.«

»Vielleicht bist du es. Und vielleicht bin ich es auch. Aber Joe Branca nicht. Er ist ein weltfremder Mann – nicht in einem abwertenden Sinn, Joan. Er hat mir eine Lektion erteilt. Eine kümmerliche Existenz am Rande der Gesellschaft – lebensuntüchtig pflegt man das in unseren Kreisen zu nennen. Kein Verhältnis zum Geld, kein Ehrgeiz, Karriere zu machen oder Besitz zu erwerben, nicht einmal das Verlangen, als Künstler zu Ansehen zu kommen. Er ist ein Dropout und will es bleiben, nur machen, was und wie er es will. Auf meine Überredungsversuche schüttelte er nur den Kopf und sagte: ›Pleite sein schreckt mich nicht.‹

»Jake, wir müssen was für ihn tun.«

»Ich glaube nicht, daß du es kannst, Joan. In seiner Weise ist er stolz. Aber als Eunices Anwalt hatte ich Gelegenheit, einiges über ihre und seine wirtschaftliche Lage in Erfahrung zu bringen. Ich sah, daß fast keine Rücklagen da waren, sprach mit der Hausverwaltung und hörte, daß man ihm das Appartement kündigen wollte. Eunice hatte es auf ihren Namen gemietet, und nach ihrem Tod gingen die Leute davon aus, daß er die Miete nicht mehr bezahlen würde. Ich regelte das durch einen Überweisungsauftrag. Solange Joe Branca dort bleiben will, wird man ihn nicht nach der Miete und den Gebühren für Licht und Wasser fragen. Dann eröffnete ich ein Bankkonto auf seinen Namen, zahlte einige tausend Dollar ein und erzählte ihm, es seien Ersparnisse von Eunice, über die er verfügen könne. Nun, wenigstens das leuchtete ihm ein, und ich nehme an, er wird ein halbes Jahr davon zehren können.«

(Ich glaube, daß in ein paar Wochen nichts mehr dasein wird, Boß. Joe versteht nicht mit Geld umzugehen. Ein Bankkonto ist für ihn nicht real.)

(Mach dir keine Sorgen, Liebes. Jake und ich werden uns darum kümmern.)

Joan seufzte. »Das ist gut, Jake. Ich fühle mich in mehr als einer Hinsicht erleichtert. Aber wir werden uns noch einmal über Joe unterhalten müssen. Wenn er so weltfremd ist, sollten wir uns etwas ausdenken, wie wir ihn ohne sein Wissen unterstützen können.«

»Sicher, Joan, wir werden es versuchen. Aber Joe Branca hat mich – in meinem Alter! – gelehrt, daß es Dinge gibt, die mit Geld nicht zu kaufen sind. Nicht, wenn dem potentiellen Verkäufer Geld gleichgültig ist.«

»Möchtest du noch Sherry, Jake? Und darf ich auch noch einen Tropfen haben? Wenn du nicht bleiben kannst, werde ich mich zu Bett bringen lassen und schlafen. Das Mittagessen überspringen.«

»Oh, aber du mußt essen, Joan. Wie willst du sonst zu Kräften kommen? Würdest du essen, wenn ich bliebe?«

Sie schenkte ihm Eunices schönstes Sonnenaufgangslächeln. »Ja, Jake, Lieber! Danke.«

Cunningham und zwei seiner Leute trugen das Essen auf, und Joan bemühte sich, eine charmante und anmutige Gastgeberin zu simulieren und nicht den Eindruck aufkommen zu lassen, sie sei freßgierig; alles schmeckte so wundervoll! Aber sie wartete, bis der Kaffee serviert war und Jake ein Glas Portwein akzeptiert hatte, und dann konnte sie sagen: »Danke, Cunningham, das ist alles.«

Als sie allein waren, leitete sie den schwierigsten Teil ihrer Strategie mit der Frage ein: »Jake, wann wird die gerichtliche Anhörung stattfinden, bei der über meine Zurechnungsfähigkeit entschieden wird?«

»Eh? Jederzeit, sobald du dich gut genug fühlst. Hast du es eilig?«

»Nein. Ich wäre völlig zufrieden, für den Rest meines Lebens dein Mündel zu sein.«

Salomon lächelte. »Joan, statistisch gesehen hast du eine restliche Lebenserwartung von rund fünfzig Jahren; meine beträgt nur noch drei oder vier Jahre.«

»Nun ... das ist schwierig zu beantworten. Aber wirst du wie bisher als mein Berater und Helfer weitermachen – im persönlichen Bereich wie im geschäftlichen? Oder erwarte ich zuviel?«

Salomon drehte sein Glas zwischen den Fingern und starrte in die kreisende Flüssigkeit. »Joan ... sobald das Gericht diese Vormundschaft auflöst, gibt es keinen Grund mehr, warum du deine Angelegenheiten nicht selbst regeln solltest.«

(Joan! Wechsle das Thema; er versucht uns zu verlassen!) (Ich weiß! Sei still!) (Sag ihm deinen zweiten Vornamen!)

»Jake, Lieber ... sieh mich an. Jake – ist es so, daß du mich lieber nicht sehen würdest, wie ich jetzt bin?«

Jake Salomon sagte nichts. Sie fuhr fort: »Ist es nicht besser, sich an das zu gewöhnen, was ist ... statt davor wegzulaufen? Würde sie – Eunice – nicht wollen, daß du bleibst?«

»So einfach ist es nicht ... Joan.«

»Ich glaube nicht, daß du davor weglaufen kannst; sowenig wie ich es kann. Ich kann nicht aufhören zu sein, was ich bin – ihr Körper, mein Gehirn – und es wird dir immer bewußt bleiben. Mit deinem Fortgang würdest du nichts bewirken. Du würdest mich nur meines einzigen Freundes und des einzigen Menschen auf Erden berauben, dem ich völlig vertraue. Jake, weißt du, welchen neuen Namen ich für mich gewählt habe?«

»Eh?«

»Ich heiße jetzt ›Joan Eunice Smith‹. Das ist eine notwendige Verbeugung vor ihr, eine öffentliche Anerkennung, daß ich ihr mein Leben verdanke. Außerdem bin ich zu fünfundneunzig Prozent Eunice ... und nur fünf Prozent sind der alte Johann, der jetzt ›Joan‹ heißt. Und selbst diesen Bruchteil kann niemand sehen, nur Chirurgen haben ihn gesehen. Solltest du jemals diesen Bruchteil vergessen – Jake, bitte, sieh mich an – und mich ›Eunice‹ nennen, so wird es mir nichts ausmachen; es ist mein Name. Und solltest du mich absichtlich ›Eunice‹ nennen, so würde es sehr wohl etwas ausmachen, denn ich würde erfreut und geschmeichelt sein. Und wenn es dir gefällt, mich ›Joan Eunice‹ zu nennen, so wird es mich glücklich machen, weil ich die Gewißheit haben werde, daß du es absichtlich getan und mich als das akzeptiert haben wirst, was ich bin.«

»Sehr gut ... Joan Eunice.«

Sie lächelte. »Danke, Jake. Ich fühle mich in dieser Haut glücklicher, als ich es bisher war.«

»Hmm. Ja, es ist eine gute Namensänderung – Joan Eunice.«

»Jake, gibt es irgendeinen Grund für dich, heute bis hinaus nach Safe Harbour zu fahren? Ich bin überzeugt, daß Cunningham saubere Socken oder was immer für dich finden kann.«

»Meine Güte, Joan – Joan Eunice –, ich habe schon zwei Nächte hier verbracht. Es wird Zeit, daß ich meine eigenen vier Wände wiedersehe. Es gibt verschiedene Dinge zu erledigen.«

»Glaubst du, eine dritte Übernachtung würde meine Gastfreundschaft über Gebühr strapazieren?«

»Und die Fahrt ist nicht so weit, wie du denkst, weil ich mein Haus in der Enklave vor Monaten zum Verkauf ausgeschrieben habe. Ich habe jetzt Räume im Gibraltar-Klub. Zentrale Lage, gute Bedienung und nichts von den Sorgen und Mühseligkeiten eines eigenen Haushalts.«

»Ich verstehe. Hmm. Ich muß daran denken, selber aus dem Klub auszutreten.« Sie lächelte. »Sie würden mich jetzt nicht mehr einlassen.«

Der Anwalt sagte trocken: »Ich nahm mir die Freiheit, deine Mitgliedschaft zu lösen, nachdem ich dein Vormund wurde, Joan – Joan Eunice.«

Sie lachte. »Und ich ein Gründungsmitglied! Das ist köstlich! Farbige und Juden und Latinos alle willkommen, wenn sie die Beiträge zahlen können ... aber Frauen sind nicht zugelassen. Ich werde mich an vieles gewöhnen müssen.«

»Das ist richtig – Joan Eunice.«

»Also werde ich dich mehr denn je brauchen. Wo hast du geschlafen?«

»Im braunen Zimmer.«

»Cunningham muß sich vertan haben. Er hätte dich in der grünen Suite einquartieren sollen.«

»Nun ... die grüne Suite wurde für Krankenhausgeräte und dergleichen gebraucht. Ich habe es damals so entschieden.«

»Dann kannst du deine Entscheidung jetzt rückgängig machen, weil es deine Suite ist. Was von dem Zeug noch gebraucht wird, kann anderswo verstaut werden. Cunningham wird die grüne Suite heute noch für dich herrichten.«

»Joan Eunice, was bringt dich auf die Idee, ich würde hier einziehen? Ich werde es nicht tun.«

»Ich habe es nicht gesagt. Ich sagte, die grüne Suite ist jetzt dein. Ob du eine Nacht bleibst oder ein Jahr, ob du eingeladen bist oder nicht, du kannst kommen und gehen, ohne guten Tag und auf Wiedersehen zu sagen. Ist Hubert noch da, mein früherer Kammerdiener?«

»Ja, er hat das braune Zimmer für mich in Ordnung gehalten.«

»Von nun an wird er die grüne Suite pflegen und für dich da sein, wann immer du uns mit deiner Anwesenheit beehren willst. Jake, du solltest lieber ein paar Kleider hierher bringen.«

»Verdammt noch mal – entschuldige, Joan Eunice.«

»Lächerlich. Ich möchte den Tag nicht erleben, wo mein ältester Freund in meiner Gegenwart seine Redeweise zügeln muß. Jake, Lieber, ich fühle mich als Frau wirklich wehrlos ... obwohl ich als kranker alter Mann bei weitem verwundbarer war. Aber wenn du da bist, fühle ich mich sicher – und ganz und gar nicht sicher, wenn du fort bist. Jake, ich kann dich nicht zwingen, hier zu leben ... aber kannst du nicht sehen, was für einen Gefallen du mir damit tun würdest? Wie viele Zimmer hast du im Klub?«

»Zwei. Für meine Bedürfnisse hinreichend. Und was ich eben sagen wollte, ist, daß du mich nicht so drängen solltest. Ich werde es mir überlegen, aber ich kann nichts versprechen.«

»Bitte verzeih, Jake. Ich wollte nicht aufdringlich sein. Aber siehst du, ich brauche dieses riesige Mausoleum sowenig, wie du dein Haus gebraucht hast. Doch wenn ich es verkaufen würde, könnte ich nicht die Hälfte dessen erlösen, was es gekostet hat. Ich baute es während der Zeit der Massenaufstände, und die Kosten sind ihm nicht anzusehen; es ist eine verschönerte Festung, stärker als eine Polizeikaserne. Nun, es könnte sein, daß solche Jahre wiederkehren, und dann werde ich vielleicht noch froh sein, daß ich keine Ausgaben scheute. Wie auch immer, es ist groß und sicher und komfortabel und bietet Raum genug, und warum solltest du es nicht nutzen? Besonders, wenn du mit meinen Angelegenheiten beschäftigt bist.«

»Nun, als dein Vormund habe ich mich natürlich auch um deine häuslichen Angelegenheiten kümmern müssen, Joha ... ah – Joan Eunice.«

»Hat Cunningham dir solche Kleinigkeiten nicht abgenommen? Ich muß mit ihm sprechen.«

»Nun ja ... das hat er, und ich ließ ihn machen wie bisher; ich habe keine Veränderungen eingeführt. Aber ich mußte die Haushaltsbücher durchsehen und Rechnungen prüfen. Ich sage dir, sie bestehlen dich von hinten und vorn. Namentlich Cunningham.«

»Gut!«

»Was soll daran gut sein?«

»Jake, du hast mir gesagt, es sei unmöglich, auch nur mein laufendes Einkommen auszugeben. Wenn der Chef meines Haushalts einen Teil seiner Einkünfte auf den schwarzen Markt bringt und den Erlös daraus in seine Tasche steckt – und das hat er schon immer getan –, dann muß er ein großes Interesse daran haben, seinen einträglichen Job zu behalten. Das bedeutet, daß er bestrebt sein muß, seine Arbeit zu meiner vollen Zufriedenheit zu tun. Weißt du eine billigere Art und Weise, Loyalität zu erkaufen, Jake? Laß ihn ein bißchen stehlen. Es hält ihn bei Laune. Ein gutes Pferd muß regelmäßig sein Stück Zucker haben.«

»Das ist ein schlechter Präzedenzfall. Korrumpiert das Land.«

»Das Land ist korrumpiert. Korruption war seit jeher das Fett, mit dem das Getriebe dieses Staates geschmiert wurde. Wir haben heute keine andere Wahl. Das Problem ist immer, wie man in einer dekadenten Gesellschaft leben kann. Zerbrich dir also nicht den Kopf über Trivialitäten wie Unterschlagungen bei den Haushaltsausgaben; schließe einfach deine Augen und unterschreibe. Aber zögere nicht, Cunningham zur Rechenschaft zu ziehen, wenn die Bedienung weniger als perfekt ist; das ist der Preis, den er für das Privileg, mich zu beschwindeln, zahlen muß. Übrigens stiehlt auch der Chef meiner Wachmannschaft; ich glaube, er macht mit Cunningham Halbe-Halbe.«

Salomon lächelte. »Joan Eunice, für eine junge und schöne Frau hörst du dich sehr wie ein zynischer alter Mann an, den ich mal kannte.«

»Wirklich, Jake, Lieber? Ich muß lernen, nicht so zu reden. Ich muß die Sachen für zynische alte Männer dir überlassen und versuchen, mich wie eine Dame zu benehmen. Und jetzt wird es Zeit, daß ich ins Bett komme und meine Mittagsruhe halte. Kannst du mir helfen?«

»Ah, ich werde die Schwester rufen.«

»Jake – dies ist der Körper, den ich habe; wir müssen aufhören, nervös auf ihn zu reagieren. Hier, gib mir deinen Arm. Ich kann stehen und zum Bett gehen, wenn du mich stützt.«

Salomon gab auf, half ihr aus dem Sessel und führte sie zum Bett. Joan Eunice warf ihren Morgenmantel ab und schlüpfte rasch unter die Decke. »Danke, Jake. Wirst du mit mir zu Abend essen?«

»Ich werde jetzt in die Stadt fahren – nein, ich werde im Klub essen.«

»Dann bis später.« Sie verbarg ihre Enttäuschung und

reichte ihm lächelnd die Hand. Er nahm sie, beugte sich darüber und streifte sie mit den Lippen.

Joan Euncie hielt seine Hand fest und zog. »Komm näher, Jake, Lieber.« Sie hob ihre Arme und nahm sein Gesicht zwischen ihre Hände. »Du liebst sie.«

»Ja.«

»Sag meinen Namen. Meinen neuen Namen.«

»Joan – Joan Eunice.«

»Danke, Jake.« Sie zog sein Gesicht zu sich und küßte ihn weich auf den Mund. »Auf Wiedersehen, lieber Freund.«

»Auf Wiedersehen – Joan Eunice.« Er ging rasch hinaus.

(Joan, du bedrängst ihn wie eine läufige Hündin.) (Tue ich nicht, zum Teufel! Du warst es, die mich dazu angestiftet hat!) (Daß ich nicht lache! Einen Augenblick dachte ich, du würdest ihn ins Bett ziehen.) (Lächerlich.) (Und du drängst dich selber zu stark.) (Eunice, laß dieses Schulmeistern. Ich fand, daß es mir nichts ausmachte, ihn zu küssen. Schließlich gibt es viele Kulturen, in denen Männer Männer küssen, als ein Zeichen von Freundschaft.)

(Falls du es noch nicht bemerkt haben solltest, du bist nicht länger ein Mann – du bist ein Zwitter!) (Ich habe es bemerkt. Hör zu, du Neunmalkluge, es war ein notwendiges Symbol. Ich mußte Jake zeigen, daß er mich berühren, mir sogar einen Abschiedskuß geben kann, ohne daß es tragisch sein muß. Und es war nicht tragisch. Erinnerte mich an meinen Vater, wenn er abends an mein Bett kam.)

(Nun ... vielleicht wird Jake sich mit der väterlichen Rolle zufriedengeben. Aber rechne nicht zu fest damit. Ich habe ihn ganz anders kennengelernt.) (Ich weiß, ihr seid ein schamloses Gesindel. Willst du jetzt still sein und uns schlafen lassen? Ich bin wirklich müde.)

Sie war noch nicht richtig eingeschlafen, da kam Winifred in Morgenmantel und Pantoffeln herein. »Miss Joan?« fragte sie leise.

»Ja, Liebes? Mach bitte das Licht an.«

»Mr. Salomon sagte, du wärst zu Bett gegangen ...«

»Und du siehst so aus, als hättest du schon drin gelegen. Hat er dich geweckt?«

»Oh nein. Ich habe mit Mrs. Sloan geschwatzt, sie hat heute Nachtwache. Aber Dr. Garcia hat angeordnet, daß dein Bett bis zum Boden abgesenkt sein sollte – und wie ich sehe, ist es das nicht. Wie kann ich es absenken?«

»Ich mache das selbst, hier vom Bett aus. Siehst du, so geht es nach unten, und so wieder hinauf. Ich hatte noch nicht geschlafen, aber ich lasse es ganz hinunter, bevor du gehst ... dann kannst du dem Doktor erzählen, daß ich ein braves Mädchen war.«

»Schön. Wenn du willst, kannst du diese Schlaftablette nehmen. Dr. Garcia meinte, du müßtest es aber nicht tun, wenn du nicht magst.«

»Ich nehme sie; ich will richtig fest schlafen. Gibst du mir bitte das Wasser ... und einen Gute-Nacht-Kuß? Wenn du nicht willst, schelle ich nach Mrs. Sloan und bitte sie darum.«

Die kleine Schwester grinste. »In dem Fall muß ich mich halt zwingen.«

Etwa sechzig Sekunden später verließ Winifred das Zimmer. (Nun, Eunice? Wie war das?) (Nicht schlecht. Ungefähr achtzig Prozent von dem, was Jake leistet.) (Du machst Scherze.) (Du wirst es schon noch merken. Winnie ist süß, aber Jake hat ihr viele Jahre an Erfahrung voraus. Ich hatte allerdings gedacht, du würdest sie gleich ins Bett zerren.) (Während Mrs. Sloan draußen sitzt und unsere Pulsfrequenz überwacht? Wofür hältst du mich? Für närrisch?) (Ja.) (Oh, schlaf endlich!)

KAPITEL ELF

Die Friedensverhandlungen zwischen den Vereinigten Staaten und der provisorischen Regierung der Volksbefreiungsfront für Brasilien gingen gleichzeitig in Paris und Montevideo weiter, ohne daß sich eine Annäherung der Standpunkte abzeichnete, wie das offizielle Kommunique der 283. Sitzung verlautbarte. Die heftigen Kämpfe in der Umgebung von Rio de Janeiro und bei Brasilia dauerten unterdessen an. Der neue Präsident der Harvard-Universität ließ das Universitätsgelände durch Polizei und Nationalgarde von demonstrierenden Studenten räumen, wobei von der Schußwaffe Gebrauch gemacht wurde. Über die Zahl der Toten und Verletzten wurden keine Angaben gemacht.

In Alma Ata gebar ein weiblicher Sergeant durch Kaiserschnitt einen gesunden Jungen mit zwei Köpfen; die Operation wurde weltweit und über Satellit auch bis zum Mond übertragen.

Der kalifornische Staatssekretär für Umweltfragen bezeichnete es als sein Ziel, den Wassergehalt der Bucht von San Franzisko in den nächsten fünf Jahren auf 87 % zu erhöhen. Ein Sprecher des kalifornischen Industriellenverbands erklärte dazu, ein solcher Plan sei utopisch und für die Industrie, die sich im übrigen seit Jahrzehnten den Problemen des Umweltschutzes aufgeschlossen zeige, angesichts der internationalen Konkurrenzsituation untragbar. Dank anhaltender Westwinde sank die Zahl der Todesfälle durch Smog-Vergiftung in Los Angeles während des Monats Oktober um 3 %, verglichen mit den Vorjahreszahlen für den gleichen Zeitraum. Mrs. Harkness, die Vorsitzende der Vereinigten Frauenverbände von Nordamerika, beklagte auf einer Pressekonferenz in Washington die anhaltende Benachteiligung der Frau in allen Gesellschaftsbereichen. Sie forderte Regierung und Gewerkschaften auf, sich für eine Verwirklichung des Prinzips ›gleiche Arbeit, gleicher Lohn‹ mit mehr Nachdruck als bisher einzusetzen.

In einem großen, häßlichen alten Haus saß Miss Joan Eunice Smith in Lotusstellung auf einer Matte in ihrem Ankleidezimmer. Ihr gegenüber hockte Winifred in gleicher Haltung.

»Bequem, Winnie?«

»Sehr.«

»Ich glaube, du bist noch gelenkiger als ich. In Ordnung, bringen wir uns in Stimmung für die Übung. Du fängst an.«

»Ist gut. Aber, Miss Joan? Was bedeutet es? Ich meine, ich mag es, es ist sehr entspannend, aber was ist das Juwel? In welchem Lotus ist es? Und warum?«

»Es bedeutet nichts. Und alles. Wenn du es in Worte fassen willst, bedeutet es Frieden und Liebe und Verständnis und alles andere, was du für gut hältst. Aber es geht eigentlich nicht ums Denken, Liebes, sondern ums Sein. Versuche, dich zu öffnen, und denke nichts. Denke nicht einmal daran, nichts zu denken. Sei einfach.«

»In Ordnung.«

»Also fang an. Und denk ans Atmen.«

»Om mani padme hum.«

(Om mani padme hum. Siehst du diese Aura um sie herum, Boß? Das muß ja eine Nacht gewesen sein!) (Sei still, Eunice. Diese Gebete waren deine Idee.) »Om mani padme hum.«

»Om mani padme hum« (Om mani padme hum.) »Om mani padme hum.« »Om mani ....«

(Das reicht, Joan) (So kurz, Liebes? Nach der Uhr waren das erst zwanzig Minuten.) (Ich benutze eine andere Uhr. Wir sind durch und durch warm und bereit. Und Winnie ist mehr als bereit. Du wirst sie zurückrufen müssen.)

»Om mani padme hum. Winifred. Winnie, Liebes, hörst du mich? Du mußt aufstehen.«

Der kleine Rotschopf saß noch immer in perfekter Lotushaltung da und murmelte das Gebet exakt im Rhythmus ihres Atems. Doch sie hatte die Augen so weit verdreht, daß nur noch das Weiße sichtbar war. »Komm zurück, Winnie. Es ist Zeit.«

Die Augen des Mädchens glitten in ihre normale Stellung zurück. Sie blickte etwas verwirrt und lächelte dann. »Schon? Es kam mir so kurz vor. Ich muß eingeschlafen sein.«

»So was kommt vor. Bist du bereit? Warm und locker, alle Muskeln entspannt?«

»Oh ... ja.«

»Dann probieren wir mal ein paar Einzelübungen.« Joan Eunice erhob sich wie eine Blume, die ihren Kelch öffnet. »Du begutachtest meine Übungen und ich deine. Anschließend machen wir ein paar gemeinsame Übungen.« Joan betrachtete sich im Spiegel. »Mir scheint, mein Bauch wird von Tag zu Tag fester. Jedenfalls rede ich mir das immer ein.«

»Er ist perfekt, und das weißt du auch.« Der Rotschopf stand ebenfalls auf und gähnte dabei.

»Noch schläfrig, Liebes? Keine angenehmen Träume letzte Nacht?«

Das Mädchen errötete leicht, zuckte dann die Achseln und lächelte. »Angenehm schon, aber nicht lange genug. Ich hoffe, wir haben dich nicht gestört.«

»Ich habe keinen Ton gehört. Wenn du es mir heute morgen nicht erzählt hättest, hätte ich nicht einmal etwas geahnt. Liebes, wenn du zu wenig geschlafen hast, mußt du nicht mitmachen.«

»Oh nein, für mich sind die Übungen viel nützlicher als für dich, und ich möchte sie auf keinen Fall versäumen. Aber es ist wirklich spät geworden. Nicht, daß es mir etwas ausgemacht hätte ...«

»Es ist auch nichts dagegen zu sagen, Winnie. Ich war nur etwas neugierig – so als Jungfrau.«

»Aber ...«

Joan Eunice lächelte. »Ich weiß, was du sagen willst, Liebes. Mrs. Branca war verheiratet ... und Johann Smith war gleich viermal verheiratet, von seinen Seitensprüngen einmal ganz abgesehen. Aber Joan Eunice ist eine Jungfrau ... verstehst du, was ich meine?«

»Nun, wenn man es so sieht ...«

»Das ist die einzige Art, wie ich es sehen kann. Deshalb bin ich auch so neugierig wie eine Pfadfinderin. Aber nur durch Erzählungen werde ich natürlich auch nicht schlauer. Eines Tages werde ich es aber schon selbst herausfinden. Jetzt laß uns mit den Übungen weitermachen.«

Eine Stunde später meinte Joan: »Das reicht jetzt, schließlich wollen wir keinen Leistungssport betreiben. Bist du bereit für ein paar Zweierübungen?«

Die Türglocke schlug an. »Mist«, meinte Joan. »Zieh dir schnell etwas über und wimmel sie ab.«

»Bin schon unterwegs«, erklärte das Mädchen.

(Wie sehen wir heute aus, Eunice? Gefallen dir die Titten langsam?) (Wir haben schon mehr als die Hälfte geschafft. Noch eine gute Woche, und wir können zufrieden sein.)

»Miss Joan, es sind Dr. Garcia und Mr. Salomon.«

»Oh. Na schön, ich ziehe mich trotzdem nicht an, wir sind schließlich mit den Übungen noch nicht fertig. Gib mir ein Nachthemd – nein, nicht das durchsichtige, das andere. Das müßte doch gehen, oder?«

»Ich glaube schon. Darin siehst du wenigstens nur halbnackt aus.«

»Wer hat mir denn beigebracht, mich so anzuziehen. Winnie?« (Ich war das!) (Klar, Eunice, aber sie glaubt doch, sie wäre für alles verantwortlich.) »Sag den Gentlemen bitte, daß ich gleich komme.«

Miss Smith trug Lippenstift auf und entschied dann, daß weitere Verschönerungsmaßnahmen nicht nötig waren. Sie bürstete rasch über das noch immer zu kurze Haar und betrachtete sich dann im Spiegel.

Ihrer Meinung nach rief das teilweise durchscheinende Négligée genau den gewünschten Effekt hervor – lediglich die obere Partie wirkte noch zu brav. Sie hob den Stoff hoch und bemalte die Warzenhöfe mit Lippenstift.

Zufrieden mit ihrer Erscheinung – (Boß, wir sehen aus wie eine hochpreisige Nutte.) (Sehr hochpreisig, hoffe ich. Stört es dich?) (Keineswegs, das sollte ein Lob sein.) – ging sie in ihr Schlafgemach. »Guten Morgen, Doktor. Hallo, Jake. Wollen Sie nicht Platz nehmen? Kaffee? Oder etwas altes Rattengift aus Kentucky?«

»Kaffee«, meinte Salomon. »Du siehst bezaubernd aus, meine Liebe.«

»Alter Charmeur. Ich habe trainiert und rieche wie ein Pferd.«

»Höchstens wie ein kleines Pony. Aber ich kann ja die Lüftung aufdrehen. Joan Eunice, Dr. Garcia möchte dich untersuchen.«

»Wirklich? Was stimmt denn nicht? Ich fühle mich prächtig – abgesehen davon, daß ich nicht nach draußen darf.«

»Dr. Garcia glaubt, wir könnten deswegen etwas unternehmen. Joan Eunice, wir waren übereingekommen, es wäre nicht besonders klug, vor Gericht zu erscheinen, solange du nicht in jeder Hinsicht wieder einsatzfähig bist. Dr. Garcia hält es für möglich, daß dieser Zeitpunkt jetzt gekommen ist.«

»Oh. Das ist natürlich sehr erfreulich. Sollen wir in mein Ankleidezimmer gehen, Doktor? Komm mit, Winnie. Jake, das Wall Street Journal liegt dort drüben.«

Sobald sie im anderen Raum waren, fragte Joan: »Soll ich mich auf den Massagetisch legen, Doktor?«

»Ist nicht nötig. Im Grunde ist diese Untersuchung nur eine Formalität. Es genügt völlig, wenn ich sie kurz mit dem Stethoskop abhöre.«

Als Dr. Garcia die Untersuchung beendet hatte, fragte er: »Gibt es irgendwelche Beschwerden?«

»Keine Spur. Ich fühle mich stark genug, um mit einem Bären zu ringen.«

»Ja, das entspricht auch meiner Untersuchung. Trotzdem mache ich mir Sorgen.«

»Weshalb?«

»Weil Ihr Fall einzigartig ist. Ich weiß praktisch nicht mehr darüber als Sie selbst. Joan, als Sie dieses Haus als Mr. Smith verließen, hätte ich nicht erwartet, Sie lebendig wiederzusehen. Als Sie dann das Bewußtsein wiedererlangten, taten Sie mir leid, weil ich glaubte, Sie würden für immer gelähmt bleiben. Und jetzt sind Sie anscheinend gesund und munter.«

»Weshalb nur ›anscheinend‹, Doktor?«

»Ich weiß es selbst nicht. Wir wissen generell noch wenig über Transplantationen, und über Gehirntransplantationen schon gar nichts. Wissen Sie, von der nötigen Vorsicht einmal abgesehen, gab es in den letzten zwei Wochen keinen Grund, Sie zu beobachten. Ihr Gesundheitszustand ist nicht schlechter als der jeder beliebigen anderen jungen Frau Ihres biologischen Alters, wie etwa Winnie hier.«

Er zuckte die Achseln. »Von Ihnen beiden scheinen Sie sogar besser in Form zu sein. Trotzdem würde ich darauf wetten, daß Winnie eine normale Lebenserwartung hat – während es für Sie keinerlei statistische Werte gibt, weil Sie ein einzigartiger Fall sind. Ich will Ihnen jetzt wirklich keine Angst einjagen, aber ohne Fakten kann ich keine Prognose stellen.«

»Doktor«, antwortete sie ruhig. »Sie sagen, dieser Körper könnte das Gehirn abstoßen – oder umgekehrt, was auf das Gleiche hinausliefe. Oder ich könnte plötzlich und ohne besonderen Anlaß an Herzversagen sterben. Das ist mir bekannt. Ich habe eine Menge über Transplantationen gelesen, als ich noch Johann Smith war. Es macht mir keine Angst. Wenn es passiert – nun, ich hatte einen wunderbaren Urlaub von all den Plagen und Lasten des Alters.« Sie lächelte glücklich. »Es ist so, als ob man stirbt und in den Himmel kommt – und selbst ein paar Wochen im Himmel können einem wie die Ewigkeit erscheinen.«

»Ich bin sehr froh, daß Sie es so philosophisch betrachten.«

»Nicht ›philosophisch‹, Doktor. Ich genieße jede einzelne Sekunde durchaus auch körperlich.«

»Nun … jedenfalls bin ich froh, daß Winnie bei Ihnen bleibt, und ich hoffe, Sie behalten sie recht lange bei sich …«

»Solange, wie sie bleiben will. Für immer, hoffe ich.«

»… denn andernfalls müßte ich mir Sorgen machen. Winnie kann im Notfall alles tun, was ich auch tun würde. Sie hat alles Nötige hier und kann damit umgehen. Also gut, meine Liebe, dann können wir den Sender jetzt abnehmen. Es ist nicht nötig, Sie weiterhin zu überwachen. Schwester, Alkohol und Verbandsstoff, bitte.«

»Ja, Doktor.«

Dr. Garcia entfernte den winzigen Sender. »Es ist nur eine kleine Wunde, und bei Ihrer erstaunlichen Regenerationsfähigkeit wird sie sich nach einem Tag schon geschlossen haben. Allerdings wird mir mein morgendliches Filmprogramm fehlen.«

»Sir?«

»Ich nehme nicht an, daß es Ihnen jemand mitgeteilt hat, aber ich habe die Bildschirme jeden Morgen überwacht, während Sie Ihre Übungen absolviert haben. Ich hatte eigentlich erwartet, daß Pulsschlag oder Atmung gefährliche Werte erreichen, doch nichts dergleichen. Alles blieb völlig im normalen Bereich.«

»Nun, wir haben ja auch nicht ernsthaft trainiert. Nur ein bißchen Joga.«

»Ich würde Joga nicht unbedingt zu den leichten Übungen zählen.«

»Ich wollte damit sagen, daß Joga etwas anderes ist als Hundertmeter-Lauf oder Gewichtheben. Wir haben lediglich die Standardübungen gemacht – außer Kopfstand natürlich. Mir ist schon klar, daß ich Ersatzteile im Schädel habe.«

»Trotzdem ist es wirklich bemerkenswert, wie gut Sie mit Ihrem neuen Körper zurecht kommen.«

»Doktor, Mr. Salomon wird sich um Ihr Honorar und Ihre Auslagen kümmern, aber ich möchte Ihnen auch noch etwas zukommen lassen, gewissermaßen als Ausdruck meiner Wertschätzung.«

Er schüttelte den Kopf. »Ein Arzt sollte nicht mehr als sein Honorar annehmen ... und ich versichere Ihnen, meins ist ausgesprochen hoch.«

»Trotzdem«, erklärte sie und streifte ihr Nachthemd ab. »Winnie, dreh dich bitte um, Liebes.« Sie warf sich in seine Arme und hob ihr Gesicht, um sich küssen zu lassen.

Er zögerte einen kurzen Moment, legte dann die Arme um sie und küßte sie.

Schließlich löste er sich wieder von ihr, bückte sich, hob ihr Nachthemd auf und reichte es ihr. Sie streifte es lächelnd über.

»Hm. Ich glaube, ich kann wirklich bestätigen, daß Sie sich in ausgezeichneter körperlicher Verfassung befinden. Aber mir scheint, Mr. Salomon wartet.«

»Sagen Sie ihm bitte, ich käme gleich.«

Joan wartete, bis sich die Tür hinter ihm geschlossen hatte, stürzte sich in Winnies Arme und kicherte an ihrer Schulter: »Winnie, hast du dich auch umgedreht? Oder hast du geblinzelt?«

»Ich habe mich umgedreht, aber ich konnte im Spiegel alles beobachten. Wau!«

»Ja, wirklich! Nun weiß ich wenigstens, wie das ist. Ich fühle mich jetzt auch nicht mehr ganz so jungfräulich.«

»Ist er gut? Es sah jedenfalls so aus.«

»Ich weiß nicht, ich habe doch keine Vergleichsmöglichkeiten. Wenn Jake mich küßt, dann eher auf onkelhafte Weise. Und du bist ein Mädchen. Der Doktor ist der erste Mann, der mich richtig geküßt hat. Ich bin jetzt noch völlig verwirrt. Hast du ihn nie geküßt?«

»Ihn? Joan, wenn ich einer der Schwestern davon erzählte, würde mir das keine glauben. Dr. Garcia tätschelt einem nicht mal den Hintern. Er nörgelt immer bloß.«

»Meinen Hintern hat er getätschelt. Glaube ich jedenfalls. Ich war etwas durcheinander.«

»Ich weiß, daß er es getan hat, ich hab's schließlich gesehen und konnte es kaum glauben.«

»Ich bitte um Ruhe, oder ich lasse den Saal räumen. Ruhe! Mr. Train, darf ich Ihre Einlassungen dahingehend interpretieren, daß Miss Smith – diese junge Dame, auf die ich zeige – nicht mit Johann Sebastian Smith identisch ist?«

»Ich behaupte nichts, Herr Vorsitzender. Ich stelle nur fest, daß dem Gericht keine eindeutigen Beweise vorgelegt wurden, daß die fragliche Person, auf die Sie eben zeigten, Johann Sebastian Smith ist. Ich stelle ferner fest, daß die Frage der Zurechnungsfähigkeit nicht verhandelt werden kann, bis ein zweifelsfreier Identitätsbeweis erbracht wird.«

»Mr. Train, versuchen Sie dieses Gericht in Verfahrensfragen zu unterweisen?«

»Oh, keineswegs!«

»Es hörte sich so an. Darf ich Sie daran erinnern, daß dieses Gericht heute zu einer Sitzung zusammengetreten ist, bei der nach den Grundsätzen des Billigkeitsrechts lediglich über das Fortbestehen oder die Aufhebung einer Vormundschaft zu befinden ist? Da es sich also nicht um ein Verfahren nach dem Zivilrecht handelt, ist das Gericht frei, diejenige Verfahrensweise zu wählen, die es für richtig hält.«

»Selbstverständlich, Herr Vorsitzender. Im Namen meiner Mandanten muß ich jedoch dagegen protestieren, daß die Frage der Zurechnungsfähigkeit durch einen Verfahrenstrick von der Frage nach der tatsächlichen Identität des Mündels abgetrennt wird.«

»... da ich der fortgesetzten Unruhe auf den Zuschauerbänken überdrüssig bin, lasse ich den Saal räumen. Gerichtsdiener, ich bitte um Veranlassung. Die beteiligten Anwälte und ihre Mandanten werden sich in mein Beratungszimmer zurückziehen, um gemeinsam mit mir eine Klärung dieser albernen Streitfrage herbeizuführen.«

»Jake, dieses Ding ist gut! Wenn ich nicht ich bin, dann bin ich mittel- und obdachlos. Du wirst mich heiraten müssen, wenn du nicht willst, daß ich ein Fall für die Wohlfahrt werde.«

»Johann, laß dieses Gefasel. Die Sache ist ernst.«

Richter MacCampbell führte sie in einen mit Ledersesseln und Teppichen behaglich eingerichteten Raum, der an das Foyer eines kleinen Hotels erinnerte. Er sah sich um.

»Mmm ... Jake, Ned, Miss Smith, Alec, Mrs. Seward, Mrs. Frabish, Sie sind Mrs. Crampton, nicht wahr? Und Mrs. Lopez. Mr. Parkinson, wie sind Sie hier hereingekommen?«

»Amicus curiae, Herr Vorsitzender.«

»Sie sind kein Freund dieses Gerichts und gehören nicht hierher.«

»Aber ...«

»Wollen Sie diesen Raum freiwillig verlassen, oder wollen Sie lieber hinausgeworfen werden?«

Parkinson zog es vor, zu gehen. Als er die Tür hinter sich geschlossen hatte und die anderen ihre Plätze einnahmen, sagte der Richter: »Sperling, stellen Sie das Aufnahmegerät so ein, daß ich es nach Bedarf ein- und ausschalten kann; dann dürfen Sie gehen. Alec, du siehst aus, als wolltest du Einwände machen.«

»Ich? Oh, keineswegs. Ich muß aber im Interesse meiner Mandanten bemerken, daß ich gegen eine etwaige Verwendung dieser Tonaufzeichnung in einem späteren Verfahren Einspruch erheben werde.«

»Du bist ein lästiger Mensch, Alec. Nun, wir werden uns einen Weg durch den Nebel bahnen, der diese alberne Geschichte einhüllt.« Der Richter trat zu einer Schankbar in der Ecke. »Alec? Gin-Tonic wie üblich?«

»Ja, danke.«

»Oh, ich habe die Damen vergessen, Mrs. Seward? Etwas Alkoholisches? Oder Kaffee? Diese Maschine macht auch Tee, wenn ich mich erinnern kann, welche Knöpfe ich zu drücken habe. Und wie ist es mit Ihrer Schwester? Und Ihren Kusinen? Miss Smith? Ich erinnere mich, was Sie früher im Gibraltar-Klub zu bestellen pflegten. Ist Ihr Geschmack noch derselbe?«

(Vorsicht, Boß! Die Frage ist geladen!) (Nicht gleich nervös werden, Eunice.) »Mit meinem neuen Körper hat sich auch mein Geschmack in mancher Hinsicht geändert. Aber ich erinnere mich noch gern an Glen Grant mit Zitrone und Eis. Seit meine Ärzte damals solchen Genüssen ein Ende machten, habe ich allerdings nicht mehr von Getränken dieser Art gekostet. Und weil dies eine Anhörung ist, bei der über meine Zurechungsfähigkeit befunden werden soll, werde ich mich mit Kaffee zufriedengeben. Oder mit Cola, wenn Ihre Maschine das im Repertoire hat.«

Richter Mac Campbell rieb seine Nase. »Alec, dein Einwand von vorhin scheint in der Tat begründet. Ich bin nicht sicher, ob wir dies zu einer Anhörung über die Frage der Zurechnungsfähigkeit machen können, solange die Angelegenheit mit der Identität nicht geklärt ist. Miss Smith, Jake könnte Ihnen das über Glen Grant mit Zitrone gesagt haben. Die Idee, daß Johann Smith Cola bestellt, erschüttert mich jedenfalls zutiefst.«

Joan lächelte ihn an. »Ich weiß – es paßt nicht ins Bild, wenn ich Johann Smith bin. Bin ich es aber nicht, so bin ich auch nicht ein Mündel des Gerichts und sollte nicht hier sein. Ist das nicht richtig?«

MacCampbell blickte noch nachdenklicher drein. »Jake, willst du deiner Klientin nicht zur Vorsicht raten? Sie haben eben den wunden Punkt berührt, Miss Smith. Ich wünschte, ich wüßte, wer und was Sie sind; das ist die Frage, die wir zu beantworten haben. Aber Sie sollen Ihre Cola haben. Alec, nimm die Bestellungen von deinen vier Damen entgegen und bediene sie. Jake und Ned, ihr bedient euch selbst. So geht es schneller ... Alec und ich haben morgen früh eine Verabredung mit einigen Fischen in Neuschottland, und ich will mich auspeitschen lassen, wenn ich sie wegen einer überraschenden Wendung in dieser Anhörung warten lasse. Alec, verdammt sei deine irische Seele, ziehst du die Identität dieser jungen Dame ernstlich in Zweifel?«

»Nun – Mac, wirst du von Ungebühr vor Gericht reden, wenn ich sage, daß deine Frage nicht angemessen formuliert ist?«

MacCampbell seufzte. »Meine Dame, schenken Sie ihm keine Beachtung. Er war mein Zimmergenosse im College und macht mir das Leben schwer, wann immer er in mein Gericht kommt. Eines Tages werde ich ihm dreißig Tage zum Überdenken geben – und morgen früh wird er zufällig über meinen Fuß in sehr kaltes Wasser stolpern.«

»Tue das, Mac, und ich werde dich verklagen. In Kanada.«

»Ich weiß, daß er Ihr Zimmergenosse war, Richter«, sagte Joan Eunice. »Das war im Dartmouth College, nicht wahr? Wenn Mr. Train es wünscht und Sie nichts dagegen haben, wäre ich bereit, alle Fragen, die er zur Aufklärung meiner Identität stellen möchte, zu beantworten.«

Mrs. Seward sagte mit schriller Stimme: »Das ist nicht die

richtige Art und Weise, so etwas anzupacken! Zuerst müssen Sie die Fingerabdrücke von dieser – dieser Betrügerin nehmen, und ...«

»Mrs. Seward!«

»Ja, Richter? Ich wollte gerade sagen ...«

»Schweigen Sie!«

Mrs. Seward schwieg, und MacCampbell fuhr fort: »Mrs. Seward, wenn es mir gefällt, dieser Anhörung einen ungezwungenen äußeren Rahmen zu geben, dann sollten Sie daraus nicht folgern, daß dies keine ordentliche Gerichtssitzung sei. Ihr Tonfall und die Art Ihres Auftretens zwingen mich, Sie zur Ordnung zu rufen. Wenn Sie eigene Vorschläge zu machen haben, rate ich Ihnen, sie zuvor mit Ihrem Anwalt abzusprechen.«

»Aber ich wollte nur sagen, daß ...«

»Mrs. Seward«, sagte Alec Train, »bitte seien Sie still. Sie sind nur als Zeugin hier, bis diese Frage der Identität geklärt ist. In dieser Funktion haben Sie nur auf Fragen des Richters zu antworten. Ich bitte um Entschuldigung, Mac. Ich habe meine Mandantinnen vor der Verhandlung instruiert. Wenn Mrs. Seward nicht gewillt ist, sich zu beherrschen, muß ich um die Erlaubnis bitten, mein Mandat niederzulegen.«

MacCampbell schüttelte seinen Kopf und grinste. »Nichts da, Alec. Du hast sie gebracht, und du bleibst da – wenigstens, bis diese Sitzung beendet ist. Jake? Ist Ned noch immer dein Strohmann, oder willst du für dich selbst sprechen?«

»Oh, ich glaube, wir können beide von Zeit zu Zeit das Wort ergreifen, ohne einander ins Gehege zu kommen.«

»Gut. Redet, wenn ihr etwas zur Sache beizutragen habt. Alec, ich habe nicht den Eindruck, daß wir heute weiterkommen werden. Was meinst du?«

Alec Train zuckte die Achseln. Joan sagte: »Warum nicht, Mr. MacCampbell? Ich bin hier, ich bin bereit. Sie können mir jede Frage stellen. Lassen Sie das Streckbett und die Daumenschrauben bringen – ich werde reden.«

Der Richter rieb wieder seine Nase. »Miss Smith, manchmal denke ich, daß meine Vorgänger nicht gut beraten waren, als sie solche Werkzeuge ächteten. Ich glaube, ich kann zu meiner eigenen Zufriedenheit klären, ob Sie die Johann Sebastian Smith genannte Person sind oder nicht. Aber so einfach ist es nicht. In einem gewöhnlichen Feststellungsverfahren würde Mrs. Sewards Vorschlag, Fingerabdrücke zu nehmen, zweckmäßig sein. Hier nicht. Alec? Räumen deine Mandantinnen ein, daß das Gehirn ihres Großvaters in einen anderen Körper verpflanzt wurde?«

»Ich bin instruiert, nichts dergleichen einzuräumen.«

»So? Welches ist deine Theorie?«

»Ich gehe davon aus, daß Johann Sebastian Smith vermißt und mutmaßlich tot ist. Wir nehmen die Position ein, daß die Beweislast bei dem liegt, der Joahnn Sebastian Smith zu sein behauptet.«

»Jake?«

»Was die Beweislast angeht, so kann ich dieser Auslegung nicht folgen. Aber mein Klient Johann Sebastian Smith – der zugleich mein Mündel ist – befindet sich hier im Raum, und ich zeige auf sie. Ich kenne sie als die fragliche Person. Wir beide sind bereit, uns in jeder zweckdienlichen Weise zu ihrer Identität befragen zu lassen, um das Gericht zu überzeugen?«

»Jake, das klingt ein wenig dünn. Miss Smith, fällt Ihnen etwas ein, was Johann Smith und ich wissen würden und das ich nachprüfen könnte – ohne daß Jake Salomon Sie darüber instruiert haben könnte?«

»Oh, das ist sehr schwierig.«

»Das ist es. Aber für mich wäre die Alternative heute, Sie für eine sorgfältig instruierte Betrügerin zu halten und Sie in die Hoffnung, daß Sie sich verheddern werden, endlos zu verhören. Das will ich nicht tun, und ich sehe auch keinen Anlaß dazu. Die Frage der Identität wird letztlich nur aufgrund schlüssiger Beweise, die ebenso überzeugend sind wie Fingerabdrücke, in Ihrem Sinne entschieden werden können. Und da Sie Johann Sebastian Smith zu sein behaupten – in diesem Punkt muß ich mich Alecs Auffassung anschließen –, obliegt es allein Ihnen, für diese Behauptung den Beweis zu liefern. Sie sehen das ein, nicht wahr?«

»Ja, ich sehe es ein; aber ich sehe nicht ganz, wie.« Sie breitete lächelnd ihre Hände aus. »Meine Fingerabdrücke und alles an mir, das sichtbar ist, gehören zum Körper der Spenderin.«

»Ja, gewiß. Aber wie ich sagte, beweispflichtig sind Sie, und es ist nicht meine Aufgabe, Sie zu beraten. Ich habe nur zu entscheiden, ob die vorgelegten Beweise stichhaltig sind.«

»Ähem!«

»Ja, Jake?«

»Richter, im Interesse meiner Klientin kann ich nicht zugestehen, daß für die Identifizierung nur physiologische Beweise relevant sein sollen. Die Frage lautet: Ist dies das Individuum, das unter der Nummer 551-20-0052 im amtlichen Einwohnermeldeverzeichnis registriert und der Welt als Johann Sebastian Smith bekannt ist? Und ich möchte mir den Hinweis erlauben, daß die Entscheidung in Sachen Henry M. Parson von Rhode Island auch in diesem Fall Berücksichtigung finden sollte.«

MacCampbell sagte sanft: »Jake, du bist viel älter als ich, und wahrscheinlich sind deine Kenntnisse gründlicher als die meinen. Selbstverständlich ist der Fall Parsons in diesem Zusammenhang als relevant anzusehen; wir werden noch darauf zurückkommen. Ich habe nie behauptet, daß allein physiologische Identitätsmerkmale beweiskräftig seien. Aber bisher habe ich hier nur Aussagen gehört, mit denen ich nicht viel anfangen kann. Nun, Miss Smith?«

»Mr. MacCampbell, es kümmert mich nicht, ob ich identifiziert werde oder nicht – oder doch nicht so sehr.« Sie lachte plötzlich hell auf und blickte zu ihren Enkelinnen. »Darf ich eine irrelevante Bemerkung an diese vier Damen richten, Sir?«

»Wenn Sie Scherze machen wollen, dann warten Sie lieber, bis wir diese Sitzung abgeschlossen haben. Oder gehört diese Bemerkung zur Sache?«

»Das will ich meinen.«

»Dann reden Sie.«

»Ich danke Ihnen, Sir. Johanna, Marla, June, Ellinor – hört mich an. Seit mehr als zwanzig Jahren wartet ihr auf meinen Tod. Nun hofft ihr, daß sich ein Gericht finden wird, das euren Großvater für vermißt und tot erklären wird. Mädchen, ich möchte euch wünschen, daß ihr damit durchkommen werdet ... denn ich kann kaum erwarten, eure Gesichter zu sehen, wenn mein Testament verlesen wird.« (Du hast sie erschossen, Boß! Sieh dir diese Gesichter an!) (Still, Eunice!)

»Ja, Alec?«

»Ich erhebe Einspruch. Dies ist völlig irrelevant?«

»Sagte ich nicht im voraus, daß es irrelevant sei?« sagte Joan schnell. »Wie auch immer, Mr. Train, Ihre Mandantinnen sollten lieber anfangen zu überlegen, wie sie mein Testament anfechten können, statt diesen Unsinn aufzuziehen.«

»Ich muß Sie zur Ordnung rufen, Miss Smith«, sagte MacCampbell. »Lassen Sie Ihren Scharfzüngigkeiten anderswo freien Lauf, aber nicht hier. Haben Sie sich inzwischen etwas ausgedacht, worin Jake Salomon Sie nicht unterwiesen haben kann?«

»Es ist schwierig. Jake kümmert sich seit bald einer Generation um meine Angelegenheiten. Ich habe eine Idee, Sir, nur weiß ich nicht, ob Sie sie überzeugend finden würden. Würden Sie mir Ihre Hand geben?«

»Eh?«

»Am besten unter dem Tisch, oder so, daß niemand außer Mr. Train zusehen kann.«

Mit einem verwunderten Blick folgte der Richter ihrer Aufforderung. Dann sagte er: »Ich will gehenkt sein! Miss Smith, geben Sie Alec die Hand.«

Joan tat es, wieder unter dem Tisch. Mr. Train blickte überrascht auf. »Was meinst du. Mac?«

MacCampbell sagte: »Miss Smith, Jake Salomon kann Ihnen das nicht beigebracht haben,«

»Fragen Sie ihn. Meines Wissens war er nie in einer Loge.«

»Natürlich war ich nie in einer Freimaurerloge«, grollte Salomon. »Ich hatte nicht das Verlangen, in einem antisemitischen Zirkel das jüdische Feigenblatt zu sein. Aber was soll das?«

Alec Train sagte: »Nun, es scheint, daß Miss Smith des Richters und mein Logenbruder ist. Logenschwester, sollte ich vielleicht sagen, aber das ist nicht gut möglich. Mac, es ist sehr einfach, diese Sache mit Johann Smith und Jake Salomon nachzuprüfen. Auf den ersten Blicke finde ich die Idee überzeugend.«

»Vielleicht kann ich sie noch erweitern«, sagte Joan. »Mr. Train – Bruder Alec –, selbstverständlich sollten Sie der Sache nachgehen. Aber sehen Sie im Archiv unter ›Schmidt‹ und nicht unter ›Smith‹ nach, da ich meinen Namen erst im Jahr sechsundfünfzig änderte. Ich nehme an, Sie wissen beide von unserem Hilfsfonds?«

»Ja.«

»Gewiß, Miss Smith.«

»Nun, ich verwaltete diesen Fonds in der Zeit zwischen den Jahren dreiundsiebzig und sechsundneunzig, als ich mich von den meisten Aktivitäten zurückzog. Mr. MacCampbell, wenn ich mich recht entsinne, erhielten Sie im Frühjahr achtundachtzig einen Betrag von fünfzehnhundert Dollar aus Mitteln des Fonds.«

»Eh? Ja, das ist richtig. Aber ich zahlte ihn später zurück.«

Joan nickte. »Das ist mir bekannt. Ich war ein strenger Verwalter und bewilligte niemals ein Darlehen, wenn nicht eine echte Notlage vorlag. Soll ich die Umstände erläutern, die mich bewogen, Ihre Anleihe zu befürworten?«

Der Richter zwinkerte irritiert. »Sie können darauf verzichten, Miss Smith, wenigstens jetzt. Alec kennt sie.«

»Ja«, sagte Train. »Ich hätte ihm das Geld selbst geliehen, wenn ich welches gehabt hätte.« (Was für eine Geschichte ist das, Boß?) (Ein Fall von unerwünschter Schwangerschaft.) (Und das Geld war für eine Abtreibung?) (Nein, nein – er heiratete das Mädchen.)

»Ich sehe keinen Grund, den Fall zu diskutieren«, sagte

Miss Smith. »Ich erwähnte ihn nur, weil es außer Johann Smith und Ihnen niemanden geben dürfte, der davon weiß. Schließlich liegt die Sache bald dreißig Jahre zurück.«

»Genauso habe ich es verstanden«, sagte MacCampbell. »Also, ich bin jetzt bereit, eine Entscheidung zu treffen – eine einstweilige und vorsichtige Entscheidung. Meine Damen und Herren, ich bitte um Ihre Aufmerksamkeit.«

Richter MacCampbell legte seine Fingerspitzen zusammen und blickte in die Runde.

»Dieses Gericht findet den Beweis Ihrer Identität, den Sie in dieser Anhörung vorgebracht haben, überzeugend. Daher anerkennen wir vorläufig, daß Sie Johann Sebastian Smith sind.

Wir kommen nun zum Fall Parsons. Nachdem der Oberste Gerichtshof entschieden hat, daß die Frage von Leben oder Tod allein vom Vorhandensein oder von der Abwesenheit der Gehirntätigkeit abhängig zu machen ist, entscheidet dieses Gericht jetzt, daß die Identität folgerichtig dem Gehirn innewohnen muß, und keinem anderen Körperteil. In der Vergangenheit war es nie notwendig, darüber zu entscheiden; jetzt ist es notwendig geworden.

Nun, Mr. Salomon, hat dieses Gericht formell festzustellen, daß die Beweislast auf Ihnen und Ihrem Klienten ruht. Zu einem späteren Zeitpunkt müssen Sie in der Lage sein, zweifelsfrei zu beweisen, daß Johann Sebastian Smiths Gehirn aus seinem Körper entfernt und in diesen Körper verpflanzt wurde.« MacCampbell zeigte auf Joan, dann fuhr er fort: »Miss Johann Sebastian Smith, Gegenstand der vorangegangenen Entscheidung, Sie sind derzeit ein Mündel unter der Vormundschaft des Gerichts, die bisher treuhänderisch vom gerichtlich bestellten Vormund, Mr. Jacob Salomon, ausgeübt worden ist. Sie wurden seinerzeit unter Vormundschaft gestellt, weil Sie nach einem operativen Eingriff nicht imstande waren, Ihre Geschäfte eigenverantwortlich zu führen. Andere Gründe lagen nicht vor. Nachdem dieses Gericht sich durch eigenen Augenschein davon überzeugen konnte, daß Sie sich eines normalen Wohlbefindens zu erfreuen scheinen und sich während dieser Anhörung immer wach und geistig regsam zeigten, beschließt dieses Gericht die Aufhebung der Vormundschaft und entlastet Mr. Salomon von seiner Verantwortlichkeit als Vormund. Seine Verantwortlichkeit als Vermögensverwalter über das Eigentum von Johann Sebastian Smith besteht weiter, bis ein positiver Identitätsnachweis erbracht werden kann. Bis dahin ist Miss Johann Sebastian Smith nicht berechtigt, Vermögensanteile jeglicher Art zu verkaufen, zu verschenken oder sonstwie zu veräußern. Der Vermögensverwalter ist gehalten, sein Augenmerk auf die Konservierung des vorhandenen Besitzstandes zu richten und nach dem allfälligen Erlöschen seiner Funktion vor diesem Gericht Rechenschaft über seine Tätigkeit abzulegen. Diese Entscheidungen sind ab sofort rechtswirksam. Ich erkläre die Sitzung für geschlossen.«

MacCampbell griff zu seinem Whiskyglas und ließ sich in seinen Sessel zurücksinken. »Was gibt es, Alec?«

»Ich bitte, einen Einwand ins Protokoll aufzunehmen.«

»Mit welcher Begründung?«

»Ich beanstande das Fehlen von Expertengutachten über Miss Smith Geschäftsfähigkeit.«

»Hast du Gutachter, die bereit sind, sie zu untersuchen?«

»Selbstverständlich.«

»Jake?«

»Gewiß.«

»Wie viele?«

»Einen mehr als Alec hat, egal wie viele er aufbietet.«

»Die Menge macht es nicht, Jake, und wenn wir jetzt anfingen, Experten herbeizurufen und jedem von ihnen Gelegenheit gäben, mit seinem wissenschaftlichen Ego zu prunken, dann würden diese Fische in Neuschottland an Altersschwäche eingehen. Bleib auf dem Boden, Alec. Keine Expertengutachten waren notwendig, um die Geschäftsunfähigkeit dieser Person festzustellen; der Zustand andauernder Bewußtlosigkeit genügte diesem Gericht damals, einen Vormund zu bestellen. Dieser Zustand existiert nicht länger.

Alec, dein Einwand wird zu Protokoll genommen, aber ich erkläre dir dazu, daß deine Auffassung, es seien Expertengutachten notwendig, nicht hinreichend fundiert ist und vom Gericht nicht geteilt wird. Wenn du auf der Notwendigkeit der Beiziehung von Experten beharren willst, dann wirst du sie beweisen müssen – und diesmal wird die Beweislast bei dir liegen. Deine Mandantinnen werden mehr vorzeigen müssen als eine große Unschuld, beträchtliche Geldsummen in ihre Hände zu kriegen. Das Gesetz billigt jeder Person unbesehen die volle Geschäftsfähigkeit zu – dir, mir und Jake ebenso wie der analphabetischen Putzfrau, die diesen Raum säubert. Dieses Gericht wird nicht den schlechten Präzedenzfall schaffen, die Geschäftsfähigkeit einer Person ohne schwerwiegende Gründe zu beschneiden. Immerhin, Jake ...«

»Ja?«

»Wir alle wissen, worum es bei dieser Anhörung wirklich geht. Um Geld. Viel Geldl. Du könntest Miss Smith beizeiten erklären, daß ihre Geschäftsfähigkeit zu einem späteren Zeitpunkt Gegenstand erneuter Herausforderungen werden könnte.«

»Wir sind darauf vorbereitet.«

»Und in der Identitätsfrage werden absolut stichhaltige, positive Beweise vonnöten sein. Wie war der Name dieses Chirurgen? Boyle? Seine und die Aussagen der anderen an der Operation beteiligten Ärzte werden sicherlich eine wichtige Rolle spielen. In der Hauptverhandlung werde ich nichts als selbstverständlich annehmen, noch werde ich irgendwelche Abmachungen erlauben. Es steht zuviel auf dem Spiel, und ich habe nicht die Absicht, mich von einer höheren Instanz desavouieren zu lassen. Alec, wenn du die Geschäftsfähigkeit bestreiten willst, wirst du bis dahin warten und gewichtige Gründe für deinen Antrag anführen müssen. Bist du damit zufrieden?«

»Ich werde es wohl sein müssen.«

Mrs. Seward stand mit rotem Gesicht auf und sagte zu Alec Train: »Sie sind gefeuert!«

MacCampbell sagte kalt: »Mrs. Seward, betrachten Sie sich als glücklich, daß Sie diesen Ausbruch bis nach Ende der Sitzung aufgespart haben. Sie können jetzt gehen. Auch die drei anderen Damen sind frei, die Räume des Gerichts zu verlassen.«

Als sie aufstand, sagte Johanna Sewards Schwester June: »Sir, darf ich eine Frage stellen?«

»Gewiß, Mrs. Frabish.«

»Sie haben diese Person freigelassen – das ist in Ordnung, ich will nicht kritisieren. Aber wollen Sie ihr gestatten, in meines Großvaters Haus zu leben? Ich denke, Sie sollten wissen, daß es mit wertvollen Kunstschätzen geradezu überladen ist. Was soll sie daran hindern, es auszuräumen, während wir mit der Erbringung des Beweises beschäftigt sind, daß sie nicht unser Großvater sein kann?«

»Oh, Mrs. Frabish, ich bin überzeugt, daß Mr. Salomon als Rechtsanwalt die Pflichten und Verantwortlichkeiten eines Vermögensverwalters und -konservators kennt. Wie auch immer – Jake, es wäre ratsam, ein Verzeichnis der Kunstgegenstände anzulegen und ihren Marktwert von einem unabhängigen Kunstexperten schätzen zu lassen. Ferner würde ich empfehlen, die Verbringung jeglicher Gegenstände von künstlerischem oder sentimentalem Wert aus dem Haus zu verhindern, solange eine endgültige Gerichtsentscheidung aussteht.«

»Kein Problem. Da ich ohnedies den Haushalt überwachen muß, habe ich bisher einen großen Teil meiner Zeit dort verbracht und kenne mich mittlerweile ziemlich gut aus. Ich werde einen Experten berufen und den Chef von Johannes Bewachermannschaft instruieren.«

»Darf ich etwas fragen, Sir?«

»Bitte sehr – Miss Smith.«

»Ich bitte meinerseits um Schutz vor Übergriffen. June weiß nicht, was für Kunstgegenstände ich besitze. Nicht eine von ihnen war in meinem Haus, seit es erbaut wurde. Während meiner langen Krankheit und Invalidität dachte nicht eine von ihnen daran, mich zu besuchen, anzurufen oder Blumen zu schicken. Genauso war es während meiner Rekonvaleszenz nach der Operation. Dagegen erfuhr ich, daß Johanna – Mrs. Seward – sich unmittelbar nach meiner Operation, als ich bewußtlos in der Klinik lag, Zutritt in mein Haus zu verschaffen suchte. Ich traue ihnen nicht; ich erbitte den Schutz des Gerichts.«

»Jake?«

»Ich war nicht dort, aber ich hörte es vom Chef der Wachmannschaft.«

»Mrs. Seward?«

Sie rümpfte die Nase. »Ich war vollkommen im Recht! Ich bin die nächste lebende Verwandte.«

»Ich verstehe. Nun, meine Damen, hören Sie gut zu, bevor Sie gehen. Sie werden sich aller Besuche im Privathaus, in den Betrieben und sonstigen Liegenschaften Johann Sebastians Smiths enthalten, bis eine endgültige Gerichtsentscheidung ergangen sein wird. Sie werden ferner keine Versuche unternehmen, diese junge Dame, die ich ›Miss Smith‹ genannt habe, zu sehen oder zu sprechen. Wenn Sie mit ihr oder mit dem gerichtlich bestellten Vermögensverwalter zu sprechen haben, dann werden Sie dies nur durch dieses Gericht oder durch Ihren Anwalt tun, und Ihr Beauftragter wird sich an Mr. Salomon und niemals an Miss Smith wenden. Dies ist eine richterliche Anordnung, deren Nichtbefolgen strafbar ist. Haben Sie mich verstanden? Gibt es dazu noch Fragen?«

MacCampbell wartete, dann fuhr er fort: »Sehr gut. Bitte gehen Sie jetzt.«

Der Richter blieb stehen, während sie hinausgingen. Als die Tür zufiel, seufzte er. »Puh! Miss Smith – oder sollte ich sagen ›Bruder Schmidt‹? – wollen Sie jetzt diesen Glen Grant? Das heißt, Glenlivet, ich habe keinen Glen Grant.«

Sie lächelte entschuldigend. »Wirklich, mit diesem neuen Körper habe ich noch nichts so Starkes ausprobiert. Jake und ich sollten jetzt gehen – Sie und Bruder Alec haben eine Verabredung mit den Fischen.«

»Oh, setzen Sie sich. Alec hat seine Ausrüstung in seinem

Wagen, der hier im Keller steht, und der Hubschrauber holt uns erst in ungefähr einer Stunde ab. Noch eine Cola?«

»Gibt es Sherry? Ein Glas Sherry macht mich auf eine sehr angenehme Weise beschwingt. Ich habe den Verdacht, daß meine Spenderin überhaupt nicht getrunken hat und ihr Körper nichts vertragen würde.«

»Sherry ist da. Jake? Ned? Alec? Ihr bedient euch selbst, ja? Ich möchte die Zeit nutzen und Bruder Schmidt anstarren. Ich werde Sie wahrscheinlich nicht wiedersehen, Miss Smith. Ihre Enkelinnen werden sicherlich versuchen, den Fall vor ein höheres Gericht zu bringen. Daß Sie Ihre Identität durch unsere gemeinsamen Logenbruderschaft zu beweisen suchten, war geradezu eine Einladung, mich wegen Befangenheit aus dem Verfahren zu katapultieren. Sie werden es nicht gewußt haben, aber der neue Anwalt Ihrer Enkelinnen wird die Gelegenheit beim Schopf ergreifen. Ich konnte nicht mehr tun, als Ihre Position während der Interimszeit ein wenig zu stärken.«

»Wofür ich Ihnen sehr dankbar bin, Sir. Es ist etwas Seltsames an dieser Geschlechtsumwandlung. Als ich ein gebrechlicher und hilfloser alter Mann war, fürchtete ich mich vor nichts. Nun bin ich jung und gesund und kräftig. Aber weiblich. Und zu meiner Überraschung finde ich, daß ich beschützt sein möchte.«

Alec Train, der an der Bar stand, sagte über seine Schulter: »Ich werde Sie beschützen, Bruder Schmidt! Trauen Sie Bruder MacCampbell nicht – im College war er der schlimmste Schürzenjäger, ein wahrer Wolf.«

»Beachten Sie ihn nicht, Bruder Schmidt. Er selbst zehrt nur von meinem angeborenen Gefühl für Diskretion.«

»Bruder Schmidt, ich gebe Ihnen einen guten Rat«, sagte Alec. »Halten Sie sich von ihm fern und lassen Sie sich von mir beschützen. Er war die Geißel der Studentinnenwohnheime. Habe ich erwähnt, wie glücklich ich bin, daß Mrs. Seward mir das Mandat entzogen hat? Ich wäre nie an diesen Fall geraten, hätte Mr. Parkinsons Schwiegermutter mich nicht gebeten, die Sache in die Hand zu nehmen. Und zuerst sah es wie ein rechtschaffener Fall aus, bei dem es galt, die Interessen eines Invaliden zu schützen, der zu krank war, sich selbst zu helfen.«

»Hören Sie nicht auf ihn, Bruder Schmidt«, riet der Richter. »Wenn er irgendwo einen Ambulanzwagen sieht, wittert er ein Geschäft und jagt hinterher. Dann und wann schiebe ich ihm eine legitime Rechtssache zu, bloß um den guten Namen unserer Loge zu schützen. Aber zurück zu dieser Indentitätsfrage. Bruder Schmidt, ich weiß nicht, über welche Gesetzeskenntnisse Sie verfügen ...«

»Nur über das, was im Laufe eines langen und schlechten Lebens abgefärbt hat. Ich hänge von Experten wie Jake ab.«

»Ich verstehe. Nun, Ihre Enkelinnen halten es wahrscheinlich für unzulässig und empörend, daß ich Ihnen helfe, Ihre Identität festzustellen. Das ist es nicht. Gewiß, in einem Zivil- oder Strafverfahren muß ein Richter unparteiisch sein. Sagen wir, er sollte es sein. Aber eine Sache wie die Feststellung der Identität einer Person ist anders gelagert. Die Situation ähnelt der eines Bürgers, der seinen Paß verloren hat und sich mit der Bitte um Hilfe an seinen Konsul wendet. Der Konsul sitzt auch nicht zu Gericht; er versucht die Dinge in Ordnung zu bringen. Also, Jake – du bist länger als ich im Fach; Willst du meine Meinung hören?«

»Ich bin immer überglücklich, Richter MacCampbells Meinung über irgend etwas zu hören.«

»Ich glaube, ich werde die Sitzung wiedereröffnen und dir wegen Ungebühr acht Tage aufbrummen. Wenn ich mein Glas leergetrunken habe. Aber Spaß beiseite. Erwartest du irgendewelche Schwierigkeiten bei der Beweisführung, daß das Gehirn von Bruder Schmidt in den Körper von Eunice Branca verpflanzt wurde?«

»Keine. Lästig wird es sein, aber nicht schwierig.«

»Oder bei der Beweisführung, daß dieser Körper einmal der von Eunice Branca gewesen ist?«

»Die gleiche Antwort.«

»Womit willst du den Beweis führen?«

»Mit Polizeiberichten, Fotografien, Aussagen des Krankenhauspersonals und so weiter.«

»Nehmen wir an, die Verhandlungsführung bliebe bei mir. Ich würde bei jeder sich bietenden Gelegenheit nachhaken. Ich habe heute absichtlich ins Protokoll aufgenommen, daß die Entscheidung auf der Grundlage des Falles Parsons von Rhode Island zustande kam; ich glaube, er ist wichtig ...«

»Das glaube ich auch.«

»Danke. Wenn wir dem Prinzip folgen, daß die Identität im Gehirn und nirgendwo sonst liegt, dann wird praktisch alles von der Einschätzung der vorgelegten indirekten Beweise abhängen. Keine schriftlichen Zeugnisse, wenn es möglich ist, den Zeugen selbst zu vernehmen. Fotografien und andere Aufzeichnungen sind natürlich nötig – aber die Originale müssen dem Gericht vorgelegt werden, keine Kopien, und die Chirurgen und andere Beteiligten, deren Arbeit in diesen Filmen, Fotografien oder Aufzeichnungen erscheint, müssen als Zeugen vernommen werden und die Echtheit jedes Beweismittels bestätigen. Jake, weißt du, was aus Johann Smiths Körper geworden ist?«

»Ja. Die Klinik fragte mich, was damit geschehen solle. Ich sagte, sie sollten ihn in ihrem Leichenraum tiefkühlen. Ich nehme an, daß er noch dort ist.«

»Du solltest dich lieber vergewissern. Es könnte sich als notwendig erweisen, den Nachweis über den Verbleib des Körpers zu führen. Ich möchte nicht einmal ausschließen, daß der Körper selbst als Beweismaterial vorgelegt werden muß. Wir alle wissen, wie wichtig eindeutige Beweise sind, wenn es um großes Geld geht, und wie leicht solche Beweise zu verschwinden pflegen. Zeit ist ein wichtiger Faktor bei der Sicherung und Erhaltung von Beweismaterial, Jake.«

»Natürlich, Mac«, sagte Jake. »Ich werde mich mit aller gebotenen Eile um die Sicherung dieser Beweise bemühen. Es tut mir leid, Joan, ich hätte dies voraussehen und mich längst darum kümmern sollen – ich werde alt.«

Joan Eunice tätschelte seine Hand. »Jake, du wirst nicht alt; du warst einfach überlastet. Viele jüngere Männer hätten vor den vielfältigen Aufgaben kapituliert, mit denen ich dich überhäufte. Und dazu verlangte ich die ganze Zeit deine Gesellschaft und deine Aufmerksamkeit. Ich muß dich um Verzeihung bitten, Jake. Ich war wie ein verzogenes Kind.«

Richter MacCampbell sagte: »Jake, zuerst müssen alle Unterlagen über Eunice Brancas Tod sichergestellt werden. Da es ein Mordfall war, existieren zweifellos umfangreiche Polizeiprotokolle mit Fotos und Fingerabdrücken. Aber weil es eine polizeiliche Ermittlungsakte ist, müssen wir auch die Möglichkeit im Betracht ziehen, daß sie verwundbar für jeden entschlossenen und wohlfinanzierten Versuch ist, sie beiseite zu schaffen. Dann muß Mrs. Brancas Körper in die chirurgische Klinik verfolgt werden. An diesem Punkt ist wieder der Beweis einer positiven Identifizierung des Körpers zu erbringen. Johann Smiths Körper muß gleichfalls bis zu diesem Punkt verfolgt werden. Auch hier ist der Beweis einer positiven Identifizierung des Körpers unmittelbar vor dem chirurgischen Eingriff zu erbringen. Dann muß absolut eindeutig nachgewiesen werden, daß das Gehirn aus dem Smith-Körper entfernt und in den Körper Eunice Brancas verpflanzt wurde. Schließlich werden wir im Gerichtssaal Miss Smiths Fingerabdrücke nehmen, sie von Experten mit den früheren Fingerabdrücken vergleichen lassen und so das letzte Kettenglied schließen. Bei der Beschaffung der Polizeiakte werde ich helfen, Jake, weil es für mich einfacher ist; alles übrige wirst du selber machen müssen.«

»Danke, Mac«, sagte Jake. Er stand auf. »Wir wollen euch nicht länger von eurem Anglerurlaub zurückhalten.«

»Diese Fische sind nicht ungeduldig. Einen Moment.« Der Richter ging zur Wand und drückte auf den Knopf der Sprechanlage. »Johnson?«

Nach kurzer Pause meldete sich eine Stimme. »Ja, Sir.«

»Wie sieht es draußen aus? Ruhig?«

»Vorläufig, ja. Aber es zieht sich was zusammen. Wir haben das Gebäude dichtgemacht.«

»Ich verstehe. Werden wir Nationalgarde brauchen?«

»Vielleicht morgen, wenn der Prozeß beginnt. Vorher

nicht. Die Polizei patrouilliert die Straßen ringsum mit Panzerwagen und hat Wasserwerfer bereitgestellt, und unsere Leute bleiben entweder über Nacht oder werden mit Hubschraubern ausgeflogen. Richter Anders läßt Ihnen ausrichten, daß Sie ruhig Ihren Anglerurlaub antreten können; er übernachtet hier und steht zur Verfügung, sollte sich etwas ergeben.«

»Ich werde ihn anrufen und mich bedanken. Ende.«

Der Richter wandte sich um und sagte: »Morgen wird hier der Teufel los sein. Sie sollten dieses Gebäude abreißen und ein stärkeres bauen, weiter entfernt von den aufgegebenen Zonen.«

»Ich hoffe, diese Unruhe draußen hat nichts mit uns zu tun?« sagte Joan Eunice besorgt.

MacCampbell lachte. »Nicht im geringsten. Morgen beginnt hier ein Massenprozeß gegen eine Bande von jugendlichen Schlägern. Achtunddreißig Angeklagte. So etwas mobilisiert natürlich eine Menge Gesindel. Bruder Schmidt, hat Ihr Haus eine Landeplattform für Hubschrauber?«

Joan schüttelte ihren Kopf. »Nein, es wurde so entworfen, daß Hubschrauber nicht darauf landen können. Als ich es bauen ließ, schien es die sicherste Lösung zu sein.«

»Nun ... ich könnte Sie per Hubschrauber in irgendeine Enklave bringen lassen. Oder Sie entschließen sich, die Nacht hier zu verbringen.«

Jake sagte: »Mac, mein Wagen ist ein Rolls-Skoda. Wir werden sicher sein.«

»Du kannst deinen Kopf riskieren, Jake, aber ein Rolls-Skoda ist kein Panzer. Sechs oder sieben kräftige Burschen können ihn umkippen, dann können sie ringsherum ein Freudenfeuer machen und euch wie Kastanien rösten. Es gibt genug Typen, die so etwas einfach zum Spaß tun würden. Nein, ich werde nicht zulassen, daß Miss Smith dieses Gebäude in einem Wagen verläßt. Sie wird einen Hubschrauber nehmen. Die Frage ist nur: wohin bringen wir sie? Sie könnten in meinen Räumen schlafen, Bruder Schmidt. Der

Waschraum hat eine Dusche, und aus der Couch dort kann man ein Bett machen. Nicht sehr bequem, fürchte ich, aber besser als das unnötige Risiko einer Autofahrt.«

»Ich wollte gerade sagen«, sagte Jake, »daß ich mein Haus in der Enklave Safe Harbour noch habe. Es ist ohne Personal und halb ausgeräumt, aber es ist ein sicherer Ort. Du könntest meinem Fahrer und Beifahrer ausrichten lassen, daß sie hinausfahren und uns dort abholen sollen. Ich traue den beiden zu, daß sie durch jeden Krawall fahren, ohne den Wagen umwerfen zu lassen; sie sind harte Burschen.«

Der Richter ging wieder an die Sprechanlage und bestellte den Hubschrauber. Wenige Minuten später verabschiedeten Jake und Joan sich von ihm und Alec Train und bestiegen den Aufzug, der sie zum Dachgeschoß bringen sollte.

Jake Salomon half Joan Eunice in den Hubschrauber und stieg dann selbst ein. Wenige Sekunden später befanden sie sich bereits in der Luft. Das Passagierabteil war von der Pilotenkanzel abgetrennt und so gut schallisoliert, daß ein Gespräch möglich gewesen wäre. Doch Jake schwieg und hielt den Blick von ihr abgewandt.

Nach einer kurzen Weile sagte Joan: »Jake, Liebster? Bist du böse?«

»Wie? Himmel, nein. Wie kommst du darauf?«

»Du wirkst so abweisend, und ich möchte nicht, daß du mich so behandelst. Das war heute alles recht schwierig für mich, insbesondere das Zusammentreffen mit meinen Enkelinnen. Es tut weh, wenn man gehaßt wird. Wenn man weiß, daß jemand einem den Tod wünscht. Trotzdem mußte ich mich sanftmütig und damenhaft verhalten. Jake, es ist nicht leicht, eine Dame zu sein, wenn man fast ein Jahrhundert lang ein Mann war. Die ganze Zeit über habe ich mich immer wieder gefragt, wie sich Eunice in dieser Situation verhalten hätte, damit ich einen Anhaltspunkt hatte.«

Jake Salomon seufzte schwer. »Das ist es ja gerade! Du hast dich genau wie Eunice verhalten.«

»Danke, Jake, jetzt fühle ich mich besser.« Sie löste den Sicherheitsgurt und rutschte näher zu ihm hin, wobei sie den Daumen über den Magnetverschluß ihres Kleides gleiten ließ. »Ich kann dieses blöde Ding hier drin nicht ausziehen. Küß mich, Jake. Küß mich und streichle mich und sag mir, daß Eunice stolz auf mich wäre.«

»Joan!«

»Bitte mach mir keine Vorwürfe, Jake. Ich bin jetzt ein Mädchen und will geküßt werden. Und nenne mich ›Eunice‹, Liebster, ich möchte hören, wie du mich mit diesem Namen ansprichst.«

»Eunice!« stöhnte er.

Sie hob ihm ihr Gesicht entgegen. »Küß mich, Liebster.«

Zitternd gab er nach.

Der Kuß dauerte länger und länger. (Eunice? Ich werde ohnmächtig.) (Das lasse ich nicht zu, Liebes; auf das hier habe ich zu lange gewartet!)

Schließlich unterbrach Jake den Kuß, doch sie drängte sich weiter an ihn, seufzte und streichelte sein Gesicht. »Danke, Jake, Liebster – dafür und für alles andere.«

»Ich danke dir ... Eunice. Joan Eunice.«

»Laß mich noch eine Weile ›Eunice‹ bleiben. Habe ich es richtig gemacht? Bin ich ihrer wert?«

»Oh, ja!«

»Lieber Jake, glaubst du an Geister? Es kommt mir so vor als wäre Eunice hier bei uns gewesen. Ohne ihre Hilfe hätte ich das gar nicht tun können. Und so geht es mir oft.«

»Hm, ein interessanter Gedanke.« (Ha! Wir sollten ihn dafür kitzeln. Joan, wenn du ihn unterhalb der kurzen Rippen kitzelst, ist er völlig hilflos.) (Ich werde es nicht vergessen. Aber nicht heute.) »Jedenfalls wäre sie bestimmt stolz auf dich. Du bist ein süßes Mädchen.«

»Das muß ich auch sein. Dir gegenüber. Ich liebe dich, Jake.«

Er zögerte nur eine Sekunde. »Ich liebe dich – Eunice. Und Joan Eunice.«

»Ich bin froh, daß du uns beide genannt hast. Liebster Jake, du wirst mich heiraten müssen, das ist dir doch klar, oder?«

»Was? Du lieber Himmel, Liebes, sei nicht albern. Ich liebe dich – aber der Altersunterschied ist zu groß.«

»Was? Ach Blödsinn! Ich bin zwar ein halbes Jahrhundert älter als du, aber das spielt doch jetzt keine Rolle mehr. Und du verstehst mich, wie das wahrscheinlich kein anderer Mann tun kann.«

»Äh ... ich meine, *ich* bin viel älter als *du*.«

(Joan, laß ihm das nicht durchgehen. Erzähl ihm, Männer und Cognac würden mit dem Alter immer besser, oder irgend etwas in dieser Richtung. Vor ein paar Minuten hat er sich jedenfalls noch sehr jung angefühlt, meinst du nicht?) (ja, aber sei jetzt bitte still.)

»Jake, du bist *nicht* alt. Lieber Himmel, ich weiß, was ›alt‹ ist! Du bist ein Klassiker, Jake, und Klassiker werden mit der Zeit nur noch besser. Und ... vor ein paar Minuten hast du dich noch sehr jung angefühlt. Das habe ich deutlich gespürt.«

»Äh, na ja ...«

Sie kicherte. »Jake, es ist schön, bei dir ein Mädchen zu sein. Aber ich will dich nicht drängen, ich werde warten. Mit der Zeit wirst du schon merken, daß du mich brauchst und daß ich dich brauche und daß kein anderer einen von uns für den anderen ersetzen kann. Und dann wirst du mich zu einer ehrbaren Frau machen.«

»Hmpf. Das könnte selbst mit einem Ehevertrag außerhalb meiner Möglichkeiten liegen.«

»Du schlimmer Liebling. Ich kann warten. Und du kannst mir nicht entkommen, Jake.«

»Nun ... es ist wohl zwecklos, mit dir zu streiten, dadurch würdest du doch nur noch eigensinniger. Mein alter Freund Johann war der eigensinnigste Mann, den ich je kannte. Und Eunice stand ihm darin in nichts nach. Und ehrlich gesagt, Liebes, ich weiß nie so genau, welcher von beiden du bist. Manchmal glaube ich, aus dir ist genau die gespaltene Persönlichkeit geworden, die die Ärtze befürchtet haben.«

(Wechsle das Thema!) (Mache ich, Liebes – aber nicht zu abrupt. Sollten wir es ihm nicht irgendwann erzählen?) (Ja, natürlich. Aber noch nicht so bald, Joan. Nicht bevor alles geklärt ist.) »Jake, Liebster, ich bin nicht überrascht, daß es dir so vorkommt, denn mir selbst geht es ganz ähnlich. Oh, ich meine natürlich nichts Psychopatisches, es ist nur die sonderbare Situation, in der ich mich befinde. Wie lange kennst du mich schon? Ein Vierteljahrhundert?«

»Sechsundzwanzig Jahre, fast siebenundzwanzig.«

»Genau. Würdest du sagen, daß ich ein lüsterner alter Knacker war?«

»Ich habe nie erlebt, daß du dich Frauen gegenüber anders als zuvorkommend benommen hast.«

»Jetzt mach aber mal einen Punkt, Jake! Du redest im Moment mit Johann.«

Salomon grinste. »Ich würde sagen, du warst bis zu dem Tag, an dem wir dich ins Krankenhaus brachten, ein lüsterner alter Knacker.«

»Das kann ich schon eher glauben. Aber ich konnte meine Gefühle schon seit vielen Jahren nicht mehr ausleben ... erst aus gesellschaftlichen Gründen, weil ein alter Mann sich zum Narren macht, wenn er sich wie ein junger Bursche aufführt, und später dann wegen meiner diversen Krankheiten, die mir ohnehin jegliche Aktivität verbaten. So blieb mir nichts übrig, als den Anblick hübscher Gesichter und wohlgeformter Beine zu genießen. Und dann bekam ich Eunice' gesunden jungen Körper. Weiblich. Schau mich an, Jake. *Weiblich*.«

»Ist mir aufgefallen.«

»Nicht annähernd so sehr wie mir. Ich habe inzwischen zweimal menstruiert. Weißt du, was das bedeutet?«

»Hm? Das ist ein natürliches Phänomen. Durchaus normal und gesund.«

»Es bedeutet, daß der Körper das Gehirn mindestens im gleichen Maße beeinflußt wie das Gehirn den Körper. Kurz vor der Periode neige ich dazu, bei jeder Gelegenheit in Tränen auszubrechen. Meine Gefühle, meine Empfindungen, ja sogar meine Gedanken sind weiblich – trotzdem kann ich auf fast ein Jahrhundert männlicher Erfahrungen zurückblicken. Nehmen wir beispielsweise meine hübsche Kammerjungfrau Winnie – übrigens wäre das nichts für dich?«

»Äh ... verdammt, Johann! Natürlich ist sie ein nettes Mädchen. Aber denk an das Fünfte Gebot.«

»Sie ist wirklich ein nettes Mädchen. Und weil ich ebenso Eunice wie Johnann bin, weiß ich auch, wie sie empfindet. Sie ist so weiblich wie eine läufige Katze – und du bist ein alter Zuchtbulle, Jake. Wenn du sie wirklich haben wolltest, würde sie sich lediglich pro forma ein wenig zieren.«

»Joan Eunice, erzähl keinen Unfug. Ich bin dreimal so alt wie sie.« (Boß, worauf willst du eigentlich hinaus?) (Weiß ich selbst nicht so genau, aber ich komme jedenfalls dorthin.) (Dann paß auf, daß Winnie nicht dabei unter die Räder kommt. Ich dachte, wir wollten Jake für uns haben.) (Das kriegen wir schon geregelt.) »Liebster Jake, mit meinem Körper bin ich nicht sehr viel älter als Winnie ... und du hast diesen Körper gekannt und geliebt, auch wenn ich selbst keine Erinnerung daran habe. Wir wissen, daß Eunice sich immer wie eine Dame verhalten hat – wie hast du es also überhaupt geschafft, etwas mit ihr anzufangen? Hast du sie vergewaltigt?« (Teufel nein, *ich* habe *ihn* vergewaltigt – zu Anfang jedenfalls.)

»Das ist eine höchst unfaire Frage!«

»Das ist eine weibliche Frage. Ich kenne dich schon seit vielen Jahren, und Eunice immerhin auch schon geraume Zeit, daher nehme ich an, daß du viel zu stolz warst, um selbst etwas zu unternehmen, also muß Eunice die Initiative ergriffen haben. Nun? Habe ich recht?« (Wenn er jetzt nein sagt, lügt er. Ich habe nur fünf Minuten gebraucht, um ihn soweit zu bringen, nur wurden wir dann leider unterbrochen und mußten am nächsten Tag weitermachen. Erinnerst du dich an die Aufmachung als Meerjungfrau? Ich mußte sie abwaschen, bevor ich heimging, denn Jake und ich hatten sie ruiniert. Und Joe mußte ich eine passable Erklärung dafür liefern.) (Hat er dir geglaubt?) (Vermutlich schon. Er war gerade mit Malen beschäftigt, und dann kriegt er von anderen Dingen kaum etwas mit.)

»Jake, wirst du jetzt antworten? Oder muß ich meine eigenen Schlüsse ziehen?«

»Ich könnte jetzt sagen, daß dich das nichts angeht.«

»Und damit hättest du recht und Johann würde dir beipflichten. Aber nicht Eunice. Jake, das, was Eunice' Körper mir sagt, muß geschehen sein. Aber ich kann mir dessen nicht sicher sein, und wenn ich wie Eunice sein will und etwas tue, was sie nicht tun würde, weil sie es auch nie getan hat, dann sag mir das. Ich frage ja nicht nach intimen Details.« (Ach, laß dir ruhig auch die feuchten Teile erzählen, Liebes. Nachdem ich schon weiß, wie es für mich war, möchte ich auch wissen, wie es für ihn war.) (Sei nicht so aufdringlich, Liebes, ich versuche doch gerade, ihn zu beruhigen.)

»Joan Eunice – nein, Eunice! Du hast schon immer eine verdammt üble Art gehabt, deinen Willen durchzusetzen.«

»Soll das eine Antwort sein, Jake? Ich verfüge nicht über Eunices Erinnerungen.«

Jake dachte eine Weile nach und sagte schließlich: »Joan, eigentlich ist es nicht korrekt, wenn ich dir von Eunice erzähle, aber ich verstehe deinen Standpunkt und kann mir vorstellen, daß du soviel wie möglich über ihr Verhalten wissen möchtest, damit du dich daran orientieren kannst. Eunice war aufrichtig und geradlinig« – (Ich bin hinterhältig wie eine Schlange, aber das sollte er natürlich nicht wissen.) – »und offensichtlich kam sie zu der Einsicht, daß sie mich sehr mochte … und hat es mir dann sehr leicht gemacht. Es war weder Vergewaltigung noch Verführung.« (Es war beides, aber ich wollte nicht, daß ihm das klar würde.)

»Ich war mir sicher, daß es so gewesen sein mußte, Jake, denn ich kenne dich und ich kannte sie. Aber das betrifft jetzt nur den einen Teil von mir – den von Eunice. Auf der anderen Seite ist aber immer noch Johann, der auf ein Jahrhundert männlicher Ausrichtung zurückblickt. Ich habe dir gesagt, daß ich Winnie verstehe wie ein Mädchen, denn ich bin jetzt ein Mädchen. Aber es gibt auch immer noch Johann, der jeden Tag mit Winnie zusammen ist – und ich schaffe es gerade noch, die Finger von ihr zu lassen.« (Das tust du doch gar nicht!) (Halt den Schnabel! Immerhin habe ich mich noch nicht ernsthaft mit ihr eingelassen. Und wenn wir beide uns jemals lesbisch betätigen, dann wird das höchstens eine Art Nachtisch sein, aber nicht der Hauptgang.) »Verstehst du, Jake? Der alte Johann – *ich* – findet Winnie sehr reizvoll.«

»Nun ... ja, das leuchtet mir ein.«

»Verstehst du es auch, wenn es Eunice betrifft? Jake, wie denkst du über Homosexualität?«

»Dazu habe ich gar keine Meinung. Hat mich nie interessiert.«

»Warst du nicht einmal neugierig? Jake, ich bin eine ganze Generation älter als du. Als ich ein Kind war, war Homosexualität, oder ›Perversion‹, wie man es damals nannte, nicht einmal ein Gerücht. Ich habe erst davon gehört, als ich schon längst hinter den Mädchen her war. Oh, das soll nicht heißen, es hätte keine gegeben. Es gab sie durchaus, und gar nicht mal so selten, aber sie wurde immer totgeschwiegen. Als ich fünfzehn war, versuchte ein Mann, bei mir zu landen – und ich wußte nicht einmal, was er überhaupt wollte.

Wäre ein fünfzehnjähriger Junge heute noch so unschuldig? Mit Sicherheit doch nicht. Schließlich gibt es heute Bücher, Magazine und Filme – und andere Jungen – die garantieren, daß er wüßte, worum es dabei geht. Die Regierung verfolgt Homosexualität nicht mehr, weil das auch eine Methode der Geburtenkontrolle ist. Ich bin sicher, sie würde die Homosexualität sogar offen propagieren, wenn nicht ein Großteil der Bevölkerung sie mißbilligen würde – darunter nicht wenige, die sie insgeheim selbst praktizieren. Das erinnert mich an die Prohibitionszeit in meiner Jugend, als die Menschen öffentlich Abstinenz predigten und insgeheim tranken. Gibt es heutzutage überhaupt noch sexuelle Aktivitäten, die tatsächlich strafrechtlich verfolgt werden?«

»Vergewaltigung ist strafbar, aber alle anderen Vorschriften und Einschränkungen bestehen nur noch auf dem Papier. Allerdings wird unlizensierte Schwangerschaft grundsätzlich verfolgt.«

»Und das ist das Einzige, was in meiner Jugend *nicht* unter Strafe stand. Aber ich möchte wissen, wie Eunice über Homosexualität dachte. Habt ihr je darüber gesprochen?« –

Jake stieß ein belustigtes Schnauben aus. »Glaub mir, Johann – Verzeihung, Joan Eunice – dafür hatten wir nun wirklich keine Zeit.«

»Ja, vermutlich nicht. Mit mir hat sie auch nie darüber gesprochen. Aber auf ihre sanfte Art hat sie mir einmal eine Lehre erteilt.«

»Ach ja? Wie denn?«

»Ein Bote lieferte mal etwas in meinem Büro ab. War eine richtige Tunte – geschminktes Gesicht, falsche Wimpern, Hüftschwung und Trippelschritt. Nachdem er gegangen war, machte ich irgendeine Bemerkung, und Eunice meinte daraufhin, obwohl sie selbst keine Ambitionen in dieser Richtung hätte, könne sie nichts Falsches darin sehen, wenn Männer Männer oder Frauen Frauen lieben.« (He! Daran kann ich mich überhaupt nicht erinnern.) (Dann habe ich eben gelogen. Außerdem *könntest* du es gesagt haben, und nur darauf kommt es an.)

»Ja, das klingt nach Eunice. Sie war den menschlichen Schwächen gegenüber sehr tolerant.«

»Nun, worauf ich eigentlich hinaus will, Jake: Ich finde Winnie sexuell attraktiv. Ich finde aber auch Richter MacCampbell sexuell attraktiv, was mich selbst verwundert hat. Und dich finde ich auch attraktiv, aber das hat mich keineswegs überrascht. Und da liegt das Problem. Wann empfinde ich eigentlich homosexuell? Wenn ich mich für Winnie interessiere? Oder wenn mir Männer gefallen?«

»Joan, du stellst reichlich schwierige Fragen.«

»Das liegt daran, daß ich mich in der schwierigsten Situation befinde, in der je ein Mensch gesteckt hat. Ich bin schließlich kein Transsexueller, der seinen Körper durch Hormone und Operationen seinen tatsächlichen Empfindungen angepaßt hat. Mein Körper ist weiblich, während mein Gehirn auf viele Jahre männlicher Sexualität zurückblicken kann. Also sag mir, Jake, wann bin ich normal, und wann pervers?«

»Äh … ich habe den Eindruck, daß dein Körper die Kontrolle hat.«

»Aber stimmt das wirklich? Die Psychologen sagen, sexuelle Empfindungen spielten sich im Gehirn ab, und nicht in den Genitalien. Mein Gehirn ist aber männlich.«

»Ich glaube, du versuchst den Zeugen zu verwirren.«

»Nein, Jake, ich bin es, die hier verwirrt ist. Aber ich habe lange über dieses Problem nachgedacht, während ich gewissermaßen Hausarrest hatte. Meiner Meinung nach gibt es nur eine Art von Sex, wobei die Ausrichtung kaum von Bedeutung ist. Manche Menschen haben einen so geringen Sexualtrieb, daß man sie praktisch als Neutren bezeichnen kann, ganz einfach, wie sie körperlich erscheinen mögen. Andere wiederum verfügen über eine stark ausgeprägte Sexualität, wobei der Körper eine untergeordnete Rolle spielt. Ich selbst war immer noch scharf, selbst als ich physisch gar nicht mehr in der Lage war, Sex zu haben. Und deine Sexualität ist ganz ähnlich stark ausgeprägt, mein Liebster. Schließlich hast du dir eine verheiratete Frau, die kaum halb so alt war wie du, als Geliebte zugelegt. Und das Gleiche gilt auch für Eunice, die immerhin glücklich verheiratet war.«

»Ja, das stimmt. Ich habe mich deswegen auch schuldig gefühlt.«

»Aber nicht zu schuldig, um auf den Genuß zu verzichten. Aber ich wollte eigentlich darauf hinaus, daß Eunice nicht nur einen starken Sexualtrieb hatte, sondern auch genug Liebe in ihrem Herzen, um mehr als einen Menschen glücklich zu machen. Ich weiß, daß sie mich geliebt hat, und sie hat auch dich glücklich gemacht …«

»Das hat sie wirklich!«

»Und ich bin sicher, daß sie das tun konnte, ohne deswegen ihren Ehemann zu vernachlässigen.«

»Dessen bin ich mir nun wieder nicht so sicher. Ich habe schließlich jede frei Minute, die sie hatte, mit Beschlag belegt.«

»Tatsächlich? Woher willst du das so genau wissen? Bist

du sicher, daß sie bei dir nicht die gleichen Notlügen benutzt hat wie bei ihm?«

»Warauf willst du eigentlich hinaus, Joan?«

»Ich versuche nur herauszufinden, was du über sie weißt, Jake, damit ich versuchen kann, ihr möglichst ähnlich zu werden. Und alles, was du mir erzählt hast, bestätigt nur, was ich mir selbst schon gedacht hatte: Eunice war eine perfekte Dame mit soviel Liebe im Herzen, daß sie drei Männer gleichzeitig lieben und jedem das geben konnte, was er brauchte, um glücklich zu sein. (Danke sehr, Boß. Muß ich mich jetzt verneigen?) (Sei still, Liebes.) Trotzdem glaube ich, daß Eunice sich nicht für Winnie interessiert hätte.« (Jetzt mach aber mal einen Punkt!) (Ich erzähle ihm doch nur, was er hören möchte, Liebes.)

Joan seufzte. »Jake, so wie die Dinge liegen, würde es mir sehr leicht fallen, lesbisch zu werden. Aber ich werde diesem Drang nicht nachgeben, weil ich nicht glaube, daß Eunice das getan hätte. Doch andererseits ist mein Sexualtrieb außerordentlich stark, und wenn ich nicht bald geheiratet werde, kann ich für nichts garantieren.«

»Joan, ich liebe dich – aber ich werde dich nicht heiraten. Das steht völlig außer Frage.«

»Dann solltest du besser meinen Enkelinnen dabei helfen, mich auszunehmen.«

»Was? Warum?«

»Welche Chance hat denn eine Multimillionärin, einen guten, aufrichtigen Ehemann zu finden? Schau dich doch mal um, was andere in einer ähnlichen Situation abgekriegt haben. Russische Prinzen, Reitlehrer und Gigolos. Und danach steht mir wirklich nicht der Sinn. Wir hingegen würden ein perfektes Paar abgeben.«

»Das glaube ich kaum. Da ist immer noch die Frage des körperlichen Alters. Ein Mann, der in meinem Alter noch heiratet, sucht eigentlich keine Ehefrau, sondern eine Krankenschwester.«

»Blödsinn, Jake! Du weißt ganz genau, wie gut du noch in Form bist. Und notfalls könnten wir auch einen neuen Körper kaufen. Für dich.«

»Nein, Joan. Ich habe ein langes Leben hinter mir, das oft glücklich und immer interessant war. Wenn meine Zeit gekommen ist, werde ich still und leise abtreten. Ich habe nicht vor, mich den Ärzten auszuliefern, sondern sterbe lieber so wie meine Vorfahren.«

Sie seufzte. »Und du nennst mich stur! Aber gut, ich höre auf zu drängen und akzeptiere einfach, was du zu geben bereit bist. Würdest du mich denn ausführen, damit ich passende junge Männer kennenlernen kann?«

»Joan Eunice, es wäre mir eine Ehre, dich zu begleiten ... und ich werde dir dabei gleichzeitig die Mitgiftjäger vom Hals halten.«

»Ich verlasse mich darauf. Jake, vorhin habe ich gefragt, ob du an Geister glaubst. Gehörst du irgendeiner Religion an?«

»Nein. Meine Eltern waren orthodox, und meine Bar Mizwah-Rede war so ausgefeilt, daß man mich am liebsten zum Rabbi ausgebildet hätte. Doch all das habe ich hinter mir gelassen, bevor ich aufs College ging.«

»So ähnlich wie bei mir. Meine Großeltern kamen aus Süddeutschland und waren katholisch. Dementsprechend wurde ich zunächst auch getauft. Doch dann zog die Familie in den Mittleren Westen, und mein Vater, der ohnehin nicht sehr religiös war, hielt es für besser – besser fürs Geschäft – wenn wir Baptisten wären. So erhielt ich also die in dieser Gegend übliche, streng religiös ausgerichtete Erziehung.

Ungefähr mit vierzehn habe ich das alles abgeschüttelt und wurde zum Atheisten. Offensichtlich war das eine Gegenreaktion, denn Atheisten sind auf ihre Art ähnlich fanatisch wie die Anhänger irgendeiner Religion. Mit der Zeit wurde ich dann ein gleichmütiger Agnostiker, der die Religion den Schamanen überließ und sich weiter nicht darum kümmerte.«

»So habe ich es auch gehalten.«

»Ja, aber dann ist etwas geschehen, während ich tot war.«

»Was? Du warst nie tot, Joan – Johann, verdammt – du warst lediglich bewußtlos.«

»Ach ja? Ohne Körper, in einem Gehirn, daß keine Verbindung mit der Welt hat, und mir nicht einmal selbst bewußt? Wenn das nicht der Tod war, dann kam es ihm zumindest so nahe, daß es praktisch keinen Unterschied macht. Ich habe dir erzählt, ich hätte oft den Eindruck, daß Eunices Geist mich anleitet.«

»Ja, das hast du. Und ich habe es lieber ignoriert.«

»Hör mal, ich habe keine Séancen oder etwas in dieser Art abgehalten. Immer, wenn ich mich in einer ungewöhnlichen Situation befinde – was derzeit ziemlich oft passiert – frage ich mich: ›Was würde Eunice jetzt tun?‹ Und dann weiß ich es, Jake. Mehr ist dazu nicht nötig. Ich brauche kein Medium, kein Ektoplasma oder irgendwelche geheimnisvollen Stimmen. Ich verfüge einfach über Erfahrungen, die nicht meine eigenen sind. Und du hast schließlich selbst gesagt, ich würde mich genau wie Eunice verhalten. Deshalb kommt es mir so vor, als würde Eunices Geist mich anleiten. Irgendein Kommentar?«

»Hmmm ... nein. Du benimmst dich wie sie ... außer wenn du als Johann sprichst. Aber ich glaube nicht an Geister. Wenn ich wirklich annehmen müßte, ich würde für alle Ewigkeiten Jake Salomon bleiben, würde ich eine Beschwerde beim Hauptbüro einreichen.«

»Laß mich dir erzählen, was mir im Hauptbüro widerfahren ist.«

»Was?«

»Während ich tot war, Jake. Ich war an diesem ... Ort. Dort war ein sehr alter Mann mit einem langen weißen Bart. Er hatte ein großes, dickes Buch vor sich liegen. Er schaute mich an, konsultierte Sein Buch und blickte mich dann abermals an. Schließlich sagte er: ›Mein Sohn, du bist ein schlechter Junge gewesen. Allerdings nicht zu schlecht, deshalb gebe ich dir noch eine Chance. Gib dein Bestes und mach dir keine Sorgen; du wirst Hilfe bekommen.‹ Was hältst du davon, Jake?« (Was ist das für eine Geschichte, Boß? Ist dir das *auch* passiert?) (Eunice, wenn es dir passiert ist, dann auch mir. Es macht keinen Unterschied. Und du bist schließlich mein Schutzengel.) (Unfug! Ich bin kein Engel. Ich bin einfach ich.) (Ein sehr irdischer Engel, Liebes – und das ist genau, was ich brauche.) (Ich liebe dich auch, du schmutziger alter Mann.)

Salomon sagte langsam: »Reiner Anthropomorphismus. Direkt aus der Sonntagsschule.«

»Oh, sicher. Schließlich waren Symbole nötig, damit ich es überhaupt begreifen konnte. Wenn ich ein Wesen von Proxima Centauri wäre, wäre der alte Mann mit seinem Bart vermutlich ein Ding mit acht Tentakeln und Facettenaugen gewesen. Aber es spricht nichts gegen die Verwendung von Symbolen. Ich habe das Ganze schließlich auch nie als physische Erfahrung betrachtet. Doch diese symbolische Erfahrung war deswegen keineswegs weniger real für mich. Und immerhin habe ich tatsächlich eine zweite Chance erhalten – und ich bekomme wirklich Hilfe, die mir sagt, was ich tun und wie ich mich verhalten soll. Ich behaupte nicht, es wäre tatsächlich Eunice, aber es geht dabei um Dinge, die Johann einfach nicht wissen kann.«

Salomon seufzte. »Joan, wenn du dich schon in solchen Illusionen verirrst, warum ziehst du dann nicht gleich die Konsequenzen und gehst in ein Kloster?«

»Weil Eunice das nicht tun würde. Obwohl es ihr durchaus Spaß machen könnte, mal ein Kloster aufzumischen.«

Jake kicherte. »Ja, das ist wohl wahr.«

»Vielleicht sollte ich es trotzdem tun – zumal du mich ja nicht zu einer ehrbaren Frau machen willst.«

»Du Ärmste. Dir bleibt ja auch nichts als Jugend, Schönheit und ein ungeheures Vermögen.«

»Wenn ich dich hätte, könnte ich auf alles andere verzichten und wäre noch immer reich.« (Ich hatte mich schon gefragt, ob dir das einfallen würde. Schwester, du brauchst meinen Rat gar nicht. Ich könnte beruhigt Urlaub nehmen.) (Wag das ja nicht!) (Keine Sorge, wir hängen zusammen wie siamesische Zwillinge.)

Eine blecherne Stimme aus dem Cockpit sagte: »Ich setze zur Landung an. Bitte legen Sie die Sicherheitsgurte an.«

Salomon überprüfte die Gurte und meinte· »Schließ dein Kleid wieder, Eunice.«

Joan Eunice zog einen Schmollmund und gehorchte.

KAPITEL ZWÖLF

Die Sicherheitsüberprüfung dauerte kaum eine halbe Minute; Salomon war den Wachmannschaften der Enklave bekannt, und der Hubschrauber war ihnen avisiert worden. Vom Landeplatz zu Salomons Haus hatten sie ein kurzes Stück zu gehen, aber wie in allen eingezäunten und bewachten Wohnenklaven der Oberklasse gaben die im Freien beschäftigten Bewohner vor, sie nicht zu sehen. Jake sperrte die Tür auf, und sie waren allein.

Joan Eunice zog ihren Mantel aus, reichte ihn Jake und sagte: »Darf ich mich ein wenig umsehen? Jake, es muß Jahre her sein, daß ich zuletzt hier war. Du hast Veränderungen gemacht.«

»Einige. Was ich brauchte, habe ich in den Klub bringen lassen. Außer Möbeln, die ich mit dem Haus verkaufen will, ist nicht viel übrig. Oh, ich habe noch Kleidung, Wäsche und Toilettenartikel hier, und ich werde was zu trinken und eine Dose Kekse auftreiben. Vielleicht geräucherte Austern oder Kaviar; wir haben eine oder zwei Stunden totzuschlagen, bis Rockford und Charlie mit dem Wagen hier sein werden. Wenn du Hunger hast, kann ich auch ein komplettes Abendessen liefern lassen.«

»Laß mich erst sehen, was es in deiner Küche gibt; es würde mir Spaß machen, Hausfrau zu spielen. Und wie gesagt, ich möchte mich gern in deinem Haus umsehen.«

»Sieh dich um, soviel du willst, aber sag mir, was du trinken willst. Joan, bist du überhaupt jemals in einer Küche gewesen?«

»Keine dreisten Bemerkungen, Bursche; ich bin eine gute Köchin. Mama lehrte mich, Apfelstrudel zu backen, obwohl ich ein Junge war – mit so dünn ausgerolltem Teig, daß du durch ihn Gedrucktes lesen konntest. Das war, bevor du geboren wurdest. Ich trinke Sherry oder einen Dubonnet; keinen Schnaps, das riskier ich noch nicht.«

»Meine koschere Küche kann sich neben deiner bayerischen Manscherei jederzeit sehen lassen, Mädchen. Die Gojim können einfach nicht so gut kochen wie das auserwählte Volk.«

»Daß ich nicht lache, du abgefallener Jude. Du hast meine Kalbshaxe noch nicht probiert. Oder meinen Schmorbraten mit Nudeln. Zwischen meinen Ehefrauen und Köchinnen war ich immer wieder Junggeselle, und ich habe immer gekocht. Jake, wäre es nicht lustig, füreinander zu kochen und Rezepte zu tauschen? Wir könnten es hier tun. Meine eigene Küche wage ich nicht zu betreten; Della würde in Ohnmacht fallen.«

»Ja, das könnte spaßig sein. Wenn hinter deinen Prahlereien nichts steckt, können wir immer noch meine Gerichte essen. Entschuldige mich; ich will sehen, was an Getränken da ist.«

Joan Eunice ging direkt ins Schlafzimmer. (Eunice, ist dies einer der Orte?) (Natürlich. Siehst du die Mulde in der Matratze? Joan, dies ist der einzige Ort, wo wir eine ganze Nacht verbringen konnten. Es war himmlisch!) (Eine ganze Nacht? Dann weiß sein Personal Bescheid, auch Rockford und Charlie.) (Oh, sie haben vielleicht einen Verdacht, aber das spielt keine Rolle. Charlie interessiert sich nicht für Frauen, und Rockford hat selber schon mit mir geschlafen. Er billigt alles, was unmoralisch, illegal oder unehrlich ist. Aber ich glaube, sie wissen nicht, daß ich die ganze Nacht mit Jake war. Wir gaben uns mehr Mühe, die Sache vor ihnen als sie vor Joe zu verbergen.) (Wie hast du sie vor Joe verborgen?) (Eigentlich gar nicht. Ich sagte Joe, daß ich einen Mann getroffen hätte, mit dem ich eine Nacht verbringen wolle.) (Einfach so, eh?) (Ja, Joan. Wir waren beide frei. Aber wir gaben uns Mühe, einander nie zu verletzen. Unser Ehevertrag war nur zweiter Klasse, denn ich hatte eine Lizenz für zwei Kinder, während er keine hatte. Jeder von uns hätte die Auflösung der Ehe innerhalb von drei Tagen beantragen können.)

(Aber was sagte Joe?) (Er nickte und malte weiter. Er murmelte nur ›Viel Spaß‹ oder so; Joe war immer nett und verständnisvoll. Aber wahrscheinlich hat er mich nicht vermißt. Er malte nach einem neuen Modell, einem hübschen Jungen. Vielleicht suchte er selbst eine Abwechslung.)

(Und dir machte es nichts aus?)

(Du bist hinter der Zeit zurück, Joan. Jetzt, da du ich bist, mußt du dich der Gegenwart anpassen. Ich habe dir immer wieder gesagt, daß Joe und ich einander respektierten; jeder ließ dem anderen sein Glück. Was hätte ich noch verlangen können? Ich weiß nicht, ob Joe diesen Jungen nur als Modell wollte, oder ob er auch sonst ein Auge auf ihn hatte, aber – nun, wenn sie mich zu einer Troika mit ihnen eingeladen hätten, dann wäre es mir recht gewesen, für eine Nacht oder zwei. Ich habe immer ältere Männer vorgezogen, aber der Junge war hübsch, und ich hätte es nicht langweilig gefunden.)

(Eunice, du erschreckst mich. Ich glaube, daß Männer in solchen Dingen scheuer sind als Frauen, selbst heutzutage.)

(Männer sind schrecklich scheu, Joan – während wir Frauen es gewöhnlich nicht sind. Wir tun nur so, wenn es von uns erwartet wird. Sieh mal, eine Frau ist ein Bauch mit einer Zeitbombe drinnen, und Frauen wissen es und kommen nie davon weg. Entweder legen sie ihre Scheu ab, oder sie drehen auf irgendeine Weise durch. Das ist die Wahl, die wir zu treffen haben. Und es wird höchste Zeit, daß du deine Wahl triffst, Joan. Akzeptiere deine Weiblichkeit und lebe damit.) (Ich glaube, ich habe mich damit abgefunden, Eunice, aber für meine Begriffe bist du zu nymphomanisch. Wenn wir irgendwo mit einem Mann zusammenkommen, denkst du sofort daran, mit ihm zu schlafen. Bei diesem Richter und seinem Freund Alec habe ich es wieder gemerkt.) (Joan, du erinnerst mich an einen kleinen Jungen, der sagt: ›Ich habe überhaupt keine Angst!‹, während er schon drauf und dran ist, vor Angst in die Hose zu machen.) (Nun, vielleicht übertreibe ich in der anderen Richtung. Ich bin auch gar nicht so dagegen, Eunice, aber du darfst mich nicht drängen. Ein alter Mann ist kein Schnellzug, weißt du?) (Nun, nicht mehr so lange, wie du vielleicht denkst. Aber du mußt mich bei der Hand halten.) (Natürlich. Laß Mama nur machen.)

Joan ging in Jakes Badezimmer, um herumzuschnüffeln, als sie Jakes Stimme hörte. »He! Wo bist du? Ach so – kommst du aus dem Bad, oder willst du hinein? Ich habe dir einen Chablis eingeschenkt. Was anderes war nicht da.«

»Das ist schon gut, Jake.« Sie hielt ein luxuriöses, hauchzartes Negligé in die Höhe, das sie im Bad gefunden hatte. »Ist das von Eunice?«

Jake schluckte und errötete. »Ja, Tut mir leid.«

»Mir tut es nicht leid.« Joan streifte plötzlich ihr Kleid ab, schlüpfte aus Büstenhalter und Höschen und zog das Negligé an. »Trage ich es so wie sie? Oh, ich habe es falsch herum gewickelt, nach Männerart.« Sie wickelte den überlappenden Teil nach links. »So. Nehme ich es mit ihr auf?«

Jake ächzte: »Eunice!«

Sie schlug das Negligé zurück, ließ es zu Boden sinken und kam in seine Arme. »Nicht traurig sein, Eunice will das nicht. Eunice will, daß du glücklich bist. Eunice und Joan Eunice. Halt mich fest, Jake. Wir sind einsam und verlassen; wir haben nur einander.« Während sie sich an ihn schmiegte und mit einer Hand seine Wange streichelte, begann sie mit der anderen sein Hemd aufzuknöpfen. (Eunice, ich habe Angst!) (Nicht nervös werden, Joan; laß mich nur machen ...)

Joan zuckte zusammen, als das Telefon läutete. Sie löste ihren Mund von Jakes und begann zu weinen. »Oh, verdammt!«

»Laß es läuten«, murmelte Jake heiser. »Es ist eine Fehlverbindung. Niemand weiß, daß wir hier sind.«

»Ah – wenn wir nicht abnehmen, werden sie es noch mal versuchen und uns wieder unterbrechen. Ich werde hingehen, Lieber. Wo ist das verflixte Ding? Im Wohnzimmer?«

»Ja, aber hier ist auch ein Anschluß.«

»Bleib in der Stimmung.« Joan eilte hinüber, nackt und mit klappernden Stöckelabsätzen, stellte sich so nahe vor die Bildaufnahme, daß nur ihr Gesicht auf dem Bildschirm am anderen Ende erscheinen würde, und sagte mit spröder Stimme: »Hier bei Mr. Salomon. Wer ist dort?«

Der Bildschirm blieb leer. Eine Stimme sagte. »Ist Mr. Salomon dort? Richter MacCampbell wünscht ihn zu sprechen.«

»Einen Moment.« Joan blickte zurück und bemerkte zu ihrem Verdruß, daß Jake sein Hemd geschlossen hatte und ihre Kleider aufhob. »Ja, Mr. Salomon ist da.«

»Danke, ich verbinde.«

Joan verstellte den Winkel der Bildaufnahme noch ein wenig höher. Jake kam zu ihr und reichte ihr die Kleider. Sie nahm sie, legte sie nicht an.

Der kleine Bildschirm wurde hell. »Jake, wir – He! Bruder Schmidt!«

»Alec! Wie nett.«

»Treten Sie zurück, Bruder Schmidt, daß ich Sie besser sehen kann. Mac, stoß mich nicht.« Neben Trains Gesicht erschien das des Richters. »Ist Jake da?«

»Direkt neben mir.«

»Ich kann nur sein Hemd sehen. Stellen Sie den Aufnahmeteil bitte so ein, daß wir Sie sehen können, Bruder Schmidt. Oder treten Sie zurück.«

»Hier ist er.« Joan trat zur Seite, zog sich widerwillig an und ging zurück. »Können sie mich jetzt sehen?«

»Nicht so gut wie ich möchte, aber es macht nichts. Jake, geh ein wenig zurück.«

»Was gibt es?« sagte Jake. »Und nochmals meinen Dank für den Hubschrauber, Mac. Wir wurden schnell und sicher abgeliefert.«

»Keine Ursache. Wir sind im Begriff, uns aus dem Staub zu machen, Jake, aber ich wollte es nicht tun, ohne dir vorher zu sagen, daß wir die Polizeiakte von Eunice Branca ausfindig gemacht haben. Sie war im Kriminalamt archiviert, und ich habe sie angefordert. Der zuständige Mann – ein gewisser Brady – versprach, sie morgen durch Boten in mein Sekretariat bringen zu lassen. Du kannst sie dort abholen oder einsehen; meine Leute wissen Bescheid und werden sie dir aushändigen.«

»Ah, danke. Das ist sehr gut. Ich bin euch wirklich dankbar. Gute Reise und schöne Tage!«

»Gute Nacht, Jake. Gute Nacht, Bruder Schmidt. Ende.«

Joan Eunice schaltete aus, wartete, bis der Bildschirm dunkel war, und begann sich wieder auszuziehen.

»Joan. Laß das.«

Sie machte weiter, schüttelte die Schuhe von ihren Füßen, stand ihm nackt gegenüber. »Jake, ich habe keine Lust, wie eine Porzellanfigur behandelt zu werden. Du hattest mich in der Erwartung, als Frau behandelt zu werden.«

Er seufzte. »Ich weiß. Aber der goldene Moment ist vorübergegangen.«

»Nun ... ich werde mich nicht wieder anziehen. Du hast diesen Körper oft gesehen, wir beide wissen es – und ich möchte, daß wir beide unbefangen werden. Tatsächlich bin ich sehr scheu, Jake; als Frau bin ich erst ein paar Monate alt und noch nicht daran gewöhnt. Aber ich möchte mich daran gewöhnen. Mit dir.«

»Wie du willst, Liebes; du weißt, wie schön ich dich finde. Was sollen wir tun? Die Zeitung lesen, bis mein Wagen kommt? Fernsehen?«

»Biest. Wenn du ein Gentleman wärst, würdest du wenigstens deine Kleider ausziehen. Statt dessen bist du ein schwieriges, störrisches Biest, und ich weiß nicht, warum ich dich liebe. Jake, wenn du mich nicht zu Bett bringen willst, dann setz dich wenigstens in diesen großen Sessel und laß mich auf deinen Schoß kriechen. Wir können reden. Wir werden über Eunice reden.«

Er seufzte. »Schon wieder? Haben wir je über was anderes geredet? Mädchen, du treibst mich noch in einen Herzinfarkt. Also gut, auf meinen Schoß. Unter einer Bedingung.«

»Jake, ich weiß nicht, ob ich irgendwelchen Bedingungen zustimmen werde. Ich bin in einem sehr unstabilen Zustand.«

»Den Eindruck habe ich auch. Aber es ist mein Schoß. Das eine ist ohne das andere nicht zu haben.«

»Ich sollte ins Gerichtsgebäude zurückgehen; Mac und Alec würden sicherlich nicht auf Bedingungen bestehen. Und nun auf deinen Schoß – so. Das ist besser. Die Arme um mich, bitte.«

»Zuerst die Bedingung. Daß du nicht versuchst, mich hier im Sessel zu vergewaltigen ...«

»Ich glaube nicht, daß ich es könnte.«

»Du würdest dich wundern, was in einem Sessel möglich ist, Joan.«

»Habe ich alles ausprobiert. Als Johann. Aber ohne Zusammenarbeit ist es nicht zu machen.«

»Richtig. Und der zweite Teil meiner Bedingung ist, daß du, wenn mein Wagen kommt, dich sofort und ohne großes Theater anziehst, damit wir nach Hause fahren können.«

»Einverstanden – weil du ›wir‹ gesagt hast. Ich fürchtete schon, du würdest so ekelhaft sein, mich allein nach Hause zu schicken, eine schutzlose Jungfrau ...«

»Jungfrau ist wirklich gut. Sag mal, als du Johann warst, konntest du eine Jungfrau als solche erkennen?«

»Jake, ich bin nicht sicher, daß ich je einer Jungfrau begegnet bin. Aber du.«

»Du mußt jemand meinen, die wir beide kennen.«

»Natürlich.«

»Wen? Winnie? Hätte ich nicht gedacht. Aber sie errötet sehr leicht.«

»Nicht Winnie. Wenn sie eine ist, hatte ich nicht an sie gedacht.«

»Dann weiß ich es nicht. Ich kann es nicht erraten. Wer ist diese tugendreiche Person?«

»Ich.«

»Du? Erlaube mir, daß ich kichere ...«

»Ja, ja, ich weiß – Johann war keine, und Eunice schon gar

nicht. Aber nichts davon trifft auf diese neue Frau in deinem Schoß zu. Ich bin eine Jungfrau. Wenn dieses verdammte Telefon nicht geläutet hätte, wäre ich jetzt keine mehr, denke ich. Aber laß uns nicht über meine Jungfräulichkeit reden, die ich nicht loswerden kann. Erzähl mir von Eunice. Ich möchte lernen, es so zu machen, wie sie es gemacht hat.«

»Joan, du weißt, ich kann mit einer Frau nicht über solche Dinge reden.«

»Aber ich bin Eunice, Jake. Ich habe bloß nicht ihr Gedächtnis. Also brauche ich Hilfe. Eunice liebte dich, und Joan Eunice liebt dich – mit einer Liebe, die ganz anders ist als die bärbeißige Zuneigung, die Johann immer für seinen einzigen Freund empfand. Die Liebe, die Joan Eunice empfindet, kommt aus Eunices Körper. Also erzähl mir von ihr. War sie so verlangend wie ich?«

»Äh … (Steck deine Hand unter sein Hemd, Joan. Aber nicht kitzeln.) Joan, Eunice war so. Ich konnte es zuerst nicht glauben. Ich ein altes Wrack, und sie so jung und hübsch. Aber sie brachte mich soweit, daß ich es glaubte.«

»Aber du bist kein altes Wrack, Liebling. Dein Körper ist so fest und muskulös wie der eines Vierzigjährigen. Und deine Haut ist glatt und elastisch. Jake – selbst wenn du dich später von mir scheiden läßt, wirst du mich früh genug heiraten, daß ich ein Kind von dir haben kann?« (Joan, bist du betrunken? Du haust ihn glatt aus dem Ring! So etwas hätte ich nie riskiert.)

»Aber Eunice – Joan Eunice …!«

»Ich meine, früh genug für mich. Ich habe vielleicht noch fünfzehn fruchtbare Jahre – aber je eher, desto beser; eine Frau sollte mit dem Kinderkriegen nicht zu spät anfangen. Aber du wirst Kinder machen, solange du lebst. Wie viele Kinder hast du, Jake, Lieber?«

»Drei. Und vier Enkel.«

»Die meine ich nicht, ich meine andere. Ich wette, du hast wenigstens ein Dutzend andere, hier und dort. Du bist seit langem ein reicher Mann; du konntest es dir leisten. Wie viele, die du nicht erwähnt hast?«

»Joan Eunice, das ist Schnüffelei.«

»Ja, und niemand braucht auf solche Fragen zu antworten. Aber hat Eunice nie gefragt?« (Ich habe, aber er hat gekniffen. Ich möchte hören, was er diesmal sagt.)

»Äh ...«

»Ich werde es nicht weitersagen. Nicht einmal dem alten Mann mit dem Buch.«

»Du neugierige kleine Person. Ich glaube, ich habe vier andere. Dazu eins von einer verheirateten Frau, die mich vielleicht getäuscht hat. Drei unterstützte ich, bis sie selbst verdienten. Beim vierten und dem möglichen fünften war mir dieser Weg verbaut. Aber sie waren niemals in Not.«

»Siehst du, ich hatte richtig vermutet! Ich glaube, Eunices weibliches Gespür ist auf mich übergegangen. In deinen jüngeren Jahren mußt du ein Wolf gewesen sein! Ich habe ein Gefühl, daß du jetzt noch einer bist. Wenn du nur nicht so zugeknöpft wärst! Eunice würde mir sicherlich manches von dir erzählen können.«

»Eunice – Eunice war das wundervollste Erlebnis, das ein alter Mann wie ich haben kann. Sie machte mich meine Jahre vergessen. Süß wie ein Engel, und dabei ebenso kundig wie ungehemmt.«

»Jake?«

»Ja?«

»Ich bin Eunice, und ich weiß, daß du dich in diesem Augenblick jung fühlst. Willst du mich aufheben und dort hinübertragen? Oder soll ich gehen?«

»Eunice.«

»Laß uns beide gehen. Aber beeilen wir uns.«

»Ja. Ja, Liebes.«

Sie sprang auf, nahm seine Hand – und die Sprechanlage des Hauses erwachte mit einem Knacken und Rauschen zum Leben. »Mr. Salomon! Rockford hier. Ihr Wagen wartet.«

Joan sagte: »Oh, nein!« und begann zu weinen.

Jake legte seinen Arm um sie und tätschelte ihre Hüften. »Tut mir leid, Liebling.«

»Jake. Sag ihnen, sie sollen essen gehen. Sag ihnen, daß sie in, ah, zwei Stunden wiederkommen sollen.«

»Nein, Liebes.«

Sie stampfte mit dem Fuß auf. »Jake, ich will nicht! Dies ist unerträglich.«

»Du hast mir versprochen, kein Theater zu machen«, sagte er ruhig. »Hör zu, ich bin nicht mehr neunzehn und imstande, auf Rücksitzen von Wagen oder auf einer Bank neben der Hintertür zu machen, während im Haus eine Party im Gang ist. Ich muß Ruhe und Frieden haben.« (Glaub ihm nicht, Joan! Oder vielleicht ist er nur verschreckt, weil es das erstemal ist.)

Joan heulte und schüttelte ihren Kopf. Er sagte laut: »Rockford!«

»Ja, Sir?«

»Wir werden in einer Minute draußen sein. Lassen Sie den Motor laufen.« Er trat zur Wand und schaltete die Sprechanlage aus, dann sagte er freundlich: »Zieh dich an, Liebes.«

»Ich werde es nicht tun! Wenn wir jetzt gehen, wirst du mich splitternackt in den Wagen stopfen müssen!«

Er seufzte und hob sie auf; sie hörte zu weinen auf und sah plötzlich glücklich aus. Doch der Ausdruck hielt nicht lange an. Er setzte sich auf einen harten Stuhl, drehte sie in seinen Armen herum, daß ihr Oberkörper hinunterhing, hielt sie mit der Linken auf seinen Knien fest und drosch mit der Rechten auf ihr Hinterteil. Sie schrie und zappelte, doch er hob sein rechtes Bein über ihre beiden und hielt sie nieder, und seine Hand klatschte wieder und wieder auf ihre bloße Haut. Bei zwanzig hörte er auf, stellte sie auf die Füße und sagte streng: »Zieh dich jetzt an. Schnell.«

Sie rieb ihre gerötete Sitzfläche. »Ja, Jake.«

Keiner von ihnen sagte ein weiteres Wort, bis sie im Wagen saßen. Dann fing sie schüchtern an: »Jake? Kannst du deinen Arm um mich legen?«

»Gewiß, Liebling.«

Sie seufzte und kuschelte sich an ihn. Nach einer Weile flüsterte sie: »Jake, Liebling? Warum hast du mich gehauen?«

Nun war es an ihm, zu seufzen. »Du warst unvernünftig und schwierig … und es ist das einzige Mittel, das ich kenne, von dem eine Frau beeindruckt ist, wenn ein Mann nichts für sie tun kann, was sie braucht. Und in dem Moment konnte ich nicht.«

»Ich glaube, ich verstehe.«

Sie blieb eine Weile still und atmete an seiner Brust. Dann sagte sie: »Jake?«

»Ja, Eunice?«

»Ich hatte wirklich nichts dagegen. Nun, ich bin jetzt gepolstert nicht? Und wenn du mich verhaust, ignorierst du mich nicht – und jede Art von Aufmerksamkeit ist besser als keine. Und außerdem …« Sie zögerte.

»Was außerdem?«

»Nun, ich weiß nicht – aber ich glaube, es ist passiert.«

»Was ist passiert?«

»Weiblicher Orgasmus. Ich weiß nicht, was man dabei fühlen soll. Aber während ich Schmerzen hatte und schrie, fühlte ich plötzlich eine Wärme in mir, und etwas schien zu wachsen und zu explodieren – besser kann ich es nicht beschreiben. Und ich war ekstatisch glücklich und bemerkte die letzten Schläge kaum. War das ein weiblicher Orgasmus?«

»Woher soll ich das wissen? Vielleicht wirst du es mir sagen können. Später.«

»Später heute abend?«

»Oh, ich glaube nicht, Eunice. Es ist spät, und wir hatten noch nichts zu essen, und ich bin müde, selbst wenn du es nicht bist …«

»Ich bin es auch. Aber glücklich.«

»Also werden wir ruhen. Wenn es passiert – und ich wehre mich nicht länger dagegen –, dann laß es uns in völliger Ruhe und Abgeschiedenheit tun. Kein Telefon, keine Diener und keine Ablenkungen. Ich bin kein junger Bursche mehr. Du weißt, was ich meine; du bist auch alt gewesen.«

»Ja, Liebster, viel älter als du bist. Ich kann warten, nur mein Körper ist ungeduldig. Jake? Es macht dir Spaß, mich zu verhauen, nicht wahr?«

Er schwieg eine Weile, dann sagte er: »Es machte mir soviel Spaß, daß ich dich weder so hart noch so lange durchklopfte, wie ich eigentlich wollte. Ich wußte, daß du wahrscheinlich überhaupt nicht gehen würdest, wenn ich dir nicht gleich zeigte, daß ich energisch werden kann. In deinem Hause möchte ich so etwas nicht erleben, das will ich dir schon jetzt sagen. Es wäre mir unangenehm, wenn dein Personal uns zum Gegenstand von Klaschgeschichten machen würde.«

»Du solltest mich lieber heiraten. Dann können wir das Personal ignorieren.«

»Du solltest lieber den Mund halten. Du lernst immer noch, ein Mädchen zu sein, und ich lerne immer noch, wie ich dich zu behandeln habe. Du bist Eunice – aber du bist auch anders. Und wir müssen juristische Fragen klären, bevor wir über solche Dinge reden können.«

»Altes Ekel. Frauenschinder. Drück mich fest.«

Jake brachte Joan Eunice in ihr Schlafgemach. Winnie wartete bereits dort auf sie, was Joan gar nicht so recht war, denn sie hatte gehofft, Jake doch noch verführen zu können. Doch sie ließ sich ihre Verstimmung nicht anmerken. »Hallo, Winnie.«

»Miss Joan. Alles in Ordnung? Ich habe mir solche Sorgen gemacht.«

»Natürlich ist alles in Ordnung. Mr. Salomon hat sich um mich gekümmert. Warum hast du dir Sorgen gemacht?«

»Im Fernsehen haben sie schlimme Sachen erzählt und vor dem Gerichtsgebäude gab es einen Aufruhr …«

»Winnie, Winnie! Die Idiotenkiste ist doch für Idioten. Warum schaust du dir das denn überhaupt an? Ich war nie in Gefahr.«

»Aber sie hatte einen anstrengenden Tag, deshalb müssen Sie sich gut um sie kümmern, Winnie.«

»Natürlich, Sir.«

»Und ich bin auch müde, deshalb werde ich mich jetzt verabschieden und zu Bett gehen. Nachdem ich irgendwo ein Sandwich aufgetrieben habe, heißt das.«

»Hubert hat bereits ein Tablett in Ihre Suite gebracht, Sir.«

»Hubert hat sich eine Belobigung verdient. Aber um die Wahrheit zu sagen, ich habe eigentlich kaum Hunger, sondern nur überreizte Nerven. Vielleicht sollte mein Abendessen aus einer Schlaftablette bestehen.«

»Jake, Lieber ...«

»Ja, Eunice?«

»Nimm keine Pille. Und iß etwas.«

»Aber ...«

»Ich weiß, ich bin selbst ein Nervenbündel ... aber ich weiß, was man dagegen unternehmen kann. Und Winnie und ich können dafür sorgen, daß sich deine Nerven wieder beruhigen und du schläfst wie ein Baby.«

Er zog eine Augenbraue hoch und blickte erst Eunice, dann Winnie an. »Ich glaube, das könnte jede von euch. Aber beide?«

»Jake, du hast eine schmutzige Phantasie. Winnie ist rot geworden. Aber wir können es machen, nicht wahr, Winnie?«

»Oh ja, Mr. Salomon.«

»Aha. Hat das mit Schmerzen zu tun? Mit gebrochenen Knochen und verrenkten Gliedern?«

»Oh nein, Sir. Es ist sehr entspannend.«

»Na schön, ausprobieren kann ich es ja mal.«

»Du wirst dich aber ausziehen müssen«, meinte Joan.

»Ich wußte doch, daß ein Haken dabei ist.«

»Ach, Jake. Wenn du dich genierst, kannst du ja Shorts tragen. Wir ziehen uns immer dabei aus, dann ist der spirituelle Effekt größer. Geh und zieh dich um, wir treffen uns dann in der grünen Suite. Direkt danach ißt du noch einen Happen, nimmst ein heißes Bad und legst dich ins Bett.«

»Also schön. Aber ich hoffe, daß Winnie mich beschützt, wenn du mich schlagen willst.«

Sobald Jake gegangen war, meinte Joan: »Komm, ziehen wir rasch unsere Sachen aus.« Sie unterbrach sich. »Oder hast du etwas anderes vor? Eine Verabredung?«

Winnie errötete. »Erst später.«

»Muß Paul lange arbeiten?«

Winnie errötete noch tiefer. »Paul und ich haben uns getrennt.«

»Oh, das tut mir leid.«

»Mir nicht. Ich glaube nicht, daß Paul sich jemals wirklich scheiden lassen wollte. Er hat mich immer nur hingehalten. Nun, Bob ist nicht verheiratet. Noch nicht.«

»›Noch nicht‹. Hast du vor zu heiraten, Liebes?«

»Nun ... ich glaube nicht, daß man so etwas planen kann. Das geschieht einfach. So wie ein Gewitter.«

»Da könntest du recht haben.«

Kurz darauf eilten die beiden Mädchen barfuß und in Négligés durch den Korridor zum grünen Zimmer. Der Anwalt wartete bereits auf sie. Er hatte sich in einen Bademantel gehüllt.

»Ich hoffe, wir haben dich nicht warten lassen«, sagte Joan.

»Ich habe die Zeit genutzt, um kurz zu duschen und etwas zu essen.«

»Gut. Dann können wir ja gleich anfangen. Wir setzen uns in einem Dreieck zusammen. Und um dich zu beruhigen, wir machen hier lediglich die einfachste Form des Joga, keine Übungen, sondern Meditation. Vor allem geht es dabei um kontrollierte Atmung. Während des Gebetes mußt du einatmen, danach wieder ausatmen. Jake, beherrscht du den Lotussitz? Wahrscheinlich nicht, wenn du es noch nie gemacht hast.«

»Eunice ...«

»Ja, Jake?«

»Mein Vater war Schneider. Ich habe schon im Schneidersitz gesessen, bevor ich acht war. Wird das ausreichen?«

»Sicher, wenn es bequem für dich ist.«

»In der Stellung könnte ich sogar schlafen. Aber was ist mit diesem Gebet?«

Eunice schlüpfte aus ihrem Nachthemd und nahm die Meditationshaltung ein. »Es geht so: Om mani padme hum.« (Om mani padme hum. Ich hätte Jake das schon früher beibringen sollen.)

»Das habe ich schon mal gehört. Aber was bedeutet es?«

Winnie war Eunices Beispiel gefolgt und saß jetzt ebenfalls in Lotusstellung. »Es bedeutet alles und nichts, Mr. Salomon. Alles, was Ihnen gut und richtig erscheint. Aber sie sollten nicht darüber nachdenken. Sie sollten nicht einmal versuchen, nichts zu denken. Seien Sie einfach, bis Sie merken, wie Sie schweben, wie Sie rundherum warm und entspannt sind.«

»Na gut, ich werde es versuchen.« Er zog seinen Bademantel aus. »Joan Eunice, wann hast du eigentlich Joga gelernt? Hat Winnie es dir beigebracht?«

»Oh nein!« sagte Winnie. »Miss Joan hat es mich gelehrt. Sie ist darin viel weiter fortgeschritten als ich.«

(Aufpassen, Boß!) (Mach dir nur nicht ins Hemd.) »Man lernt viele Dinge, Jake, und verliert sie dann aus Zeitmangel wieder aus den Augen. Ich habe auch einmal Schach gespielt, aber seit fünfzig Jahren kein Brett mehr angerührt. Und den Lotussitz hätte ich in meinem alten Körper schon längst nicht mehr einnehmen können.«

Bevor Salomon sich ebenfalls hinsetzte, zog er seine Shorts aus, wie Joan erfreut registrierte. Winnie betrachtete angelegentlich ihren Nabel und tat so, als hätte sie nichts bemerkt.

»Einatmen«, sagte Winnie mit leiser Stimme. »Om mani padme hum. Halten. Om mani padme hum. Ausatmen. Om mani padme hum. Halten............«

»Om mani padme hum!« sagte Salomon mit einer Stimme, die eine Kathedrale erfüllt hätte. »Om mani padme hum!«

»Winnie, Liebste«, sagte Joan sanft. »Komm zurück und wach auf. Wir müssen Jake aufwecken.«

Die Augenlider des Rotschopfes flatterten, sie flüsterte noch ein Gebet und wartete dann. »Jake, Liebster«, sagte Joan sanft, »Eunice ruft dich. Wach weit genug auf, daß wir dich ins Bett bringen können. Eunice ruft dich zurück. Liebster Jake.«

»Ich höre dich, Eunice.«

»Wie fühlst du dich?«

»Entspannt. Wundervoll. Gut erholt und bereit zu schlafen. Es funktioniert tatsächlich. Aber es ist nichts anderes als Autohypnose.«

»Habe ich je etwas anderes behauptet? Jake, ich erwarte nicht, Gott zu finden, indem ich auf meinen Bauchnabel starre. Aber es funktioniert ... und es ist besser, als den Körper mit Drogen zu bearbeiten. Und jetzt helfen wir dir ins Bett.«

»Das kann ich schon allein.«

»Natürlich kannst du das, aber ich möchte nicht, daß die Entspannung nachläßt.«

Jake lächelte und ließ sich von den beiden ins Bett helfen. Er schlief schon, bevor sie das Zimmer verließen.

»Das ist nicht nötig«, meinte Joan, als Winnie Anstalten machte, ihr Nachthemd überzuziehen. »Von den Angestellten kommt abends niemand hier herauf, es sei denn, man ruft ihn.« Sie legte einen Arm um die Hüfte des Rotschopfes. »So sehr ich es mag, mich hübsch anzuziehen – ist nackte Haut nicht viel schöner?«

»Ja, aber nur drinnen. Draußen kriege ich sofort Sonnenbrand.«

»Und was ist nachts? Als ich noch ein Junge war, wurde es dort, wo ich wohnte, im Sommer unerträglich heiß, und damals gab es auch noch keine Klimaanlage. Wenn ich nachts wegen der Hitze nicht schlafen konnte, habe ich mich oft aus dem Haus geschlichen, um meine Eltern nicht zu wecken, und bin dann nackt in die Dunkelheit gegangen. Kühles Gras unter den Füßen, eine leise Brise, die den Körper umspielte – einfach himmlisch.«

Sie erreichten das Schlafzimmer. »Gib mir noch einen Kuß, Winnie, und geh dann zu deiner Verabredung.«

»Oh, die ist erst nach Mitternacht.«

»Wenn's so ist, wie wäre es dann, wenn wir uns Milch und Kekse holen, uns ins Bett legen und Mädchengespräche führen?«

Wenig später saßen sie kauend auf dem großen Bett, und Joan meinte: »Ich fühle mich so gut, als könnte ich es mit einem ganzen Regiment aufnehmen.«

Nachdenklich sagte Winnie: »Das ist mir mal passiert.«

»Ein *Regiment*?«

»Nein, natürlich nicht. Aber mehrere Männer.«

»Na, dann erzähl mal deiner großen Schwester davon. Waren sie gemein zu dir?«

»Nein, eigentlich nicht. Lieber Himmel, ich werde schon wieder rot. Also, es war am Abend des letzten Schultages. Natürlich war ich keine Jungfrau mehr, ich glaube auch nicht, daß es überhaupt noch eine in meiner Klasse gab. Ein paar der Internen gaben eine Party für ein paar von uns. Die Internen waren die geilsten Typen, die es überhaupt gab, und ein Mädchen nahm eine Einladung von ihnen nur an, wenn sie auch zu allem bereit war. Allerdings gab es eine Menge Champagner und nichts zu essen. Und ich hatte noch nie zuvor Champagner getrunken.«

»Oh je. Ich kann mir schon vorstellen, wie es ausgegangen ist.«

»Nun ... Champagner schmeckt nicht so, als wäre er sehr stark, und so trank ich ziemlich viel. Schließlich landete ich mit einem Burschen im Bett. Allerdings blieb alles irgendwie verschwommen, und mir fiel nur auf, daß der Junge, den ich eigentlich schwarzhaarig in Erinnerung hatte, genauso rot war wie ich. Als er dann plötzlich fast kahl war, dämmerte mir, daß hier irgend etwas Seltsames vor sich ging. Joan, es waren sieben Interne auf dieser Party, und ich glaube, ich habe in jener Nacht mit jedem mindestens einmal geschlafen. Und ich wollte gar nicht, daß sie aufhörten. Eine Nymphomanin, was?«

»Keine Ahnung, Liebes, aber Vorstellungen in dieser Richtung habe ich auch schon gehabt. Erzähl weiter.«

»Am nächsten Morgen wachte ich mit einem furchtbaren Kater auf. Meine Kleider lagen ordentlich zusammengefaltet auf einem Stuhl, und neben dem Bett standen eine Thermoskanne mit Kaffee und ein paar belegte Brote.«

»Immerhin hatten sie Stil – von ihrem Geschmack an Massenvergewaltigungen einmal abgesehen. Lieber Himmel, Winnie, wirf mal einen Blick auf die Uhr.«

»Lieber Gott, jetzt muß ich mich aber sputen.« Sie drückte Joan einen Abschiedskuß auf die Wange und huschte aus dem Zimmer. Joan Eunice drehte sich auf die Seite, stieß einen wohligen Seufzer aus und schlief ein.

KAPITEL DREIZEHN

Am nächsten Morgen bemerkte Joan, daß Jake das Haus verlassen hatte, bevor sie aufgewacht war. Auf dem Frühstückstablett lag ein Umschlag mit einer Notiz für sie:

Liebe Joan Eunice,
ich habe gut geschlafen und fühle mich sehr erfrischt und ausgeruht, worüber ich sehr froh bin, denn ich habe einen anstrengenden Tag vor mir. Ich werde spät zurückkommen, weil ich mit dem Zusammentragen von Beweismaterial beginnen muß und verschiedene Zeugen aufsuchen möchte. Wenn du mich brauchst, kannst du im Klub anrufen und dein Anliegen in meinen Anrufbeantworter sprechen. Bis zehn Uhr bin ich in Richter MacCampbells Büro erreichbar.

Ich habe Jefferson Billings instruiert, daß er dir gegen deine alte Unterschrift und deinen neuen Daumenabdruck aus deinem Konto für persönliche Unkosten Geld auszahlt, solltest du welches brauchen. Er wird mir die Quittungen zur Gegenzeichnung vorlegen, bis du eine neue Unterschrifts- und Daumenabdruckkarte haben wirst. Auf dem Konto sind ungefähr vierhunderttausend, und Billings sagt, er habe Eunice Branca vom Ansehen gekannt und würde sie wiedererkennen.

Solltest du mehr Taschengeld brauchen, laß dir lieber eine persönliche Anleihe von mir geben als Summen abzuheben, die nachher in der Abrechnung erscheinen würden, die ich als Vermögensverwalter für das Gericht machen muß. Dein ›Bruder Mac‹ ist sehr hilfsbereit, aber die finanzielle Seite dieses ganzen Unfugs sollte ultrakonservativ erscheinen, bis er mich nach einem endgültigen Urteil in der Sache als dein Vermögensverwalter ablösen kann. Überdies wollen wir deinen Enkelinnen nicht Munition in die Hände spielen, wenn es sich vermeiden läßt.

Rechne nicht damit, daß ich zum Abendessen kommen werde, denn was ich zu tun habe, ist dringend, wie du weißt. Ich rate dir, diesen Brief zu zerreißen und durch die Toilette zu spülen. Es ist kein Zufall, daß ich ihn versiegelt habe, bevor ich ihn Cunningham gebe. Übrigens beginne ich Cunningham zu schätzen; er ist ein ›ehrlicher Dieb‹.

Dir gebe ich einen großen Kuß – so groß, daß du ein Stück davon abbrechen und an Winnie weitergeben kannst. Sie ist ein liebenswertes Mädchen, und ich freue mich, daß sie dich so gut bemuttert.

Jake

(Was? Der lüsterne alte Ziegenbock! Joan, Jake schielt zu Winnies hübschem Hinterteil, während er unseres tätschelt.) (Sie wird sich hinter uns anstellen müssen!) (Eifersüchtig?) (Nein – aber ich will ihn zuerst haben. Gestern hatte ich ihn endlich soweit, nach vielen Mühen, und alles, was es mir eintrug, war eine Tracht Prügel. Ich hoffe, er kommt heute abend nicht zu spät nach Hause.) (Sicherlich wird er wieder müde sein, nachdem er den ganzen Tag unterwegs war.) (Paß auf, Eunice, ich habe eine blendende Idee. Du wirst sehen, wir sind nicht in allem auf ihn angewiesen!)

(Wie meinst du das, Joan?)

(Eunice, wie würdest du es finden, ein Baby zu haben? Von mir?)

(Was? Mach keine Witze! Du solltest mich nicht veräppeln.)

(Tue ich nicht, Liebes.)

(Aber – Boß, der notwendige Teil von dir ist weg. Eingelegt in Alkohol oder was.)

(Sie verwenden Formalin, glaube ich. Oder Tiefkühlung. Ich rede nicht von dem alten Wrack, das wir weggeworfen haben. Wir können hingehen und uns künstlich befruchten lassen.)

(Huh? Ich verstehe nicht.)

(Ja. Der Gedanke kam mir beim Aufstehen. Erinnerst du dich an die steuerbegünstigten Zuschüsse für die ›Stiftung für Eugenik und Humanbiologie‹?)

(Natürlich. Alle drei Monate habe ich einen Scheck ausgestellt.)

(Eunice, die Stiftung ist meine eigene Schöpfung. Trotz der vielen schönen Worte in der Gründungsurkunde und der menschenfreundlichen und hehren Ziele, die in der Satzung verankert sind, ist der einzige wirkliche Zweck dieser Stiftung nicht mal im Kleingedruckten nachzulesen. Als mein Sohn ums Leben kam, war ich schon ziemlich alt. Aber ich war immer noch zeugungsfähig, und Tests zeigten, daß ich fruchtbar war. Also heiratete ich, um noch einen Sohn und Nachfolger zu haben. Es klappte nicht. Aber ich hatte mich doppelt gesichert. In der Spermabank der Stiftung ist ein kleines Stück vom alten Johann erhalten, das heißt, einige zehn- oder zwanzigtausend winzige Stückchen. Vermutlich sind sie nicht tot, sondern schlafen nur. Das ist, was ich mit künstlicher Befruchtung meinte. Ich weiß nicht, wie sie es machen, mit einer Spritze, nehme ich an. Was meinst du dazu?)

(Wenn ich weinen könnte, würde ich es jetzt tun. Vor Glück, Joan. Aber ein Geist kann nicht weinen.)

(Dann fahren wir hin. Wir können es uns bis zur letzten Minute überlegen.)

(Joan, ich finde die Idee so großartig, daß ich meine Meinung darüber niemals ändern werde. Aber wie verträgt sich das mit Jake? Du wirst uns doch nicht um dein Kind bringen, indem du Jake zuerst ranläßt, oder?) (Natürlich nicht, kleiner Dummkopf. Hmm – aber ich werde Bargeld brauchen.)

(Jake hat dir aufgeschrieben, wie du jede Menge Bargeld kriegen kannst.) (Gewiß – mit meiner Unterschrift, und dann von ihm gegenzuzeichnen. Eunice, ich wette, du hast nie in deinem Leben ein Bestechungsmanöver gemacht.) (Nun ... nicht mit Geld.) (Siehst du? Heute brauchen wir gebrauchte Banknoten in mittleren Scheinen, aus einer nicht identifizierbaren Quelle. Komm mit, kleine Schnüfflerin, und ich werde dir etwas zeigen, von dem nicht mal meine Sekretärin wußte.)

(Du meinst diesen versteckten Wandsafe in deinem Badezimmer, Boß?) (Eh? Wie, zum Teufel, hast du davon erfahren?) (Ich bin ein Schnüfflerin, sagtest du eben.) (Weißt du vielleicht auch die Kombination?) (Leider nicht.) (Macht nichts; in zwei Minuten wirst du sie wissen. Oder kannst du sie aus meinem Gedächtnis fischen?) (Joan, du solltest inzwischen wissen, daß ich nichts aus deinem Gedächtnis fischen kann, solange du nicht intensiv daran denkst. Und du weißt nicht, was in meinem Gedächtnis ist, bis ich daran denke. Aber – Nun, wenn ich diesen Safe öffnen müßte, würde ich mit den Zahlen anfangen, die den Geburtstag deiner Mutter bezeichnen.)

Joan seufzte. (Ich bin ein armes Mädchen. Nicht mal in meinem eigenen Kopf kann ich etwas geheimhalten. Also laß uns nachsehen, ob wir beraubt worden sind.)

Sie ging ins Bad, sperrte die Tür ab, öffnete den Wandschrank und nahm einen Stapel Handtücher heraus. Dann steckte sie Kopf und Arme in das leere Fach, nahm die Rückwand heraus und legte die Stahltür des kleinen Safes frei. (Du glaubst, das Geburtsdatum meiner Mutter wird ihn öffnen?) (Ich würde zuerst die Höhensonne über dem Massagetisch einschalten.) (Wie ich sagte, ich habe keine Privatsphäre mehr.)

Joan öffnete den Safe. In seinem Innern war genug Geld, um den Buchprüfer einer Bank zu interessieren. Aber die

Banderolen waren nicht in einer Bank um die Bündel gelegt worden; sie waren aus gewöhnlichem weißen Papier und mit der Hand beschriftet. (Das ist eine Menge Geld, Joan – und niemand hat den Safe gefunden.) (Nur du, Mata Hari.)

Sie legte Jakes Brief in den Safe, nahm ein paar Banknotenbündel heraus und steckte sie in ihre Handtasche. Dann schloß sie den Safe, schaltete die Höhensonne aus und richtete das Schrankfach ein, wie es gewesen war. Nachdem sie den Wandschrank geschlossen hatte, trat sie zur Sprechanlage und drückte den Schalter.

»O'Neil?«

»Ja, Miss Smith?«

»Ich möchte meinen Wagen, einen Fahrer und beide Beifahrer, in dreißig Minuten.«

Es blieb einen Moment still. »Ah, Miss Smith. Mr. Salomon vergaß offenbar zu erwähnen, daß Sie das Haus verlassen würden.«

»Aus einem guten Grund. Er wußte es nicht. Erwähnte er, daß ich nicht mehr unter Vormundschaft des Gerichts stehe? Und wenn nicht, haben Sie es aus anderer Quelle erfahren?«

»Miss Smith, ich habe es nicht offiziell erfahren.«

»Ich verstehe. Dann erfahren Sie es jetzt von mir. Offiziell.«

»Ja, Miss Smith.«

»Ihre Stimme klingt nicht glücklich, O'Neil. Sie könnten es nachprüfen indem Sie das Sekretariat von Richter MacCampbell anrufen.«

»Ja, natürlich.«

»Werden Sie es tun, O'Neil?«

»Vielleicht habe ich Sie mißverstanden, Miss Smith. Sagten Sie nicht, daß ich es tun sollte?«

»Nehmen Sie dieses Gespräch auf?«

»Selbstverständlich, Miss. Das tue ich immer, bei Befehlen.«

»Ich schlage vor, daß Sie zurückspulen und Ihre eigene Frage beantworten. Ich werde warten. Aber zuerst – wie lange sind Sie jetzt bei mir, O'Neil?«

»Siebzehn Jahre, Miss Smith. Die letzten neun als Ihr Sicherheitschef.«

»Siebzehn Jahre. Hm, nicht genug für das maximale Ruhegehalt, aber doch eine lange Zeit treuer und bedingungsloser Dienste. Sie können noch heute in den Ruhestand treten, wenn Sie wollen, O'Neil, und ich werde Ihnen Ihr volles Gehalt bis zum Jahresende weiterzahlen. Treue Dienste sollten gewürdigt werden. Nun spielen Sie bitte zurück, während ich warte.« Sie wartete.

»Entschuldigen Sie, Miss Smith – es scheint, daß ich eine Hörhilfe brauche. Sie sagten mir nicht, daß ich das Sekretariat des Richters anrufen soll. Sie sagten bloß, daß ich es tun könnte.«

»Das ist richtig. Ich wies Sie auf die Möglichkeit hin, das, was ich Ihnen offiziell gesagt habe, durch einen solchen Anruf nachzuprüfen. Sie können es immer noch tun.«

»Äh ... Miss Smith, ich sehe nicht, worauf Sie hinauswollen.«

»Ich bin überzeugt, daß Sie es sich denken können. Wünschen Sie heute noch in den Ruhestand zu treten? Wenn ja, dann schicken Sie mir Mentarone herauf; ich möchte mit ihm sprechen.«

»Miss, ich habe gar nicht den Wunsch, in den Ruhestand zu treten. Ich bin erst ...«

»Wirklich nicht? Sie vermitteln mir den Eindruck, daß Sie nach einem anderen Arbeitsplatz Ausschau hielten. Vielleicht bei Mr. Salomon. Wenn das so ist, will ich Ihnen nicht im Weg stehen, O'Neil.«

»Miss Smith, es gefällt mir hier.«

»Freut mich, das zu hören. Ich hoffe, Sie werden noch viele Jahre bleiben. O'Neil, haben Sie damals mit irgend jemandem mein Kommen und Gehen diskutiert?«

»Nur wenn Sie mir sagten, ich solle dies oder jenes ausrichten. In solchen Fällen habe ich Ihre Anweisungen immer auf Band.«

»Fein. Löschen Sie dieses Band, und ich werde warten, während Sie es tun.«

Nach einer kurzen Pause sagte er: »Gelöscht, Miss Smith.«

»Gut. Fangen wir von vorn an. O'Neil, hier ist Miss Johann Sebastian Smith. Ich möchte meinen Wagen, einen Fahrer und beide Beifahrer, in dreißig Minuten.«

»Sie werden bereit sein, Miss Smith.«

»Danke. Ich werde einkaufen. Gibt es etwas, das ich für Mrs. O'Neil mitbringen kann?«

»Sehr freundlich von Ihnen, Miss. Ich glaube nicht. Soll ich sie fragen?«

»Wenn Sie es tun, ist es nur nötig, zu sagen, daß mein Wagen in die Stadt fährt. Wenn sie eine Liste hat, können Fred oder Shorty das Nötige besorgen. Ende.«

(Boß, du hast ihm den Angstschweiß auf die Stirn getrieben. War das nett?) (Es ist nicht einfach, mitten in einer nominellen Demokratie eine feudale Enklave zu erhalten. Eunice. Leute, die sich erst eine eigene Meinung bilden wollen, bevor sie meine Befehle ausführen, kann ich nicht gebrauchen. Jedenfalls nicht im Hauspersonal. Perfekten Service kannst du nur haben, wenn du die alten Mittel anwendest: Zuckerbrot und Peitsche. Wenn Johann ›Frosch‹ sagte, dann hüpften alle – besonders mein Sicherheitschef. O'Neil und alle anderen müssen wissen, daß Johann noch da ist, und daß niemand, nicht einmal Jake, zu überprüfen oder zu kritisieren hat, was ich sage. Es sei denn, er heiratet uns; in diesem Fall werde ich ganz der weibliche Typ sein und ihn alles entscheiden lassen.) (Das möchte ich erleben!) (Ich wäre dazu imstande, Eunice. Sag mir, hast du Joe gehorcht?) (Nun ... ich habe es nie soweit kommen lassen, daß es hart auf hart ging. Ich glaube, du könntest sagen, daß ich ihm gehorchte. Außer daß ich schwindelte, oder manchmal meinen Mund hielt.) (Ich würde es ungefähr genauso machen. Ich glaube, das beste Arrangement wäre, genau das zu tun, was der Mann einem sagt ... es aber so zu drehen, daß er mir das sagt, wofür ich mich bereits entschieden habe.) (Boß, das hört sich wie ein Rezept für eine vollkommene Ehe an. Nur darf der Mann nicht allzu klug sein. Oder er muß dich sehr lieben.)

(Ich finde, daß es mir gefällt, weiblich zu sein. Nun, was ziehen wir an?)

Joan entschied sich für ein Stirnband, einen knielangen Rock mit Pullover, einen Umhang mit Kapuze und Gesichtsschleier, und Schuhe mit niedrigen Absätzen, alles in gedeckten Farben. Sie war in weniger als dreißig Minuten fertig.

(Wie ist unser Gesicht, Eunice?) (Für eine ›Einkaufsfahrt‹ gut genug. Nicht nötig, Winnie zu rufen.) (Will ich auch nicht; sie könnte auf die Idee kommen, mich begleiten zu wollen. Laß uns gehen, Eunice – wir werden einen zweitausendjährigen Rekord brechen, ohne Hilfe vom Heiligen Geist.) (Joan, es ist nicht hübsch, so zu reden!) (Der Teufel soll mich holen! Eunice, ich dachte, du seist keine Christin? Du erzähltest mir früher immer von euren Joga-Übungen, von Karma und Om mani padme hum und so weiter, also dachte ich, du seist Buddhistin oder Hinduistin, oder so etwas.)

(Ich bin nichts von alledem, Joan. Ich kenne nur einige nützliche Übungen für geistige Disziplin. Aber es ist geschmacklos, über Dinge zu scherzen, die anderen heilig sind.) (Selbst in Gedanken? Willst du mir sagen, was ich denken soll?) (Oh, mir kannst du alles sagen Joan – Hauptsache, du sagst solche Dinge nicht laut.) (Tut mir leid, Boß. Ich liebe dich.) (Ich dich auch. Also, gehen wir. Lassen wir uns schwängern.) (Ja!)

Sie ging hinunter. O'Neil erwartete sie und salutierte. »Der Wagen steht bereit, Miss.« Er führte sie hinaus. Die drei Männer standen aufgereiht neben dem Fahrzeug und rissen die Hände an die Mützenschirme, als Joan herankam. Sie lächelte ihnen zu. »Guten Morgen, Freunde. Ich freue mich, euch so wohlauf wiederzufinden. Es war eine lange Zeit.«

Finchley antwortete für sie: »Das ist wahr, Miss Smith. Und wir freuen uns.«

»Danke.« Sie ließ sich von O'Neil in den Wagen helfen und verriegelte die Fondtüren von innen, während die Männer ihre Plätze einnahmen. Das schwere Stahltor zur Straße öffnete sich elektrisch, und der große Wagen rollte hinaus. (Eunice, wo hast du früher deine Kleider gekauft? Du hattest immer sehr extravagante Sachen.) (Puh, die Kleider machten es nicht. Ohne Joes Malerei hätte ich halb so interessant ausgesehen. Und Joan, wo ich einkaufte, solltest du nie einkaufen.) (Warum denn nicht?) (Weil es nicht geht. Eine reiche Frau wie du kauft Originalmodelle und achtet auf beste Qualität. Ich kenne zwei Läden, die für dich in Frage kämen; sie haben ihre Räume unten in Gimbels Warenhaus.) (Gut. Wir werden hinfahren, wenn wir mit der anderen Sache fertig sind.)

Sie schaltete die Sprechanlage ein. »Finchley.«

»Ja, Miss?«

»Halten Sie auf dem Parkplatz neben der Autobahnbrücke. Shorty und ich werden von dort zu Fuß gehen.«

»In Ordnung, Miss.«

»Shorty soll ein Funksprechgerät an seinen Gürtel hängen; wo wir hingehen, gibt es keine Parkmöglichkeit. Oder jedenfalls gab es keine, als ich das letztemal in der Stadt war. Wie lange ist das her? Zwei Jahre?«

»Zwei Jahre und sieben Monate, Miss. Sind Sie sicher, daß Sie nicht auch Fred mitnehmen wollen?« (Lieber nicht, Joan; Fred kann lesen.)

»Nein, er kann beim Wagen bleiben, Finchley.«

Als der Wagen hielt, hakte Joan ihren Gesichtsschleier in die Ösen an der weichen Kapuze und verbarg ihre Identität vor neugierigen Blicken. Shorty – ein zwei Zentner schwerer Koloß von einem Neger, einen Meter neunzig groß und im Nebenberuf Prediger einer Sekte – sperrte auf und half ihr ins Freie. Bald waren sie im Gedränge der Passanten, und Joan war froh, daß sie den schwarzen Riesen neben sich hatte; sie fühlte sich plötzlich verwundbar und verloren, als sie die belebte Geschäftsstraße entlangging. »Shorty, das Gebäude, das ich suche, hat die Nummer hundertsiebenunddreißig; können Sie es finden?« Die Frage hatte nur den Zweck, daß er sich nützlich fühlte. Sie wußte recht gut, wo das Gebäude war; es gehörte ihr.

»Oh, natürlich, Miss – ich kann Zahlen wirklich gut lesen. Bloß Wörter sind schwierig für mich.«

»Shorty, wie kommen Sie als Prediger zurecht? Ich meine, wenn Sie nicht die Bibel lesen können.«

»Keine Schwierigkeit, ich habe alles auf Tonband. Und die wichtigsten Stellen weiß ich auswendig. Wenn ich über etwas spreche, lasse ich vorher das Band ablaufen und präge mir ein, was ich brauche.«

»Sie haben ein bemerkenswertes Gedächtnis. Ich wünschte, ich könnte von mir das gleiche sagen.«

»Man braucht nur Geduld. Als ich im Gefängnis war, hatte ich fast die ganze Bibel im Kopf. Der Gefängnispfarrer half mir; er brachte mich auf den rechten Weg.« Nach einer Pause fügte er hinzu: »Manchmal denke ich, ich sollte lesen lernen ... aber irgendwie finde ich nie die Zeit.« (Wahrscheinlich hat der arme Kerl nie eine Schule besucht, Boß.) (Lesen bringt manche Leute bloß auf die falschen Gedanken, Eunice. In der Schule werden ihnen große Rosinen in die Köpfe gesetzt, sie wollen alle hoch hinaus und sind nachher unzufrieden, wenn sie unten bleiben. Die Abschaffung der Schulpflicht war eine gute Sache für uns.) (Ich weiß nicht, Boß; Joe hat ganz anders darüber geredet. Er sagte, die Kapitalisten hätten die Schulpflicht abgeschafft, um das Volk zu verdummen und billige Arbeitskräfte zu kriegen. Außerdem sparten sie dabei Steuern, weil der Staat keine neuen Schulen bauen muß.) (So? Ich glaube, dein Joe war ein verkappter Kommunist. Mit solchen Reden kann er sich leicht ins Gefängnis bringen.) (Wenn du den reichen alten Sklavenhalter herauskehrst, kannst du richtig ekelhaft sein, Boß.) (Wollte ich nicht, Eunice, Liebling.)

»Ich glaube, die muß es sein, Miss – eins, drei, sieben.«

»Danke, Shorty.« Sie gingen hinein. Der Pförtner verlangte keinen Ausweis von ihr, und sie bot ihm keinen an, weil sie keinen hatte, weder als Johann Smith noch als Eunice Branca. Der Mann warf einen Blick auf Shortys Uniform, die seiner eigenen glich, entriegelte das Drehkreuz und winkte sie durch. Joan Eunice lächelte ihn an und machte eine Gedankennotiz, daß die Sicherheitsvorkehrungen in diesem Gebäude überprüft werden sollten. Der Pförtner hätte Shortys Ausweis fotografieren und die Nummer seiner Dienstplakette notieren müssen. (Boß, in einem so großen Geschäftshaus kann er nicht alle Leute derart gründlich behandeln. Sie würden bis auf die Straße hinaus Schlange stehen.) (Hätte es in deinem ehemaligen Wohnhaus strenge Sicherheitsmaßnahmen gegeben, würdest du heute noch als Eunice Branca herumlaufen.) (Ich mag das nicht bestreiten, Boß – ich bin zu aufgeregt!)

Im zwölften Stock residierte die »Stiftung für Humanbiologie und Eugenik, Prof. Dr. H. S. Olsen, Direktor, Bitte läuten und warten«.

Der Wachmann ließ sie ein und beugte sich wieder über seine Bilderzeitschrift. Joan vermerkte mit Befriedigung, daß zwei einzelne Frauen und zwei Ehepaare im Wartezimmer saßen. Sie (Johann) hatte Olsen erst bei der Übersendung des letzten Quartalsschecks an den (öffentlichen) Zweck der Stiftung erinnert, lizensierten und qualifizierten Frauen das Sperma von ausgewählten, anonymen Spendern zugänglich zu machen. Olsen, der diesen Teil des Stiftungsauftrags aus mangelndem Enthusiasmus an der Sache eher vernachlässigt hatte, schien die Mahnung verstanden zu haben.

»Warten Sie hier, Shorty«, sagte Joan. »Da ist ein Fernseher.«

Sie verließ das Wartezimmer, vermied den Büroschalter mit der Aufschrift »Anträge« und betrat das zugehörige Büro durch die Tür. Der einzige Insasse, ein älterer Mann, blickte unwillig von seinem Schreibtisch auf.

»Was gibt es, Madame? Wenn es ein Antrag ist, gehen Sie bitte an den Schalter, legen Ausweis und Kinderlizenz vor und füllen einen der dort ausliegenden Fragebogen aus. Anschließend können Sie ins Wartezimmer gehen. Sie werden aufgerufen.«

»Ich möchte den Direktor sprechen. Professor Olsen.«

»Sind Sie angemeldet?«

»Nein, aber ...«

»Professor Olsen ist grundsätzlich nur nach vorheriger Anmeldung zu sprechen. Sagen Sie mir Ihren Namen und Ihr Anliegen, dann werde ich Sie bei seiner Sekretärin melden, mit der Sie möglicherweise sprechen und gegebenenfalls einen Termin vereinbaren können.«

Sie beugte sich ein wenig vorwärts und sagte leise: »Ich muß ihn sehen. Sagen Sie ihm, daß mein Mann alles entdeckt hat.«

Der Mann machte ein erschrockenes Gesicht. »Ihr Name?«

»Seien Sie nicht albern. Sagen Sie ihm das.«

»Äh ... warten Sie hier.« Er verschwand durch eine Seitentür.

Joan Eunice wartete. Nach bemerkenswert kurzer Zeit kehrte der Mann durch den Korridor zurück und winkte ihr, um ihm zu folgen. Sie sah eine Tür mit der Aufschrift »Direktor – Kein Zutritt, Anmeldung nebenan«, aber ihr Begleiter verstellte ihr den Weg und schob sie dann ins Sekretariat, wo sie sich einer streng blickenden Frau mittleren Alters gegenübersah. Die Frau sagte frostig: »Was für ein Unsinn ist das? Wer sind Sie? Zeigen Sie mir Ihren Ausweis.« (Drei Finger direkt in ihren Solarplexus, Boß, und sie ist sehr viel höflicher.) (Schon möglich, aber wir probieren zuerst meine Methode aus.)

Joan antwortete in noch eisigerem Ton: »Ich denke nicht daran, Miss Perkins. Warum, glauben Sie, trage ich diesen Schleier? Wollen Sie mich anmelden? Oder soll ich die Polizei und die Nachrichtenschnüffler rufen?«

Miss Perkins blickte verdutzt, verließ ihren Schreibtisch und verschwand im Büro des Chefs. Nach einer Minute kehrte sie zurück und sagte zornig: »Sie dürfen hineingehen.«

Olsen blieb sitzen, als Joan sein geräumiges Büro betrat. Er sagte: »Madame, Sie haben eine ungewöhnliche Form gewählt, meine Aufmerksamkeit zu gewinnen. Nun, was ist es? Kommen Sie zur Sache.«

»Professor, bieten Sie einer Dame keinen Stuhl an?«

»Einer Dame gewiß. Aber Sie haben sich einige Mühe gemacht, diesen Punkt zweifelhaft erscheinen zu lassen. Sprechen Sie, gute Frau, meine Zeit ist bemessen.« Er trommelte mit den Fingern auf die Platte seines Schreibtisches. »Oder wollen Sie mich zwingen, Sie entfernen zu lassen?«

(Joan, hast du gesehen, wie er zum Mikrofon blickt? Diese alte Fledermaus im Nebenzimmer nimmt jedes Wort auf.) (Ich dachte es mir, Eunice. Also wollen wir noch nicht reden.) Joan trat näher an den Schreibtisch, hakte ihren Schleier aus und ließ ihn auf ihre linke Schulter fallen.

Olsens Gesichtsausdruck veränderte sich von verdrießlicher Ungeduld zu erschrockenem Erkennen. Joan Eunice beugte sich über seinen Schreibtisch, schaltete das Diktiermikrofon aus. Dann sagte sie mit leiser Stimme: »Gibt es noch ein Aufnahmegerät? Ist dieser Raum schalldicht? Wie ist es mit dieser Tür?«

»Miss ...«

»Miss ist genug. Sind Sie bereit, mir einen Stuhl anzubieten? Oder soll ich gehen – und mit meinem Anwalt wiederkommen?«

»Aber bitte – setzen Sie sich, Miss ...«

Joan wartete mit unbewegter Miene, bis er aufstand und einen Armsessel in die korrekte Position für besonders wichtige Gäste nahe bei seinem eigenen schob. Sie dankte und setzte sich. »Nun beantworten Sie den Rest. Sind wir wirklich ungestört? Wenn Sie es mir versichern, und es ist nicht der Fall, dann werde ich es bald erfahren – und geeignete Schritte unternehmen.«

»Ah – wir sind ungestört. Aber einen Moment.« Er stand auf, ging zur Tür seiner Sekretärin und schob einen Riegel vor. »Nun, Miss, sagen Sie mir bitte, worum es geht.«

»Das werde ich tun. Zuerst etwas anderes. Ich habe mein ursprüngliches Stiftungskapital regelmäßig durch vierteljährliche Schecks ergänzt. Haben Sie diese auch während meiner Geschäftsunfähigkeit erhalten?«

»Eh ... ein Scheck blieb aus. Ich wartete sechs Wochen, dann schrieb ich Mr. Salomon und erläuterte ihm den Sachverhalt. Bald daraufhin erhielten wir zwei Quartalszahlungen auf einmal, mit einem Brief, in dem Mr. Salomon uns mitteilte, daß er die Zahlungen in Ihrem Namen fortsetzen werde. Gibt es Schwierigkeiten?«

»Nein, Professor. Die Stiftung wird weiterhin meine Unterstützung erhalten. Lassen Sie mich hinzufügen, daß die Kuratoren im großen und ganzen mit Ihrer Geschäftsführung zufrieden sind.«

»Das ist erfreulich zu hören. Sind Sie deshalb heute gekommen? Um mir das zu sagen?«

»Nein, Professor. Nun kommen wir zum Zweck meines Besuchs. Sind Sie absolut sicher, daß unser Gespräch nicht mitgehört oder aufgenommen werden kann? Die Antwort ist für Sie bei weitem wichtiger als für mich.«

»Miss – ah, ich weiß es. Sie können völlig unbesorgt sein.«

»Gut. Ich möchte, daß Sie ins Tiefkühlmagazin gehen, die Spende Nummer 551-20-52 – ich werde mit Ihnen gehen und die Nummer nachprüfen – herausholen und sie aktivieren. Und dann möchte ich, daß Sie mich damit befruchten. Sofort.«

Olsen starrte sie eine Weile in Verblüffung an, bevor er seine Sicherheit zurückgewann und sagte: »Miss – das ist unmöglich.«

»Warum? Der Zweck unserer Institution, wie er in seiner Satzung – die ich geschrieben habe – festgelegt ist, besteht darin, qualifizierte Frauen auf Verlangen gegen eine mäßige Gebühr die Spermen ausgewählter Spender zugänglich zu machen – ohne Publizität. Das ist genau, was ich will. Wenn Sie zuvor eine ärztliche Untersuchung vornehmen wollen, bin ich bereit. Wenn Sie wissen wollen, ob dieser Körper für ein Kind lizensiert ist, versichere ich Ihnen, daß es sich so verhält – obwohl Sie wissen, daß meine Geldstrafe für unlizensierte Schwangerschaft in diesem Fall weniger als nichts bedeutet. Wo liegen die Schwierigkeiten? Dauert es zu lange, das Sperma vorzubereiten, um alles an einem Tag zu erledigen?«

»Oh nein, wir können es in dreißig Minuten erwärmen und lebensfähig machen.«

»Dann befruchten Sie mich in dreißig Minuten.«

»Aber, Miss – begreifen Sie nicht, in welche Schwierigkeiten ich kommen könnte?«

»Was für Schwierigkeiten?«

»Nun ... ich verfolgte die Nachrichten. Andernfalls hätte ich Sie nicht erkannt. Soweit ich unterrichtet bin, ist noch nicht endgültig über die Identitätsfrage entschieden worden ...«

»Ach, das.« Joan macht eine wegwerfende Handbewegung. »Professor, wetten Sie bei den Pferderennen?«

»Eh? Früher habe ich es zuweilen getan. Warum?«

»Wenn wir wirklich ungestört sind, können Sie nicht in Schwierigkeiten kommen. Aber im Laufe seines Lebens gerät jeder einmal in eine Situation, wo er wetten muß. Sie sind in einer solchen Krise. Sie können auf ein bestimmtes Pferd setzen – eine Rückversicherung gibt es nicht. Und gewinnen. Oder verlieren. Wie Sie wissen, sind die anderen Kuratoren dieser Stiftung meine Strohmänner; ich bin die Stiftung. Lassen Sie mich voraussagen, was eintreten wird. In kurzer Zeit wird dieser Identitätsunsinn vorbei sein, und das Gericht wird meine Identität als Johann Sebastian Smith bestätigen. Bald darauf wird das Stiftungskapital dieser Institution verdoppelt, was eine Ausweitung der Forschungsaktivität, neue Planstellen und natürlich vermehrte Verantwortung bedeuten wird, die im Gehalt des Direktors ihren Niederschlag finden wird. Wenn Sie auf das richtige Pferd setzen, werden Sie der Direktor sein. Wenn nicht – werden Sie ohne einen Arbeitsplatz sein.«

»Sie drohen mir?«

»Nein. Ich prophezeie nur. Gleichgültig, wie Sie wetten, das Stiftungskapital wird verdoppelt werden. Aber nur Sie und ich werden jemals wissen, was heute getan wird.«

»Mmmm ... Es gibt gewisse Erfordernisse, die ich berücksichtigen muß. Gewiß habe ich die Autorität, jeder erwachsenen weiblichen Person eine künstliche Befruchtung zu ermöglichen, wenn ich mich ihrer Qualifikation vergewissert habe. Gehen wir davon aus, daß dies geschehen ist. Nichtsdestoweniger verlangt der Gesetzgeber, daß Unterlagen geführt werden, daß eine Akte angelegt ...«

Joan schüttelte energisch ihren Kopf. »Keine Unterlagen, keine Akte. Tun Sie es einfach, und ich werde meinen Schleier über mein Gesicht haken und gehen.«

»Aber, Miss – ich tue diese Dinge nicht selbst. Ein Gynäkologe führt die Prozedur durch, unterstützt von einer Krankenschwester. Sie würden es mit Recht seltsam finden, wenn ich ihnen sagte, daß keine Aufzeichnungen und Eintragungen gemacht werden dürfen.«

»Keine Krankenschwestern. Keine Assistenten. Sie allein, Professor. Sie sind Arzt und Spezialist für Genetik und Eugenik. Entweder können Sie dies tun ... oder Sie wissen nicht genug, um dieser Institution vorzustehen. Was die Kuratoren mit Bedauern zur Kenntnis nehmen würden. Darüber hinaus werde ich mit Ihnen gehen und die Nummer an dieser Spende nachprüfen und Ihnen über die Schulter sehen, bis Sie das Zeug in mich hineinbringen. Haben wir uns verstanden?«

Olsen seufzte. »Wir können nicht mit Sicherheit sagen, daß eine Plazierung des Spermas zu einer Befruchtung führen wird.«

»Wenn nicht, werde ich in neunundzwanzig Tagen wieder hier sein. Professor, hören Sie auf, sich zu zieren. Oder wetten Sie auf das andere Pferd, und ich werde gehen.« Sie stand auf. (Nun, Eunice? Wird der Frosch hüpfen?) (Keine Ahnung, Joan. Wenn ja, dann nur aus Angst um seinen Job. Er hat so viele Frauenhintern gesehen, daß sie ihn langweilen. Ich werde nicht schlau aus ihm.)

Olsen stand plötzlich auf. »Sie werden einen Kälteanzug brauchen.«

»In Ordnung. Geben Sie mir einen.«

»Ich habe einen in Reserve in meinem Schrank. Für wichtige Besucher. Er wird Ihnen ein wenig zu groß sein, aber das hat den Vorteil, daß Ihre Figur vollständig verhüllt wird. Niemand wird Sie erkennen.«

Fünfundvierzig Minuten später sagte Professor Olsen: »Halten Sie noch einen Moment still. Ich werde einen Okklusivpessar aus Latex anbringen, um die Spende zu schützen.«

»Warum? Ich dachte, diese Dinger seien für Empfängnisverhütung.«

»Gewöhnlich. Und er wird auch diesem Zweck dienen – womit ich sagen will, daß manche unserer Klientinnen sofort vor jeder Befruchtung aus irgendeiner anderen Quelle geschützt sein wollen. Aber in Ihrem Fall hat diese zeitweilige Barriere dafür zu sorgen, daß die Gabe tatsächlich zu einer Befruchtung gelangt und nicht stromabwärts schwimmt – folgen Sie mir? Lassen Sie den Pessar bis morgen an Ort und Stelle – oder länger, das spielt keine Rolle. Wissen Sie, wie Sie ihn zu entfernen haben?«

»Wenn ich ihn nicht herausholen kann, werde ich sie rufen.«

»Wenn Sie es wünschen. Sollte sich ein Erfolg diesmal nicht einstellen, können wir es in vier Wochen wieder versuchen.« Professor Olsen senkte die Beinstützen und half ihr vom Stuhl. Sie richtete sich auf und begann ihre Kleidung zu ordnen. Sie fühlte sich erhitzt und glücklich. (Eunice, es ist getan!)

Professor Olsen hob ihren Umhang auf und legte ihn um ihre Schultern. Sie sagte: »Professor – machen Sie sich keine Sorgen über den Ausgang dieses Pferderennens.«

Er lächelte knapp. »Ich habe mir keine Sorgen darüber gemacht. Darf ich sagen, warum?«

»Bitte.«

»Hm. Wenn Sie sich erinnern, bin ich mehrmals mit Johann Smith – Mister Johann Smith – zusammengekommen.«

»Ja, ich glaube, es waren insgesamt zehn oder elf Begegnungen, darunter ein ausführliches Gespräch unter vier Augen, als Professor Andrews Sie als seinen Nachfolger nominierte.«

»Ja, Miss Smith. Ich werde dieses Gespräch niemals vergessen. Miss, es mag juristische Gründe geben, die Frage Ihrer Identität zweifelsfrei aufzuklären. Aber für mich ist diese Frage beantwortet. Ich glaube nicht, daß es irgendeine junge Frau Ihres gegenwärtigen physiologischen Alters gibt, die Mr. Johann Smiths charakteristische Umgangsformen auch nur halbwegs überzeugend simulieren könnte.«

»Lieber Himmel!«

»Wie bitte?«

»Professor Olsen, diese Geschlechtsveränderung, die ich durchgemacht habe, ist nicht leicht zu steuern, das können Sie mir glauben. Es ist ein Glück – für uns beide! –, daß Sie hinter dem Gesicht, das ich jetzt trage, Johann Smith wiedererkennen konnten. Aber ich bin mir schmerzlich bewußt, daß ich Manieren annehmen muß, die zu dem passen, was ich jetzt bin. In drei oder vier Wochen, wenn ich hoffentlich erfreuliche Nachricht für Sie haben werde, sollten Sie mich anrufen und sich vorführen lassen, daß ich eine Dame simulieren kann, wenn ich muß. Wir könnten bei der Gelegenheit einen Termin vereinbaren, wo Sie zu mir kommen und wir bei einer Tasse Tee besprechen können, wie die Arbeit der Stiftung nach der Verdoppelung des Kapitals am wirkungsvollsten intensiviert und ausgedehnt werden kann.«

»Miss Smith, es wird mir ein Vergnügen sein, über diese Dinge mit Ihnen zu sprechen, wann immer Sie es wünschen. Ich werde mir erlauben, Sie in vier Wochen anzurufen. Einstweilen wünsche ich Ihnen viel Glück.« (Willst du ihn küssen, Joan?) (Eunice, kannst du nicht ein einziges Mal versuchen, einen Mann unpersönlich zu sehen?) (Ich weiß nicht; ich habe es nie probiert. Ah, sei nicht so zimperlich; er ist wie ein Lamm gewesen.) (Sei du jetzt auch ein Lamm und laß uns gehen, wie wir gekommen sind – mit Haltung.)

Joan schloß ihren Umhang und hakte den Schleier ein. »Ich danke Ihnen, Professor Olsen. Wie komme ich zurück zum Wartezimmer, ohne Ihrer Miss Perkins zu begegnen?«

KAPITEL VIERZEHN

Zehn Minuter später ließ sie sich von Shorty in den Wagen helfen. »Wohin jetzt, Miss Smith?« fragte Finchley.

»Gimbels, bitte.«

»In Ordnung, Miss Smith.«

In der Tiefgarage des Warenhauses angelangt, ließ Joan sich von Fred zum Modesalon ›Madame Pompadour‹ geleiten. Die Tatsache, daß sie einen privaten Leibwächter hatte, trug ihr die sofortige Aufmerksamkeit des Geschäftsführers ein, der zwar nicht die Madame Pompadour war, mit Spitzenhemd, barocker Frisur und gravitätischer Gestik jedoch den Eindruck zu erwecken suchte, daß er ein Zeitgenosse der berühmten Marquise sei. (Eunice, bist du sicher, daß dies der richtige Ort ist?) (Ganz sicher, Joan – warte, bis du ihre Preise siehst.)

»Wie darf ich Madame dienen?«

»Haben Sie einen privaten Vorführraum?«

»Aber selbstverständlich, Madame. Ah, dort ist ein Wartezimmer, wo ...«

»Mein Wächter bleibt bei mir.«

Der Geschäftsführer blickte verletzt. »Wie Madame wünschen. Wenn Sie mir bitte folgen wollen ...«

Kurz darauf saß Joan vor einem niedrigen Laufsteg; Fred stand mit verschränkten Armen hinter ihr. Der Raum war warm; sie legte ihren Umhang ab, ließ aber den Schleier vor ihren Zügen. Dann grub sie in ihrer Handtasche und kramte einen Zettel heraus. »Haben Sie ein Modell, das diesen Maßen nahekommt?«

Der Geschäftsführer studierte die Zahlen – Höhe, Gewicht, Schultern, Oberweite, Taille, Hüften, Beinlänge. »Sind dies Madames Maße?«

»Ja. Aber hier ist noch eine andere Liste mit Maßen. Sie gehören einer Freundin, für die ich etwas Hübsches und Exotisches kaufen möchte. Sie ist rothaarig und mit blasser Haut.«

»Das ist kein Problem, Madame, aber in Ihrem eigenen Fall erlauben Sie mir bitte den Vorschlag, daß unser großer Kreativ-Designer Charlot selbst diese Maße überprüft oder vielleicht direkt an Ihnen einige Entwürfe ...«

»Nein, danke. Ich werde fertige Sachen kaufen. Wenn ich kaufe.«

»Wie Madame wünschen. Darf ich eine Frage stellen? Werden Madame ihr eigenes Haar tragen?«

»Wenn ich eine Perücke trage, wird sie die gleiche Farbe wie mein Haar haben, also können Sie davon ausgehen.« (Eunice, sollte ich eine Perücke kaufen?) (Sei geduldig und laß es auswachsen, Joan. Perücken sind nicht leicht sauberzuhalten.) (Dann werden wir nie eine tragen.)

»Madames Haar hat einen schönen Farbton. Und nun, da Madame andeutete, daß ihre Zeit bemessen ist, würde es vielleicht empfehlenswert sein, die Kreditkarte schon von unserer Buchhaltung registrieren zu lassen, während ich die beiden Modelle hole?«

Joan reichte in ihre Handtasche und wedelte mit einem Banknotenbündel. »Die Kreditkarte des armen Mannes.«

Der Geschäftsführer unterdrückte ein Schaudern. »Du meine Güte, wir erwarten nicht, daß unsere Kundinnen bar zahlen.«

»Ich bin altmodisch.«

Der Mann schaute geqäult drein »Oh, aber es ist unnötig. Wenn Madame es vorzieht, ihr allgemeines Kreditkonto nicht zu gebrauchen, dann kann sie in wenigen Minuten ein privates Konto bei uns einrichten. Wenn Sie mir erlauben, für einen Moment Ihren Ausweis ...«

»Einen Augenblick!« unterbrach Joan ihn und zeigte auf eine Banknote. »Hier steht: ›Diese Banknote ist gesetzliches Zahlungsmittel für alle öffentlichen und privaten Schulden‹. Ich werde mich nicht von einem Computer registrieren lassen. Ich zahle bar.«

»Aber Madame — wir sind nicht auf Bargeld eingerichtet! Ich bin nicht sicher, daß wir herausgeben könnten.«

»Nun, ich will Sie nicht in Ungelegenheiten bringen Fred.«

»Ja, Miss?«

»Bringen Sie mich zu ›La Boutique‹.«

Der Geschäftsführer blickte entsetzt. »Bitte, Madame! Ich bin sicher, daß sich etwas arrangieren läßt. Einen Moment, während ich mit unserem Buchhalter spreche.« Er eilte fort, ohne auf eine Antwort zu warten.

(Warum das Aufhebens, Joan? Früher habe ich mit deiner Kreditkarte oft Besorgungen für dich erledigt. Und Jake schrieb, wir könnten das Konto für persönlichen Verbrauch belasten.) (Eunice, ich habe diese schwachsinnigen Computer verabscheut, seit ich das erste Mal von einem Buchklub in die Falle gelockt wurde. Aber ich bin nicht einfach störrisch. Heute ist nicht der Tag, zuzugeben, wer wir sind. Später, wenn wir mit dem Gericht fertig sind, werden wir unter dem Namen ›Susan Jones‹ ein Konto für persönliche Einkäufe einrichten. Wenn wir jemals wieder einkaufen gehen. Ich sehe, daß es verdammt lästig ist.) (Oh, nein! Es macht Spaß! Aber du wirst es selbst sehen. Außerdem habe ich ein Vetorecht, bis du etwas von Kleidern verstehst.) (Beruhige dich, kleine Nörglerin.) (Du nennst mich Nörglerin, du schwangere Jungfrau?) (Bist du glücklich darüber, Eunice?) (Sehr. Und neugierig, wie es wird.) (Ich finde es herrlich, Eunice. Wenn es auch nicht romantisch war.)

Der Geschäftsführer kam strahlend zurück. »Madame! Es ist alles in Ordnung. Unser Buchhalter hat keine Bedenken, Bargeld anzunehmen.«

»Das Bundesgericht wird erfreut sein, das zu hören.«

»Was? Oh! Madame belieben zu scherzen. Natürlich müssen wir eine geringe Dienstleistungsgebühr von zehn Prozent für Bargeld ...«

»Fred. La Boutique.«

»Bitte, Madame! Ich wies unseren Buchhalter darauf hin, wie unfair das ist ... und fand eine wundervolle Lösung!«

»Wirklich?«

»Wahrhaftig, Madame. Alles, was Sie zu kaufen wünschen, werde ich einfach meinem persönlichen Konto belasten – und Sie können mir Bargeld geben. Kein Problem.

Meine Bank macht keine Schwierigkeiten bei der Annahme von Bareinzahlungen. Wirklich nicht.« (Paß bloß auf, Joan; er erwartet ein fettes Trinkgeld.) (Wenn er uns was zeigen kann, das uns interessiert, kann er es kriegen. Wir haben mehr von dem Zeug, als wir loswerden können.) (Es ist das Prinzip, Joan.) (Vergiß es und hilf mir Geld ausgeben.) (Gut. Aber wir kaufen nicht, wenn es uns nicht gefällt.)

Die nächsten zwei Stunden gab Joan Geld aus – und war verblüfft über die Entdeckung, wie teuer Frauenkleider sein konnten. Nach mehreren tausend Dollar hörte sie auf. Sie wurde allmählich hungrig und wußte aus langer Erfahrung, daß Hungergefühle sie unwillig machten, Geld auszugeben. Ihr Unterbewußtsein war in der Wirtschaftskrise von 1930 so kanalisiert worden, daß es hungrig noch immer mit arm gleichsetzte.

Sie schickte Fred, daß er Shorty hole, um tragen zu helfen, während ihre Einkäufe verpackt wurden und sie die erschreckende Summe bezahlte. (Eunice, wo sollen wir essen?) (Es gibt hier zwei Restaurants im Gebäude, Joan.) (Aber verflixt, durch einen Schleier kann ich nicht essen. Und du weißt, was passieren wird, wenn ich ihn abnehme. Jemand, der mich in letzter Zeit im Fernsehen gesehen hat, wird uns wiedererkennen. Und dann werden die Nachrichtenschnüffler über uns sein, bevor du ›gut durchgebraten‹ sagen kannst.) (Nun – wie wäre es mit einem Picknick?) (Wundervoll! Eine göttliche Idee, Eunice! Aber wohin könnten wir fahren? Ein Picknick mit Gras und Bäumen und Ameisen im Kartoffelsalat, aber so abgeschieden, daß ich diesen Schleier abnehmen kann ... und doch nahe genug, daß wir unterwegs nicht verhungern?)

(Ich weiß es nicht, Joan, aber Finchley wird bestimmt einen guten Platz kennen.)

Finchley kannte einen. Shorty wurde ausgesandt, das Essen einzukaufen – »Genug für sechs Personen, Shorty, und sehen Sie nicht auf die Preise. Seien Sie verschwenderisch. Aber Kartoffelsalat muß dabeisein. Und ein paar Flaschen Wein.«

»Eine ist genug, Miss. Ich trinke nicht, und Finchley trinkt niemals, wenn er im Dienst fahren muß.«

»Oh, denken Sie großzügig, Shorty. Fred wird einen guten Schluck sicherlich nicht verachten, und ich bin imstande, allein eine Flasche zu leeren – Sie können dann morgen meine Seele retten. Heute ist ein besonderer Tag – mein erster Tag in Freiheit!«

Hinaus aus der Stadt, auf die Schnellstraße nach Süden und dann sechzig Kilometer in zwanzig Minuten – eine Geschwindigkeit, zu der Finchley sich erst herbeiließ, als Joan Sicherheitsgurte und Kollisionsnetz angebracht hatte. Danach verlangsamte Finchley das Tempo und hielt Ausschau nach einer Ausfahrt.

»Finchley? kann ich dieses lästige Netz und die Gurte jetzt abnehmen?«

»Ja, Miss. Aber ich wäre ruhiger, wenn Sie den Sicherheitsgurt noch angeschnallt ließen, bis wir die Ausfahrt erreichen. Manche von diesen Leuten fahren wie die Säue.«

»Gut.« (Eunice, wer immer diese verdammten Gurte erfunden hat, dachte dabei nicht an Frauen!) (Sie sind auch für einen Mann eingestellt. Joan – natürlich klemmst du dir dabei den Busen. Wenn wir halten, mußt du die untere Hälfte verkürzen und den oberen Verankerungspunkt verändern; so machten sie es für mich, wenn sie mich fuhren. Inzwischen müssen sie einen Mann gefahren haben.) (Wahrscheinlich Jake, als sein eigener Wagen in Reparatur war. Wie kompliziert es ist, eine Frau zu sein! Ich möchte wissen, wieviel ich noch zu lernen habe, bevor ich aufhöre, über meine eigenen Füße zu stolpern.) (Eine ganze Menge, Joan, aber du machst dich gut – und ich bin immer da, um dich aufzufangen.) (Gutes Kind. Sag mal, diese Gegend sieht nicht einladend aus. Ich frage mich, ob Finchley sich verfahren hat.)

Sie fuhren durch endlose Schlafstädte – mauerumgebene Enklaven mit Wohnblöcken, Reihenhäusern und einigen wenigen Einfamilienhäusern. Die Bäume sahen müde aus, und Gras war spärlich, während die Klimaanlage des

Wagens noch immer gegen Smog und übelriechende Industrieabgase kämpfte.

Aber dann bog Finchley in eine Landstraße ein, und nach kurzer Zeit hatten sie Farmen zu beiden Seiten. Joan erinnerte sich, daß sie selbst einen landwirtschaftlichen Betrieb in dieser Gegend hatte – das heißt, er gehört einer Tochtergesellschaft, und sie erinnerte sich, daß sie nicht länger die bestimmende Mehrheit in der Smith-Unternehmensgruppe hatte.

Sie bemerkte, daß die meisten Großfarmen ihre Ländereien mit hohen Stacheldrahtzäunen, elektrisch geladenen Alarmdrähten und vereinzelten Wachttürmen gesichert hatten, aber sie wußte nicht, was angebaut wurde. Johann hatte nie versucht, diesen Bereich seines Industriekonglomerats anders als finanziell zu kontrollieren, er hatte seine Grenzen gekannt. (Eunice, weißt du, was sie hier anbauen?) (Ich glaube, es sind lauter verschiedene Dinge. Ich habe mal gelesen, daß sie die Fruchtfolge wieder eingeführt haben, weil die Weizenerträge von Jahr zu Jahr sanken. Dieser Boden ist so lange und so hart ausgebeutet und chemisch überdüngt worden, daß er jetzt vorsichtig behandelt werden muß.)

(Was passiert, wenn der Boden nichts mehr hergibt?) (Wir verhungern, natürlich. Was dachtest du? Aber vorher werden sie darauf bauen; hier jedenfalls.)

(Eunice, irgendwo muß es aufhören. Ich bin in einer Stadt aufgewachsen, aber als ich ein Junge war, konnte ich in weniger als einer Stunde zwischen grünen Feldern und nicht abgeholzten Wäldern sein – zu Fuß. Gewiß, das war in Europa und in den zwanziger und frühen dreißiger Jahren des zwanzigsten Jahrhunderts. Aber man kann nicht sagen, daß ich eben einfach ›Glück hatte‹. Sogar in der Stadt New York konnte ein Junge für fünf Cents zu Farmen und Wäldern hinausfahren, und mit der Untergrundbahn brauchte er dafür nicht so lange wie ich zu Fuß.)

(Das kann ich mir nicht vorstellen, Joan.) (Ich weiß es! Heute braucht man einen schnellen Wagen und möglichst noch einen Berufsfahrer, um das zu tun, was ich damals barfuß tat. Und dabei ist dies nicht mal richtiges Bauernland; dies hier sind Freiluft-Lebensmittelfabriken mit Stechuhren und Buchhaltern und Lagerverwaltern und Betriebskantinen und was weiß ich. Wohin gehen wir von hier?)

Die innere Stimme antwortete nicht. Joan wartete. (Eunice?)

(Ich weiß es nicht Boß!)

(Tut mir leid. Wie solltest du es wissen, wenn niemand es weiß? Aber wir sehen, wie es abwärts geht. Ich habe viel Geld gemacht, und Expansion war viele Jahre lang mein Glaubensbekenntnis; und nicht nur meins. Ich war nie ein Verschwender – selbst diese Riesenvilla bewahrt eine Menge Leute davor, sich um Wohlfahrtsunterstützung anzustellen. Aber mit jedem Jahr wurde die Lebensqualität schlechter. Alles wuchs ins Gigantische, und eine Zeitlang glaubten wir, der Fortschritt läge in der Richtung. Aber wir täuschten uns selber. Diese ganze gewaltige Fassade kann schon lange nicht mehr verbergen, daß alles schlechter statt besser wird. Ich pflegte einen sauren Trost aus dem Wissen zu ziehen, daß ich nicht mehr dasein würde, wenn alles auseinanderfällt. Aber jetzt sieht es aus, als sollte ich es noch erleben. Darum sagte ich: Wohin gehen wir von hier? Ich weiß die Antwort auch nicht.)

(Man könnte von hier zum Mond gehen, Joan.)

(Zum Mond! Eine gute Idee. Aber so war die Frage nicht gemeint. Ich meinte, wie soll es hier auf Erden für die Menschheit weitergehen? Natürlich, ein einzelner kann sich vielleicht auf den Mond retten. Aber in eine künstliche Umgebung? Ein Maulwurfsleben anfangen?) (Würde mich nicht stören, Joan; ich habe immer in künstlicher Umgebung gewohnt, als Stadtkind. Früher spielte ich manchmal mit dem Gedanken, zum Mond auszuwandern. Es war immer ein Traum von mir.)

(Und du hast nie ein Wort darüber gesagt?) (Warum hätte ich davon reden sollen? Ich wurde gebraucht – von Joe, von dir. Aber ich hatte Gründe, daß ich vom Mond träumte. Ich sagte dir, daß ich für zwei Kinder lizensiert bin.)

(Ja, ich weiß. Und eins hattest du schon.) (Richtig. Aber ich wollte mehr als zwei Kinder haben.)

(Na und? Darüber läßt sich reden. Wenn es mir Spaß macht, können wir mehr haben, Eunice. Geldbußen sind kein Problem, obwohl sie wieder erhöht wurden und progressiv gestaffelt sind.)

(Nun, laß uns erst sehen, wie wir mit diesem zurechtkommen. Ich wußte damals, daß ich mir keine Geldbußen leisten konnte ... aber auf dem Mond gibt es keine Beschränkungen der Kinderzahl. Sie wollen dort Kinder. Ich glaube, wir sind da.)

Finchley hielt vor einem Tor, stieg aus und ging zum Wachtposten. Über dem Tor war in meterhohen Leuchtbuchstaben »Agroprodukte A.G.« zu lesen.

Finchley kehrte zurück, der Wagen rollte durchs Tor.

»Finchley. Wieviel haben Sie dem Mann gegeben?«

»Oh, nicht der Rede wert, Miss Smith.«

»So? Ich erwarte den Betrag in O'Neils Freitagsmeldung zu sehen. Wenn er nicht darinsteht, werde ich Sie wieder fragen.«

»Er wird darin erscheinen, Miss«, antwortete der Fahrer prompt. »Aber ich weiß noch nicht, wieviel es insgesamt machen wird. Ich muß beim Verwaltungsgebäude halten und um Erlaubnis bitten, daß sie uns durch ein rückwärtiges Tor fahren lassen. Zum Picknickplatz.«

»Zum Picknickplatz.« Joan überlegte. Es ärgerte sie, der »Agroprodukte A.G.« ein Wegegeld zu bezahlen, wenn ihr Status als bedeutender Konkurrent geeignet war, ihr die bevorzugte Behandlung als Ehrengast zu garantieren. Aber sie hatte sich nicht angemeldet und so die fundamentalen Anstandsregeln beim Besuch eines Konkurrenzbetriebs mißachtet, die ihm ermöglicht hätten, Schmutz unter den Teppich zu kehren und den Besucher von bestimmten Orten fernzuhalten. Auf der höchsten Ebene konnte man nicht Industriespionage treiben. »Finchley, haben Sie dem Mann am Tor gesagt, wen Sie fahren?«

»O, nein, Miss!« Finchley klang schockiert. »Aber er hat

das Nummernschild notiert – also wird es am besten sein, wir sagen die Wahrheit. Er hat eine Liste aller kugelsicheren Privatwagen im Staat, genau wie ich eine habe. Ich sagte ihm, ich hätte Gäste von Mr. Salomon an Bord, die gern an einem hübschen und sicheren Flecken Natur picknicken würden. Sonst sagte ich nichts. Nur Mr. Salomons Namen. Ist das in Ordnung?«

»Sehr gut Finchley.«

Sie hielten. Finchley stieg wieder aus und verschwand in einem häßlichen, langgestreckten Gebäude aus Betonfertigteilen, dessen Vorderende die Verwaltungsbüros zu beherbergen schien.

Diesmal dauerte es länger als fünf Minuten, bis Finchley zurückkehrte. Er setzte sich ans Steuer, schloß die Tür und sagte: »Miss?«

»Ja, Finchley?«

»Der Farmboß läßt grüßen und sagt, Mr. Salomons Gäste seien auch die geehrten Gäste der Agroprodukte A.G. Keine Benutzungsgebühr. Aber er fragte, ob der Wachtposten am Straßentor kassiert habe; ich sagte nein. Richtig?«

»Natürlich, Finchley. Wir verpfeifen nicht die Angestellten anderer Leute.«

»Ich sah, daß er mir nicht glaubte, aber er sagte nichts mehr davon. Er hat Sie beide – anscheinend dachte er, ich hätte zwei Gäste an Bord – auf ein Glas oder eine Tasse Kaffee eingeladen, wenn wir auf der Rückfahrt vorbeikommen, aber ich ließ offen, ob Sie darauf eingehen werden oder nicht.«

»Danke, Finchley.«

Sie rollten weiter durch das Farmgelände und kamen zu einem zweiten Tor. Finchley stieg aus, drückte einen Knopf und sprach mit dem Sicherheitsbüro. Das Tor rollte zurück, schloß sich hinter ihnen. Bald darauf hielt der Wagen, und Finchley öffnete den Schlag.

Joan Eunice stieg aus und blickte umher. »Oh, wie hübsch! Ich wußte nicht, daß es solche Orte noch gibt.«

Der Platz war in einer einfachen Weise schön – ein kleiner

Flecken unverdorbener Natur, mit einem klaren und anscheinend unverseuchten kleinen Bach, der ruhig zwischen niedrigen Ufern seine Windungen zog. An den Böschungen und in ihrer Nähe wuchsen verschiedene Arten von Bäumen und Sträuchern, und ein weicher Wiesenteppich füllte die freien Flächen aus. Seine rasenähnliche Struktur und die Kuhfladen ließen erkennen, daß es eine Viehweide war. Der Himmel war blau mit verstreut weißen Haufenwolken, und die Sonne schien golden und warm, ohne zu heiß zu sein.

Joan Eunice zog ihre Schuhe aus und warf sie zu ihrem Umhang in den Wagen. Sie grub ihre Zehen ins Gras und tat ein paar leichte Schritte. »Wie köstlich! Seit mehr als zwanzig Jahren habe ich kein Gras mehr unter meinen bloßen Füßen gefühlt! Finchley, Shorty, Fred – wenn ihr Verstand habt, dann zieht eure Schuhe und Socken aus und macht euren Füßen ein Geschenk.«

Shorty und Fred blickten teilnahmslos; Finchley sah nachdenklich aus. Dann grinste er. »Miss Smith, das brauchen Sie mir nicht zweimal zu sagen!« Er setzte sich ins Gras und öffnete die Schnallen seiner Stiefel. Joan Eunice lächelte, wandte sich ab und wanderte zum Bach. Shorty würde sich weniger genieren, wenn sie nicht starrte.

(Eunice, du bist aus Ohio, nicht? Ist es dort auch so schön? Immer noch?) (Manche Gegenden, vielleicht, aber es füllt sich schnell auf. Ich sah es jedesmal, wenn ich meine Leute in Columbus besuchte. Du fährst durch das Land, und wo vor fünf Jahren nur Farmen waren, siehst du eine Siedlung neben der anderen. Lauter Pendler wohnen dort. Viele von ihnen fahren jeden Tag hundertzwanzig Kilometer zur Arbeit und zurück. Und das Land selbst ist fast kahl. Kein Baum, kein Strauch, nur die riesigen Felder. Seit die kleinen Farmer aufgegeben haben, sind die großen Betriebe dabei, alle natürlichen Hindernisse wie Hecken und Bäume abzuräumen, damit ihre Maschinen freie Bahn haben. Rationalisierung nennen sie das.) (Schrecklich, Eunice, dieses Land vermehrt sich zu Tode, und vorher wird noch die Natur der

Vermehrung geopfert.) (Für ein frisch geschwängertes Frauenzimmer hast du eine komische Einstellung zur Fortpflanzung, Joan.) (Warum sollte ich frei sein von dieser Schizophrenie, an der wir zugrunde gehen? Jeder denkt nur, daß die anderen sich mehr zurückhalten sollten. Meinst du, daß dieses Wasser warm genug ist, um darin zu schwimmen?)

(Warm genug schon, Joan. Aber wie sollen wir wissen, ob es sauber ist? Wir haben keine Ahnung, was bachaufwärts ist.)

(Eunice, du bist ein Angsthase. Wenn du nicht wettest, kannst du nicht gewinnen.)

(Das war gestern noch wahr ... aber heute sind wir eine werdende Mutter. Ein unschuldig murmelndes Bächlein kann mit den ekelhaftesten Dingen verseucht sein.)

(Ach, du übertreibst! Wenn der Bach verseucht wäre, hätten sie Schilder aufgestellt.) (Hier hinten; wo du ihn nur erreichst, wenn du vorher zwei elektrische Tore hinter dich gebracht hast? Frag Finchley; er kennt die Stelle und könnte es wissen.)

(Dann laß uns essen gehen, ich bin hungrig.) (Du? Hungrig? Ich dachte schon, du hättest die Gewohnheit aufgegeben.) (Vielleicht muß ich es bald tun. Also laß uns essen, solange wir können. Wie bald fängt diese morgendliche Übelkeit an?) (Hoffentlich gar nicht, Joan. Als ich das erstemal schwanger war, hatte es nur die Wirkung, daß ich immer hungrig war, morgens, mittags, abends und nachts. Laß uns essen!)

Joan Eunice trottete zurück zum Wagen und blieb verdutzt stehen, als sie sah, daß Shorty den Klapptisch deckte – mit einem Gedeck. »Was ist das?«

»Ihre Mahlzeit, Miss.«

»Ein Picknick? Auf einem Tisch? Wollen Sie die Ameisen verhungern lassen, Shorty? Ein richtiges Picknick wird auf dem Boden verzehrt.«

Shorty machte ein unglückliches Gesicht. »Wenn Sie es sagen, Miss.«

»Breiten Sie die Decke im Gras aus, Shorty, und stellen Sie alles darauf. Und vier Teller.«

»Oh, wir essen im Wagen, Miss. Das tun wir oft.«

Sie stampfte auf. »Shorty, wenn Sie mich allein essen lassen, werde ich Sie zu Fuß nach Hause gehen lassen. Wessen Idee war das? Finchley? Finchley! Kommen Sie her!«

Wenig später saßen sie alle vier im Gras, zwischen sich die Decke mit dem Picknick. »Jeder greift nach Belieben zu«, erläuterte sie. »Wer nicht ißt, trägt selbst die Schuld an seinem Hungertod. Gibt es hier einen starken Mann, der diese Weinflasche öffnen kann?«

Die Geschicklichkeit, mit der Shorty sie öffnete, gab ihr Anlaß zu dem Verdacht, daß er nicht immer Antialkoholiker gewesen war. Sie füllte ihr Glas und Freds, dann griff sie nach Finchleys. Er sagte: »Bitte, Miss Smith – ich fahre«, und legte seine Hand darüber.

»Geben Sie es mir«, sagte sie. »Ein Schluck zum Anstoßen kann nicht schaden. Und das gilt auch für Sie, Shorty,« Sie füllte beide Gläser zu ungefähr einem Drittel. »Aber zuerst – Shorty, vielleicht sind Sie es gewohnt, vor dem Essen ein Tischgebet zu sprechen?«

Der große Mann blickte erschrocken, faßte sich sofort und sagte mit Würde: »Ich danke Ihnen, Miss Smith.« Er neigte seinen Kopf, die Hände auf den Knien. (Joan! Was soll das?) (Sei friedlich! Om mani padme hum.) (Oh! Om mani padme hum.) (Om mani padme hum.) (Om mani padme hum ...)

»Amen!« (Om mani padme hum. Amen.)

»Danke, Shorty. Und nun wollen wir miteinander anstoßen und fröhlich sein und diesen schönen Tag genießen, den ersten wirklichen Tag meiner Freiheit. Lassen wir nicht kalt werden, was warm ist, und nicht warm werden, was kalt ist. Prost!«

Die Gläser klangen aneinander, und sie tranken. Joan griff zu einer Hühnerkeule und begann sie abzunagen, um den Männern die Scheu zu nehmen und ihnen ein Beispiel von ungezwungenen Tischsitten zu geben.

(Weißt du, daß ich schon mit Shorty gegessen habe, Joan?) (Wie sollte ich es wissen?) (Mit ihnen allen sogar. Wenn sie mich spät nach Hause brachten, lud ich sie manchmal zu einem Imbiß ein. Joe hatte nichts dagegen; er mochte sie alle. Einmal versuchte er Shorthy sogar zu überreden, ihm für ein Bild Modell zu stehen. Zuerst dachte Shorty, daß Joe sich über ihn lustig machen wollte – wußte nicht, daß Joe selten scherzte, und nie über das Malen. Aber es wurde nie was daraus, weil Shorty zu schamhaft ist. Er war nicht sicher, ob es vielleicht eine Sünde wäre, nackt Modell zu stehen, und dann fürchtete er, ich könnte dazukommen, während er posierte. Nicht, daß ich es getan hätte.) (Auch nicht für einen kurzen Moment, eh? Shorty ist ein Turm von Ebenholz.) (Joan, ich habe dir schon gesagt ...) (... daß Nacktheit deiner Generation nichts bedeutet. Es hängt von der Haut ab, nicht? Ich würde unseren schwarzen Riesen gern mal nackt sehen.) (Nun ...) (Ja, denk dir etwas aus; ich muß Konversation machen.) »Tom, haben Sie diese Senfgurken für sich reserviert, oder darf ich auch davon haben? Fred, ich tausche diesen dänischen Sandwich gegen noch etwas Wein. Unsere Gläser sollen nicht leer werden. Shorty trinkt nicht, und Tom will nicht, und wenn ich mich beschwipse, will ich Gesellschaft haben. Dies ist meine Freiheitsfeier.«

»Ich habe nichts gegen noch ein Glas, Miss, aber ich darf nicht beschwipst werden, ich bin im Dienst.«

»Sie haben Sondererlaubnis, Fred. Tom und Shorty werden uns nach Hause schaffen, und wenn sie uns tragen müssen. Nicht wahr, Shorty?«

»Wir werden es ganz gewiß versuchen«, sagte Shorty ernst. »Sie können sich auf uns verlassen, Miss Smith.«

»Muß ich bei einem Picknick ›Miss Smith‹ sein? Sie haben Mrs. Branca ›Eunice‹ genannt, nicht? Hat sie zu Ihnen ›Shorty‹ gesagt?«

»Miss, sie nannte mich bei meinem Namen. Hugo.«

»Ziehen Sie den Ihrem Spitznamen vor?«

»Es ist der Name, den meine Eltern mir gaben, Miss.«

»Ich habe verstanden, Hugo; in Zukunft werde ich daran denken. Nun, wie ich sagte, bei einer Gelegenheit wie dieser möchte ich nicht ›Miss Smith‹ genannt werden. Nennen Sie mich ›Miss Joan‹, das ist mein neuer Vorname, abgeleitet von ›Johann‹. Wie gefällt er Ihnen?«

»Oh, gut«, sagte Finchley kauend.

»Darauf trinken wir. Fred, ist noch etwas in der Flasche? Nicht genug. Hugo, machen Sie noch eine auf, ja?«

»Gern, Miss Joan. Fred, gib mir die Flasche.« Er öffnete sie, und Joan überredete ihn und Finchley zu einem weiteren halben Glas. Sie aßen und tranken, und die Stimmung wurde ungezwungener, als Joan, vom Wein angenehm beschwingt, mit jedem von ihnen tanzte und sich dabei sehr ungeschickt anstellte. »Meine Güte, ich kann nichts dafür!« rief sie schließlich, ins Gelächter der anderen einstimmend. »In den letzten sechzig Jahren habe ich kaum getanzt, und als Frau habe ich es noch nie probiert. Aber es macht einem warm. Tom, ist dieser hübsche kleine Bach verseucht? Er sieht so sauber aus.«

»Er ist sauber. Ich weiß es, weil ich die Stelle kenne. Ich war mal mit unserer Gilde hier, als wir unser Schützenfest veranstalteten. Der Farmverwalter, der uns den Platz vermietete, sagte, das Wasser sei in Ordnung. Einige von uns badeten und schwammen darin.«

»Oh, herrlich! Ich möchte schwimmen, natürliches Wasser um mich fühlen!« Sie öffnete den Reißverschluß an ihrem Kleid. »Wer macht mit? Tom? Fred? Hugo?«

»Äh – Miss Joan, wenigstens zwei von uns sollten draußen bleiben und aufpassen. Man kann nie wissen.«

»Ach Unsinn. Weit und breit kein Mensch.« Sie zog ohne Umschweife das Kleid über ihren Kopf und präsentierte sich ihren Bewachern in einer bikiniähnlichen weißen Spitzengarnitur. Tom Finchley schluckte und blickte schnell weg. »Wenn Sie Anfechtungen fühlen, Hugo«, sagte Joan lachend, »dann sagen Sie schnell ein Gebet; ich will Sie nicht in Versuchung führen.« (Wirklich nicht, Joan?) (Du vielleicht, Eunice – ich geh lieber ins Wasser.) »Tom und Fred, was ist mit Ihnen?«

»Lieber nicht, Miss Smith – äh – Joan. Wir waren einmal ein paar Sekunden zu spät. Das soll uns nicht wieder passieren.«

Sie ließ sich über die Böschung ins seichte Wasser gleiten,

watete hinaus und tauchte bis zum Hals unter. Die kühle Frische prickelte belebend auf ihrer Haut. Joan platschte und spritzte übermütig wie ein Kind, dann warf sie sich gegen die Strömung und schwamm, bis sie von der ungewohnten Anstrengung außer Atem war. Dann legte sie sich flach auf den Rücken und ließ sich von der Strömung mitnehmen, kletterte aus dem Wasser und sprang in der Sonne herum, während die Männer das Geschirr und was vom Picknick übriggeblieben war, einsammelten, im Wagen verstauten und den Platz aufräumten.

»Schade, daß das Picknick zu Ende ist«, sagte sie, als sie ihr Kleid überstreifte. »Und ihr seid selbst schuld, daß ihr nicht ins Wasser gegangen seid. Sonst würdet ihr euch jetzt so gut fühlen wie ich.«

»Hauptsache, es ist nichts passiert«, sagte Finchley. »Das ist für mich das beste Gefühl.«

KAPITEL FÜNFZEHN

»Guten Abend, O'Neil.« Joan legte ihre Hand auf O'Neils Unterarm und stieg aus.

»Guten Abend, Miss. Nachricht von Mr. Salomon. Er läßt grüßen und bedauert, nicht zum Abendessen kommen zu können. Er hofft, um einundzwanzig Uhr hier zu sein.«

»Das tut mir leid. Dann werde ich nicht unten essen; sagen Sie Cunningham oder Della, daß ich das Essen für Winnie und mich auf zwei Tabletts in mein Wohnzimmer gebracht haben möchte. Keine Bedienung.«

»Zwei Tabletts und keine Bedienung, Miss – in Ordnung.«

»Und sagen Sie Dabrowski, daß er mich morgen fahren soll.«

»Er ist nach Hause gegangen, Miss. Aber er weiß, daß er morgen Dienst hat. Er wird bereit sein.«

»Vielleicht haben Sie nicht verstanden, was ich sagte, O'Neil. Sie sollen ihm jetzt sagen, daß ich ihn morgen als Fahrer will. Ungefähr um zehn Uhr, nicht eher.«

»Äh – Miss Smith, Dabrowski hat kein Telefon zu Hause.«

»So? Nun – rufen Sie mich sofort an, wenn Mr. Salomons Wagen zurückkommt, egal, wie spät es sein mag. Konsultieren Sie ihn nicht – tun Sie es. Bevor Rockford ihm die Wagentür öffnen kann.«

»Ja, Miss. Soll ich Cunningham sagen, daß er jemanden schicken soll, um Ihre Pakete ins Haus zu bringen?«

»Nein. Finchley, Fred und Shorty können das machen. Finchley. Die Sachen kommen alle in mein Schlafzimmer. Ich gehe schon voraus.«

Oben im Treppenhaus begegnete sie Winnie. »Winnie! Gleich wirst du Augen machen. Ich habe eine Überraschung! Komm mit ins Schlafzimmer.«

»Miss Joan! Sie waren den ganzen Tag fort!«

»Und warum nicht?« Sie zog die andere mit sich ins Schlafzimmer. Sie waren kaum dort, als Finchley, Fred und Shorty hereinkamen, beladen mit Paketen. »Legt sie ab, wo gerade Platz ist. Das ist alles, danke. Gute Nacht.«

»Gute Nacht, Miss Smith.«

Sobald die Tür hinter ihnen zugefallen war, warf Joan ihre Arme um die rothaarige Kleine und hob sie in die Höhe. »Hast du mit dem Personal gegessen? Oder hast du gewartet?«

»Konnte nicht essen. Oh, Joan, ich habe mir solche Sorgen um dich gemacht! Du ranntest weg und sagtest niemandem, wohin du wolltest. Du böses Mädchen – mir soviel Angst einzujagen.«

»Ich hatte die Leibwache bei mir; du wußtest, daß ich in Sicherheit war.«

»Aber Wächter sind keine Krankenpfleger. Ich habe die Aufgabe, über deine Gesundheit zu wachen, für Doktor Garcia.«

»Ein Puh für den lieben Doktor. Winnie, ich bin keine Patientin und kein Mündel mehr; ich bin eine freie Frau und gesund wie ein Pferd, und du kannst mich nicht jede Minute wie eine Bruthenne bemuttern. Soviel zu diesem Punkt. Und das Abendessen für uns wird heraufgebracht; sie lassen es im Wohnzimmer stehen, und wir werden essen, wenn uns danach ist.« Joan begann sich auszuziehen. »Du mußt dich auch ausziehen; wir werden Kleider anprobieren, die ich gekauft habe. Ich kann es kaum erwarten. Du kannst dir nicht denken, wie ich eingekauft habe! Ich habe der Modeindustrie eine Spritze gegeben, wirklich. Zieh diese Klamotten aus – hast du schon gebadet, du schmutziges Mädchen? Oder willst du mit mir baden? Komm her und laß dich riechen.«

»Ich nahm eine Dusche nach dem Aufstehen.«

»Du riechst gut. Ich hatte einen geschäftigen Tag, aber am Nachmittag schwamm ich in einem natürlichen Bach mit glasklarem Wasser. Du kannst dir nicht vorstellen, wie herrlich das war. Aber jetzt schwitze ich schon wieder. Wir werden zusammen in die Wanne steigen, und nachher werden wir es uns gemütlich machen. Bevor wir mit Jake Entspannungsübungen machen. Aber zuerst die Modeschau.« (Eunice, wird dieses Gummiding in der Badewanne an Ort und Stelle bleiben?) (Es bleibt, egal was du tust – oder ich hätte ein Dutzend Waisen zurückgelassen.)

»Joan, wenn du schon einkaufen warst, warum nahmst du mich nicht mit? Das war nicht nett.«

»Ich dachte, du brauchtest Schlaf, Liebes. Oder hat dein Freund Bob dich gestern abend versetzt?«

Winnie errötete bis unter die Haarwurzeln, aber sie antwortete glücklich: »O nein, er hat mich nicht versetzt! Aber ich wäre sofort aufgestanden, wenn du mich gerufen hättest. Ich gehe gern einkaufen.«

»Um wieviel Uhr bist du aufgewacht?«

Die Röte vertiefte sich noch ein wenig. »Erst gegen zwölf.«

»Siehst du? Winnie, ich habe dich nicht mitgenommen, weil ich auch für dich Sachen gekauft habe. Und wärest du dabeigewesen, hättest du um jeden Dollar, den ich für dich ausgab, ein Theater gemacht. Außerdem wollte ich ein Signal setzen. Ich bin nicht länger eine Gefangene. Ich bin frei, zu kommen und zu gehen, wie es mir beliebt. Genauso wie du und jeder andere. Wenn ich dich nicht mitnehme, mußt du nicht nach dem Warum fragen, und ich brauche dir nicht immer unbedingt zu sagen, wo oder was.«

Das jüngere Mädchen schlug zerknirscht die Augen nieder. »Ja, Miss Joan. Ich werde daran denken.« Also nahm Joan Eunice sie wieder in die Arme. »Nun, nun, nicht gleich mit der Unterlippe zittern. In den meisten Fällen werde ich dich mitnehmen. Und wenn ich es nicht tue, werde ich dir meistens davon erzählen. Aber es könnte auch passieren, daß ich dir eine Schwindelgeschichte erzähle. Zum Beispiel, wenn ich an einer Massenorgie teilnehmen will und meine Winnie nicht schockieren möchte.«

»Du machst dich über mich lustig.«

»Ich meine es mindestens zur Hälfte ernst. Winnie, wenn du deinen Bob empfangen willst, dann interessiert das außer mir keinen Menschen in diesem Haus, und mein Interesse ist freundlich. Aber ich? Es gibt hier mehr als vierzig Leute, die mir in den Ausschnitt starren. Sollte ich jemals einen Mann in meinem Bett haben, wird der ganze Haushalt es wissen, und die Chancen stehen fünfzig zu fünfzig, daß irgendein Mitglied meines so loyalen Personals die Geschichte einem Nachrichtenschnüffler verkaufen würde. Am nächsten Tag könnten sie dann alle im Klatschprogramm hören – so formuliert, daß ich nicht vor Gericht ziehen könnte, ohne die Sache noch schlimmer zu machen. Nicht?«

»Hm ... klingt schrecklich. Aber du hast recht; es könnte passieren.«

»Du weißt, wie es ist. Leute, die irgendwie einmal das öffentliche Interesse gefunden haben, bezahlen diese Prominenz damit, daß man sie nicht in Ruhe läßt. Jedes Klatschprogramm, jede Klatschspalte in den Zeitungen beweist es. Und am besten gefallen den Schnüfflern schlechte oder rufschädigende Nachrichten; gute Nachrichten sind zu fade. Als ich die Smith-Unternehmensgruppe leitete, wurde jedes Jahr eine halbe bis eine Million Dollar für ›Öffentlichkeitsarbeit‹ ausgegeben, das heißt, daß mit diesem Geld aus rein geschäftspolitischen Gründen der Öffentlichkeit ein völlig falsches Bild von mir und der Tätigkeit des Konzerns vorgespiegelt wurde – etwa in dem Sinne, daß ich der größte Altruist und Menschenfreund und der Konzern nur dafür da sei, die Leute mit Wohltaten aller Art zu beglücken. ›Imagepflege‹ nennt man das! Aber das ist jetzt vorbei, und nun bin ich Freiwild für die Reporter. Ein um so interessanteres Freiwild, als ich auf wunderbare Weise jung und hübsch und weiblich geworden bin. Wenn sie mir etwas anhängen könnten, wäre das ein gefundenes Fressen für sie. Was würden sie daraus machen, wenn sie mir ein Liebesabenteuer nachweisen könnten?«

»Oh, etwas Anrüchiges und Schlüpfriges, nehme ich an.«

»Das brauchst du nicht anzunehmen, das ist sicher; ich habe zu viele Jahre versuchen müssen, das Rampenlicht zu vermeiden. Die alten Römer wußten, was sie taten, als sie den Löwen lebende Opfer vorwarfen. Die meisten Leute sind ziemlich anständig – aber in der Masse lieben sie Blut. Ich werde etwas unternehmen müssen, um aus diesem Rampenlicht zu kommen, aber in der Zwischenzeit bin ich verwundbar. Was würdest du tun, Winnie, wenn ich dich eines Nachts aufweckte und dich bäte, einen Mann in dein Bett zu lassen – so daß du erwischt werden könntest, nicht ich? So erwischt, meine ich, daß dein Bob vielleicht davon erfahren würde.«

Das Mädchen holte tief Atem. »Ich würde es tun! Bob würde es verstehen.«

»Ah, aber wenn ich dich bitten würde, Bob die Umstände nicht zu erklären?«

»Ich würde es trotzdem tun.«

Joan küßte sie. »Ich weiß, daß du es tun würdest. Aber ich werde dich nicht in eine solche Lage bringen, Winnie. Doch ich könnte dich eines Tages bitten, mir zuliebe Lügen zu erzählen, wenn etwas vertuscht werden muß. Würdest du?«

»Natürlich würde ich.«

»Es könnte schon bald sein, ich fühle mich mit jedem Tag weiblicher. Nun laß uns Weihnachten spielen – ich glaube, diese Schachtel ist für Winnie.«

Nicht lange, und Winnie paradierte mit einem Ausdruck von Bewunderung und Scheu vor dem Spiegel. »Oh, Joan, du hättest das nicht tun sollen! Das ist ein Stagnaro-Originalmodell, direkt aus Rom; ich habe das Etikett gelesen.«

»Zieh es aus, Winnie, und laß uns sehen, was wir sonst noch haben. He, hier ist etwas für mich.« Joan zog sich rasch an. »Was meinst du? Zu diesem sollte ich natürlich Körperbemalung tragen.«

»Würde ich nicht tun. Dieses fahle Weiß hebt sich gut ab. Körperbemalung würde das zarte Muster erdrücken. Joan, wie kommt es, daß du soviel von Kleidern verstehst? Ich meine ...«

»Du meinst, wie es möglich ist, daß ein Tattergreis, der vor einem halben Jahrhundert zuletzt ein Kleid für eine Frau ausgesucht hat, eine glückliche Hand beim Kleiderkauf haben kann? Genie, Winnie, reines Genie.« (He! Wo bleibt die Anerkennung für mich?) (Soll ich dich enttarnen, Mata Hari? Die Männer in den weißen Mänteln warten vor der Tür.) (Vielleicht können wir es Winnie eines Tages verraten.) (Das hoffe ich, Liebes – ich liebe dich nicht nur, ich bin auch stolz auf dich.) (Küßchen.)

Sie arbeiteten sich durch die Kollektion, bis sie zu den beiden letzten Schachteln kamen, die Joan zurückgehalten hatte. Als Winifred die mit synthetischen Smaragden besetzten Halbmondschalen und das dazu passende Dreieck sah, schnaufte sie. »Du meine Güte! Zieh es an, Joan, und ich werde deine Haftsandalen mit den hohen Absätzen suchen!«

»Du kannst deine höchsten Absätze suchen, Winnie – die mit dem grünen Straß, die ich mal an dir gesehen habe. Zu dieser Ausstattung hatten sie keine Stelzen in deiner Größe. Ich habe sie bestellt.«

»Dies ist für mich? Oh, nein!«

»Dann wirf es in den Müllschlucker! Winnie, dieser Aufzug ist für Rothaarige gedacht – und die Schalen sind zu klein für mich. Und in diesem Papier ist ein knöchellanges Kleid aus halbtransparenter Seide und in passendem Grün. Dazu könntest du einen Smaragd auf der Stirn tragen, keinen anderen Schmuck, und du würdest die Königin jedes formellen Abendempfanges sein.«

»Aber Joan, ich gehe nie zu so vornehmen Parties und Abendempfängen. Ich bin noch nie eingeladen worden. Du vergißt, daß ich eine kleine Krankenschwester bin, keine Dame der Gesellschaft.«

»Vielleicht ist es Zeit, daß ich einen großen Abendempfang gebe, mit Souper, Tafelmusik und allem; der Bankettsaal ist seit zehn Jahren nicht mehr benutzt worden. Du würdest schön aussehen. Aber Winnie, abgesehen von solchen Anlässen ist das Kostüm – ohne das Abendkleid – für die zwanglosesten Situationen geeignet. Würde es dir nicht Spaß machen, es für Bob zu tragen? Und würde es ihm nicht Spaß machen, dich davon zu befreien?«

Winnie hielt den Atem an. »Die Idee! Ich kann es nicht erwarten.«

»Bist du heute abend verabredet?«

»Nein. Darum sagte ich, daß ich es nicht erwarten kann. Bob würde Augen machen – Stielaugen. Und ich will, daß er es mir abnimmt. Joan, ich sollte es nicht annehmen, es ist viel zu teuer. Aber ich nehme es. Lieber Himmel, ich komme mir wie eine ausgehaltene Frau vor.«

»Du bist eine. Liebes; ich halte dich aus. Und es macht mir viel Freude.«

Winnie hörte auf zu lächeln und blickte ihr in die Augen. »Joan, vielleicht sollte ich es nicht sagen, vielleicht wird es alles zerstören. Aber ich glaube, ich muß. Ah ...« Sie brach ab und holte tief Luft. »Zwei- oder dreimal kam es mir beinahe so vor, als ob du etwas von mir wolltest.«

»Nicht bloß dreimal, Winnie.«

»Ah. Gut ... ja. Aber warum kamst du nicht raus damit?«

Joan seufzte. »Weil ich Angst hatte.«

»Vor mir?«

»Vor mir. Winnie, Liebling – es ist furchtbar schwierig, eine Frau zu sein. Ich muß jeden Augenblick daran denken – bewußt und mit Überlegung die Dinge tun, die du automatisch tust. Als ich heute bei Gimbels war, hatte ich meine Hand schon auf der Türklinke der Herrentoilette, bevor mir einfiel, wohin ich gehörte. Wenn ich nicht wie verrückt aufpassen würde, käme ich ständig in solche und ähnliche Situationen. Und nun du. Liebling, kannst du dir vorstellen, was für eine Versuchung du für mich bist? Kannst du dir vorstellen, daß der alte Johann aus Joans Augen deine Lieblichkeit ansieht? Winnie, es hat noch keinen Augenblick gegeben, wo ich nicht in Versuchung gewesen wäre, dich zu berühren, dich auf den Schoß zu nehmen, zu küssen, mit dir ins Bett zu gehen. Wäre ich ein Mann, würde ich alles mögliche versuchen, um Bob zu verdrängen.«

»Joan.«

»Ja?«

»Es ist Raum für dich da.«

Joan fand, daß sie zitterte. »Liebling! Bitte! Können wir nicht – nein, wir müssen noch warten, bitte. Du hast Bob ... und ich muß noch lernen, eine Frau zu sein ...« Sie begann zu weinen und fühlte Winnies Arme, die sie umfingen.

»Hör auf, Joan, bitte. Ich wollte dich nicht durcheinanderbringen. Wir können natürlich warten. Bis du dich beruhigt hast und selbstsicher bist – und mich willst. Aber Winnie wird ihre Joanie nicht verführen. Oh, es kann schön sein, wirklich. Doch du hast recht, und ich habe Bob, und meine Nerven sind nicht so überreizt, wie deine es sein müssen. Eines Tages wirst du dich in einen Mann verlieben, und dann werde ich vielleicht keinen Reiz mehr für dich haben – und das ist in Ordnung, solange ich deine Freundin sein kann.«

Joan tupfte die Tränen weg und schnupfte. »Danke, Winnie. Ich habe mich wieder lächerlich gemacht.«

»Nein, hast du nicht. Willst du eine Beruhigungstablette?«

»Nein. Ich bin jetzt in Ordnung.«

»Möchtest du lieber, daß ich dich nicht berühre?«

»Nein – im Gegenteil. Ich möchte, daß du mich küßt. Dann ziehst du die grünen Sachen an und läßt dich bewundern. Dann werden wir essen. Und anschließend steigen wir in die Badewanne, damit wir gut riechen. Vielleicht kann ich Jake dafür gewinnen, gemeinsam mit dir und mir Joga zu machen. Das brauche ich heute abend; om mani padme hum, das ist das richtige Beruhigungsmittel. Aber küß mich zuerst, Liebling.«

Winnie küßte sie – zuerst zurückhaltend, dann wie ein Steppenfeuer. (Hör auf, Joan, bevor das Haus abbrennt. Und sieh zu, daß Bob sie heiratet; das bist du ihr schuldig, für das Hürdenspringen, das du ihr abverlangst.) (Wie kann ich, wenn ich nicht weiß, wer er ist?) (Du kannst es herausbringen. O'Neil weiß es. Und nachdem du weißt, wer dieser Bob ist, bringst du in Erfahrung, was er will. Er wird anbeißen. Männer! Ich liebe dich, aber manchmal weiß ich nicht, warum.)

Nachdem Winnie das Smaragdkostüm ausprobiert hatte, öffnete Joan das letzte Päckchen. Es enthielt ihr Geschenk für Jake. »Sag mir, was du davon hältst. Winnie.«

Es war eine teure, aber stilistisch unaufdringlich gehaltene schwere Halskette aus Gold, an der ein großes, goldenes Ankh, ein Henkelkreuz, befestigt war. Winnie nahm es und betrachtete es. »Es ist schön«, sagte sie langsam, »aber es ist keine Kette für Frauen. Das ist dir doch klar, oder?«

»Natürlich. Es ist ein Geschenk für Jake.«

Winnie runzelte leicht die Stirn. »Joan, du wolltest doch, daß ich dir helfe, zu lernen, wie sich eine Frau benimmt?«

»Ja, sicher.«

»Und deshalb muß ich es dir sagen, wenn ich glaube, daß du einen Fehler machst.«

»Du meinst, es würde Jake nicht gefallen?«

»Ich bin mir nicht sicher. Vielleicht weiß er nicht, was es bedeutet. Und du vielleicht auch nicht. Dieses Henkelkreuz ist ein Ankh – mein Großvater hätte es als ›heidnisches Symbol‹ bezeichnet. Es bedeutet ... nun, allgemein bedeutet es ungefähr das, was auch unser Gebet bedeutet – Liebe, Güte und solche Dinge. In erster Linie bedeutet es aber *Sex*, es ist ein altägyptisches Symbol der Fortpflanzung. Es ist kein Zufall, daß der Henkel einer Vulva ähnelt, und der übrige Teil könnte durchaus als männliches Symbol interpretiert werden. Heutzutage wird es von Menschen meines Alters, zu denen du ja jetzt auch gehörst, als ... nun ja, Ehepartner geben es einander, oder auch Menschen, die zwar nicht verheiratet sind, aber in einer vergleichbaren Beziehung leben. Und es bedeutet immer sexuelle Liebe. Wenn du damit also etwas anderes ausdrücken willst, solltest du es besser umtauschen gegen eine Halskette, die eine weniger eindeutige Bedeutung hat.«

Joan schüttelte den Kopf. »Nein, Winnie. Ich kenne die Bedeutung des Ankh seit einem Kurs über vergleichende Religionsgeschichte, den ich vor einem Dreivierteljahrhundert absolviert habe. Und ich vermute, daß Jake diese Bedeutung ebenfalls kennt, er hat eine solide klassische Ausbildung genossen. Ich war mir nur nicht sicher, ob auch die Jüngeren noch darüber Bescheid wissen. Winnie, dieses Geschenk habe ich ganz bewußt ausgewählt. Ich habe Jake schon mehrmals gebeten, mich zu heiraten. Aber er will nicht. Aus Altersgründen.«

»Nun ... ich kann verstehen, warum er so empfindet.«

»Das ist lächerlich. Sicher, ich bin ein Vierteljahrhundert älter als er, aber davon ist doch jetzt nichts mehr zu bemerken. Und ich bin auch gesund genug, um zu heiraten, auch wenn der Doktor meint, ich könnte jederzeit tot umfallen.«

»Aber das glaubt Dr. Garcia doch nicht wirklich. Außerdem meinte ich nicht, *du* wärest zu alt, sondern ...«

»Ja, ja, ich weiß. Er ist so verdammt ›nobel‹. Aber er muß mich ja gar nicht unbedingt *heiraten*, Winnie. Ich bin mit allem zufrieden, was er mir zu geben bereit ist. Und das soll mein Geschenk ausdrücken.«

Winnie nickte langsam und gab ihr das Ankh zurück. »Dann wünsche ich dir von ganzem Herzen Glück.«

»Gute Winnie. Jetzt wollen wir aber etwas essen und dann zusammen baden.« Sie waren aus der Wanne und mit Schönheitspflege beschäftigt, als das Haustelefon läutete.

»Miss Smith. Mr. Salomons Wagen ist eben vorgefahren.«

»Danke, O'Neil.«

Sie machten sich hastig fertig, und ein paar Minuten später rief Joan die grüne Suite an. »Jake, Lieber? Hier ist dein Lehrer-Guru. Wenn du an einer Meditationsübung teilnehmen willst, werden Guru und Chela zu dir kommen, wann immer es dir paßt.«

»Das ist willkommene Nachricht; ich bin müde und nervös. Eine Meditationsübung wird mir sicherlich zu ruhigem Schlaf verhelfen, Guru.«

»Freut mich. Hast du gegessen?«

»Im Klub, vor Stunden. Gibst du mir noch zwanzig Minuten? Ich will gerade baden.«

»Sollen wir in genau zwanzig Minuten dort sein? Ich möchte nicht mit Hubert zusammentreffen.«

»Ich habe ihn eben zu Bett geschickt. Niemand hier oben, außer uns.«

»Zwanzig Minuten, Lieber.«

Die Uhr zeigte halb elf, als die zwei Mädchen barfuß durch den Korridor gingen. Jake öffnete ihnen. Er trug einen Bademantel und hatte ein Buch in der Hand. Ein zwischen die Seiten gesteckter Finger markierte die Stelle, wo er gelesen hatte. »Hallo, meine Lieben«, sagte er. »Ihr seht beide reizend aus. Joan, bevor ich badete, nahm ich mir die Freiheit, in deine Bibliothek zu gehen und dieses Buch zu leihen.«

»Es ist keine Freiheit, du weißt es. Was für ein Buch ist es?«

Er hielt es ihr hin. »Wischnudevanadas Jogalehre. Ich dachte, ich könnte mir ein paar einfache Übungen heraussuchen, während ich badete. Aber ich fürchte, ich muß mich an die Meditation halten.«

Joan blickte verwundert. »Nie gesehen. Das war in der Bibliothek?« Sie klappte den Buchdeckel auf und sah ihr Etikett auf dem Vorsatzpapier: ›Ex Libris JSB Smith.‹ »Sehr seltsam. Ich wußte nicht, daß so etwas da ist.«

»In deiner Bibliothek sind vielleicht zehntausend Bände. Darf ich die indiskrete Frage stellen, wie viele davon du gelesen hast?«

»Oh, vielleicht zwanzig oder dreißig«, antwortete Joan unbekümmert. »Ich hatte nie Zeit, obwohl ich Bücher mochte. Nun, wenn du damit fertig bist, werden Winnie und ich es durchsehen. Es muß viele Übungen geben, von denen wir nicht wissen und die wir vielleicht lernen sollten.« Sie gab das Buch zurück; er legte es zur Seite. »Bereit zur Meditation?«

»Bereit für die Gebete. Und es tut mir leid, wenn ich letzte Nacht etwas abschätzig geklungen habe.«

»Es spielt doch keine Rolle, wie man es bezeichnet, solange man es nur ernsthaft betreibt. Aber zuerst habe ich ein Geschenk für dich. Beuge den Kopf vor.«

Er tat wie geheißen, und Joan legte ihm die Kette um den Hals. Er nahm das Ankh und betrachtete es. »Danke, Eunice. Das ist ein sehr schönes Geschenk. Soll ich es jetzt tragen?«

»Ganz wie du möchtest. Fertig, Winnie?«

Joan legte ihr Negligé ab, ließ sich auf den Teppich nieder und nahm den Lotussitz ein. Winnie folgte ihrem Beispiel. Jake zog seinen Bademantel aus und gesellte sich zu ihnen.

»Ich leite an«, sagte Joan. »Es ist nicht nötig, ›atmen‹ oder ›Atem anhalten‹ zu sagen, wenn ihr mir im Rhythmus bleibt. Wir werden das Tempo langsam halten und jeden der vier Teile mit einem Gebet einleiten. Zuerst eine Minute Konzentration.«

Pause.

»Om mani padme hum!«

Jake Salomon schien augenblicklich einzuschlafen, sobald sie ihn zu Bett gebracht hatten. Die Mädchen verließen still den dunklen Raum. Nachdem sie die Tür hinter sich geschlossen hatte, blieb Joan im Korridor stehen. »Winnie, kannst du mir einen Gefallen tun?«

»Was du willst, Joan.«

»Um welche Zeit wird das Personal morgens munter?«

»Ich weiß nicht, wann die Köchin aufsteht. Ungefähr um sechs, glaube ich. Die meisten anderen um sieben herum, denn um halb acht frühstücken sie.«

»Della ist nicht wichtig, sie kommt nie in dieses Stockwerk.«

»Nun, um neun fangen sie mit dem Saubermachen an. Aber niemand arbeitet in der Nähe deines Schlafzimmers, bis du dein Frühstück kommen läßt. Bist du gestört worden?«

»Nein. Und ich will auch nicht gestört werden. Ich glaube, Hubert ist der einzige, der mir Sorgen macht. Ich werde zurückgehen und mit Jake schlafen.«

»Oh!«

»Nicht jetzt gleich, ich möchte sicher sein, daß er fest schläft. Und wenn er die ganze Nacht durchschläft, werde ich ihn nicht wecken; der Arme braucht seine Ruhe. Aber ich werde mit ihm schlafen! Ich will nicht, daß Hubert morgen in aller Frühe hereinplatzt. Weißt du eine Möglichkeit, wie wir das verhindern können?«

»Oh, ich verstehe. Soviel ich weiß, geht Hubert nie in Mr. Salomons Zimmer, bevor Mr. Salomon das Frühstück bestellt und Hubert es ihm bringt. Wenn ich unten mit den anderen esse, sehe ich Hubert oft am Tisch sitzen und Kaffee trinken und ziemlich lange die Nachrichten verfolgen. Dann wartet er auf Mr. Salomons Anruf.«

»Das ist eine Erleichterung. Dann wird außer dir wahrscheinlich niemand davon erfahren. Mir selbst würde es nicht allzuviel ausmachen, aber ich möchte auf keinen Fall, daß Jake in Klatschgeschichten hineingezogen wird. Sein Ruf ist ihm wichtig. Gut. Kannst du dreierlei für mich tun? Lies oder schlaf eine Weile in meinem Bett, daß es zerwühlt aussieht. Du kannst die ganze Nacht bleiben, wenn du willst, aber dann mußt du auch deins durcheinanderbringen. Stell deinen Wecker auf acht Uhr, und wenn ich bis dahin nicht in meinem eigenen Bett sein sollte, ruf die grüne Suite an. Und noch etwas: »Würdest du mir einen Schlafanzug und Hauspantoffeln bringen? Wenn alle Stricke reißen, werde ich wenigstens angezogen sein, und zum Teufel mit den Schnüfflern. Während du die Sachen holst, werde ich dieses Negligé in mein Zimmer tun und noch ein paar Stoßgebete sagen. Ich habe mich entschlossen, aber ich bin ein wenig nervös. Ich habe Angst, Jake könnte mich zurückweisen.« (Mir scheint eher, du hast Angst, er könnte dich *nicht* zurückweisen.) (Willst du denn nicht, daß wir es tun?) (Doch, natürlich. Hör auf zu jammern und mach weiter.)

»Sofort, Joan. Oh, ich bin selbst ganz aufgeregt. Ich glaube, ich werde in deinem Bett schlafen. Wenn du nichts dagegen hast.«

»Du weißt, daß ich nichts dagegen habe. Aber es könnte passieren, daß ich zurückkomme und dich wecke.«

»Das würde mir nichts ausmachen. Wenn du eine Schulter brauchst, an der du dich ausweinen kannst, möchte ich dasein.«

»Oh, ich glaube eher, daß ich was zu erzählen haben werde.«

Wenige Minuten später schlüpfte Joan leise ins Schlafzimmer der grünen Suite, legte ihre Sachen auf den Teppich, ohne ein Licht einzuschalten, und tastete sich zum Bett, wo Jake leise schnarchte. Vorsichtig schob sie sich neben ihn unter die Decke, fühlte die Wärmeausstrahlung seines Körpers nahe dem ihren, seufzte glücklich und schlief ein.

Eine unbestimmbare Zeit später fühlte Joan im Dunkeln eine Hand auf sich und war sofort hellwach. (Was?) (Jetzt ist es soweit, Joan!) (Ich fürchte mich!) (Laß mich nur machen – der Körper erinnert sich. Sag ein Om mani padme hum.) (Om mani padme hum.)

Ohne ein Wort nahm Jake von ihr Besitz.

(O Gott, Eunice! Warum hast du es mir nicht gesagt?) (Was?) (Daß es für eine Frau so viel schöner ist!) (Wirklich?) (Zehnmal, hundertmal schöner.)

KAPITEL SECHZEHN

Die Besetzung des Regierungsgebäudes von Oklahoma durch protestierende Kleinfarmer und Gewerbetreibende, die sich in ihrer Existenz bedroht fühlen, dauerte an. Der Gouverneur wurde inzwischen bei der Regierung in Washington vorstellig, um die Erlaubnis zum Einsatz der Nationalgarde zu erwirken. Eine Forschergruppe der Marsstation meldete bei der Rückkehr von einer ausgedehnten Felduntersuchung die Auffindung mehrerer metallener Artefakte, die auf eine ausgestorbene Rasse von menschenähnlicher Intelligenz hindeuten. Das Alter der Gegenstände, die mit Hilfe eines Metalldetektors entdeckt wurden, beträgt rund 250 Millionen Jahre. Die chinesische Mitglieder der Expedition widersprachen dieser Einschätzung und erklärten, es handle sich bei den Artefakten um Gegenstände, deren Herstellung instinktgesteuert sei (ähnlich wie Korallenriffe oder Bienenwaben). Insofern handle es sich um Hinterlassenschaften nichtintelligenter Lebewesen. Die Selbstmordrate stieg im dritten Quartal weiter an und überschritt bereits die bisherige Rekordzahl des vergangenen Jahres. Eine ähnlich ansteigende Tendenz war bei den Todesfällen im Straßenverkehr und durch Gewalttätigkeit zu verzeichnen. Die Zunahme der Weltbevölkerung überschritt nach letzten Schätzungen der UNO erstmals 300 000 Pesonen pro Tag. Während in jeder Sekunde sechs Kinder geboren wurden, starben in der gleichen Zeitspanne nur 2,5 Personen, was einem Überschuß von sieben Personen alle zwei Sekunden entsprach.

In Izard County, Arkansas, legte eine Henne ein Ei mit dem Zeichen des Kreuzes darauf. Ein Sprecher des Schatzamtes erklärte, Papiergeld würde auf keinen Fall zugunsten von Kreditkarten abgeschafft werden. »Wir müssen der Tatsache ins Auge blicken«, erklärte er im Washingtoner Presseclub, »daß der Schwarzmarkt mittlerweile ein wesentlicher

Bestandteil unserer Wirtschaft geworden ist. Würden wir den unregistrierten Austausch von Geldmitteln grundsätzlich unterbinden, würde das zu einer ökonomischen Depression führen, die unser Land kaum überstehen könnte.«

Der Verkehrscomputer für die Innenstadt von Houston, Texas, brach während des abendlichen Berufsverkehrs zusammen, wodurch Zehntausende von Menschen gezwungen waren, die Nacht auf den Straßen zu verbringen. Die Zahl der Todesfälle überschritt siebentausend, wobei Smogvergiftung und Herzversagen an erster Stelle standen. Die Mondkolonien stellten zwei weitere übergroße und vollautomatische Algentanks in Dienst, so daß die Lebensmittelproduktion im Laufe des kommenden Jahres zum erstenmal den voraussichtlichen Verbrauch übersteigen dürfte. Das Radioteleskop von Jodrell Bank verlor den Kontakt mit der bemannten Uranus-Sonde. Das Komitee zur Erforschung des interstellaren Raums sprach sich für Tau Ceti anstelle des ursprünglich vorgesehenen Alpha Centauri als Ziel der ersten Reise aus. Nach einem leichten Erdbeben lief in einem der größten japanischen Kernkraftwerke die Reaktor-Kühlflüssigkeit aus. Die drei Millionen Einwohner der benachbarten Stadt Kobe mußten in aller Eile evakuiert werden.

»... bitten wir das Gericht um Auskunft, ob es wirklich der Wahrheitsfindung dient, wenn Beteiligte und Zuschauer nun schon eine halbe Stunde lang den ekelhaften Anblick dieses Kadavers ertragen müssen?« (»Ich kann es selbst nicht aushalten, Jake; habe ich tatsächlich so furchtbar ausgesehen?« »Pst, Joan, Mac weiß, warum er es tut, und ich weiß es auch.)« »... schlage ich vor, daß dieser Zeuge selbst hinreichend identifiziert werden sollte, bevor sein Zeugnis verwendet werden kann, um eine andere Person zu identifizieren.« »... Serie von Diapositiven, die ich eben vom Toten anfertigte, wird jetzt auf die Leinwand projiziert und durch stereoskopische Überlagerung mit Aufnahmen verglichen werden, die zu Lebzeiten Johann Sebastian Smiths entstanden sind ...« »... stelle den Antrag, daß diese einhundertsiebenundzwanzig Fotografien die mein verehrter Kollege hier vorgelegt hat, nicht als Beweismittel zugelassen werden, weil sie für die Wahrheitsfindung größtenteils irrelevant sind …«

»Wollten Sie, Herr Kollege, damit andeuten, daß dieser Zeuge nicht Giovanni Branca sei?« »Nein, keineswegs, ich werde bei seiner Identifizierung helfen, wenn Sie mich brauchen. Ich wollte nur anregen, daß Sie es nicht mit der Nennung seines Namens bewenden lassen.« (»Jake, Joe sieht gespenstisch aus. Ich muß ihn besuchen, sobald dieser Unsinn ausgestanden ist.« »Hältst du das für klug?« »Ich weiß nicht, Jake. Aber ich weiß, daß ich muß.«)

»Sehen Sie sich um, Mr. Branca. Sagen Sie dem Gericht, ob Ihre Frau in diesem Raum ist oder nicht.« »Nicht hier.« »Mr. Branca, bitte sehen Sie in die Richtung, in die ich zeige.« »Sie ist nicht hier, ich sagte es Ihnen!« »Mr. Branca, ich zeige auf diese junge Frau. Sehen Sie sie genau an. Würden Sie sagen, daß dies Ihre Frau Eunice Branca, geborene Evans ist?«

»Nicht Eunice. Sie ist tot. Sicher, das ist Eunices Körper. Aber sie ist tot. Jeder weiß, was passiert ist.«

»Mr. Branca, bitte beschränken Sie sich darauf, meine Fragen zu beantworten. Sie sagen, Ihre Frau sei tot … aber haben Sie Ihre Frau Eunice Branca jemals tot gesehen?«

»Eh? Nein. Diese Operation …«

»Danke. Sie haben sie niemals und zu keiner Zeit tot gesehen. Ist es wahr, daß Sie eine Million Dollar erhielten, um auszusagen, daß diese Frau nicht Ihre Ehefrau Eunice Branca ist?« (»Jake, dürfen sie Joe das antun? Sieh ihn nur an.« »Tut mir leid, Liebling. Ich habe ihn nicht als Zeugen vorgeladen.«)

»So ist es nicht gewesen! Sicher, Mr. Salomon hat mir Geld angeboten, aber nicht für die Aussage hier, sondern für die Erlaubnis, Eunices Körper für die Verpflanzung zu verwenden. Er bot mir tausend, eine Million, ich weiß nicht, ist mir egal. Ich sagte ihm, er könne sich das Geld hinten reinschieben. Ich …«

»Mr. Branca, Sie stehen hier nicht in einer Eckkneipe, sondern im Zeugenstand eines Gerichts. Ich fordere Sie auf, Ihre Ausdrucksweise dem anzupassen. Nun sprechen Sie weiter. Mr. Salomon bot Ihnen Geld an, ja? Wofür?«

»Oh. Eunice hatte einen Boß, Herr Vorsitzender. Mr. Johann Smith. Reich wie Krösus. Konnte sogar in einen goldenen Nachttopf scheißen. Er lag im Sterben, bloß ließen die Ärzte ihn nicht, und dann hatte jemand diese Idee mit der Gehirnverpflanzung. Nun, dieser Smith hatte die gleiche komische Blutgruppe wie Eunice und ich. Als Eunice tot war, wollten sie ihren Körper haben. Ich sagte, klar, nehmt ihn, sie braucht ihn nicht mehr – aber nicht für Geld. Dann einigten wir uns – Mr. Salomon da drüben und ich –, daß das Geld dem Blutspenderdienst geschenkt werden sollte. Fragen Sie Mr. Salomon, er weiß Bescheid und hat das alles gemacht. Ich habe nicht einen verdammten Cent davon angerührt!« (»Jake – er will mich nicht ansehen.« »Dann solltest du ihn nicht anstarren. Steck deinen Schleier vor dein Gesicht.«)

»Hat der Anwalt der Antragsteller weitere Fragen, die er dem Zeugen stellen möchte?«

»Danke, nein.«

»Und die Gegenseite?«

»Kein Verhör, Herr Vorsitzender.«

»Gut. Wir werden den Zeugen wohl nicht mehr benötigen. Mr. Branca, Sie können gehen. Lassen Sie sich die Aufwandsentschädigung für Ihr Kommen in der Gerichtskasse auszahlen. Die Sitzung ist auf morgen zehn Uhr vertagt.«

»... selbstverständlich den größten Respekt vor der wissenschaftlichen Qualifikation meines ehrenwerten Kollegen. Nichtsdestoweniger sehe ich mich außerstande, den Gedankengängen zu folgen, die er in seiner 1996 erschienenen Schrift ›Die Seele – Realität oder Fiktion?‹ vorgelegt hat, aus der ich jetzt einige für die hier interessierenden Zusammenhänge relevante Bemerkungen zitieren möchte: ›Der Begriff

Persönlichkeit ist nichts anderes als ein Fantasiegebilde vorwissenschaftlicher Spekulation. Alle Lebensphänomene lassen sich in vollem Umfang durch die Gesetze der Biochemie erklären ...‹ ›Selbst eine sich als selbständig gebärende existentielle Phänomenologie kommt ohne theologisches Fundament nicht aus und fällt infolgedessen immer wieder in den Bereich philosophischtheologischer Spekulation zurück ...‹ ›Allein der vom dialektischen Materialismus ausgehende Wissenschaftsbegriff, dessen Ansätze sich bis zu Hegel zurückverfolgen lassen und der sich radikal von den in mythischen Vorstellungen wurzelnden Philosophien distanziert, ist in der Lage, den Beweis zu führen, daß das als *Seele* mißverstandene individuelle Ich-Bewußtsein ...‹« »Ich bitte, den schlafenden Herrn in der zweiten Zuschauerbank zu wecken; sein Schnarchen stört den Verhandlungsablauf.« »Ein ungeborenes Kind ist nicht Person; es ist nur eine im Aufbau befindliche Protoplasmastruktur mit einem Potential, sich aus ihrer Umgebung zu lösen ...«

... schockiert, entdecken zu müssen, daß der Gerichtsvorsitzende ein Logenbruder des verstorbenen Johann Sebastian Smith ist. Diese verschwiegene Beziehung scheint mir von so großer Bedeutung für den Prozeßverlauf zu sein, daß ich den Antrag stelle, sie hier aktenkundig zu machen. Meine Mandantinnen sehen sich in Anbetracht dieser Tatsache gezwungen, den Vorsitzenden dieses Gerichts aufzufordern, eine Befangenheitserklärung abzugeben oder den erhobenen Vorwurf der Parteilichkeit zu entkräften.« (»Jake, wie haben sie es herausgebracht?« »Wir ließen es durchsikkern. Durch Alec. Es ist besser, die Sache kommt jetzt zur Sprache, sonst riskieren wir später eine Anfechtungsklage und eine Wiederholung des ganzen Theaters.«)

MacCampbell wandte sich an den Anwalt der Smith-Enkelinnen und sagte: »Ich finde dies sehr interessant, Sir. Bevor ich auf Ihren Vorwurf eingehe, lassen Sie mich eine formelle Korrektur anbringen. Sie erwähnten eben das Wort ›Prozeß‹. Dies ist, wie Sie wissen, nicht ein Prozeß, sondern ein Feststellungsverfahren mit dem Zweck, die Identität der jungen Frau dort zu bestimmen, die sich ›Miss Smith‹ nennt. Sie ist keines Verbrechens angeklagt, noch haben wir hier einen Zivilprozeß; es handelt sich nur darum, daß ihre angebliche Identität von Ihren Mandantinnen, die ein berechtigtes Interesse haben, angezweifelt wird.«

»Das ist richtig, Herr Vorsitzender; dieser Prozeß ist ein Feststellungsverfahren. Das ändert jedoch nichts daran, daß wir unter diesen enthüllten Umständen den Eindruck gewonnen haben, daß Sie nicht der Richter sind, der diesem, ah, Feststellungsverfahren vorsitzen sollte.«

»Ich räume ein, daß Johann Sebastian Smith und ich derselben Freimauerloge angehören. Haben Ihre Nachforschungen auch erbracht, daß Johann Smith und ich gemeinsam Mitglieder anderer Vereinigungen waren? Johann Smith war beispielsweise ein Gründungsmitglied des Gibraltar-Klubs – dort bin auch ich Mitglied, ebenso wie Miss Smiths Rechtsbeistand, Mr. Salomon. Und Sie selbst sind auch Mitglied, wenn ich mich recht entsinne. Möchten Sie diese Tatsache kommentieren?«

»Kein Kommentar, Herr Vorsitzender.«

»Aber es ist ziemlich sicher, daß Sie und ich einander noch durch andere brüderliche Bande verbunden sind. Da es Anwälten nicht erlaubt ist, Werbung zu treiben, neigen sie bekanntlich dazu, mehr Organisationen, Klubs und Vereinen beizutreten als der Durchschnittsbürger. Da Sie keinen Kommentar zu unseren Gemeinsamkeiten geben möchten, wird das Gericht von sich aus Erhebungen darüber anstellen und die Resultate ins Protokoll aufnehmen. Ich werde die Sitzung jetzt für zehn Minuten unterbrechen, um Ihnen Gelegenheit zu geben, Ihren Antrag unter diesem Aspekt zu überprüfen.«

»Ordnung im Saal! Ich erkläre die Sitzung für wiedereröffnet.«

»Herr Vorsitzender, ich ziehe meinen Vorwurf der Befangenheit zurück.«

»Freut mich, das zu hören, Sir. Darf ich fragen, aufgrund welcher Theorie Sie mich für befangen hielten?«

»Als ich den Punkt vorbrachte, schien er mir von Wichtigkeit zu sein, Herr Vorsitzender. Jetzt denke ich nicht mehr so.«

»Aber Sie müssen sich etwas dabei gedacht haben, oder Sie hätten den Vorwurf nicht erhoben. Zu wessen Gunsten soll ich voreingenommen sein? Zugunsten der Klägerinnen, wegen meiner Logenbruderschaft mit ihrem Großvater?«

»Was? O nein, Sir. Voreingenommenheit zugunsten der Beklagten.«

»Wollen Sie damit sagen, daß die Beklagte tatsächlich Johann Sebastian Smith ist?«

»Nein, Sir. Das liegt mir fern. Gerade gegen diesen Anspruch wendet sich unsere Feststellungsklage.«

»Aber Sie können es nicht so und so haben. Wenn diese junge Frau nicht Johann Sebastian Smith ist – wie die Klägerinnen glauben –, dann ist sie nicht mein Logenbruder. Anders herum, nach Ihrer eigenen Theorie, ist sie Johann Sebastian Smith. Wie wollen Sie es nun haben?«

»Ich fürchte, ich hatte meinen Vorwurf unvollkommen und fehlerhaft formuliert, Herr Vorsitzender. Ich bitte dafür um Entschuldigung. Ihre Parteilichkeit bestand nach dem Eindruck meiner Mandantinnen darin, daß Sie die Beklagte Miss Smith von vornherein als identisch mit Johann Sebastian Smith angesehen haben, in Ihren Augen die Identität mit Ihrem Logenbruder also bereits vor Beginn der Verhandlungen feststand. Allein darauf beruhte der Vorwurf der Befangenheit.«

»Ah. Ich verstehe. Das ist allerdings eine schwerwiegende Unterstellung. Ich hoffe, Sie können sie hinreichend begründen. Wenn nicht, würde ich mich gezwungen sehen, einen solchen Vorwurf als rufschädigende Verunglimpfung strafrechtlich zu verfolgen.«

»Meine Mandantinnen begründen ihren Vorwurf mit Ihrem Verhalten während der ersten Anhörung. Ich wollte mich dem nicht anschließen, weil ich das Tonbandprotokoll nicht kenne. Meine Bitte um eine Kopie oder ein Abspielen des Originals wurde abgelehnt. So nahm ich die Logenbruderschaft zum Anlaß meines – inzwischen zurückgezogenen – Vorwurfs. Mehr konnte ich nicht tun.«

»Haben Sie die Absicht, den Vorwurf der Befangenheit mit der eben gemachten Begründung zu erneuern?«

»Nicht ohne Kenntnis des originalen Tonbandprotokolls, Sir. Sind Sie bereit, es mir zugänglich zu machen?«

»Das Gericht ist nicht dazu verpflichtet, da es sich um eine Anhörung und nicht um eine ordentliche Verhandlung gehandelt hat. Das Ersuchen wird abgelehnt. Sind Sie mit Ihrer Einlassung fertig? Sollen wir mit der Einvernahme der Zeugen fortfahren?«

»Hm. Ich bin fertig, Sir.«

»Aber Doktor Boyle, wissen Sie mit Sicherheit, daß Sie das Gehirn aus diesem Körper hier entfernten und in den Schädel jener Frau dort verpflanzten?«

»Seien Sie kein Esel, Freund. Sie haben meine Antwort gehört.«

»Herr Vorsitzender, dies ist ein ordentliches Verhör, und ich bitte um die Unterstützung des Gerichts.«

»Das Gericht befiehlt dem Zeugen, die gestellten Fragen vollständig und nach bestem Wissen wahrheitsgemäß zu beantworten.«

»Richter, Sie können mir keine Angst machen, wissen Sie. Ich bin als ein freiwilliger Zeuge hier erschienen – und ich bin nicht Bürger Ihres seltsamen Landes. Ich bin jetzt ein Bürger der Volksrepublik China. Ihr Außenministerium versprach unserem Botschafter, daß ich während meines gesamten Aufenthalts volle diplomatische Immunität genießen würde, wenn ich nur käme. Also sparen Sie sich die Mühe mit den alten Tricks von Einschüchterungen und Druck. Wollen Sie meinen Paß sehen? Diplomatische Immunität.«

»Doktor Boyle, dieses Gericht ist sich Ihrer Immunität bewußt. Immerhin haben Sie sich bewegen lassen, zu uns zu kommen – was dem Gericht beträchtliche Unkosten und

Ihnen sicherlich einige Unbequemlichkeiten verursacht hat –, um Zeugnis abzulegen, das nur Sie ablegen können. Das Gericht bittet Sie, alle Fragen, die Ihnen gestellt werden, so vollständig und klar wie möglich zu beantworten, in Begriffen, die einem Laien verständlich sind, selbst wenn es bedeuten sollte, daß Sie sich wiederholen müssen. Wir möchten genau wissen, was Sie taten und an welche Einzelheiten Sie sich erinnern. Damit können Sie diesem Gericht direkt oder indirekt helfen, die Identität dieser Frau zu bestimmen.«

»Gewiß, Richter, wenn Sie es so sagen. Nun, gehen wir also zurück und nehmen wir es noch mal durch, von A bis Z. Vor etwas mehr als einem Jahr wurde ich von Mr. Jacob Salomon dort angegangen, eine Gehirnverpflanzung zu machen, wie die Sonntagsblätter es nennen. Ich nahm den Auftrag an. Nach einigem Hin und Her – Sie können die Einzelheiten von ihm erfahren, wenn Sie sie wissen wollen – führte ich die Operation aus. Übertrug ein Gehirn und einige anhängende Teile von einem menschlichen Schädel in einen anderen. Das Gehirn war in seiner neuen Behausung lebendig, als ich ging.

Nun zu den Personen. Der Gehirnspender war ein sehr alter Mann, der Körperspender war eine junge Frau. Und das ist ungefähr alles, was ich dazu sagen kann. Die Körper werden zugedeckt, sterile Abdeckung und so weiter, bevor der operierende Chirurg hereinkommt. Fertig vorbereitet. Ich kann nur diese zusätzlichen Angaben machen: Der Mann war in schlechtem Zustand und wurde von ziemlich umfangreichen technischen Apparaten am Leben erhalten. Der Zustand der Frau war noch schlechter, sie war tot – schwere Schädelfraktur mit Zerstörung der Großhirnrinde etwa hier. Das heißt, der Schädel war eingeschlagen und das Eigelb verspritzt. Tot wie Maria Stuart, außer daß ihr Körper durch extreme Stützungsmaßnahmen am Sterben gehindert wurde.

Dieser häßliche Klumpen eingelegten Fleisches dort drüben wurde seines Gehirns etcetera durch eine Technik beraubt, die mit meiner eigenen übereinstimmt; ich glaube nicht, daß es einen anderen Chirurgen gibt, der es mit meiner Technik machen kann. Ich habe diesen Toten sorgfältig untersucht; ich folgere, daß es meine Arbeit ist, und daß es sich demnach um den Körper handeln muß, den Salomon mir bereitstellte. Es gibt keine Hinweise, die dem widersprechen, und der Tote stammt nicht von einer meiner früheren Operationen.

Die junge Frau zu identifizieren, ist eine andere Sache. Wäre ihr Kopf rasiert, könnte ich nach Narbengewebe suchen. Gäbe es Röntgenaufnahmen von ihrem Schädel, könnte ich prüfen, ob eine Schädeldachprothese vorhanden ist; das prothetische Material ergibt auf der Platte einen anderen Schattierungswert als natürlicher Knochen. Aber damit wäre noch nicht viel bewiesen; es gibt Millionen Menschen, die nach schweren Kopfverletzungen mit zusammengeflickten Schädeln und den entsprechenden Narben in der Kopfhaut herumlaufen.«

»Doktor Boyle, gehen wir einmal davon aus, daß Sie ein lebendes Gehirn aus dem Kadaver dort entfernt haben, wie Sie eben erläuterten, und daß Sie dieses Gehirn in einem jungen weiblichen Körper übertragen haben. Nun, würden Sie sich bitte einmal hier im Raum umsehen und uns sagen, ob Sie diesen weiblichen Körper identifizieren können?«

»Hören Sie, lieber Freund, ich bin kein Zauberdoktor, ich bin ein Chirurg. Ich vermute, daß Sie die junge Dame dort meinen, die neben Mr. Salomon sitzt, aber ich muß Ihre Frage mit nein beantworten. Wenn jene junge Frau – dieser zusammengesetzte Mensch mit weiblichem Körper und männlichem Gehirn – die Operation überlebte und heute noch am Leben ist, dann habe ich dazu keine Meinung, die aus eigenem Wissen genährt wird. Ich wäre heute nicht in der Lage, sie unter zehn oder hundert beliebigen Frauen vergleichbaren Alters zu identifizieren. Haben Sie jemals einen menschlichen Körper gesehen, der künstlich am Leben erhalten und für eine Operation dieser Art hergerichtet wurde? Ich kann Ihnen versichern, Sie würden unter solchen Umständen Ihre eigene Frau nicht wiedererkennen.«

MacCampbell räusperte sich und sagte: »Doktor Boyle, Sie stellen also fest, daß Sie den männlichen Körper identifiziert haben, jedoch nicht imstande sind, den weiblichen Körper des Gehirnempfängers zu identifizieren. Ich muß bekennen, daß ich in einem Punkt ein wenig verwundert bin – vielleicht, weil ich selbst kein Mediziner bin. Habe ich Ihre Einlassung so zu verstehen, daß Sie eine solche Operation ausführen würden, ohne Gewißheit über die Identität der Körper zu haben?«

»Richter, es kann nicht meine Aufgabe sein, vor einer Operation Fingerabdrücke zu nehmen und die rasierten Köpfe meiner Patienten mit Paßfotos zu vergleichen. Mr. Salomon versicherte mir vorher in seiner verklausulierten Juristensprache, daß die Sache in Ordnung sei, daß also der Papierkram erledigt und die gesetzlichen Voraussetzungen erfüllt seien und daß ich operieren könne. Ich glaubte ihm und tat es. Habe ich mich darin getäuscht? Habe ich nach meiner Heimkehr mit einem Auslieferungsbegehren an meine Regierung zu rechnen? Ich glaube, es würde schwierig sein; ich habe endlich ein Land gefunden, wo meine Arbeit respektiert wird.«

»Mir ist nicht bekannt, daß irgend jemand die Absicht hat, ein Auslieferungsbegehren für Ihre Person zu stellen. Ich war neugierig, das ist alles. Hat der Anwalt der Klägerinnen weitere Fragen an den Zeugen?«

»Danke, Doktor Boyle. Keine weiteren Fragen, Sir.«

»Hat der Anwalt der Gegenseite noch Fragen an den Zeugen?«

»Keine Fragen, Sir.«

»Dann ist die Einvernahme des Zeugen beendet. Sie können den Zeugenstand verlassen, Doktor Boyle. Das Gericht findet es notwendig, die Verhandlung auf morgen zu vertagen. Doktor Boyle, Sie werden morgen um zehn Uhr hier sein, wenn wir die Verhandlung fortsetzen und ...«

»Nein, Richter.«

»Was, Doktor Boyle?«

»Ich sagte ›nein‹. Ich werde morgen nicht hier sein. Heute

abend um zwanzig Uhr spreche ich vor einer Ihrer medizinischen Vereinigungen. Bis kurz vorher stehe ich Ihnen zur Verfügung. Sie können den anderen Zeugen befehlen, daß sie morgen früh erscheinen sollen, aber nicht mir. Ich werde so schnell wie möglich nach China zurückkehren. Es gibt dort eine Menge Arbeit für mich; eine komplette neurochirurgische Klinik ist einzurichten. Daher kann ich nicht einen weiteren Tag mit der Beantwortung alberner Fragen vergeuden. Aber ich bin bereit, sie jetzt zu ertragen.«

»Hmm. Ich fürchte, daß dies eine Frage von Mohammed und dem Berg ist. Das Gericht wird die Verhandlung also fortsetzen.«

»Die Einvernahme der Zeugin ist beendet. Hat eine der beteiligten Parteien weitere Zeugen vorgeladen?«

»Nein, Sir.«

»Miss Johann Smith hat keine weiteren Beweise anzubieten.«

»Mr. Salomon, haben Sie die Absicht, ein zusammenfassendes Plädoyer zu halten?«

»Nein, Sir. Die Tatsachen sprechen für sich selbst.«

»Mr. Simmons?«

»Herr Vorsitzender, ist es Ihre Absicht, das Verfahren heute noch abzuschließen?«

»Das ist, was ich gern herausfinden möchte. Seit vielen langen Tagen beschäftigen wir uns bis zur Ermüdung mit dieser Materie, und ich muß sagen, daß ich mit Doktor Boyles Haltung sympathisiere: Bringen wir diese Sache zu einem Abschluß und gehen wir nach Hause. Beide Seiten stimmen darin überein, daß es keine weiteren Zeugen, keine weiteren Beweismittel und keine weiteren Fragen gibt. Wenn der Anwalt der Klägerinnen ein abschließendes Plädoyer zu halten wünscht, mag er es tun. Ich schlage zunächst eine Verhandlungspause vor; Sie können sich unterdessen überlegen, ob Sie ein Schlußplädoyer halten wollen, Mr. Simmons. Falls Sie es zuerst vorbereiten möchten, können wir auf morgen vormittag vertagen, oder auf einen etwas späteren Termin. Aber ich warne Sie, daß ein längerfristiger Aufschub nicht geduldet werden wird; das Gericht ist der Ablenkungsmanöver und Verzögerungstaktiken überdrüssig.«

»... kann das Gericht nunmehr zur Urteilsverkündung schreiten. In dem Feststellungsverfahren Seward, Frabish, Crampton, Lopez gegen Smith ergeht folgendes Urteil:

Das Gericht entscheidet – bitte stehen Sie auf, Miss Smith –, daß diese Person vor uns eine physiologische Zusammensetzung aus dem Körper von Eunice Branca und dem Gehirn von Johann Sebastian Smith ist, und daß diese weibliche Person in Übereinstimmung mit der Grundsatzentscheidung in Sachen Henry M. Parsons von Rhode Island Johann Sebastian Smith ist.«

KAPITEL SIEBZEHN

»... recht verstanden habe, wollen Sie mir Ihren schönen Körper anbieten. Tut mir leid, liebes Kind. Ich interessiere mich nicht für Frauen. Auch nicht für Männer. Noch für hohe Absätze, durchsichtige Kleider und anderes Spielzeug aus der Luxusboutique für Sexartikel. Ich habe meine Arbeit, und meine Entspannung finde ich in der Landschaftsmalerei. Sublimierung, wenn Sie verstehen, was ich meine. Trotzdem vielen Dank; Sie haben wirklich einen überdurchschnittlich schönen Körper. Aber sagen Sie: wie haben Sie mein Hotelzimmer gefunden? Ich habe mich unter dem Namen Adams eingetragen, um Nachstellungen zu entgehen.« (Nun, Joan, du hast eine Abfuhr bekommen.

Das ist eine Lektion, die jede Frau einmal lernen muß.) (Ich bin erleichtert, Eunice. Aber er hatte ein Recht auf mich.)

»Ich stehe in Ihrer Schuld, Doktor Boyle; ich schulde Ihnen alles, was ich bin. Die Schuld bleibt in den Büchern. Was ich Ihnen anbot, war nur eine symbolische Anzahlung. Und wie ich Sie fand? Nun, ich fragte den Richter, Mr. MacCampbell, und er wußte das Hotel. Unten gab ich dem Empfangschef ihre Personenbeschreibung, und er sagte mir Ihre Zimmernummer.«

»So ein Dummkopf! Ziehen Sie sich wieder an, liebes Kind, und lassen Sie mich allein. Ich muß meinen Koffer packen; in drei Stunden geht meine Maschine. Wie ist Ihr allgemeines Befinden? Gut, hoffe ich.«

»Es könnte nicht besser sein, Doktor.«

»Das höre ich gern. Nun, halten Sie den Kopf hoch und versuchen Sie lange zu leben; Sie sind mein Meisterstück.«

Aus Brasilien wurde gemeldet, daß ein unidentifiziertes Flugobjekt von diskusähnlicher Form in der Nähe von Pernambuco landete und seine humanoide Besatzung einen Besuch in einer Barackensiedlung analphabetischer Landarbeiter machte; die Meldung wurde von offizieller Seite beinahe schneller dementiert, als sie die Nachrichtenagenturen erreichen konnte. Die Zahl der Privatpolizisten und Leibwächter in den Vereinigten Staaten erreichte einen neuen Rekord; auf einen öffentlich bediensteten Sicherheitsbeamten kamen bereits drei in privaten Beschäftigungsverhältnissen. Miss Joan, geborene Johann Smith, erhielt mehr als zweitausend Heiratsanträge, einhundertsiebenundachtzig Morddrohungen, eine geheimgehaltene Zahl von Erpressungsbriefen und vier Bomben. Drei von diesen konnten rechtzeitig erkannt und entschärft werden; die vierte detonierte bei dem Versuch, das Paket in einer mechanischen Anlage zu öffnen, wobei geringer Sachschaden entstand. Eine Frau in Albany, Bundesstaat New York, gebar einen »Faun«, der unmittelbar nach der Geburt starb und siebenundachtzig Minuten später eingeäschert wurde. Der Postminister starb an einer Überdosis Barbiturate. Sein Stellvertreter reichte daraufhin umgehend seinen Rücktritt ein. Nach einer vom FBI veröffentlichten Übersicht nahm die Zahl der Schwerverbrecher – bewaffneter Raub, Vergewaltigungen, Mord und versuchter Mord – gegenüber dem Vorjahr um 16,8 % zu. Im gleichen Zeitraum stieg die Zahl der bekanntgewordenen Fälle von Wirtschaftskriminalität um 47,3 %. Die Unruhen an den meisten Universitäten des Landes dauerten trotz zahlreicher Verhaftungen an.

»Jake, als du dich letztes Mal weigertest, mich zu heiraten, versprachst du mir einen Nachtbummel in der Stadt, wenn wir gewönnen.«

Mr. Salomon stellte seine Tasse auf den Frühstückstisch zurück. »Was? Nach meiner Erinnerung stellte ich dir ein Abendessen in einem guten Restaurant in Aussicht, worauf du mir sagtest, ein Restaurantessen sei kein Ersatz für eine Heiratsurkunde.«

»Ist es auch nicht. Aber ich habe nicht wegen der Heirat genörgelt, seit du mich zur ersten Konkubine ernannt hast, obwohl ich keine Ahnung habe, was du machst, wenn du nicht hier bist. Vielleicht bin ich gar nicht die ›erste‹, sondern nur eine Gelegenheitskonkubine.« (Joan, in solchen Dingen solltest du einen Mann nie in die Enge treiben.) (Ich treibe Jake nicht in die Enge, Eunice; ich bringe ihn nur durcheinander. Er wird mit uns in einen Nachtklub gehen, und wir werden das Blaugoldene tragen – schließlich habe ich es nicht gekauft, um damit vor Winnie zu paradieren und es dann in den Schrank zu hängen.)

»Joan Eunice, sicherlich glaubst du nicht, daß ich eine andere habe?«

»Es wäre anmaßend von mir, eine Meinung zu haben, Sir. Jake, ich bin während der ganzen Verhandlungsdauer zu Hause geblieben und habe nur ein paar kleine Einkaufsfahrten gemacht, meistens mit Winnie. Aber jetzt haben wir gewonnen, und ich sehe keinen Grund, weiter wie eine

Gefangene zu leben. Hör zu, Liebling, wir könnten einen Bummel zu viert daraus machen – ein Mädchen für dich und einen Jungen für mich –, und du könntest früh nach Hause kommen und brauchtest keinen Schlaf zu opfern, den du nicht opfern möchtest.«

»Sicherlich glaubst du nicht, daß ich nach Hause gehen und dich in einem Nachtklub zurücklassen würde?«

»Ich glaube, daß ich die ganze Nacht aufbleiben und feiern kann, wenn ich es will. Ich bin frei, über einundzwanzig – mein Gott, ich bin wahrhaftig über einundzwanzig – und kann mir einen lizensierten Begleiter leisten. Aber es gibt keinen Grund, daß du dir eine Nacht um die Ohren schlagen solltest. Wir werden einen zuverlässigen Begleiterverleih wie ›Goldsiegel‹ anrufen und unsere Party auffüllen. Winnie hat mich gelehrt, was ihre Generation tanzen nennt. Aber vielleicht würdest du lieber Winnie um dich haben als irgendeine Puppe aus einem Katalog? Winnie verehrt dich.«

»Eunice, denkst du ernstlich daran, einen Gigolo zu mieten?«

»Jake, ich werde ihn nicht heiraten. Ich werde nicht mal mit ihm schlafen. Ich erwarte, daß er mit mir tanzen, lächeln und höfliche Konversation machen wird – zu ungefähr dem Preis, den ein Installateur für acht Stunden Reparaturarbeit berechnet. Ist das schon verhängnisvoll?«

»Ich will es nicht.« Salomon blickte sie düster an. »Und ich erinnere mich nicht, gesagt zu haben, daß wir ausgehen würden. Außerdem gibt es nichts zu feiern, Joan. Wir haben nicht gewonnen, bis der oberste Gerichtshof darüber entscheidet.«

»Wir haben viel zu feiern. Ich bin wieder ohne alle juristischen Vorbehalte ich – dank deiner Hilfe, Jake –, und du bist frei von der Verantwortung eines Vermögensverwalters und Konservators. Meine Enkelinnen haben in allen Punkten verloren. Wenn wir mit dem Feiern warten, bis das oberste Gericht darüber zu befinden geruht, kann es uns leicht passieren, daß wir vorher beide ins Grab sinken.«

»Oh, Unsinn! Du weißt, daß ich dieser Tage nach Washington will, um mich über den Zeitplan des Gerichts zu informieren. Bei der Gelegenheit hoffe ich auf einen frühen Termin hinwirken zu können. Sei geduldig.«

»Geduldig sein ist eine Eigenschaft, die ich nicht habe, Jake. vielleicht gelingt es dir, einen Termin noch in diesem Jahr zu arrangieren – das kann gut sein. Aber Jake, das Flugzeug könnte mit dir abstürzen ...«

»Das beirrt mich nicht. Da mein Herz ziemlich gesund ist, erwarte ich an Krebs zugrunde zu gehen. Aber ein Flugzeugabsturz wäre viel besser. Alles ist mir lieber als ein langes, hilfloses Dahinsiechen.«

»Du reibst mir meinen Fehler unter die Nase, Jake. Darf ich ausreden? Du sagtest einmal, daß du eine statistische Lebenserwartung von vier oder fünf Jahren hättest – so ähnlich. Wogegen ich eine von einem halben Jahrhundert hätte. Das stimmt nicht, Jake. Meine Lebenserwartung ist null.«

»Joan Eunice, was für ein dummes Zeug ist das?«

»Es ist die Wahrheit. Eine Wahrheit, die du verdrängt hast. Mir ist sie immer bewußt – in jeder goldenen Sekunde. Ich bin ein Transplantationsfall, Jake. So erlebe ich jeden herrlichen Tag als ein Geschenk. Jake, ich bin nicht morbide, ich bin glücklich. Ich bin entschlossen, jeden Moment meines Lebens zu genießen – heiter, glücklich und unbekümmert um künftige Ereignisse, den Tod eingeschlossen. Jake, du sagtest, du machtest dir noch immer Sorgen wegen Parkinson.«

»Ja. Als Anwalt sehe ich nicht, wie er seine Finger wieder ins Spiel bringen könnte. Aber als Winkeladvokat, der an vielen Hinterzimmergeschäften teilgenommen hat, weiß ich, daß selbst der oberste Gerichtshof aus Menschen besteht. Joan, an diesem Gericht gibt es fünf ehrliche Männer ... und vier, von denen ich niemals einen Gebrauchtwagen kaufen würde. Aber von den ehrlichen ist einer senil. Wir werden sehen.«

»Es ist schade um jeden Gedanken, den du auf Parkinson verwendest, Jake. Das Schlimmste, das er mir antun kann, wäre die Wegnahme meines Vermögens. Was mir nicht viel ausmachen würde. Jake, ich habe in den letzten fünfzig

Jahren genug beiseite geschafft, von dem nicht einmal du etwas weißt, daß ich auch danach noch im Überfluß leben könnte. Parkinson käme nie daran, selbst wenn er davon wüßte. Übrigens habe ich ihn aus meinem Universum gelöscht und schlage vor, daß du das gleiche tust.«

Salomon lächelte. »Gut, ich werde es versuchen.«

»Und nun geh und tue, was immer du tun mußt, und vergiß, daß ich dich zu einem Kneipenbummel anstiften wollte.« (Joan, du gibst zu leicht auf.) (Wer gibt auf?)

»Joan Eunice, wenn du wirklich willst ...«

»Nein, Jake! Dein Herz ist nicht dabei. Während du in Wasington bist, werde ich vielleicht einmal von den Fleischtöpfen dieser dekadenten Stadt kosten, aber ich verspreche dir, daß ich keinen Augenblick unbewacht sein werde. Shorty, wahrscheinlich; er schüchtert die Leute schon durch seine Größe ein. Auch ich werde nicht allein gehen. Ich habe zwei gute Freunde, denen ich ohnehin noch eine Aufmerksamkeit schuldig bin – Alec und Mac. Und Winnie könnte die vierte in dem Kreis sein.«

»Joan?«

»Ja, Liebster?«

»Diesen zwei Wölfen werde ich niemals Platz machen!«

»Aber Jake, du bist ja eifersüchtig!«

»Nein. Gott möge mich vor diesem masochistischen Laster bewahren. Aber wenn du unbedingt die Schattenseite dieses Ameisenhaufens sehen mußt, werde ich mich erkundigen, wo was los ist, und dich hinbringen. Aber zuerst muß ich die Motten aus meinem Smoking schütteln. Und du ziehst dich entsprechend an, ja? Formell, meine ich.«

»Oben ohne?« (Das war nicht ungeschickt, Joan; mein Kompliment.)

»Viel zu gut für das gewöhnliche Volk. Es sei denn, du bemalst sie und benutzt auch noch reichlich Glitzerpuder.«

»Ich werde versuchen, dir Ehre zu machen, Liebster. Aber du wirst einen Mittagsschlaf halten. Bitte.«

»Einen langen Mittagsschlaf, und das Abendessen in

meinem Zimmer. Aufbruch um zweiundzwanzig Uhr. Sei bereit, oder wir fahren ohne dich. Und nun wirst du mich bitte entschuldigen. Ich habe noch viel auf dem Programm.« Salomon stand auf, beugte sich über ihre Hand und küßte sie. »Adios.«

»Komm hierher zurück und küß mich richtig!«

Er blickte über seine Schulter. »Später, meine Liebe. Auf die Launen von Frauen sollte man nicht eingehen.« Er verließ ihr Zimmer.

(Wer hat diese Runde gewonnen?) (Er glaubt, er habe sie gewonnen, Eunice – und nach deiner Theorie sollte es so sein.) (Du lernst, Joan.)

Sie ging in ihr Boudoir, schloß die Tür ab und griff zum Telefon. Sie wählte eine Nummer, ließ die Mattscheibe ausgeschaltet und wartete eine Weile.

»Praxis von Doktor Garcia«, sagte eine Stimme.

»Hier ist Mrs. MacIntyres Sekretärin. Ist der Doktor da, und wenn ja, kann er einen Moment erübrigen, um mit Mrs. McIntyre zu sprechen?«

Die Stimme seufzte. »Bitte warten Sie. Ich werde fragen.« Joan verbrachte die Wartezeit mit der stummen Rezitation ihres Meditationsgebets und war ganz ruhig, als er sich meldete.

»Hier ist Mrs. McIntyres Sekretärin, Doktor. Ist die Luft rein?«

»Natürlich, Joan.«

»Roberto, Liebster, hast du Nachricht für mich?«

»Die Spartaner haben Athen erobert.«

»Oh! Bist du sicher?«

»Kein Zweifel möglich, Joan. Die Urinuntersuchung zeigt ein positives Resultat. Aber es gibt keinen Grund zur Panik. Du kannst sofort Mittel von mir haben, das zur Abstoßung des Eis und einer normalen Monatsblutung führt.«

»Oh, Roberto. Du verstehst nicht, lieber Freund. Ich will dieses Baby haben, und wenn es meine letzte Tat sein sollte. Deine Nachricht hat mich schrecklich glücklich gemacht, Roberto!« (Jetzt haben wir wirklich was zu feiern, Joan. Aber sag Jake nichts davon, verstehst du?) (Vorläufig soll niemand davon wissen. Wann wird der Bauch dick?) (Erst in zwei, drei Monaten, wenn du nicht ißt wie ein Schwein.) (Ich habe schon jetzt einen mörderischen Hunger.) (Also faste.)

Dr. Garcia sagte zögernd: »Dann habe ich die Situation mißverstanden. Aber ich hatte den Eindruck, daß du sehr nervös warst, als du mir die Probe brachtest.«

»Natürlich war ich nervös, Roberto. Ich hatte Angst, es könnte nicht geklappt haben.«

»Ah ... Joan, ich kann nicht umhin, mich persönlich verantwortlich zu fühlen. Ich weiß, daß du reich bist – aber manche Frauen ziehen es in einer solchen Lage vor, eine Heiratsurkunde zu haben. Nun, ah, ich bin zu haben.«

»Roberto, das ist der schönste und direkteste Antrag, den ich in meiner kurzen Karriere als Frau bekommen habe. Ich danke dir dafür, Lieber; ich weiß es zu würdigen. Aber, wie du sagtest, ich bin reich, und was die Nachbarn denken, ist mir gleich.«

»Joan, ich nehme nicht nur meine Verantwortung ernst, sondern du sollst auch wissen, daß ich es nicht als ein Opfer betrachten würde, dich zu heiraten.«

»Roberto, Liebling, es ist nicht deine Verantwortung. Nach allem, was du wissen kannst, habe ich schon mit dem ganzen Regiment geschlafen. (Wir haben es jedenfalls versucht, nicht Joan?) (Sei nicht zynisch, Eunice; er möchte edel sein.) Es ist mein Kind, Roberto. Wer mir geholfen hat, ist meine Sache.«

»Entschuldige.«

»Ich meinte, daß du keine Ursache hast, dich verantwortlich zu fühlen. Wenn du mir geholfen hast, dann bin ich dir dankbar. Roberto statt eine anständige Frau aus mir zu machen, was schwierig sein würde, könntest du eine anständige Frau aus Winnie machen. Es wäre viel einfacher, sie neigt in die Richtung.«

»Es ist ein Gedanke. Offen gesagt, es ist ein Gedanke, den ich in letzter Zeit des öfteren erwogen habe. Aber sie scheint dich nicht verlassen zu wollen.«

»Das braucht sie auch nicht. Sie könnte aufhören, meine Kammerzofe zu spielen, aber dies ist eine große alte Scheune mit vielen leerstehenden Zimmern. Wenn du sie rechtzeitig schwängern würdest, könnten sie und ich zusammen darüber kichern und unsere Babys beinahe gleichzeitig haben. Aber ich will den Mund halten und nicht versuchen, deine Angelegenheiten für dich zu regeln. Nur noch zwei Fragen: Ich wollte heute abend ausgehen und die gute Nachricht feiern, die ich von dir zu hören erwartete. Muß ich mich jetzt an alkoholfreie Getränke halten?«

»Absolut nicht. In nächster Zeit werden wir dir einen Diätzettel machen und deinen Alkoholkonsum einschränken. Aber heute abend könntest du dich restlos betrinken, und die einzige Folge würde ein Kater sein. Schädliche Wirkungen sind in diesem frühen Stadium noch nicht zu befürchten.«

»Betrinken will ich mich nicht, aber es könnte sein, daß ich mehrere Gläser Sekt aufsaugen werde. Zweite Frage: Würde es dir was ausmachen, einen Nachtschlaf zu opfern und mir beim Feiern zu helfen? Offiziell wollen wir unseren Sieg vor Gericht feiern. Daß die Spartaner Athen erobert haben, wird noch eine Weile dein und mein Geheimnis bleiben.«

»Ah ...«

»Paßt es dir nicht?«

»Nun, um die Wahrheit zu sagen, ich habe eine Verabredung mit Winnie.«

»Oh! Ich habe mich falsch ausgedrückt. Ich habe eine Verabredung mit Jake; ich wollte sagen, daß du und Winnie eingeladen seid und daß ich mich freuen würde, wenn wir zu viert ausgehen könnten. Ich fragte dich nicht, eine Nacht mit mir zu verbringen – obwohl ich bestimmt nicht abgeneigt wäre, wenn es sich ein anderes Mal einrichten ließe, ohne unsere Winnie zu verletzen. Die Augenblicke, die wir uns bisher stehlen konnten, waren einfach zu kurz, Liebster. Ich glaube, du bist ein Mann, mit dem es doppelt so schön sein würde, wenn wir uns Zeit lassen könnten.«

»Ich weiß, daß du eine solche Frau bist, Joan.«

»Ich fürchte, das erzählst du all deinen Patientinnen. Kannst du zehn Minuten warten, bevor du Winnie anrufst? Ich muß sie um eine Gefälligkeit bitten.«

»Zehn Minuten.«

»Danke, Roberto. Und bis heute abend.«

Joan schaltete zur Hauptsprechanlage um. »Winnie? Hast du zu tun, Liebes?«

»Nein, ich lese gerade. Soll ich kommen?«

»Nicht nötig. Ich möchte, daß du O'Neil anrufst und ihm sagst, daß ich Finchley sprechen will. In meinem Wohnzimmer. Ich könnte ihn selbst anrufen, aber ich möchte, daß es förmlich aussieht.«

»Sicher, Joanie. Soll ich kommen und Anstandsdame spielen?«

»Auch nicht nötig. Ich will Finchley privat etwas fragen, und er wird offener sprechen, wenn du nicht dabei bist. Laß ihn in mein Wohnzimmer, sag mir, daß er gekommen ist und geh in dein Zimmer zurück. Dann bleib dort, denn du wirst in ungefähr acht Minuten einen Anruf erhalten.«

»Ich?«

»Ja, und einen angenehmen. Du und ich und Jake und Doktor Garcia werden heute abend ausgehen.«

»Oh!«

»Und wenn wir zurückkommen, kannst du ihn für den Rest der nacht dabehalten, wenn du willst. Oder weiß er, wer ›Bob‹ ist?«

»Ah ... ja, das weiß er. Ich habe es ihm gesagt.«

»Nun, macht es untereinander aus. Richte O'Neil aus, was ich dir eben sagte.«

Vier Minuten später meldete Winnie Finchley an und ging. Er sagte: »Sie wollten mich sprechen, Miss Smith?«

»Diese Türen sind schalldicht, Kater. Du kannst dich ungezwungen geben.«

Er entspannte sich ein wenig. »In Ordnung, Kätzchen. Was gibt es?«

»Zuerst einen Kuß. Die Tür zum Korridor schließt sich

selbst ab. Winnie ist die einzige, die reinkommen könnte, und sie wird es nicht tun.«

»Kätzchen, manchmal machst du mich nervös.«

»Ach Quatsch.« Sie kam in seine Arme. »Ich muß dich was fragen. Ich brauche einen Rat. Du kannst mit O'Neil und den anderen darüber diskutieren und ihre Meinung hören, aber es ist dein Rat, den ich will; der Rest ist Tarnung.«

»Hör auf zu reden, Frau, und gib mir eine Portion Mund.«

Joan tat es, in einem langen und gründlichen Kuß. Danach sagte er heiser: »Du hast unter diesem nicht viel an.«

»Ich habe gar nichts darunter an. Aber lenk mich nicht ab, Tom. Ich gehe heute abend aus – mit Jake und Doktor Garcia und Winnie. Sie werden uns in irgendwelche stinkvornehmen Lokale ausführen. Ich will aber wohin, wo wirklich was los ist. Ich dachte mir, du wüßtest, wo die richtig scharfen Nachtklubs sind.«

»Mmm ... Joan, die besten sind alle in den aufgegebenen Zonen.«

»Sind sie sicher, sobald wir drinnen sind? Und kann man sicher hineinkommen?«

»Ah ... es gibt einen mit Innenparkplatz, und die Türen sind genauso bewacht und gesichert wie hier. Paß auf, ich werde dir eine Liste mit Adressen und so weiter bringen, und die Vorschläge der anderen werden auch dabeisein. Hinter meinen eigenen mache ich ein Kreuz.«

»Gut. Danke, Tom.«

»Mein Gott, du fühlst dich gut an. Haben wir Zeit? Kann ich diese andere Tür abschließen?«

»Wenn ich mir keine Gedanken mache, warum solltest du es tun? Nimm ein Kissen und leg mich auf den Boden.«

Sie versammelten sich in Joans Wohnzimmer. Jake hatte sich in einen dunkelbraunen Abendanzug gezwängt und trug dazu ein weißseidenes Hemd mit Spitzen und Rüschen, die aus Kragen und Manschetten quollen. Dr. Garcia war mehr auf der Höhe der Mode, mit scharlachroten, engen Hosen, einer weißen Jacke aus dehnbarem Material und mit schwarzen Samtaufschlägen, und einer mehrfachen Perlenkette. Winnie trug ihre Smaragdgarnitur mit bodenlangem Kleid. Auf Joans Vorschlag hin hatte sie auf Körperbemalung verzichtet, aber da sie immer wieder errötete, wechselte ihre Hautfarbe ständig zwischen blaß und rosa. Auf ihrer Stirn funkelte ein einzelner großer Smaragd.

Jake musterte sie anerkennend und sagte: »Liebes Kind, was hält diesen Solitär auf Ihrer Stirn fest? Die Versicherung?«

»O nein, Sir, er ist an einem Korkenzieher. Soll ich ihn herausdrehen und Ihnen zeigen?«

»Lieber nicht; ich habe Angst, Sie könnten die Wahrheit sagen.«

»Niemals in gemischter Gesellschaft, Sir. Aber tatsächlich ist es ein Klebstoff, den wir auch bei Verbänden benutzen. Er geht nicht einmal mit Wasser und Seife ab, doch Alkohol löst ihn sofort auf.«

»Nach Sonnenuntergang ist mein Name Jake, Winifred. Joan, bedeckt dieses Ding dich ein wenig besser, wenn du aufstehst? Und was ist das?«

»Es ist ein Hula-Rock. Und er tut es.« Joan Eunice trug einen bodenlangen Rock aus Tausenden von goldfarbenen Nylonfäden, die weitere Tausende von tiefblauen Fäden überlagerten. Wenn sie saß, fiel die Masse der Fäden von ihren Beinen. Nun stand sie auf, und die Fäden fielen in einem dichten Vorhang herab. »Siehst du, Jake? ein einfacher, goldener Rock. Aber wenn ich mich bewege, blitzt das Blau darunter durch.« Sie tat ein paar Schritte, und unter dem Kronleuchter begann ein brillantes Farbenspiel, als das Licht von den zahllosen glitzernden Sternen, mit denen ihr Leibchen bis hinauf zu den Schultern benäht war, reflektiert wurde.

»Ja, das Blau kommt durch«, bemerkt Jake. »Deine Haut auch. Wie wäre es, wenn du eine kleine Hose oder was unterziehen würdest?«

»Eine unhöfliche Frage, und ein unmögliches Ansinnen.

Die Polynesier hatten nie von Hosen gehört, bis die Missionare sie korrumpierten.«

»Das ist keine verständnisvolle Antwort.«

»Sollte es auch nicht sein.«

»Also, halten wir uns nicht länger auf.« Als sie die Treppe hinuntergingen, fragte Joan Eunice: »Wohin gehen wir, Jake?«

»Eine Frau stellt solche Fragen nicht. In den Gaslicht-Klub, zum Anwärmen.«

»Das klingt lustig«, sagte Joan. »Ein Klavierspieler in Hosenträgern und so?«

»Und mit Melone und Zigarre. Er kann alles singen und spielen, was vor hundert Jahren geschrieben wurde.«

»Ich möchte ihn hören. Aber Jake, da dies meine Freiheitsfeier sein soll, würdest du meinen Wünschen ein wenig nachgeben?«

»Wahrscheinlich. Sag uns, was du zu bieten hast.«

»Da gibt es einen Nachtklub, von dem ich gehört habe ... und während du deinen Mittagsschlaf hieltest, ließ ich für elf Uhr einen Tisch reservieren. Ich würde es gern probieren.«

»Winnie, Sie haben sie nicht genug unterwiesen. Joan Eunice, von einer Dame erwartet man, daß sie nicht fähig ist, eine solche Entscheidung zu treffen. Aber gut, wo ist die Kaschemme? Wie heißt sie?«

»Pompeji 2000. Ich habe die Adresse in meiner Handtasche.«

Salomons Augenbrauen gingen in die Höhe. »Wir werden sie nicht brauchen, Joan Eunice«, sagte er. »Das Pompeji 2000 ist in einem aufgegebenen Gebiet.«

»Spielt das eine Rolle? Sie haben einen Innenparkplatz und versicherten mir, daß sie gegen alle Eventualitäten gesichert seien.«

»Aber wir müßten hin- und zurückfahren.«

»Oh, ich habe Vertrauen zu Finchley und Shorty. Du nicht?« (Joan, das ist ein Tiefschlag. Nicht nett.) (Eunice, willst du im Gaslicht-Klub bei schlechtem Klaviergeklimper versauern und zusehen, wie Jake die Bedienungen in den Hintern zwickt?) (Ich sagte nur, daß es nicht nett war.) (Dann formuliere du die nächste Antwort; Jake ist ein schwieriger Fall.)

»Joan Eunice, wenn ich eine Dame ausführe, fahren wir in meinem Wagen. Nicht in ihrem.«

»Wie du willst, Jake; ich wollte nur helfen. Ich fragte Finchley, und er sagte, es gebe eine Route, die von der, der – wie nennt sie sich? – der Organisation freigehalten wird. Er kann Rockford die nötigen Hinweise geben.«

»Ich nenne sie die Mafia. Wenn es eine halbwegs sichere Route gibt, dann kennt Rockford sie; er ist der beste Fahrer in der Stadt – erfahrener als deine Jungen, weil er mehr unterwegs ist.«

»Jake, du willst nicht hingehen. Also laß uns zum Gaslicht-Klub gehen.«

Sie fuhren zum Pompeji 2000.

Es war kein Problem, hineinzukommen, und das Etablissement hatte einen gesonderten Raum, wo die Fahrer und Leibwächter der Gäste Karten spielen konnten. Der Maître d'Hôtel geleitete sie zu einem Tisch am Rand der Tanzfläche, gegenüber vom Orchester, pflückte ein Reservierungsschild vom weißem Damast und sagte mit einer Verbeugung: »Gefällt Ihnen dieser Tisch, Mister Jones?«

»Ja, danke«, sagte Salomon. Zwei silberne Kübel mit Champagner erschienen, als sie sich setzten. Der Maître d'Hôtel nahm eine Flasche heraus und zeigte sie Salomon, der die Nase rümpfte. »Haben Sie keinen Dom Pérignon?«

»Sofort, Sir.« Auf einen Wink erschien ein Kellner und entfernte die Sektkübel. Der Maître d'Hôtel verbeugte sich wieder und fragte: »Gibt es noch etwas, was Ihnen mißfällt, Sir?«

Joan Eunice neigte sich zu Jake und sagte: »Bitte sag ihm, daß mir dieser Stuhl nicht gefällt. Er muß vom Großinquisitor persönlich entworfen worden sein.«

Der Mann machte ein bestürztes Gesicht. »Ich bedaure, daß Madame unsere Stühle nicht bequem findet. Sie wurden vom führenden Hotel- und Restaurantausstatter geliefert.«

»Sie haben hier sicherlich ein Büro, nicht?« sagte Jake schnell, um einer spitzen Bemerkung Joans zuvorzukommen. »Mit einem Schreibtisch und einem gepolsterten Drehsessel mit Armlehnen.«

»Selbstverständlich habe ich einen solchen Sessel, Sir. Und wenn er auch kaum in einen Raum wie diesen passen dürfte, soll Madame ihn gern haben, wenn sie es wünscht. Ich lasse ihn sogleich holen.«

»Einen Moment. In einem Etablissement mit so vielen Aktivitäten – Sie haben auch einen Spielsalon und andere Dinge, nicht? – wird es sicherlich möglich sein, vier solche Sitzgelegenheiten aufzutreiben.«

»Ah – ich werde es versuchen, Sir. Obwohl unsere anderen Gäste es komisch finden könnten, wenn wir einen Tisch mit besonderen Stühlen ausstatteten.«

Salomon sah sich um. Der Raum war weniger als zur Hälfte besetzt. »Wenn Sie jemandem, der danach fragt, einfach erklären würden, wie teuer ein solcher Spezialservice kommt, würde er vielleicht verzichten. Oder Sie könnten eine Möglichkeit finden, auch ihn zufriedenzustellen, wenn er bereit ist, zu bezahlen. Und diese als Kellner verkleideten Wächter werden gewiß jeden zur Ruhe bringen können, der unvernünftig ist.«

»Alle unsere Leute haben eine doppelte Ausbildung, Sir. Nun, wenn Sie sich einige Momente gedulden wollen, sollen Sie alle Armsessel bekommen.« Er verteilte Weinkarten und Drogenlisten und ging.

Roberto und Winnie tanzten bereits. Joan neigte sich wieder zu Jake und sagte: »Jake, ich glaube, ich werde dieses Lokal kaufen.«

»Gefällt es dir so gut?«

»Nein, ich will ein Freudenfeuer aus diesen Stühlen machen. Ich hatte vergessen, was für Unwürdigkeiten Nachtklubs ihren Gästen zumuten.«

»Du bist verdorben und verwöhnt.«

»Warum nicht? Jake, manches wäre besser, wenn der Kunde jedesmal schreien würde, wenn er sich betrogen fühlt. Ich will bloß einen bequemen Stuhl. Ich wette, die berechnen uns für das Gedeck eine Summe, für die man einen anständigen Stuhl kaufen könnte.«

»Sieh mal, Joan, diese Leute wissen genau, daß ihre Gäste zu denen gehören, die zuviel Geld haben. Die Gäste wissen wiederum genau, daß sie ausgenommen werden, aber es macht ihnen nichts aus, solange ihnen hier Dinge geboten werden, die sie anderswo nicht haben können.«

»Was sind diese Dinge – diese ›anderen Aktivitäten‹, von denen du vorhin sprachst? Ein Bordell, vielleicht?«

»Joan Eunice, siehst du diese drei Tische dort in der Ecke? Lauter schöne Menschen sitzen dort, attraktive Männer und Frauen, alle jung und gepflegt, alle mit lächelnden Gesichtern und jeder mit einem Sektglas vor sich, das den ganzen Abend reichen muß. Ich möchte wetten, daß, wenn du ein Wort dafür hast, sie einen Preis dafür haben.«

Eine weibliche Bedienung kam vorbei und füllte ihre Gläser auf. Sie war schön, mit sorgfältig enthaartem Körper, und trug Sandalen und Kosmetika. Sie lächelte und ging weiter. »Ja, ist das eine?«

»Kann ich nicht sagen. Ich kenne die Hausregeln nicht. Bist du schockiert? Ich sagte dir, daß wir nicht hierher kommen sollten.«

»Schockiert über Haut? Jake, Liebster, du vergißt, daß meine Generation sich aus Nacktheit nichts macht.«

»Ahem! Noch so eine Bemerkung, und ich werde dich für den Rest des Abends ›Johann‹ nennen.«

»Jake, sie kommt zurück. Frag sie, ob sie zu haben ist.«

»Wie?«

»Frag sie einfach und steck ihr dabei zehn Dollar zu; sie wird nicht beleidigt sein.«

Die Bedienung kam zurück, lächelte und sagte: »Haben Sie unsere Drogenliste durchgesehen? Alle verbotenen Drogen in bester Qualität zu den kontrollierten internationalen Preisen plus fünfundzwanzig Prozent. Wenn Sie einen Tip wollen, wir haben sehr schön ausgestattete Nebenräume mit psychedelischer Musik.«

»Nicht für mich, danke. Joan? Willst du einen Trip?«

»Ich? Ich begnüge mich mit Champagner. Und ich könnte ein belegtes Brot vertragen, oder so etwas. Gibt es hier eine Küche?«

»Selbstverständlich, Madame. Von neunzehn Uhr bis fünf Uhr früh warme Speisen. Alles von einem kleinen Imbiß bis zu gebackenem Hummer. Darf ich Ihnen die Speisekarte bringen?«

»Nein, danke. Vielleicht eine große Platte mit kleinen belegten Brötchen für uns alle, Jake. Und vergiß diese andere Sache nicht.«

Sie sah, wie Jake eine Zehndollarnote hervorzog. Sie verschwand in der Hand des Mädchens, während Jake mit leiser Stimme zu ihr sprach.

Die Bedienung lächelte und antwortete mit klarer Stimme: »Leider nicht, Sir. Ich darf nicht einmal mit unseren Kunden tanzen. Aber ich kann es arrangieren. Für Sie, Sir? Oder auch für Madame?«

»Nein«, antwortete Jake. »Es war bloß Neugierde.«

»Meine Neugierde«, warf Joan ein. »Es tut mir leid; ich hätte ihn nicht drängen sollen, Sie zu fragen.«

»Madame, unsere Gäste dürfen so neugierig sein, wie sie wollen.«

Joan beugte sich vorwärts und las den Namen des Mädchens, der über ihrer linken Brust auf die Haut geschrieben oder tätowiert war. »Darf ich Sie noch etwas fragen, Marie?«

»Bitte sehr, Madame.«

»Leben Sie in der aufgegebenen Zone hier?«

»O nein! Mein Mann wäre sehr dagegen, schon wegen der Kinder. Verschiedene von uns wohnen außerhalb. Sie werden von einem bewaffneten Bus abgeholt und zurückgebracht. Mein Mann arbeitet in Nachtschicht in der Kugellagerfabrik – es paßt gut, und wir verdienen ein schönes Stück Geld.«

»Wer kümmert sich nachts um Ihre Kinder? Nachbarn?«

»O nein, Mama wohnt bei uns. Kein Problem. Tatsächlich ist dies ein guter Arbeitsplatz für mich. Ich war Kellnerin in einem Restaurant der Innenstadt, wo ich Uniform tragen mußte. Die Arbeit war schwer, und die Trinkgelder waren klein. Hier ist die Arbeit leicht, und die Trinkgelder sind meistens hoch. Manchmal wird ein Gast zudringlich, wenn er getrunken hat, aber so leicht kriege ich keine blauen Flecken – und Betrunkene sind oft besonders großzügig. Es gibt niemals Schwiergkeiten; die Wachen beobachten alles.« Sie lächelte Joan an. »Sie könnten hier in zwei Sekunden Arbeit finden, Madame. Angenehme Manieren und eine gute Figur – mehr ist nicht nötig. Und Sie haben beides.«

»Danke, Marie.«

»Bitte entschuldigen Sie mich jetzt – neue Gäste sind gekommen. Die kalte Platte wird sofort vorbereitet.«

Das Mädchen ging. Joan sagte: »Würdest du sagen, daß sie ihre Nische gefunden hat?«

»Es scheint so. Solange sie ihre Figur behält und ihr Geld spart. Sie bringt hier keine Beiträge für die Sozialversicherung zusammen. Dies zählt nicht als ein Job, es ist nicht auf der Landkarte.«

»Dann bezahlt sie auch keine Einkommenssteuer?«

»Das schon, weil sie außerhalb wohnt. Die Tatsache, daß ihr Einkommen in einem Gebiet erzielt wird, wo es keine Jurisdiktion, keine Polizei und keine Kontrollen gibt, bedeutet den Steuerschnüfflern nichts. Aber sie wird einen guten Teil hinterziehen. Wollen wir nicht diese Musik probieren?«

»Jake, ich dachte, du tanzt nicht?«

»Ich tanze dieses moderne Zeug nicht. Aber ich kann es versuchen, wenn du willst. Ich möchte wissen, ob diese Combo Rock spielen kann? Dieses neue Zeug hat so wenig Beat, daß ich nicht verstehe, wie sie es Tanzmusik nennen können.«

Joan lachte. »Ich bin soviel älter als du, daß ich Rockmusik verabscheute, statt sie zu mögen. Ich bin noch aus der Ära des Foxtrotts und des Tangos.«

Doch bevor sie sich entschließen konnten, kamen Kellnergehilfen mit vier Drehsesseln, und Joan beschloß, daß es besser aussehen würde, eine Weile in ihnen zu sitzen, nachdem sie wegen der Stühle ein Aufhebens gemacht hatte. Dann kam eine große Platte mit Appetithappen, und Roberto und Winifred kehrten an den Tisch zurück. Winnie sagte: »Oh, Essen! Lebe wohl, schlanke Linie! Bob, wirst du mich lieben, wenn ich fett bin?«

»Wer weiß? Fangen wir an, dann werden wir es erfahren«, sagte er und griff zu.

»Winnie, schütte diese Cola in den Eiskübel und trink Champagner. Du solltest dich schämen.«

»Joanie, du weißt, daß ich nicht trinken sollte. Ich kann nichts vertragen.«

»Du kannst dazu essen, soviel du willst. Völlig ungefährlich.«

Winifred errötete. »Wenn ich trinke, werde ich albern.«

»Roberto, versprichst du diesem armen Kind, daß du sie sicher nach Hause bringen wirst, sollte sie ohnmächtig werden?« (Was ist am Zuhause sicher, Joan? Du solltest eine rote Laterne aushängen.) (So? Und wer war meine Lehrerin? Ich dachte immer, du seist die Königin von diesen Sachen.)

Der Raum hatte sich inzwischen gefüllt; die Beleuchtung wechselte, und die Schau begann – zwei Komiker, die eine mittelmäßige Zirkusnummer mit den vertrauten alten Späßen vorführten. Joan fühlte eine merkwürdige Rührung, beinahe Wehmut, als sie diese Relikte einer versunkenen Zeit wiederauferstanden sah, aber sie applaudierte heftig, als die Komiker abtraten. Dann wurde es für einige Sekunden dunkel – und die Tanzfläche hatte sich in eine ländliche Szene verwandelt, die den Hintergrund für die älteste aller Sexgeschichten abgab. Kostüme und Requisiten waren die stilisierten alten Symbole, und die Darsteller waren der Bauer, seine Tochter und der geschniegelte Schwindler und Verführer aus der Stadt. Es war eine getanzte Pantomime zur Themenmusik des Orchesters.

Sie flüsterte Jake zu: »Wenn die ein Bauernmädchen ist, bin ich Adolf Hitler.«

»Was weißt du von Bauern, liebes Kind?«

»Viel, für einen Stadtjungen. In den Sommerferien war ich oft bei Verwandten auf dem Land und half bei der Ernte. Sachen, von denen heute niemand mehr was weiß – Garben binden und aufladen, den Zugochsen anspannen, auf der Tenne Getreide dreschen, die Kühe melken und ab und zu gab's auch mal ein Bauernmädchen. In meinem Herzen war ich immer ein Bauer. Jake? Könnten wir nicht eine aufgebene Farm kaufen? Eine einfache kleine Angelegenheit, mit Zugbrücke und Wassergraben und unserer eigenen Wasserversorgung und Stromerzeugung? Aus dieser sterbenden Stadt hinaus, wo die Natur noch grün und still ist?«

»Deine Beschreibung erinnert mich mehr an ein Wasserschloß. Aber wenn du es willst, bin ich nicht dagegen. Langweilst du dich hier? Möchtest du weiter?«

»Nicht während der Darbietung, Jake.« (Ich möchte sehen, wie er die Nummer mit der Bauerntochter imitiert.) (Ich auch!)

Zu ihrer Überraschung wurde nichts imitiert. Nachdem der trickreiche Besucher aus der Stadt das Bauernmädchen betört hatte, verführte er sie auf einem Heuhaufen – und die Darsteller sorgten dafür, daß die Zuschauer sehen konnten, daß der Vorgang in keiner Weise gestellt war. Winifred errötete bis zur Taille, ohne jedoch ihre Augen abzuwenden. Gegen Ende der Darbietung gab es eine Variation, von der sogar Eunice zugeben mußte, daß sie ihr neu war. Als die Bewegungen hektischer wurden und das Orchester seinen Rythmus zu den lauten Quietsch- und Grunzlauten beschleunigte, tauchte wie erwartet der Bauer auf, bewaffnet mit einer Heugabel. Aber das Heu fing Feuer, anscheinend von der hitzigen Aktion, und der Bauer ließ seine Heugabel fallen und ergriff eine Flasche Mineralwasser, die in Reichweite auf einem leeren Tisch stand, um seine Tochter und ihren Liebhaber zu übergießen und das Feuer zu löschen – wobei er zuerst auf den scheinbaren Ursprung des Feuers zielte.

Joan beschloß, daß die Vorführung Applaus verdiente.

Winifred schloß sich ihr zögernd an, klatschte dann aber eifrig, als Roberto es auch tat. Jake fiel in den Beifall ein, wurde aber unterbrochen.

»Was gibt es, Rockford?«

Joan wandte überrascht ihren Kopf. Jakes Fahrer sah sehr aufgeregt aus. »Mister Salomon – ich muß mit Ihnen sprechen.«

»Tun Sie es.«

»Ah – Charlie ist tot.«

»Um Gottes willen! Wo? Wie?«

»Gerade eben. Im Gesellschaftsraum für die Wachen. Er war nicht betrunken. Dies ist ein streng geführter Laden, sie geben unsereinem nichts Alkoholisches. Wir spielten Poker, und Charlie stichelte dauernd diesen Polacken. Er hatte keinen Grund dazu, und ich sagte ihm, er solle damit aufhören. Aber er tat es nicht. Der Polacke wurde wütend, versuchte aber eine Keilerei zu vermeiden. Charlie ließ ihn nicht in Ruhe, und – na ja, dann hatte er den Polacken soweit, bloß anders als er dachte; der Polacke brach ihm das Genick, bevor ich um den Tisch konnte.« Rockford beugte sich näher und sagte: »Chef, nachdem wir hier in einer Zone sind, könnte ich ihn einfach wo abladen. Wäre vielleicht die beste Lösung, oder?«

»Nein. Ich muß es melden. Der Körper muß einen Totenschein haben und alles. Er hatte noch Bewährungsfrist, und ich war sein gesetzlicher Bürge.«

»Ja, aber vielleicht wissen Sie nichts davon? Er haute ab. Tauchte unter.«

»Unsinn, Rockford.« Salomon wandte sich zu Joan. »Tut mir schrecklich leid, das.«

»Jake, ich hätte dich nicht überreden sollen, in eine aufgegebene Zone ...«

»Das hat nichts damit zu tun. Charlie war ein hoffnungsloser Fall. Rockford, wir gehen zum Geschäftsführer. Freunde, bleibt bitte hier. Ich muß etwas erledigen.«

»Ich habe das meiste mitgekriegt, Jake«, sagte Garcia. »Ich sollte mitgehen und den Totenschein ausstellen. Es wäre klug, das sofort zu erledigen.«

»Ja – aber wer bleibt bei den Mädchen?«

Joan legte ihre Hand auf Jakes Arm. »Jake, Winnie und ich sind sicher – jede Menge Wachen. Ich glaube, wir werden unser Make-up auffrischen. Ich habe es nötig. Kommst du mit, Winnie?«

Die Party war zu Ende, aber es dauerte noch zwei Stunden, bevor sie zu Hause waren. Doktor Garcia mußte den Tod feststellen und einen Totenschein schreiben, während Salomon eine Erklärung aufsetzte, daß der Tod in einem aufgegebenen Gebiet eingetreten und von unbekannter Hand herbeigeführt worden sei – was tatsächlich der Fall war, denn der Raum, in dem die Wachen Karten gespielt hatten, war bis auf den Leichnam leer. Es hatte keinen Sinn, Nachforschungen anzustellen; der Totschlag war in einem aufgegebenen Gebiet geschehen und de jure kein Verbrechen. Garcia und der Nachtklubdirektor unterschrieben die Erklärung, und das war das.

Winifred und Joan Eunice verbrachten eine Stunde allein am Tisch, drehten ihre Champagnergläser zwischen den Fingern und versuchten amüsiert auszusehen, während die Männer sich um die Regelung der Angelegenheit bemühten. Aber Joan half in einem Punkt: Der Tote mußte ins Leichenhaus geschickt werden, und Jake war nicht bereit, diese Aufgabe der Direktion des Nachtklubs zu überlassen. Auch wollte er Rockford nicht allein schicken. So rief Joan bei O'Neil an, der sich sofort meldete und ihr zu der verwunderten Überlegung Anlaß gab, ob er niemals schliefe.

Finchley und Shorty waren im Dienst; O'Neil sagte, sie könnten sofort losfahren. Doch Joan gab Anweisung, daß sie zuerst Fred abholen sollten, damit er als Rockfords Begleiter fahren könne. Dann sagte O'Neil, er solle Della wecken und sie eine kalte Platte anrichten lassen. Diese und einige Flaschen gekühlten Champagners seien dann in ihr Wohnzimmer zu bringen. Der ›Nachtbummel‹ hatte sich als Reinfall erwiesen, und sie war entschlossen, es nicht damit enden zu lassen. Charlies Tod verdiente nicht eine Krokodilsträne. (Eunice, was passiert eigentlich mit einem Schurken wie Charlie nach seinem Tod?) (Keine Ahnung, Boß. Vielleicht bleiben die Bösen wirklich tot – so wie ein Töpfer die mißlungenen Stücke selbst zerbricht. Erkundige dich im Hauptbüro danach.)

Als die vier schließlich das große, häßliche, festungsartige Gebäude erreichten, bestand Joan darauf, daß sie zu einem Imbiß und einem letzten Glas Champagner bei ihr zusammenkämen. »Wer weiß, vielleicht kommen wir noch in Stimmung. Roberto, hat Winnie dich mit unseren Entspannungsübungen vertraut gemacht?«

»Ich habe versucht, ihn für Joga zu interessieren, Joan. Aber Bob ist ein schrecklicher Zyniker.«

»Jake, laß uns Roberto bekehren. Wir setzen uns in einen Kreis und lassen einen Freundschaftsbecher kreisen. Drei rezitieren, während einer trinkt und den Becher zum nächsten weitergibt.«

»Ich bin dabei«, sagte Jake. »Bob, wenn du zynisch sein willst, mußt du es allein sein – du kannst das Gästebett in meiner Suite haben. Dann bilden wir statt dessen ein Dreieck.«

»Ich werde lieber bleiben, um ein Ausarten der Party zu verhindern.«

»Sehr gut. Aber ein unziemliches Wort, während wir mit unserer Meditation beschäftigt sind, und Sie haben eine ernste Strafe zu gewärtigen.«

»Welche?«

»Dann muß er den Becher allein leeren«, antwortete Joan Eunice, »ihn auffüllen und wieder anfangen.«

Joan Eunice wachte ausgeruht, aber sehr durstig auf. Sie blickte zur Decke, sah, daß es nach elf war, und begann müßig zu überlegen, ob sie aufstehen oder noch ein wenig dösen solle.

Dann bemerkte sie, daß sie nicht allein war. Sollte sie Jake sanft mit einem Gutenmorgenkuß wecken? Oder vorsichtig aus dem Bett schlüpfen?

Es schien richtiger, Jake nicht zu wecken. Der arme Liebling, hatte eine anstrengende Nacht hinter sich. Sie begann sich behutsam seitwärts zu schieben und lüftete die Decke.

Der Mann bei ihr streckte seinen Arm aus und zog sie zurück. Sie gab sofort nach. »Ich wußte nicht, daß du wach bist, Liebster. Ich wollte … Roberto!«

»Wer sonst? Hattest du an den Weihnachtsmann gedacht?«

»Wie bist du hierher gekommen?«

»Du hattest mich eingeladen.«

»Tatsächlich? Ja, richtig, ich erinnere mich. Ich sagte dir, daß du in meinem Bett willkommen seist. Aber wo ist Jake? Und was ist mit Winnie?«

»Winnie ist nebenan, in ihrem Zimmer. Mit Jake.«

»Guter Gott, Roberto – endlich habe ich eine Nacht mit dir verbracht. Und kann mich an nichts erinnern.« (Aber ich! Hui! Du bist ein betrunkenes kleines Flittchen gewesen. Aber wir hatten Spaß.) (Das glaube ich. Ich wünschte, ich könnte mich erinnern.)

Dr. Garcia seufzte. »Ah ja. Ich kann mich nicht beklagen.«

»Ich hoffe, ich war nicht zu betrunken?«

»Im Gegenteil. Überaus lebendig.«

»Das beruhigt mich. Aber Roberto, ich habe ein Unbehagen. Nicht über dich und mich, aber über Winnie. Beeinflußt dies den Gedanken, den du erwogen hast? In bezug auf Winnie, meine ich.«

»Absolut nicht, Joan. Es war Winnies Idee, unsere Verlobung zu feiern …«

»Augenblick! Bin ich mit dir verlobt?«

»Eh? Nein, nein – ich bin mit Winnie verlobt.«

»Oh, Roberto, ich würde dich mit Freunden heiraten, du würdest einen erstklassigen Ehemann abgeben. Aber ich brauche keinen, und Winnie braucht einen. Wußte ich das mit eurer Verlobung? Heute nacht, meine ich?«

»Ich hatte den Eindruck. Du konntest es nicht erwarten und wolltest mit allem Make-up ins Bett. Ich mußte dich abwaschen.«

Sie küßte ihn. »Das war besonders lieb von dir, Roberto. Nicht viele Männer würden sich mit einem betrunkenen Frauenzimmer so viel Mühe machen. Ja, ich kann mich erinnern, daß ich unheimlich scharf war, aber ich weiß nicht mehr, warum. Roberto? Habe ich die Neuigkeit über die Spartaner ausgeplaudert?«

»Ich glaube nicht, Joan. Nicht in meiner Gegenwart. Winnie weiß sicherlich nichts davon.«

»Ich werde es ihr sagen; nur Jake braucht es nicht zu wissen.«

»Joan? Hat Jake es getan? Ich meine, waren es seine Spartaner?«

»Vergiß nicht den hippokratischen Eid, mein Freund. Ich will das einstweilen noch für mich behalten, aber die Antwort könnte Parthenogenese sein. Du sagst, dies sei Winnies Idee gewesen? Nachdem du ihr gesagt hattest, daß du sie heiraten würdest?«

»Ja.«

»Wie hat sie nur den Mut dazu aufgebracht, so etwas vorzuschlagen? Ich habe sie öfters gedrängt, aber sie ist so verdammt scheu. Betrunken?«

»Ja, das auch. Aber Winnie ist nicht so scheu, wie du denkst. Sie sagte ja, sie würde mich heiraten, wenn ich mir im klaren darüber sei, daß sie kein Engel sei. Ich sagte ihr, ich hätte keinen Bedarf für Engel, weder im Bett noch außerhalb. Sie sagte, sie hoffe, das sei mein Ernst, denn sie wolle mit Jake schlafen.«

»Roberto, mir ist viel von alledem entgangen. Wieviel Champagner habe ich getrunken?«

»Wer hat mitgezählt? Jake machte eine Flasche nach der anderen auf, und wir ließen den Becher kreisen, während wir diese Anrufungen murmelten. Du hast deinen Teil gekriegt, wie wir alle.«

»Ja, ich verstehe. Ah ... bin ich mit Jake verlobt?«

»Nicht daß ich wüßte.«

»Das ist gut. Wenn er merkt, daß ich schwanger bin, wird er sehr edel sein. Genau wie du, Liebster. Aber Jake wird viel schwieriger sein. Und ich habe entdeckt, daß ich keinen Ehemann brauche; ich will einfach liebevolle Freunde. Dich. Jake. Winnie. Ein paar andere. Leute, die mich lieben wie ich bin, nicht wegen eines vermögensrechtlichen Vertrags. Hat Jake sich gegen die Schlafordnung gesträubt?«

»Weißt du, ich glaube, niemand war von Winnies Vorschlag unangenehm berührt. Jake klemmte Winnie unter einen Arm und verkündete, daß er den Raub der Sabinerinnen nachvollziehen werde.«

»Der treulose alte Wüstling!«

»Also hob ich dich auf und trug dich ins Badezimmer und schrubbte dich ... und du quietschtest und protestiertest und sagtest mir, daß es eine höllische Art und Weise sei, eine Vergewaltigung zu inszenieren.«

»Mmm, ich glaube, ich hatte recht. In vino veritas.«

»Dann werde ich also jetzt ein Kissen über dein Gesicht tun, damit du nicht kreischen und protestieren kannst.«

»Du brauchst kein Kissen; du kannst mir den Mund mit der Hand zuhalten. Aber diese Türen sind alle schalldicht.«

»Du denkst, ich weiß es nicht? Nachdem ich beinahe ein Jahr hier gelebt habe?«

»Ich liebe dich, Robert – ich bin so glücklich, daß du unsere Winnie heiraten wirst.«

»Ich auch, Joan. Und jetzt sei still. Es gibt zu tun.«

Joan Eunice griff nach dem Interkom auf ihrem Nachttisch, tippte Cunnighams Nummer ein und packte gleichzeitig Robertos Hand.

»Jawohl, Miss?«

»Cunnigham, ich möchte Frühstück für vier Personen in meiner Suite haben.«

»Ja, Miss.«

»Stellen Sie die Sachen einfach dort ab, und sorgen Sie auch für Warmhalteplatten. Keine Bedienung. Ich weiß nicht, wann Mister Salomon und Doktor Garcia aufwachen, möchte aber, daß dann alles bereit steht. Winnie und ich möchten aber jetzt schon essen.« Sie zwinkerte dem Doktor zu und drückte seine Hand.

»Natürlich, Miss.«

»Sagen Sie, Cunnigham, waren Sie schon einmal richtig zugeknallt?«

»Pardon, Miss?«

»Jetzt stellen Sie sich nicht so an. Sie wissen genau, was ich meine. Betrunken und verkatert.«

»Früher habe ich gelegentlich derartige Erfahrungen gemacht.«

»Dann können Sie sich ja vorstellen, wie wir uns im Moment fühlen – zumindest Winnie und ich, aber ich glaube kaum, daß es den Herren besser geht. Aber immerhin haben wir eine ausgezeichnete Entschuldigung.«

»Ich habe von dem Ärger gehört, Miss. Wirklich unangenehm.«

»Cunningham, ich spreche nicht von Charlie. Es mag herzlos klingen, aber er hat den Streit selbst angefangen – und verloren.«

»Oh. Nun, wenn ich das sagen darf, Miss, er war beim Personal auch nicht gerade beliebt. Eigentlich mochten wir es überhaupt nicht, wenn er im Haus war.«

»Ich weiß. Ich hätte das auch schon längst unterbunden, wenn er nicht ausgerechnet für Mister Salomon gearbeitet hätte. Nein, mit der ›ausgezeichneten Entschuldigung‹ meinte ich etwas anderes. Wir haben eine Verlobung gefeiert.«

Cunningham meinte vorsichtig: »Darf ich gratulieren, Miss?«

»Ja, aber nicht mir. Doktor Garcia wird unsere Winifred heiraten.«

»*Oh*! Das ist schön, Miss. Aber wir werden sie bestimmt vermissen.«

»Ich hoffe sehr, daß wir sie nicht vermissen müssen. Das hier ist ein großes Haus, Cunningham, viel zu groß für eine einzelne Person. Oder auch für zwei, falls Mister Salomon uns die Ehre erweist, hier zu nächtigen. Was für meinen

Geschmack nicht oft genug der Fall ist, doch er befürchtet, seine Anwesenheit hier könnte zu Klatsch und Tratsch führen.«

»Äh, darf ich offen sprechen, Miss?«

»Selbstverständlich, Cunningham.«

»Mister Salomon ist ein feiner Herr. Aber wenn er sich deswegen Sorgen macht, kann ich nur sagen, das ist absolut überflüssig. Das Personal klatscht nicht über seine Anwesenheit. Sie respektieren ihn.«

»Vielleicht erzählen Sie ihm das selbst. Auf mich hört er nicht. Aber heute geht es mir nur darum, ihn solange wie möglich schlafen zu lassen, weil er gegen abend nach Washington fliegen muß. Gehen Sie deshalb besser gar nicht erst in die Nähe seines Zimmers, und sorgen Sie dafür, daß ihn auch sonst niemand stört.«

»Selbstverständlich, Miss. Haben Sie besondere Anweisungen für das Frühstück?«

»Wir möchten etwas Einfaches haben. Kaffee, Orangensaft, Grapefruits, Rührei, Würstchen und ein paar Steaks. Ach ja, auch etwas Aufschnitt und ein paar Scheiben Käse. Und natürlich Toast, Waffeln, Marmelade und dergleichen. Vergessen Sie die Cornflakes nicht. Ich glaube, das ist schon alles.«

»Jawohl, Miss, wird alles in etwa zwanzig Minuten serviert.«

Joan schaltete das Interkom ab. »Nun, wie habe ich das gemacht, Doktor?«

»Manchmal habe ich den Eindruck, du bist nicht ganz ehrlich.«

»Manchmal muß ich eben Rücksicht auf die Gefühle meiner Angestellten nehmen. Wo sind deine Kleider, Roberto? Noch im Wohnzimmer?«

»Ja. Ich sollte mich jetzt wohl besser anziehen.«

»Du solltest besser noch einmal darüber nachdenken. Uns bleiben immerhin noch zwanzig Minuten, die wir nutzen könnten.«

»Oh, Eunice!«

»Nur Mut, Kamerad. Bewegung!«

KAPITEL ACHTZEHN

Dabrowski half ihr beim Aussteigen, und Fred sperrte den Wagen ab. Sie eskortierten sie zum Aufzug. Joan Eunice blickte in die Kabine, als die Türen zurückrollten. »Hier muß es passiert sein.«

Dabrowski sagte: »Miss Smith, ich wünschte, Sie würden es sich noch anders überlegen. Sie wissen nicht einmal, ob Joe Branca noch hier wohnt.«

»Aber ich weiß es. Er hat bloß die Telefonrechnung nicht bezahlt, und so haben sie ihn abgeschaltet. Es kann natürlich sein, daß er mich nicht sehen will. Vielleicht werde ich auch nur ein paar Minuten bleiben, wenn er mich einläßt. Also wartet eine Stunde, dann fahrt nach Hause.«

»Zwei Stunden?« schlug Fred vor.

»Gut, zwei Stunden. Aber wenn ich heute abend nicht nach Hause kommen sollte, ist das kein Grund, hierher zu fahren und an der Tür zu läuten, verstanden? Ich werde eine volle Woche in Joe Brancas Atelier bleiben, sollte das nötig sein, um ihn ins Gleichgewicht zu bringen. Ich muß dies tun; seid also vernünftig, Jungs, und macht es nicht noch schwerer.«

Anton Dabrowski nickte verdrießlich: »Ist gut. Wie Sie wollen, Miss.«

»Nun paßt mal auf, Jungs«, sie legte jedem von ihnen einen Arm um die Hüften, »die letzte Nacht war ganz toll, und ich werde zusehen, daß wir das wiederholen können. Vielleicht das nächste Mal, wenn Mister Salomon fort ist – ihr wißt ja, daß er auf mich aufpaßt wie eine Glucke auf ihr Küken. Aber ihr benehmt euch jetzt genauso, und das ist völlig unnötig. Heute muß ich versuchen, Joe's verletzte Seele zu heilen. Mit euch werde ich mich an einem anderen Tag vergnügen. Also seid jetzt lieb und gebt mir einen Abschiedskuß.«

Sie verließen den Aufzug und gingen zur Tür. (Oh, ich bin

nervös!) (Ruhig, Joan. Om mani padme hum.) Joan Eunice drückte vorsichtig auf den Klingelknopf, als befürchtete sie, eine Sprengladung könne detonieren. Das Türschloß klickte, und hinter dem Spion wurde es für einen Moment dunkel. Dann hörte Joan eine hohe Stimme rufen: »Joe, Joe!« (Wer ist das?) (Was weiß ich? Joe hat viele Freunde und Bekannte.)

Die Tür ging auf, und sie sah sich Joe Branca gegenüber. Er trug alte, ausgefranste Shorts voller Farbflecken. Sein Gesicht zeigte nichts. Ein Mädchen in einem flüchtig übergeworfenen Herrenbademantel mit ausgerissenen Taschen spähte an ihm vorbei.

»Hallo, Tony. Hallo Fred.«

»Tag, Joe.«

Joans Stimme zitterte ein wenig, als sie sagte: »Joe darf ich hereinkommen?«

Endlich sah er sie an. »Sicher, wenn Sie wollen. Tony, Fred, kommt rein.« Er trat zur Seite, um sie vorbeizulassen.

»Äh, nicht jetzt, Joe. Danke.«

»Dann ein andermal. Jederzeit.«

»Danke, Joe.« Sie gingen. Joan Eunice trat rasch an Joe vorbei und wartete, bis er die Tür geschlossen und unnötig lang mit den Riegeln gefummelt hatte. Endlich wandte er sich zu ihr um, blickte knapp an ihr vorbei und sagte: »Sitzen?«

»Danke, Joe.« Sie sah sich im chaotischen Durcheinander des Raums um, sah zwei gerade Stühle an einem kleinen Tisch. Es schienen die einzigen Stühle zu sein; sie ging zu einem von ihnen und wartete, daß er ihr den Umhang abnehme – dann begriff sie, daß er es nicht tun würde, zog ihn aus, legte ihn über die Lehne und setzte sich.

Er starrte stirnrunzelnd, schien unschlüssig und sagte dann:

»Kaffee? Gigi! Kaffee für Miss Smith.«

Das Mädchen hatte sich breits in die winzige Küche zurückgezogen. Nun tat sie einen Teelöffel Pulverkaffee in eine Tasse, löste ihn in heißem Wasser aus der Leitung, rührte um und begann im Kühlschrank zu suchen, offenbar nach einer Dose Milch. Joe Branca war unterdessen an eine Staffelei in der Mitte des Raums zurückgekehrt und begann mit einem feinen Pinsel winzige Striche zu machen. Joan sah, daß es ein fast fertiges Portrait der jungen Frau war, die er ›Gigi‹ gerufen hatte. (Das ist kein richtiges Gemälde, Joan. Ein Foto, auf lichtempfindlich beschichtete Leinwand projiziert und übermalt. Joe macht sie oft, wenn es schnell gehen soll – aber er sagt, es sei keine Kunst.) (Ich weiß; die Masche kam schon in den siebziger Jahren des zwanzigsten Jahrhunderts auf. Die Kritiker konnten sich nie einigen, ob es Kunst sei oder nicht. Mir geht es genauso.)

(Die Wohnung ist schmutzig. So verdreckt, daß ich mich schämen muß, Joan. Diese Schlampe Gigi.) (Du meinst, sie lebt hier?) (Ich weiß es nicht, Joan. Könnte auch Joes Nachlässigkeit sein. Er hat es gern sauber und halbwegs ordentlich – aber er macht dafür keinen Finger krumm.)

Gigi brachte den Kaffee und stellte ihn auf den Tisch.

»Zucker? Milch ist nicht da.« Sie beugte sich näher und fügte im Flüsterton hinzu: »Sie gehören nicht hierher!«

Joan sagte freundlich: »Schwarz ist in Ordnung. Danke, Gigi.«

»Gigi!«

»Ja, Joe?«

»Auf den Thron.«

Das Mädchen wandte sich zu ihm. »Vor ihr?«

»Jetzt. Ich brauche dich.«

Gigi gehorchte zögernd, ließ den Bademantel fallen, stieg auf das Bretterpodest und posierte. Joan versuchte nicht hinzusehen, denn sie verstand Gigis Widerwillen; es war nicht Keuschheit, sondern die Abneigung, vor einer Feindin nackt zu erscheinen. (Aber ich bin nicht ihre Feindin, Eunice.) (Ich sagte dir, daß es schwierig sein würde, Joan.)

Der Kaffee war bitter, ganz anders als die zart aromatische – und teure – Hochlandsorte, die Della verwendete. Aber Joan beschloß, ihn zu trinken.

Sie fragte sich, ob Joe ihre Kleider wiedererkannte. La Boutique hatte unter großen Kosten einen hautnahen Jerseyanzug im ›Halb-und-Halb-Stil‹ des Vorjahrs rekonstruiert, wie Eunice Branca ihn einmal getragen hatte, scharlachrot und schwarz, und Joan hatte Gesicht und Arme von einem Spezialisten für Körperbemalung nach der Erinnerung passend zum Kostüm bemalen lassen. (Joan, Joe sieht alles.) (Dann hat er wieder zu malen angefangen, um uns nicht sehen zu müssen. Wie lange wird er malen? Die ganze Nacht?) (Wahrscheinlich nicht. Das tut er nur, wenn er eine echte Inspiration hat. Dies hier ist leicht.) (Eunice, was sollen wir tun? Fortgehen? Joe scheint es gleich zu sein, ob wir bleiben oder gehen.) (Joan, er ist nicht gleichgültig; er ist furchtbar nervös. Siehst du dieses Ticken an seinem Hals?) (Aber was soll ich tun?)

(Joan, ich kann dir nur sagen, was ich tun würde.) (War das nicht, was ich sagte?) (Nicht ganz. Wenn ich nach Hause kam und ihn mit einem anderen Modell arbeiten sah, blieb ich still und ließ ihn in Ruhe. Ich duschte und schrubbte alle Farbe und alles Make-up runter, und dann räumte ich auf und kümmerte mich um das Essen.)

(Du meinst, ich soll mich ausziehen? Würde ihn das nicht noch mehr durcheinanderbringen?) (Joan, ich sagte dir gar nichts. Dieser Besuch war nicht meine Idee. Aber er hat unseren Körper tausendmal gesehen, und du solltest inzwischen wissen, daß Nacktheit nicht beunruhigend, sondern entspannend ist. Aber ich sage dir nicht, daß du es tun sollst. Du kannst durch das Guckloch schauen und sehen, ob Tony und Fred noch draußen warten – sie werden es –, und dann kannst du die Riegel ziehen und verduften.)

(Vielleicht sollte ich das wirklich tun.)

Joan seufzte, stand auf und schälte sich aus dem Anzug. Joe konnte sie nicht sehen, aber Gigi sah sie, und ihre Augen bekamen einen erstaunten Ausdruck.

Es dauerte nur ein paar Minuten, bis sie mit Seife und heißem Wasser die so zeitraubend und kostspielig applizierte Körperbemalung abgewaschen hatte. (Handtücher sind im Schubfach unter der Küchenspüle, wenn du hier keins hängen siehst.)

Joan fand ein sauberes Badetuch und drei Handtücher, trocknete sich mit einem der letzteren ab, musterte sich im Spiegel und fand, daß sie passabel aussah, obwohl das Make-up fehlte und sie etwas farblos erscheinen ließ. Und die Dusche hatte sie erfrischt und ihr etwas von der verkrampften Spanung genommen. (Wo soll ich anfangen?) (Hier, natürlich. Dann kannst du die Küche in Angriff nehmen.)

Die winzige Duschkabine mit der Toilette war schnell gemacht, weil Scheuerpulver und Plastikschwamm an der Stelle waren, die Eunice erinnerte. Die Toilettenschüssel brachte sie in Schweiß, aber es gelang ihr, sie bis auf einige hartnäckige Verfärbungen von Wasserstein zu säubern. Sie wusch ihre Hände und war mit drei Schritten in der Küche. In der Spüle türmte sich ein kunstvoll geschichteter Berg schmutzigen Geschirrs. Sie suchte herum, fand eine Plastikflasche mit einem Rest Spülmittel und machte sich an die Arbeit.

Eine Dreiviertelstunde später war das Geschirr getrocknet und weggeräumt, die Spüle blitzsauber, und Joan hockte vor dem kleinen Vorratsschrank. (Eunice, hast du mit so wenigen Sachen Mahlzeiten gekocht?) (Ich hatte nie viel auf Lager. Wenn ich von der Arbeit kam, gab es Fertiggerichte zum Heißmachen. Und Joe denkt nie an solche Dinge. Ich ließ ihn nie einkaufen, denn er wäre bloß mit irgendeinem hungrigen Freund und ein paar Tuben Farbe nach Hause gekommen, ohne an das Brot und die Milch und den Speck zu denken, die er hätte besorgen sollen. Wenn du im Gefrierfach des Kühlschranks nachsiehst, findest du sicher ein paar fertige Sachen.)

So war es, Spaghetti, Pizza, Vanilleeis in einer angebrochenen Packung. Von den Pizzas waren fünf Portionspackungen da, also konnte sie nicht fehlgehen, wenn sie ihnen Pizza wärmte. Was sonst? Frisches Gemüse und Obst fehlten – tatsächlich war außer einer kleinen Dose Fruchtsalat fast nichts im Kühlschrank, das nicht angebrochen, halb eingetrocknet und unappetitlich war. Sie könnte den Fruchtsalat nehmen und zur Nachspeise auf die drei Portionen Vanilleeis verteilen.

Sollte sie den Tisch für drei decken? Nun, entweder sollten sie sie akzeptieren – oder nach Hause schicken. Sie deckte für drei und stellte den Küchenhocker mit an den Tisch. Gerade als sie fertig war, hörte sie Joe sagen: »Pause, Gigi.«

Sie wandte sich um. »Joe, wollt ihr zwei jetzt zu Abend essen? Es ist fertig zum Wärmen.«

Joe Branca drehte sich um, als er ihre Stimme hörte, sah sie an, wollte etwas sagen – und verlor die Fassung. Sein Gesicht verzog sich zu einer gequälten Grimasse, er begann zu schluchzen und fiel auf die Knie, vornüber gebeugt, beide Hände vor dem Gesicht, das den Boden berührte. Joan eilte zu ihm und blieb plötzlich stehen. (Joan! Faß ihn nicht an!) (O Gott, Eunice!) (Mach es nicht schlimmer. Gigi ist bei ihm. Auf den Boden, schnell! Om mani padme hum.)

Joan ließ sich in den Lotussitz nieder und murmelte gehorsam »Om mani padme hum«, während Gigi neben Joe kniete und ihn streichelte. (Kann ich nicht helfen, Eunice?) »Om mani padme hum. (Nein. Bitte Gigi, daß sie dir hilft.) (Wie?) Om mani padme hum.« (Sieh zu, daß du sie beide in einen Kreis bringst. Om mani padme hum.)

»Gigi! Hilf mir einen Kreis bilden. Bitte!«

Das Mädchen blickte auf, mit einem sehr erschrockenen Ausdruck, als sehe sie Joan zum erstenmal.

»Om mani padme hum. Hilf mir, Gigi – hilf uns beiden.«

Gigi glitt in den Lotussitz, Knie an Knie mit ihr, ergriff Joans linke Hand und nahm Joe bei der Rechten. »Joe! Joe, du mußt zuhören! Schließ den Kreis mit uns. Jetzt!« Und sie begann mit Joan zu singen.

Joe Branca hörte auf zu schluchzen, blickte auf und schien nicht glauben zu können, was er sah. Er richtete sich langsam auf und streckte seine Beine und schob sich näher, bis er die dritte Seite des Dreiecks einnahm. Er kreuzte die Beine zum Lotussitz und ergriff ihre Hände. »Om mani padme hum!«

Als der Kreis sich schloß, fühlte Joan etwas wie Elektrizität durch ihren Körper gehen. Sie hatte es zuvor gefühlt, zu dritt oder zu viert, aber niemals so stark. Dann ließ es nach, und eine wohlige Empfindung von Wärme blieb zurück.

Die Meditation begann, und der murmelnde Singsang stieg auf und sank, verebbte und schwoll an, bis Joan aufhörte, irgend etwas zu fühlen oder zu hören – außer völligem Frieden.

»Wach auf. Komm zurück.«

Joan öffnete die Augen. »Ja, Winnie? Ich bin wach?«

»Du sagtest, du hättest das Abendessen vorbereitet. Willst du es wärmen, oder soll ich?«

»Oh.« Sie merkte, daß der Kreis noch geschlossen war. »Ich werde es tun. Wenn ich darf.«

Joe blickte ruhig und forschend in ihr Gesicht. »Alles in Ordnung?«

»Ihr fehlt nichts«, antwortete Gigi. »Wasch deine Hände. Die Terpentinflasche steht auf dem Fensterbrett.«

»Gut.« Er stand auf, gab jedem der Mädchen eine Hand und zog sie auf die Füße. Während er ging, um seine Hände zu säubern, folgte Joan Gigi in die Küche. Ihr Blick fiel auf die Uhr. »Gigi, geht die Uhr richtig?«

»Ungefähr. Warum? Mußt du gehen?«

»O nein, ich kann bleiben, wenn ich darf. Aber wie lange hielten wir den Kreis?«

»Eine Stunde, anderthalb. Lange genug. Ist das wichtig?«

»Nein.« Joan legte ihre Arme um das andere Mädchen. »Danke, Gigi.«

Gigi erwiderte die Umarmung mit einem kurzen Druck. »Ich danke dir. Heute war Joe zum erstenmal eins mit dem All, nahm sein Karma an und war es zufrieden.«

»Du meinst, zum erstenmal, seit Eunice getötet wurde?«

»Ja. Er kam immer wieder mit der verrückten Idee, daß es nicht passiert wäre, wenn er nicht nach Philadelphia zu seiner Mutter gefahren wäre. Er weiß, daß es nicht so ist; aber ich glaube, erst jetzt weiß er es wirklich.«

»Gigi, ich glaube, Eunice würde dir dankbar sein. Es sieht gut aus, wie es jetzt ist.«

»Ja. Sag mal, wie soll ich dich nennen? Ich kann nicht gut sagen: ›He, du!‹, und Johann Sebastian Smith ist ein komischer Name für ein Mädchen.«

»Ich heiße jetzt Joan. Mein voller Name ist ›Joan Eunice Smith‹, wobei der mittlere Name eine Art Gedenkstein sein soll. Verstehst du?«

»Klingt nett – Joan Eunice.« (Joan, das hast du großartig gemacht. Du hast es geschafft! Weißt du, warum ich nicht hierher kommen wollte? Ich fürchtete für Joe – aber noch mehr für mich.) (Ich weiß, Eunice. Wir fürchteten uns beide.)

»Gigi, laß meinen zweiten Vornamen lieber aus. Joe könnte darunter leiden.«

Gigi schüttelte den Kopf. »Glaube ich nicht. Wenn ich mich täusche, dann muß er einfach noch mal in Meditation. Heute abend haben wir den richtigen Kreis; eine seltene Trance.«

»Hat jemand von essen geredet?«

»In einer Minute, Joe. Ist schon im Herd.«

Joe steckte seinen Kopf durch die Türöffnung. »Du bist in Ordnung, Joan Eunice. Hätte ich nicht gedacht, bei dem Gehirn.« Er lächelte plötzlich. »Jeder ißt Pizza aus der Hand. Inspiration. Komposition mit zwei Fingern.«

»Joan Eunice, hast du Zeit?« fragte Gigi. »Wenn Joe von zwei Figuren redet, bist du auch gemeint. Ich muß dich warnen. Bei seinen Inspiratioen dauert es länger. Du wirst nicht viel Schlaf finden.«

»Ich kann verkürzen«, sagte Joe. »Ein bißchen schwindeln. Vier, fünf Aufnahmen, die beste wird dann auf Leinwand projiziert. Und dann ...« Er blickte plötzlich verwirrt, wandte sich zu Joan. »Vielleicht bist du morgen nicht da? Oder willst nicht Modell stehen. Ganz vergessen. Dachte, du schläfst hier. Verdammt.«

»Ich habe Zeit, Joe«, antwortete Joan. »Und es würde mir eine Ehre sein, dir Modell zu stehen. Aber ...« Sie sah Gigi an. »Kann ich heute über Nacht bleiben? Macht es dir nichts aus?«

»Gar nichts. Du kannst ruhig bleiben.«

»Ich meine, ich sehe, daß ihr Eheringe tragt. Ich will nicht aufdringlich erscheinen.«

Gigi kicherte. »Wir sind das einzige Paar in unserem Bekanntenkreis, das verheiratet ist. Es war ganz nett, aber ich muß immer noch lachen. Joe wollte es so. Es war der Köder, mit dem er mich Sam wegschnappte. Klar kannst du bleiben. Wir haben so eine Klappliege – nicht sehr bequem, aber wir werden Joe darauflegen.«

(Paß auf, Joan! Dies ist Dynamit – zehn zu eins, daß Joe nicht auf dieser Liege schlafen wird.) (Natürlich nicht. Ich werde es tun. Meinst du, ich bin ein Dummkopf?)

Nachdem sie ihre Pizza gegessen hatten, holte Gigi eine Blechpackung mit Ölivenöl aus der Küche und sagte zu Joan: »Wir müssen uns einölen, wenn er Fotos macht. Wegen der Glanzlichter. Und Ölivenöl ist nicht nur für die Küche gut. Für die Haut ist es besser als diese teuren Kosmetika. Hier, du kannst dich selber bedienen. Joe, willst du deinen Sklavinnen sagen, was für ein Bild das werden soll?«

»Klar, ich muß Ausdruck haben. Gute Schauspielerei. Ihr sollt auf lesbisch machen.«

»Hn? Joe, du kannst Joan nicht in so ein Bild bringen. Das geht nicht.«

»Warte. Das Bild wird so spießig, daß du es in die Kirche hängen kannst. Dabei so geladen, daß die alten Voyeure große Scheine dafür lockermachen. Nicht ganz einfach, aber wenn es klappt, wird es gut.«

Joe vergrößerte die Plattform mit Kissen und darübergelegten Brettern, häufte Kissen darauf und bedeckte alles mit einem zerfetzten, großen Tuch. »Gigi zuerst. Halb liegend, auf einen Ellbogen gestützt. Joe Eunice beugt sich darüber.« Er schob und stieß sie herum wie ein Metzger seine Fleischstücke. Joans Position verdeckte Gigis Blöße; Joe hob ihr linkes Bein, so daß sie ihre eigene Blöße verdeckte. Dann schob er Gigis rechte Hand unter Joans linke Brust, bis sie sie mit den Fingerspitzen berührte, trat zurück und betrachtete seine Komposition mit finsterer Miene.

Er trat wieder vor, veränderte dies und das, stopfte Kissen unter sie, damit jede ihre Position ohne Anstrengung halten konnte. Er plazierte einen Teller unter sie, als sei er halb vom Lager gerutscht, trat erneut zurück und betrachtete sie prüfend. »Der Titel heißt ›Bilitis singt‹ ... Joan Eunice, bist du schwanger?«

Joan war sehr erschrocken. »Sieht man es? Ich habe erst ein Pfund zugenommen.«

»Du siehst irgendwie üppig aus. Bist du glücklich?«

»Joe, ich bin schrecklich glücklich darüber. Aber ich habe es noch niemandem gesagt.«

»Keine Angst. Gigi plappert nicht. Hauptsache, du bist glücklich. Schwangere Weiber sehen anders aus. Besser. Hauttönung gesünder, Falten unter den Augen verschwinden, alles strafft sich, füllt sich aus. Damit ist auch das Problem geklärt, das mich beschäftigt hat.«

»Was für ein Problem, Joe?«

»Du siehst aus wie Eunice. Aber besser. War unmöglich. Wußte nicht, wieso. Jetzt weiß ich es.«

»Aber nun Schluß. Die Sache muß echt aussehen, also denkt lesbisch, Joan Eunice, Gigi ist dabei, dich zu verführen. Du bist scharf, neugierig. Aber ängstlich. Jungfrau. Gigi, du bist bloß scharf, vielleicht siegessicher. Aber das alles nur in Gedanken.«

Er schob seine beiden Lampen herum, beobachtete seine Modelle in finsterer Konzentration, goß Olivenöl in seine Hand und rieb Gigis rechte Schulter und Brust damit ein. Dann kroch er hinter seine Kamera. »Joan Eunice, Haltung ist richtig, aber zu hölzern. Denk an Männer, nicht an Gigi.«

»Ich mach das schon«, sagte Gigi. »Paß auf.« Sie begann zu flüstern und erzählte Joan in allen Einzelheiten, was diese altgriechischen Lesbierin mit der hilflos ausgelieferten Jungfrau zu tun im Begriff war. Joan fand, daß ihre Brüste sich so spannten, daß sie schmerzten. Sie befeuchtete ihre Lippen und starrte Gigi erregt an und bemerkte kaum, daß die Kamera wieder und wieder klickte.

»Fertig«, verkündete Joe. »Komm runter. Ich habe gute Bilder.«

Joan richtete sich auf, krabbelte vom Lager und spähte durch die Türöffnung zur Küchenuhr. »Meine Güte! Schon nach zwölf!«

»Also ins Bett«, sagte Joe und schaltete seine Lampen aus.

Gigi sagte: »Wir müssen uns noch das Öl abreiben, Joe. Stell du die Klappliege auf.«

Als sie ins Zimmer zurückkamen, lag Joe zwischen zwei Decken auf dem Behelfsbett, den Kopf in einem Kissen, und schien zu schlafen. Gigi sagte: »Welche Seite? Am Fenster?«

»Mir egal.«

»Also kriech rein.«

KAPITEL NEUNZEHN

Joan erwachte mit dem Kopf an Gigis Schulter. Gigi sah sie an, was Joan half, sich zu erinnern. Sie gähnte, reckte sich und sagte: »Guten Morgen, Gigi. Ist es Morgen? Wo ist Joe?«

»Joe wollte Frühstück machen, aber er projiziert die Bilder von gestern abend. Hast du ausgeschlafen?«

»Hm, ja. Wie spät ist es?«

»Ich weiß nicht, der Wecker ist stehengeblieben. Die Frage ist, ob du ausgeruht bist. Wenn nicht, kannst du weiterschlafen.«

»Ich bin ausgeruht. Laß uns aufstehen.«

»Also gut. Sehen wir nach, was wir zu essen haben ... nicht viel, fürchte ich.«

»Ich brauche kein großes Frühstück«, sagte Joan. »Saft und Buttertoast mit Marmelade. Kaffee.«

Gigi öffnete den Küchenschrank und stocherte verlegen darin herum. »Kein Saft, kein Toast, keine Butter, keine Marmelade. Wir leben nicht gerade im Luxus, weißt du. Brot und Kaffee. Oder ich könnte dir eine Fertigpackung geben, Spaghetti oder was. Ich muß heute einkaufen gehen.«

Joan fragte leise: »Gigi, seid ihr pleite?«

Gigi antwortete nicht. Sie hielt ihr Gesicht abgewandt und zog einen halben Wecken klebriges Mischbrot aus dem Schrank. »Gigi, ich bin reich«, beharrte Joan, immer noch mit gedämpfter Stimme. »Ich glaube, du weißt es. Aber Joe würde nicht einen Cent von mir nehmen. Du brauchst nicht so dickköpfig zu sein.«

Gigi tat Pulverkaffee für sechs Tassen in eine angeschlagene Kanne, dann sagte sie achselzuckend: »Joan, es macht uns nichts aus, wirklich nicht. Solange man einen Bissen Brot zwischen die Zähne schieben kann, wenn man Hunger hat, ist alles in Ordnung. Wir sind Dropouts, genau wie fast alle unsere Freunde. Wer hat, teilt mit den anderen. Irgendwie geht es immer um. Als ich mit Sam zusammen war, ging es uns oft richtig dreckig, und wenn die Miete fällig wurde, mußten wir alle zusammenlegen – wir hausten zu acht in der Wohnung –, oder wir suchten für ein paar Tage eine Gelegenheitsarbeit. Wer eine fand, tat sein Geld in eine Gemeinschaftskasse. Der Schlüssel dazu war mit Pflaster an die Decke geklebt, und wir hatten hohe Zimmer, wie es in diesen ganz alten Häusern ist. Keiner konnte den Schlüssel unbemerkt runterholen. Jetzt, mit Joe, ist es anders. Ich meine, wir leben besser, wenn man so sagen will, obwohl er nicht viele Bilder verkauft und meistens halbe-halbe machen muß, damit er sie aufhängen darf. Jemand zahlt Miete, Licht und Heizung für diese Wohnung, also brauchen wir uns deswegen nicht krummzulegen. Du, vielleicht?«

»Nein.«

»Weißt du davon?«

»Ja. Ein Mann, der Eunice sehr schätzt, kümmerte sich darum. Joe kann den Rest seines Lebens hier verbringen, wenn es ihm paßt. Und ich kann eine Andeutung machen, und das Telefon wird wieder angeschlossen. Als das mit der

Miete und den Nebenkosten geregelt wurde, dachte wohl niemand an das Telefon.«

»Wir brauchen kein Telefon. Reiner Luxus. Ah – dieser Mann, der Eunice schätzt, hieß er vielleicht Johann?«

»Nein. Nicht Johann. Gigi, ich kann es dir ohne seine Erlaubnis nicht sagen, und die habe ich nicht. Hat Joe jemals was über die Miete gesagt?«

»Nie. Ich glaube, es ist ihm noch gar nicht in den Sinn gekommen. Ehrlich. Er ist in mancher Weise ein Kind. Viele Dinge bemerkt er nicht, bis er mit der Nase daraufstößt.«

»Dann würde er vielleicht nicht merken, was ich im Sinn habe. In meiner Handtasche ist eine Radioverbindung mit meinem Wagen. Ich kann ihn kommen lassen. Wenn du Joe sagst, daß du einkaufen gehen willst, läßt er dich, nicht?«

»Natürlich. Obwohl er sich in den Kopf gesetzt hat, uns den ganzen Tag zu malen.«

»Also sagst du ihm, du mußt einkaufen, und ich biete dir an, dich in meinem Wagen zu fahren. Mit einem Wagen und zwei Leibwächtern, die uns tragen helfen, können wir eine große Ladung ranschaffen. Vielleicht wird Joe nicht denken, daß ich dafür bezahlt habe. Oder vielleicht kannst du ihm sagen, daß ein Bild verkauft worden ist.«

Gigi seufzte. »Das ist nett von dir, Joan, aber lieber nicht. Besser, wir essen Pizza, bis wir wieder ein Gemälde verkaufen. Und das werden wir. Lieber nicht an einem Ding drehen, das funktioniert, finde ich.«

(Sie hat recht, Joan. Laß die Finger davon.) (Aber Eunice, außer trocken Brot und Kaffee ist kein Frühstück da. Und mit den Fertiggerichten ist auch Ebbe, seit wir gestern abend drei Pizzas gegessen haben. Ich kann das nicht einfach auf sich beruhen lassen.) (Du mußt. Willst du ihn erniedrigen? Oder ihn und Gigi auseinanderbringen? Gigi ist genau richtig für ihn; sie wird einen Weg finden. Weiß ich mehr über Joe als du, oder nicht?) (Du weißt mehr, Eunice – aber Menschen müssen essen.) (Ja, aber es schadet nicht, ein paar Mahlzeiten auszulassen.) (Verdammt, Mädchen, was weißt du über Hunger? Ich habe die große Wirtschaftskrise miterlebt, und die Nachkriegszeit in Europa.) (Meinetwegen, Boß wenn du ihnen das Leben versauen mußt, dann tue es. Ich werde den Mund halten.) (Eunice, bitte! Du sagtest selbst, daß ich es gestern abend gut gemacht habe.) (Richtig; dann bleib jetzt dabei, indem du sie in Ruhe läßt oder eine Möglichkeit findest, Gigi auf anständige Weise zu Lebensmitteln zu verhelfen ... aber gib ihnen nichts.) (In Ordnung, Liebling, ich werde es versuchen.)

»Kann ich verstehen, Gigi. Also lassen wir das. Aber sag mal, hat Joe nicht Geld von einem Konto gekriegt, das Eunice hatte?«

»Ach das.« Gigi zuckte die Achseln. »Das ist längst alle. Wenn in unseren Kreisen jemand zu Geld kommt, spricht sich das schnell herum. Der ganze Haufen hat ein paar Wochen davon gelebt. Als wir den Wagen verkauften, war es genauso. Dafür profitieren wir auch mal, wenn ein anderer was hat. Vor einem Jahr, wie ich noch mit Sam war, erbte einer von unseren Jungen fünftausend von irgendeiner Tante, und wir hatten für ein paar Wochen das gute Leben. Essen in Fülle, und jede Menge Stoff. Aber damals war Joe noch nicht so dabei; Eunice sah diese Verbindungen nicht gern und steuerte immer ein bißchen dagegen. Aber schließlich hatte sie auch einen bürgerlichen Beruf, wie ihr sagen würdet. Da denkt man anders.«

»Gigi, hier im Kühlschrank – ist das Fett von ausgelassenem Speck, in dieser Konservendose?«

»Ja, ich bewahre es immer auf. Kann nützlich sein.«

»Und ob! Und ich sehe zwei Eier.«

»Ja. Aber zwei Eier geteilt durch drei ist wenig, findest du nicht? Ich könnte eins für dich und eins für Joe braten.«

»Kommt nicht in Frage, Gigi. Niemand soll zu kurz kommen. Ich werde dir zeigen, wie wir in der Nachkriegszeit gekocht haben.«

Gigi Branca machte ein erschrockenes Gesicht. »Joan, du machst mir eine Gänsehaut. Ich kann mir nicht vorstellen, daß du so alt sein könntest – und du bist es auch nicht, oder?«

»Es hängt davon ab, welches Maß du anlegst, Gigi. Ich kann mich gut an die Wirtschaftskrise der dreißiger Jahre erinnern. Damals ging ich noch in die Schule, und mein Vater ging stempeln. Nach dieser Zeitskala bin ich fünfundneunzig. Anders gesehen, bin ich noch keine zwei Jahre alt und kaum imstande, irgend etwas zu tun, ohne Fehler zu machen. Aber nach einem dritten Maßstab habe ich das Alter dieses Körpers, und so sehe ich mich am liebsten. So sollst auch du mich sehen – nicht als einen Geist.«

(Was hast du gegen Geister, Joan?) (Gar nichts, einige meiner besten Freunde sind Geister – aber ich würde nicht wollen, daß meine Schwester einen heiratet.) (Sehr komisch, Boß! Hast du vergessen, daß wir einen Geist heirateten – in Professor Olsens Ordinationszimmer?) (Au! Tut es dir leid, Eunice?) (Nein, Liebling, du bist genau der alte Geist, den ich für unseren kleinen Bastard will.)

»Also, zuerst tun wir dieses Fett in eine Pfanne, lassen es aus und schnüffeln, ob es nicht vielleicht zu ranzig ist. Dann legen wir Brotschnitten hinein, lassen sie das Fett aufsaugen und rösten sie ein wenig. Wir verrühren die beiden Eier und strecken sie mit Milchpulver, Mehl oder Stärke, was wir gerade haben. Wir salzen sie nicht, weil das Fett wahrscheinlich salzig genug ist. Aber wir tun ein wenig Pfeffer hinzu – oder auch etwas Maggiwürze, wenn wir haben. Dann tun wir dieses Zeug auf die gerösteten Brotschnitten, garnieren es mit Paprika oder Petersilie oder irgend etwas, damit es besser aussieht. Das ist kreatives Kochen. Wir decken den Tisch, so gut wir können. Nun – soll ich das Brot rösten, während du die Eier machst? Oder umgekehrt?«

Joe kam widerwillig an den Tisch, biß geistesabwesend in sein Brot und blickte überrascht. »Wer hat gekocht?«

»Wir beide«, antwortete Joan.

»So? Schmeckt gut.«

»Joan zeigt mir, wie es gemacht wird, Joe«, sagte Gigi. »Wir können es mal wieder machen, wenn du willst.«

»Bald.«

»Gut. Joan, du kannst lesen, nicht wahr?«

»Wieso, ja.«

»Ich dachte es mir. Da ist ein Brief von Joes Mutter. Wir haben ihn schon vor einer Woche gekriegt, und ich wollte immer jemand suchen, der ihn vorlesen könnte, aber irgendwie wurde nie was daraus, und Joe ist eigen darin, wer die Briefe seiner Mutter liest.«

»Gigi, Joan ist Gast. Es ist nicht höflich.«

»Joe, bin ich ein Gast? Wenn ja, werde ich nicht Modell stehen – dann werde ich Tony und Fred rufen und mich nach Hause fahren lassen!«

»Tut mir leid, Joan Eunice«, sagte Joe.

Joan schmollte. »Du solltest mir einen Kuß geben und sagen, daß ich zur Familie gehöre.«

»Sie hat recht«, stimmte Gigi zu.

»Ach, ihr Weiber!« brummte Joe. Er stand auf, kam um den Tisch und küßte Joan auf die Stirn. »Familie, nicht Gast.«

»Danke. Joe.« (Er könnte es besser, wenn er wollte.) (Wie wir wissen.) Aber ich werde den Brief nur lesen, wenn du es wirklich willst. Ich wundere mich, daß du nicht lesen kannst, Gigi. Deine Redeweise ist so, daß man nie auf die Vermutung käme. Sind es deine Augen?«

»Meine Augen sind in Ordnung. Oh, ich bin nicht auf den Mund gefallen. Wahrscheinlich hätte ich lesen lernen sollen. Könnte es jetzt noch versuchen, aber irgendwie fehlt mir die Energie. Als ich im dritten Schuljahr war, wurde die Schule privatisiert, und meine Eltern sollten auf einmal zweihundert Dollar Schulgeld im Monat bezahlen. Das konnten sie nicht, und eine andere Schule gab es in unserer Gegend nicht.«

Sie brachte den Brief. Joan fand Mutter Brancas Handschrift schwierig zu entziffern, also las sie den Brief zuerst für sich selbst, bevor sie es mit dem Vorlesen versuchte – und fand sich in Schwierigkeiten. (Eunice; Wie soll ich ihm das beibringen?) (Joan, sag einem Mann nie etwas, das er nicht wissen muß. Ich habe ihre Briefe immer zensiert, wie ich es für richtig hielt.) (Du warst mit ihm verheiratet, Eunice, aber ich bin es nicht. Ich habe kein Recht, seine Post zu zensieren.) (Ich würde Joe alles ersparen, was ihn beunruhigen könnte. Habe ich immer getan.)

»Ist nicht so einfach, sich auf eine fremde Handschrift einzustellen«, sagte Joan Eunice entschuldigend. »Aber ich glaube, jetzt habe ich es:

›Mein lieber Junge,

ich kann dir nicht mehr so oft schreiben, wie ich es früher tat, denn Angela arbeitet jetzt in einer Fischfabrik hier in der Nähe, und ich muß mich um ihr neues Baby kümmern. Es ist ein kräftiger kleiner Junge, und er heißt nach seinem Großvater Salvatore, denn er ist ihm wie aus dem Gesicht geschnitten.‹«

»Du brauchst nicht alles zu lesen«, unterbrach Joe. »Sag einfach, was sie schreibt.«

»Das ist wahr«, sagte Gigi. »Joes Mutter schreibt manchmal eine Menge Zeug über laute Nachbarn und ihre Haustiere und über Leute, die Joe gar nicht kennt. Er will nur Nachrichten, wenn es welche gibt.«

»Gut. Deine Mutter schreibt, sie habe Schwierigkeiten mit dem Magen ...«

(›Leider geht es mir nicht sehr gut, und ich finde kaum noch Erleichterung von den Schmerzen. Unser Arzt wollte mich ins Krankenhaus zur Untersuchung schicken, aber weil ich Wohlfahrtsempfängerin bin, mußte ich erst zum Vertrauensarzt. Dort ließen sie mich zuerst zwei Stunden warten, und dann redete der Mann fünf Minuten mit mir, ohne von seinem Schreibtisch aufzustehen, und sagte, es sei kein Magenkrebs, nur eine Nervensache, und ich solle wieder nach Hause gehen. Nun, du weißt selber, wie es mit diesen Vertrauensärzten ist, sie haben schon Leute arbeitsfähig geschrieben, die tot zusammenklappten, bevor sie wieder draußen auf der Straße waren.‹)

»Joe, sie schreibt, daß sie Schmerzen hat und von ihrem Arzt zum Vertrauensarzt geschickt wurde, der sie anscheinend ziemlich kurz abfertigte und sagte, es sei kein Magenkrebs, sondern eine nervöse Störung.«

(›Der neue Priester ist keine Hilfe. Er ist ein junger Schnösel, der glaubt, über alles Bescheid zu wissen. Er hört einfach nicht zu. Behauptet, ich bekäme eine genauso gute Behandlung wie jeder andere, obwohl er genau weiß, daß es nicht wahr ist. Wenn du willst, daß ein Arzt sich um dich kümmert und dich selber untersucht, mußt du Privatpatient sein und gesalzene Rechnungen bezahlen können. Unsereiner ist bloß Dreck und kriegt bei jeder Gelegenheit unter die Nase gerieben, daß er als Wohlfahrtsempfänger den Mund zu halten hat. Ich möchte dir nicht wünschen, mein Junge, daß du einmal krank wirst und Ähnliches erleben mußt.‹)

»Sie schreibt, daß es einen neuen Priester in ihrer Pfarrei gibt, einen jungen, mit dem sie anscheinend nicht so gut kann wie mit dem alten. Und sie klagt, daß die Ärzte sich nicht um Wohlfahrtsempfänger kümmern, die als Patienten zu ihnen kommen, und daß man Privatpatient sein müßte ...«

»Das wissen wir«, sagte Joe. »Ein alter Hut. Brauchst du nicht zu erwähnen.«

(›Mein lieber Junge, deine Mama hat noch nicht einen Brief von dir bekommen, seit Eunice tot ist. Gibt es keine Briefschreiber in deinem Block? Du weißt, wie eine Mutter sich sorgt, wenn sie von ihrem einzigen Jungen nichts hört. Jeden Tag beobachte ich den Briefkasten und passe auf, daß niemand ihn ausräumt, bevor ich hinkomme. Aber kein Brief von meinem kleinen Giovanni – bloß Reklamesendungen und einmal im Monat der Scheck. Vielleicht kannst du mich im Sommer wieder besuchen? Ich wäre glücklich. Noch immer lebe ich von der Erinnerung an unser letztes Zusammensein.‹)

»Sie schreibt, daß sie seit Eunices Tod noch nichts von dir gehört hat und auf einen Brief hofft, Joe. Ich würde gern einen für dich schreiben, bevor ich gehe, alles was du diktieren willst.«

»Vielleicht. Danke.« Joe schien nicht begeistert. »Sehen wir später. Zuerst malen. Schreibt sie noch was?«

»Sie würde glücklich sein, wenn du sie im Sommer wieder

besuchen könntest. Sie denkt immer noch gern an euer Zusammensein zurück.«

(Eunice, jetzt kommt der schwierigste Teil.) (Laß ihn weg!) (Ich kann nicht!)

(›Ich habe dich im Fersehen gesehen und fiel beinahe tot um, als du sagtest, du hättest eine Million Dollar weggegeben, auf die du jedes Recht hattest. Ich kann zur Not verstehen, daß du nichts mit dem Geld zu tun haben wolltest, das für Eunices Körper bezahlt wurde, aber du hättest dir Zeit nehmen sollen, darüber nachzudenken, statt im ersten Schmerz ohne Überlegung ein sicheres Vermögen wegzuwerfen. Solcher Edelmut ist für Leute gut, die sich ihn leisten können, mein Junge, nicht für unsereinen. Ich darf gar nicht daran denken, was jetzt sein könnte, wenn du das Geld behalten hättest. Deine alte Mutter und deine Schwestern brauchten nicht mehr in diesem Loch zu hausen, ich könnte zu guten Ärzten gehen und ruhig sterben, wenn die Zeit kommt, weil ich die Zukunft meiner Kinder gesichert wüßte. Das war eine große Dummheit von dir, aber du warst ja immer ein Träumer. Kannst du diese Schenkung oder einen Teil von ihr nicht rückgängig machen?

Deine dich liebende Mutter.‹)

»Joe, anscheinend hat deine Mutter die Gerichtsverhandlung über die Identität im Fernsehen verfolgt und deine Zeugenaussage gehört. Sie ist enttäuscht, daß du die Million dem Blutspenderdienst geschenkt hast, statt sie zu behalten und dir selbst und ihr und deinen Schwestern aus allen Schwierigkeiten herauszuhelfen. Sie meint, es sei eine Dummheit von dir gewesen, und soviel Edelmut sei gut für Leute, die sich ihn leisten können, aber nicht für Arme. Und dann fragt sie, ob du diese Schenkung oder einen Teil davon nicht rückgängig machen kannst.«

Joe starrte mit düsterer Miene vor sich hin und sagte nichts.

»Das ist alles, außer daß sie dir liebe Grüße schickt. Joe, ich kann sehen, wie enttäuscht deine Mutter sein muß, daß du dieses Geld ...«

»Meine Sache«, sagte Joe trotzig. »Nicht ihre.«

»Darf ich den Gedanken zu Ende führen, Joe? Nachdem ich diesen Brief gelesen habe, glaube ich, daß sie arm sein muß, und ich bin selbst arm gewesen und weiß, wie es ist. Joe, deine Spende war eine großartige Sache, und mir ist klar, daß diese Million dir nach Eunices Tod wie eine Art Blutgeld vorkommen mußte, mit dem du nichts zu schaffen haben wolltest. Das ehrt dich, und ich glaube, auch Eunice würde sich damit geehrt fühlen.«

»Ja, bestimmt Joan. Aber vielleicht hat er ein bißchen übertrieben, hm? Jake hätte sich Zeit lassen und in Ruhe mit ihm darüber reden sollen. Oder er hätte eine Art Leibrente für Joe einrichten können – mit einem Teil davon, meine ich, so daß Joe immer zu essen haben würde. Joe wußte nie abzuwägen – das ganze Schwein, oder nichts; das ist Joe.) (Vielleicht können wir das in Ordnung bringen, Eunice.) (Laß die Finger davon, Joan.) (Warum? Ich könnte Joes Mutter eine zusätzliche kleine Rente zahlen; du weißt, daß ich es mir leisten kann ...) (Damit würdest du ihr keinen Gefallen tun – sie trinkt.) (Oh.) (Ja. Sie würde das zusätzliche Geld in Wein umsetzen, und es wäre keinem geholfen, schon gar nicht ihr selbst. Eine echte Hilfe ist mit milden Gaben unmöglich; du müßtest ein regelrechtes Sozialprogramm ausarbeiten, sie aus dem Elendsmilieu, in dem sie mit Joes Geschwistern haust, in eine menschenwürdige Umgebung verpflanzen, sie betreuen, dich um Arbeitsplätze oder Ausbildung für die Kinder kümmern, all das. Würde viel Geld und vor allem viel Zeit und Geduld kosten. Fühlst du dich zur Sozialarbeiterin berufen?) (Das ist eine Gewissensfrage, Eunice.)

»Joe, ich möchte mich nicht in deine Familienangelegenheiten einmischen, aber ich habe den Eindruck, daß deine Mutter Hilfe braucht. Wenn du nichts dagegen hast, werde ich mit Jake Salomon darüber beraten und sehen, was für sie getan werden kann.«

Joe machte ein unglückliches Gesicht. »Weiß nicht«, murmelte er. »Muß darüber nachdenken. Erst malen.«

(Laß ihn jetzt, Joan; es ist ihm peinlich.) Joan Eunice

seufzte. Sie prägte sich die Adresse ein, legte den Brief aus der Hand. (Joe ist ein starrsinniger Dummkopf. Ich wette, er läßt diese Sache genauso schleifen wie das mit dem Antwortbrief.) (Sicher ist er es, Joan, aber es hat keinen Zweck, Menschen verändern zu wollen. Und Joe ist in seiner Weise glücklich; was er unangenehm oder schwierig findet, kann er einfach verdrängen.)

Joan Eunice und Gigi nahmen wieder ihre Positionen ein, und Joe arrangierte sie beide noch sorgfältiger als für die Aufnahme. Ihre Gespräche störten ihn nicht, solange sie ihn nicht darin einbezogen. Nichtsdestoweniger neigte Joan zum Flüstern, während Gigi ihre normale Lautstärke beibehielt.

»Eins verstehe ich nicht«, meinte Joan. »Wie kann ein so netter und talentierter Mensch wie Joe aus so einer Familie stammen?«

»Wie wird überhaupt jemand zu dem, was er ist? Aber in diesem Fall muß ich dir recht geben. Ich habe mich selbst oft gefragt, ob Joe überhaupt mit seiner Mutter verwandt ist. Joe hat ein Foto von ihr, auf dem sie ungefähr in seinem jetzigen Alter ist. Keinerlei Ähnlichkeit.«

»Vielleicht kommt er auf seinen Vater.«

»Ja, vielleicht. Ich kann das nicht beurteilen. Sein Vater hat seine Mutter schon vor vielen Jahren verlassen. Und ob er wirklich der Vater war ... ob sie überhaupt so genau weiß, wer es war ...«

»Da kann ich wenig zu sagen. Schließlich bin ich selbst schwanger, ohne verheiratet zu sein.«

»Und du weißt nicht, wer es war, Liebes?«

»Nun ... doch, ich weiß es. Aber ich werde es nie, niemals sagen. Ich will es für mich behalten und zum Glück kann ich mir das auch erlauben.«

»Naja, mich geht es nichts an und du scheinst damit glücklich zu sein. Aber was Joe angeht – ich glaube, er ist ein Waisenkind. Vermutlich der Fehltritt von irgendwem, den es auf eine nicht mehr nachvollziehbare Weise in diese Familie verschlagen hat. Joe selbst äußert sich nicht dazu. Aber er sagt ja auch sonst kaum etwas, es sei denn, wenn er einem Modell etwas erklären muß. Aber etwas Gutes verdankt er seiner Mutter. Rate mal.«

»Keine Ahnung.«

»Joe trinkt nicht. Niemals. Oh, wir haben natürlich meist Bier und sowas im Haus, aber das ist für seine Freunde, die ihn besuchen. Er selbst rührt das Zeug nie an.«

»Zehn Minuten Pause!« rief Joe.

»Wir können ausruhen«, sagte Gigi.

»Aber wir haben ausgeruht.«

»Dann steh auf und mach ein paar Freiübungen zur Lockerung. Es wird ein langer Tag. Nach Joes Uhr haben wir fünfzig Minuten posiert, und nun kratzt er mit dem Spachtel ab, was er gemalt hat. Ich kenne mich aus, Joan. Trinken wir eine Tasse Kaffee. Kaffee, Joe?«

»Ja.«

»Wann dürfen wir uns das Bild ansehen?«

»Gibt nichts zu sehen. Vielleicht heute abend.«

Kaum hatten sie ihren Kaffee geschlürft, mußten sie wieder aufs Lager, und Joe schob Joans Beine in etwas veränderte Positionen. Dann trat er zurück, kam wieder und veränderte auch Gigis Beinhaltung. Gigi sagte leise: »Jetzt können wir von Glück sagen, wenn er uns eine Mittagspause gewährt.«

»Wieso?«

»Irgendwas war falsch, und nun geht er von der Projektion ab und arbeitet direkt von uns. Das dauert natürlich länger. Und wir dürfen uns nicht mehr bewegen, Joan.«

»Macht mir nichts, ich bin sehr bequem. Dürfen wir reden?«

»Soviel wir wollen, wenn wir uns nicht bewegen.«

»Gigi, wie ist Joe zu seiner Malerausbildung gekommen? oder ist er ein Autodidakt?«

»Ein was?«

»Einer, der sich das Malen selbst beigebracht hat.«

»Beides, Joan. Ich kann es dir schnell erzählen, denn du würdest eine Ewigkeit brauchen, die ganze Geschichte aus Joe herauszukitzeln. Du hast gesehen, wie Joe malt und was er malt; mindestens zehn von seinen Bildern stehen hier herum. Du könntest noch viele mehr sehen, wenn du die Cafés und Bars und Läden in unserem Viertel hier abklappern würdest. Lauter weibliche Akte, die besser aussehen als in der Natur. Wenn du seine Masche kennst, weißt du sofort, welches Bild von ihm ist und welches nicht; brauchst nicht mal nach der Signatur zu suchen. Die meisten von ihnen sind irgendwie spießig, aber sie haben was, das einen packt. Joe weiß natürlich, daß er nicht Goya oder Picasso oder Rembrandt ist, und er will es auch nicht sein. Er will bloß seine Symbole auf seine Art malen, wie er sagt, und genug verkaufen, daß wir davon leben können. Joe ist Joe, und es ist ihm völlig egal, was andere Künstler tun, oder ob seine eigene Arbeit ihn berühmt macht und ihm viel Geld einbringt, oder nicht. Er ist ein Eigenbrötler. Viele von unseren Freunden sind Künstler oder nennen sich Künstler, aber Joe interessiert sich kaum für das, was sie malen, und redet nicht gern über die Arbeit. Er geht gerne zu ihnen und diskutiert stundenlang über Gott und die Welt, und wenn sie kommen und seine Bilder sehen wollen, zeigt er sie ihnen, und es macht ihm überhaupt nichts aus, wenn sie ›Schinkenmaler‹ zu ihm sagen. Dann steht er da und grinst und kratzt sich am Kopf, während sie ihn aufziehen, aber er ist dabei irgendwie hilflos. Joe will einfach malen – in der Art, die ihm liegt. Und nicht allein schlafen müssen.«

Joan sagte nachdenklich: »Ich glaube nicht, daß Joe sehr oft allein schlafen mußte. Ich meine, früher.«

»Wahrscheinlich nicht. Aber die schönste Frau würde ihn kalt lassen, wenn ihr Benehmen ihm nicht gefiele. Andererseits hat er nichts dagegen, mit einem Mann zu schlafen. Für ihn ist allein wichtig, daß es gute Leute sind, wie er sagt. Gute Vibration, wenn du weißt, was ich meine. Unter deinen Gorillas ist einer, so ein großer Schwarzer, wie heißt er doch gleich?«

»Hugo! Du kennst Hugo?«

»Nie gesehen. Joe hat mir von ihm erzählt. Ich weiß nur zweierlei von ihm: Joe will ihn malen ... und Joe liebt ihn. Geistige Liebe, meine ich – aber ich wette, daß Joe mit ihm unter die Decke kriechen würde, wenn Hugo es wollte.«

»Würde Hugo nie tun. Ich glaube, Joe wäre enttäuscht, wenn er Hugo genauer kennenlernen würde. Hugo ist ein netter Kerl, anständig in jeder Weise, aber er ist auch ein Sektenprediger, sehr fromm und sittenstreng und alles.«

»Ja? Nun, ich glaube nicht, daß Joe ihn direkt anhauen würde, ob er mit ihm ins Bett will. Das hat er bei mir auch nicht gemacht; als es das erstemal soweit war, fielen wir einfach aufs Bett, ohne ein Wort. Ich kann nicht sagen, daß einer dem anderen vorher Augen gemacht hätte. (Hmm! Manche Mädchen haben alles Glück. Ich mußte ihm ein Bein stellen.)

Joe träumt von einem Bild, das er von Hugo malen möchte – nur Hugo, groß wie ein Berg, stark und weise und würdevoll. Joe will es ›Jehova‹ nennen.«

»Gigi, vielleicht kann ich helfen. Ich werde mit Hugo reden. Nur eine Sache – oder vielmehr zwei: Hugo würde niemals nackt Modell stehen, weil Nacktheit für ihn sündhaft ist; und Joe müßte sich für das Bild einen anderen Titel ausdenken.«

»Du kennst Joe nicht, Joan. Er wird den Titel nicht ändern.«

»Dann wird er das Bild nicht malen können. Hugo steht so fest zu seinen Grundsätzen wie Joe zu den seinen. Er würde nicht zulassen, daß ein Bild von ihm den Titel ›Jehova‹ erhält. In seinen Augen wäre das eine Gotteslästerung. Rede du mit Joe darüber. Aber du hast mir noch nicht gesagt, wie Joe zu seiner Ausbildung gekommen ist.«

»Ach so. Nun, Joe konnte immer zeichnen, nehme ich an. Als er ungefähr vierzehn war, nahm er einen Haufen Zeichnungen und ging zu einem Maler, von dem er gehört hatte. Dieser Maler war ziemlich bekannt und hatte Ausstellungen gemacht und alles, aber er arbeitete auch kommerziell, malte Titelbilder für Zeitschriften und so und verdiente eine Menge Geld damit. Vielleicht war er von Joes Zeichnungen nicht sehr beeindruckt, aber er machte ein Geschäft mit ihm. Joe durfte in seinem Atelier herumhängen und zeichnen und sein Material benützen und ihm bei der Arbeit zusehen, und als Gegenleistung mußte er Botengänge machen, das Atelier aufräumen und gelegentlich Modell stehen.

Anscheinend war es für beide ein Gewinn, denn nach einiger Zeit machte der Maler – Mister Tony, wie Joe ihn nennt – ihn zu seinem Schüler und bildete ihn aus. Er war ein strenger Meister. Er ließ Joe nicht mit einem breiten Pinsel oder einem Spachtel malen. Er ließ ihn nicht abstrakt oder expressionistisch oder psychedelisch malen – er ließ ihn zeichnen. Perspektive, Anatomie, Komposition. Er drillte Joe auf die handwerkliche, akademische Malerei, ließ ihn alte Stilleben kopieren, damit er Pinseltechniken und den Umgang mit Farbwerten lernte. Ich glaube, es dauerte drei Jahre, bis er Joe an die modernen Techniken heranließ. Joe sagte oft, daß er Mister Tony alles verdankt und daß er ohne diese Lehrzeit heute noch ein Pfuscher wäre. Er war fünf Jahre lang Schüler bei Mister Tony und lernte mehr bei ihm, als er an einer Akademie hätte lernen können, jedenfalls über Techniken. Was ihm fehlt, sind Vielseitigkeit und Experimentierfreude. Vielleicht bringe ich ihn soweit, daß er mit Stilleben und Landschaften anfängt, oder daß er mal in eine Bar geht und dort Skizzen macht. Hier ist er so abgekapselt, malt einen Akt nach dem anderen – manchmal habe ich Angst, daß er zu einseitig wird, sich in eine bestimmte Masche verrennt und nicht mehr davon loskommt. Es wäre nicht nur schade um sein Talent, sondern auch gefährlich für uns, denn eines Tages würde er seine Sachen vielleicht nicht mehr loswerden.«

Joan Eunice war beeindruckt.

»Du bist eine sehr kluge Frau, Gigi. Ein großes Glück für Joe, daß er dich gefunden hat. Sag mal – bewacht er dich, wenn du einkaufen gehst?«

»Wie? Natürlich nicht. Sicher, manchmal geht er mit und hilft tragen, aber nicht, um mich zu beschützen. Er fährt mit mir im Aufzug, wenn es eine Tageszeit ist, wo er leer sein könnte – schließlich sind wir nicht dumm und legen es nicht darauf an, eine über den Kopf zu kriegen. Aber ich laufe allein herum, wenn ich was zu erledigen habe. Als Mädchen muß man nur darauf achten, wann und wo man geht. Und je unauffälliger man sich anzieht, desto sicherer kann man sich fühlen.«

»Hauptsache, du gehst nie in einen Park ...«

»Nicht mal mittags würde ich in einen Park gehen! Aber hier ist auch keiner in der Nähe, und wir kommen praktisch nie aus unserem Viertel heraus. Ich bin schon einmal vergewaltigt worden und keineswegs scharf darauf, von einer Bande Halbwüchsiger aufs Kreuz gelegt zu werden, das kannst du mir glauben. Sie sollten jeden Park in der Stadt einebnen.«

»Sie sollten die ganze Stadt einebnen. Aber du hast es noch gut, Gigi, du kannst dich ziemlich frei bewegen. Ich kann es nicht. Selbst wenn meine Leibwächter dabei sind, wage ich nicht ohne Schleier auszugehen, aus Angst, man könnte mich erkennen. Die ganze Zeit muß ich auf der Hut sein. Mein Haus muß stark genug sein, eine Bombe auszuhalten, die jemand dagegen wirft – das ist bereits zweimal passiert. Ich muß ständig mit allem rechnen, von Entführern und Mördern bis zu harmlosen Spinnern, die mich anfassen wollen. Und das ist nicht erst jetzt so; als ich der alte Johann Smith war, hatte ich die gleichen Probleme. Zuviel Geld zieht Kriminelle und Verrückte an, und mir bleibt nichts anderes übrig, als mich Tag und Nacht mit Wächtern zu umgeben und in einem Haus zu leben, das eine Festung ist. Von dem, was man ein ›normales Leben‹ nennt, bleibt nicht viel; ich bin eine Gefangene. Gigi, kannst du dir vorstellen, was es für mich bedeutet, Geschirr abzuwaschen?«

Gigi blickte verdutzt. »Hah? Ich verstehe nicht, Joan. Geschirr abzuwaschen ist eine langweilige Plage. Oft lasse ich das ganze Zeug in der Spüle stehen, dann muß ich es am nächsten Morgen vor dem Frühstück machen. Und bis ich damit fertig bin, vergeht mir der Appetit.«

»Laß dir einen Tip geben, Gigi. Diese Wohnung ist klein.

Wenn zwei auf engem Raum zusammenleben, kommt es unweigerlich vor, daß einer dem anderen auf die Nerven geht. Wenn es dann noch unsauber und unaufgeräumt ist, liegt darin zusätzlicher Zündstoff, und eines Tages kommt die Explosion. Sorge dafür, daß die Wohnung immer makellos sauber und aufgeräumt ist, und Joe wird sich nichts dabei denken, wenn du Runzeln kriegst. Aber eine schmutzige Toilette und das Geschirr von zwei Tagen in der Küche und ein Durcheinander in der Wohnung machen auf die Dauer jeden Mann unzufrieden und deprimiert, und er beginnt sich früher oder später zu fragen, ob er die richtige Frau geheiratet hat. Du darfst es mir glauben, ich war lange genug selbst einer. Das ist so, selbst wenn er sich scheinbar nichts daraus macht.«

Gigi sagte: »Joan, ich versuche es ja. Aber ich kann nicht gleichzeitig saubermachen und Modell stehen.«

»Sieh zu, Gigi. Tu dein Bestes. Ich glaube, Joe ist ein Mann, den du dir erhalten solltest, und eine zusätzliche Anstrengung wird dir dabei helfen. Aber ich sprach vom Geschirrwaschen – für dich ist es eine Plage, aber für mich ein Luxus. Geschirr abwaschen bedeutet für mich Freiheit. Jetzt sind wir hier, drei von uns, keine Diener – und bald werde ich fort sein, und du wirst mit deinem Mann allein sein. Du schließt die Tür, und die Welt ist ausgesperrt. Ich kann sie nicht aussperren. Laß mich nachdenken ... vier Leibwächter, ein Sicherheitschef, zwölf Wächter für das Haus, davon vier immer im Dienst und die anderen in Bereitschaft, eine Zofe, ein Kammerdiener, der mich früher besorgte und sich jetzt um Gäste kümmert, ein Aufseher für das Hauspersonal, eine Köchin, drei Küchenhilfen, vier Hausdiener, drei – oh, ich erinnere mich nicht; als ich das letztemal fragte, gab es ungefähr vierzig Leute in meinem Haushalt.«

»Mein Gott, Joan!«

»Ja, ›Mein Gott!‹ Und alle sind nur für die Bedürfnisse einer Person da. Klingt lächerlich, oder? Und doch könnte ich kaum einen von ihnen gehen lassen, ohne ihn zu ersetzen. Das Haus ist zu groß und zu kompliziert, überladen mit Installationen. Wenn du eine Festung haben willst, brauchst du eine Menge Einrichtungen, und die müssen überwacht und instand gehalten werden. Ich habe einen Elektriker und einen Schlosser im Haus, die nur dafür zu sorgen haben, daß alles funktioniert. Alle diese Komplikationen, und niemals wirkliche Zurückgezogenheit. Und wozu? Um für eine Person zu sorgen, die es nicht so will.«

»Ich weiß nicht, was du hast, Joan«, sagte Gigi. »Du bist nicht an diese Stadt gebunden und kannst machen, was du willst. Was kann dich daran hindern, einfach fortzuziehen, dir ein Landhaus zu kaufen ...«

»Aber wohin sollte ich ziehen, Gigi?« fragte Joan hilflos.

»Deine Probleme möchte ich haben! Wenn ich du wäre, hätte ich mir längst eine Villa in der Schweiz gekauft, oder eine Insel, oder eine Luxusjacht, oder alles zusammen. Wäre viel sicherer, und hundertmal schöner.«

»Ja, natürlich. Daran hatte ich auch schon gedacht! Aber allein? Meine Freunde sind hier – ich würde mich schrecklich einsam fühlen. Und was sollte ich mit meinen Leuten machen? Viele von ihnen sind seit langen Jahren bei mir. Treue Diener sind auch eine Verpflichtung. Gewiß, manche von ihnen könnten andere Arbeit finden, aber nicht alle. Was würdest du machen, wenn Joe zu dir sagte: ›Ich kann dich nicht mehr gebrauchen. Hau ab.‹«

»Ich würde weinen.«

»Meine Diener würden vielleicht nicht weinen, aber sie stünden genauso vor dem Nichts. Und ich hätte ewig ein schlechtes Gewissen.«

»Nun, wenn du dir zum Beispiel eine Insel in den Bahamas kaufen würdest, könntest du sie alle mitnehmen.«

»Natürlich hast du recht, Gigi; es gibt Lösungen für diese alberne Situation, in der ich bin, und ich werde eine finden. Ich versuchte bloß, dir zu zeigen, daß großer Reichtum seine Schwierigkeiten mit sich bringt. Die einfachste Lösung könnte sein, daß ich noch einmal meinen Namen ändere und zu einem Schönheitschirurgen gehe.«

»O nein, du solltest dein Gesicht nicht verändern lassen.«

»Richtig. Ich darf dieses Gesicht nicht verändern. Es ist Eunices, und ich bin seine Treuhänderin. Wenn ich es veränderte, würden verschiedene Leute enttäuscht sein. (Ich an erster Stelle, Joan.) (Ich werde dein leibliches Gesicht nicht verpfuschen, Eunice. Ich halte es in Ehren.) Nein, ich werde es lassen, wie es ist. Aber ich muß es verschleiern. Es war zu oft im Fernsehen und in den Zeitungen.«

Joan Eunice betrachtete das fast vollendete Gemälde beinahe mit Ehrfurcht. Sie wußte, was für einen schönen Körper sie geerbt hatte; sie wußte, daß Gigi eine Schönheit von anderer Art war; sie konnte sehen, daß diese zwei Lesbierinnen sie selbst und Gigi darstellten, und es gab kein Detail, in dem das Gemälde die Ähnlichkeit verleugnet hätte.

Und doch war Joe Brancas Realismus Fantasie. Diese zwei Nymphen strahlten eine wollüstige Sinnlichkeit aus, die sie und Gigi ganz gewiß nicht empfunden hatten, als sie auf der zerrissenen Decke gelegen und über alles mögliche geklatscht hatten.

»Was meinst du?« fragte Gigi. »Kannst ruhig offen reden; Joe macht sich nichts aus anderer Leute Ansichten. Für ihn zählt nur seine eigene Meinung.«

Joan seufzte. »Wir sind es, und wir sind es nicht. Ich verstehe nicht, wie er diesen Effekt hineingebracht hat. Wir lagen stundenlang da und redeten über alles, bloß nicht über das, was die Botschaft dieses Gemäldes ist.«

»Der Ausdruck war im Foto, Joan«, sagte Joe hinter ihnen. »Ohne den Projektionstrick hätte ich für das Bild eine Woche gebraucht.«

»Aber ich finde es großartig, Joe. Ich möchte es kaufen!«

»Nein.«

»Eh? Ach, Unsinn. Du wolltest es irgendeinem alten Voyeur verkaufen. Fünfundneunzig Jahre ist weiß Gott alt – und wenn ich das Bild sehe, fühle ich mich genug wie ein Voyeur.«

»Es gehört dir.«

»Was? Joe, das kannst du mir nicht antun. Du wolltest es verkaufen, du sagtest es selbst. Gigi, hilft mir.«

Gigi zog es vor, nicht zu antworten. Joe sagte dickköpfig: »Es gehört dir, Joan. Du willst es, du nimmst es.«

»Joe, du bist der größte Dickschädel, den ich je gekannt habe, und ich weiß nicht, wie Gigi es mit dir aushalten kann. Wenn du mir dieses Bild schenkst, werde ich es sofort zerstören ...«

»Nein!« keuchte Gigi.

Joe hob die Achseln. »Deine Sache. Nicht meine.«

».... aber wenn du es mir zum üblichen Preis verkaufst, werde ich es mitnehmen und Jake Salomon schenken, damit er es über sein Bett hängen und jeden Morgen glücklich aufwachen kann. Das ist die Alternative, Joe. Schenkst du es mir, so werde ich es in Fetzen schneiden. Verkaufst du es mir, so werde ich es Jake Salomon geben. Natürlich kannst du es behalten oder irgendwo zum Verkauf aushängen. Dann müßte ich einen Detektiv mieten und feststellen lassen, wo es hängt, damit ich es durch einen Agenten kaufen kann. Was ich dann damit machen werde, bleibt mein Geheimnis.«

Gigi sagte: »Sei nicht so eigensinnig und stur, Joe.«

»Oh, die Preise setze ich fest. Meistens verkaufe ich die Bilder nach dem Format.«

»Ja? Und wieviel kostet diese Größe?«

»Nun, für diese Größe versuche ich zweihundertfünfzig zu kriegen.«

»Lächerlich!«

»Joan, wenn man bedenkt, daß Joe und ich gestern den halben und heute den ganzen Tag darauf verwendet haben – von deiner Zeit gar nicht zu reden –, und daß wir meistens die Hälfte für Kommission zahlen müssen, ist es nicht sehr viel ...«

»Gigi, ich meinte lächerlich billig. Ich habe in den letzten zwanzig Jahren nicht viel Kunst gekauft und weiß nicht, wie die Preise sind, aber es ist klar, daß dieses hier nicht weniger als ein Tausend-Dollar-Bild ist. Ich kann euch eins sagen: Wenn Jake stirbt und dieses Gemälde zur Auktion kommt, dann wird es nicht für einen bloßen Tausender weggehen, denn ich werde bei dieser Auktion sein und dafür sorgen, daß es in der Familie bleibt. Aber ich erhöhe den Preis jetzt nicht; das war nie meine Art. Du hast einen Preis von zweihundertfünfzig genannt; ich bin bereit, ihn zu zahlen. Der Verkauf ist perfekt.«

»Joan, du hast mich nicht ausreden lassen.«

»Oh. Entschuldige, Gigi.«

»Ich versuche, für diese Größe zweihundertfünfzig zu kriegen, wenn ich es in einen Laden hänge. Aber die Hälfte davon geht als Kommission an den Ladenbesitzer. Das ist die einzige Art und Weise, wie ich Ausstellungsfläche kriegen kann. Also ist der Preis für dich einhundertfundzwanzig.«

»Nein.«

»Warum nicht?«

»Einfach nein, so wie Joe es zu mir sagte. Du solltest deinen Wiederverkäufer niemals unterbieten, das ist schlechte Geschäftspraktik. Ich glaube, er beraubt dich; die Kommission sollte höchstens fünfundzwanzig Prozent betragen, nicht mehr. Aber du darfst nicht den Preis unterbieten, den er in deinem Auftrag verlangen soll – das ist keine Art, im Geschäft zu bleiben. Ich verstehe nicht viel von Kunst, aber von Geschäften weiß ich eine ganze Menge. Bargeld oder Scheck?«

»Bargeld ist fein, wenn du soviel bei dir hast. Aber du kannst auch später zahlen.«

»Ich will jetzt zahlen und eine Quittung dafür haben, so daß es rechtmäßig mir gehört – bevor dein störrischer Ehemann wieder mit einem Einwand daherkommen kann. Soll ich die Quittung für dich schreiben, Gigi?«

»O nein, dafür habe ich einen Block mit Vordrucken, und ich kann Zahlen schreiben und meinen Namen kritzeln.«

»Gut, aber ich will noch etwas.«

»Was denn, Joan?«

»Ich will geküßt werden. Ich bin ein braves Mädchen gewesen und habe den ganzen Tag posiert und bin dafür nicht einmal geküßt worden. Deshalb will ich, daß Joe mich küßt, weil er so furchtbar schwierig gewesen ist – und dich will ich küssen, weil du mir bei ihm geholfen hast. Joe, wirst du mich küssen?«

»Ja.«

»Sehr schön. Joe, kannst du Gigi und mich zum Supermarkt begleiten? Wenn Gigi uns zur Feier des Tages ein Steak kaufen will, möchte ich beweisen, daß ich es braten kann. Kaufst du ein Steak für uns drei, Gigi?«

»Klar! Rind oder Pferd?«

»Äh ... Gigi, ich muß zugeben, daß ich seit vielen Jahren keine Lebensmittel eingekauft habe. Ich habe keine Ahnung von den Preisen. Was meinst du?«

»Nun ... wir nehmen lieber ein Pferdesteak, würde ich sagen.«

»Was immer du meinst – solange sie nicht versuchen, uns das Geschirr anzudrehen.«

KAPITEL ZWANZIG

Der burmesische Delegierte bei den Vereinten Nationen beschuldigte die USA und China, die sogenannten Mondkolonien als Deckmantel für die Errichtung von Militärstützpunkten auf dem Mond zu mißbrauchen. Der Minister für Landesentwicklung und Umweltschutz dementierte Pressemeldungen über ein Massensterben von Hirschen im Yosemite-Nationalpark, ausgelöst durch verseuchtes Wasser und Lungenemphyseme. Er stellte fest, daß durch die Verringerung der Bestände ein gesundes ökologisches Gleichgewicht wiederhergestellt und die neue Herde widerstandsfähiger als zuvor sein werde.

Reverend Dr. Montgomery Pradasa Ramakrit, Ergebenster Oberster Leiter der Verkünder des Wegs G.m.b.H. & KG, erklärte vor dem Senatsunterausschuß für Rechtsfragen, daß er den vorliegenden Gesetzentwurf über die Einführung der staatlichen Eignungsprüfung für Lehrer des Zen-Buddhismus und verwandter Disziplinen unterstütze. »Diese selbsternannten Gurus schaden dem Ruf der Lehre. Niemand sollte die Erlaubnis erhalten, Meditation, Joga, Asanas oder transzendentale Philosophie zu lehren, ohne den Qualifikationsnachweis zu erbringen. Die Idee, daß dieses Gesetz die von der Verfassung garantierte Berufsfreiheit beschneiden würde, ist schierer Unsinn, da es heute ohnehin keinen Beruf mehr gibt, der ohne Eignungsprüfung ausgeübt werden darf.« Auf Befragen der Ausschußmitglieder stellte er fest, daß er bereit wäre, als Vorsitzender einer Prüfungskommission zu dienen, sollte ihm ein solches Opfer abverlangt werden. Noch immer werden Überlebende des Hurrikans Hilda geborgen. Die Zahl der Opfer beläuft sich mittlerweile auf eintausendneunhundertundacht.

Nach einer Konferenz des Nationalen Sicherheitsrats, zu der Innenminister Garroter beigezogen wurde, verlautete aus dem Weißen Haus, daß nicht daran gedacht sei, die Versammlungsfreiheit aufzuheben; der Präsident erwäge lediglich ein Verbot aller Menschenansammlungen von mehr als fünf Personen. In der Berufungsverhandlung in Sachen S. Smith vor dem Obersten Gerichtshof kam es während der Verlesung der vorinstanzlichen Urteilsbegründung zu einem Zwischenfall, als Bundesrichter Handy erwachte und mit dem Ausruf: »Scheidung bewilligt!« auf den Tisch schlug, worauf er wieder einschlief. Im Urteilsspruch wurde die Entscheidung der Vorinstanz erwartungsgemäß mit sieben zu zwei Stimmen bestätigt. Richter Handy veröffentlichte nachträglich ein zwanzigseitiges Papier, in dem er erklärte, eine derartige Vermischung der Geschlechter sei gegen das öffentliche Interesse und das Gesetz Gottes. Sowohl Johann Smith wie auch Eunice Branca seien von rechts wegen tot, und das aus beiden entstandene Monster habe keinerlei Existenzberechtigung.

Auf der Grundlage umfangreichen statistischen Materials und mehrerer Gutachten, die vom Zentralverband der Milchwirtschaft und der Gesellschaft zur Förderung der Kernenergie erarbeitet wurden, beschloß das Gesundheitsministerium die Heraufsetzung der Toleranzgrenze für Strontium 90 bei Trinkmilch und Milchprodukten. Reverend Thomas Barker aus Long Beach, Kalifornien, verkündete, die Welt sei um Mitternacht am 31. Dezember 1999 untergegangen, und alles, was seither geschah, sei eine Illusion des Teufels.

Miss Smith begrüßt O'Neil und ließ ihre zwei großen, flachen Pakete von Dabrowski und Fred nach oben bringen, worauf sie den beiden folgte. Im Obergeschoß angelangt, fragte Dabrowski: »Sollen wir sie in Ihr Schlafzimmer bringen, Miss, oder in Ihren Wohnraum?«

»Zuerst wollen wir sehen, ob Mr. Salomon empfängt.« Joan ging durch den langen Korridor voraus zur grünen Suite. Sie bemerkte, daß das rote Lichtsignal mit der Bedeutung ›Bitte nicht stören‹ nicht über Jakes Wohnzimmertür leuchtete, also drückte sie auf den Knopf des Summers.

Der kleine Wandlautsprecher krachte, und eine heisere Stimme bellte: »Herein!«

Die Tür öffnete sich selbsttätig; sie ging hinein. »Stellt sie hier an die Wand, Jungs. Das ist alles, danke.«

»Sehr gut, Miss.«

Als sie gegangen waren und die Tür sich geschlossen hatte, kam Jake aus seinem Schlafzimmer. Er fummelte mit dem Gürtel seines seidenen Morgenmantels, und seine Augen blinzelten unter dem wirren grauen Haar. Als er Joan sah, blieb er plötzlich stehen, und seine Augen öffneten sich weit.

»Nicht möglich! Wo, zum Teufel, bist du gewesen?«

»Aus.«

»Fünf Tage. Fünf ganze Tage!«

»Und? Die Hühner gefüttert? Die Schweine versorgt? Die Kühe gemolken?«

»Das ist nicht der fragliche Punkt. Ich ...«

»Das ist der fragliche Punkt, Jake. Durch meine Abwesenheit ist nichts vernachlässigt worden. Du willst mich nicht heiraten, also bin ich dir keine Rechenschaft über mein Kommen und Gehen schuldig. Trotzdem hatte ich aus Höflichkeit eine Notiz bei Cunningham zurückgelassen, der du entnehmen konntest, wohin ich gefahren war. Hast du sie erhalten?«

»Ja, aber ...«

»Dann wußtest du, daß ich sicher und gut aufgehoben war. Und in einem Notfall hättest du mir eine Botschaft schicken können. Oder du hättest selbst kommen können; du wärst willkommen gewesen. Joe hätte sich wahrscheinlich gefreut – und Gigi ist freundlich und zutraulich wie ein junger Hund.«

»Gigi?«

»Joes Frau. Mrs. Joe Branca.«

»Was?«

»Warum das Erstaunen, Jake? Es kommt vor, daß Leute wieder heiraten – besonders, wenn eine frühere Ehe glücklich war. Joes scheint glücklich gewesen zu sein, und nun hat er wieder geheiratet, und ich freue mich für ihn – und ich bin sicher, daß auch Eunice sich darüber freuen würde. (Klar, Joan.) Gigi ist ein herzensgutes Mädchen. Dabei praktisch, also genau, was Joe braucht.«

»Ich kann es nicht glauben.«

»Was ist unglaublich daran, daß ein Witwer wieder heiratet?«

»Ich kann mir nicht vorstellen, daß jemand, der mit Eunice verheiratet war, jemals eine andere Frau heiraten könnte.« (Mein Gott! Joan, wir müssen heute abend besonders nett zu Jake sein.) (Wenn er nicht bald anfängt, nett zu mir zu sein, wird er heute abend allein schlafen!) (Beruhige dich, Joan. Und beruhige Jake.) (Werde ich nicht tun! Ich bin im Recht, und er ist im Unrecht.) (Joan, Liebling, wann wirst du endlich lernen, daß Recht und Unrecht nichts mit der Frage zu tun haben, wie du mit einem Mann zurechtkommen kannst? Männer lieben nun mal keine Frauen, die

›zuviel‹ Selbständigkeit und Initiative entwickeln. Das paßt nicht zum Instinkt des Herrschers. Also, wenn ein Mann unrecht hat und du recht hast, ist es Zeit, daß du dich entschuldigst. Sag ihm, daß es dir leid tut. Om mani padme hum.)

(Om mani padme hum – manchmal finde ich es verdammt schwierig, eine Frau zu sein. Wenn es nicht soviel Spaß machen würde, könnte man verzweifeln. Also schön. Paß auf, Eunice, wie ich ihn nehmen werde.) »Jake, Liebster, tut mir leid, daß Joes Wiederheirat dich so aufregt – aber warum wartest du nicht, bevor du entscheidest, daß er einen Fehler gemacht hat? Joe braucht eine Frau, selbst wenn sie nicht Eunice heißt. Er ist so unpraktisch, daß er allein hoffnungslos verloren wäre. Und es tut mir schrecklich leid, daß ich dir Sorgen bereitete, weil ich bei deiner Rückkehr nicht hier war. Es tut mir auch für mich selbst leid – ich erwartete, dich mit offenen Armen und einem glücklichen Lächeln zu empfangen. Aber ich hatte nicht gedacht, daß du weniger als eine Woche ausbleiben würdest; ich hatte den Eindruck, daß es viel länger dauern würde.«

»Nun, ja, ich dachte tatsächlich auch, daß es sich länger hinziehen würde. Aber ich hatte schon am zweiten Tag Gelegenheit, mit dem Vorsitzenden des obersten Gerichtshofs zu sprechen, und er versicherte mir, daß er die Sache in seinem Terminkalender ganz oben notiert habe. Und das war das.«

»Hm! Wahlkampfspenden sind manchmal lohnend.«

»Joan Eunice, so darfst du niemals reden. Schon gar nicht im Zusammenhang mit dem höchsten Richter der Vereinigten Staaten! Gewiß, dies ist dein Haus. Nichtsdestoweniger könnte es mit Abhörwanzen verseucht sein.«

»Entschuldige, Jake. Es war eine gedankenlose Bemerkung. Meine Anerkennung gilt, wem sie gebührt. Dir.«

»Mac gebührt sie mehr als mir, mein liebes Kind; er ist die ganze Zeit am Ball gewesen. Was er im einzelnen getan hat, ist etwas, dem ich nicht nachgehen möchte.«

»Ich würdige Macs Bemühen, ich würdige Alecs Bemühungen – aber am meisten würdige ich meinen lieben, immer verläßlichen, absolut wundervollen Jake.« (Ist das zu dick aufgetragen, Eunice?) (Joan, es ist einer Frau unmöglich, bei einem Mann zu dick aufzutragen. Wenn du einem Mann sagst, er sei drei Meter groß, und du sagst es oft genug, dann wird er anfangen, vor jeder Tür den Kopf einzuziehen.)

Jake blickte erfreut, und so fuhr Joan fort: »Ich nehme an, dann wird alles bald geregelt sein?«

»Sag mal, hörst du nie die Nachrichten?«

»Nicht, wenn ich es vermeiden kann.«

»Nun, du solltest. Es ist vorbei. Du hast gewonnen, endgültig und vollständig.«

»Wirklich? Ich zweifelte nie daran, daß wir gewinnen würden, Jake, so wie du alles gehandhabt hast. Überrascht bin ich nur, daß es so schnell gegangen ist. Ja, ich sollte die Nachrichten verfolgen. Aber es war mir in diesen letzten Tagen nicht möglich. Ich hatte diese schwierige Aufgabe zu erledigen – Joe, meine ich –, und deine Abwesenheit schien die beste Gelegenheit dafür zu sein ... so biß ich die Zähne zusammen und nahm sie in Angriff.

»Joan Eunice, ich sagte dir, du solltest dich niemals bei Joe blicken lassen. Wenn seine neue Ehe jemals eine Erfolgschance hatte, dann mußt du sie einer schweren Belastungsprobe ausgesetzt haben. Einer zu schweren, wahrscheinlich. Ah ... wie hat er es aufgenommen? Schlecht?«

»Jake, ich blieb fünf Tage. Wäre ich auch nur einen Tag geblieben, wenn es schiefgegangen wäre? Ich erfülllte meine Mission; alles ist in Ordnung.«

Jake blickte erstaunt, dann nachdenklich. »Hmm! Das ist eine Einzimmerwohnung ... und wenn ich dich richtig verstanden habe, bist du die ganzen fünf Tage dort gewesen. Meine Liebe, wie hast du ›deine Mission erfüllt‹? Oder habe ich kein Recht, zu fragen?«

Sie blickte zu ihm auf und sagte ernst: »Jake, ich verdanke dir soviel, daß du immer das Recht haben wirst, mich alles zu fragen. (Daß er ein Recht auf wahrheitsgemäße Antworten hat, sagtest du nicht, wie? Hinterlistige kleine Person.)

(Eunice, ich belüge Jake nicht ...) (Oh, das ist stark!) (... mehr, als zu seinem Glück notwendig ist.)

»Jake, ich erfüllte meine Mission – ich stellte Joes seelisches Gleichgewicht in Sachen Eunice wieder her –, indem ich ihn mit Gigis unschätzbarer Hilfe zu einer Meditation einlud. Aber wenn du meinst, ich hätte ihm eine Gliederpuppe angeboten – den wiederbelebten Körper seiner toten Frau –, dann irrst du. Ich wußte, daß dies nicht der Weg war, es zu tun. Joe hat mich nicht berührt. Oh, er faßt mich jetzt an, so wie er seine Schwester anfassen würde. Er küßt mich sogar auf die Stirn. Aber das ist alles, Jake ...«

»Eh? Was?«

»Wenn Joe diesen Körper gewollt hätte, den ich trage, dann hätte er ihn natürlich haben können. Ich wäre es ihm schuldig gewesen. Du verstehtst das, nicht wahr? Oder irre ich mich?«

»Ä ... ja, ich verstehe das. Aber ich denke, es ist gut, daß Joe ihn nicht will. Es könnte für ihn verhängnisvoll sein. Und für dich eine schwere Nervenbelastung.«

»Ich weiß. Wie die Dinge liegen, bin ich erleichtert und dankbar, daß Joe mir statt dessen seine Freundschaft gegeben hat.« (Richtig, Eunice?) (Richtig. Jetzt bring ihn von diesem Thema runter.)

»Ich bin froh, Joan.«

»Jake, müssen wir hier stehen, immer noch in Hut und Mantel? Ich habe Geschenke für dich mitgebracht.« Sie lächelte ihr bestes Erwartungslächeln. »Willst du sie sehen?«

»Natürlich will ich sie sehen! Und wo sind meine Manieren, dich stehen zu lassen? Hier, gib mir deinen Umhang und nimm Platz. Sherry?«

»Später. Oder Champagner, zur Feier unser beider Rückkehr.« Sie wandte sich um und ließ ihn den Umhang von ihren Schultern nehmen. Er legte ihn zur Seite und drehte sich nach ihr um, gerade als sie es auch tat.

»Heilige Kuh!«

»Ich wußte nicht, daß du ein Hindu bist, Jake.«

»Die ganze Strecke durch die Stadt hast du nur das angehabt? Nur Farbe?«

»Warum nicht? Ich hatte ja den Umhang dazu.«

»Joan Eunice, weißt du, daß dies eine Reproduktion – eine Kopie von einer Körperbemalung ist, die Eunice einmal trug?«

»Gewiß; sie trug diese Aufmachung hier in diesem Hause, und ich war noch nicht so tot, daß ich sie nicht bemerkt hätte. Mir war nicht klar, ob diese Dinger Seemuscheln oder Farbe waren. Jetzt weiß ich es. Dann warst du an dem betreffenden Tag auch hier?«

»Nun, ja, das muß wohl so sein. Deshalb erkannte ich diese Bemalung gleich wieder.«

»Wenn ich mich recht entsinne, war das einer der Tage, wo du Eunice nach Hause brachtest. Hmm?«

»Joan, willst du schnüffeln?«

»Ja.«

»Frau, ich werde deine lüsterne Neugierde nicht befriedigen.«

»Wie denkst du über lüsterne Neugierde an sich?«

»Das ist eine andere Sache.«

»Ich wunderte mich gerade. Bisher hast du mich noch nicht einmal geküßt. Soll ich zuerst eine Dusche nehmen? Oder anders ausgedrückt: Hat Eunice sich vorher Zeit genommen, die Farbe abzuwaschen?«

»Laß es mich anders ausdrücken: Halt den Mund, bis ich dir Sprecherlaubnis gebe.«

»Ja, Sir.«

Sie gehorchte für eine geziemende Weile.

»Darf ich jetzt reden?«

»Ja, solange du dich auf höfliche und liebevolle Worte beschränkst. Einige deiner spontanen Bemerkungen waren wenig damenhaft.«

»Das kommt, weil ich selbst nicht damenhaft bin, liebster Jake. Als Dame bin ich ein Versager. Aber ich werde mich weiterhin bemühen, in der Öffentlichkeit eine zu imitieren.«

»Joan Eunice ...«

»Ja?«

»So hat es auch Eunice selbst gehalten. In der Öffentlichkeit eine perfekte Dame ... und privat völlig unbekümmert. Das machte einen großen Teil ihres Charmes aus. Und einige ihrer spontanen Ausdrücke waren überdies noch weitaus weniger damenhaft als alles, was ich bisher von dir gehört habe.«

»Tatsächlich, Jake? Kannte sie Ausdrücke, die ich nicht kenne? Und hat dir das gefallen?«

»Hmm, ich glaube nicht, daß sie etwas kannte, was dir nicht auch geläufig wäre, sie hat sie nur leichtfertiger benutzt. Nachdem sie mir vertraute, heißt das. Und ja, es hat mir gefallen, solange es spontan war.«

»Jake, ich traue dir ohne Einschränkung – und ich werde mich bemühen, meine Spontaneität nicht zu unterdrücken. Immerhin lerne ich ja noch.«

»Mein liebes Mädchen, du machst das schon recht gut. Aber nachdem du mir ohne Einschränkung vertraust – was hast du wirklich bei Joe gemacht?«

»Mein Herr, die Tatsache daß ich Ihnen vertraue, bedeutet nicht, daß ich Ihre lüsterne Neugierde befriedigen werde.«

»Hmm ... das hätte Eunice auch nicht getan. Niemals.«

»Statt dessen kannst du mir ja erzählen, was *du* bei Joe gemacht hast.«

»Eins zu eins. Komm, laß uns diese Farbe abwaschen. Schade, daß wir kein Foto von dir gemacht haben, bevor ich sie verschmierte.«

»Macht nichts, Jake. Joe hat eins gemacht, und ich habe es in der Handtasche. Für dich. Außerdem gab Joe mir ein Farbfoto von einem Gemälde, das Eunice als tauchende Meerjungfrau zeigt – in der gleichen Bemalung.«

»Würde es dich überraschen, daß ich das Motiv schon kenne?«

»Ja? Nun eigentlich überrascht es mich nicht. Aber ich werde Schnüffler auf die Fährte setzen und herausbringen, wer dieses Gemälde gekauft hat. Ich will es haben. Der Preis soll kein Hindernis sein.«

»Dein Geld wird dir nicht helfen, Miss Smith. Das Original befindet sich in meinem Besitz. Es hängt im Klub.«

»Ich will verdammt sein! Jake, du bist ein schmutziger alter Geheimniskrämer. Ich nehme zehn Prozent von allen Komplimenten zurück, die ich dir gemacht habe.«

»Das ist in Ordnung; ich glaube sowieso nicht mehr als neunzig Prozent. Aber wenn du ein gutes Mädchen sein willst, werde ich dir dieses Gemälde schenken.«

»Ich nehme an! Aber – nun, es lohnt sich kaum, diese Pakete zu öffnen. Sie werden dich enttäuschen.«

»Möchtest du eine Tracht Prügel?«

»Ja.«

»Ich bin zu müde. Laß uns Pakete aufmachen.«

»Gut ... wir könnten das kleinere Paket aufmachen. Dann kannst du sehen, wie Gigi aussieht. Sie ist ein lohnender Anblick.«

»Wir werden beide aufmachen.«

»Zuerst waschen?«

»Das sollten wir tun.«

Zehn Minuten später packte Joan Eunice das ›Bilitis singt‹ betitelte Gemälde aus, lehnte es gegen die Wand und trat zurück.

»Nun, Jake?«

Er pfiff leise. »Der Bursche ist gut.«

»Ja. Ich hatte es nicht gewußt.«

»Mir gefällt das Spiel von Licht und Schatten auf euren kontrastierenden Hautfarben. Ein sehr lebendiger Effekt.«

»Er machte das mit Lampen. Fotografierte uns und projizierte die Aufnahme auf seine Leinwand. Am nächsten Tag malte er uns, veränderte aber die Position der Beine. Wie er die Lichter korrigierte, weiß ich nicht. Aber ich habe keine künstlerische Fantasie.«

»Was ist in dem großen Paket?«

»Mach es auf.«

Es stellte die drei Grazien dar, und alle drei waren Joan Eunice. »Joe fotografierte mich zehn- oder zwölfmal in verschiedenen Posen vor einem neutralen Hintergrund, dann kombinierte er drei Aufnahmen für seine Projektion. Gigi posierte jedesmal mit mir, damit meine Haltung und die

Position der Arme natürlich wirkten. Dann wand sie sich wie eine Schlange heraus ohne meine Pose zu stören. Sind diese Grübchen in meinem Hinterteil nicht nett?«

»Frau, du bist eingebildet.«

»Ich war nie schön, Jake. Jetzt bin ich es, und warum sollte ich nicht ein wenig stolz darauf sein? Nun, Liebling? Ich wollte ›Bilitis‹ für mich behalten und dir die Grazien schenken; aber du kannst deine Wahl selbst treffen.«

»Eine schwere Entscheidung.«

»Mein Bild wird im Hause bleiben«, sagte Joan Eunice. »Wenn du es sehen willst, wirst du nur durch den Korridor gehen müssen. Hättest du micht geheiratet, als du es so offensichtlich hättest tun sollen, du lüsterner alter Wüstling, so brauchtest du dich jetzt nicht zu entscheiden; beide wären dein. Jake, was würde es kosten, ein halbes Dutzend Kunstkritiker zu lobpreisenden Artikeln zu bewegen?«

»Du denkst an Joe Branca?«

»Natürlich. Er verkauft seine Bilder zu lächerlich niedrigen Preisen und zahlt eine empörende Kommission. Trotzdem setzt er so wenig ab, daß die beiden kaum zu essen haben. Ich dachte ...«

»Du kannst aufhören zu denken; ich sehe den Schwindel. Wir werden ihm einen guten Agenten besorgen, wir werden durch Strohmänner aufkaufen, was von ihm auf dem Markt ist, und die Bilder behalten. Dann werden wir hier und dort ein paar Kunstkritiker kaufen und über den Agenten Ausstellungen mit dem vorhandenen Material veranstalten, sobald sein Name einen gewissen Bekanntheitsgrad erreicht hat. Ich müßte mich sehr irren, wenn wir die Sachen zu diesem Zeitpunkt nicht so teuer verkaufen könnten, daß nicht nur die Kosten der ganzen Förderungskampagne gedeckt werden, sondern auch noch ein hübscher Gewinn übrigbleibt. Mit dem nötigen Kapitaleinsatz ist alles zu verkaufen; der Kunstmarkt wimmelt von geschäftstüchtigen Scharlatanen, und einige von diesen verstehen es so gut, sich in Szene zu setzen, daß sie mit ihren Machwerken Geld scheffeln. In unserem Fall lautet die Frage nur: Wieviel Erfolg muß er haben? Ist es nötig, daß ich ihn ins Metropolitan-Museum bringe?«

»Jake, ich glaube nicht, daß Joe berühmt sein will. Und ich möchte es nicht so auffällig gemacht haben, daß er den Braten riecht. Oder Gigi; sie ist gebildeter als er, und nicht so weltfremd. Wenn es nach mir ginge, dann sollen seine Bilder sich einfach so verkaufen, daß Gigi einkaufen gehen kann, ohne sich sorgen zu machen, und soviel Bettwäsche hat, daß sie sie jeden Tag wechseln kann, wenn es ihr gefällt. Das Kind versucht mit dreimal nichts einen Haushalt zu führen, und warum sollten sie am Hungertuch nagen, wenn er ein ehrlicher Künstler ist, der malen kann und es auch tut? Einer, der seine Zeit nicht in Cafés verbringt und von den Dingen schwadroniert, die er tun will. Joe malt. Ich weiß nicht, ob er ein guter Künstler ist, aber ich weiß, daß er ein guter Handwerker ist.«

»Wir werden es machen. Ich teile deine Meinung, daß wir ihn nicht auf eine Ebene katapultieren sollten, wo er sich nicht mehr zurechtfinden würde, aber wir müssen nachhelfen.«

»Guter alter Jake. Nun könntest du ein Liebling sein und Winnie sagen, daß sie mir ein Kleid bringen soll – nein, ich kann in meinem Umhang zurück zu meinem Zimmer gehen, kein Problem, und ...«

»Liebes Kind, ich habe eine Neuigkeit für dich. Doktor und Mrs. Roberto Carlos Garcia sind auf Hochzeitsreise.«

»Was? Diese kleine Ratte! Der großen Schwester nichts zu sagen! Jake, das ist wundervoll! Ich glaube, ich werde weinen.«

»Gut. Du kannst weinen, während ich dusche.«

»Nein, ich meine, ich werde weinen, wenn Winnie zurück ist. Ich gehe mit dir unter die Dusche, und du kannst meinen Rücken schrubben, wo ich die Farbe nicht sehe. Vorn bin ich schon sauber. Wann war es, und wann werden sie zurückkommen? Meine Güte, ich muß Räume für sie auswählen; Roberto wird nicht neben meinen Zimmern wohnen wollen, mit einer Verbindungstür. Und ich muß an ein Hochzeitsgeschenk denken – vielleicht gebe ich ihnen das Gemälde, das du nicht willst. Roberto wird nicht erlauben, daß ich ihnen etwas Teures gebe, er ist ein dickköpfiger Mann.« (Gibt es denn auch andere, Boß?)

»Ich kann nicht sehen, warum Roberto keine Verbindungstür zu deinem Schlafzimmer wollen sollte.«

»Ich glaube, das war als eine Beleidigung gedacht. Vielleicht würde er nichts dagegen haben, Liebling – mir würde es sogar gefallen. Aber es würde einen schlechten Eindruck auf das Personal machen.«

»Joan ... ich habe mir die Freiheit genommen, Cunningham zu sagen, daß er die goldene Suite für die Garcias zurechtmachen soll ...«

»Ausgezeichnet! Ich werde von meinem Wohnzimmer zu ihrem eine Tür durchbrechen lassen, und von ihrer Diele gibt es bereits eine Verbindung zu deiner Suite, also könnte dieses würdenlose Hin und Her durch den Korridor aufhören.«

»Die Jungverheirateten könnten es vorziehen, in Ruhe gelassen zu werden.«

»Daran hatte ich nicht gedacht.«

»Jedenfalls werden sie wieder hier sein, bevor du Mauerdurchbrüche und ähnliches veranstalten kannst. Ich weiß aus verläßlicher Quelle, daß ein Mitglied deines Haushalts sich verpflichtet hat, im Falle deiner Rückkehr sofort Mrs. Garcia anzurufen. Wahrscheinlich wurde dieser Anruf inzwischen getätigt. Ich vermute, daß sie noch heute abend hier sein werden.«

»Ich frage mich, wen ich fristlos entlassen sollte? Das ist eine höllische Art, jemandem die Hochzeitsreise zu verderben.«

»Soweit ich unterrichtet bin, hatte der gute Doktor seine Hand im Spiel. Der Gedanke war, daß sie dich vor allem Übel zu bewahren haben, weil sie nach wie vor für deine Gesundheit verantwortlich sind.«

»Was für ein Unsinn! Ich bin ein robuster Typ. Wenn ich vor hundertfünfzig Jahren mit dem Planwagen über die Prärie gezogen wäre, hätten sie mich mit den Ochsen ins Joch gespannt. Aber ich bin froh, daß sie nach Hause kommen. Ich will sie umarmen und Freudentränen vergießen.«

»Johann, manchmal ist mir nicht klar, ob du ein albernes junges Mädchen bist – oder senil.«

»Als du mich letztes Mal ›Johann‹ nanntest, hast du dir einen blauen Fleck eingehandelt. Liebster, hast du schon daran gedacht, daß ich beides sein könnte? Ein seniles, albernes junges Mädchen?«

»Ein interessanter Gedanke. Mehr noch – eine mögliche Arbeitshypothese.«

»Denk, was du willst, Jake. Ich bin glücklich wie eine Katze, die man mit der Weihnachtsgans alleingelassen hat. Nachdem Joes Nervenkostüm stabilisiert und der Oberste Gerichtshof zur Abwechslung einmal vernünftig gewesen ist, bin ich frei von den letzten Sorgen, die ich noch hatte. Das Leben ist ein einziges schwindelerregendes Vergnügen. Und ich leide nicht mal unter Übelkeit.«

»Warum solltest du auch – was?« (Joan, ich dachte, du wolltest es ihm nicht sagen?) (Eunice, lange kann ich es ihm nicht mehr verheimlichen, und ich will nicht, daß er es entdeckt. Das kann ich Jake nicht antun. Dies ist der richtige Augenblick. Er soll es offiziell als erster erfahren.)

»Ich sagte, daß ich nicht unter Übelkeit zu leiden habe, Jake. Ich bin gesund wie ein Pferd, und die einzige Veränderung, die ich bemerkt habe, ist, daß ich auch hungrig wie ein Pferd bin.«

»Du willst mich glauben machen, daß du schwanger bist?«

»Nicht diesen strengen Vaterblick, Jake. Ich bin schwanger und glücklich darüber – was nicht viele unverheiratete Mädchen von sich sagen können. Ich hätte es noch eine Weile für mich behalten können, aber ich wollte es dir sagen, bevor andere es merken. Aber sei so lieb und behandle es als vertraulich. Sobald Winnie davon erfährt, wird sie sich sorgen und mich bemutter und ein großes Aufhebens davon machen. Und das sollte eine Braut nicht tun. Mit etwas

Glück kann ich es vor Winnie verheimlichen, bis sie selbst schwanger ist.« (Joan, was bringt dich auf die Idee, daß Winnie schwanger werden möchte?) (Gebrauche deinen Kopf, Eunice – fünf zu eins, daß sie mit der Empfängnisverhütung aufgehört hat.) (Ich habe keinen Kopf Joan – nur deinen, und der arbeitet nicht allzu gut.) (Sei jetzt still; ich muß mich konzentrieren.)

»Joan Eunice – bist du sicher?«

»Ja. Der Test war positiv.«

»Hat Bob den Test gemacht? Oder irgendein Quacksalber?«

»Die Beziehungen zwischen Arzt und Patient sind vertraulicher Natur. Aber es war kein Quacksalber. Und außerdem kannst du den Test von jeder Apotheke machen lassen.«

»Wir werden sofort heiraten.«

»Den Teufel werden wir!«

»Joan, mach keine Geschichten!«

»Jake, ich bat dich vor längerer Zeit, mich zu heiraten. Du weigertest dich entschieden. Später wiederholte ich meine Frage. Wieder bekam ich einen Korb. Ich beschloß, meine Bitte nicht zu erneuern, und ich tue es auch jetzt nicht. Ich werde dich nicht heiraten. Aber ich werde mit Vergnügen weiterhin deine Geliebte sein, bis die Biologie mich daran hindern wird. Später dann, wenn ich wieder im Geschäft sein werde, will ich gern wieder deine Konkubine sein, wenn du es wünschst. Ich liebe dich. Aber ich werde dich nicht heiraten.«

»Ich sollte dir eine Tracht Prügel ...«

»Ich glaube nicht, daß es mir schaden würde, Liebling. Aber ich kann mir nicht vorstellen, daß du es über dich bringen würdest, eine schwangere Frau zu schlagen.« (Jetzt tritt ihn gegen das andere Schienbein, du kleine Höllenkatze.) (Eunice, du hälst dich raus! Ich bin nicht nur eine verschmähte Frau; ich bin auch der alte Johann Smith, der sich niemals drängeln ließ. Jake kann uns jederzeit haben, klar. Aber ich will verdammt sein, wenn ich ihn jetzt, da ich schwanger bin, den edlen Liebhaber spielen lasse, der ein gefallenes Mädchen nicht sitzen läßt.) (Boß, werden wir ihn nie heiraten? Dies ist ein Fehler; er braucht uns.) (Und wir brauchen ihn, Eunice. Gewiß, wir werden ihn heiraten – nachdem wir geworfen haben. Nachher.) (Boß, du machst einen großen Fehler.) (Und wenn schon. Ich mache nie kleine Fehler – nur große.)

»Ich sagte nicht, daß ich dir eine Tracht Prügel geben würde, Joan Eunice – ich sagte, daß ich es tun sollte. Was ist passiert? Ich erinnere mich deutlich, von dir gehört zu haben, daß du dich um Empfängnisverhütung gekümmert hättest.«

»Ihre Erinnerung ist gut, Sir. Ich habe mich um solche Dinge gekümmert, in der Form, die ich für richtig hielt. Jedesmal. Mit Ihnen, Sir. Mit anderen. Jedesmal habe ich mich so darum gekümmert, wie es mir paßte – zu der Zeit und mit dem Mann.«

»Hmm! Eine nichtssagendere Antwort habe ich noch nie gehört. Laß mich die Frage deutlicher stellen. Joan Eunice, habe ich dich geschwängert?«

»Darauf antworte ich nicht. Du weißt, daß wenigstens ein anderer Mann mit mir geschlafen hat. Jake, du wolltest mich nicht heiraten, als ich Jungfrau war; du wolltest mich noch nicht heiraten, als du mich zu deiner Geliebten machtest. Wo ich dieses Kind in mir herhabe, ist also nicht deine Sache, und du hast kein Recht, mich auszufragen. So sehr ich dich liebe, ich werde nicht eine weitere Frage in dieser Richtung dulden, nicht jetzt und nicht in Zukunft! Wen ich zum Vater meines Kindes erwählt habe, ist meine Angelegenheit. Aber du darfst versichert sein, daß ich ihn mit offenen Augen und klarem Verstand auswählte. Du hast dich wie ein Vater benommen, der es mit einer launenhaften Tochter zu tun hat, oder wie ein Fürsorgebeamter, der die Verantwortlichkeit für eine unlizensierte Schwangerschaft festzustellen versucht. Du weißt aber, daß das nicht der Fall ist. Ich bin viel älter als du und in der Lage, mir ein Dutzend Bastarde zu leisten, wenn es mir gefällt, und reich genug, um der Welt zu sagen, daß sie mir den Buckel runterrutschen kann. Jake, ich teile dir eine glückliche Neuigkeit mit. Du willst sie als eine schlechte Neuigkeit behandeln und mich dafür zur Rechenschaft ziehen. Das akzeptiere ich nicht, mein Lieber. Ich machte einen Fehler, als ich es dir sagte. Wirst du die Sache bitte als vertraulich behandeln – und niemals wieder erwähnen?«

»Joan Eunice.«

»Ja, Jake?«

»Ich liebe dich.«

»Ich liebe dich, Jake.«

»Wäre ich zwanzig Jahre jünger – oder auch nur zehn Jahre! – so hätte ich dich längst geheiratet. Da du es mir nicht sagen willst – und da ich kein Recht habe, dich zu verhören –, wirst du einem alten Mann seinen Stolz vergeben, wenn ich gern glauben möchte, daß ich der Mann sei, den du erwähltest? Ich verspreche dir, daß ich diesen Glauben mit niemandem erörtern werde.«

»Jake, wenn du das glauben möchtest, bin ich geehrt. Aber ich verlange keine Versprechungen. Wenn du einen solchen Glauben verkünden solltest, würde ich meinen ältesten und engsten und liebsten Freund niemals mit einem Dementi beschämen. Ich würde stolz lächeln und solche Worte durch mein Verhalten bestätigen. Aber Jake, vor dir werde ich es weder bestätigen noch dementieren – weder heute noch zu einem späteren Zeitpunkt. Ich habe dies aus eigenem Antrieb getan. Ich allein bin diesem Kind Vater und Mutter.« (Du bist verrückt, Boß! Jetzt ist es draußen.) (Er wird es als eine rhetorische Wendung nehmen. Und sollte er mißtrauisch werden, wird die Nachforschung ergeben, daß er sich geirrt hat. Mr. Olsen weiß, auf welcher Seite seiner Stulle die Butter ist.) (Und wenn er Tagebuch führt, wird das Datum ihn überzeugen, daß das Kind von ihm ist. Hmm ...) (Hältst du mich noch immer für einen Dummkopf, Eunice?) (Nein – aber das war sehr leichtsinnig. Manchmal jagst du mir Schrecken ein.)

»Nun, Joan, angesichts der Beschränkungen, die du mir auferlegt hast, scheint das alles zu sein, was wir darüber sagen können.«

»Das war meine Absicht, Jake.«

»Ich habe verstanden. Wie möchtest du den Rest dieses Tages verbringen – wenigstens, bis unsere Neuvermählten zurückkehren? ›Mensch ärgere dich nicht‹ spielen?«

»Wenn du willst, Jake, gern.«

»Ich habe eine bessere Idee. Wenn du mitmachen willst. Könnte Spaß machen, glaube ich.«

»Alles macht Spaß, wenn du dabei bist. Auch wenn es bloß ›Mensch ärgere dich nicht‹ ist.«

»Dieses ist ein besseres Spiel für zwei Teilnehmer, wenn es richtig gespielt wird. Laß uns Mac anrufen und den Ball ins Rollen bringen – und heiraten. Mit etwas Glück können wir um neun oder zehn heute abend amtlich getraute Eheleute sein – und vor dem Schlafengehen immer noch ein paar Partien ›Mensch ärgere dich nicht‹ einschieben.«

»Oh, Jake! ›Mensch ärgere dich nicht‹!«

»Antworte mir, Frau. Ein einfaches Ja oder Nein. Ich werde deine Entschuldigung nicht diskutieren ... und ich werde dich nicht wieder fragen. Und wisch deine Augen und schneuze deine Nase – du siehst furchtbar aus.«

»Verdammt, Jake! Ja! Laß mich gehen, und ich werde mich schneuzen. Ich glaube, du hast mir die Rippen gebrochen, du brutaler Kerl. Ist das eine Art, eine werdende Mutter zu behandeln?«

»Ich werde Schlimmeres tun als deine Rippen brechen, wenn ich noch mehr Unsinn von dir höre. Wenn wir jetzt Mac anrufen, muß ich mir eine einleuchtende Lüge ausdenken, damit er den Standesbeamten zu einer Sonderlizenz autorisieren kann.«

»Warum was ausdenken, Jake? Ich dachte, du würdest Mac sagen, daß du mich geschwängert hast.«

»Soll ich das sagen, Joan?«

»Jake, ich werde dich so schnell wie möglich heiraten. Ich hoffe, daß Winnie und Roberto rechtzeitig zurückkommen werden, aber ich werde nicht warten; du könntest sonst zur Besinnung kommen. Ich dachte, du zögst die Behauptung vor, ich sei schwanger von dir. Du kannst es Mac ruhig sagen. Auch allen anderen. Ich sagte dir, daß es mir nichts ausmacht.«

»Wirklich nicht?«

»Jake, Liebster, vielleicht ist das die beste Methode, denn bald werden ohnehin alle Bescheid wissen. Erinnerst du dich an meinen ersten Tag in Freiheit? Jenen Tag, an dem Mac meine Identität bestätigte und ich nicht mehr Mündel des Gerichts war?«

»Meine Liebe, *diesen* Tag werde ich nie vergessen.«

»Ich ebensowenig. Rechne von diesem Datum zweihundertsiebenungsechzig Tage dazu ...«

»Du erzählst mir gerade, daß ich der Vater des Kindes bin!«

»Keineswegs, mein Lieber. Ich war heiß und endlich frei, und wenn du willst, kannst du annehmen, daß ich den ganzen Tag von einem Bett zum anderen gehüpft bin.« Sie lächelte boshaft. (Boß, das ist verdammt nah an der Wahrheit – aber es klingt wie eine Lüge.) (Es ist die Wahrheit, Eunice, nur sehr sorgfältig formuliert. Das ist die zweitbeste Methode zu lügen – man sagt die Wahrheit, läßt sie aber wie eine Lüge erscheinen.) (Und ich dachte, *ich* wüßte, wie man lügt.) (Ich hatte viel mehr Praxis darin, Liebste, und als Kind auch weit mehr Anlaß dazu als du. Lügen ist eine hohe Kunst, die man nur durch sehr viel Übung erlernt.)

»Gut, wir werden es Mac sagen; die Wahrheit ist oft die einfachste Lösung. Aber wir müssen Gesundheitszeugnisse haben; Mac kann uns die Wartezeit ersparen, nicht aber diese Vorbedingung. Mein Arzt wird mir ein Zeugnis ausstellen, ohne erst Blutproben zu nehmen und Untersuchungen zu machen, aber wie ist es mit dir? Kannst du diesen Quacksalber einschalten, den du erwähntest?«

»Jake, ich kann mich nicht erinnern, einen Quacksalber erwähnt zu haben. Roberto würde mir sicherlich ein Gesundheitszeugnis ausstellen. Ich glaube nicht, daß ich auch nur einen Schnupfenvirus in mir habe. Aber wie steht es mit dir, Liebling? Washington hat die höchste Zahl von Geschlechtskrankheiten im ganzen Land, prozentual gesehen. Hast du etwas mitgebracht?«

»Oh, nichts besonderes, nur harten und weichen Kavaliersschnupfen.«

»Man kann von einem anständigen Mädchen wie mir nicht erwarten, solche Ausdrücke zu kennen.«

»Ich werde unser Eheleben noch damit beginnen müssen, daß ich dir eine dicke Unterlippe verpasse. Ich schlief in Washington mutterseelenallein. Kannst du das gleiche von dir sagen?«

»Natürlich nicht, Liebster; ich war nie daran interessiert, allein zu schlafen – und Gigi ist sehr kuschelig. Ich empfehle sie deiner Aufmerksamkeit – sieh dir das Bild an.«

»Ich zweifle nicht daran. Bloß Gigi, eh? Nicht Joe?«

»Ist Joe kuschelig, Jake?«

»Frau, du kannst diese dicke Unterlippe noch vor unserer Eheschließung haben.«

»Das Hochzeitsgeschenk des Bräutigams für die Braut? Oh, Jake, ich glaube, es wird viel Spaß machen, mit mir verheiratet zu sein!«

»Ich glaube es auch, du unmögliche Person. Mmm, mein Arzt wird auch für dich ein Gesundheitszeugnis ausstellen, wenn ich ihm die Umstände erkläre. Aber er wird deine Blutgruppe brauchen.«

»Jake, das ganze Land weiß, daß meine Blutgruppe AB negativ ist. Hattest du es vergessen?«

»Momentan, ja. Das ist alles, was ich brauche. Soll die Hochzeit hier stattfinden, oder im Standesamt?«

»Hier, wenn möglich. Unsere Diener sollen Familie spielen, wenn Winnie und Roberto nicht kommen. Jake, kann ich einen Wagen mit einer Botschaft zu Joe und Gigi schicken und sie zu diesem Anlaß herbringen lassen? Ich möchte, daß sie bei der Trauung anwesend sind. Gigi ist kein Problem; sie wird tun, was Joe wünscht – aber ich weiß nicht, wie Joe reagieren wird. Ich weiß nicht mal, ob er Kleider hat, mit denen er sich hier blicken lassen kann. Ich sah ihn immer nur in alten Shorts, die so mit Farbe verkrustet waren, daß sie von selbst stehen konnten.«

»Ich gebe zu, daß Eunices früherer Ehemann ein Recht hat, zu Joan Eunices Hochzeit eingeladen zu werden, obwohl es da keinen Präzidenzfall gibt, soviel dürfte sicher sein. Und der Anzug, den Joe vor Gericht trug, würde für eine häusliche Hochzeit in Ordnung sein. Wie ist es mit dir, Joan? Willst du in Weiß heriraten?«

»Ich glaube, das war als Beleidigung gedacht. Ich soll Weiß tragen, damit jemand Aufnahmen machen und verkaufen kann? ›Fünfundneunzigjährige Transsex-Braut geht in Weiß‹. Jake, wenn du unbedingt willst, ziehe ich etwas Weißes an. Wenn nicht, werde ich etwas anderes anziehen, aber es wird nicht weiß sein.«

»Hauptsache, es ist halbwegs anständig. Jetzt geh und laß mich diesen Anruf machen. Verschwinde. Nimm ein Bad. Versuche wie eine Braut zu riechen.«

Cunningham hatte einen geschäftigen Tag, und nicht nur er; das häßliche alte Herrenhaus glich einem Bienenstock, bis kurz vor zwanzig Uhr erwartungsvolle Ruhe einkehrte, und die Braut von ihren Gemächern in den Bankettsaal eskortiert wurde, der mit vielen Blumen, Kerzen und einer eigens entliehenen elektronischen Orgel in eine Kapelle verwandelt worden war. (Joan, da ist Doktor Hedrick! Und die fette Dame neben ihm muß seine Alte sein. Nicht hinsehen, Joan; ich muß kichern.) (Eunice, benimm dich. Ich darf sie sowieso nicht ansehen – ich muß geradeaus blicken.) (Tue das, Joan, und ich werde die Gäste zählen. Da ist Macs Frau, zusammen mit Alec und seiner Ehehälfte. Und da ist Roberto, hinter Della. Meine Güte, ist die elegant! Hätte ich Della nie zugetraut; verglichen mit ihr, sehen wir geradezu schäbig aus.)

Die Braut trug ein schlichtes, rauchblaues Kleid mit hohen Kragen, langen Ärmeln, passenden Handschuhen und Schleier, und hielt einen Strauß Orchideen, deren zartes Blau mit ihrer Kleidung harmonierte. (Joan? Warum in letzter Minute diese Entscheidung, eine Hose unterzuziehen? Die Ränder machen eine Linie, die zu sehen ist.) (Nicht bei diesem Kleid; es ist nicht hauteng. Ein Hochzeitskleid ist ein Symbol der Jungfräulichkeit, das solltest du wissen.) (Ich lach mich krank, Joan!) (Eunice, wenn du diese Hochzeit verpfuschst, dann – dann werde ich drei Tage kein Wort mit dir sprechen!) (Joan, ich werde sie dir nicht verpfuschen – wenn Jake Symbole will, soll er sie haben.) (Und ich will auch Symbole!) (Entschuldige, Joan. Es ist bloß, daß ich das Leben nur als einen komplizierten Scherz sehen kann, seit ich in meinem eigenen Kopf Untermieterin bin. Und es ist besser, zu lachen als zu weinen.)

(Ja, Eunice – aber laß uns jetzt keins von beiden tun. Ich fühle eine Rührseligkeit, bei der die Tränen sowieso nicht lange auf sich warten lassen werden.)

(Schon recht, Boß. Ich dachte nur, du hättest diesen ganzen Hokuspokus schon oft genug mitgemacht.) (Ja, aber nicht als Braut!)

(Cunningham sieht bekümmert aus. Ich weiß nicht, warum; alles ist großartig arrangiert. Aber weshalb mußte er die ›Bilitis‹ und die ›Grazien‹ in die Eingangshalle hängen, wo jeder sie anstarren kann? Wie verträgt sich das mit deiner Jungfräulichkeitssymbolik? Kannst du mir dieses Rätsel erklären?) (Das hat nichts miteinander zu tun, Eunice. Eine Braut soll züchtig aussehen; diese Bilder sollen bewundert werden. Sie sind so harmlos wie der Fruchtpunsch, den wir für diejenigen haben, die keinen Champagner wollen. Daß ich für sie Modell gestanden habe, ist irrelevant. Ich wollte bloß auf Joes Malerei aufmerksam machen.)

Joe Branca hatte nicht wenig Kunstfertigkeit auf die Braut verwendet. Wie bei seinen Gemälden hatte er lediglich Joans eigene Schönheit dezent unterstrichen, und zwar mit solcher Sorgfalt, daß man selbst aus nächster Nähe kaum eine Spur seiner Arbeit erkennen konnte.

Als Winnie das Ergebnis seiner Anstrengungen sah, hatte sie schüchtern gefragt, ob Joe sein Talent vielleicht auch bei ihr anwenden könnte. Joe hatte Mrs. Garcia genau betrachtet und dann ein Makeup gewählt, das ihre roten Haare und die blasse Haut besonders betonte.

Die Ehrendame der Braut ging fünf Schritte voraus. Winnie trug einen pastellgrünen Heroldsrock mit Strumpfhosen, der ihr rotes Haar vorteilhaft zur Geltung brachte, und hielt einen kleineren Strauß grüner und brauner Cymbidien.

Sicherheitschef O'Neil betrat den Bankettsaal als letzter und postierte sich mit zweien seiner Leute am Eingang, um die Ereignisse am anderen Ende des Raumes zu beobachten und zugleich mit seinen im Haus plazierten Wächtern Verbindung zu halten. Er war nervös und wachsam. Bis auf seine paar Wächter war das weitläufige Gebäude leer, und obwohl alle Türen und Fenster verschlossen und verriegelt und durch die Alarmanlage zusätzlich gesichert waren, fühlte er die Last der Verantwortung schwerer als sonst.

Die Braut näherte sich dem Ende des Saales. Jake Salomon wartete dort, flankiert von Reverend Hugo White und Richter MacCampbell. Shorty trug einen schwarzen Frackmantel und hatte eine Bibel in den Händen. Der Richter war in Amtstracht erschienen.

(Joan, sieht Jake nicht blendend aus? Aber was für eine Aufmachung ist das?) (Es ist ein Cut, Eunice.) (Ein Museumsstück.) (Ja. Wahrscheinlich hat er den Cut seit dreißig oder vierzig Jahren nicht getragen. Aber was sagst du zu Hugo? Sieht er nicht prächtig aus?) (Das muß sein Predigergewand sein. Und wie er die Bibel befingert; als ob er jeden Tag darin lesen würde!) (Sei nicht so boshaft, Eunice.) (Sag bloß, dies wird eine christliche Trauung mit Bibelsprüchen und allem, Boß. Der Bräutigam ein alter Jude, die Braut ein fünfundneunzigjähriger Exfreimaurer, neuerdings Jogaschülerin, der Pfarrer ein analphabetischer Sektenprediger ...) (Du bist ein Ekel, Eunice! Was weißt du von Tradition?) (Nichts. Ist das ein Mangel?) (In Augenblicken wie diesem, ja. Eunice, meine Knie zittern. Ich weiß nicht, ob ich es schaffen kann!) (Om mani padme hum, Joan. Es war schwierig genug, ihn soweit zu kriegen; jetzt darfst du nicht schlappmachen.)

Joan Eunice blieb vor dem Richter und dem Prediger stehen. Winifred nahm ihr den Blumenstrauß ab und trat beiseite. Alec Train geleitete Jake zu Joan Eunice und nahm eine Position gegenüber von Winnie ein. Die Musik hörte auf. Hugo hob seine Augen und sagte: »Lasset uns beten.«

(Om mani padme hum. Ist dir jetzt besser, Joan?) (Es geht, ja. Om mani padme hum.)

Als Hugo »Amen« sagte, glitt Joe Branca von der Seite heran und schoß sein erstes Foto. Von da an blieb er in Bewegung, lautlos und geschmeidig wie ein Ballettänzer, störte niemanden und hielt in den entscheidenden Momenten still, während seine Kamera jede Phase der Zeremonie festhielt.

Hugo schlug seine Bibel auf, ohne hineinzusehen. »Wir lesen heute aus dem Buch der Psalmen:

›Der Herr ist mein Hirte; mir mangelt nichts.

Er lagert mich auf grünen Auen; er leitet mich zu stillen Wassern.

Er lenket mein Begehr und leitet mich auf rechten Pfaden zu Seines Namens Wohnstatt hin. –

Und walle ich im Tal des Todesschattens, ich fürchte keinerlei Gefahr …‹«

Er schloß sein Buch. »Brüder und Schwestern, der Herr sah, daß Adam im Garten Eden einsam war, und Er sagte: Es ist nicht gut für den Menschen, allein zu leben. So erschuf er Eva, um mit Adam als seine Gefährtin zu leben. Und Er sagte zu Adam: Mein Sohn, du nimmst dich dieser Frau an, hörst du? Du behandelst sie gerecht und gut immerdar, und Mein Auge wird über dich wachen, jede Minute und jede Sekunde. Du hegst und schützt sie, wie Ich es dir sage, und sie wird dir alle Tage deines Lebens Trost und Hilfe sein.«

Er wandte sich an Salomon: »Jacob Mosche, willst du das tun?«

»Ich will!«

Hugo blickte die Braut an. »Und der Herr sprach zu Eva: Meine Tochter, du mußt für diesen Mann kochen und seine Kleider waschen und seine Kinder aufziehen und nicht herumlaufen, wenn du zu Hause sein solltest; und du sollst ihn lieben, selbst wenn er müde und mißgelaunt und nicht bereit ist, zu sprechen, denn Männer sind so, und du mußt das Schlechte mit dem Guten nehmen. Joan Eunice, willst du das tun?«

»Ja.«

»Richter ...«

»Jacob Mosche Salomon, gibt es nach unseren Gesetzen und Sitten eine Hinderungsgrund für Sie, diese Frau zu heiraten?«

»Keinen«

»Joan Eunice Smith, gibt es nach dem Gesetz oder in Ihrem Herzen einen Grund, warum Sie diesen Mann nicht heiraten können?«

»Es gibt keinen.«

MacCampbell sagte laut: »Weiß irgendein Zeuge einen Grund, der mir verbieten würde, diese zwei in Ehe zu verbinden, so fordere ich ihn auf, zu sprechen.« (Eunice, wenn sich jemand auch nur räuspert, werde ich – werde ich ...) (Bleib ruhig, Joan. Außer unseren lieben Freunden ist niemand hier. Om mani padme hum.) (Om mani padme hum.)

»Jakob Mosche Salomon, werden Sie Ihre angetraute Ehefrau lieben, ehren und beschützen?«

»Ja.«

»Joan Eunice Smith, werden Sie Ihren angetrauten Ehemann lieben, ehren und hegen?«

»Ich werde ihn lieben, ehren und ihm gehorchen.« (Was? Bist du verrückt, Joan? Du hast nicht die leiseste Absicht, ihm zu gehorchen!)

Salomon sagte: »Einen Moment, bitte! Richter, sie hat die Worte vertauscht! Ich erwarte das nicht und werde sie nicht versprechen lassen ...«

»Ordnung, bitte. Ich spreche mit der Braut. Joan Eunice, ist es das, was Sie zu versprechen wünschen?«

»Ja.« (Eunice, du hältst dich da heraus. Ich weiß, was ich tue.)

»Ich muß Sie darauf hinweisen, daß ein solches Versprechen nach dem Gesetz über die Zivilehe in diesem Staat rechtlich nicht bindend ist, aber ich muß Sie auch warnen, daß es kein Versprechen ist, das unter den Umständen einer Eheschließung leichtfertig abgegeben werden sollte.«

»Ich weiß es.« (Joan, du hast den Verstand verloren!) (Schon möglich. Aber es ist in Ordnung, Eunice. Jake wird uns genau die Befehle geben, die wir mit Freuden ausführen werden. Habe ich nicht bisher recht gehabt?) (Ja, aber du hast keinen Grund, unnötige Vorleistungen zu machen. Angenommen, er verlangt eheliche Treue von uns? Darin bin ich noch nie gut gewesen.) (Das wird er nicht tun. Statt dessen wird er unsere kleinen Schwächen großzügig übersehen – weil wir ihm Gehorsam versprochen haben. Entspann dich, Liebes, genau so hat Agnes damals mich behandelt ... und ich war keineswegs so tolerant und weise wie Jake.)

»Joan Eunice, wollen Sie bitte Ihr Versprechen wiederholen?«

»Ich verspreche feierlich, daß ich meinen Mann lieben, ehren und ihm gehorchen werde. Das will ich tun, selbst wenn er zurücktritt und mich nicht heiratet. Er braucht mich nicht zu heiraten. Ich würde vollkommen glücklich sein, einfach ...«

»Still, Joan Eunice. Das ist genug. Reverend, diese Trauung sollte nicht zum Diskussionsforum werden. Ich werde jetzt das vorgeschriebene Zeremoniell abschließen, und Sie können die beiden in Ihrem Schlußgebet mit allem anderen bepflastern, das sie etwa noch brauchen. In Ordnung?«

»Ja, Richter. Sie brauchen nicht viel Gebet; sie sind bereit.«

»Hoffentlich. Jake, du hast diese hartnäckig unterwerfungswillige kleine Person gehört. Bist du willens, sie trotzdem zu heiraten?«

»Ja.«

»Jacob Mosche Salomon, wollen Sie Joan Eunice Smith zu Ihrer gesetzlich angetrauten Ehefrau?«

»Ich will.«

»Joan Eunice Smith, wollen Sie Jacob Mosche Salomon zu Ihrem gesetzlich angetrauten Ehemann?«

»Ich will.«

»Äh, wo ist der Ring? Alec! Jake, nimm ihre linke Hand in deine Linke. So. Mit diesem Ring traue ich euch. Aufgrund der mir verliehenen Autorität erkläre ich euch zu Eheleuten. Küß deine Frau, Jake. Reverend, übernehmen Sie.«

KAPITEL EINUNDZWANZIG

Auf dem Mond wurde Tunnel B zwischen Luna City und dem Apollo-Industriekomplex fertiggestellt und dem Verkehr übergeben. Die chronischen Stauungen und Aufenthalte vor den Ein- und Ausfahrten des Tunnels A konnten somit überwunden werden. Die von der Mondkommission errechneten Zukunftsprojektionen für das Verkehrsaufkommen der nächsten fünf und zehn Jahre führten zu der Entscheidung, sofort mit den Planungen für die Tunnels C und D zu beginnen. Amtliche Kreise in Washington dementierten Berichte über größere Unruhen in verschiedenen Städten des Landes als ›unverantwortliche Gerüchtemacherei‹ und erklärten, daß es nirgendwo zu mehr als den üblichen, saisonbedingten Zwischenfällen gekommen sei. Die anhaltenden Klagen über die Unzuverlässigkeit der Post veranlaßten den Generalpostmeister, sein Amt zur Verfügung zu stellen. Ein Untersuchungsausschuß des Kongresses gab unterdessen bekannt, daß 20% aller Brief- und 14% der Paketsendungen unterwegs zu den Empfängern verlorengingen, und daß die durchschnittliche Laufzeit einer Postsendung doppelt so lang sei als im Jahr 1875. Der Präsident stellte eine Reorganisation des Postwesens in Aussicht.

Auf ihrem gemeinsamen Parteikonvent in Chicago

beschlossen die Delegierten der Republikanischen und der Demokratischen Parteien die seit langem erwartete Verschmelzung beider politischen Organisationen zur ›Republikanisch-demokratischen Staatspartei‹. In dem gemeinsam veröffentlichten Bulletin wurde der Zusammenschluß damit begründet, daß die politischen Standorte beider Parteien sich im Laufe der vergangenen Jahrzehnte so einander angenähert hätten, daß Differenzen praktisch nicht mehr existierten. Die Zusammenlegung beider Organisationen sei nichts als die logische Konsequenz aus der bereits bestehenden umfassenden Zusammenarbeit und werde zu einer begrüßenswerten Straffung und Rationalisierung in den politischen Entscheidungsapparaten führen, zumal man künftig nur noch einen Präsidentschaftskandidaten aufstellen und auf kostspielige und anstrengende Wahlkampfvorbereitungen verzichten werde. Der Zusammenschluß wurde von allen politischen Kräften des Landes sowie von Kirchen und Gewerkschaften einhellig begrüßt. Lediglich einige liberale Zeitungen wie der ›Cleveland Plain Dealer‹ brachten in Leitartikeln Bedenken gegen die, wie sie es nannten, »Abschaffung demokratischer Restrukturen« vor.

Die beliebte Fernsehschau ›Heute mit Dave Daly‹ wurde nach der 3547. Folge aufgrund technischer Schwierigkeiten überraschend vom Programm abgesetzt und durch einen Film abgelöst. Der bekannte Komiker und Unterhaltungsstar Dave Daly soll inzwischen einen Kuraufenthalt angetreten haben.

Miss Joan Eunice Smith, die durch die erste erfolgreiche Gehirntransplantation bekanntgeworden ist, heiratete ihren Rechtsanwalt, doch gelang es dem Paar, die Hochzeitsreise anzutreten, bevor die Eheschließung im amtlichen Heiratsregister veröffentlicht wurde. Reporter folgten den Hochzeitsreisenden nach Kanada. Dabei entdeckten Sie, daß das Paar, dessen Fährte sie verfolgt hatten, ein Dr. und Mrs. Garcia waren, die an der Hochzeit teilgenommen hatten, selbst aber ohne Nachrichtenwert waren.

Nach einer inzwischen zurückgezogenen Untersuchung

des Zentralamts für Statistik befanden sich neunundachtzig Prozent des Produktivvermögens der Nation im Besitz von eins Komma drei Prozent der Bevölkerung, womit der Prozeß der Vermögenskonzentration in den Händen weniger eine weitere Dynamisierung erfuhr. Die Zahl der Fürsorgeempfänger erhöhte sich gleichzeitig auf siebenundzwanzig Prozent der Gesamtbevölkerung.

!!!DER MANN FÜR SIE!!!
– sicher – hygienisch – vielseitig –

Warum sollten Sie einsame, schlaflose Nächte verbringen, wenn Sie die volle Erleichterung aller Sinne in der Zurückgezogenheit Ihres eigenen Heims genießen können? Für Ihr persönliches Glück programmiert von denselben großen Wissenschaftlern, die die steuerbare Orbitalstation schufen.

Erhältlich in allen Geschäften für Krankenhausbedarf und Hygieneartikel – Fordern Sie unverbindlich Bildprospekt an!

GESUNDHEIT JETZT G.m.b.H
Hersteller von DIE FRAU FÜR SIE

Unglücklich? Das sollten Sie nicht sein. Keine unwürdigen und erniedrigenden mechanischen Ersatzpartner, keine Drogen. Rufen Sie einfach den alten Doktor Joy an. (Staatl. gepr. Hypnotherapeut, New York 031 652 862)

Mr. und Mrs. MacKenzie (Pässe der Republik Liberia) hatten das Dachgeschoß nebst Terrasse für sich – drei Bäder, vier Schlafzimmer, Küche, Speisezimmer, Wohnraum mit Bar, Dachgarten, Schwimmbecken, Privataufzug, prächtiger Blick über Jachthafen, Stadt, Strände und die See.

Aber sie waren exzentrisch. Ihre Miete schloß vollen

Hotelservice ein, doch seit ihrer Ankunft hatte noch kein Angehöriger des Hotelpersonals das Dachgeschoß betreten. Man sah sie weder in den Bars und Casinos der Stadt noch an einem der Strände. Manchmal ließen sie sich Mahlzeiten aus der Hotelküche bringen, aber der Tischwagen fuhr nur bis zum Aufzug; ihre eigenen Diener brachten ihn hinauf.

Unter dem Hotelpersonal ging das Gerücht um, Mrs. MacKenzie liebe es, ihre eigenen Gerichte zu kochen, doch niemand wußte Genaueres. Niemand hatte sie gesehen (außer vielleicht von einem Hubschrauber aus), und wenige hatten ihren Mann gesehen. Ihre Diener hatten mehrere Räume in einer der unteren Etagen und waren bereit, über alles zu diskutieren – nur nicht über ihre Arbeitgeber.

Sie kam vom Dachgarten herein, und er blickte von seinem Buch auf.

»Ja, Liebes? Zuviel Sonne? Oder ist dieser Hubschrauber wiedergekommen.«

»Weder noch. Hubschrauber stören mich nicht – abgesehen von ihrem höllischen Lärm. Wenn einer kommt, drehe ich mich einfach auf meinen Bauch, so daß sie mein Gesicht nicht fotografieren können. Jake, ich möchte dir etwas Hübsches zeigen.«

»Bring es rein, ich bin faul.«

»Ich kann nicht, Liebster; es ist unten auf dem Wasser. Ein komisches Boot mit bunten Segeln, sehr lustig anzusehen. Du warst bei der Marine; du weißt über solche Sachen Bescheid.«

»Vor fünfundfünfzig Jahren diente ich drei Jahre in der Marine, und schon machst du mich zum Experten.«

»Jake, du weißt immer alles. Und es ist wirklich komisch, und bunt wie ein Schmetterling. Bitte.«

»Dein Wunsch ist mir Befehl.« Er stand auf und bot ihr seinen Arm.

Sie führte ihn zur Seeseite und ans Geländer. »Welches meinst du? Alle diese Boote haben bunte Segel. Seit wir hier sind, habe ich noch kein weißes Segel gesehen – man könnte meinen, es gäbe ein Gesetz dagegen.«

»Das da. Oh, sie lassen die Segel herunter. Und vor einer Minute war es so hübsch!«

»Ja, sie ankern. Siehst du, da saust der Anker hinein.«

»Aber was für ein Boot ist das?«

»Oh, es ist ein Trimaran, eine Jacht mit dreifachem Rumpf. Aber ich kann nicht sagen, daß ich sie schön finde. Mein Schönheitsideal ist eine arabische Dhau, oder ein Sambuk, mit dreieckigem Hauptsegel.«

»Ja, jetzt sieht das Boot etwas plump und eckig aus. Aber als es unter vollen Segeln hereinkam, sah es wunderhübsch aus.« (Joan, frag Jake, ob wir nicht auf so ein Schiff gehen können.) (Kennst du dich mit Segelbooten aus, Eunice?) (Ich? Ich bin noch nie im Leben mit einem Boot gefahren, Joan. Aber ich glaube, es würde mir gefallen.) (Mir auch. Und ich denke an dieses Gespräch mit Jake, als er uns erklärte, daß eine Farm irgendwo in der Natur noch mehr Personal und weniger Sicherheit als unser Haus bedeuten würde. Ein Schiff – das wäre eine Idee.) (Du darfst ihn nicht damit überfallen, Joan; sieh zu, daß er zuerst daran denkt.) (Keine Sorge, Eunice. Die wirkliche Frage ist: Wirst du seekrank? Ich pflegte es zu sein, und es ist ein elender Zustand. Aber die Tatsache, daß wir nie unter morgendlicher Übelkeit gelitten haben, gibt mir die Hoffnung, daß du immun gegen Seekrankheit sein könntest.) (Also probieren wir es einmal aus.)

»Oh, Trimarane haben ihre Vorteile, Joan«, sagte Salomon. »Du kriegst viel Boot für dein Geld. Die Dinger sind geräumig und haben eine große Deckfläche. Und es ist fast unmöglich, sie zum Kentern zu bringen. Sicherer als die meisten kleinen Schiffe. Ich würden ihnen bloß keinen Schönheitspreis verleihen.«

»Jake, meinst du, du könntest uns eine Einladung an Bord dieses Trimarans verschaffen? Er sieht interessant aus.«

»Oh, vielleicht läßt es sich machen. Ich könnte mit dem Hotelmanager darüber sprechen. Wenn er die Leute nicht kennt, wird er sicherlich feststellen können, wer sie sind. Aber Joan, du kannst nicht mit verschleiertem Gesicht an Bord einer Privatjacht gehen; es würde unhöflich sein.«

»Jakob, ein Schleier kommt nicht in Betracht, weil ich nicht als Mrs. MacKenzie gehen würde. Ich bin Mrs. Salomon und stolz darauf, und unter diesem Namen will ich auch vorgestellt werden. Jake, ich glaube, unsere Hochzeit ist inzwischen keine interessante Neuigkeit mehr; es kann nicht viel ausmachen, wenn ich entdeckt werde.«

»Du hast recht. Ein paar Reporter mit Hubschraubern könnten uns für eine Weile belästigen und Aufnahmen mit Teleobjektiven machen. Aber nicht mal deine Enkelinnen werden begierig sein, ein Attentat auf dich zu verüben. Wenn die Schnüffler dich stören, kannst du zum Sonnenbaden und im Wasser einfach einen Badeanzug anziehen.«

»Kommt nicht in Frage, es ist unser Schwimmbecken, Jacob. Und ein Badeanzug kann auch nicht verbergen, daß ich schwanger bin. Je eher diese Neuigkeit in die Klatschspalten kommt, desto weniger wird sie die Leute später interessieren. Laß sie ein paar Aufnahmen machen, laß Roberto bestätigen, daß es so ist, und ein paar Tage später wird kein Hahn mehr danach krähen. Mit Publizität muß man sich abfinden. Ist es möglich, auf einem Boot dieser Art ein Schwimmbecken zu haben?«

»Nicht auf einem Boot dieser Größe. Aber ich habe viel größere Trimarane als diesen gesehen. Es läßt sich wahrscheinlich machen, weil ein Trimaran für seine Tonnage eine große Deckfläche hat. Man müßte einen Schiffbauer fragen. Warum das Interesse, Joan? Willst du, daß ich dir eine Jacht kaufe?«

»Ich weiß nicht. Aber Boote scheinen Spaß zu machen, Jake. Ich hatte nie viel Spaß in meinem Leben – in meinem anderen Leben, meine ich. Ich weiß nicht genau, wie man es anfängt, Spaß zu haben – außer, daß jetzt jeder Tag eine Freude für mich ist. Ich weiß nur, daß ich diesmal etwas ganz anderes machen möchte. Und damit meine ich nicht den verrückten Wirbel des sogenannten gesellschaftlichen Lebens. Würdest du eine Jacht mögen, Jake? Mit mir um die Welt fahren und mir alle diese Orte zeigen, die zu sehen ich nie Zeit hatte?«

»Du meinst, du hast dir die Zeit nicht genommen.«

»Vielleicht läuft es auf das gleiche hinaus. Wenn ein Mann zuviel Geld hat, dann besitzt es ihn, nicht umgekehrt. Jake, ich bin in Europa großgeworden, in einem anderen Zeitalter, und später bin ich vielleicht zwanzigmal dort gewesen – aber ich war nie im Louvre, habe nie die Wachablösung vor dem Buckingham-Palast gesehen. Ich habe nur Hotels und Konferenzzimmer gesehen, und die sind auf der ganzen Erde gleich. Würdest du etwas für meine Bildung tun, Liebster? Mir Rio zeigen? Den Parthenon bei Mondlicht? Das Tadsch Mahal bei Sonnenaufgang?«

Jake sagte nachdenklich: »Der Trimaran ist das bevorzugte Fahrzeug der Dropouts.«

»Entschuldige, etwas ist mir entgangen. Sagtest du ›Dropout‹?«

»Ich meine nicht die barfüßigen Herumtreiber in den Städten, oder diejenigen, die in verlassenen Farmen oder alten Schuppen auf dem Land hausen und ihr Gemüse anbauen, fern der Zivilisation. Ein Dropout auf dem Wasser muß Geld haben, und seine Gründe sind andere. Die Dropouts auf dem Land sind arme Teufel, die das einfache, freie Leben suchen und nichts von den Anforderungen der Leistungsgesellschaft wissen wollen. Der Dropout auf dem Wasser ist ein anderer Typ. Da er Geld hat, braucht ihn der Leistungsdruck, unter dem der kleine Mann am Fließband oder im Büro ächzt, nicht kümmern. Er fürchtet die Unsicherheit in den Großstädten, oder das Finanzamt, oder beides. Er ist eine häufige Erscheinung geworden. Niemand weiß, wie viele von diesen Leuten es gibt, aber einige Hunderttausend sind es sicherlich. Nimm diese Jachten unter uns – nicht die kleinen Sportboote, die anderen: ich wette, daß wenigstens vier von zehn unter einer billigen Flagge fahren und ihre Besitzer Pässe haben, die genauso exotisch sind wie die von ›Mr. und Mrs. MacKenzie‹. Irgendwo müssen sie ihre Schiffe registrieren und ihre Pässe ausstellen lassen, oder sie kriegen Schwierigkeiten mit den Hafenbehörden und Küstenwachbooten. Aber wenn sie diese minimalen Erfordernisse beachten, können sie sich fast allem entziehen. Keine Einkommensteuer, keine Gemeindeabgaben, keine Grundsteuer, nichts. Und sie haben keine Sorgen mit Einbrechern und Schlägerbanden auf den Straßen. Dieses letztere ist der beste Teil.«

»Dann ist es also möglich, allen Unannehmlichkeiten den Rücken zu kehren?«

»Nun, nicht ganz. Die meisten von diesen Landflüchtigen haben nach wie vor ihre finanzielle und wirtschaftliche Basis in den Staaten. Um sie zu verwalten, haben sie eine Briefkastenfirma auf den Bahamas, oder in Panama. Und natürlich haben sie Radiotelefon und Fernschreiber an Bord. Es ist ja nicht so, daß sie einfach den Fliegenden Holländer spielen können. Ein Schiff muß dann und wann überholt werden, es braucht Treibstoff und Wasser. Liegegebühren und Reparaturen müssen bezahlt werden, und egal, wieviel Fisch einer ißt, er braucht auch andere Lebensmittel. Nur ein Geisterschiff kann ewig auf See bleiben, richtige müssen in Abständen einen Hafen anlaufen.« Jake Salomon blickte nachdenklich über das Wasser hinaus. »Aber dem Ideal von ›Frieden‹ und ›Freiheit‹ kommt man näher als es auf dem Land möglich ist. Joan Eunice – soll ich dir was sagen, was ich tun würde, wenn ich jung wäre?«

»Was, Jake?«

»Sieh da hinauf.«

»Wohin, Liebster? Ich sehe nichts.«

»Dort.« Er zeigte.

»Der Mond?«

»Richtig! Joan Eunice, das ist der einzige Ort, wo noch viel Platz ist, wo es nicht zu viele Menschen gibt. Wer unter der zulässigen Altersgrenze ist, sollte wenigstens versuchen, dorthin auszuwandern.«

»Ist das dein Ernst, Jake? Die Raumfahrt ist sicherlich von wissenschaflichem Interesse, aber ich habe nie viel praktischen Wert darin gesehen. Gewiß, es gibt ein paar brauchbare technologische ›Abfälle‹. Fernsehsatelliten und so weiter. Aber der Mond selbst? Ein Leben als Maulwurf, ohne das Grün von Bäumen, ohne blauen Himmel und frische Luft? Außerdem ist die Mondkolonie allein gar nicht lebensfähig.«

»Joan Eunice, welchen Sinn hat dieses Baby in deinem Bauch?«

»Ich hoffe, Sie scherzen, Sir.«

»Liebling, ein Neugeborenes ist das nutzloseste Ding, das man sich vorstellen kann. Es ist nicht einmal schön – außer für seine liebenden Eltern. Es ist allein nicht lebensfähig, und es ist unvernünftig teuer. Zwanzig bis dreißig Jahre vergehen, bis die Investition sich auszuzahlen beginnt, und in den meisten Fällen zahlt sie sich nie aus. Denn es ist viel leichter, ein Kind zu erhalten, als es so aufzuziehen, daß etwas aus ihm wird.«

»Oh, aus unserem Baby wird einmal etwas!«

»Ich glaube es auch, soweit materielle Voraussetzungen dabei eine Rolle spielen. Aber sieh dich um; meine Verallgemeinerung deckt sich mit der Wirklichkeit. Doch trotz dieser Unzulänglichkeiten hat ein Baby einen einzigartigen symbolischen Wert. Es ist immer die Hoffnung unserer Rasse. Ihre einzige Hoffnung.«

Sie lächelte. »Jacob, du bist ein anstrengender Mann. Ich muß mich über dich ärgern. Wenn du so redest, machst du mich unsicher und melancholisch.«

»Das macht nichts, Liebling; ein bißchen Ärger ist gut für den Kreislauf. Schau hinauf in den Himmel. Das ist auch ein neugeborenes Baby. Die beste Hoffnung, die unserer Rasse geblieben ist. Wenn diese Baby lebt, lebt die menschliche Rasse. Wenn wir es sterben lassen, dann wird auch die Rasse sterben. Ich denke nicht an Wasserstoffbomben. Wir sehen uns viel größeren Gefahren gegenüber. Wir sind sehenden Auges in eine Sackgasse gerannt und sind nun an ihrem Ende angekommen. Wir können nicht in der eingeschlagenen Richtung weitergehen – und wir können nicht zurückgehen – und wir sterben in unseren eigenen Giften. Deshalb muß die kleine Mondkolonie überleben. Weil wir nicht überleben können. Es ist nicht die Drohung eines Vernichtungskriegs, oder die Kriminalität und Gewalt auf den Straßen, oder die Korruption in der Regierung, oder die Vergiftung der Luft und des Wassers durch Pestizide, Smog und Industrieabfälle; diese Erscheinungen sind nur Symptome der Krebserkrankung, die längst augenfällig geworden ist: zu viele Menschen. Nicht zu viele Neger oder Chinesen oder Inder, einfach – zu viele. Sieben Milliarden Menschen, die einander auf die Füße treten. Die meisten von ihnen sind liebenswerte Individuen, völlig in Ordnung, und wenn sie es nicht sind, wissen Soziologen und Psychologen, daß die Schuld gewöhnlich nicht bei ihnen liegt. Aber kollektiv sind wir die Parasiten der Erde, die sie zugrunde richten, bis uns nichts übrigbleibt als einander aufzufressen. Zu viele. Darum sollte jeder, der es kann, so bald wie möglich zum Mond gehen.«

»Jacob, in all den Jahren, die wir uns kennen, habe ich dich niemals so reden hören.«

»Warum? Im Haus des Gehenkten spricht man nicht vom Strick, lautet ein spanisches Sprichwort. Warum angesichts des Unausweichlichen noch lamentieren? Joan Eunice – Johann, meine ich, ich wurde fünfundzwanzig Jahre nach dir geboren. Ich bin mit dem Glauben an die Raumfahrt aufgewachsen. Du wahrscheinlich nicht, oder täusche ich mich?«

»Nein, ich bin es nicht, Jake. Als es mit diesen Dingen losging, fand ich es interessant, aber widersinnig.«

»Während ich so spät geboren wurde, daß ich die Programme faszinierend fand. Ich war fortschrittsgläubig. Trotzdem wurde ich zu früh geboren. Als Armstrong und Aldrin auf dem Mond landeten, war ich fast vierzig. Als die Auswanderung begann und das Höchstalter auf vierzig festgesetzt wurde, war ich schon viel zu alt. Ich beklage mich nicht. In der Aufbauphase werden praktische Fähigkeiten verlangt, und für einen älteren Anwalt ist wenig Bedarf.«

Er wandte den Kopf und lächelte sie an. »Aber wenn du auswandern wolltest, Liebling, würde ich dich nicht zurückhalten; ich würde dich ermuntern.«

(So leicht wird er uns nicht los, Joan!) (Darauf kannst du dich verlassen, Eunice! Ich werde es ihm zeigen.)

»Jake, Liebster, so einfach kannst du mich nicht abschieben.«

»Joan Eunice, es ist mein Ernst. Ich könnte zufrieden sterben, wenn ich wüßte, daß unser Baby auf dem Mond geboren würde.«

Sie seufzte. »Jacob, ich habe versprochen, dir zu gehorchen, und ich werde es tun. Aber ich kann nicht zum Mond auswandern; ich bin viel weiter über das Höchstalter hinaus als du. Der Oberste Gerichtshof hat es bestätigt.«

»Das ließe sich regeln.«

»Ich habe kein Verlangen, meine Identität schon wieder zur Streitfrage zu machen. Jacob, Liebling, ich will dich nicht verlassen. Aber wenn das Kind einmal zum Mond gehen will, dann werden wir es darin unterstützen. Ja?«

Er lächelte. »Ja. Glaubst du, ich möchte, daß du mich verläßt? Um keinen Preis. Aber ein Vater sollte seinem Kind niemals im Weg stehen.«

»Das tust du nicht, und du würdest es nie tun. Unser Kind geht zum Mond, wenn es will und alt genug ist, aber nicht diese oder die nächste Woche. Laß uns über Trimarane und diese Woche reden. Jake, du weißt, daß ich unser Haus zumachen möchte – ich würde es verkaufen, aber niemand würde mehr als den Grundstückswert bezahlen; es ist ein Monstrum. Behalte ich es aber, ohne es zu bewohnen, müßte ich eine Garnison dort lassen, oder die Freien Leute, wie sie sich nennen, würden trotz aller Sicherungen einbrechen und sich dort niederlassen. Und eines Tages würde ein Richter ihnen den Besitztitel zusprechen, wenn sich zeigt, daß wir es nicht wieder bewohnen werden.«

»Richtig«, sagte Jake. »Historisch gesehen, sind alle Besitzrechte an Grund und Boden so entstanden. Jemand stellt sich auf einen Flecken Land, verteidigt ihn und sagt: »Dies ist mein!« Und nach der Rechtsprechung kann ein Eindringling in ein leerstehendes Haus nach fünf Jahren damit rechnen, den Besitztitel zu erhalten, wenn der Vorbesitzer seinen Anspruch nicht erneuert. Besonders in Stadtkernen, Sanierungsgebieten und in der Nähe von aufgegebenen Zonen wird diese Praxis ziemlich rigoros gehandhabt, um Verfall und Verwahrlosung unbewohnter Gebäude zu verhindern. Und dein Haus ist nicht weit vom Stadtkern, und eine aufgegebene Zone ist auch in der Nähe.«

»Ich weiß, Liebster – aber ich will es nicht einem Haufen von barfüßigen Dropouts überlassen. Verdammt, dieses Haus hat mich an die neun Millionen gekostet, Steuern und Instandhaltung nicht mitgerechnet. Ein weiteres Problem ist, was aus unserem Hauspersonal werden soll. Ich habe es allmählich satt, ein Feudalherr zu sein – oder eine Feudalherrin, aber ich kann die Leute nicht einfach gehen lassen. Einige von ihnen sind seit zwanzig und mehr Jahren bei mir. Immerhin, wenn wir eine große Jacht kaufen und darin leben würden, wüßte ich eine Lösung für beide Probleme.«

»So?«

»Ich glaube es. Es ist eine Idee, auf die ich während unserer Hochzeit kam, als ich über diese Farm nachdachte.«

»Was? Während du an mich hättest denken sollen?«

»Das tat ich auch, Lieber. Aber seit meiner Verjüngung scheine ich imstande zu sein, an mehrere Dinge gleichzeitig zu denken. Bessere Gehirndurchblutung, vielleicht. Unser Bankettsaal, zur Trauungskapelle hergerichtet, sah mehr wie eine Kirche aus, als er jemals wie ein Raum zum Essen ausgesehen hat. Meine Idee ist, daß wir das Haus Hugo und seiner Gemeinde zur Verfügung stellen könnten, mit einem tüchtigen Mann – Alec, vielleicht – als treuhänderischem Verwalter. Der Verwalter bekäme ausreichend Mittel für die Instandhaltung, und Hugo könnte das Haus als Kirche und Gemeindezentrum verwenden. Was sagst du zu der Idee?«

»Wenn du das Haus wirklich nicht mehr bewohnen willst, Joan, sehe ich keine Schwierigkeiten.«

»Ich will es nicht mehr bewohnen, wenn es dir recht ist.«

»Es ist dein Haus, Joan, und du kannst nach deinem Gutdünken darüber verfügen. Aber wenn du meine Ansicht hören möchtest – nun, ich bin schon vor längerer Zeit zu der

Einsicht gelangt, daß es mehr Kopfschmerzen als Vergnügen bereitet, in einer großen Stadt ein Haus zu haben. Wir könnten mein kleines Haus in der Enklave Safe Harbour behalten, wenn du willst. Ich werde mit Alec sprechen und einen Plan mit ihm machen. Aber ich frage mich, ob Shorty mit dem Haus zurechtkommen wird. Ich könnte mir vorstellen, daß es ihn überfordert.«

»Du hast recht. Wenn wir einem Analphabeten ein Haus wie das überließen und niemand da wäre, der ihn in den praktischen Fragen kontrolliert, dann hätte er bald einen verwahrlosten Kasten mit eingeschlagenen Scheiben und leergeräumten Zimmern, aber keine Kirche. Aber das paßt zu der anderen Hälfte meiner Idee: was aus meinen allzu getreuen Gefolgsleuten werden soll. Man könnte allen, die zwanzig Jahre und länger bei mir gedient haben, ein oder zwei Jahresgehälter als Abfindung zahlen und ihnen so den Ruhestand schmackhaft machen. Die Handwerker und Wächter sollten wir auffordern, bei gleicher Bezahlung wie bisher für den Verwalter zu arbeiten. Hugo ist ein guter Leibwächter, aber er ist ein Kind Gottes und versteht nichts von Management. Er braucht einen praktischen, zynischen Mann als Hausmeister – nein, als gleichberechtigten Vertreter der Verwaltung. Cunningham. Oder O'Neil. Alec kann das ausarbeiten. Jake, Hugo soll ein vollständig finanziertes und verwaltetes Haus erhalten, so daß er sich ganz auf sein Seelenretten konzentrieren kann. Ich nehme an, du weißt, warum.« (Ich glaube, *ich* weiß, warum, Boß – aber jeder der vier hätte meinen Mörder umgebracht.) (Den anderen dreien haben wir schon auf unsere spezielle Weise gedankt – und wir werden damit auch noch eine Weile fortfahren. Aber Hugo ist ein besonderer Fall.)

»Joan Eunice, glaubst du wirklich, daß Hugo Seelen rettet?«

»Ich habe nicht die leiseste Ahnung, Jake. Ich weiß nicht, wer diese Welt unter sich hat. Aber selbst wenn Hugos Predigten und Gebete nicht mehr reale Bedeutung als unsere Meditationsübungen haben, behalten sie einen Wert. Wir leben heute in einer schwierigen Welt, die den jungen Leuten kaum Hoffnungen anbieten kann. Die einen werden Dropouts und greifen zu Drogen, die anderen radikalisieren sich politisch und landen in den Gefängnissen, und wieder andere werden kriminell. Wenn welche das nicht wollen, bleibt ihnen nicht viel übrig, als nach der Arbeit zu Haus zu bleiben, stillzusitzen und Om mani padme hum zu singen oder den Rosenkranz zu beten. Und wie die Welt ist, ist das noch das beste, was sie tun können. Wenn aber Meditation und ein bedeutungsloses Gebet besser sind als die meisten Handlungen, die ihnen noch offenstehen, dann ist in der gleichen Weise gut, was Hugo anzubieten hat. Auch wenn seine Theologie hundertprozentig falsch ist. In einer Zeit, in der die Sinnlosigkeit der menschlichen Existenz immer deutlicher wird, ist jeder Trost eine gute Sache. Übrigens glaube ich nicht, daß Hugo sich mehr irrt als die gelehrtesten Theologen. Jacob, niemand weiß, wer die Welt unter sich hat, und vieles spricht dafür, daß wir es nie wissen werden.«

»Ich fragte mich bloß, meine Liebe. Schwangere Frauen kommen zuweilen auf seltsame Ideen.«

»Ich bin hier unten schwanger, Liebster; hier oben ist noch immer der alte Johann. Bewahrt mich vor manchen Dummheiten, glaube ich. (Oh, das glaubst du, hm? Boß, wenn du mich nicht hättest, die dich immer wieder zur Vernunft bringt, würdest du von einem Schlamassel ins nächste taumeln!) (Das weiß ich, Liebes, deshalb habe ich ja auch keine Angst – andernfalls hätte ich mich nämlich längst zu Tode gefürchtet.) (Kein Grund zur Sorge, Boß. Ein Kind zu bekommen ist nicht schlimmer, als einen Zahn gezogen zu kriegen. Wir Frauen sind dafür gebaut.) Jake, habe ich dir je von der Zeit erzählt, als ich mich politisch betätigte?«

»Ich weiß nichts davon, Joan; ich kann es mir auch nicht vorstellen.«

»Vielleicht kannst du es dir bei Johann vorstellen. Nun, vor vierzig Jahren ließ ich mich überreden, daß es meine ›Pflicht‹ sei. Ich war leicht herumzukriegen – aber heute ist mir klar, daß die betreffende Partei mich als ihren Kandidaten aufstellte, weil ich meine Wahlkampagne in einem Bezirk, wo sie sowieso nicht gewinnen würde, selbst bezahlen konnte. Aber ich lernte daraus, Jake. Lernte, daß ein erfolgreicher Geschäftsmann nicht unbedingt auch ein erfolgreicher Politiker sein muß, schon gar nicht ein Staatsmann. Seitdem fühlte ich mich nie verlockt, die Welt zu retten. Vielleicht kann ein anderer diese Menschheit retten, aber ich weiß nicht, wie. Jake, ich konnte für die Unternehmensgruppe sorgen, als ich sie noch leitete, und jetzt kann ich für vierzig oder fünfzig Leute sorgen und zusehen, daß sie zufrieden sind, soweit das mit Geld zu machen ist. Aber niemand kann die Probleme von sieben Milliarden Menschen lösen. Du würdest verrückt vor Frustation, wenn du es versuchtest. Auch kannst du nicht viel für die dreihundert Millionen Menschen in diesem Land tun, nicht wenn das wirkliche Problem die Tatsache ist, daß es dreihundert Millionen von ihnen gibt. Ich sehe keine Lösung, abgesehen von zwangsmäßiger Sterilisierung – und diese Lösung erscheint mir kaum weniger schlimm als die Krankheit. Das System der Kinderlizenzen und Geldstrafen hat das Problem nicht gelöst.«

»Wird es auch nicht lösen, Joan«, sagte Jake. »Dieses System ist ein Witz. Es hat mehr Lücken und Fragwürdigkeiten als die Steuergesetze. Und Zwangsmethoden würden unweigerlich zu politischen Ausleseverfahren führen. Nein, danke – dann ziehe ich die apokalyptischen Reiter vor. Und die freiwillige Geburtenbeschränkung durch empfängnisverhütende Mittel hat die Bevölkerungszunahme kaum verlangsamt.«

»In China ist es einstweilen gelungen, Jake. Mit Disziplin, Erziehung zur Askese und sexfeindlicher Moral.«

»Ich weiß. Aber das ist kein Patentrezept. Kannst du dir vorstellen, daß es bei uns funktionieren würde? Zuvor müßten wir das ganze Gesellschaftssystem umkrempeln, und selbst dann sehe ich nicht, wie es gehen sollte. Wir leben in einer dekadenten, erschöpften Zivilisation, die seit Generationen ihr höchstes Ziel in materiellem Wohlstand und individueller Verwirklichung gesehen hat.«

»Dann gibt es keine Lösung.«

»Oh, es gibt sie, ich erwähnte sie. Die vier apokalyptischen Reiter. Sie sind immer im Dienst. Und dort.« Er zeigte zum Mond. »Joan Eunice, ich vermute, daß die Tragödie unserer Rasse schon viele Vorführungen erlebt hat. Es mag sein, daß eine intelligente Rasse sich bis zum Punkt der Selbstauslöschung ausdehnen muß, um zu erreichen, was nötig ist, ihren Planeten zu verlassen und nach den Sternen zu greifen. Es mag sein, daß es immer ein Wettrennen mit der Zeit ist, dessen Ausgang bis zum letzten Moment ungewiß bleibt. Genauso wie es mit uns ist. Endlose Kriege und unerträglicher Bevölkerungsdruck mögen notwendig sein, um eine Technologie gewaltsam zu dem Punkt voranzutreiben, wo sie sich dem Weltraum gewachsen zeigt. Ich halte es für denkbar, daß im Universum Raumfahrt der normale Überlebensfall einer vom Aussterben bedrohten Rasse ist. Eine Prüfung. Einige bestehen sie, andere gehen zugrunde.«

Sie erschauerte. »Grausig.«

»Ja. Und nicht das richtige Gesprächsthema für eine Frau in anderen Umständen. Entschuldige.«

»Ein grausiger Gedanke zu jeder Zeit, Jake. Und daß eine Frau in ›anderen Umständen‹ von beunruhigenden Gedanken verschont werden sollte, ist ein spießiges Vorurteil. Ich tue, wozu dieser Körper gemacht ist: baue ein Kind auf. Es ist ein gutes, gesundes Gefühl.«

»Das freut mich. Aber Joan Eunice, bevor du dein Haus zumachst und auf eine Jacht übersiedelst, muß ich eine Einschränkung machen. Ich glaube, du mußt damit warten, bis dieses Kind da ist.«

»Warum, Jake? Ich habe nicht einen Moment unter Übelkeit gelitten. Ich glaube nicht, daß Seekrankheit ein Problem sein wird.«

»Ich denke nicht an Seekrankheit. Du bist in einem gefährdeten Zustand, egal wie gut du dich fühlst. Zu Hause bist du in guter Obhut; Roberto und Winnie sind dort. Hier bist du in Sichtweite eines modernen Krankenhauses. Aber auf See? Angenommen, du bekommst eine Frühgeburt, ein Siebenmonatskind? Wir würden das Kind verlieren, und dich wahrscheinlich auch. Nein.«

»Oh.« (Eunice, hat es einen Sinn, ihm zu erzählen, daß du dein erstes Kind ohne Schwierigkeiten voll ausgetragen hast?) (Nein, Joan. Wie willst du es beweisen? Wenn du mich jetzt erwähnst, würdest du bloß wie eine Frau mit den Hirngespinsten einer Schwangeren sein. Joan, das ist ein Argument, gegen das du nicht streiten kannst. Gib auf und suche einen anderen Weg.)

»Jake, darin hast du sicher recht; ich weiß, daß solche und andere Dinge passieren können. Aber könnten wir nicht Roberto und Winnie überreden, mit uns zu kommen? Und dann brauchen wir nicht sehr weit hinauszufahren; wir könnten in Küstengewässern bleiben. Außerdem habe ich zu Roberto Vertrauen. Er kennt mich in- und auswendig. Oder erscheint er dir als mein Geburtshelfer ungeeignet, weil du weißt, daß er mit mir geschlafen hat?« (Das war aber ein böser Tiefschlag, Joan.) (Ach was, ich möchte ihn nur ein wenig verwirren.)

Jake Salomom zog die Brauen in die Höhe und lächelte zu ihr herab, »So leicht bringst du mich nicht in Verlegenheit, Kleine. Wenn Roberto der Geburtshelfer ist, den du willst, werde ich gern versuchen, ihn zu überreden. Hauptsache, dir macht es nichts aus, wenn seine Frau dabei ist.«

»Puh! Wenn du mit Winnie schöne Erinnerungen auffrischen willst, werde ich euch zudecken und einen Gutenachtkuß geben. Sicherlich wird sie dich trösten, während ich Schonzeit habe.«

»Sehr aufmerksam von dir. Wie ich hörte, verliebt sich eine Frau fast immer in den Arzt, der ihr erstes Kind zur Welt bringt.«

»Wieder Puh. Ich liebe Roberto schon lange, und du weißt es. Bist du eifersüchtig, Jacob?«

»Nein. Nur neugierig. Ich will keine indiskreten Fragen stellen, aber mir fiel eben ein, daß Bob reichlich Gelegenheit hatte, dich in der Zeit zu trösten, als du den Entschluß zu diesem Kind faßtest.«

»Ist das alles, was dazu nötig ist, Lieber? Bloß die Gelegenheit?« (Was sonst noch?) (Sei still, Eunice.) Sie lachte. »Jake, ich gebe die Möglichkeit zu, daß Robertos Name im Hut sein könnte. Aber es könnte auch Finchley gewesen sein. Oder Hubert. Oder unser guter Freund Mac.«

»Ist das ein Geständnis?«

»Nun, irgendwo darin könnte ein Geständnis verborgen sein.«

»Zieh mich nicht auf, Liebling. Es gibt nur zwei Sorten von Ehefrauen. Solche, die betrügen, und solche, die die freundliche Zustimmung ihrer Ehemänner haben, in welchem Fall ...«

»Gibt es nicht auch eine dritte Sorte?«

»Eh? Ah, du meinst die treuen Ehefrauen. Bestimmt gibt es die. Ich habe davon gehört. Aber in meinen zwanzig Jahren als allgemein praktizierender Anwalt – damals hatte ich viele Scheidungsfälle – traf ich so wenige von dieser Sorte an, daß ich mir keine Meinung bilden kann. Die technisch treuen Ehefrauen bilden einen so kleinen Teil des Spektrums, daß ich sie nicht bewerten kann. Ein vernünftig denkender Mann sollte zufrieden sein, wenn seine Mahlzeiten rechtzeitig auf den Tisch kommen und seine Würde nicht verletzt wird. Worauf ich aber eigentlich hinaus will: wenn du meine freundliche Zustimmung haben willst, dann erzähl mir nicht solchen Unfug wie von Hubert. An Richter Mac könnte ich glauben. Tom Finchley ist ebenfalls ein sehr männlicher Typ, der zudem regelmäßig badet. Bob Garcia zeigt, daß du Geschmack hast. Aber erwarte bitte nicht von mir zu glauben, du könntest auch etwas mit Hubert gehabt haben.« (Joan, er kennt uns viel zu gut. Halte ihn nicht zu oft zum Narren.)

»Ich werde immer versuchen, deine Wünsche zu respektieren, Liebster. Aber da du rechtzeitig auf den Tisch gebrachte Mahlzeiten erwähnst, sollte ich mich lieber an die Arbeit machen, oder dein Abendessen kommt zu spät.«

»Warum nicht einfach kalte Schnitten und so, wenn uns danach ist, und vielleicht eine aufgewärmte Dosensuppe? Ich dachte an ein Nickerchen.«

»Soll ich mich zu dir legen, Jake?«

»Ein Nickerchen mit dir ist nicht geruhsam. Der alte Señor Jacopo braucht eine Siesta.«

»Ja, gut. Aber darf ich schnell beenden, was ich sagte? Wir können für jeden sorgen, der in den Ruhestand treten oder einen anderen Job suchen oder bei Hugo bleiben will. Aber ich hoffe, daß einige von ihnen als Besatzung mit uns an Bord unserer Jacht gehen werden. Besonders solche, die schon auf See gewesen sind und was darüber wissen.«

»Von Finchley weiß ich es. Er hat wegen einer Schmuggelaffäre mit einem Fischkutter oder so drei Jahre abgesessen.«

»Richtig, Jake, ich erinnere mich! Nun, ich hätte gern alle unsere Leibwächter bis auf Hugo angeheuert. Sie sind alle kräftig und geschickt, und es gibt bei ihnen keine großen Familienprobleme. Fred lebt von seiner Frau getrennt, Dabrowski hat keine Kinder, und seine Frau könnte bereit sein, als Zimmermädchen mitzufahren – Stewardeß, sollten wir sagen. Was die Finchleys angeht, so ist Tom der Mann, den wir brauchen. Wenn ich mich recht entsinne, schmuggelte er mit ein paar anderen Waffen zu den Aufständischen nach Haiti, also muß er einiges über Seefahrt wissen. Und Hester Finchley ist eine gute Köchin. Ihre Tochter Eve wäre kein Problem – sie kann schon lesen und schreiben und rechnen, und wenn sie davon erfährt, wird sie ihren Eltern keine Ruhe lassen; alle Kinder mögen reisen. Jake? Wenn du hineingehst, könntest du nachsehen, wer am Aufzug Wache hat, und ihm sagen, daß er Finchley heraufschicken soll. Ich möchte hören, was er über Schiffahrt weiß.«

»Ich denke, er hat jetzt Wache. Soll ich dir einen Bademantel bringen?«

»Kriege ich zuviel Sonne? Fühlt sich nicht so an; ich habe mich eingeölt. Oh! Du meinst Tom Finchley? Aber Liebster, wir waren jeden Tag mit ihm und seiner Familie im Schwimmbecken. Wie auch mit den anderen.«

»Mir ist es egal, Joan. Ich dachte nur, du legtest Wert darauf, die Formen zu wahren.«

»Es würde albern aussehen, wenn ich mit ihnen allen

schwimme und Sonnenbäder nehme. Und was die Wahrung von Umgangsformen angeht, sah ich nicht erst gestern, wie du im Schwimmbecken Hesters Hintern tätscheltest? Oder war es Mittwoch?«

»Es war Dienstag, und es war nicht Hester, es war ihre Tochter Eve. Ich probte nur den alten Wüstling, meine Liebe – nichts Ernstes. Also sei nicht eifersüchtig.«

»Geliebter, an dem Tag, da ich auf ein kleines Mädchen eifersüchtig bin, darfst du mich verprügeln. Aber es war Hester, nicht ihre Tochter. Mein ritterlicher, wundervoller Jacob würde niemals ein kleines Mädchen belästigen.«

»Vielleicht nicht, aber dieses kleine Mädchen macht mich zur Zielscheibe seiner Späße. Bespritzt mich. Zieht mich am Fuß unter Wasser, wenn ich schwimme.«

»Armer Jake. Nicht mal die Dreizehnjährigen lassen ihn in Ruhe. Ich bin nicht überrascht; ich habe ihn auch nicht in Ruhe gelassen.«

»Wir schließen ein Abkommen, Joan. Ich werde sorgfältig vermeiden, dich mit ihrem Vater zu überwachen, wenn du bereit bist, immer seine Tochter zu beaufsichtigen, wenn ich in der Nähe bin.«

»Hören ist für mich gehorchen, mein Geliebter – obwohl ich bekümmert bin, daß du denkst, ich und einer unserer Bediensteten könnten der Überwachung bedürfen. Aber was ist mit Hester? Muß ich immer in Sicht sein, wenn sie hier oben ist?«

»Kümmere dich um deine eigenen Angelegenheiten, Mädchen. Aber es ist nicht nötig, daß du darin fanatisch wirst. Ich möchte, daß sie sich alle ungezwungen fühlen, wenn sie zum Schwimmen hier heraufkommen, denn ich will unter keinen Umständen, daß ein Mitglied unseres Haushalts jemals in diesen Abwässern dort unten badet. Du weißt, wie diese schöne Brandung täuscht. Ich möchte nicht die Colibakterien zählen, die in einem Fingerhut von der Brühe sind. Das war der Sinn meiner Vereinbarung mit ihnen – sie halten sich ganz von den Stränden fern und dürfen dafür jederzeit unser Schwimmbecken mitbenützen. So opfern wir ein wenig Privatsphäre, laufen aber nicht Gefahr, daß einer von ihnen sich mit Amöbenruhr oder ähnlichem infiziert und uns alle ansteckt. Es gleicht sich aus, und sie sind alle nette Leute ...«

»Es hat mir nichts ausgemacht, Jacob; es ist nicht gut, zuviel allein zu sein. Aber wir sprachen von Hesters Hintern. Wohlgeformt, nicht?«

»Du bist eine schreckliche Person. Ich werde gehen und meine Siesta halten, nachdem ich Tom heraufgeschickt habe. Laß mich nicht länger als eine Stunde schlafen.«

Er küßte sie. Als er ging, sprang sie ins Wasser, schwamm ein paar Längen und kletterte heraus. Sie blickte zum Jachthafen hinunter und wartete, als Finchley kam.

»Sie haben mich gerufen, Madam?«

Sie lächelte. »Tom, alter Kater, das ist nicht mein Name, wenn wir allein sind.«

Er blickte über die Schulter und sagte leise: »Kätzchen, der Boß ist wach.«

»Ich weiß. Aber er ist in sein Zimmer gegangen und hat die Tür geschlossen. Siesta. Er wird gleich schlafen. Aber ich wollte dich nicht erschrecken, Tom, Liebster. Komm zu mir ans Geländer, ich will dir was zeigen. Kannst du segeln? Oder kennst du dich nur mit Fischkuttern aus?«

»Segeln? Klar, ich bin an der Chesapeake Bay aufgewachsen. Jollen und so.«

»Hast du schon mal einen Trimaran gesegelt?«

»Nein. Bin nur einmal auf einem mitgefahren, als ich sechzehn war.«

»Was denkst du von ihnen?«

»Hängt davon ab, was man damit machen will. Sie sind in Ordnung, wenn du etwas haben willst, das Platz und Bequemlichkeit bietet, eine Art Hausboot. Aber ich würde keinen ohne Hilfsmotor nehmen. In engen Gewässern können sie so unbeholfen wie zwei Leute in einer Badewanne sein.«

»Hast du es schon mal in einer Badewanne probiert, Tom?«

»Klar, wer hat es nicht? Gut für einen Spaß. aber ein Bett ist besser. Oder ein Boden.«

»Wie ist es mit einer Matte zum Sonnenbaden?«

»Kätzchen, es macht dir Spaß, mich zu erschrecken. Du bringst es noch so weit, daß wir ertappt werden.«

»Es war nur eine rhetorische Frage, Lieber. Ich wollte dich nicht in Angstschweiß bringen. Sag mir, glaubst du, daß Hester und Jake es je gemacht haben?«

Er grinste. »Bestimmt nicht. Aber ich kann dir was sagen.«

»Dann tue es, Tom, du hübscher Kater.«

»Hester hätte gar nichts dagegen, aber sie traut sich nicht. Sie glaubt, der Boß sei Gottes rechte Hand.«

»Nun, das glaube ich auch. Aber das hindert mich nicht daran, meinen schönen Kater mit den Muskeln zu lieben. Wie würdest du darüber denken? Jake und Hester.«

»Ich?« Er blickte verdutzt. »Hör zu, du weißt, daß ich nicht dafür bin, einen Zaun um eine Frau zu machen. Würde sie nur auf den Gedanken bringen, rüberzuspringen. Lieber würde ich das Tor für sie offen lassen. Hester ist in Ordnung – ließ sich nicht scheiden, als ich eingelocht wurde, nahm mich wieder auf, als ich rauskam. Hester und der Boß? Meinetwegen, wenn sie wollen.«

»Mm – geben wir ihnen eine Chance, Tom. Es könnte eine Versicherung für uns sein, später.«

Er nickte nachdenklich. »Klug gedacht, Kätzchen. Aber wie? Und würde er? Der Boß?«

»Ich glaub bestimmt, daß er würde, wenn er wüßte, daß es sicher ist. Daß er nicht gestört wird, meine ich. Das Hauptproblem ist Eve. Hmm ... du könntest für mich einkaufen fahren, und ich könnte Hester bitten, Mr. Salomon das Essen zu bringen. Und dann könnte ich Eve einladen, mit uns zu kommen.«

»Wenn einer von den anderen hier oben ist? Nicht gut.«

»Wir müßten eine Zeit auswählen, wo du Dienst hast. Jake wird nicht gleich nach einem Ersatzmann schicken; er wird höchstens den Aufzug sperren. Er ist um meine Sicherheit besorgt, nicht um seine.«

»Vielleicht. Könnte klappen, wenn er es will. Du wirst hübsch rund, überall. Schöner denn je, Kätzchen. Äh ... bist du sicher, daß der Boß schläft?«

»Sicher genug, daß ich es riskieren würde. Aber ich will dich nicht beunruhigen, Liebster. Willst du erst abwarten und sehen, wie mein Plan mit Jake und Hester ausgeht?«

»Ah ... zum Teufel, bis dahin könnten wir alle tot sein.«

»Komm, gehen wir in mein Zimmer.«

KAPITEL ZWEIUNDZWANZIG

Die Harvard University GmbH hat beschlossen, sämtliche Zahlungen einzustellen, bis das Studentenparlament einen neuen Universitätspräsidenten gewählt hat. Die beiden rivalisierenden Parlamente so wie der Fakultätssenat bezeichneten diese Vorgehensweise als »verabscheuungswürdig und unverantwortlich«. Der Generalsekretär der Gewerkschaft der Privatpolizisten, Leibwächter und Chauffeure in der AFL beglückwünschte auf der Jahreshauptversammlung die Stadtverwaltung von Milwaukee, weil sie sich der wachsenden Liste von Gemeinwesen angeschlossen habe, die das Einstellungsverbot für Vorbestrafte im Polizeidienst abgeschafft hätten. »Der ausgezeichnete Erfolg, mit dem Vorbestrafte seit Jahren als private Sicherheitsbeamte tätig sind, beginnt sich bei den Kommunalpolitikern herumzusprechen. Schon die Bibel sagt: ›Willst du einen Dieb fangen, so schicke einen Dieb aus.‹ Wer weiß mehr über Strolche und Verbrecher, als ehemalige Strolche und Verbrecher? Führende Wissenschaftler haben längst erkannt, welche Möglichkeiten für die Resozialisierung entlassener Strafgefangener sich hier eröffnen. Man gebe einem Mann einen Anreiz, der ihn vor Rückfällen bewahrt, eine Arbeit, die er versteht, und man wird sich auf ihn verlassen können.«

GLEICHE RECHTE FÜR FRAUEN!

Lassen Sie sich nicht länger erniedrigen! Sehen Sie sein erstauntes Gesicht, wenn Sie vor ein Urinierbecken der Herrentoilette treten und es mit einem Lächeln benützen. Besorgen Sie sich noch heute Dr. Mary Evers GLEICHHEIT JETZT- Adapter (Pat. angem.) – hygienisch, narrensichere Anwendung, paßt in jede Handtasche. In neun hübschen, psychedelischen Mustern. Bei Ihrem Drogisten und in allen Supermärkten.

Die Lunar-Kommission verteidigte ihre Praxis, Auswanderungswillige ausschließlich einer physischen und mentalen Überprüfung zu unterziehen, statt auch ihr Vorleben zu berücksichtigen. Der Direktor erklärte hierzu: »In einer neuen Welt muß jeder ein neues Leben beginnen können. Jede andere Vorgehensweise wäre kontraproduktiv.«

»Hui! Jetzt laufen wir vor dem Wind! Joe, sieh nur, welches Tempo wir aufmachen!«

»Fein.«

»Kribbelt einem im Magen«, sagte Joan Eunice glücklich. »Laß uns nach achtern gehen und zeig dich beeindruckt, wenn du Winnie am Ruder siehst; sie ist mächtig stolz, seit Tom sie auf die Wachliste gesetzt hat. Sie muß Salzwasser in den Adern haben. Gigi, was ist los mit dir, Liebes? Du lächelst gar nicht? Ist dir übel?«

»Ein klein wenig, vielleicht.«

»Ich muß zugeben, daß dieses sanfte Auf und Ab und Hin und Her nicht jedermanns Sache ist. Ich mußte mich auch erst daran gewöhnen, aber jetzt habe ich es gern. Aber es macht nichts, Gigi. Doktor Roberto hat todsichere Pillen gegen Seekrankheit. Ich werde dir eine holen, und in fünf Minuten wird die Bewegung dich nicht mehr stören, und du wirst hungrig wie ein Pferd sein.«

»Es ist schon gut, Joan. Ich nehme nicht gern Pillen, weißt du.«

»Es ist nicht gut; du bist ganz blaß. Wenn wir hinuntergehen, wirst du kein Mittagessen wollen, und Hester hat mir gesagt, daß es heute etwas Besonderes gibt. Sieh mal, Gigi, Roberto gibt diese Pillen sogar Winnie – jeden Tag eine vor dem Frühstück. Er ist ein vorsichtiger Arzt und würde sie nicht seiner eigenen Frau geben, wenn sie schaden könnten. Niemand kriegt hier an Bord irgendwelche Pillen, es sei denn, unser Schiffsarzt verordnet sie. Sei so lieb und nimm eine, Gigi, ja?«

»Gigi.«

»Ja, Joe?«

»Nimm die Pille.«

»Ja, Joe. Danke, Joan. Du denkst vielleicht, ich sei albern, aber ich habe einen sehr empfindlichen Magen, weißt du. Schon auf die harmlosesten Tabletten kriege ich Sodbrennen und alles mögliche.«

»Ich bin auch nicht für Tabletten, aber ich nehme welche, wenn Doktor Roberto es befiehlt. Bleib hier oben an der frischen Luft, Liebes, während ich Roberto suche.«

Pfeifend kam Mr. Jacob Salomon auf die Brücke, um Tom am Ruder abzulösen, schwang sich auf den Sitz hinter dem Steuerrad. »Morgen, Tom. Alles klar?«

»Morgen, Kapitän. Der Kahn liegt genau auf Kurs, aber der Wind beginnt zu drehen. Die Segel müssen verstellt werden.«

»Machen wir schon. Gehen Sie nach unten und lassen Sie sich das Frühstück geben.« Er blickte auf den Kompaß und ergriff die Speichen des Steuerrades. »Wir haben Ihnen nichts übriggelassen, aber Sie können Schiffszwieback aus dem Rettungsboot klauen.«

»Hester wird mich nicht verhungern lassen, Sir.«

»Olga auch nicht.« Jake beobachtete die Segel und beschloß, etwas schärfer an den Wind zu gehen. Seine rechte Hand griff zu den Steuerungshebeln für das laufende Tauwerk, tippte sie wiederholt an, während die Stellung von Hauptsegeln und Fock sich veränderte. Dann korrigierte er seinen Kurs um einen Grad und entspannte sich.

»Also, ich gehe jetzt«, sagte Tom. »Guten Morgen, Kapitän.«

»Tom, lassen Sie diese Anrede. Es ist gut und schön, wenn Mrs. Salomon den Wunsch hat, mir diesen Titel anzuhängen, aber wir alle wissen, wer nach den Schiffspapieren die Leitung hat. Sie sind der Skipper und haben die Verantwortung; ich bin nur der Besitzer und der inoffizielle Obermaat. Joan Eunice hätte es nicht tun sollen – aber Sie wissen, wie sie ist: Man muß die Frauen bei Laune halten. Was machen Ihre zwei an diesem schönen Morgen? Ich habe Eve nicht beim Frühstück gesehen.«

»Sie frühstückte, als Sie noch schliefen, Sir. Ich habe ihr gesagt, daß sie von jetzt an Hosen zu tragen hat, außer im Schwimmbecken oder in seiner Nähe.«

»Ich sehe nicht, warum sie das tun sollte. Die anderen Mädchen tun es auch nicht, es sei denn, das Wetter zwingt sie dazu. Ich möchte nur nicht, daß sie mir auf den Schoß springt, nackt wie ein Aal und doppelt so lebendig. Das verleitet mich zu dem Wahn, ich sei siebzehn oder achtzehn.«

»Ich werde sie zusammenstauchen, Sir.«

»Tom, ich will nicht, daß Sie das Kind ›zusammenstauchen‹. Jeder soll an dieser Kreuzfahrt seinen Spaß haben. Ich möchte, daß alle sich wie eine große, glückliche Familie fühlen. Hester könnte sie beiseite nehmen und ihr sagen, daß der alte Onkel Jake sie liebt, aber nicht gern ins Schwimmbecken gestoßen und erschreckt und angefaßt werden mag. Dieses letztere ist eine Lüge, aber eine offizielle Lüge. Da wir vom Schwimmbecken reden, was ist mit dem Filter gewesen?«

»Der Filter ist in Ordnung, nur die Ansaugleitung war verstopft. Seetang.«

»Hat der Doktor das Wasser untersucht?«

»Es ist in Ordnung.«

»Sehr gut. Als ich jung war und bei der Marine diente, schwammen wir oft vom Schiff aus in offener See und dachten uns nichts dabei. Aber heutzutage kann nicht mal der

Pazifik all das giftige oder sonstwie schädliche Zeug verkraften, das sie darin abladen. Tom, Sie können das Totenkopfschild vom Schwimmbecken entfernen.«

»Gut, Sir. Ich glaube, es ist Zeit, daß Sie acht Glasen schlagen, Sir.

Salomon blickte auf die Uhr. »Natürlich«, sagte er kopfschüttelnd. »Da sehen Sie, was für einen Kapitän ich abgeben würde!« Er streckte seine linke Hand aus und berührte die letzte Drucktaste in einer Reihe von acht; der vierfache Doppelschlag einer Glocke hallte durch das Schiff und zeigte den Beginn der Vormittagswache an. »Ich bin froh, daß wir Ihrem Rat gefolgt sind und diesen Schoner gekauft haben, Tom. Groß, geräumig, dabei leicht zu bedienen. Wenn einer nicht essen und schlafen müßte, könnte er ihn allein um die Erde segeln. Drei Mann könnten es leicht. Sogar zwei.«

»Hmm. Vielleicht.«

»Sie glauben es nicht?«

»Theoretisch würde ein Mann ausreichen, Sir – wenn nie etwas schiefgehen würde. Aber irgendwas ist immer. Ich glaube schon, daß der Kahn einen Sturm abreiten kann, aber ich möchte es nicht allein erleben.«

»Richtig. Ich möchte es nicht mal jetzt erleben, mit zwei schwangeren Frauen an Bord – drei, wenn Sie Eve nicht im Auge behalten.«

»Oh, Doktor Garcia hat ihr schon eine Pille gegeben. Wirkt drei Monate. Ich gehe kein Risiko ein, wenn ich es vermeiden kann, Sir.«

»So? Tom, mein Respekt für Sie nimmt weiter zu. Sie ist sicher vor ihrem Onkel Jake ... aber ich kann keine Versprechungen machen, was die anderen Männer auf diesem Eimer angeht. Es ist was in der Salzluft, das die Lebensgeister beflügelt. Und es ist viel Wahrheit in der alten Redensart: ›Wenn sie groß genug sind, sind sie alt genug, und keiner kann was dagegen tun.‹«

»Ja. Hester und ich erwarten nicht, daß Eve anders ist als

wir es waren. Jeder weiß, wenn ein Mädchen anfängt, in die Breite zu gehen, wird es auf dem Rücken landen.«

»Jeder weiß es – aber die meisten Eltern glauben es nicht, wenn es ihre Kinder betrifft. Ich weiß, wovon ich rede, ich habe jahrelang Familienrecht praktiziert. Tom, Sie sind ein so durch und durch vernünftiger Mann, daß ich überrascht bin, wie Sie jemals in Schwierigkeiten kommen konnten.«

Der andere zuckte die Achseln. »Damals war ich jünger, und mehr auf Abenteuer aus. Der Eigner und Skipper von diesem rostigen Kutter hatte Verbindungen aufgetan, durch die er mehr verdienen wollte als mit der Küstenfischerei. Mit ihm waren wir fünf Mann auf dem Eimer, und nachdem er uns fünffache Heuer versprochen hatte, waren wir alle Feuer und Flamme. Die Sache ließ sich auch gut an. Wir nahmen die Ware in Florida an Bord und luden sie in einer stillen Bucht am Nordwestzipfel von Haiti aus. Acht Reisen machten wir auf diese Art, immer mit Waffen und Munition, dann und wann auch mit ein paar Passagieren, die mit dieser Aufstandsbewegung zu tun hatten. Es schien eine sichere Sache zu sein, denn unser Skipper war ein gewiegter Bursche und kannte die Gewässer besser als die Küstenwache. Bloß wurde er mit der Zeit leichtsinnig – kein Wunder, geldgierig wie er war. Als wir die neunte Reise machten, gab Radio Key West Sturmwarnung, das bedeutet, daß alle kleinen Küstenfahrzeuge einen Hafen anzulaufen haben. Nun, unser Skipper wollte nicht umkehren. Er meinte, wir würden es noch leicht bis zur Androsinsel schaffen, wo er einen sicheren Anlaufplatz wußte. Die Gefahr, erwischt zu werden, war dort natürlich geringer, weil der Operationsbereich der Küstenwache zwölf Meilen vor den Bahamas endet. Aber ein Boot der Küstenwache entdeckte uns vierzig Seemeilen vor den Florida Keys auf Ostkurs und funkte uns wegen der Sturmwarnung an und wollte wissen, wohin wir wollten. Der Skipper sagte Miami und ging dann auch schnell auf Nordkurs, aber da hatten die Brüder schon Lunte gerochen und kamen. Als sie unseren Kahn bis über die Lademarke im Wasser liegen sahen, wurden sie erst recht mißtrauisch, gingen längsseits und schickten Leute an Bord, um unsere Ladung zu kontrollieren. Das war es, dann.« Finchley zuckte wieder die Achseln. »Pech. Ich hatte mit den acht vorangegangenen Reisen schon achttausend Dollar verdient, aber als ich nach zwei Jahren und vier Monaten aus dem Knast kam, war von dem Geld natürlich nichts mehr da. Die Familie mußte leben.«

»Und dann war es aus mit der christlichen Seefahrt, wie?«

»Natürlich. Verbot für fünf Jahre. Aber ein halbes Jahr später kriegte ich diesen Fahrerjob bei Mr. Smith.«

»Ich verstehe. Das war eine interessante Geschichte, Tom, aber ich will Sie nicht länger vom Frühstück fernhalten. Bis später.«

»Ja, Sir.« Tom verließ den kleinen Brückenraum. Jake Salomon zog seine Schiffermütze tiefer in die Stirn, blinzelte zum gleißenden Meereshorizont, wo er vom Klüverbaum zerteilt wurde, und begann entspannt und zufrieden vor sich hin zu summen.

So saß er noch eine halbe Stunde später, als seine Frau hereinkam und seinen Nacken küßte.

»Hallo, mein Liebling«, sagte er.

»Ich möchte wissen, ob du dich jemals an den Namen eines Mädchens erinnern kannst. Du nennst uns alle ›Liebling‹, und fertig.«

»Nur weil es einfacher ist. Aber du bist die einzige, zu der ich ›mein Liebling‹ sage. Und ich kann mich an deinen Namen erinnern – er ist Salomon.«

»Jake, du mußt in deiner Marinezeit ein unglaublicher Herzensbrecher gewesen sein. Mit deiner Beredsamkeit konntest du dich doch bei jeder Frau einschmeicheln – und dich hinterher aus allen Problemen wieder herausreden.«

»Keineswegs, meine Dame, ich war ein süßer, unschuldiger Bursche. Ich habe mich lediglich an das alte Seefahrergesetz gehalten: ›Wenn der Anker gelichtet ist, sind alle Rechnungen bezahlt.‹«

»Ja, und in jedem Hafen hast du ein paar kleine Juden hinterlassen. Wie steht es übrigens mit Gigi? Hast du deine Beredsamkeit auch schon bei ihr eingesetzt?«

»Meine Dame, ich habe nicht die geringste Ahnung, wovon Sie sprechen.«

»Erzähl das, wem du willst, aber nicht mir. Ich bin ziemlich sicher, daß du die zweite Mrs. Branca schon fast so gut kennst wie die erste. Aber du mußt mir das nicht bestätigen – ich will dir nur gratulieren. Gigi ist wirklich ein Schatz.«

»Weib, du bekommst langsam Übung darin, überraschende Schlußfolgerungen zu ziehen.«

Mrs. Salomon öffnete ein Schubfach und nahm den Sextanten aus seinem schützenden Futteral, blickte zur Uhr. »Ist das die genaue Zeit, Liebling?«

»Willst du die wehrlose Sonne schießen?«

»Ich werde dir eine Positionsberechnung machen, daß du dich wunderst, Liebster. Ich habe alles darüber gelesen, und Tom hat mir gezeigt, wie es gemacht wird.«

»Wenn du bis auf fünfzig Seemeilen an unsere richtige Position herankommst, gebe ich heute abend für die ganze Mannschaft einen aus.«

»Biest. Ekel. Und ich eine werdende Mutter. Gestern abend hatte ich unsere Position mehr als zehnmal so genau. Allmählich kriege ich den Bogen raus.«

»Joan Eunice, warum diese Leidenschaft, mit den alten Seefahrern zu wetteifern? Man könnte meinen, daß Radio und Satelliten und dergleichen nie erfunden worden wären.«

»Weil es Spaß macht, Liebling. Ich werde dieses Navigationsexamen mit einer glatten Drei bestehen und meine Lizenz für kleine Fahrt einstecken. Nachdem ich dieses Baby in seine Wiege abgeladen habe und wir nicht länger in Küstengewässern bleiben müssen, werde ich jeden Tag dreimal die Position bestimmen und unseren Kurs berechnen, bis hinüber nach Hawaii. Wetten, daß ich Landkennung bei Hilo unter drei Meilen machen werde? Natürlich ist es nicht notwendig, aber es verschafft Befriedigung. Und was, wenn es sich doch einmal als notwendig erweisen sollte? Angenommen, Krieg bräche aus, und im Äther würde es auf einmal still? Dann könnte es sehr nützlich sein, einen sicheren

Himmelsnavigator an Bord zu haben. Tom kann die Sonne schießen, aber er hat zugegeben, daß er mit dem Nachthimmel nicht zurechtkommt.«

»Ja, es könnte sich als nützlich erweisen, mein Liebling ... denn wenn wirklich Krieg ausbräche, und wir auf See wären, dann würden wir nicht nach Hilo weiterreisen. Dann würden wir nach backbord drehen, Südkurs nehmen und uns davonmachen. Die Marquesas. Oder noch weiter südlich, je weiter, desto besser. So könnte unser Kind es überleben. Pitcairn oder Osterinseln, wenn du glaubst, daß du sie treffen kannst.«

»Jacob, bis dahin werde ich sie genau in der Mitte treffen. Jede Insel, die du auswählen würdest. Liebster, ich wollte nicht bloß Seefahrer und Entdecker spielen, als ich die ganze altmodische Ausrüstung verlangte – alle die Seekarten, diese beiden Sextanten, Chronometer, Lotleinen, Ersatzkompaß, den Schrank voll Fachliteratur. Als Matrose bin ich jetzt nicht zu gebrauchen – deshalb habe ich beschlossen, ein richtiger Navigator zu werden. Für alle Fälle.«

»Hmm. Joan Eunice, ich hoffe, es wird nie soweit kommen, daß wir das Weite suchen müssen ... aber hast du bemerkt, daß ich dieses Schiff zu allen Zeiten voll verproviantiert halte, obwohl wir fast jeden Abend irgendwo an der Küste ankern und jederzeit einkaufen können?«

»Ich habe es bemerkt, Sir.«

»Auch ist es kein Zufall, daß ich Roberto ein beträchtliches Budget bewilligte und dafür sorgte, daß er für jedes denkbare gynäkologische Problem ausgerüstet ist.«

»Das war mir entgangen.«

»Du solltest es nicht wissen, und Winnie auch nicht. Es ist nicht nötig, euch Mädchen angst zu machen. Aber da ich jetzt sehe, daß du ähnlich vorausschauend geplant hast, dachte ich, daß ich es dir ruhig sagen sollte. Während die ›Nereide‹ umgebaut wurde, nützte Bob die Zeit für einen Auffrischungskurs in Gynäkologie. Und für unsere Krankenstation gab er ungefähr zwanzigmal soviel aus, wie man normalerweise für eine seegehende Jacht dieser Größe veranschlagen würde.«

»Freut mich, das zu hören, Sir. Mit soviel Voraussicht verwendet, kann Geld beinahe alles bewirken. Bloß kann es die Uhr nicht zurückdrehen.«

»In deinem Fall konnte es sogar das.«

»Nein, Jacob. Es gab mir zusätzliche Jahre ... und diesen schönen jungen Körper ... und dich. Aber es drehte die Uhr nicht zurück. Noch immer bin ich beinahe ein Jahrhundert alt. Ich kann mich nie in der Weise jung fühlen, wie ich es einmal tat – denn ich bin es nicht. Nicht so, wie Winnie jung ist. Oder Gigi. Jake, ich habe gelernt, daß ich nicht jung sein will.«

»Eh? Bist du unglücklich, Liebes?«

»Überhaupt nicht! Ich habe das Beste von allem. Einen jugendlichen, vitalen Körper, der jeden Atemzug zum Vergnügen macht ... und ein Jahrhundert reicher Erfahrungen, mit der Weisheit – wenn das der richtige Ausdruck ist –, die das Alter bringt. Die Ruhe. Die lange Perspektive. Winnie und Gigi erleiden noch die Stürme der Jugend, die ich nicht habe und die ich nicht will. Jacob, ich bin eine bessere Frau für dich, als diese zwei hübschen und liebenswerten Mädchen es sein können, denn ich bin älter als du, und ich bin gewesen, wo du jetzt bist, und kann es verstehen. Ich prahle nicht, Liebling; es ist einfach wahr. Ich würde nicht glücklich sein, wäre ich mit einem jungen Mann verheiratet; ich müßte meine Zeit mit dem verzweifelten Bemühen verbringen, sein unstabiles jugendliches Gleichgewicht nicht aus dem Lot zu bringen. Wir sind gut füreinander, Jacob.«

»Ich weiß, daß du gut für mich bist, mein Liebling.«

»Ich weiß, daß ich es bin. Aber manchmal hast du Mühe, dir zu vergegenwärtigen, daß ich nicht wirklich Eunice, sondern Johann bin. (He! Was ist das? Wir sind beides.) (Ja, Liebste, immer – aber Jake muß an Johann erinnert werden, denn er sieht nie etwas anderes als Eunice.) Zum Beispiel dachtest du gestern, ich sei eifersüchtig, weil du mit Gigi geschlafen hast.«

»Dachte? Du warst es.«

»Nein, Lieber. Schließe einen Moment deine Augen und

vergiß, daß ich Eunices Stimme habe. Denke zehn Jahre zurück, als ich noch bei halbwegs guter Gesundheit war. Wäre deinem älteren Freund Johann zu Ohren gekommen, daß du irgendeine junge und hübsche Frau verführt hättest, würde er dann eifersüchtig geworden sein und dir dein Abenteuer vorgeworfen haben?«

»Eh? Ja, zum Teufel! Johann hätte mir die Nadel hineingestoßen und dann abgebrochen.«

»Das hätte ich getan, Jacob? Habe ich es je getan?«

»Du hast mich nie erwischt.«

»Meinst du, hm? Ich hätte dir gratuliert, so wie ich das heute getan habe, wenn ich den Eindruck gehabt hätte, ich könnte das tun, ohne dich dadurch in Verlegenheit zu bringen. Entsinnst du dich einer jungen Frau, deren Vorname Marian war – oder ist? Der Nachnahme fing mit H an.«

»Wie in drei Teufels Namen ...«

»Ruhig. Liebling – das war vor mehr als sechzehn Jahren, kurz bevor ich dich aufforderte, deine ganze Zeit auf meine Angelegenheiten zu verwenden. Bevor ich dir den Vorschlag machte, bestellte ich bei einer privaten Schnüffelagentur einen ausführlichen Bericht über dich. Darf ich sagen, daß deine Bemühungen um den guten Ruf dieses Mädchens eine große Rolle bei meiner Entscheidung spielten, dir zu vertrauen? Darf ich hinzufügen, daß ich dir sowohl zu deinem Erfolg als Casanova als auch zu deinem guten Geschmack gratulieren wollte? Aber natürlich konnte ich kein Wort sagen. Erinnerst du dich noch, daß du Eunice einmal sagtest, du könntest einen Mann mieten, der sie in ihrem eigenen Bad fotografieren könne, ohne daß sie es merken würde? Wie wir festgestellt haben, kann Geld beinahe alles bewirken, was physikalisch möglich ist. Zu diesem Schnüffelbericht gehörte ein Foto, das dich und Marian in einer, wie ihr Anwälte sagt, ›kompromittierenden Position‹ zeigte.«

»Guter Gott! Was hast du damit gemacht?«

»Verbrannt. Ich tat es nicht gern; es war ein gutes Foto, und Marian sah sehr hübsch darauf aus – und du machtest auch keine schlechte Figur du alter Ziegenbock. Dann ließ ich den Chef dieser Schnüffelagentur kommen und sagte ihm, daß ich das Negativ und alle Abzüge haben wollte, sofort und ohne lange Geschichten; und wenn sich je herausstellen sollte, daß mir auch nur ein Abzug vorenthalten worden sei, würde ich ihn ruinieren. Wurdest du oder wurde Marian jemals durch ein solches Foto in Verlegenheit gebracht? Erpreßt, vielleicht?«

»Nein. Ich nicht – und sie bestimmt auch nicht, oder ich hätte davon erfahren.«

»Gut, Jacob, glaubst du immer noch, daß ich auf Gigi eifersüchtig sei und dir wegen ihr Vorwürfe machte?«

»Hm, vielleicht nicht. Vielleicht wolltest du mir bloß eine Beichte abringen. Aber da ist nichts zu machen. Selbst wenn du mir nur gratulieren wolltest, müßte ich ablehnen, weil ich es nicht verdient habe. Verdammt, sag mir endlich, wie du zu dieser Täuschung gekommen bist.«

»Ja, Liebster. Aber nicht jetzt; da kommt Gigi selbst.« Joan legte den Sextanten in sein Fach zurück und öffnete lächelnd die Tür. »Hallo Gigi, du schönes Kind! Gib uns einen Kuß. Nur mir, Jake hat Wache.«

»So beschäftigt bin ich nicht. Joan, halt das Steuerrad, ja?« Er ließ sich einen Kuß geben, während er noch saß, aber es war ein flüchtiger Kuß, dann zog Gigi sich rasch zurück.

Joan sagte: »Warst du schwimmen, Gigi?«

»Ah, ja. Joan Eunice könnte ich dich einen Moment sprechen? Mr. Salomon, würden Sie uns entschuldigen?«

»So nicht; erst wenn du Jake zu mir sagst.«

»Keine Bedingungen, Lieber«, sagte seine Frau munter. »Sie will ein Gegacker unter Hühnern. Komm mit, Gigi. Kapitän, versuchen Sie das Schiff über Wasser zu halten, bis ich zurück bin.«

Sie gingen auf die Leeseite und stellten sich an die Reling. »Hast du was auf dem Herzen, Gigi?« (Eunice, haben wir Jake etwa Unrecht getan?) (Keineswegs, die Geschichte hat schon vor mehr als zwei Wochen angefangen. Jake hat nur gelogen, um die Reputation einer Dame zu schützen – und das war durchaus vorhersehbar.)

»Nun, in einer Weise«, gab Mrs. Branca zu. »Vielleicht sollte ich gleich damit rauskommen, Joan. Wenn ihr das nächste Mal ankert und ein Boot an Land schickt ... Joe und ich wollen von Bord.«

»Oh! Was ist nicht in Ordnung, Gigi? Ich hatte so gehofft, daß ihr wenigstens den einen Monat bleiben würdet, von dem wir gesprochen hatten – nach Möglichkeit länger.«

»Nun ... wir hatten das zuerst auch gedacht. Aber ich habe dieses Problem mit der Seekrankheit, und Joe – ich meine, er hat etwas gemalt, aber ... das Licht ist nicht richtig, es ist zu hell, und ...« Sie verstummte. (Joan, das sind Vorwände.) (Du meinst, daß Jake der eigentliche Grund ist?) (Kann ich mir nicht vorstellen. Joan, bring sie dazu, daß sie dir den wirklichen Grund sagt.)

»Gigi.«

»Ja, Joan?«

»Sieh mich an. Du hast keine Mahlzeit ausgelassen, seit Roberto dich mit Pillen versorgt. Wenn Joe bei Tageslicht nicht malen mag und ein Atelier mit Kunstlicht braucht, werden wir den Speisesalon ausräumen; dann kann er dort malen. Gigi, sag mir, was euch wirklich bedrückt.«

»Ah – ich weiß nicht, wie ich es dir sagen soll, Joan.« Gigi zwinkerte Tränen aus ihren Augen. »Wir fühlen uns einfach nicht so wohl. Und der Ozean ist so verdammt groß – und so leer. Du wirst sagen, ich sei albern.«

»Nein. Er ist wirklich groß. Ist ja auch der größte Ozean der Welt. Manche Leute mögen das Meer nicht, ich mag es.«

»Ich dachte auch, daß es mir gefallen würde. Ich meine, man hört davon, wie wunderbar eine Seereise sei. Und dann noch mit einer Luxusjacht. Aber ich habe immer das Gefühl, daß ich nicht hierher gehöre. Joe geht es genauso, bloß sagt er es nicht. Joan Eunice, du bist sehr nett zu uns gewesen und alles, aber dies ist nicht unsere Szene – Millieu, würdest du sagen. Joe und ich, wir sind Straßenköter. Wir haben immer in der Stadt gelebt. Es ist zu still hier, besonders nachts. Nachts ist die Stille so laut, daß sie mich weckt. Und dieses satte Leben im Nichtstun – natürlich, es ist wie ein

Paradies, oder ein Schlaraffenland, aber wir sind nicht glücklich dabei. Wir fühlen uns wie die armen Verwandten im Palast des reichen Onkels. Joe sagt, er habe keine Inspiration mehr ...«

Joan küßte sie. »Schon gut, Liebes. Ich habe dich schon verstanden. Ich wußte, daß ihr nicht ganz die glückliche Zeit hattet, die ich euch wünschte, als ich euch einlud. Ich wußte nicht, warum. Ich werde euch mal wieder in eurer Wohnung besuchen, wo wir uns wohl fühlen. Mir gefällt die Stadt nicht, sie macht mir Angst – aber es gefällt mir gut in eurer Wohnung, solange ich nicht hinausgehen muß. Aber ist das alles, was euch stört? Hat jemand euch beleidigt? Vielleicht indirekt? Hat Joe sich beklagt?«

»O nein! Alle waren nett zu uns. Du mußt mich nicht mißverstehen, Joan, es ist nichts, wo du den Finger darauflegen kannst.«

»Du hast Jake ›Mr. Salomon‹ genannt.«

»Das war, weil ich aufgeregt war. Ich wußte, daß ich es dir sagen mußte, und da hatte ich Herzklopfen.«

»Dann fühlt ihr euch beide wohl in Jakes Gegenwart? Ich weiß, daß er sehr dominierend ist. Ich empfinde das ja selbst so. Gibt es keine Einwände gegen ihn?«

»Oh nein, überhaupt nicht, Jake zu verlassen, tut uns genauso leid, wie dich zu verlassen.«

»Dann dürfen Jake und ich euch zusammen besuchen? Und auch für ein paar Tage bleiben?« (Ob sie das schlucken wird, Eunice?) (Warum fragst du mich, Boß? Du hast sie doch gerade gefragt.)

Mrs. Branca schlug die Augen für einen Moment nieder und blickte dann wieder auf. »Du meinst als Vierer? Mit allem drum und dran?«

»Ja, ganz genau so.«

»Nun, wir hätten sicher nichts dagegen. Aber was ist mit Jake?«

»Ja, was ist mit Jake? Sag du es mir, Gigi.«

»Nun, bei *uns* ist Jake immer sehr entspannt. Er macht sich nur Sorgen, wenn du in der Nähe bist. Joan, du weißt

Bescheid, oder? Sonst hättest du nicht den Vierer vorgeschlagen.«

»Natürlich weiß ich Bescheid. Aber das ist schon in Ordnung. Wirklich.«

»Ich *habe* Jake gesagt, du wüßtest es, aber er meinte, das wäre unmöglich, du würdest schlafen wie ein Stein.«

»Das stimmt normalerweise auch, nur ist meine Schwangerschaft schon so weit fortgeschritten, daß ich nachts öfters zum Klo muß. Aber das war es nicht. Ich spioniere Jake nicht nach, wenn er nachts das Bett verläßt. Aber ein Mann sieht eine Frau anders an, wenn er mit ihr im Bett war. Und umgekehrt gilt das genauso. Aber eifersüchtig bin ich überhaupt nicht. Ich freue mich wirklich für ihn, zumal ich weiß, wie süß du zu einem Mann sein kannst – immerhin war ich ja selbst mal einer.«

»Ja, ich weiß. Obwohl ich es eigentlich nicht richtig glauben kann.«

»Mir ist das immer bewußt, deshalb freue ich mich ja auch für meinen Ehemann. Habt ihr eigentlich mal mit ihm den Kreis gebildet und das Gebet gesprochen?«

»Natürlich, jedesmal, wenn er dort war.«

»Das nächste Mal – wenn wir bei euch sind – machen wir das zu viert. Dadurch erreichen wir eine perfekte Harmonie, und niemand wird sich mehr aufregen oder unwohl fühlen.«

»Ja, das ist eine großartige Idee!«

»Schön. In der Zwischenzeit wollen wir dafür sorgen, daß du nicht länger als unbedingt nötig auf diesem großen, leeren Ozean leiden mußt. Wir werden nicht ankern. Ich werde Tom sagen, daß wir für heute nachmittag einen Hubschrauber anfordern. Der wird euch dann direkt zum Flughafen La Jolla bringen, und ihr könnt mit der nächsten Maschine weiterfliegen. Der Hubschrauberpilot wird sich um euch kümmern, und Tom wird inzwischen zwei Plätze buchen, und ihr werdet wieder zu Hause in eurem Atelier sein und eine Pizza aufwärmen, bevor ihr wißt, wie euch geschieht. Fühlst du dich jetzt besser?«

»Ah, ich fühle mich wie ein Lump, aber es ist wahr, ich bin froh. Weißt du, Joan, ich habe richtig Heimweh.«

»Ihr werdet heute abend zu Hause sein. Ich werde jetzt Tom suchen, damit er die Dinge in Schwung bringt. Und dann werde ich mit Jake reden und ihm sagen, warum – er wird verstehen. Aber noch was – dieses Gemälde von Eve, das Joe hier an Bord gemalt hat; ich möchte es kaufen.«

»Nein, wir werden es dir schenken. Als Dank für deine großartige Gastfreundschaft und alles.«

»Ihr schuldet mir keinen Dank. Nicht, nachdem ich euch gedrängt habe, diese Reise mitzumachen. Und das mit den Bildern haben wir vor langer Zeit geregelt. Ich muß dafür bezahlen, weil ich es meinem Mann schenken will. Aber nun lauf zu, Gigi. Ihr werdet eine Menge zu packen haben.«

Die ›Nereide‹ wiegte sich mit gerefften Segeln in der langen, glatten Dünung. Zehn Meter über ihren beiden Mastspitzen schwebte ein Hubschrauber und ließ zum zweitenmal einen Ladekorb herab. Tom Finchley stand weit hinten auf dem Achterdeck und dirigierte den Hubschrauberpiloten mit Handzeichen. Joe und Gigi Branca waren bereits in der Kabine des Hubschraubers verschwunden, aber ihr Gepäck stand mittschiffs auf dem Deck und wartete auf die Verladung.

Es war ein ansehnlicher Berg. Joan hatte sie bedrängt, alles mitzunehmen, was sie für einen Monat oder länger auf See benötigen würden, und Joe hatte das ziemlich wörtlich genommen. Zu seinem Reisegepäck gehörten eine Staffelei, mehrere Leinwände, eine Kiste voller Farben, Pinsel und Paletten, seine Fotoausrüstung, eine Atelierlampe und zwei große Koffer mit Kleidern und persönlichen Artikeln. Anscheindend hatten sie ihre Wohnung zur Hälfte ausgeräumt.

Der Korb bumste aufs Deck. Fred und Dellas sechzehnjähriger Sohn Hank luden das Gepäck ein, wobei einer den Korb hielt und der andere die Sachen verstaute.

Bald hatten sie alles bis auf einen großen Koffer verladen, als eine leichte Windbö die prekäre Balance zwischen Hubschrauber und Schiff störte. Der beladene Korb hob vom Deck ab und schwang wild hin und her; Fred ließ ihn los und sprang beiseite, während Hank sich neben der Reling zu Boden warf, um nicht getroffen zu werden.

Der Hubschrauber glich die Abdrift aus, und der Korb landete wieder auf dem Deck, diesmal vier Meter vorn. Fred packte und stabilisierte ihn. Joan Eunice nahm den Handgriff des Koffers, brachte ihn nicht hoch und mußte die zweite Hand zu Hilfe nehmen. »Puh! Ich glaube, Joe hat den Anker mit eingepackt.«

Jake schrie: »Joan! nicht heben! Willst du eine Fehlgeburt?« Er lief zu ihr, nahm ihr den Koffer ab und schleppte ihn zum Ladekorb.

Hank war wieder auf seinen Füßen. »Hier, Mr. Salomon, das kann ich machen!«

»Aus dem Weg, Junge.« Jake erreichte den Korb, der inzwischen wieder vom Deck abgehoben hatte, fand ihn zu hoch, nahm den Koffer in seine Arme, wuchtete ihn auf seine Schulter, schob ihn über den Rand in den Korb – und brach zusammen. Joan stürzte zu ihm.

Tom Finchley sah vom Achterdeck, wie der letzte Gegenstand in den Korb ging, blickte zum Hubschrauberpiloten auf und gab das Zeichen zum Hochziehen. Dann ließ er das Signal ›Fertig – Abflug!‹ folgen und beobachtete, wie der Korb aufwärts schwebte und an Bord des Hubschraubers gezogen wurde. Als die Maschine knatternd abdrehte, ließ er seinen Blick über das Deck gehen – und begann zu laufen.

Joan setzte sich auf das Deck, nahm Jakes Kopf auf ihren Schoß. »Jake! Jake, Liebling!« (Eunice! Hilf mir!)

Fred sagte: »Ich werde den Doktor holen!« und rannte zum Aufgang. Der Junge stand hilflos dabei. Salomon stieß einen langen, gurgelnden Seufzer aus, und seine Schließmuskeln erschlafften. (Eunice, wo ist er?) (Boß, ich kann ihn nicht finden!) (Du mußt ihn finden! Er kann nicht weit sein.)

(Was, zum Teufel?) (Hier ist er, hier ist er! Jake!) (Eunice, was ist passiert? Jemand hat mir einen Ziegelstein an den Kopf geworfen.) (Tut es weh, Liebling?) (Natürlich tut es nicht weh, Boß, nicht jetzt. Es kann nicht weh tun. Willkommen an Bord, lieber alter Jock! Bin ich froh, daß du bei uns bist!) (Ja, willkommen zu Hause, Liebling.) (Eunice?) (Nein, ich bin Eunice Jock. Das ist Joan. Oder Johann. Oder Boß. Nein, Joan ist nur für mich Boß; du nennst sie lieber Joan. Hört zu, wir müssen das gleich regeln, bevor wir alles durcheinanderbringen. Joan, du nennst deinen Mann Jake, wie du es immer getan hast, während ich ihn Jock nennen werde, wie ich es früher zu tun pflegte. Jock, du sagst Eunice zu mir und Joan zu ihr, dann gibt es keine Verwechslungen. Klar?)

(Ich bin verwirrt.) (Jock, du wirst dich daran gewöhnen wie ich. Joan muß fahren, während wir hinten sitzen und Ratschläge geben und unseren Spaß haben. Sag es ihm, Joan.) (Ja, Jake. Du hast uns jetzt beide. So lange ich lebe, nehme ich an.) (Om mani padme hum.) (Om mani padme hum. Komm, Jake, du mit uns.) Om mani padme hum!)

Dr. Garcia beugte sich über sie. »Joan. Laß ihn mir, bitte.«

Sie schüttelte den Kopf. »Ich will ihn halten, Roberto.« (Joan! Laß ihn arbeiten.) (Ja, Eunice. Halt Jake fest.) (Keine Angst, ich werde. Jock, kannst du jetzt sehen? Aus Joans Augen. Wir werden uns gleich bewegen.) (Natürlich kann ich sehen. Wer ist dieses häßliche alte Wrack? Ich?) (Natürlich nicht; das ist bloß etwas, das wir nicht mehr brauchen. Sieh weg, Joan; du regst Jock auf.)

»Fred, führen Sie Mrs. Salomon in ihre Kajüte. Tom, holen Sie Winnie; ich brauche sie.«

Dr. Garcia fand Joan im Salon. Sie lag auf der Couch, ein nasses Handtuch auf der Stirn, und Olga Dabrowski saß bei ihr. Tom Finchley folgte dem Arzt in den Raum und sah zu, wie der Arzt schweigend Joans Handgelenk nahm und auf seine Uhr blickte.

Nach einer Weile gab er ihre Hand frei und sagte: »Es ist schlechte Nachricht, Joan.«

»Ich weiß, Roberto. Er war tot, bevor ich hier herunterkam.« (Jock, Liebling, verrate mir etwas: kann Joan es besser als ich?) (Ich wäre dumm, wenn ich das beantworten würde, Eunice.) (Na gut. Unter meiner Anleitung hat Joan sich inzwischen wahrscheinlich vervollkommnet. Dazu kam ein guter Start – du wirst dies nicht glauben, Jock, aber Joan hat die schmutzigsten Gedanken. Dieses damenhafte Gehabe ist bloß eine faule Masche.) (Könnt ihr zwei nicht still sein? Ich muß mich konzentrieren, Roberto macht sich Sorgen um uns.) (Entschuldige Joan. Ich bin schon still.)

»Joan Eunice, ich möchte eins klarmachen: Es hätte nicht den geringsten Unterschied gemacht, wenn es an Land und in Reichweite eines modernen Krankenhauses geschehen wäre. Vielleicht hätte man ihn am Leben erhalten können, aber nur als ein dahinvegetierendes Etwas.«

»Jake wollte das nie, Roberto. Ich habe es ihn mehr als einmal sagen hören. Er billigte nie die Art und Weise, wie ich am Leben erhalten wurde.«

»Die zwei Fälle sind ganz verschieden, Joan. Dein Körper war abgenutzt, aber dein Gehirn war in guter Verfassung. In Jakes Fall war der Körper für einen Mann seines Alters bemerkenswert gesund und kräftig. Aber ich weiß, was die Autopsie zeigen wird: den Bruch einer großen Blutader in seinem Gehirn; er starb sofort. Gehirnschlag ist eine absolut unberechenbare Sache. Wenn es einen Trost gibt, dann den, daß er nicht gelitten hat.«

(›Nicht gelitten‹, eh? Versuch es selber, Bob – wie wenn dir ein Pferd vor den Kopf tritt. Aber du hast recht, es war nur ein Schlag.) (Genau wie bei mir, liebster Jock, als es mich erwischt hat. Der Boß war viel schlimmer dran, er hat jahrelang gelitten.) (Und wenn schon, jetzt ist es schließlich vorbei. Aber, meine Lieben, seid jetzt *bitte* still. Wir können uns unterhalten, wenn ich allein bin.)

»Roberto, es wird keine Autopsie geben.«

»Joan, es sollte eine Autopsie gemacht werden, damit du

dich später nicht mit unangebrachten Selbstvorwürfen quälst.«

»Sie würde Jake nicht zurückbringen, und er würde es nicht wollen. Was die Möglichkeit von Selbstvorwürfen angeht, so habe ich nur eine Frage. War es, weil er etwa die Flitterwochen zu ausgiebig genoß?«

»Nein, es waren einfach zu viele Jahre, Joan. Es lag nicht einmal daran, daß er diesen schweren Koffer stemmte. Es ist einfach wie eine schwache Stelle in einem alten Reifen, der so stark abgenutzt ist, daß irgendeine Kleinigkeit genügt, ihn zum Platzen zu bringen. Der äußere Anlaß ist nebensächlich. Jake hätte genauso vom Bett aufstehen und umkippen können – heute, morgen, vor einer Woche. Gewiß, es kann während des Verkehrs geschehen; man kann oft Männer reden hören, daß sie sterben wollen, ›während sie eine letzte Ladung losmachen‹. Aber es ist ein schreckliches Erlebnis für die beteiligte Frau, und wahrscheinlich würde er den letzten Orgasmus nicht mehr erleben, weil es schon vorher geschehen würde.

Es ist weit besser so, wie es Jake getroffen hat, immer noch im Besitz seiner Manneskraft, nehme ich an, (Du weißt verdammt gut, daß Jock noch im Besitz seiner Manneskraft‹ war. Frag deine Frau. Frag Gigi. Teufel, frag, wen du willst.) (Eunice, war mein Verhalten derart indiskret?) (Überhaupt nicht indiskret, du lieber alter Bock, aber Neuigkeiten sprechen sich eben herum.) immer noch dem Leben zugewandt, glücklich und anderen eine Stütze. Mach dir keine Sorgen über zuviel des Guten und so weiter. Diese Ehe mag Jake Jahre der hoffnungslosen Senilität erspart haben. Oder sie mag sein Leben um zwei Wochen oder einen Monat verkürzt haben, und das wäre ein geringer Preis für viel Glück. Aber ich glaube eher, daß sie sein Leben verlängerte; ein glücklicher Mann funktioniert besser. Wenn meine Zeit kommt, dann möchte ich genauso enden wie Jake – schnell, und glücklich bis zuletzt.«

»Dann hat eine Autopsie keinen Sinn, Roberto. Willst du eine Sterbeurkunde schreiben?«

»Selbstverständlich.«

»Kannst du auch die übrigen Formalitäten für mich erledigen, Roberto? Ich meine, du weißt besser als ich, welche Stellen und Behörden Kopien haben müssen. Eine kannst du jedenfalls Alex Train schicken, er wird sie brauchen, weil er Jakes Testament hat. Ich möchte unter allen Umständen verhindern, daß Jakes Tod zu einem späteren Zeitpunkt in einen Zirkus verwandelt wird. Keine Menschenmengen, keine Fragen, keine Reporter, keine Vorladungen und keine schlaflosen Nächte. Nur die nötigen Formalitäten, nicht mehr.«

»Gut, Joan, wenn du es so willst. Und du hast recht. Wir haben hier einen natürlichen Todesfall auf See, und es gibt keinen Grund, Bürokraten darin herumstochern zu lassen. Kapitän Finchley und ich als Schiffsarzt werden Totenschein und Sterbeurkunde ausfertigen und unterschreiben, und das muß jedem genügen. Aber jetzt möchte ich dir etwas geben, daß du schlafen kannst. Nicht viel, nur ein Beruhigungsmittel.«

»Roberto, was war mein Puls?«

»Das geht einen Patienten nichts an, Joan.«

»Es war zweiundsiebzig, völlig normal – ich habe meine Herzschläge mitgezählt. Ich brauche kein Beruhigungsmittel.«

»Joan, dein Puls sollte höher als normal sein, unter den Umständen.«

»Dann würde ich eher ein Anregungsmittel brauchen, nicht ein Beruhigungsmittel. Roberto, du vergißt manchmal – obwohl du die ganze Geschichte mit mir durchgemacht hast –, daß ich nicht eine normale Patientin bin. Nicht eine junge Braut, die in Gefahr ist, einen hysterischen Zusammenbruch zu erleiden. Unter meiner glatten Stirn bin ich ein sehr alter Mann, fast dreimal so alt wie du, und ich habe alles gesehen, und kein Schock kann so schwer sein, daß er mich umwirft. Der Tod ist ein alter Freund; ich kenne ihn gut. Ich habe mit ihm gelebt. Ihm wieder zu begegnen, ängstigt mich nicht. Der Tod ist so notwendig wie die Geburt, und er kann in seiner Weise glücklich machen.« Sie lächelte zu ihm auf. »Mein Puls ist normal, weil ich glücklich bin – glücklich, daß mein geliebter Jake so leicht und glücklich den Tod fand. Oh, ich werde in meine Kajüte gehen und mich niederlegen; das tue ich gern während der Mittagshitze. Aber was ist mit Eve?«

»Wie?«

»Hast du dich um sie gekümmert? Sie ist jung und sie hat vermutlich noch nie gesehen, wie jemand stirbt. Sehr wahrscheinlich braucht *sie* ein Beruhigungsmittel, und nicht ich.«

»Du hast recht, Joan. Mein Fehler. Olga, könntest du Winnie suchen und ihr sagen, sie soll Eve ein leichtes Beruhigungsmittel geben?«

»Ja, Doktor.« Mrs. Dabrowski machte sich sofort auf den Weg.

»So, junge Dame, und jetzt bringe ich dich in deine Kabine.«

»Einen Moment, Roberto. Kapitän Finchley, bitte setzen Sie die Segel, und sollte nicht genug Wind sein, werfen Sie den Hilfsmotor an. Oder tun Sie beides. Und nehmen Sie Kurs auf die hohe See. Ich möchte, daß wir vor Sonnenuntergang die Fünfzigmeilenzone hinter uns haben und in internationalen Gewässern sind.«

»Ja, Madam. Um den Wind zu nutzen, sollten wir dann auf Nordwestkurs gehen. Ich werde es ausrechnen.«

»Gut. Danach können Sie ohne viel Aufhebens in Umlauf bringen, daß das Begräbnis um Sonnenuntergang stattfinden wird.«

»Joan!«

»Roberto, denkst du, ich würde Jake einem Beerdigungsunternehmer ausliefern? Damit er ihn ausstopft und schminkt und zurechtmacht und aufbahrt, um die morbide Neugierde von irgendwelchen Leuten zu befriedigen? Er wollte das nie. Ich werde ihm ein Seemannsbegräbnis geben. Sein lieber Körper soll unangetastet bleiben und heimkehren, bevor die Sonne untergeht.« »Jedes Ding hat seine Zeit: eine Zeit, geboren zu werden, und eine Zeit, zu sterben. Alle gehen einem Ziel entgegen; alle sind vom Staub, und alle werden wieder zu Staub …«

Die Sonne war eine orangenrote Scheibe, die beinahe den Horizont berührte. Auf einem Brett, dessen unteres Ende auf der Reling ruhte und dessen oberes Ende von Fred und dem Arzt gehalten wurde, wartete Jakes toter Körper, eingenäht in Segeltuch, mit Ballastgewichten an den Füßen. (Ich muß lachen, Johann.) (Jake, wenn es dir nicht gefällt, werde ich aufhören.) (Jock, du solltest respektvoll sein; dies ist ein Begräbnis.) (Es ist mein Begräbnis, nicht? Muß ich zu meinem eigenen Begräbnis ein langes Gesicht machen? Es ist nur die Idee, meiner eigenen Bestattung zuzusehen, die mich lachen macht. Johann, es gefällt mir. Ich respektiere die einfachen Symbole. Ich danke dir, daß du dies tust. Und am meisten danke ich dir, daß du meinen armen Kadaver nicht in die Hände von lizensierten Leichenfledderern fallen läßt.) (Das beruhigt mich, Jake. Aber ich will weiterlesen; ich habe noch ein paar Passagen angestrichen.)

»Zwei sind besser als einer; denn wenn sie fallen, wird einer seinen Gefährten aufheben. Aber beklagenswert ist jener, der allein ist, wenn er fällt; denn er hat keinen Freund, der ihm aufhilft ...«

(Joan, das gefällt mir. Es entschädigt mich für das Begräbnis, das ich nie hatte.) (Aber du hast eine Beerdigungsfeier gehabt, Eunice.) (Tatsächlich? Wer war dort?) (Nur ich, Liebes. Ich habe eine kleine Kapelle gemietet und einen Organisten. Dort habe ich dann ein paar deiner Lieblingsgedichte gelesen.) (Jock, ich bin zutiefst gerührt. Boß, er liebt mich wirklich, nicht wahr?) (Wir lieben dich beide.) (Ich wollte, ich wäre dort gewesen, Jock.) (Vielleicht ist es besser, daß du nicht dort warst – so, wie du dich auf Beerdigungen benimmst.) (Schäm dich, du lüsterner alter Geist!) (Paß auf, wen du hier Geist nennst.)

»Was deine Hand zu tun findet, tue es mit all deiner Kraft; denn deiner Tage sind wenige, und sie sind gezählt ... der Knoten wird gelöst, der Mensch geht in sein ewiges Heim. Vergessen die Spiele der Jugend, die goldene Schüssel zerbrochen. Aus der Tiefe sind wir gekommen; nun laßt unseren Bruder Jacob in die Tiefe zurückkehren.«

Joan schloß das Buch; Fred und Dr. Garcia hoben das Ende des Brettes; der Körper fiel ins Wasser, verschwand.

Sie wandte sich ab und gab das Buch Mrs. Dabrowski. »Hier, Olga. Ich danke dir.«

»Joan, das war schön. Ich weiß nicht, wie du die Kraft hattest.«

»Wisch deine Augen, Olga; Abschiede müssen nicht traurig sein – und Jake war bereit, zu gehen. Ich kannte meinen Mann gut, Olga; ich wußte, was er wollte, es war nicht schwer.«

Sie drückte Olgas Hand und trat zu Winnie. »Laß das, Kind. Hör sofort auf zu weinen. Jake will nicht, daß du Tränen für ihn vergießt.« (Was bringt dich auf diese Idee, Johann? Ich fühle mich geschmeichelt, daß eine liebliche kleine Person wie Winnie um mich weint.) (Sei nicht so eingebildet, Jake. Du warst der Star der Schau, jetzt hat es genug Verbeugungen gegeben. Unterhalte dich mit Eunice.) Joan nahm ihre Freundin in die Arme. »Du mußt nicht weinen, Winnie. Wirklich nicht. Denk an dein Baby.«

Winnie heulte an ihrer Schulter. »Joan, vermißt du ihn überhaupt nicht?«

»Aber Liebling, wie könnte ich Jake vermissen, wenn er mich nie verlassen hat? Der Juwel ist noch immer in der Lotosblüte und wird es immer sein. Ewiges Jetzt.«

»Ja, vielleicht – aber ich kann es einfach nicht aushalten!«

»Roberto, du solltest etwas für Winnie tun.«

»Das werde ich – aber bist du in Ordnung?«

»Du weißt es. Aber ich habe eine Verschreibung für dich.«

»Sehr gut. Es wird dir nicht schaden, wenn du heute abend ein wirklich sicheres Schlafmittel nimmst. Phenobarb, zum Beispiel.«

»Lieber nicht Phenobarb. Meine Verschreibung ist für Winnie. Bring sie dazu, daß sie etwas ißt. Dann sitz mit ihr für wenigstens eine halbe Stunde Meditation. Und dann bring sie zu Bett und halte sie in deinen Armen und laß sie schlafen. Und du solltest auch schlafen.«

»Einverstanden. Möchtest du zur Meditation zu uns kommen? Oder sollen wir zu dir kommen? Dann könntest du gleich danach ins Bett steigen. Ich habe gelernt, daß es besser ist als Barbiturate.«

»Roberto, wenn du willst, darfst du morgen früh um neun Uhr in meine Kajüte kommen und mich aus dem Bett zerren, wenn ich noch nicht auf sein sollte. Aber ich werde auf sein. Aber bis dahin möchte ich allein sein. Heute abend werde ich dieses hypnotische Gebet rezitieren. Mit Jake. Er wird mich hören – ob du es glaubst oder nicht.«

»Joan, ich habe kein Verlangen, jemandes Glauben anzugreifen.«

»Du hast es nicht getan, Lieber. Ich weiß auch deine Besorgnis um mich zu würdigen. Wenn ich deine Hilfe brauche, werde ich sie in Anspruch nehmen. Aber kümmere dich jetzt um Winnie.« (Boß, wie wäre es mit Fred? Er ist allein und würde bestimmt Zeit für uns haben. Jock, du wirst direkt in der Mitte sein, du Glückspilz. Aber Fred wird es nicht wissen.) (Eunice, du bist geschmacklos. Kannst du nicht mal heute an was anderes denken? Fred würde entsetzt sein.)

»Kapitän.«

»Ja, Madam?«

»Wir wollen diese Versammlung auflösen. Die Leute sollten nicht herumstehen und die Köpfe hängen lassen. Die Essenszeiten sind durcheinandergekommen. Können Hester und Della nicht schnell ein kaltes Abendessen anrichten? Vielleicht mit Hilfe von Freiwilligen? Ich würde dabei helfen, aber ich habe zu tun. (Oho! Tom, der Kater. Jock, ich glaube, es wird doch noch lustig.) (Eunice, gibt es eigentlich noch einen Mann an Bord, mit dem ihr es nicht getrieben habt?) (Oh, sicher, Jock. Hank. Er hat ein Auge auf Eve und hält uns für eine alte Hexe.) (Jetzt, wo ich tot bin, tut es mir leid, daß ich den leckeren kleinen Satansbraten verschmäht habe.) (Wenn ihr zwei Lüstlinge einen Moment den Mund halten könnt, werde ich euch über etwas aufklären. Für heute könnt ihr eure Hoffnungen begraben. Kapitän Thomas Finchley wird alle Hände voll zu tun haben, gegen diesen Wind anzukreuzen.) Kapitän, ich glaube, wir sollten auf Südkurs gehen und morgen früh vor dem Wind die Küste anlaufen.«

»Ja, Madam.« Er folgte ihr, und als sie sich ein Stück von den anderen entfernt hatten, fügte er mit gedämpfter Stimme hinzu: »Ich glaube, ich sollte jetzt anfangen, dich ›Kapitän‹ zu nennen. Damit alle wissen, wer nach Mr. Salomons Tod hier an Bord das Sagen hat.«

Sie blieb stehen. »Tom.«

»Ja?«

»Du sollst mich nicht ›Kapitän‹ nennen. Du bist Kapitän, bis ich meine Prüfung gemacht habe. Dann werden wir sehen. Und sag nicht ›Madam‹ zu mir. Ich bin entweder Mrs. Salomon oder Joan, je nach der Gesellschaft, in der wir gerade sind. Aber unter uns bin ich immer noch dein Kätzchen – hoffe ich.«

»Nun ... in Ordnung.«

»Laß mich hören, wie du es sagst.«

»Kätzchen. Tapferes kleines Kätzchen, du überraschst mich mehr und mehr, je länger ich dich kenne.«

»Das ist besser. Tom, Jake wußte die ganze Zeit über uns Bescheid.« (Oh, was für eine Lüge! Eunice, sie hat es mir nie gesagt – und ich hatte nur einmal einen Verdacht und entschied, daß ich mich geirrt haben müsse.) (Ich weiß, Jock. Joan ist eine Schwindlerin und ganz und gar nicht wahrheitsliebend. Sogar mich versucht sie zu beschwindeln.)

»Wirklich?«

»Ja, Tom. Aber Jake Salomon war ein echter Gentleman und übersah, was er nicht sehen sollte. Er kannte meine kleinen Fehler und ließ mich gewähren. Aber er sagte mir auch nichts von seinen Abenteuern. Weißt du, ob er es je mit Hester gemacht hat? (Nun hör mal, Johann ...) (Sei still, Jock; das ist etwas, worüber ich auch Bescheid wissen möchte.)

»Hm ... Du weißt, Kätzchen, alle Männer sind gleich. Alle sind scharf auf das eine.«

»Und alle Frauen sind gleich; wir haben es alle. Nun?«

»Sie taten es bei der ersten Gelegenheit, die wir ihnen gaben. Aber Hester sagte mir nichts davon. Ich mußte sie erst dabei erwischen. Nicht, daß ich ihnen aufgelauert hätte, um sie zu verletzen. Ich machte mich schnell davon und fragte später. Ich sagte Hester, daß ich es genau wüßte, und wie es wäre, wenn sie mit der Sprache rauskäme – das war alles. Und sie sagte es mir.«

»Ich nehme an, du hast ihr dann von mir erzählt?«

Tom Finchley machte ein entsetztes Gesicht. »Denkst du vielleicht, ich hätte den Verstand verloren? Ich tratsche nicht über solche Sachen. Wenn ich es täte, würdest du die letzte auf meiner Liste sein. Kannst es mir glauben.«

»Sag es Hester, wenn du willst. Liebster; jetzt spielt es keine Rolle mehr. Und sie würde später nicht überrascht sein, zu entdecken, daß ich nicht anders bin als die meisten Witwen. Nun, laß uns den Kurs festlegen. Nach Mitternacht werde ich dich von der Wache ablösen.«

»Nichts dergleichen. Du wirst diese Nacht durchschlafen, du brauchst es. Ich werde jetzt Fred ans Ruder lassen und mich ein paar Stunden aufs Ohr legen, dann bin ich für den Rest der Nacht ausgeruht. Kätzchen, du mußt mir versprechen, daß du in deiner Kabine bleiben wirst. Nicht herumwandern, sonst denke ich, du willst über Bord springen.«

»Ist das ein Befehl, Kapitän?«

»Eh? Hm – ja, verdammt noch mal, das ist ein Befehl!«

»Ja, Sir. Du brauchst nicht nachzuprüfen; ich werde die Tür abschließen, mich hinlegen und schlafen. Ich verspreche dir, daß ich vor morgen nacht nicht über Bord springen werde.«

»Kätzchen, du würdest doch nicht im Ernst daran denken, über Bord zu springen, oder?«

»Mit dem Baby in mir? Kapitän, ich habe trotz allem etwas wie Pflichtgefühl. Solange ich dieses Kind habe, gehört mein Leben nicht mir allein. Also mach dir keine Sorgen um mich. Gute Nacht, Tom.« Sie ging zu ihrer Kabine.

(Dieser Laden ist heute abend geschlossen.) (Sie meint es wirklich ernst, Jock – wir haben es mit einer Anwandlung von edler Gesinnung zu tun. Aber wie wäre es mit Anton, Joan?) (Dieser leidenschaftliche Pole? Jakes Herz würde das nicht aushalten.) (Glücklicherweise, meine Lieben, hat meine alte Pumpe nichts mehr auszuhalten.) (Jake, Eunice, hat einer von euch eine Ahnung, wie wir Olga aus dem Weg schaffen könnten?)

(Sie über Bord stoßen?) (Eunice!) (Kann ich nicht mal einen Witz machen, Boß? Ich mag Olga, sie ist ein gutes Mädchen.) (Zu gut, das ist das Problem. Kein Strichmädchen wie du, oder ich – oder Hester.) (Ähem!) (Jake, du bist nicht vor Gericht.) (Johann, ich wollte nur sagen, daß du, wenn du das Problem direkt Mrs. Dabrowski vortragen würdest, vielleicht mehr Verständnis als erwartet fändest. Ich habe sie immer entgegenkommend gefunden.)

(Jake! Willst du damit sagen, daß du Olga hattest? Das glaube ich nicht.) (Ich auch nicht, Jock. Hättest du gesagt, ›Eve‹, dann würde ich dir eher glauben. Aber Olga? Sie ist noch nie ohne Badeanzug im Schwimmbecken gewesen.) (Den zieht sie sehr gern aus – in der Abgeschiedenheit der Kabine.)

(Eunice, ich glaube, er meint es. Nun, verdammt will ich sein! In Ordnung, Jake – sag uns, wie wir die Sache anfassen müssen.) (Welche Sache? Sie aus dem Weg zu schaffen? Frag sie einfach, sie ist sehr großherzig – und fühlte meinen Tod mehr als ihr leichtfertigen Flittchen.) (Jock, das ist nicht fair. Wir fühlten ihn ... aber wir waren überglücklich, daß du bei uns bliebst.)

(Ich danke euch, meine Lieben. Olga würde Augen machen, wenn sie hörte, daß ich noch da bin.) (Niemals, Jock! Die Grundregel für ein glückliches Geisterleben ist, daß du nie und nimmer zugeben darfst, daß du hier bist. Noch darfst du Joan drängeln, daß sie es verraten soll. Denn sie könnte schließlich leichtsinnig werden und es tun. Worauf sie in einer Irrenanstalt landen würde, und wir mit ihr, und dann wäre es aus mit unseren lustigen Spielen. Sieh mal, du warst eine ganze Weile mit Joan verheiratet, aber hattest du je geahnt, daß ich auch da war?) (Nie.) (Siehst du? Wir geben es nicht zu, und sie lassen uns allein.)

(Eunice, Jake würde uns nie verraten. Aber um auf Olga zurückzukommen – Jake, hast du sie Meditation gelehrt?) (Nein.) (Wir haben es Anton beigebracht, Jock. Ist Olga gelenkig genug, um im Lotussitz zu sitzen?) (Eunice, Olga ist für alles gelenkig genug.) (Fein, Joan. Olga wird mitmachen, selbst wenn sie es für heidnisch hält, denn wir werden mit ihr und Anton ein Dreieck bilden. Nichts ist leichter und besser geeignet, um etwas ins Rollen zu bringen. Früher, mit Joe, haben wir es oft gemacht.) (Wie ich mich erinnere, meine Lieben, hat Joan diesen Trick sogar bei mir angewendet. Obwohl er kaum notwendig war. Gut, suchen wir die Dabrowskis.)

KAPITEL DREIUNDZWANZIG

In seiner Weihnachtsansprache machte Kardinal O'Sullivan von Boston auf den, wie er sagte, allgemeinen Sittenverfall aufmerksam, der nach Ansicht der Kirche die Hauptursache des zerrütteten Zustands von Gesellschaft und Nation sei. Er verteidigte mit Entschiedenheit das päpstliche Verbot aller empfängnisverhütenden Praktiken und bekräftigte erneut, daß die Einstellung der Kirche zur Frage der Schwangerschaftsunterbrechung sich nicht geändert habe und nicht ändern werde. Auf die Probleme der weltweiten Bevölkerungsexplosion eingehend, warnte der Kardinal vor übereilten Schlußfolgerungen und Dramatisierungen und sagte, wer die gottgewollte Ausbreitung der Menschheit zu behindern suche, der verstoße gegen den göttlichen Auftrag und arbeite den Mächten der Finsternis in die Hände.

Ein Sprecher der Gemeinschaft der Erdöl produzierenden Länder (OPEC) teilte in einer Pressekonferenz mit, daß die Erdölvorkommen in Afrika sowie im Nahen und Mittleren

Osten bei gleichbleibender Förderung in sieben bis zehn Jahren erschöpft sein würden. Wegen des weiterhin zunehmenden Verbrauchs sei jedoch schon vorher mit einer Deckungslücke zu rechnen, die nur durch eine weltweite Wiederankurbelung des Steinkohlenbergbaus ausgefüllt werden könne. Es sei Aufgabe der Regierungen und der Wirtschaft, durch eine rechtzeitige Umstellung der Technologien auf andere Energieträger eine Versorgungskrise von unabsehbarem Ausmaß abzuwenden.

Die Mondkommission verkündete, daß die Kolonien ihren Lebensmittelverbrauch im laufenden Wirtschaftsjahr zu 102% aus eigener Erzeugung decken würden, fügte aber hinzu, daß der Zehnjahresplan fortgeführt werde, um die Aufnahmefähigkeit für Einwanderer weiter zu erhöhen.

ENDE EINER ROMANZE. Die im Mai geschlossene Ehe zwischen dem durch eine vielbeachtete Gehirnplantation bekanntgewordenen Transsex Joan Eunice (Johann Sebastian) Smith und dem Rechtsanwalt Jacob Salomon endete schon am 14. Dezember, als der Ehemann während einer Seereise an Bord ihrer Jacht ›Nereide‹ einem Gehirnschlag erlag. Die junge Witwe verharrte in Zurückgezogenheit …

ZU KLEINER BUSEN?

Werfen Sie ihre Schaumgummipolster fort, Sie täuschen niemanden als sich selbst. Keine Chirurgie, keine riskanten Drogen oder Hormone, keine gesundheitsschädlichen Injektionen, keine teuren und nutzlosen Massagegeräte. Lernen Sie Geheimnisse, die vor 2500 Jahren von weisen und heiligen Hindumeistern entdeckt und nutzbar gemacht wurden. Alle Anfragen werden diskret und prompt bearbeitet.

PARTNER-VERMITTLUNGSDIENST ›ADEPT‹
Telefon New York 071 263 45
Zweigniederlassungen in allen größeren Städten

»... hat mich gefreut, Sie kennenzulernen, Mrs. Garcia; viel Glück, Doktor! – Nein, bitte die andere Tür; folgen Sie einfach den Hinweispfeilen. Der nächste, bitte! Setzen Sie sich auf den Stuhl hier, ja? Sie sind selbst Antragstellerin? Ist Ihr Mann nicht bei Ihnen? Oder ist es ›Miss‹?«

»Ich bin Witwe, Mr. Barnes.«

»So? Wir bekommen nicht viele Witwen, noch ermutigt die Kommission sie zur Einwanderung. Der Mond kann kein Zufluchtsort vor emotionalen Problemen sein. Und die Trauer und der Schmerz von Hinterbliebenen stellen solche Probleme dar. Ich muß Sie ferner darauf aufmerksam machen, daß wir Antragstellerinnen in einem so fortgeschrittenen Zustand von Schwangerschaft nicht aufnehmen können, es sei denn, die Aufnahme hätte überzeugende Vorteile für die Kommission, nicht für die Antragstellerin. Nehmen wir das Paar, das gerade vor Ihnen hier war. Sie schwanger – aber ihr Mann ist Arzt, und Ärzte gehören zu den Personengruppen, deren Einwanderung besonders gefördert wird. Also ließ ich sie passieren. Wahrscheinlich hätte ich sie auch passieren lassen, wenn sie allein gekommen wäre, sie ist eine ausgebildete Krankenschwester. Aber wenn Sie nicht eine ähnliche Qualifikation nachweisen können ...«

»Ich weiß, Sir. Doktor Garcia ist mein Leibarzt.«

»Eh? Selbst wenn wir Sie aufnähmen, wäre das keine Garantie, daß er auch auf dem Mond Ihr Leibarzt bleiben würde. Tatsächlich wäre das mehr als unwahrscheinlich.«

»Mr. Barnes, Sie haben meinen Einwanderungsantrag vor sich liegen. Mein Anwalt hat ihn mit großer Sorgfalt vorbereitet. Es könnte Zeit sparen, ihn durchzusehen.«

»Alles zu seiner Zeit. Ein noch so penibel ausgefüllter Antrag kann weder als eine Fahrkarte zum Mond angesehen werden, noch macht er die persönliche Prüfung des Antragstellers überflüssig. Sie würden überrascht sein, wie viele Leute hier hereinkommen, ohne die leiseste Ahnung zu haben, was sie erwartet. Sie scheinen von der Voraussetzung auszugehen, daß die Kommission begierig sei, sie mit offenen Armen aufzunehmen. Nichts könnte weiter von der

Wahrheit entfernt sein. Neunzehn von zwanzig Antragstellern, die sich auf diesen Stuhl setzen, kann ich nicht erlauben, durch jene Tür zu gehen. Ich muß sie abweisen, weil sie nach Alter, Qualifikation, Gesundheitszustand oder anderen Kriterien unserer Einwanderungsbestimmungen nicht geeignet sind. Haben Sie eine besondere Qualifikation im technisch-wissenschaftlichen, im medizinischen oder im erzieherischen Bereich?«

»Nein.«

»Nun, Mrs. – Salomon, ich denke ... Moment: Mrs. ›Salomon‹?«

»Mrs. Jacob Mosche Salomon, Mädchenname Joan Eunice Smith.«

»Ihr Gesicht kam mir irgendwie bekannt vor, aber Ihre Züge, äh ...«

»... sind jetzt rundlich. Ja. Ich habe sechundzwanzig Pfund zugenommen – was Doktor Garcia bei meiner Größe, meinem Gewicht und dem Zeitpunkt meiner Schwangerschaft normal und zufriedenstellend findet.«

»Das wirft eine andere Frage auf. Eine Frau irrt sich häufig über das genaue Datum der Empfängnis – und erste Kinder haben es oft etwas eilig, das Licht der Welt zu erblicken. Unsere Transportfahrzeuge sind nicht für Geburten oder die Versorgung Neugeborener eingerichtet. Ich möchte, daß Sie sich der Gefahren bewußt werden.«

»Ich kenne sie. Müssen wir dieses Thema erörtern?«

»Das Urteil darüber überlassen Sie bitte mir, Mrs. Salomon.«

»Mr. Barnes, mein Arzt ist zufrieden mit dem genauen Empfängnisdatum, das ich ihm genannt habe, und – ist dieses Gespräch vertraulich?«

»Hmm. Ich will es so ausdrücken: Nichts von dem, was Sie sagen, hat Anspruch auf Geheimhaltung. Ich bin Psychologe und Rechtsanwalt, aber nicht Ihr Rechtsanwalt. Ich höre intimere Details von Antragstellern, als Sie sich vorstellen können, aber ich habe keine Zeit, mich mit Klatschgeschichten zu beschäftigen.«

»Ich bin froh, das zu hören, Mr. Barnes ... denn ich wäre sehr ungehalten, wenn ich entdecken müßte, daß das, was ich Ihnen jetzt sagen werde, zum Gegenstand von Klatsch und Tratsch gemacht würde.«

»Ich glaube, ich fühlte eben eine kalte Brise. Versuchen Sie, mich mit der Macht Ihres Reichtums zu beeindrucken? Sparen Sie sich die Mühe; Antragsteller haben alle die gleiche Größe, sobald sie hier hereinkommen. Ihr Geld bedeutet nichts.«

»War mein Verhalten unfreundlich? Es tut mir leid.«

»Nun – bleiben wir bei der Sache. Ein Beamter im Zivildienst der Mondkommission behält seinen Posten nicht lange, wenn sich herausstellt, daß er öfters mal ein Auge zudrückt, die Bestimmungen großzügig auslegt oder sachfremde Erwägungen in seine Entscheidungen einfließen läßt. Das dürfen Sie mir glauben. Es kommt sehr selten vor, daß reiche Leute zum Mond auswandern wollen, aber wir können keine Unterschiede machen. Wenn Sie mit der Kommission nicht offen sein wollen, ist das Ihr Problem. Aber ich werde keinen Antrag positiv beurteilen, solange ich den Antragsteller nicht auf Herz und Nieren geprüft und mich vergewissert habe, daß er ein nützliches Mitglied der menschlichen Gesellschaft auf dem Mond sein wird. Nun deuteten Sie an, daß Sie mir etwas Sachdienliches zu sagen hätten, das Sie als vertraulich bezeichnen. Wie ich sagte, kann ich diese Einschränkung nicht akzeptieren. Es liegt bei Ihnen, ob Sie sprechen wollen. Oder sollen wir dieses Interview beenden?«

»Sie lassen mir keine Wahl, Sir. Was ich hier austrage, ist nicht ein erstes Kind, also besteht keine etwa damit zusammenhängende Gefahr. Wenn die ›Goddard‹ den Flugplan einhält, habe ich jeden Grund anzunehmen, daß ich mein Kind auf dem Mond zur Welt bringen werde. Doktor Garcia hat keine Befürchtungen wegen des Termins.«

»Ich verstehe. Dies wirft ein weiteres Problem auf. Dieses frühere Kind, hat es irgendwelche Vermögensansprüche an Sie?«

»Nein. Deshalb muß diese Sache vertraulich behandelt werden. Ich hatte dieses frühere Kind nicht.«

»Eh? Da komme ich nicht ganz mit. Können Sie sich etwas deutlicher ausdrücken?«

»Bitte, Mr. Barnes. Ich bin ein Transsex und eine Gehirntransplantation. Sicherlich wissen Sie davon – lieber Himmel, die ganze Welt weiß davon. Das erste Kind, das dieser Körper geboren hatte, war vor dieser Zeit. Das Kind war illegitim. So häufig das heutzutage vorkommt – in den meisten Staaten kein juristischer Begriff mehr, und das Wort selbst beinahe obsolet –, wünsche ich doch die Reputation meiner Spenderin zu schützen und wäre sehr unglücklich, sollte ich der Grund sein, daß die Erinnerungen an sie befleckt würde.«

(Boß, du weißt, daß es mir völlig egal ist.) (Laß sie das machen, Eunice; dieser Bürokrat kann die Sache zum Scheitern bringen, wenn Joan ihn nicht gerade so ablenkt. Die Geschichte mit der Qualifikation darf nicht wieder zur Sprache kommen. Das ist das Haupthindernis. Also laß sie in Ruhe, während sie mit ihm redet.) (Wenn sie nicht diesen dicken Bauch hätte, könnte sie viel besser mit ihm fertig werden. Und schneller.)

(Hrrmpf. Eunice, du überraschst mich aufs neue. Ich wußte nichts von diesem früheren Kind. Würde es dir was ausmachen, dem alten Jock die Wahrheit darüber zu sagen? Ich war der Vater, nicht wahr?) (Jock, altes Gespenst, ich liebe dich innig, aber wie hätte das sein können? So lange kennen wir uns noch nicht.) (Ah, gut. Ich bin erleichtert. Und ein Kind ist ein Kind, nicht wahr? Ich hoffe nur, daß es nicht zwei Köpfe hat.)

(Jake, Eunice – wollt ihr zwei bitte mit eurem Blödsinn aufhören? Unser unangenehmer Freund hier durchsucht Alecs Meisterwerk nach Fliegendreck, und ich muß seine Einwände beantworten. Geht schlafen oder macht, was ihr wollt, aber stört mich nicht.)

»Mrs. Salomon, die Sache mit dem früheren Kind hat einen Aspekt, der einer Klärung bedarf. Ich meine die große

Wahrscheinlichkeit künftiger Erbansprüche, wenn dieses Kind oder eine Person, die dieses Kind zu sein behauptet, eines Tages auftaucht. Die fünfzigprozentige Vermögensabgabe, die die Mondkommission als ein Minimum von jedem Einwanderer fordern muß, der keiner subventionierten Berufsgruppe angehört, ist eine wichtige Kapitalquelle für die Kolonien. Die Kommission ist nicht bereit, sich von einem Cent dieses Geldes zu trennen, sobald sie sich durch die Aufnahme des Einwanderers verpflichtet hat, ihren Teil des Abkommens zu erfüllen. Doch ein solcher, plötzlich auftauchender Erbe könnte unter Umständen Anspruch auf Ihr gesamtes Vermögen erheben.«

»Sehr unwahrscheinlich, Mr. Barnes, aber wenn Sie einen Blick auf Anhang G meiner Unterlagen werfen wollen, werden Sie sehen, wie mein Anwalt es geregelt hat. Eine kleine Treuhandschaft, um irgendwelche derartigen Ansprüche – die im juristischen Sinne absolut unberechtigt sein würden – auf dem Vergleichsweg zu befriedigen, verbunden mit einer Fünfzigjahresklausel, nach der die ausgesetzte Summe bei Nichtinanspruchnahme einer namentlich genannten karitativen Organisation zufallen soll.«

»Ah ja, hier ist das Blatt. Hmm. Mrs. Salomon, nennen Sie zehn Millionen Dollar ›klein‹?«

»Ja.«

»Mmm. Vielleicht sollte ich mir die Vermögensaufstellung ein wenig genauer ansehen. Sind Sie darauf hingewiesen worden, daß, obwohl die Kommission nur eine Hälfte Ihres Vermögens beansprucht, die andere Hälfte nicht verwendet werden kann, um auf dem Mond Liegenschaften, Gebäude oder Fabrikationsstätten zu erwerben oder zu errichten? Mit anderen Worten, der Mond bietet privaten Anlegern keine Möglichkeit für Kapitalinvestitionen. Arm oder reich, auf dem Mond sind alle Einwanderer gleichgestellt.«

»Ich weiß das, Mr. Barnes. Glauben Sie mir, mein Anwalt, Mr. Train, ist sehr sorgfältig. Er hat sich sehr gewissenhaft bemüht, mir alle Konsequenzen meiner Handlungsweise klarzumachen – denn er billigt sie nicht. Mr. Train sagte mir, daß jeder, der zum Mond gehe, um dort zu leben, den Verstand verloren haben müsse. So versuchte er mir auszureden, was er für die größte Torheit meines Lebens hält. In Anhang F werden Sie vier weitere mögliche Erben finden – meine Enkelinnen. Die vorgesehene Regelung gereicht ihnen zum Vorteil; sie werden viel schlechter daran sein, wenn sie auf meinen Tod warten. Das wäre ohnedies unklug von ihnen; ich bin jetzt physiologisch jünger als sie; wahrscheinlich werde ich sie alle überleben.«

»Das leuchtet ein. Besonders auf dem Mond würde Ihre Überlebenschance größer sein. Nun, Ihr Anwalt scheint in der Tat an die meisten Aspekte gedacht zu haben. Sehen wir uns einmal die Vermögensaufstellung an.«

»Einen Moment, Sir. Ich habe um ein kleines Entgegenkommen in Form von besonderer Behandlung gebeten.«

»Eh? Alle Einwanderer werden gleich behandelt. Das muß sein. Eine Vorschrift der Kommission.«

»Es handelt sich wirklich nur um eine Kleinigkeit, Mr. Barnes. Mein Kind wird nicht lange nach meiner Ankunft auf dem Mond geboren werden. Ich habe darum gebeten, daß Doktor Garcia sich während dieser Zeit weiterhin meiner annehmen darf.«

»Das kann ich nicht versprechen, Madam. Es ist eine Frage des Prinzips.«

Sie begann sich schwerfällig von ihrem Stuhl zu erheben. »Dann werde ich meinen Antrag zurückziehen.«

»Äh – guter Gott! Ist Ihnen das wirklich soviel wert?«

Sie zuckte mit den Schultern. »Was ist der Wert einer schwangeren Frau, Sir? Ich nehme an, es hängt von Ihren Wertvorstellungen ab.«

»Das meinte ich nicht. Diese Vermögensaufstellung – wenn sie richtig ist, dann sind Sie nicht bloß reich – das wußte ich –, sondern eine Milliardärin!«

»Schon möglich. Ich habe es nicht zusammengezählt. Aber ich vermute, daß die Aufstellung stimmt – es sei denn irgendein Computer hatte den Schluckauf. Aber geben Sie mir meine Unterlagen zurück. Da die Kommission mir nicht zusagen kann, daß Doktor Garcia mein Kind zur Welt bringen wird, bin ich nicht mehr interessiert.«

»Bitte, Madam. Ich habe einen gewissen Ermessensspielraum in diesen Dingen. Ich nütze ihn nur nicht aus – gewöhnlich. Aus Prinzip.«

»Wessen Prinzip, Mr. Barnes? Der Kommission? Oder Ihres?«

»Eh? Es ist mein Prinzip, ich sagte es.«

»DANN HÖREN SIE AUF, MEINE ZEIT ZU VERGEUDEN, SIE VERDAMMTER IDIOT!«

(So ist's recht, sag ihm die Meinung, Dicke!) (Eunice, ich laß mir keinen Unsinn mehr gefallen. Mein Rücken schmerzt.)

Barnes fuhr erschrocken zurück und geriet einen Moment in Gefahr, mit seinem Drehstuhl umzukippen. Er gewann sein Gleichgewicht zurück und sagte: »Ich bitte Sie, Mrs. Salomon!«

»Junger Mann, ich habe genug von Ihrem Unsinn! Ich bin hochschwanger, wie Sie sehen können. Sie haben mich über die Gefahren der Geburt belehrt – und Sie sind kein Arzt. Sie haben sich mit der Unverfrorenheit eines Kinsey in meine persönlichsten Angelegenheiten gedrängt. Sie haben mir weiszumachen versucht, daß ich meinen eigenen Arzt nicht haben könne, obwohl er mit mir im selben Schiff fahren wird – und nun stellt sich heraus, daß das keine Bestimmung der Kommission ist, sondern nur kleinliche Tyrannei von Ihnen. Einschüchterung. Und während dieses ganzen Unsinns – obwohl ich rechtzeitig einen vollständigen und sorgfältig vorbereiteten Antrag eingereicht hatte – ließen Sie mich auf einem harten, unbequemen Stuhl sitzen. Mein Rücken schmerzt. An wie vielen armen und hilflosen Antragstellern haben Sie Ihr Ego gemästet? Aber ich bin weder arm noch hilflos. Sie sprachen von einer kalten Brise. Jetzt ist es ein eisiger Sturm, und er bläst Ihnen ins Gesicht. Bei Gott, das soll Sie Ihre Position kosten!«

»Bitte, Madam! Ich deutete bereits an, daß Sie Ihren eigenen Arzt haben können. Und es ist meine Pflicht, jeden

Antragsteller sorgfältig zu prüfen. Ah ... ich sehe, daß Sie den größten Teil der anderen Hälfte Ihres Vermögens für Forschungen und Entwicklungen auf dem Gebiet der Raumschiffkonstruktion zur Verfügung stellen.«

»Es geht Sie nichts an, was ich damit mache.«

»Ich sagte nicht, daß es mich etwas angehe. Es kommt mir nur – ah – ungewöhnlich vor.«

»Warum? Mein Kind könnte einmal den Wunsch haben, mit einem Raumschiff zu reisen. Ich möchte dieser Forschungsrichtung einen neuen Impuls geben. Mr. Barnes, Sie hatten Zeit, sich diesen Antrag anzusehen; wenn Sie nicht soviel geredet hätten, dann wüßten Sie den Inhalt jetzt auswendig. Tun Sie, was immer Sie für richtig halten. Setzen Sie Stempel und Unterschrift darunter. Oder geben Sie mir meine Unterlagen zurück und lassen Sie mich gehen. Jetzt! Nicht in fünf Minuten – jetzt! Mein Rücken schmerzt, und Sie sind daran schuld, Mr. Barnes, Sie und Ihre kleinlichen Prinzipien und Ihr unnützes Gerede.«

Er unterschrieb den Antrag. »Durch diese Tür, Mrs. Salomon.«

»Danke.« Sie wandte sich um und ging darauf zu.

»Sie sind kaum willkommen – Sie alte Giftschlange!«

Joan Eunice blieb stehen, wandte sich zurück und lächelte ihr sonnigstes Lächeln. »Oh, danke, Mr. Barnes. Ich bin froh, daß Sie das zu mir gesagt haben. Weil es vollkommen aufrichtig ist. Natürlich bin ich nicht willkommen, nachdem ich Sie angeschrien und Ihre Einschüchterungen mit schlimmeren Einschüchterungen beantwortet habe. Und ich bin tatsächlich alt.«

»Ich hätte das nicht sagen sollen.«

»Oh, es war richtig. Ich hatte es verdient. Aber ich hätte niemals versucht, Ihnen den Arbeitsplatz zu nehmen. Ich bin nicht so kleinlich, wirklich nicht. Das war bloß der Zorn. Ich bewundere Ihren Mut, mir die Meinung zu sagen. Wie ist Ihr Vorname?«

»Äh – Matthew.«

»Ein guter Name, Matthew.« Joan Eunice kam zurück zu

ihm. »Matthew, ich werde zum Mond fahren. Ich werde nie wieder auf die Erde zurückkehren. Wollen Sie dieser alten Giftschlange vergeben? Ich möchte, daß wir als Freunde voneinander scheiden. Wie wäre es mit einem Versöhnungskuß, Matthew, bevor ich diese alte Erde verlasse?«

»Uh ...«

»Bitte, Matthew. Machen Sie sich nichts aus dem dicken Bauch; den kann ich ein wenig zur Seite drehen.« Sie hob ihr Gesicht und schloß die Augen.

Nach einem Moment seufzte sie zufrieden und schmiegte sich an ihn. »Das ist besser, Matthew. Nun kann ich mit guten Gefühlen an Sie zurückdenken, wenn ich zum Mond gehe. Es ist ein weiter Weg, und ich habe ein wenig Angst. Wie wäre es mit einem zweiten Kuß – zum Abschied? Er soll mich auf der langen Reise warmhalten.« Sie schloß die Augen und wartete.

(He, Joan, diesmal gibt er sich Mühe.) (Du sollst mich nicht stören, ich bin beschäftigt.)

Mr. Barnes löste sich schnaufend aus ihren Armen. »Uh, Mrs. Salomon ...«

»Joan Eunice, Matthew.«

»Joan Eunice, ich glaube, wir sollten lieber aufhören. Sie – Sie bringen mich in Verwirrung, und ich habe ein Wartezimmer voller Leute. Und Sie haben noch vier Stunden Formalitäten vor sich, bevor Sie in die Quarantänestation entlassen werden. Wenn Sie mit Ihrem Hausarzt reisen wollen, sollten Sie jetzt gehen.«

»Ja, Matthew. Sehen Sie – auf dem Mond werde ich mit Vergnügen an diese letzte Begegnung auf der Erde zurückdenken, nicht mit Verdruß. Durch diese Tür?«

»Durch diese Tür, und dann immer den Hinweispfeilen nach. Leben Sie wohl, Joan Eunice. Es war eine Bereicherung für mich. Alles Gute.«

(Joan, ich weiß nicht, ob das gut war, oder schlecht. Hat er uns geküßt? Oder eine Milliarde Dollar?) (Mir schien – obwohl ich, verglichen mit euch zwei Schlampen, ein armer Lehrling bin –, daß der gute Mann anfing, eine Milliarde

Dollar zu küssen ... und damit aufhörte, daß er Joan küßte. Uns. Und mit Gefühl, denn ich fand, daß meine tierische Natur beträchtlich angeregt wurde. Ich sehe voll Erwartung dem Tag entgegen, wo wir wieder im Umlauf sein werden.) (Das tun wir alle, Jock, Liebling. Mir fällt gerade ein, Joan, daß es auf dem Mond viele heimwehkranke Einwanderer geben muß die ein liebevolles und bereitwilliges Mädchen zu schätzen wissen werden.) (Eunice, das ist, worauf ich zähle. Sieben Milliarden Menschen machen die Erde zu einem schrecklich einsamen Ort ... aber auf dem Mond gibt es nur ein paar tausend, und wenn wir uns Mühe geben, können wir sie alle kennenlernen und die meisten von ihnen lieben. Was meinst du, Jake?) (Joan, wir können es versuchen. Aber hier ist die nächste Station. ›Gesundheitstest‹ Gänsehaut und unwürdige Behandlung. Aber was, zum Teufel, kümmert es uns? Jemand hat uns zum Abschied geküßt.)

KAPITEL VIERUNDZWANZIG

Wie der ›Christian Science Monitor‹ genüßlich meldete, verurteilte die ›Iswestija‹ den Aufruf der Mondkommission zur Bildung eines interdisziplinären Ausschusses, der Untersuchungen über die Bewohnbarmachung des Mars durchführen soll, als ›ein weiteres provokantes Beispiel für den unverhüllten imperialistischen Expansionsdrang der Vereinigten Staaten, der in der Zusammenbruchsphase der kapitalistischen Führungsmacht noch einmal als Sicherheitsventil für den unerträglich gewordenen Druck im Innern zu dienen hat‹, und forderte den UN-Sicherheitsrat und die Vollversammlung der UNO auf, den Vorstoß der von Washington ausgehaltenen und vom Pentagon ferngesteuerten Mondkommission durch eigene Initiativen zu neutralisieren.

Im Sequoia-Nationalpark wurden drei Familien entdeckt, die siebzig Meter hoch in der Krone eines gewaltigen Mammutbaumss lebten. Die Gruppe (sieben Erwachsene und fünf Kinder, darunter zwei Säuglinge) gab an, seit mehr als drei Jahren auf dem Baum zu wohnen; umfangreiche und ausgeklügelte Vorkehrungen für ihre einzigartige Lebensweise schienen ihre Behauptung zu bestätigen. Es wurde eine ganze Reihe von Anklagen gegen sie erhoben, doch der zuständige Bezirksstaatsanwalt verweigerte deren Behandlung mit der Bemerkung: »Ich werde weder meine Zeit noch das Geld der Steuerzahler für eine Horde Affen verschwenden. Jagt sie auf die Bäume zurück.«

Die alljährlich von der ›Nationalen Liga für Camping, Freizeit und Erholung‹ ausgerichtete Sternfahrt führte die Campingfreunde diesmal nach Long Beach, Kalifornien. Während des Abschlußtreffens (17 000 Teilnehmer) kam es zu 543 Fällen von akuter Lebensmittelvergiftung (Botulismus D), 47 Raubüberfällen und 23 Vergewaltigungen.

Ein in Sun Valley, Idaho abgehaltenes Symposium über Stadtplanung und -entwicklung, an dem 124 namhafte Stadtplaner, Architekten, Soziologen und Kommunalpolitiker teilnahmen, ergab weitgehend Übereinstimmung darin, daß Altstadtsanierungen und das Abreißen von Slumvierteln nicht zu den erhofften Erfolgen, sondern nur zu einer Verlagerung der alten Probleme geführt hätten. Die allgemeine Resignation, von der die Tagung überschattet war, spiegelte sich in den Worten des Oberbürgermeisters von New York, der in seinen Ausführungen sagte: »Müssen wir erst das Todesröcheln hören, bevor wir zugeben, daß *jeder* Organismus, sei es ein Mensch, eine Stadt oder eine Zivilisation, zum Altern und Sterben verurteilt ist?«

In Luna City erreichte Mrs. Salomon das Ende ihrer neun Monate. Ihr Leib war eine hochgewölbte Kuppel von Leben, die sich unter dem Laken empordrängte. Die Krankenschwester, die bei ihr saß, war ebenfalls schwanger, aber in einem weit weniger fortgeschrittenen Zustand.

»Winnie?«

»Ja, Joan?«

»Wenn es ein Junge ist, soll er Jacob Eunice heißen ... ein Mädchen soll Eunice Jacob heißen. Versprich es mir.«

»Ich habe es versprochen, Liebes; ich habe es sogar aufgeschrieben, wie du es wolltest. Und ich habe versprochen, daß ich mich um dein Baby kümmern werde – ich werde auf deins achtgeben, du auf meins. Bloß wird es nicht nötig sein, Joan; wir werden unsere Kinder zur Welt bringen wie alle anderen Frauen auch, und wir werden sie gemeinsam aufziehen.«

»Versprich es mir, es ist wichtig.« (Johann, gib diesem Kind nicht den Namen ›Jake‹. Nenne es ›Johann‹ – ›Johann Eunice‹, wenn es ein Junge wird.) (Jake, ich will einen Jungen nicht mit der Hypothek meines alten Namen belasten.) (Jock, streite nicht mit Joan. Sie hat immer recht, du weißt es.) (Dann laß ihn ›John‹ taufen!) (Sein Name ist ›Jacob‹, Jake – anders will ich es nicht haben.) (Joan, du bist der dickschädeligste alte Bastard im ganzen Sonnensystem – und die Verwandlung in eine Frau hat dich nicht verändert. Aber mir soll es recht sein.) (Ich liebe dich, mein guter alter Jake.) (Wir lieben dich beide, Boß – und Jake ist über die Namen so stolz, wie ich es bin.)

»Ich verspreche es dir, Joan. Bei allem, was mir heilig ist.«

»Meine kleine Winnie. Wir haben einen langen gemeinsamen Weg hinter uns, du und ich und Roberto.«

»Ja.«

»Ich bin krank, nicht wahr?«

»Joan, du bist nicht krank. Kurz vor der Geburt ihres Babys fühlt eine Frau sich nie gut. Ich weiß es, ich habe es bei Hunderten miterlebt. Ich habe dir gesagt, daß dieser Schlauch nur für Glukose ist.«

»Was für ein Schlauch? Winnie komm näher und hör gut zu. Der Name meines Kindes soll ...«

»... ein unverkennbares Syndrom, Doktor. Atypisch. Aber nichts destoweniger unverkennbar.«

»Doktor Garcia, warum sagen Sie ›atypisch‹?«

»Hmm. Manchmal, wenn sie irrational ist, spricht sie in drei verschiedenen Stimmen, und zwei davon gehören ihr nahestehenden Menschen, die tot sind. Persönlichkeitsspaltung.«

»So? Ich bin kein Psychiater, Doktor Garcia; ›Persönlichkeitsspaltung‹ sagt mir nicht sehr viel. Aber ich sehe nicht, daß ein solches Syndrom notwendigerweise die Schwangerschaft beeinträchtigen sollte. In meiner Praxis als Gynäkologe habe ich des öfteren Frauen entbunden, die temporär geistesgestört waren; die Kinder waren gesund und normal.«

»Ich bin auch kein Psychiater, Sir. Aber halten wir fest, daß sie einen guten Teil ihrer Zeit irrational ist ... und ich sehe dies als einen Teil des gesamten klinischen Bildes, das nach meiner Meinung auf eine Immunreaktion des Körpers hindeutet, der das verpflanzte Gehirn abzustoßen im Begriff ist.«

»Doktor Garcia, Sie wissen mehr über Transplantationen als ich; ich habe nie in meinem Leben mit einem solchen Fall zu tun gehabt. Aber diese Patientin scheint mir in gutem Zustand zu sein. Ich habe Frauen hier gehabt, die viel schlechter aussahen, aber nach fünf Tagen wieder arbeiteten. Unsere geringe Schwerkraft fördert die Erholung. Halten Sie es für möglich, daß diese Patientin auf der Reise verletzt wurde?«

»O nein! Diese schwimmenden Beschleunigungszellen sind großartig. Mrs. Salomon und meine Frau waren in einer solchen untergebracht. Ich überwachte sie. Mrs. Salomon vertrug die Reise sogar besser als meine Frau. Nein, da sehe ich keinen Zusammenhang; die Symptome der Immunreaktion traten erst diese Woche auf.« Garcia runzelte die Stirn. »Sie weiß nicht, daß ihr Verstand nicht klar ist – lichte Augenblicke wechseln ab mit Perioden der Gestörtheit. Entscheidend ist für mich, daß die motorische Kontrolle mehr und mehr verfällt. Der kräftige junge Körper erhält den Kreislauf aufrecht – aber offen gesagt, Doktor, ich habe keine Ahnung, wie lange noch. Es könnte jeden Moment zu einem Versagen kommen. Verdammt, ich wünschte, ich hätte die Einrichtungen einer Intensivstation!«

Der ältere Arzt schüttelte seinen Kopf. »Wir haben hier eine; sie ist ständig überbelegt. Wir leben an der Grenze, Doktor, und haben nicht die Zeit und die Mittel, ein einzelnes Leben mit einem gewaltigen Aufwand an Technik und Personal künstlich zu verlängern. Unsere Intensivstation ist für Fälle reserviert, bei denen die Wahrscheinlichkeit der Heilung gegeben ist. Ich will Ihr Spezialgebiet nicht herabsetzen – aber dies ist nicht der richtige Ort dafür. Hier versorgen wir Knochenbrüche, nehmen Blinddärme heraus und versuchen zu verhindern, daß ansteckende Krankheiten durch die Kolonie rasen. Und wenn die Zeit zum Sterben kommt, dann sterben wir und machen den Lebenden Platz. Angenommen, Sie hätten alles, was Sie sich wünschen – könnten Sie den Prozeß der Immunreaktion aufhalten? Rückgängig machen? Bestünde die Möglichkeit spontaner Remission, wenn Sie ihre volle lebenserhaltende Ausrüstung hätten?«

»Nein. Wir könnten die Zeit verlängern, mehr nicht.«

»So sagt die Literatur, aber ich wollte es von Ihnen hören. Nun, Doktor? Es ist Ihre Patientin.«

»Wir holen das Kind.«

»Gut. Ich werde sofort die Vorbereitungen treffen.«

Joan Eunice erwachte, als sie durch den Korridor gefahren wurde. »Roberto?«

»Ich bin hier bei dir, Liebste.«

»Wohin bringen sie mich? Soll ich wieder unter das Messer?«

»Ja, Joan.«

»Warum, Liebster?«

»Weil die Wehen nicht eingesetzt haben. Also werden wir es jetzt auf die leichte und elegante Weise machen – Kaiserschnitt. Du brauchst keine Angst zu haben. Es ist noch einfacher als einen Blinddarm herausnehmen.«

»Roberto, du weißt, daß ich mir keine Sorgen mache. Tust du es selbst?«

»Nein, der Chefarzt der gynäkologischen Abteilung. Er ist viel erfahrener und geübter als ich. Doktor Frankel. Du hast ihn gesehen, er untersuchte dich heute morgen.«

»Ja? Ich habe es vergessen. Roberto, ich muß Winnie etwas sehr Wichtiges sagen. Es handelt sich um den Namen meines Kindes.«

»Sie weiß es, Joan; sie hat es aufgeschrieben. ›Jacob Eunice‹ oder ›Eunice Jacob‹.«

»Oh, gut. Dann ist alles in Ordnung. Aber sag ihnen, sie sollen schnell machen. Ich liege nicht gern herum und warte.«

»Es wird schnell gehen, Joan, und du wirst es gar nicht merken.«

»Das ist komisch, du hast mich ›Joan‹ genannt. Mein Name ist ›Johann‹, Doktor. Agnes wird es gut überstehen, nicht wahr?«

»Ja, Johann. Agnes – wird es gut überstehen.«

»Ich sagte es ihr. Doktor, ich fühle mich schläfrig. Falls ich einschlafen sollte, werden Sie mich wecken, bevor Agnes ihr Baby bekommt?«

»Ja, Johann.«

»Danke … Doktor …«

»Roberto? Wo bist du? Ich kann dich nicht sehen.«

»Hier neben dir, Liebe.«

»Faß mich an. Leg deine Hand an mein Gesicht, weiter unten kann ich nichts fühlen. Roberto, was ich kaufte, war ein wundervolles Jahr – und ich bedaure es nicht. Haben sie angefangen?«

»Noch nicht ganz. Wolltest du nicht schlafen, Joan?«

»Muß ich? Ich würde es lieber nicht tun. Ich fühle mich schläfrig – träumerisch und gut … aber ich möchte noch nicht einschlafen. Die Götter haben das Los geworfen, nicht? Zeit, die Kugel zu beißen und Kopf hoch und all das.

Aber ich brauche das nicht, ich bin glücklich. Komm näher, Liebster, ich muß dir sagen, warum. Näher … kann nicht … sehr laut sprechen.«

»Verdammt, Schwester, gehen Sie mir aus dem Weg!«

»Alles schmerzt immer, Roberto – alles. Immer. Aber manche Dinge sind alle die Schmerzen wert. ›Ich hab' mein Herz in Heidelberg verloren!‹ Das … war nicht … was ich sagen wollte; das ist Jake, er singt wieder. Singt immer, wenn er glücklich ist. Komm ganz nahe … damit ich es dir sagen kann, bevor ich schlafe. Ich danke dir, Roberto … für deine Liebe, deine Gesellschaft … Es ist nicht gut, zuviel allein zu sein. Du hast mich gesegnet, Lieber … mit deiner Freundschaft und mit deinem Körper. Nun werde ich eine Weile schlafen, wenn ich darf … aber vorher mußte ich dir das sagen. Om mani padme hum. Schließ die Augen, geh zur Ruh …«

»Doktor, sie läßt nach.«

Ein Baby wimmerte, und eine Welt begann.

»Herztätigkeit hört auf!«

(Jake? Eunice?) (Hier, Boß! Halt dich fest! Da! Wir haben dich.) (Ist es ein Junge oder ein Mädchen?) (Wen kümmert es, Johann – es ist ein Kind! ›Einer für alle, und alle für einen!‹)

Eine alte Welt verschwand, und dann war nichts …

ENDE